KARL MAY

KLASSISCHE MEISTERWERKE

KARL MAY

DER LÖWE DER BLUTRACHE

UND ANDERE REISEERZÄHLUNGEN

KARL-MAY-VERLAG · BAMBERG
in Zusammenarbeit mit dem
VERLAG CARL UEBERREUTER · WIEN

INHALT

Herausgegeben von Dr. E. A. Schmid

Diese Ausgabe erscheint in enger Zusammenarbeit
mit dem Verlag Carl Ueberreuter, Wien.
Der Inhalt dieses Buches entspricht dem Band 26
der grünen Originalausgabe „Karl Mays Gesammelte Werke".
© 1954 Karl-May-Verlag, Bamberg / Alle Urheber-
und Verlagsrechte vorbehalten.

ISBN 3-7802 0526-2
Gesamtherstellung: Ebner Ulm

TO·KEI·CHUN

1. Die beiden Snuffles

Die meisten meiner Leser kennen Winnetou, den Häuptling der Apatschen, den edelsten Indianer, den besten und treuesten Freund, den ich gehabt habe. Sie wissen wohl auch, wie er gestorben ist. Er erhielt im tiefen Krater des Hancock-Berges im Kampf gegen die Sioux-Ogellalah eine Kugel in die Brust und verschied kurze Zeit darauf in meinen Armen. Wir schafften seine Leiche in die Gros-Ventre-Berge und begruben sie dort im Tal des Metsur-Flusses. Mir blieb die traurige Pflicht, nach Süden zu reiten, um den Apatschen zu melden, daß ihr oberster und berühmtester Anführer nicht mehr am Leben sei.

Das war ein Ritt, an den ich noch heut am liebsten gar nicht denken mag. Winnetous Tod hatte mich so tief ins Leben getroffen, daß ich ein ganz anderer geworden war. Sonst immer heiter und voller Vertrauen auf mich selbst, brachte ich es jetzt nicht zum leisesten Lächeln, und aller Lebensmut hatte mich verlassen. Ich wollte allein mit mir sein und mied die Menschen. Mußte ich auf meinem einsamen, weiten Ritt in einem Fort oder einer Ansiedlung vorsprechen, so tat ich es in kürzester Weise und machte mich so schnell wie möglich wieder davon.

Freilich verhielten sich die Leute, mit denen ich da zusammentraf, nicht so gegen mich, daß mir der Gedanke gekommen wäre, länger bei ihnen zu verweilen. O nein, sie schenkten mir im Gegenteil so wenig Beachtung, als wäre ich für sie nicht vorhanden, und ich bekam, wenn ich weiterritt, kaum einen Gruß zu hören. Der Grund davon lag in meiner äußeren Erscheinung.

Ich war nämlich mit Winnetou zum Hancock-Berg geritten, um eine Anzahl Settlers, die wir kannten, aus der Gefangenschaft der Sioux-Ogellalah zu befreien. Das gelang uns, wurde aber mit dem Leben Winnetous bezahlt. Als wir ihn begraben hatten, entschloß sich ein Teil der Weißen, im Tal des Metsur-Flusses zu bleiben und da eine Ansiedlung zu gründen. Ich half ihnen dabei, und so kam es, daß ich den Ritt zu den Apatschen erst einige Zeit später antrat.

Im Lauf dieser Zeit war mein Jagdanzug so schadhaft geworden, daß ich gezwungen war, ihn durch einen andern zu ersetzen. Da es aber im Wilden Westen keinen Kleiderladen gab, so war ich froh, als mir einer der Settler ein selbstgefertigtes Gewand anbot, eine Kleidung von der Art, wie die Hinterwäldler sie tragen, von blauer Leinwand, selbst gebaut, selbst gesponnen und gewebt und auch selbst zugeschnitten und zusammengenäht. Solch ein Anzug hat aber keine Spur von Schnitt: die Hose gleicht einer zusammengehängten Doppelröhre; die Weste ist ein kleiner Sack ohne und der Rock ein großer, langer Sack mit Ärmeln. Und da der meinige eigentlich für eine ganz andre Gestalt bestimmt gewesen war, so läßt es sich denken, daß ich in diesem Aufputz keine bewundernswerte Rolle spielte. Ich sah wohl allem andern, aber nur keinem Westmann ähnlich, und da mein jetziges wortkarges, menschenscheues Wesen dazukam, so fand ich nirgendwo die Beachtung, die Old Shatterhand sonst erregte.

So war ich im Verlauf von zwei Wochen in die Nähe der North Fork of Canadian River gekommen. Ich ritt über eine weite, ebene Prärie, auf der inselartige Gruppen von Bäumen und Sträuchern standen. Dieser Umstand mahnte zur Vorsicht, weil dadurch die Aussicht gehemmt wurde und man immer auf eine plötzliche Begegnung gefaßt sein mußte, die leicht feindlich sein konnte. Denn es ging das Gerücht, unter den Komantschen, deren Streifgebiet sich bis hierher erstreckte, seien bedenkliche Unruhen ausgebrochen.

Es war um die Mittagszeit, als ich einen Bach erreichte, dessen frisches, helles Wasser zur Rast einlud. Ich wählte eine Stelle, von der aus ich einen weiten Umblick hatte und jeden, der sich etwa näherte, kommen sehen konnte. Dort stieg ich ab, ließ mein Pferd zum Grasen frei, trank mich satt und legte mich dann im Schatten eines Baums nieder.

Eine Viertelstunde mochte ich gelegen haben, als ich zwei Reiter bemerkte. Es waren Weiße, ich blieb also unbesorgt liegen. Sie nahten aus der Richtung, aus der ich gekommen war, denn sie folgten meiner Fährte, der sie, wie ich wahrnahm, große Aufmerksamkeit schenkten. Sie ritten Maultiere und waren der eine genau so wie der andre gekleidet. Als sie näher kamen, bemerkte ich, daß sich diese Ähnlichkeit nicht nur auf die Kleidung, sondern auch auf ihre Gestalten und Gesichtszüge erstreckte. Wer sie erblickte, mußte sie sofort für Brüder, vielleicht gar für Zwillingsbrüder halten. Sie waren lange, schmächtige und so hagere Gestalten, daß man versucht war anzunehmen, sie seien wochenlang Gäste des Hungers gewesen. Daß dem aber nicht so war, zeigten ihre gesunde Hautfarbe und die kräftige Haltung, die sie im Sattel behaupteten. Die Ähnlichkeit zwischen ihnen war so bedeutend, daß man beide fast nur an einer Schmarre zu unterscheiden vermochte, die dem einen von ihnen quer über die linke Wange lief.

Eine allzu große männliche Schönheit war ihnen nicht zuzusprechen, weil leider der hervorragendste Teil ihrer Gesichter auf ungewöhnliche Weise ausgebildet war. Sie hatten Nasen, und zwar was für welche! Man konnte mit aller Sicherheit, jede Wette zu gewinnen, behaupten, daß solche Nasen in den ganzen Vereinigten Staaten nicht mehr zu finden seien. Um sich solche Nasen nach Größe, Form und Farbe vorstellen zu können, muß man sie gesehen haben; beschreiben kann man sie nicht. Trotz dieser Nasen waren die Männer nicht etwa häßlich zu nennen. Im Gegenteil lag in ihren ausgeprägten, nach amerikanischer Weise glattrasierten Zügen ein Ausdruck von Wohlwollen, der gewinnend wirkte. In ihren Mundwinkeln hatte sich ein heiteres, sorgloses Lächeln eingenistet, und ihre hellen, scharfen Augen blickten so freundlich in die Welt, daß selbst ein Übelwollender zum Mißtrauen keinen Grund gefunden hätte. Ihre Anzüge bestanden aus bequemen dunkelgrauen, wollenen Überhemden und ebensolchen Hosen. An den Füßen trugen sie starke Schnürschuhe, auf den Köpfen breitrandige Biberhüte, und von den Schultern hingen breite Lagerdecken wie Regenmäntel herab. In ihren ledernen Gürteln steckten Messer und daran hingen Revolver, und außerdem waren sie mit langen, weittragenden Rifles bewaffnet.

Ich hatte diese beiden Männer bis jetzt noch nie gesehen, aber von ihnen gehört und wußte also, wen ich vor mir hatte, denn ein Irrtum war da nicht möglich. Sie waren unzertrennlich. Kein Mensch hatte jemals einen von ihnen allein gesehen; ihren eigentlichen Namen kannte man nicht; sie wurden ihrer Nasen wegen nur „Die beiden Snuffles" genannt. Jim Snuffle war der mit der Schmarre. Tim Snuffle hieß der andre. Man hört also, daß sogar die Vornamen einander ähnlich waren.

Wenn ich in der letzten Zeit nicht in der Stimmung gewesen war, eine Kameradschaft herbeizuwünschen, so hatte ich jetzt doch nichts dagegen, mit diesen Männern zusammenzutreffen. Sie waren grundehrliche und dabei so anziehende Persönlichkeiten, daß es sich schon verlohnte, eine Strecke mit ihnen zu reiten, falls ihr Weg mit dem meinigen zusammenfallen sollte.

Sie sahen weder mein Pferd, weil es sich hinter dem Gebüsch befand, noch mich, denn das Gras, in dem ich lag, war hier am Bach so hoch, daß es mich verdeckte. Die Augen immer auf meine Fährte gerichtet, kamen sie näher und näher, bis sie kaum noch zwanzig Schritt von mir entfernt waren. Da mußten sie denn doch bemerken, daß die Spur, der sie folgten, plötzlich ein Ende nahm. Sie hielten ihre Maultiere erstaunt an, und Jim rief ganz verblüfft aus:

„*Zounds!* Da ist die Fährte alle! Siehst du das nicht auch, alter Tim?"

„*Yes*", nickte der andre. „Aber wo ist der Kerl?"

„Wie weggeblasen!"

„Da müßte jemand da sein, der ihn fortgeblasen hat, alter Jim. Man sieht aber auch so einen nicht."

„Schau, dort führen die Hufstapfen hinters Gebüsch. Der Mann wird sich dort versteckt haben."

„Nein. Richte deine gesegneten Augen hier herunter! Da ist er abgestiegen und zum Wasser gegangen, wo —"

Tim hielt inne, folgte meinen Fußeindrücken mit den Augen, bis sie an der Stelle, wo ich lag, haften blieben, und fuhr dann fort:

„*The devil!* Dort liegt er im Gras und rührt sich nicht! Meint er etwa, daß es hier im Wilden Westen kein Pulver und kein Messer gibt! Hält da Mittagsruhe, als läge er daheim auf dem Kanapee und nicht jenseits des Mississippi, wo die Komantschen sich von außen heranschlängeln wie Wölfe, die nach Beute heulen. Komm, wollen ihn aufwecken."

Sie lenkten ihre Tiere zu mir heran. Ich sah ihnen mit offnen Augen entgegen, woraus sie erkennen mußten, daß ich nicht geschlafen hatte. Darum sagte der mit der Schmarre:

„*Good day*, Mann! Seid Ihr ein unvorsichtiger Mensch! Macht eine Fährte, die man drei Meilen weit erkennen kann, und legt Euch an ihrem Ende ins Gras, so daß es jedem Roten kinderleicht werden müßte, Euch aufzufinden und auszulöschen. Ein Westmann scheint Ihr also keinesfalls zu sein."

Infolge seiner sonderbaren Riesennase hatte Jims Stimme jenen eigenartigen Klang, der ihnen zum Namen Snuffle verholfen hatte. Er musterte mich mit einem forschenden, aber wohlwollenden Blick, den ich ruhig aushielt, und fuhr dann fort:

„Nun, habt Ihr keine Antwort für mich?"

„Meint Ihr wirklich, daß ein Roter, der auf meiner Spur käme, mich so leicht auslöschen könnte?"

„Gewiß!"

„Oho! Ich würde ihn kommen sehen, und er bekäme meine Kugel, ehe er nur wüßte, an welcher Stelle ich liege. Ihr selbst wart ja nur einige Schritte von mir entfernt, als ihr mich endlich saht. Ich hätte euch also zehnmal wegblasen können, wie ihr glaubtet, daß ich weggeblasen sei."

Da richtete Jim einen erstaunten Blick auf seinen Bruder und sagte nachdenklich den Kopf schüttelnd:

„Der Mann hat nicht unrecht. Meinst du nicht, alter Tim? Er spricht wie ein Buch, obgleich er nicht so klug aussieht. Hätte uns wirklich leicht wegputzen können, wenn es Feindschaft zwischen uns und ihm gäbe und" — fügte er mit Betonung hinzu — „wenn er ein Westmann wäre."

„*Yes.* Ein Westmann aber ist er nicht", antwortete Tim sehr bestimmt, indem er mich mit einem wohlwollend bedauernden Blick betrachtete. „Wird irgendein verirrter Settler sein."

„Jawohl, das sieht man. Wollen uns seiner annehmen und ihn auf den richtigen Weg bringen. Sich hier im Fernen Westen zu verirren und von den Komantschen ergriffen zu werden ist keineswegs das höchste der Gefühle. Inzwischen können wir hier auch ein wenig ruhen. Der Platz ist nicht übel dazu."

Jim stieg ab, setzte sich zu mir nieder, was auch sein Bruder tat, und fragte mich in jenem selbstbewußten, dabei aber freundlichen Ton, dessen sich ein Höherer einem hilfsbedürftigen Niedern gegenüber bedient:

„Ihr habt doch nichts dagegen, daß wir Euch Gesellschaft leisten, he?"

„Die Prärie ist für einen jeden offen, Sir."

„Oho! Das klingt ja genauso, als wäre es Euch ganz schnuppe, daß wir Euch Rat und Hilfe bringen wollen."

„Sehr lieb von Euch; brauche aber weder Rat noch Hilfe."

„Nicht?" fragte Jim, indem er die Brauen emporzog und mich bedenklich ansah. „Habt Euch also nicht verirrt?"

„Nein."

„Hm! Sonderbar! Wette mein Maultier gegen eine junge Ziege, daß Ihr kein Westmann seid. Woher seid Ihr denn eigentlich?"

„Aus Deutschland."

„Ein Deutscher? Hm, das ist allerdings sehr wahrscheinlich. Euer Ge-

sicht, Euer Anzug, es ist ja alles deutsch an Euch. Man darf wohl erfahren, was Ihr hier treibt und wie Ihr heißt?"

„Warum nicht? Aber ich war zuerst hier und habe also das Recht, diese
Frage zunächst an Euch zu stellen."

„Bless me, sieht dieser Mann auf gute Sitte! Na, da wir wirklich später gekommen sind, wollen wir gemütlich sein und Euch sagen, daß wir
echte Westmänner sind und keine Aasjäger, wie sie jetzt zu Hunderten
die alte Prärie unsicher machen. Und wie wir heißen? Unser eigentlicher
Name wird Euch wohl gleichgültig sein, denn wir werden von aller Welt
nur ‚Die beiden Snuffles' genannt, wegen unsrer Nasen, müßt Ihr wissen.
Es ist das ein wenig ärgerlich. Aber wir sind es nun so gewöhnt, daß wir
uns nichts daraus machen. Jetzt wißt Ihr, was wir sind und wie wir heißen, und ich denke, daß Ihr meine Frage nun auch beantworten werdet."

„Sehr gern", erwiderte ich, indem ich mich seiner eignen Worte be-
diente. „Ich will auch gemütlich sein und Euch sagen, daß ich ein echter
Westmann bin und kein Aasjäger, wie sie jetzt zu Hunderten die alte
Prärie unsicher machen. Und wie ich heiße? Mein eigentlicher Name
wird Euch wohl gleichgültig sein, denn ich werde von aller Welt nur Old
Shatterhand genannt."

Bei diesen Worten sprang Jim Snuffle in die Höhe und rief aus:

„Old Shatterhand? *Heigh-day!* Da haben wir ja die große Ehre, den
berühmtesten —"

Er konnte nicht weitersprechen, denn sein Bruder Tim fiel ihm in die
Rede:

„Unsinn! Laß dir doch nichts weismachen, alter Jim! Sieh dir diesen
Mann doch richtig an! Er und Old Shatterhand! Ich weiß doch genau,
daß du Augen im Kopf hast."

Jim folgte dieser Aufforderung, indem er seinen Blick über mich gleiten ließ, und stimmte dann enttäuscht bei:

„Well, hast recht, alter Tim; dieser Mann ist kein Old Shatterhand.
Was habe ich nur gedacht! Wenn er Old Shatterhand wäre, so dürfte
man einen Waschbär für einen Grizzly halten."

Während er das sagte, setzte er sich wieder. Ich sprach zu ihm:

„Ob Ihr meinen Worten Glauben schenkt oder nicht, kann an ihrer
Wahrheit nichts ändern."

„Pshaw!" lachte Jim. „Ihr heißt nicht Old Shatterhand. Ich weiß besser, wer und was Ihr seid."

„Nun, wer?"

„Ein *Joker* seid Ihr, ein Spaßvogel, der uns an unsern langen Nasen
spazierenführen will. Aber das wird Euch nicht gelingen. Habe vorhin vor
Überraschung, so unerwartet den Namen Old Shatterhand zu hören, gar
nicht daran gedacht, daß ich diesen berühmten Jäger kenne."

„Ah! Ihr kennt ihn, Mr. Snuffle?"

„Ja. Wir haben ihn einmal im Fort Clark am Fluß Missouri gesehen."

„Im Fort Clark? Sollte er wirklich in North Dakota gewesen sein? Davon weiß ich nichts."

„Das glaube ich gern, denn ich bin überzeugt, daß Ihr von Old Shatterhand überhaupt nichts weiter als nur den Namen wißt. Ich sage Euch, dieser Jäger ist ein baumlanger, ungemein breitschultriger Mann mit einem rabenschwarzen Vollbart, der ihm bis auf die Brust herabreicht. Er hat von Winnetou, ehe sie befreundet wurden, einen Beilhieb über die Stirn bekommen, dessen Spur man noch heute sieht."

„Einen Beilhieb über die Stirn? Eine sehr lange, doppelbreite Gestalt mit schwarzem Vollbart? Hm! Da habt Ihr Euch wirklich an Eurer langen Nase spazierenführen lassen, Mr. Snuffle. Old Shatterhand ist nie in Fort Clark gewesen. Der, den ihr soeben beschrieben habt, ist ein aus Iowa gebürtiger Fallensteller namens Stoke, der sich allerdings verschiedenemal für Old Shatterhand ausgegeben hat, bis ihm dieses Handwerk gelegt wurde."

„Von wem?"

„Vom echten Old Shatterhand."

„Ah! Also von Euch? Wie ist denn das zugegangen, Sir? Bin wirklich neugierig, es zu hören."

„Das ging sehr glatt und klar zu. Es war im Fort Randall, am Fluß Missouri. Ich kam dorthin, um mein Pulver zu ergänzen, und fand im Store eine Gesellschaft von Männern, die um ihn saßen und mit Begierde seinen Flunkereien lauschten. Ich fragte ihn, ob er wirklich Old Shatterhand sei, und als er diese Frage bejahte, erklärte ich, daß ich der einzige Mann sei, der das Recht besitzt, diesen Namen zu führen. Da er mich hierauf einen Lügner nannte, führte ich den Beweis, daß ich die Wahrheit gesagt hatte."

„Den Beweis? Wie denn?"

„Ich gab ihm die Faust an den Kopf, daß er zusammenbrach."

„*Well!* Wollt Ihr die Güte haben und diese Faust zeigen?"

„Hier ist sie."

Ich hielt ihm meine Hand hin. Er nahm sie in die seinige, betrachtete sie, befühlte sie und erklärte dann lachend:

„Ihr seid ein außerordentlicher Spaßvogel. Das ist ja eine Frauenhand. So weiche Finger hatte unsre Tante selig. Weiß das sehr genau, denn ich habe manche tüchtige Backpfeife von ihr bekommen, bin aber nicht davon umgefallen. Und mit diesen Fingern schlagt Ihr einen Menschen nieder?"

„Sogar so, daß er gar nicht wieder aufwacht, wenn ich will."

„*Well!* Seid doch so freundlich, und gebt mir jetzt einen solchen Hieb! Ich möchte wissen, wie es ist, wenn man ohne Besinnung ist. Das muß doch das höchste der Gefühle sein."

Jim hielt mir lachend seinen Kopf hin. Ich entgegnete:

„Das dürft Ihr nicht von mir verlangen, Mr. Snuffle, denn bei Euch wären sicher zwei Hiebe nötig."

„Wieso?"

„Einen für den Kopf und einen für die Nase."

„Ah so! Habt Euch nicht übel herausgewunden, doch wissen wir, woran wir mit Euch sind. Wärt Ihr wirklich Old Shatterhand, so hättet Ihr jetzt zugeschlagen, denn dieser Mann läßt sich nicht ungestraft einen Spaßvogel nennen."

„Zumal dieses Wort hier eigentlich Lügner bedeutet", fügte ich ruhig hinzu. „Ihr seid so gütig, Euch eines weniger ärgerlichen Ausdrucks zu bedienen. Aber eben diese Eure Freundlichkeit verbietet mir, Euern Wunsch zu erfüllen."

„Wieder eine sehr gute Ausrede! Wißt Ihr vielleicht, was für Gewehre Old Shatterhand besitzt?"

„Einen Bärentöter und einen Henrystutzen."

Ich muß bemerken, daß ich wegen des Regens, der in der letzten Nacht gefallen war, meinen Stutzen in den Überzug geknöpft hatte. Jim Snuffle deutete auf die Büchse, die neben mir lag, und fragte:

„Wollt Ihr etwa behaupten, daß diese alte, ungefüge Kanone der Bärentöter Old Shatterhands sei?"

„Gewiß."

„Dann kann man eine Haubitze aus Washingtons Zeiten als Salonrevolver taufen! Und das Sonntagsgewehr, das Ihr hier so zart eingebunden habt, ist wohl der Henrystutzen?"

„Ja."

„So zeigt ihn her! Möchte ihn gern betrachten."

„Hat Euch der andre Old Shatterhand auf Fort Clark seine Gewehre gezeigt?"

„Nein. Wer sollte es wagen, einen solchen Mann zu belästigen!"

„Mich aber belästigt Ihr getrost! Hatte er denn einen Bärentöter und einen Stutzen bei sich?"

„Weiß es nicht. Ist auch nicht nötig, es zu wissen. Ich sage Euch, er war der richtige: breitkrempiger Hut, Jagdrock aus Elenhaut, Jagdhemd aus Hirschleder, hirschlederne Leggins und lange Wasserstiefel: so geht Old Shatterhand. Nun aber seht Euch dagegen an! Euer Hut ist das einzige an Euch, was zu dem Wort Jäger oder Westmann paßt. Alles andre gehört hinter den Ackerpflug oder in den Kaninchenstall. Und was die Hauptsache ist: Old Shatterhand ist gar nicht hier in dieser Gegend, sondern droben in den Gros-Ventre-Bergen."

„Das könnt Ihr so fest behaupten?"

„Ja. Ihr wißt gar nicht, was da droben geschehen ist. Habt Ihr von Winnetou gehört?"

„Dem Häuptling der Apatschen? Was wißt Ihr von ihm?"

„Daß er tot ist. Die Sioux-Ogellalah haben ihn im Hancock-Berg erschossen, und Old Shatterhand ist hinter ihnen her, um den Tod seines berühmten Freundes zu rächen. Ich sage Euch, daß kein einziger von ihnen mit dem Leben davonkommen wird! Old Shatterhand vergießt nie unnütz Blut; in diesem Fall aber wird er nicht ruhen, bevor die Roten bis zum letzten Mann ausgelöscht sind. Wollt Ihr nun noch immer behaupten, Old Shatterhand zu sein?"

„Ja."

„So erzählt uns doch, was dort am und im Hancock-Berg geschehen ist!"

„Habe genug daran, es erlebt zu haben; mag nicht auch noch Worte darüber machen."

„*Well!* Immer eine Ausrede, die nicht übel klingt! Mann, Ihr gefallt mir sehr. Entweder seid Ihr übergeschnappt und haltet Euch für einen, der Ihr gar nicht seid. Da müssen wir uns Eurer annehmen, damit Ihr Euch nicht zuletzt gar noch für den Sultan der Türken oder für den Kaiser von China haltet. Oder Ihr treibt nur so Euern Scherz, und da seid Ihr ein Gesellschafter, der sehr gut zu uns paßt. Wenn Ihr gleichen Weg mit uns hättet, würden wir Euch mitnehmen. Woher kommt Ihr?"

„Von den Gros-Ventre-Bergen herunter."

„*Well!* Gut geantwortet! Und wo wollt Ihr hin?"

„Zu den Apatschen."

„*The deuce!* Was wollt Ihr bei ihnen?"

„Ihnen den Tod Winnetous melden."

„Mann, Ihr fallt nicht aus Eurer Rolle! Aber wenn Ihr diese Absicht wirklich hättet, so würdet Ihr den gefährlichen Weg umsonst machen, denn die Apatschen wissen jedenfalls schon, daß Winnetou tot ist."

„Sehr richtig! Ich konnte nicht gleich fort, sondern wurde durch Umstände zurückgehalten, und so ist mir die Fama weit vorausgeflogen. Aber trotzdem muß ich hin. Die Apatschen müssen einen Augenzeugen hören."

„Augenzeugen! Ihr seid wirklich kostbar! Wenn Ihr bei uns bleiben wolltet, das wäre für uns das höchste der Gefühle. Wollen nämlich über den Canadian hinüber und dann nach Sante Fé hinauf. Das ist für einige Zeit auch Eure Richtung. Wollt Ihr Euch zu uns gesellen?"

„Ja, denn ihr gefallt mir auch."

„*Well!* So ist die Sache abgemacht. Ihr reitet mit uns. Wißt Ihr denn auch, was das zu bedeuten hat?"

„Etwas Besonderes jedenfalls nicht."

„Oho! Müssen durchs Gebiet der Komantschen, die sich wieder gegen die Weißen zusammenrotten. Sie behaupten nämlich, um gewisse Lieferungen betrogen worden zu sein. Haben vielleicht auch recht. Wenn sie uns erwischen, sind wir verloren."

„Wenn sie uns erwischen, sind wir dumm."

„*Well,* nicht übel! Hoffentlich seid Ihr in Wahrheit so gescheit, wie Eure Worte klug klingen, und laßt Euch nicht erwischen. Jetzt haben wir ausgeruht und wollen aufbrechen. Holt Euer Pferd, Sir!"

„Ist nicht nötig. Es kommt von selbst."

Ich pfiff. Da kam es ums Gebüsch herbeigetrabt. Als die beiden Snuffles den prächtigen Schwarzschimmel sahen, staunten sie ihn eine Weile wortlos an, und dann rief Jim aus:

„*Lack-a-day,* ist das ein Pferd! Wie kommt Ihr zu einem solchen Tier?"

„Es ist ein Geschenk von Winnetou."

„Haltet einmal den Schnabel! Winnetou wird Euch ein solches Pferd schenken! So weit werdet Ihr doch nicht in Eurer Rolle gehen! Ich will Euch offen sagen, daß Ihr mir jetzt verdächtig vorkommt. Ein Mann wie Ihr, und dieses kostbare Tier! Hoffentlich begegnet uns keiner, dem es gehört und der eine Jury zusammenruft, um uns hängen zu lassen! Das wäre nicht gerade das höchste der Gefühle!"

„Keine Sorge, Mr. Snuffle! Ich bin kein Pferdedieb. Daß es mir gehört, erseht Ihr daraus, daß es mir so willig gehorcht."

„Wenn es so ist, so werde ich wirklich irre. Wer ein solches Pferd reitet, kann kein schlichter Landläufer sein. Aber ein richtiger Westmann steckt seinen Körper doch nicht in Leinwandtüten, wie Ihr an Euern Gliedern hängen habt! Ihr seid mir ein Rätsel."

„Mag sein. Zerbrecht Euch nicht den Kopf; die Lösung kommt von selbst."

„Aber möglichst bald, wenn ich bitten darf! Habe Euch für einen Spaßvogel gehalten, aber dieses Pferd macht mich nachdenklich. Glücklicherweise habt Ihr ein ehrliches Gesicht, und so wollen wir's mit Euch versuchen. Steigt also auf und macht, daß wir weiterreiten!"

Diese Begegnung war mir, wie schon gesagt, erst nicht unerwünscht gekommen; jetzt begann sie mir unterhaltend zu werden. Die beiden braven Snuffles wollten durchaus nicht glauben, daß ich Old Shatterhand sei. Sie waren durch jenen Stoke irre gemacht worden, und mein gegenwärtiger Anzug trug dazu bei, sie in ihrem Zweifel zu bestärken. Ich hätte ihnen nur den Henrystutzen zu zeigen brauchen, um ihnen eine andre Ansicht beizubringen. Aber es gefiel mir, sie in ihrer Besorgnis steckenzulassen, und so kam es, daß sie schließlich zu bereuen schienen, mich mitgenommen zu haben.

Gegen Abend machten wir am Rand eines Waldes Lager. Es verstand sich wegen der Komantschen von selbst, daß gewacht werden mußte, und ich forderte die Brüder auf, die Reihenfolge, in der es geschehen sollte, festzustellen. Da aber erklärten sie, daß ich die ganze Nacht schlafen könne, weil sie abwechselnd wachen würden. Ihr Mißtrauen war also gewachsen. Aber ich hatte während der letzten Nächte keinen eigentlichen Schlaf gehabt, weil ich allein gewesen war und mit niemand im Wachen hatte abwechseln können, und so war es mir lieb, heut Ruhe zu finden. Ich legte mich also nieder und schlief fest, bis ich gegen Morgen geweckt wurde. Den Stutzen hielt ich während des Schlafs im Arm, damit die Snuffles ihn nicht in Augenschein nehmen konnten.

Als wir früh aufbrachen, hatten wir ungefähr noch vier Stunden zu reiten, um an den Beaver-Creek der North Fork of Canadian River zu kommen. Während dieses Ritts zeigte ich mich ebenso einsilbig und in mich versunken, wie ich gestern gewesen war. Meine Gefährten gaben sich auch keine Mühe, eine Unterhaltung in Fluß zu bringen. Am liebsten wären sie mich wohl wieder losgeworden.

Es mochte die Hälfte der angegebenen Zeit vergangen sein, und wir befanden uns auf einer kleinen, offenen Savanne, als vor uns ein einzelner Reiter auftauchte, dessen Richtung ihn auf uns zuführen mußte. Als er uns bemerkte, trieb er sein Pferd rechtsab, um weit an uns vorüberzukommen. Das war verdachterweckend. Jim sagte:

„Er will uns nicht begegnen. Er ist ein Weißer; wir sehen es, und so muß auch er erkennen, daß er keine Roten vor sich hat. Warum will er nichts von uns wissen, alter Tim?"

„Weil man in dieser Gegend keinem Menschen trauen soll, auch wenn er ein Weißer ist", erwiderte der Gefragte.

„Wollen ihm aber doch beweisen, daß man uns trauen darf. Es ist für uns vorteilhaft zu erfahren, woher er kommt und ob er Spuren von Komantschen gesehen hat. Lenken wir also zu ihm hinüber!"

Der Reiter sah, daß wir zu ihm wollten. Wäre er jetzt noch weiter ausgewichen, so wäre das noch verdächtiger gewesen. Wir hätten ihn, da wir zu dreien waren, doch zwischen uns gebracht. Darum war er so klug, sich ins Unvermeidliche zu fügen und uns entgegenzukommen. Als er nahe genug war, sah ich, daß er ein sehr gutes Pferd ritt, und ich bemerkte zu meinem Erstaunen, daß es in einer Weise aufgeschirrt war, die für Amerika völlig fremd ist. Das Sattel- und Riemenzeug war nämlich der kostbaren Schirrung nachgeahmt, die man in Persien Reschma nennt. Diese Nachahmung war billig hergestellt und von einer Hand gefertigt, die das Original nicht kannte. Es war darum nicht weniger auffällig, hier im amerikanischen Westen ein persisches Reschma zu sehen.

Der Reiter war ein Amerikaner. Er hatte dieses Geschirr jedenfalls nicht beim Sattler fertigen lassen. Er trug die Kleidung eines Westläufers, hatte eine Flinte auf dem Rücken hängen und am Gürtel einen Revolver, ein Bowiemesser und — —: ich traute meinen Augen kaum, als ich einen langen, persischen Handschar[1] erblickte, dessen Griff kunstvoll mit Silber ausgelegt war. Wie kam der Westmann zu der orientalischen Waffe? Das konnte unmöglich mit rechten Dingen zugehen.

Er grüßte mürrisch und hielt notgedrungen sein Pferd an, als wir seinen Gruß erwidert hatten. Jim Snuffle fragte ihn:

„Werdet Ihr es übelnehmen, Sir, wenn wir Euch eine Minute lang aufhalten? Die Komantschen sind aus ihren Löchern gekrochen, und unter solchen Umständen ist es immer gut zu wissen, ob die Gegend, die man vor sich hat, sicher ist oder nicht. Kommt Ihr vielleicht vom Beaver-Creek herüber?"

„Ja", entgegnete der Gefragte, indem er seine lange Gestalt aufrichtete und die beiden Schultern ungeduldig bewegte. „Wenn Ihr etwas wissen wollt, so macht es kurz. Ich habe Eile."

„Werde nichts Unnötiges sagen. Welchen Weg habt Ihr jenseits des Creek gehabt?"

„Von den Antelope-Hills am Canadian her."

„Seid Ihr auf Spuren von Komantschen getroffen?"

„Nein."

„Aber es hat drüben schon Feindseligkeiten gegeben."

„Habe von nichts gehört. Seid Ihr nun fertig? Ich muß fort."

„Ja, bei einer so klaren Antwort bin ich fertig. Danke Euch höflich, Sir, und wünsche fernern guten Ritt!"

Die Snuffles waren zufriedengestellt, ich aber nicht. War mir erst das fremdartige Geschirr und der Handschar verwunderlich vorgekommen, so fiel mir jetzt die übergroße Eile des Fremden doppelt auf. Er kam mir ängstlich vor. Daß er von den Antelope-Hills allein hierhergekommen sein wollte, war unwahrscheinlich. Darum trieb ich, als er sein Pferd wieder in Bewegung setzen wollte, das meinige hart ans seinige heran und sagte:

[1] Dolch

14

„Noch einen Augenblick, Sir! Was ist das wohl für ein seltsames Geschirr, womit Ihr Euer Pferd so schön herausgeputzt habt? Habe hier noch nie so etwas gesehen."

„Das geht Euch nichts an!" brummte er grob und versuchte voller Ungeduld, an mir vorbeizukommen. Ich blieb ihm aber im Weg und fuhr fort:

„Richtig! Es geht mich nichts an. Aber ich bin neugierig und möchte es gern wissen."

„Gebt den Weg frei!" schnaubte er mich an. „Es ist ein mexikanisches Geschirr. Jetzt wißt Ihr's, und nun fahrt mit Eurer Neugier zum Teufel!"

Er nahm sein Pferd vorn hoch, um es in einem Bogen an mir vorüberzutreiben. Ich aber spornte das meinige zu einem noch weitern Satz an, blieb ihm also zur Seite und entgegnete:

„Ihr irrt Euch, Sir. Das ist kein mexikanisches, sondern ein persisches Geschirr. Darf ich fragen, von wem Ihr diesen fremdartigen Dolch in Euerm Gürtel habt?"

„Nein, das dürft Ihr nicht fragen. Mit welchem Recht ——"

Er wurde von Jim unterbrochen, der mir verweisend zurief:

„Was fällt Euch ein! Laßt diesen Gentleman in Ruhe! Ich dulde nicht, daß Ihr ohne allen Grund hier eine Balgerei anfangt!"

Ich hörte gar nicht auf ihn, sondern erklärte dem Fremden:

„Dieser Dolch ist ein persischer Handschar, und ich verlange, daß Ihr Euch über seinen Besitz ausweist. Das Pferd, das Ihr reitet, gehört nicht Euch."

„Was wagt Ihr zu behaupten?" brüllte er mich an. „Soll ich Euch eine Kugel durch den Kopf jagen?"

„Das werdet Ihr bleibenlassen", erwiderte ich ruhig. „Seht Eure Stiefel und Eure Sporen an! Passen sie in diese orientalischen Steigbügelschuhe? Das Pferd gehört nicht Euch. Wem habt Ihr es gestohlen?"

„Das werde ich dir sofort mit einer Kugel sagen, neugieriger Schuft!"

Er riß den Revolver vom Gürtel, um ihn auf mich zu richten. Aber ich holte rasch aus und gab ihm einen Fausthieb an die Schläfe, daß er, die Zügel fallen lassend, auf der andern Seite vom Pferd stürzte und da am Boden liegenblieb. Ich stieg ab, um sogleich seine Taschen zu untersuchen. Da sprang Jim Snuffle auch aus dem Sattel, eilte herbei, faßte mich am Arm und rief:

The deuce, das hat ja den Anschein, als hätten wir einen Straßenräuber bei uns! Wenn Ihr nicht sofort von diesem Mann laßt, schlage ich Euch mit dem Gewehrkolben zu Boden!"

Jimm wollte mich aufzerren, brachte es aber trotz aller Kraft, die er anwendete, nicht fertig. Ich schüttelte ihn von mir ab, richtete mich selbst auf und antwortete entschieden:

„Meine Faust ist schneller als Euer Kolben, Mr. Snuffle. Old Shatterhand ist weder ein Straßenräuber noch so leichtgläubig wie Ihr. Laßt mich machen, was ich will, sonst trifft Euch meine Hand gradso, wie sie diesen Lügner vom Pferd geworfen hat!"

„Aber —", stotterte Jim eingeschüchtert, „er hat Euch ja nichts getan!"

„Mir nicht, aber andern Leuten. Das werde ich Euch beweisen."

Ich bückte mich abermals und leerte die Taschen des Bewußtlosen, ohne gestört zu werden. Doch ich fand nichts, was meinen Verdacht bestätigt hätte. Das veranlaßte den guten Jim, mir vorzuwerfen:

„Da habt Ihr Euern Irrtum; Ihr findet nichts. Man fällt doch nicht wie ein wildes Tier über einen Menschen her, nur um —"

„Bitte, ereifert Euch nicht!" fiel ich ihm in die Rede. Der Inhalt seiner Taschen beweist nur, daß er ein Westmann ist, nicht aber auch, daß dieses Pferd ihm gehört. Wollen nun auch erfahren, was sich in den Satteltaschen befindet!"

Ich öffnete die eine, griff hinein und zog etwas heraus, was ein Westmann schwerlich bei sich führt, nämlich ein in Marokkoleder gebundenes kleines Buch. Als ich es öffnete, sah ich geschriebene persische Schriftzüge. Ich las auf der Seite, die ich ohne Wahl getroffen hatte:

> *„Du yar zirak u az bada in kuhun du mani,*
> *Faragat-i va kitab-i va gusa i caman-i!*
> *Man in huzur bi dunya va achirat na diham;*
> *Agarci dar pay-am uftand chalki, anjuman-i!"*

Das war ja ein im Mutaß-Versmaß gedichtetes Ghasel aus dem „Diwan" des Hafis, des größten Lyrikers, den Persien geboren hat! Konnte dieses Buch das Eigentum eines einfachen Savannenläufers sein? Entschieden nicht! So ein Mann pflegt nicht Persisch studiert zu haben und sich während eines Ritts durch das Gebiet der feindlichen Komantschen mit Hafis zu beschäftigen.

Ich suchte weiter und fand außer einer persischen Hukah[1] noch verschiedene andre Gegenstände, die mit Sicherheit darauf schließen ließen, daß der rechtmäßige Besitzer des Pferdes entweder ein Orientale sei oder wenigstens orientalische Gewohnheiten habe. Und das hier im fernen amerikanischen Westen! Ein Umstand, der mich zur Verwunderung berechtigte. Sollte der Besitzer ein reicher Yankee sein, der die Prärie durchquerte und vorher in Persien oder überhaupt im Orient gewesen war? Man hatte ihn beraubt, vielleicht ermordet; das mußte unbedingt untersucht werden.

Die beiden Snuffles standen dabei — denn Tim war auch abgestiegen — und sahen mit gespannter Erwartung und jedenfalls unklaren Empfindungen meinem Beginnen zu. Als ich die Hukah zum Vorschein brachte, fragte Jim neugierig:

„Was ist denn das für ein Ding? Ein Schlauch, der einen Kopf und eine gläserne Flasche hat! Wohl gar ein Apothekerinstrument, zum Eindampfen des Likörs?"

„Das weniger. Es ist eine persische Tabakspfeife, deren Rauch durch Wasser geführt wird."

[1] Wasserpfeife

„Der Rauch durch Wasser! Das muß das höchste der Gefühle sein! Also raucht der Mann, der hier am Boden liegt, durch diese Wasserflasche?"

„Der jedenfalls nicht, sondern ein andrer, den wir unbedingt noch ausfindig machen werden!"

„Und was ist das für ein Buch?"

„Ein persisches Gedichtbuch. Persisch sind überhaupt fast alle diese Gegenstände."

„Wie könnt Ihr denn wissen, daß dieses Buch ein persisches ist?"

„Weil ich es lese."

„Ihr — — versteht also — — Persisch?"

„Ja."

„Liegt dieses Persien etwa in der großen Wüste Sahara, wo die Menschen auf Kamelen sitzen?"

„Nicht in ihr, aber auch nicht allzuweit davon."

„*Zounds!* Hast du es gehört, alter Tim?"

„*Yes*", antwortete sein wortkarger Bruder.

Sie sahen einander an, und ich kann nicht behaupten, daß ihre Gesichter dabei den Ausdruck übermäßiger Klugheit zeigten.

„Tim, du hast doch gehört, was in Jefferson City von Old Shatterhand erzählt wurde?"

„Muß es gehört haben. War ja dabei und habe gute Ohren."

„Wie oft soll er in den Vereinigten Staaten gewesen sein?"

„Man sprach von mehrmals."

„Und in der Zwischenzeit?"

„Soll er sich bei den Türken, Chinesen und Niggern herumgeschlängelt haben und auch da, wo man auf Kamelen sitzt und vor lauter Hitze die Haut und das Fell verliert."

„*Well*. Nun denke dir, dieser Mr. German hat diesen Fremden mit der Faust vom Pferd geschlagen, so daß ihm der Verstand vergangen ist."

„*Yes!*"

„Er kann Persisch lesen, was grad neben der Sahara liegt!"

„*Yes!*"

„Old Shatterhand soll überhaupt die Sprachen aller dortigen Chinesen und andrer Muselmänner verstehen?"

„Das soll er allerdings. Man sagt, daß er mit den Muselleuten in allen Indianerdialekten redet."

„*Well!* Nun laßt Euch fragen, ob Ihr in diesen Ländern gewesen seid und mit den dortigen Gentlemen in ihren Sprachen gesprochen habt, Mr. German?"

„Allerdings bin und habe ich das", bestätigte ich.

„So sind wir Snuffles wahrscheinlich zwei sehr große Esel gewesen. Dann ist Eure alte Kanone da vielleicht doch der richtige Bärentöter. Wenn Ihr doch so gut sein wolltet, uns das andre Gewehr auch sehen zu lassen."

„Wißt Ihr denn, wie ein Henrystutzen aussieht?"

„*Yes*. Habe ihn mir genau beschreiben lassen. Würde sofort wissen, woran ich bin."

„So schaut ihn an, ich habe nichts dagegen."

Ich nahm das Gewehr aus dem Überzug und gab es ihnen hin. Sie betrachteten es, und die verlegenen Gesichter, die sie dabei zogen, waren wirklich köstlich. Sie erkannten, welchen Fehler sie begangen hatten, und wagten nicht, mich anzusehen.

„Was sagst du, alter Tim, zu diesem Gewehr?" murmelte Jim.

„Ein Henrystutzen."

„Ohne allen Zweifel. Und da ist eine Silberplatte mit einem Namen eingeschraubt. Kannst du ihn lesen?"

„*Yes*. Old — Shat — ter — hand", buchstabierte Tim.

„Richtig! Und wir haben es nicht geglaubt! Wir haben diesen berühmten Gentleman sogar für einen — — hm, für einen Pferdedieb gehalten! Ist dir schon einmal so ein dummer Streich passiert?"

„*No*."

„Mir auch nicht. Der muß gutgemacht werden. Aber — hm — — hm!"

Es wurde Jim schwer, seine Verlegenheit einzugestehen. Er stand noch eine Weile von mir abgewendet, dann drehte er sich mit einem gewaltsamen Ruck herum, trat auf mich zu und sagte:

„Sir, wir sind die größten Dummköpfe gewesen, die es auf dieser alten Prärie geben kann, nämlich ich und mein Bruder Tim. Aber nach allem, was ich von Euch gehört habe, werdet Ihr es uns wohl nicht lange nachtragen. Lacht uns aus, soviel Ihr wollt. Wenn Ihr Euch jedoch satt gelacht habt, so denkt nicht mehr daran!"

„Ihr glaubt also nun, daß ich Old Shatterhand bin?"

„*Yes!*" nickte Tim, und sein Bruder erklärte weniger wortgeizig:

„Gewiß glauben wir es. Wir beschwören es sogar, und wenn jetzt einer käme, der es bezweifeln wollte, so erhielte er von uns so viele Kugeln in den Leib, daß er durchsichtig würde wie ein Erbsensieb. Ist's Euch denn noch recht, daß wir beisammen bleiben?"

„Solang unser Weg gleichbleibt, ja. Jetzt aber zu dem Fremden hier! Ich sehe, daß er sich bewegt. Wollen zunächst dafür sorgen, daß er uns sicher ist!"

Wir hatten Riemen und banden den Mann so, daß er nicht auf konnte. Waren die Snuffles vorher gegen mich gewesen, so zeigten sie jetzt um so größern Eifer, mir zu Diensten zu sein.

Bald kam der Gefesselte zu sich. Er wollte auf und fühlte, daß er nicht konnte. Das brachte ihn völlig zur Besinnung. Er sah uns vor sich stehen, starrte uns einige Sekunden an und machte, als er sich des Geschehenen bewußt wurde, eine kräftige Anstrengung, die Riemen zu zerreißen. Aber ohne Erfolg, und so fuhr er mich an:

„Was ist Euch eingefallen? Erst schlagt Ihr mich an den Kopf, und dann bindet Ihr mir Hände und Füße! Was habe ich Euch getan? Ich muß fort und verlange, daß Ihr mich losbindet!"

„Glaub's gern, daß Ihr schnell fort wollt", entgegnete ich. „Es steht ja zu erwarten, daß Eure Verfolger bald hier sein werden."

„Gut, daß Ihr's wißt!" erwiderte er, entgegen meiner Erwartung. „Gebt mich also rasch frei, und macht Euch mit aus dem Staub!"

„Wüßte nicht, welche Veranlassung wir dazu hätten!"

„Die dringendste, die es geben kann: Komantschen!"

„Pshaw! Ihr schlagt nun ganz andre Töne an. Vorhin habt Ihr doch behauptet, von ihnen nichts gesehen und gehört zu haben."

„Weil ich mich nicht um Euch zu kümmern brauchte. Wenn Ihr mich nicht fortlaßt, seid Ihr mit mir verloren. Sie kommen, womöglich über sechzig Krieger stark."

„Schön! Vorher möchte ich einiges von Euch erfahren."

„Bindet mich los! Eher stehe ich Euch nicht Rede."

„Es ist grad umgekehrt: Ihr kommt nicht eher los, als bis ich erfahren habe, was ich wissen will."

„Aber diese Zeitversäumnis führt mich und Euch in den sichern Tod."

Er schimpfte auf mich los und erging sich in allen möglichen Schmähungen. Als er sah, daß es keinen Eindruck auf mich machte, wandte er sich an Jim und Tim. Da auch das nichts half, zischte er mich grimmig an:

„So sagt, was Ihr wissen wollt!"

„Wem gehören dieses Pferd und dieser Dolch!"

„Alberne Frage! Natürlich mir!"

„Und dieses Buch?"

„Auch mir."

„Was ist's für eins?"

„Das sind Notizen, die ich aufgeschrieben habe."

„Es ist aber doch nicht englisch!"

„Nein, sondern Stenographie."

„Gebt euch keine Mühe, mich anzulügen! Es ist persische Sprache. Ihr habt das Pferd gestohlen. Wenn Ihr Euch entschließt, aufrichtig zu sein, so werde ich nachsichtig mit Euch verfahren. Bleibt Ihr aber bei Euern Lügen, so lasse ich Euch vom Besitzer des Pferdes nach dem Gesetz der Savanne bestrafen. Ihr wißt doch wohl, daß auf Pferderaub der Tod steht?"

„Lächerlich! Man kann doch unmöglich der Räuber seines eignen Pferdes sein! Versucht es doch nicht, Komödie mit mir zu treiben! Ich durchschaue Euch, Ihr selbst seid Diebe, die mir mein Pferd unter dem Vorwand, daß ich es gestohlen habe, abnehmen wollen."

Diese Frechheit ließ mich ruhig. Den wackern Jim Snuffle aber empörte sie derart, daß er mit geballten Fäusten auf ihn zutrat und ihm drohte:

„Schuft! Wir sollen Diebe sein? Sag das noch einmal, so gerbe ich dir das Fell, daß es in Stücken herumfliegt! Wir und Diebe! Wisse, daß man uns ‚Die beiden Snuffles' nennt!"

„Ah, die seid ihr? Dann ist es um so mehr zu verwundern, daß ihr an mir in dieser Weise handelt. Bindet mich los, dann werde ich euch aus diesem stenographierten Notizbuch beweisen, daß ich der rechtmäßige Eigentümer des Pferdes und all dieser Sachen bin."

„Uns ein persisches Gedichtbuch als Stenographie hermalen, das wäre das höchste der Gefühle! Zum Glück ist aber dieser Gentleman da, der Persisch versteht und das Buch lesen kann."

„Nichts als Lüge! Dieser blaue Leinwandmann will uns Persisch lesen lehren! Schwindel!"

„Blauer Leinwandmann? Kerl, sprich höflicher von ihm! Es ist Old Shatterhand."

„Diese Gestalt soll Old Shatterhand sein? Hahaha!"

Er lachte aus vollem Hals. Darüber ergrimmte Jim dermaßen, daß er den Fuß erhob, um ihn einen Tritt zu versetzen. Ich schob ihn aber zurück und sagte:

„Regt Euch eines solchen Menschen wegen nicht auf, Mr. Snuffle! Es wird kein weiteres Wort an ihn verschwendet. Nun aber wollen wir ihm zeigen, daß wir sein Geständnis gar nicht brauchen."

„Recht so, Sir! Habt ihn mit der Faust vom Pferd geschlagen; schon das allein ist ein Beweis. Hier aber liegt der Bärentöter mit dem Henrystutzen. Wer da noch zweifelt, der ist verrückt! Was schlagt Ihr jetzt vor?"

Die Augen des Gefangenen suchten die beiden Gewehre und richteten sich dann auf mich. Er begann die Vergeblichkeit seines Leugnens einzusehen. Ich tat, als bemerkte ich das nicht, und erwiderte dem Snuffle:

„Wir binden ihn aufs Pferd und reiten mit ihm auf seiner Spur zurück. Da wird es sich sehr schnell zeigen, wie er zu seinem Raub gekommen ist, und ebenso schnell wird er das Vergnügen haben, mich mit dem Eigentümer des Pferdes persisch sprechen zu hören."

Eine Blutwelle stieg dem Gefangenen ins Gesicht. Es hatte mit einem wirklichen Perser oder wenigstens mit einem, der Persisch verstand, seine Richtigkeit.

Was ich gesagt hatte, wurde ausgeführt. Wir taten die Gegenstände in die Satteltaschen zurück und hoben den Gefangenen in den Sattel, wo er festgebunden wurde. Die Snuffles erhielten seine Waffen außer dem Handschar, den ich in meinen Gürtel steckte. Dann stiegen wir auf und ritten dem Beaver-Creek entgegen, ich voran und Jim und Tim mit dem Fremden in der Mitte hinter mir her.

Unser Vorhaben war nicht ungefährlich. Als er vorhin von den Komantschen sprach, hatte es doch nicht so geklungen, als wären seine Worte aus der Luft gegriffen. Es konnte etwas Wahres daran sein, und darum war jetzt größte Vorsicht geboten. Auf der offenen Savanne kündigte sich jede Begegnung schon von weitem an. Als es später Busch und Wald gab, ritt ich zur größern Sicherheit der andern eine genügende Strecke voran, um sie nötigenfalls warnen zu können. Da galt es, doppelt aufmerksam zu sein. Ich mußte auf die Spur achten, die wir nicht verlieren durften, und zugleich Gesicht und Gehör scharf vorwärts richten, um nicht etwa von einem Feind überrascht zu werden. Das minderte unsre Schnelligkeit, und doch war Eile geboten, denn wenn der, dem das Pferd gestohlen worden war, sich in Gefahr befand, so konnte jedes Zögern verhängnisvoll werden.

Glücklicherweise ereignete sich kein Zwischenfall, und wir gelangten an den Beaver-Creek, noch ehe die erwähnten zwei Stunden vergangen waren. Der Fluß hatte nur seichtes Wasser. Die Spur führte hüben heraus, aber drüben nicht hinein.

„Das ist ärgerlich! Was machen wir nun?" meinte Jim. „Der Kerl muß uns sagen, wie er geritten ist. Wir zwingen ihn dazu."

Ein rascher verstohlener Blick, den ich ins Gesicht des Gefangenen warf, zeigte mir ein befriedigtes Aufleuchten seiner Augen. Er nahm an, daß seine Spur nun für uns verloren sei, und schöpfte daraus Hoffnung. Aber er täuschte sich, denn nichts war leichter, als sie wiederzufinden. Er war jedenfalls drüben in den Fluß geritten. Es fragte sich nur, ob ab- oder aufwärts von der Stelle, wo wir hielten. Jedenfalls hatte er das Wasser schräg durchquert. Vielleicht war er gar eine Strecke im Wasser fortgeritten, bevor er es verlassen hatte. Ich stieg vom Pferd und ging langsam ins Wasser, um es nicht zu trüben. Es war klar und kaum einen Meter tief, so daß ich auf den Grund sehen konnte. Aufwärts war nichts zu erkennen, aber als ich mich abwärts wendete, bemerkte ich die Huftapfen des Pferdes mit genügender Deutlichkeit. Der Flüchtling von unten heraufgekommen und hatte, um seine Fährte unauffindbar zu machen, eine bedeutende Strecke im Wasser zurückgelegt. Der Ort, an dem er hineingeritten war, lag wohl zweihundert Schritt von der Stelle entfernt, wo er es verlassen hatte und jetzt als Gefangener bei den Snuffles hielt. Sie sahen mich, und ich winkte ihnen, herbeizukommen und mein Pferd mitzubringen.

Das Gesicht des Gefangenen hatte sich verdüstert. Die Hoffnung war ihm jetzt wieder abhanden gekommen. Er blickte nachdenklich vor sich hin. Ich merkte ihm an, daß er mit sich zu Rat ging.

Die Spur führte zunächst am Fluß hinunter und dann in beinahe rechtem Winkel von ihm ab, durch ziemlich dichten Busch und Wald. Dann wendete sie sich links, bis wir an einen Bach kamen, an dessen Ufer sie aufhörte. Jenseits des Bachs gab es eine freie Stelle, deren Gras niedergetreten war. Ich stieg vom Pferd und untersuchte den Grund des Wassers. Es waren da die Eindrücke von Pferdehufen zu sehen.

„Es scheint, daß da drüben Reiter gelagert haben. Meinst du nicht, alter Tim?" fragte Jim Snuffle seinen Bruder.

„*Yes*", bestätigte dieser.

„Es ist für uns sehr wichtig zu wissen, wer sich vor zwei Stunden hier befunden hat", erklärte ich.

„Vor zwei Stunden? Ihr müßt doch bemerken, wie fest das Gras niedergetreten ist. Nehme an, daß man hier die ganze Nacht gelagert hat!"

„Das denke ich auch."

„Schön! Unter solchen Verhältnissen aber richtet sich das Gras nicht so rasch wieder auf, als wenn es nur kurze Zeit niedergedrückt wurde. Darum meine ich, daß dieser Platz seit länger als zwei Stunden verlassen worden ist."

„Sehr richtig. Aber Ihr scheint nicht alles gesehen zu haben. Als die Leute, die seit gestern abend hier lagerten, den Platz verlassen hatten, kamen andre nach, und die sind erst seit zwei Stunden wieder fort."

„So denkt Ihr, daß wir es mit zwei verschiedenen Trupps zu tun haben?"

„Allerdings."

„Dann sind Eure Augen schärfer als die meinigen. Wollt Ihr so gut sein, meinen schwächern Sehwerkzeugen ein wenig zu Hilfe zu kommen?"

„Gern. Vorher will ich aber über den Bach hinüber. Ihr bleibt einstweilen hier, damit Ihr mir die Spuren nicht verlöscht, die ich lesen soll."

Ich sprang über das nicht breite Wasser und untersuchte das verlassene Lager. Als das geschehen war, rief ich mein Pferd herüber, und die andern drei Reiter folgten.

„Darf ich mit meinem alten Tim auch nachforschen?" fragte Jim. „Möchte doch gern wissen, ob wir es fertigbringen, das gleiche herauszulesen wie Ihr. Das wäre für uns das höchste der Gefühle."

„Habe nichts dagegen", erklärte ich.

Die beiden stiegen ab und betrachteten die vorhandenen Spuren. Sie teilten sich dabei leise ihre Gedanken mit und schienen einer Meinung zu sein. Dann sagte Jim:

„Wenn Old Shatterhand sagt, daß wir es mit zwei verschiedenen Trupps zu tun haben, so muß es wahr sein. Wir bringen aber nur einen Trupp heraus. Wo ist der andre?"

„Hinter dem ersten her."

„Aber seine Spur, Sir! Wir sehen sie nicht."

„Und sie liegt doch deutlich vor Euch. Woher sind die Leute gekommen, die hier gelagert haben, und wohin sind sie gegangen?"

„Grad aus Süden kamen sie und nach Westen sie weiter. Die Fährte ist deutlich genug, und eine zweite gibt es nicht."

„Beachtet doch den auffälligen Winkel, den die beiden Fährten bilden! Wie unwahrscheinlich ist es, daß Westmänner einen solchen Umweg machen! Sie sind von hier nach Westen geritten, und da steht doch zu vermuten, daß sie aus Osten gekommen sind."

„Well. Aber Ihr seht doch, daß sie aus Süden kamen."

„Das ist ja ihre Fährte gar nicht! Schaut nach Osten! Bemerkt Ihr da nichts?"

Jim folgte meiner Aufforderung und sagte dann:

„Halt, jetzt habe ich es! Das Gras scheint einen Streifen zu haben. Man sieht ihn kaum, aber zu erkennen ist er doch noch. Dieser Streifen wird die gestrige Fährte der Leute sein, die hier übernachtet haben. Das Gras hat sich während so langer Zeit wieder aufgerichtet."

„Ja, jetzt seid Ihr auf der richtigen Spur, Mr. Jim Snuffle."

„Und die südliche Fährte?"

„Stammt von einem starken Reitertrupp, der aus Süden kam und jedenfalls in nördlicher Richtung weiterreiten wollte. Als er aber den Lagerplatz hier entdeckte, ist er links abgeschwenkt, um dem ersten Trupp nachzureiten."

„Ja, so ist es, Sir."

„Aber wer war der erste, und wer war der zweite Trupp?" suchte ich nunmehr seinen Scharfsinn zu erproben.

„Der erste bestand aus Weißen, der zweite aus Indianern."

„Welche Gründe habt Ihr zu dieser Meinung?"

„Zwei. Erstens ist der zweite Trupp wenigstens sechzig Reiter stark, und da es unwahrscheinlich ist, daß in dieser Gegend so viele Weiße beisammen sind, darf man wohl vermuten, daß es Rote waren. Und zweitens hatten ihre Pferde keine Eisen, wie Ihr bemerken werdet, wenn Ihr die Fährte genauer betrachtet. Eine solche Anzahl von unbeschlagenen Pferden aber kann nur von Indianern geritten werden."

„Da habt Ihr recht, doch aus welchem Grund soll der erste Trupp aus Weißen bestehen?"

„Weil die Spuren der Pferde Hufeisen nachweisen und weil unser Gefangener hier, der doch ein Weißer ist, zu dieser Truppe gehört hat."

„Richtig, Mr. Jim. Aber er wird es leugnen."

„So müßten wir annehmen, daß er zu den Roten gehöre, die feindliche Absichten gegen diese Weißen hegen, dann aber würde unser Messer ein Wörtchen mit ihm zu sprechen haben."

Ich war gleichfalls überzeugt, daß unser Gefangener zu den Weißen gehört und sich aus irgendeinem Grund, in irgendeiner verwerflichen Absicht von ihnen getrennt hatte, doch war es mir ganz recht, daß Jim ihn mit den Indianern in Verbindung brachte. Das mußte seine Beklemmung erhöhen. Die Wirkung stellte sich sofort ein, denn er beteuerte schnell:

„Ihr irrt Euch, Mr. Jim Snuffle. Gerade diesen Roten habe ich entgehen wollen."

„Wir lassen uns von Euch nichts weismachen."

„Habe es mir überlegt und bin zur Einsicht gekommen, daß es für mich besser ist, Euch die Wahrheit zu sagen."

„Das wäre klug von Euch", wandte ich mich an ihn, „denn wir sind nicht gewillt, uns täuschen zu lassen. Wir werden die Roten bald einholen und dann auch mit den Weißen reden, zu denen der gehört, den Ihr bestohlen habt. Ihr werdet ihm gegenübergestellt werden."

„Das könnt Ihr tun. Habe ihn nicht bestehlen wollen."

„Oho! Ist dieses Pferd mit all den übrigen Sachen etwa nicht sein Eigentum?"

„Ja, alles gehört ihm."

„Soll er Euch das Pferd etwa geliehen haben?"

„Ja, das ist es. Er hat es mir geborgt. Will jetzt aufrichtig mit Euch sein, und wenn Ihr mich anhört, so tut Ihr nicht nur mir, sondern auch Euch einen Gefallen damit, weil Ihr den Roten nachreiten wollt."

„Gut, flunkert nicht wieder! Wie ist Euer Name?"

„Ich heiße Perkins. Ich und noch zwei Westmänner wurden von einem Weißen angeworben, ihn übers Gebirge zu bringen. Ihm gehört das Pferd."

„Wer und was ist er?"

„Das wissen wir nicht genau. Er spricht nicht viel. Wir müssen ihn Mr. Dschafar nennen."

„Dschafar? Ah! Spricht er englisch?"

„So leidlich, daß wir ihn verstehen können."

„Ist noch jemand bei ihm?"

„Er hat zwei englische Diener, die von ihm in London gedungen worden sind."

„Wißt Ihr denn nicht, woher er stammt?"

„Nein. Mr. Dschafar hat eine solche Art, daß wir ihn nicht gut nach seinen Verhältnissen fragen können."

„Aber gewiß wohlhabend?"

„Ja, er hat zwei Packpferde und bezahlt uns gut. Ein Christ ist er wohl nicht."

„Woraus schließt Ihr das?"

„Daraus, daß er täglich fünfmal in einer sehr eigentümlichen Weise betet, und zwar in einer Sprache, die wir nicht verstehen."

„Bedient er sich dabei eines Teppichs, auf dem er betet?"

„Ja, er hat eine Decke, auf der er während des Gebets abwechselnd steht, kniet und liegt."

„Wie kleidet er sich?"

„Ganz so wie wir, außer daß er auf dem Kopf eine Lammfellmütze trägt. Sein Haar ist dunkel, und er hat einen überaus starken, lang herabhängenden Schnurrbart."

„Wie alt ist er ungefähr?"

„Vielleicht dreißig Jahre."

„Er ist wahrscheinlich ein Perser. Freilich kann ich mir nicht erklären, wie ein solcher nach Amerika und gar in den Wilden Westen kommt. Wo will er hin?"

„Nach San Francisco. Wir sollen ihn nach Santa Fé bringen, wo er andre Führer nehmen will. Glaubt Ihr mir nun, Mr. Shatterhand?"

„Eure jetzigen Angaben scheinen zu stimmen. Nun sagt ebenso aufrichtig, warum Ihr von ihm entwichen seid."

Perkins fiel es sichtlich schwer, die Wahrheit einzugestehen. Aber er sah ein, daß er durch Leugnen nichts gewinnen könne, und antwortete daher:

„Es ist nur das plötzliche Erscheinen der Roten schuld daran. Sie waren mir so nahe, daß ich den Kopf verlor und nur daran dachte, mich in Sicherheit zu bringen."

„Aber Ihr wart doch schon fort von hier!"

„Allerdings, doch ich mußte wieder zurück. Habt vorhin ganz richtig erraten, daß wir gestern von Osten her an diese Stelle gekommen sind. Wir lagerten hier und ritten heut morgen weiter. Nach vielleicht einer Stunde bemerkte Mr. Dschafar, daß ihm der Dolch fehlte, den Ihr einen Handschar nennt. Die Waffe mußte hier liegengeblieben sein. Er wollte selbst zurück, um danach zu suchen. Aber weil er fremd im Westen ist und sich leicht verirren konnte, schlugen wir ihm vor, daß einer von uns zurückkehren solle, um die Waffe zu holen. Er ging darauf ein und schickte mich auf seinem Pferd, weil es das schnellste war. Er borgte es mir, um nicht lang auf mich warten zu müssen."

„Weiter! Ihr kamt hierher zurück und fandet den Dolch?"

„Ja. Er lag hier unter diesem niedrigen Strauch, von den Zweigen so verborgen, daß wir ihn beim Fortreiten nicht gesehen hatten. Ich stieg ab und bückte mich nieder, um ihn aufzuheben. Als ich mich wieder aufrichtete, fiel mein Blick zwischen die Büsche hinaus nach Süden, und ich sah zu meinem Schrecken eine Schar von über sechzig Komantschen kommen. Sie waren mit den Kriegsfarben bemalt, und ich hatte also, wenn sie mich bemerkten, den Tod zu erwarten. Das Gebüsch verbarg mich ihnen. Ich durfte nicht aus ihm heraus und zog mein Pferd schleunigst über den Bach hinüber, in dessen Bett die Tapfen nicht leicht zu sehen waren."

„Dann machtet Ihr Euch nordwärts davon, anstatt Euern Gefährten nach Westen nachzureiten und sie zu warnen."

„Ja, und das ist allerdings der Fehler, den ich begangen habe. Aber mein Schreck über die Roten war so groß, daß er mich entschuldigen kann."

„Ich denke nicht, daß er als eine Entschuldigung betrachtet werden kann. Euch, als dem Führer des Fremden, war sein Leben anvertraut. Ihr mußtet in höchster Eile zu ihm und ihn warnen."

„Das ging doch nicht. Die Komantschen hätten mich gesehen."

„Unsinn! Ihr hattet zunächst gute Deckung hier im Wald und brauchtet erst nach einiger Zeit auf Eure Spur zurückzukehren."

„Ja, so ist es", stimmte mir Jim Snuffle bei. „Vielleicht sind die armen Teufel inzwischen überfallen und ausgelöscht worden. Meinst du nicht auch, alter Tim?"

„*Yes*", nickte sein Bruder.

Perkins blickte verlegen vor sich hin. Er sah ein, daß wir recht hatten, und versuchte eine letzte Entschuldigung:

„So schlimm ist es jedenfalls nicht, denn ich denke, daß meine Gefährten die Roten rechtzeitig bemerkt und sich vor ihnen versteckt haben."

„Diese Annahme hat nicht die geringste Berechtigung", entgegnete ich. „Selbst wenn es so wäre, wie Ihr sagt, so haben die Komantschen doch die Fährte vor Augen und würden das Versteck schnell entdecken; es ist ja heller Tag. Ihr habt Euch rechtfertigen wollen, aber grad das Gegenteil erreicht. Ein Pferdedieb ist ein Dieb, doch kann man immerhin eine gewisse Achtung vor seiner Kühnheit haben. Aber einen Scout[1], der so feig handelt wie Ihr, muß man verachten. Wir wollen sehen, ob Rettung noch möglich ist, und den Roten folgen. Ihr seid doch mit dabei, Mr. Jim?"

„Wie könnt Ihr nur so fragen! Die beiden Snuffles sind stets gern dabei, wenn es gilt, Menschen, die in der Patsche stecken, herauszuholen. Meinst du nicht auch, alter Tim?"

„*Yes*", erklärte dieser. „Wollen uns schnell von außen an sie heranschlängeln, sonst sind sie verloren."

[1] Führer, Pfadfinder

„Allerdings. Mr. Shatterhand sagt mir, ob Ihr das für wahr haltet, was Perkins jetzt vorgebracht hat!"

„Ich denke, daß wir es glauben können, denn hätte er abermals gelogen, so wäre es um ihn geschehen. Also vorwärts! Wir haben hier schon zuviel Zeit versäumt."

Wir stiegen auf und folgten der nach Westen führenden Fährte. Die Spuren der Weißen waren am Lagerplatz so von den Indsmen zertreten worden, daß sie nicht mehr unterschieden werden konnten. Ich hoffte aber unterwegs auf deutlichere Zeichen zu treffen. Diese Erwartung ging schon nach einiger Zeit in Erfüllung, als wir eine Stelle erreichten, wo die Roten halten geblieben waren. Wir zügelten unsre Pferde, und Jim Snuffle sagte:

„Hier haben sie beraten. Wenn man nur wüßte, worüber!"

„Ich weiß es", erklärte ich. „Über die Zahl der Weißen, denen sie folgten."

„Meint Ihr? Warum?"

„Sie sind bisher in der Spur der Weißen geritten. Hier aber haben sie diese verlassen, und zwei von ihnen sind abgestiegen, um sie zu untersuchen. Da sie sich an dieser Stelle in acht genommen haben, die Fährte der Bleichgesichter zu verderben, so ist sie auch für uns noch deutlich zu erkennen, und ich will schauen, was wir von Perkins' Aussagen zu halten haben."

Ich sprang ab und betrachtete die Eindrücke. Es war schwer, zur Gewißheit zu kommen, denn die Stelle, an der die Roten die Fährte geschont hatten, war nicht lang, und es kam mir sehr darauf an, die verkehrte Spur eines Pferdehufs zu entdecken. Nach längerm Messen und Vergleichen gelangte ich doch zu dem gewünschten Ergebnis. Ich fand den Eindruck eines Hufs, aber auch nur eines einzigen, der in die entgegengesetzte Richtung zeigte, und auch dieser war so leicht und undeutlich, daß nur ich ihn entdecken konnte, weil ich wußte, daß Perkins behauptet hatte, umgekehrt zu sein. Er hatte also die Wahrheit gesagt. Freilich mußte ich damit rechnen, daß die Indsmen diesen einen Tapfen auch bemerkt hatten. Dann hätten sie jedoch unbedingt Späher ausgeschickt, um nach dem Verbleib des einen Reiters zu forschen. In diesem Fall wären wir ihnen aber längst begegnet, oder wir hätten wenigstens ihre Fährte entdeckt. Da keines von beiden eingetreten war, brauchte ich einstweilen der Indianer wegen keine Sorge zu hegen.

2. Ein persischer Mirsa

Wir setzten den unterbrochenen Ritt fort und sahen nach einiger Zeit, daß zwei Indianer die Spur verlassen hatten, der eine auf der rechten und der andre auf der linken Seite.

„Ob die etwa als Späher vorangeritten sind?" fragte Jim Snuffle.

„Jedenfalls. Der Anführer hat aus der Spur ersehen, daß er den Weißen nahe war, und diese Kundschafter vorangeschickt, um Gewißheit zu erhalten. Es wird sich bald zeigen, wo sie wieder zum Trupp gestoßen sind."

Ungefähr eine Viertelstunde später kehrte erst die Spur des einen und dann auch die des andern zu der Hauptfährte zurück, und wir konnten nun erwarten, in nicht langer Zeit den Ort des Überfalls zu erreichen. Da die Roten sich noch dort befinden konnten, war äußerste Vorsicht nötig, wenn wir nicht unerwartet auf sie stoßen wollten. Darum ritt ich eine Strecke voran, jeden Augenblick bereit, von ihnen bemerkt oder angegriffen zu werden.

Glücklicherweise ging diese Befürchtung nicht in Erfüllung. Es gab zerstreutes Strauchwerk, und ich konnte hinter jedem Busch einen Feind erwarten. Da hatte das Gesträuch plötzlich ein Ende, und ich sah auf dem vor mir liegenden Plan, höchstens fünfhundert Schritt von mir entfernt, die Indsmen lagern.

Ihre Tiere tummelten sich nach Belieben herum. Darunter bemerkte ich mehr als ein Dutzend Packpferde, bestimmt, die Mundvorräte zu tragen. Da sich die Roten auf dem Kriegspfad befanden, hatten sie keine Zeit, auf die Jagd zu gehen, abgesehen, daß es die Heimlichkeit ihres Vorhabens verbot, sich durch Schüsse zu verraten. Die Rothäute bildeten einen Kreis, in dessen Innern eine wichtige Verhandlung geführt zu werden schien. Er war aber so dicht, daß der Blick nicht zwischen den einzelnen Leuten hindurchdringen konnte. Ich ritt eine kleine Strecke zurück, stieg ab, band mein Pferd an und forderte die Snuffles, die jetzt anlangten, auf, das auch zu tun.

„Absteigen?" fragte Jim. „Dürfen wir denn nicht weiter?"

„Nein. Die Indianer halten da draußen."

„Endlich eingeholt! Haben sie die Weißen fest?"

„Ja."

„Gut, laßt sehen!"

Wir hoben den treulosen Scout vom Pferd, banden ihn an einem Busch fest und gingen dann so weit vor, wie es möglich war, ohne bemerkt zu werden.

„Wahrhaftig, es sind Komantschen", sagte Jim. „Die Weißen sieht man nicht. Vermutlich befinden sie sich im Innern des Kreises. Was werden die Roten mit ihnen tun?"

„Das werden wir bald erfahren. Es kommt dabei viel darauf an, ob beim Überfall Blut geflossen ist. Wurde ein Roter verwundet oder gar getötet, so wird man den Weißen keine lange Frist geben."

„Sondern die Weißen gleich hier abschlachten. Ja, das ist auch meine Meinung."

„Die meinige aber nicht."

„Meint Ihr, daß die Roten ihre Gefangenen weiter fortschleppen werden?"

„Ja, wenn auch nicht allzuweit. Die Verurteilung und Hinrichtung von

Gefangenen geschieht bei den Indianern mit Feierlichkeiten, zu denen ein geeigneter Lagerplatz erforderlich ist. Die Stelle, wo sie sich jetzt befinden, paßt nicht dazu. Es gibt da kein Wasser für einen längeren Aufenthalt, und sodann ist sie nicht sicher genug. Sie liegt zu frei. Wer sich dort befindet, kann leicht gesehen werden. Darum denke ich, daß die Komantschen bald aufbrechen werden, um sich einen bessern Platz zu suchen."

„*Well*, so folgen wir hinter ihnen her! Die Hauptfrage ist, ob es uns gelingen wird, ihre Gefangenen zu befreien. Wir sind nur drei gegen siebzig Rote; das will etwas heißen."

„Mit solchen Ziffern darf man in derartigen Fällen nicht rechnen. Das wäre nur dann nötig, wenn wir einen offnen Angriff beabsichtigten. Da wir aber nur durch List zum Ziel kommen können, haben wir es bei unsrer Berechnung mit geistigen Ziffern zu tun."

„Geistige Ziffern, sehr gut, wirklich sehr gut, Sir! Meint Ihr, daß Jim Snuffle und Tim Snuffle solche geistige Ziffern sind?"

„Ich hoffe es, da es uns nur in diesem Falle gelingen kann, die Roten zu überlisten."

„Überlisten? Hm, was das betrifft, so denke ich, daß wir uns nicht allzu dumm anstellen werden. Meinst du nicht, alter Tim?"

„*Yes!*"

„Gentlemen, darf ich eine Bitte aussprechen", ließ sich da der Gefangene hören.

„Welche?" fragte ich.

„Ich bin mit daran schuld, daß meine Gefährten in diese Lage geraten sind. Also ist es meine Pflicht, mich auch daran zu beteiligen, daß sie befreit werden. Bindet mich los, und Ihr sollt sehen, daß ich alles tue, was Ihr von mir verlangt!"

„Ja, wenn wir Euch vertrauen könnten", antwortete Jim.

„Ihr könnt es. Ich gebe Euch die Versicherung —"

„Schweigt!" fiel ich ihm in die Rede. „Wer seine Kameraden in der Gefahr so feig und treulos verläßt, dem ist nie zu trauen."

Perkins wollte seine Bitten und Versicherungen fortsetzen. Ich verbot es ihm und wendete meine Aufmerksamkeit wieder den Indianern zu, deren Beratung jetzt zu Ende war. Sie kamen in Bewegung, der Kreis löste sich auf, und nun sahen wir, daß in seiner Mitte mehrere Menschen gelegen hatten, die nicht aufstehen konnten, also wohl gefesselt waren. Sie wurden aufgehoben und auf Pferde gebunden. Dann ordneten sich die Roten zu einem Zug, der in nördlicher Richtung abrückte. An der Spitze ritt ein alter Häuptling. Er war zu weit von uns entfernt, als daß ich sein Gesicht erkennen konnte, aber ein Häuptling war er, weil er die Federn trug, und alt mußte er sein, weil sein Haar von weißer Farbe war.

In der angegebenen Richtung gab es wieder Wald, unter dessen Bäumen sie verschwanden. Der Vorsicht halber warteten wir noch einige Zeit. Dann begaben wir uns an den Ort, wo sie die Beratung gehalten hatten. Es war dort vom Spurenlesen keine Rede, denn der Boden war so zertreten und zerstampft, daß man Einzelheiten nicht unterscheiden konnte.

Hier mußten die Weißen überfallen worden sein. Sie hatten sich gewehrt, denn wir entdeckten Blutspuren. Das war schlimm für sie und auch uns höchst unlieb, weil es uns zum schnellen Handeln zwang.

Es galt, den Indianern zu folgen. Wir taten es, aber nicht geradewegs, sondern wir machten einen Bogen zum Wald und suchten erst dann, als wir ihn erreicht hatten, die Stelle auf, an der die Roten in ihn eingedrungen waren. Von hier aus durften wir uns ohne allzu große Gefahr auf ihrer Fährte halten. Der Sicherheit wegen aber stieg ich aus dem Sattel und ging, den andern vielleicht fünfzig Schritt voran, mitten auf der gut ausgetretenen Spur weiter. Meine Schritte verursachten kein Geräusch, während meinem Auge und Ohr auf eine mich sicherstellende Entfernung hin nichts entgehen konnte. Es läßt sich denken, daß wir nur langsam vorwärts kamen, doch vermochten wir das nicht zu ändern.

So verging Stunde um Stunde. Es wurde Nachmittag, und wenn ich für die Gefangenen sehr gefürchtet hatte, so begann ich jetzt wieder Hoffnung zu schöpfen. Wenn die Indianer so spät an ihren Lagerplatz gelangten, fanden sie heut keine Zeit mehr, die Bleichgesichter unter Einhaltung der gewohnten Gebräuche hinzurichten. So mußten sie das bis morgen hinausschieben, und am Abend und während der Nacht konnten wir Gelegenheit suchen, den Mord zu verhindern. Am meisten hoffte ich von dem Umstand, daß die Komantschen von unserer Anwesenheit keine Ahnung hatten. Sie befanden sich auf ihrem Gebiet und wußten, daß es jetzt von jedermann, der nicht zu ihnen gehörte, gemieden wurde, und so stand zu erwarten, daß sie strenge Sicherheitsmaßregeln für überflüssig halten würden.

Wir hätten den Fluß eigentlich schon längst erreicht haben müssen, aber er bildete grad hier einen weiten Bogen, auf dessen innerer Seite wir uns befanden, und erst gegen Abend mehrten sich die Anzeichen, daß wir uns dem Wasser näherten. Nun bewegten wir uns noch langsamer vorwärts als bisher, und das war gut, denn bald hörte ich eine rufende Stimme, der eine andre antwortete. Wir waren in der Nähe der Komantschen angelangt, und ich huschte zu meinen Gefährten zurück, um sie anhalten zu lassen und für uns ein Versteck zu suchen.

Es war rasch ein passender Ort gefunden, wo wir die Pferde und auch Perkins anbanden. Dieser Mann war uns äußerst hinderlich, denn er erschwerte uns alles. Wie aber hätten wir uns seiner entledigen können, ohne härter zu sein als unumgänglich nötig war, oder ohne uns durch ihn in Gefahr zu bringen? Er hatte uns zwar seine Hilfe angeboten, und es war auch möglich, daß er es ehrlich meinte. Aber das dazu nötige Vertrauen konnten wir ihm doch nicht schenken. Als wir ihn und die Pferde gut untergebracht hatten, erkundigte sich Jim Snuffle:

„Was tun wir jetzt, Sir? Wir haben unter den Bäumen grad noch den rechten Tagesschein, bei dem es sich vortrefflich spionieren läßt, ohne daß man von weitem gesehen werden kann. Wißt Ihr sicher, daß die Roten in der Nähe sind?"

„Ja. Ich hörte zwei von ihnen, die einander zuriefen. Das ist mir auch ein willkommenes Zeichen davon, daß sie sich sicher fühlen und keinen andern Menschen in der Nähe vermuten. Unser Werk wird dadurch sehr erleichtert."

„*Well*, gehen wir also an dieses Werk! Wollen wir die Komantschen beschleichen?"

„Wir? Wen meint Ihr damit?"

„Euch und mich. Mein alter Tim muß hier beim Gefangenen bleiben."

„Hm! Ich würde vorziehen, allein gehen zu können."

„Allein? Ich nicht mit? Traut Ihr mir vielleicht nichts zu?"

„Davon ist keine Rede. Aber es ist meine Angewohnheit, mit dem, was ich allein tun kann, keinen andern zu belästigen."

„Belästigen! Was für ein Wort! Glaubt getrost, daß ich im Beschleichen etwas leiste! So von hinten an einen Roten zu kommen, ohne daß er es ahnt, das ist für mich das höchste der Gefühle. Es würde mich ungeheuer kränken, von Euch zurückgewiesen zu werden. Ich gehe mit; mein Bruder bleibt da."

„*No*", meldete sich Tim, ganz wider Jims Erwarten.

„Nicht? Was fällt dir ein! Es muß doch einer hier Wache halten."

„*Yes*. Das bist du."

„Ich? Bist du toll? Jim Snuffle soll sitzenbleiben, wenn es gilt, diesen roten Halunken einen Streich zu spielen?"

„Tim Snuffle bleibt auch nicht sitzen!"

„Du mußt! Ich habe das Vorrecht, denn ich bin der Ältere."

„Bist nur fünf Minuten älter als ich, und so eine kurze Zeit gilt nichts. Zwillinge sind stets gleich alt. Ich laß mich nicht hofmeistern und werde mich mit dir von außen herum an die Indsmen heranschlängeln. Will auch einmal der Ältere sein!"

Jim war für kurze Zeit still. Die Verwunderung über die plötzliche Widersetzlichkeit seines Bruders raubte ihm die Sprache. Dann aber stieß er um so nachdrücklicher hervor:

„Ich glaube gar, du willst dich gegen mich empören, der ich der Erstgeborene bin! Dieser kleine Nesthocker will mir Vorschriften machen! Ich geh und du bleibst!"

Die sonderbaren Zwillinge begannen in ihrer Erregung bedenklich laut zu werden. Ich machte sie darauf aufmerksam und schlug ihnen vor, mich allein gehen zu lassen, dann sei der Streit entschieden, ohne daß einer übervorteilt werde. Aber Jim ging nicht darauf ein. Er wollte mir seine Geschicklichkeit beweisen, und darum gab ich schließlich meine Zustimmung. Tim sagte nichts mehr dazu; aber diese Stille kam mir nicht recht geheuer vor. Deshalb fragte ich ihn:

„Ihr habt doch nicht etwa eine Heimlichkeit vor, Mr. Snuffle?"

„*No*", entgegnete er mürrisch.

„Es wäre höchst gefährlich, wenn einer etwas unternähme, wovon die andern nichts wissen dürfen. Das könnte nicht nur alles verderben, sondern uns sogar Freiheit und Leben kosten!"

„Macht Euch keine solchen Gedanken!" beruhigte mich Jim. „Habt gar keinen Grund dazu. Tim getraut sich nichts ohne mich, ist auch viel zu jung dazu. Volle fünf Minuten jünger, denkt Euch nur! Der bleibt gern ruhig sitzen, bis wir wiederkommen. Nun wollen wir nicht länger warten, weil es sonst zu dunkel wird."

„Gut! Also Mr. Tim, haltet gut Wache, und verlaßt diesen Ort nicht eher, als bis wir zurückgekehrt sind. Ich übergebe Euch hier meine beiden Gewehre, weil sie mich behindern würden."

Tim nahm, ohne ein Wort zu sagen, den Bärentöter und den Stutzen in Empfang, und ich ging mit Jim fort. Es war während des Wortgefechts so düster geworden, daß man nicht mehr deutlich sehen konnte. Wir huschten von Baum zu Baum der Gegend zu, in der ich die Stimmen gehört hatte. So kamen wir weiter und weiter, ohne durch irgendeine Fährlichkeit aufgehalten zu werden. Wir erreichten sogar das hohe Ufer des Flusses, ohne eine Spur von den Roten bemerkt zu haben. Ich sage mit Absicht „das hohe Ufer", denn was wir jetzt nicht sahen, entdeckten wir bald darauf, daß das jetzt beinahe ausgetrocknete Flußbett ziemlich tief unter uns lag.

Inzwischen war es fast ganz dunkel geworden. Dennoch erkannte ich, daß das Ufer da, wo wir standen, einen steilen, kahlen Abrutsch hatte, auf dem man sich nicht weit vorwagen durfte, sonst konnte leicht der Boden unter den Füßen weichen und einen mit hinunternehmen. Wir gingen so lange am Rand hin, bis der Boden sicherer wurde und wieder Bäume trug. Die Uferböschung unter uns war mit Büschen bestanden.

„Ihr mußt Euch geirrt haben, Sir", flüsterte Jim mir zu. „Die Roten sind nicht in dieser Gegend."

„O doch. Ich rieche sie."

„Riechen? *The deuce!* Was für eine merkwürdige Nase müßt Ihr haben! So ein feines Riechorgan muß doch das höchste der Gefühle sein!"

„Oh, ich habe eine gewöhnliche Nase, die aber für Pferdeduft sehr empfindlich ist. Ich rieche die Pferde der Komantschen. Sie weiden tief unter uns am Rand des Wassers."

„Bis da hinunter reicht Eure Nase?"

„*Pshaw!* Ihr wißt wohl gar nicht, welche Eigenschaft der Pferdeduft — — halt, seht Ihr, daß ich recht habe? Schaut hinab!"

Es war unten am Fluß ein glühender Funke zu sehen, der sich rasch vergrößerte. Da es dunkel geworden war, brannten die Roten ein Feuer an. Daß sie nicht hier oben auf dem hohen Ufer geblieben waren, konnte man leicht begreifen. Unten gab es Wasser für sie und ihre Pferde. Aus dem einen Feuer wurden fünf.

„Das ist gut", sagte Jim. „Da können wir alles sehen, wenn wir sie beschleichen."

„Sie uns aber auch, wenn wir uns nicht sehr in acht nehmen. Ich habe diese Feuer nur darum gern, weil sie uns sagen, daß sich die Komantschen sicher und unbeobachtet fühlen."

„Wir gehen doch hinab, Mr. Shatterhand?"

„Wir steigen hier links hinunter, schleichen unten ums Lager und kommen dort rechts wieder herauf."

„Gut, Sir. Also hinab!"

Es war nicht leicht, hinunterzuklettern. Das uns unbekannte Gelände war steil. An den Büschen, die es da gab, durften wir uns nicht anhalten, weil das Geräusch verursacht hätte, und jeder Stein, den wir von seinem Platz stießen, konnte, hinabrollend, uns verraten. Darum mußten wir uns sehr in acht nehmen, und der Abstieg ging nur langsam vor sich. Es verging mehr als eine halbe Stunde, ehe wir hinunterkamen. Gut war es, daß Jim Snuffle sich bewährte: er hatte gelernt, sich unhörbar zu bewegen. Ich kletterte voran, und er hielt sich nahe hinter oder über mir. Dennoch mußte ich scharf horchen, wenn ich das leise Geräusch, das er machte, hören wollte.

Wir befanden uns nun oberhalb der Stelle, wo die Indianer lagerten, und mußten uns flußabwärts wenden. Das Flußtal war muldenförmig vertieft, senkte sich also der Mitte zu und hatte nur so weit Gesträuch, als es vom Hochwasser nicht erreicht werden konnte. Da der Fluß jetzt wasserarm war, gab es zwischen dem Gebüsch und dem Wasser einen freien Streifen, auf den wir uns nicht hinauswagen durften. Das Beschleichen der Roten durfte also nicht auf der Wasserseite, sondern mußte in der Weise geschehen, daß wir den Bogen, der um das Lager zu schlagen war, an die gefährliche Ufersteilung legten, eine schwierige Aufgabe.

Zunächst legten wir uns nieder und krochen zwischen den Büschen auf das Lager zu. Wir kamen glücklich so nahe, daß wir es überblicken konnten. Die Komantschen hatten eine passende Örtlichkeit ausgewählt. Sie lag nämlich tiefer als die Umgebung, und infolgedessen trat das Hochwasser hier bis an die Talwand heran. Darum gab es hier kein Gesträuch, sondern einen freien Platz, auf dem auch ein größerer Trupp sich bequem hätte bewegen können. Uns freilich war dieser Umstand unwillkommen, weil er die Schwierigkeiten erhöhte, die wir überwinden mußten.

Die Indsmen waren beim Essen. Sie unterhielten sich laut und ungezwungen, weil sie sich völlig sicher fühlten. In ziemlich gleich großen Abteilungen um die fünf Feuer gelagert, konnten sie von uns leicht gezählt werden. Es waren einundsiebzig. Von ihnen allen fiel der Häuptling wegen seines weißen Haars am meisten auf. Er saß am zweiten Feuer, ungefähr dreißig Schritt von uns entfernt, und da er uns das Gesicht zukehrte, konnte ich es deutlich sehen. Man denke sich mein Erstaunen — ich erkannte To-kei-chun, einen der gefürchtetsten Häuptlinge der Komantschen. Falls ich dem in die Hände geriet, war ich verloren, selbst wenn er sich nicht auf dem Kriegspfad befunden hätte. Davon war ich seit dem Tag überzeugt, da ich mit Winnetou und einigen andern Männern in seine Gefangenschaft geraten war, aus der wir nur durch meine edle Dreistigkeit entkamen[1]. Doch ich hatte jetzt nicht an To-kei-chun, sondern an die fünf Gefangenen zu denken. Sie lagen nebeneinander an dem Feuer, an dem der Häuptling saß, und waren so gefesselt, daß sie sich nicht zu rühren vermochten. Der mir am nächsten Liegende hatte einen starken, schwarzen herabhängenden Schnurrbart, war also wohl Mr. Dschafar.

[1] Siehe Karl May, Gesammelte Werke, Band 9, „Winnetou III"

Zwischen diesem Feuer und mir gab es noch einige Büsche, und ich hielt es nicht für zu gewagt, weiter vorzukriechen. Die Roten hatten keine Wachen ausgestellt, und da sie ruhig an den Feuern saßen, stand nicht zu befürchten, daß man uns bemerken werde. Der Häuptling sprach mit denen, die bei ihm saßen, und ich hätte gern gehört, wovon sie redeten. Darum schoben wir uns vorsichtig weiter fort, bis wir hinter dem letzten Busch anlangten, dessen Schatten groß genug war, uns beide zu decken.

Der Zweck, den ich verfolgt hatte, wurde erreicht: wir hörten, was gesprochen wurde. Der Gegenstand des Gesprächs war der Kriegszug, auf dem sie sich jetzt befanden. Sie wollten einige Ansiedlungen, sie sie auch nannten, überfallen und die dortigen Weißen erschlagen, vorher aber zum Makik-Natun[1] reiten und dort den Kriegstanz aufführen, um die „Medizin" zu befragen, ob der Überfall gelingen werde. Diese Feierlichkeit sollte dadurch erhöht werden, daß die fünf Bleichgesichter, die heut in ihre Hände geraten waren, am Marterpfahl starben. Jetzt kannte ich ihre Absichten und konnte den gefährlichen Lauscherposten aufgeben. Wenn es uns heut nicht gelang, die Gefangenen zu befreien, konnten wir den Indianern zum Makik-Natun folgen, um dort oder auch unterwegs eine bessere Gelegenheit dazu zu finden.

Schon wollten wir uns von dem schützenden Busch wieder zurückziehen, da glaubte ich, seitwärts über uns ein Geräusch zu hören.

„Still!" flüsterte ich Jim zu. „Habt Ihr nichts gehört?"

„Nein", antwortete er. „Ihr wohl?"

„Ja. Da oben. Es war ein leises Niederrieseln von Sand. Es wird doch nicht etwa —"

„Was?"

„Euer Tim. Das wäre die größte Dummheit, die er begehen könnte."

„Mein Bruder? Sollte mir nur kommen! Ich würde ihm —"

Jim vollendete den Satz nicht und wäre vor Schreck aufgesprungen, wenn ich ihn nicht schnell fest gepackt und niedergehalten hätte. „Sollte mir nur kommen!" hatte er gesagt. Ja, er kam, der Bruder Tim, und zwar wie! — Erst gab es ein Rascheln von herabrollender und an die Büsche schlagender Erde, hierauf erscholl über uns der laute Ruf *„The devil!"* und dann kam es von der Höhe herabgesaust und mitten zwischen die Indianer hinein, daß diese erst auseinandersprangen und sich dann mit lautem Geschrei über den Menschen warfen. Es war wirklich Tim Snuffle, der seinen Vorsatz doch ausgeführt hatte. Unglücklicherweise war er wie wir an die vorhin erwähnte Stelle gekommen, wo es einen Erdrutsch gegeben hatte. Sich zu weit vorwagend, hatte er die lockere Höhenkante unter sich in Bewegung gebracht und war auf dem niedergehenden Erdreich wie auf einem Schlitten herabgefahren. Nun fielen die Roten über ihn her. Der unvermutete und jähe Abrutsch schien Tim nichts geschadet zu haben, denn er schrie so kräftig, daß seine Stimme sogar das Gebrüll der Indianer übertönte. Und damit nicht genug, begann sein Bruder Jim auch zu schreien, der doch die größte Veranlassung zum Schweigen hatte.

[1] Gelber Berg

„Mein Bruder, mein Tim, mein alter Tim!" zeterte Jim, indem er versuchte, sich mit aller Kraft von mir loszureißen.

„Wollt Ihr still sein!" befahl ich zornig, doch mit unterdrückter Stimme. „Ihr bringt ja auch Euch und mich in —"

„Sie machen ihn kalt!" unterbrach er mich.

Da ich am Boden lag und Jim sich aufgerichtet hatte, konnte ich nicht meine ganze Kraft in Anwendung bringen. Ihm aber verlieh die Angst um seinen „alten Tim" doppelte Stärke. Er riß sich von mir los und sprang fort, mitten unter die Indianer hinein. Ich sah ihn in ihrem Haufen verschwinden. Jim wurde ebenso wie sein Bruder von ihnen sofort niedergerungen.

Was sollte ich tun? Etwa ihm nach? Das fiel mir nicht ein! Ich blieb liegen, obwohl zu erwarten stand, daß die Indsmen die Umgebung schnell absuchen würden. Diese unglückseligen Snuffles! Anstatt daß wir die fünf Gefangenen befreiten, waren es nun zwei mehr geworden. Und die weiteren Folgen zeigten sich sofort, denn jetzt erklang die gebieterische Stimme des Häuptlings:

„Tretet die Feuer aus, schnell! Vielleicht sind noch andre Bleichgesichter in der Nähe."

Der Befehl wurde unverzüglich ausgeführt. Dabei entstand für kurze Zeit ein Wirrwarr, der einen Gedanken in mir auftauchen ließ, den ich ebenso schnell ausführte, wie er entstanden war. Die Flammen verlöschten, doch da ich auf der Erde lag, sah ich noch bei dem Weiterglimmen der Holzstücke, daß die Roten sich aufgeregt durcheinander bewegten und für den Augenblick nur an die beiden Snuffles dachten, für ihre vorherigen Gefangenen aber wohl keine Aufmerksamkeit hatten. Ich schnellte mich, nur halb aufgerichtet, vorwärts, zum Lager hin, kam glücklich zu den Gefesselten, faßte den von ihnen, den ich für Dschafar hielt, beim Kragen und zog ihn dorthin, wo ich gelegen hatte.

Die Indsmen hätten es sehen müssen, aber in ihrer Aufregung bemerkte es keiner von ihnen. Es war wie ein Wunder, daß mir dieser Streich gelang. Nun hatte ich wieder Büsche zwischen ihnen und mir und konnte mich aufrichten. Zunächst fort, nur fort! Ich nahm den steifgefesselten Mann, der keinen Laut von sich gab, auf die Schulter und eilte fort, so weit, bis ich mich sicher fühlte. Da legte ich ihn auf den Boden nieder, zog das Messer, zerschnitt die Riemen, mit denen er gebunden war, und sagte:

„Ihr seid frei. Steht auf, und versucht, ob Ihr gehen könnt!"

„Frei?" antwortete er in fremd klingendem Englisch. „So seid Ihr kein Indianer?"

„Nein. Ich bin ein Weißer. Ich kam, Euch zu befreien, ahnte aber nicht, daß es in der Weise geschehen könne, wie es jetzt gelungen ist."

Nun erst richtete er sich langsam auf, nahm meine beiden Hände und sagte:

„Allah, Allah! Frei bin ich, frei, erlöst, errettet von diesen Teufeln! Sagt mir, wer Ihr seid! Ich muß wissen, wem ich das zu danken habe!"

„Das später. Jetzt vor allen Dingen schnell weiter fort! Hört Ihr die

Roten heulen? Sie haben bemerkt, daß Ihr fehlt, und werden Euch suchen. Wir dürfen keinen Augenblick verlieren. Also versucht, ob Ihr gehen könnt!"

Er tat einige Schritte, wankte aber und erklärte dann:

„Es geht nicht, Sir. Ich bin so scharf gefesselt gewesen und fühle meine Füße nicht. Wenn ich gehen will, falle ich um."

„Nun gut, ich trage Euch."

„Tragen? Einen so schweren Mann, wie ich bin?"

„*Pshaw*, das ist das wenigste. Hauptsache ist, daß ich die Hände frei haben muß, denn es gilt, diese steile Höhe zu erklettern. Ich nehme Euch also auf den Rücken, und Ihr haltet Euch fest, indem Ihr Eure Arme um meinen Hals legt. Kommt!"

Ich steckte die zerschnittenen Riemen ein, die nicht von den Indianern gefunden werden sollten. Dschafar wollte sich trotz der Gefahr, die das Zaudern für uns hatte, aus Höflichkeit noch sträuben, von mir getragen zu werden. Kurz entschlossen nahm ich ihn hinten auf, und dann ging es so schnell als möglich die Höhe empor. Oben ließ ich ihn los, und er meinte, daß er nun vielleicht gehen könne, er fühle seine Füße wieder. Der Blutkreislauf war also wieder in Ordnung.

Zunächst blieben wir noch halten, und ich horchte ins Tal hinab. Es herrschte tiefe Stille unten. Die Roten mußten damit rechnen, daß noch mehr Weiße in der Nähe seien. Sie durften also ihre Nachforschungen nur im Finstern vornehmen und konnten die Spur, die ich zurückgelassen hatte, nicht entdecken. Diese war morgen früh wohl nicht mehr zu sehen, und so mußte ihnen das Entkommen des Gefangenen ein Rätsel sein, wenn sie nicht etwa durch eine Unvorsichtigkeit der Snuffles etwas über meine Anwesenheit erfuhren. Daß ich alles daransetzen würde, die Brüder und mit ihnen auch die andern Weißen zu retten, versteht sich von selbst. Wie es anzufangen sei, darüber war ich schon jetzt im klaren. Heut konnte ich freilich nichts mehr unternehmen.

Es zeigte sich, daß der Fremde gehen konnte, allerdings langsam, wie er gesagt hatte. Aber wir brauchten uns nicht zu beeilen, weil wir nicht verfolgt wurden. Als er mich jetzt wieder bat, ihm meinen Namen zu nennen, antwortete ich:

„Man heißt mich hier im Westen Old Shatterhand. Nennt mich auch so, Sir. Ihr seid wohl Mr. Dschafar aus dem Osten?"

„Ja — aber Ihr kennt meinen Namen! Wie kommt denn das?"

„Ich habe ihn von Perkins, Eurem Führer, gehört."

„So habt Ihr ihn heut gesehen? Er ist nicht verunglückt? Ich glaubte ihn verloren."

„Sagt mir zunächst, was Ihr von ihm haltet! Was ist er für ein Mensch?"

„Ich habe bisher keine Ursache gehabt, über ihn zu klagen."

„So ist er wohl nicht so schlimm, wie ich dachte. Kommt, wir müssen weiter! Während wir gehen, werde ich Euch berichten, wie ich ihn kennenlernte."

Ich nahm Dschafar bei der Hand, um ihn zu führen, denn wir mußten durch den Wald. Während wir vorsichtig zwischen den Bäumen hinschritten, erzählte ich. Als ich zu Ende war, sagte er:

„Sir, Perkins ist kein Held. Der Schreck und die Angst haben ihn zu dem getrieben, was Ihr eine Treulosigkeit nennt. Lassen wir es bei der bisherigen Strafe. Er ist feig, aber kein Bösewicht."

„Mir soll es recht sein. Ihr meint also, daß ich ihn losbinden kann?"

„Ja. Ihr dürft ihm trauen. Er wird Euch nur dann täuschen, wenn Ihr Heldentaten von ihm erwartet. Aber, Sir, wie bedaure ich meine andern Begleiter! Sie sind unbedingt verloren."

„Noch nicht. Wir sprechen später von ihnen. Jetzt werden wir gleich an Ort und Stelle sein."

Wir hatten keine Veranlassung leise zu sprechen, darum hörte uns Perkins. Er erkannte uns an unsern Stimmen und rief uns entgegen:

„Ihr kommt, Mr. Shatterhand? Gott sei Dank, es ist geglückt! Ich höre Euch mit Mr. Dschafar sprechen. Ihr habt ihn also befreit. Hoffentlich gebt Ihr mir nun auch meine Freiheit wieder!"

„Gut! Mr. Dschafar hat für Euch gebeten, und so will ich Euch freigeben, hoffe aber, daß Ihr Euch von jetzt an bewähren werdet."

„Das werde ich, Sir! Sagt nur, was ich tun soll!"

Ich band Perkins frei und gab ihm alles wieder, was ich ihm aus den Taschen genommen hatte. Dann warnte ich ihn:

„Glaubt aber nicht etwa, daß ich Euch nun gleich mein völliges Vertrauen entgegenbringe! Ich würde Euch noch scharf beaufsichtigen, wenn ich nicht in der Lage wäre, das lieber den Komantschen zu überlassen."

„Die Komantschen? — Mich beaufsichtigen? — Wie meint Ihr das?"

„Sehr einfach: Ihr seid verloren, wenn Ihr nicht treu zu mir haltet und nur das tut, was ich will. Wenn Ihr abermals feig oder treulos handelt, so werdet Ihr ihnen in die Hände fallen. Sie werden, sobald der Tag anbricht, nachforschen, und nur ich bin es, der sie irrezuleiten vermag. Eure Sicherheit liegt also in Eurer Treue zu uns, und so bin ich überzeugt, daß ich mich aus diesem Grund auf Euch verlassen kann."

In kurzen Worten erzählte ich ihm das Vorgefallene, dann hatten wir aber an den Aufbruch zu denken. Leider mußten wir die Maultiere zurücklassen, um die Indianer zu täuschen. Sie sollten denken, daß die Snuffles allein in der Gegend seien. Deshalb mußten wir die Tiere fortschaffen, an einen Ort, wo sie leicht zu finden waren. Dabei rechnete ich mit der Klugheit der Snuffles. Sie wußten, daß sie verloren waren, falls ich sie nicht retten konnte. Sie durften also nicht verraten, daß noch jemand bei ihnen gewesen war. Wenn dann die Roten nachforschten und dabei die Maultiere und die Flinten der Snuffles fanden, mußten sie überzeugt sein, daß die Brüder wirklich allein waren. Wenn noch jemand bei ihnen gewesen wäre, so hätte er die Tiere und Gewehre gewiß fortgebracht. Unsre Spuren aber wurden, wenn wir vorsichtig waren, inzwischen durch den Nachttau unkenntlich gemacht.

Wir banden jedem der beiden Maultiere eins der Gewehre an das Sattelzeug und führten sie dann fort, nachdem ich Dschafar bedeutet hatte, auf uns zu warten. Ich ging voran und Perkins folgte mir. In der

Nähe der Stelle angelangt, wo Tim abgerutscht war, banden wir die Tiere an und kehrten dann zu Dschafar zurück, der sich darüber freute, daß er sein Pferd wieder hatte.

„Ich wollte, es wäre das meinige", sagte Perkins, „denn nun muß ich laufen."

„Seid Ihr denn ein guter Läufer?" erkundigte ich mich.

„Leider nicht."

„So gebe ich Euch mein Pferd, und ich gehe. Jetzt wollen wir keine Worte mehr machen, sondern aufbrechen."

Wir führten unsre Tiere in der vom Fluß abgewendeten Richtung aus dem Wald hinaus. Als wir ins Freie gelangt waren, stiegen Dschafar und Perkins auf, um mir zu folgen. Hier war es heller als im Wald. Die Sterne schienen, und es gab keinen Zweifel darüber, wohin ich die Schritte lenken mußte.

Längere Zeit hatte jeder mit seinen Gedanken zu tun, dann sagte Perkins:

„Ihr wißt also genau, wohin es geht, Sir. Dürfen wir es auch erfahren?"

„Jawohl! Zu einer Anhöhe, die Makik-Natun genannt wird. Dort wollen die Komantschen bei den Gräbern ihrer Häuptlinge die Gefangenen töten. Heut war nichts mehr zu machen. Ich hoffe aber, ihnen morgen die Gefangenen zu entreißen."

„Auf welche Weise?"

„Eine halbe Tagesreise zwischen hier und dem Makik-Natun liegt ein Regenbett, das im Frühjahr so viel Wasser führt und während der übrigen Zeit so viel Feuchtigkeit besitzt, daß dort ein Wald entstanden ist. Ich nehme mit Sicherheit an, daß die Indianer ihren Ritt dorthin richten, um ihre Pferde auszuruhen, trinken und grasen zu lassen. Vielleicht finden wir dort Gelegenheit die Gefangenen zu befreien."

„Wenn aber nicht?"

„So bleibt uns freilich nichts übrig, als den Roten bis zum Makik-Natun zu folgen, wo die Gelegenheit sich dann unbedingt finden muß, und wenn ich sie bei allen Haaren herausziehen sollte."

„Ihr seid ein mutiger Mann, Mr. Shatterhand. Ist Euch denn das Regenbett bekannt, von dem Ihr spracht?"

„Ja. Es liegt nördlich vom Beaver-Creek. Wir aber haben einen Umweg nach Westen gemacht und kommen also von dieser Himmelsrichtung heran. Das war wegen der Komantschen nötig, die sicherlich die gerade Linie reiten und nicht auf unsere Fährte stoßen dürfen."

„Durch den Umweg können wir das Regenbett aber leicht verfehlen."

„Das sagt Ihr und wollt ein Scout, ein Führer sein?"

Diese Bemerkung veranlaßte ihn, die Unterhaltung nicht fortzusetzen. Dafür begann Dschafar mir zu erzählen, wie er von den Roten überfallen ward. Er hatte sich verteidigt und mit seinen Kugeln zwei Indianer getroffen. Daher das Blut, das wir gesehen hatten. Dafür war er viel fester gefesselt worden als die andern, und für einen qualvolleren Tod bestimmt. Hieran schloß er eine Beschreibung der Behandlung, die ihm zuteil geworden war. Er sprach englisch, aber in einer so blumenreichen

Weise, daß ich ihn für einen Orientalen gehalten hätte, auch wenn mir noch nichts über ihn gesagt worden wäre.

Wir unterhielten uns längere Zeit miteinander. Ich hätte gern Näheres erfahren, da er aber seine Verhältnisse nicht von selbst berührte, so hielt ich es nicht angezeigt, ihn nach diesen zu fragen. Ein gebildeter Mann war er jedenfalls, gebildet nicht nur nach orientalischem Begriff. Er mußte sich wohl längere Zeit im Abendland aufgehalten haben.

Später hielten sich meine Gefährten zusammen, und während ich voranschritt, sprachen sie, wie es schien, von mir, denn sie dämpften zuweilen ihre Stimmen zum Flüstern und blieben auch weiter hinter mir, als sie wohl getan hätten, wenn ich nicht der Gegenstand ihres Gesprächs gewesen wäre.

Perkins bot mir einigemal mein Pferd an. Da ich aber nicht müde war, konnte er es behalten. So verging die Nacht, und der Morgen brach an. Als es so hell geworden war, daß wir uns sehen konnten, sagte er:

„Jetzt werden die Komantschen uns suchen und die Maultiere finden, Sir."

„Gewiß. Und da es feucht im Wald ist, sind unsre Fußtapfen nicht mehr zu sehen. Finden die Roten keine Spur, so nehmen sie an, daß die Snuffles keine Begleitung gehabt haben, und forschen nicht weiter nach."

„Aber Mr. Dschafar werden sie suchen."

„Auch nicht allzulang. Die Komantschen könnten ihn doch nur dann wieder ergreifen, wenn sie seine Fährte fänden. Weil das aber, wie ich voraussetze, nicht der Fall ist, so werden sie nicht viel Zeit auf eine Mühe verschwenden, von der sie sich sagen müssen, daß sie fruchtlos ist."

„Ich möchte bemerken, daß die Indsmen sein Verschwinden nicht begreifen können und darum begierig sein werden, eine Erklärung zu finden."

„Unter gewöhnlichen Verhältnissen würden die Roten allerdings wohl die ganze dortige Gegend nach ihm absuchen. Aber wir wissen ja, was sie vorhaben, und daß sie eilen müssen. Sie dürfen nicht warten, bis die Ansiedler, die sie überfallen wollen, davon Wind bekommen. Darum werden die Komantschen den ihnen auf so rätselhafte Weise entwischten Mann lieber laufen lassen als eine lange, nutzlose Suche veranstalten. Wie ich diese Roten und ihre Gewohnheiten kenne, werden sie höchstens die ersten zwei Tagesstunden darauf verwenden und dann den Ritt zum Makik-Natun fortsetzen."

„Wann werden sie im Wald am Regenbett ankommen?"

„Da die Komantschen bei Tag schneller reiten werden als wir bisher bei Nacht, werden sie wohl zu Mittag dort sein."

„Und wir?"

„In vielleicht einer Stunde, wenn mich meine Vermutung nicht täuscht."

„So müssen wir fast fünf Stunden dort auf sie warten. Wenn wir ein Wild dort fänden! Wir haben nichts zu essen."

„Jagen dürfen wir leider nicht, denn wir müssen uns hüten, sie ein

Zeichen unsrer Anwesenheit finden zu lassen. Aber — — schau, da ist uns ja gleich geholfen!"

Kaum hatte Perkins den Wunsch nach einem Wild ausgesprochen, so sprangen zwei Präriehasen vor uns auf. Ich nahm schnell den Henrystutzen vom Rücken und schoß sie nieder.

„Allah!" rief Dschafar aus. „Was für ein Schütze seid Ihr! Ich sehe daß Perkins mir vorhin doch die Wahrheit gesagt hat, als er mir von Old Shatterhand erzählte."

Diese kindliche Bewunderung nötigte mir ein fröhliches Lachen ab. Ich nahm die Hasen auf, hing sie mir an den Gürtel, und dann ging es weiter. Die beiden Schüsse schienen die Aufmerksamkeit Dschafars auf meine beiden Gewehre gelenkt zu haben. Er betrachtete sie wiederholt in einer Weise, die auf ungewöhnliche Anteilnahme schließen ließ, und endlich gab er diesem Gefühl Ausdruck, indem er mich fragte:

„Sir, hat dieses schwere Gewehr hier einen besonderen Namen?"

„Ja. Man nennt es einen Bärentöter."

„Allah! Sonderbar! Diesen Namen habe ich schon gehört, aber in arabischer Sprache. Gibt es mehr solche Gewehre?"

„Ja, wenn auch nicht so alt und so schwer wie gerade dieses."

„Wieviel mal könnt Ihr wohl mit dem kleinern schießen?"

„Fünfundzwanzigmal."

„Allah! Auch das stimmt. Wie heißt es?"

„Es ist ein Henrystutzen."

„Auch diesen Namen habe ich arabisch gehört. Ist es nicht ein merkwürdiger Umstand, daß Ihr grad zwei Gewehre dieser Art besitzt, wie die waren, von denen man mir erzählte?"

„Wo habt Ihr von ihnen gehört?"

„Am Tigris. Kennt Ihr diesen Fluß?"

„Jawohl. Jedes Schulkind kennt ihn vom geographischen Unterricht her. So seid Ihr dort gewesen, Mr. Dschafar?"

„Ja. Vor einem Jahr. Ich bin nämlich ein Perser, und werde in der Heimat Mirsa Dschafar genannt. Ihr werdet wohl nicht wissen, was das bedeutet?"

„Doch. Mirsa ist, dem Namen vorangesetzt, der Titel eines Gelehrten. Steht das Wort aber dem Namen nach, so bedeutet es einen Prinzen von Geblüt."

„Wahrhaftig, Ihr wißt es! Also ich werde Mirsa Dschafar genannt und reiste über Bagdad nach Konstantinopel. Diese Reise ging am Ufer des Tigris nach Mossul, und unterwegs war ich Gast beim Stamm der Haddedihn, bei denen ich von den Gewehren hörte."

„Sollte es dort auch Henrystutzen und Bärentöter geben?" fragte ich gespannt.

„Nein. Sie gehören einem Fremden. Er hieß Kara Ben Nemsi Effendi."

„Das ist doch ein arabischer Name, also war dieser Mann wohl kein Fremder."

„Doch! Wenn Ihr Arabisch verständet, so würdet Ihr wissen, daß Nemsi ein Deutscher ist. Der Scheik der Haddedihn erzählte mir von ihm und von seinen Gewehren. Noch mehr aber hörte ich durch einen Krieger des Stammes."

„Wie hieß dieser Krieger?"

„Er war ein kleines, aber tapferes und kluges Männchen und hieß Hadschi Halef Omar Ben Hadschi Abul Abbas Ibn Hadschi Dawud al Gossarah."

„Welch ein Name! Fast länger als eine Riesenschlange!" schmunzelte ich.

„Ja, in Euern Ohren klingt das wohl lächerlich, aber im Orient ist es Sitte, daß man dem eigenen Namen die der Ahnen nachfolgen läßt. Dadurch ehrt der Mann sich und seine Vorfahren zugleich. Übrigens durfte Hadschi Halef Omar gar wohl einen so langen Namen tragen, denn er war ein berühmter Mann, der von vielen Heldentaten erzählen konnte. Er hatte den Löwen und den Panther gejagt und mit vielen Feinden gekämpft."

Es versteht sich von selbst, daß ich mich außerordentlich freute, hier etwas von meinem kleinen Hadschi Halef zu hören. Ich machte mir den Spaß, zu verschweigen, daß ich jener Kara Ben Nemsi Effendi gewesen war, und fragte:

„Ist jener Deutsche bei diesen Taten zugegen gewesen?"

„Ja. Er hatte sogar an ihnen teilgenommen. Die Haddedihn verdanken es ihm, daß sie heut noch bestehen, denn er hat sie vor einer Niederlage bewahrt, die ihren Untergang nach sich gezogen hätte. Auch ich hatte ihn in besonderem Angedenken, weil ich ihm sehr zu Dank verpflichtet bin."

Das war mir neu. Ich mochte ihn wohl fragend anblicken, denn er fuhr fort:

„Er hat nämlich einen Verwandten von mir vom Tod errettet, indem er ihm im Kampf half. Dann begleitete er ihn nach Bagdad und stand ihm in allen Fährlichkeiten bei, was aber leider nicht verhinderte, daß dieser Verwandte später doch überfallen und ermordet wurde."

Wenn man im Wilden Westen von Amerika einen persischen Mirsa aus der Gefangenschaft der Indianer befreit, so ist das ein Ereignis, das man gewiß ungewöhnlich nennen darf. Wenn man aber von diesem Mirsa hört, daß man vorher drüben am Tigris einen seiner Verwandten vom Tod errettet hat, dann sagt das Wort „ungewöhnlich" jedenfalls noch zu wenig. Darum entriß mir, obwohl ich hatte schweigen wollen, die Überraschung die schnelle Frage:

„Meint Ihr etwa Hassan Ardschir-Mirsa?"

Jetzt war die Reihe zu erstaunen an Dschafar. Er hielt sein Pferd an, so daß auch ich stehenblieb, warf die Arme vor Verwunderung empor und rief aus:

„Hassan Ardschir-Mirsa, der entflohene Prinz! Ihr kennt diesen Namen! Allah tut noch heut die größten Wunder! Wo habt Ihr denn von ihm gehört?"

„Gehört? Ich habe ihn gesehen und an seiner Leiche gekniet, als mich schon die Pest in ihren grausigen Armen hatte."

„Leiche — — —! Pest — — —!"

„Neben ihm lag Dschanah, sein Weib, sein Stolz, zu gleicher Zeit mit ihm ermordet."

Es war ein sonderbarer Auftritt. Wir standen voreinander und schrien uns diese Ausrufe zu, daß Perkins hätte denken mögen, wir seien beide verrückt geworden. Dschafars Augen starrten kugelrund auf mich herab. Er hatte den Mund offen und rang nach Worten. Da machte er eine große, würgende Anstrengung und brüllte mich förmlich an:

„Dschanah, seine Seele, seine Perle! Die war es ja, durch die ich verwandt mit ihm bin! Oh, Mr. Shatterhand, ich muß Euch fragen, ob ich träume oder mich im Fieber befinde. Ihr wart bei den Haddedihn?"

„Ja."

„Ihr wart dabei, als Mohammed Emin, ihr berühmter Scheik, starb?"

„Ich habe ihn mit begraben. Er starb, als wir Hassan Ardschir-Mirsa im Kampf gegen die Kurden beistanden."

„Das stimmt! Aber dann seid Ihr ja — —"

Er griff sich mit der Hand an die Stirn und fuhr dann fort:

„Da müßt Ihr doch jener Kara Ben Nemsi Effendi sein!"

„Der bin ich allerdings. Mein Vorname Karl wurde in Kara verwandelt. Ben Nemsi bezeichnete meine Nationalität, und den Titel Effendi gab man mir ohne Prüfung und Verdienst."

Nun folgte eine Menge von Fragen, die ich beantworten mußte, bis ich ihre Reihe mit der Bemerkung abschnitt:

„Das ist ein Zusammentreffen, das man kaum für möglich halten sollte. Aber wir wollen uns von unserm Erstaunen nicht länger hier halten lassen. Denken wir erst an die naheliegende Pflicht und dann, wenn diese erfüllt ist, an die Vergangenheit! Wollen uns beeilen, zum Regenbett zu kommen!"

„Wie Ihr wollt, Sir. Aber Ihr könnt es mir glauben, daß mir die Aufregung in alle Glieder gefahren ist. Old Shatterhand und Kara Ben Nemsi Effendi sind eins, sind eine Person! Was werdet Ihr mir alles erzählen können!"

„Und Ihr mir auch. Ich muß bis ins kleinste wissen, wo und wie Ihr meinen kleinen, treuen Hadschi Halef gefunden habt. Jetzt aber weiter! Kommt!"

Wir setzten den aus einem so seltsamen Grund unterbrochenen Marsch fort. Es wurde uns beiden schwer zu schweigen. Aber es war besser, wenn wir unsre Gedanken jetzt nur auf die Gegenwart und ihre Forderungen richteten. Was Perkins betrifft, so schien er von unserm Erstaunen angesteckt worden zu sein, denn er machte ein Gesicht, als sei in seiner Gegenwart der Sultan von Stambul über den Kaiser von China hinweggestolpert.

Meine Vorhersage bewahrheitete sich: ich verfehlte das Regenbett nicht. Nach ungefähr einer Stunde sahen wir im Nordosten vor uns einen dunklen Strich erscheinen, der Wald anzeigte.

Der Wald am Regenbett bildete ein längliches Viereck, das keine bedeutende Fläche bedeckte. Siebzig Indianer konnten ihn recht gut in einer Stunde so durchsuchen, daß sie einen darin versteckten Menschen unbedingt finden mußten. Dazu kam der Umstand, daß wir die Stelle, an der die Komantschen lagern würden, nicht vorher wissen konnten. Wir mochten für uns wählen, welche Stelle wir wollten, so mußten wir gewärtig sein, daß sie grad auch dorthin kommen würden. Und selbst wenn das nicht der Fall war, so konnten wir durch irgendeinen Umstand aufgefunden, vielleicht durch das Schnauben von Dschafars Pferd verraten werden. Denn dieses Tier hatte noch keinem Westmann gehört, und jedes ungeschulte Pferd pflegt laut zu werden, wenn andre Rosse in seine Nähe kommen. Darum erwiderte ich, als Perkins mich nach unserm Versteck fragte:

„Wir verbergen uns nicht, sondern bleiben auf dem freien, offnen Kamp, wenigstens ihr beide."

„Aber da werden wir ja gesehen."

„Nein. Diese offne Lage ist das beste Versteck, das es unter den heutigen Verhältnissen geben kann."

„Wie sollen die Gefangenen befreit werden", fragte Perkins noch, „wenn wir hier bleiben, während die Indianer sich im Wald befinden?"

„Das laßt nur meine Sache sein! Ich gehe allein zum Wald, und ihr bleibt hier, bis ich zurückkehre."

„Und wenn die Roten indessen doch hierherkommen?"

„So reitet ihr westlich fort und kehrt, wenn sie verschwunden sind, wieder hierher zurück. Ihr müßt sie auf alle Fälle eher sehen als sie euch."

„Aber wenn wir fliehen müssen und nicht zu Euch zurück können?"

„Sorgt euch nicht um mich! Ich komme auf jeden Fall wieder zu euch und meinem Pferd. Vorläufig bleibe ich hier bei euch, bis ich denke, daß die Indsmen bald kommen, dann gehe ich in den Wald. Es versteht sich von selbst, daß ich die sechs Gefangenen weder durch offnen Kampf noch durch List allein zu befreien vermag. Es handelt sich hier um ein Wagestück, zu dessen Ausführung Gewalt und List zusammengehören, und das mir schon einigemal gelungen ist. Ich will es heut nochmals versuchen. Nämlich, wenn es mir gelingt, mich des Häuptlings zu bemächtigen, haben wir gewonnenes Spiel. Er bekommt die Freiheit nur gegen Entlassung der Gefangenen wieder."

„Wie wollt Ihr es anfangen, ihn in Eure Hand zu bekommen?"

„Das überlasse ich den Umständen, und sind sie mir nicht günstig, so erzwinge ich es. In diesem Fall kommt es mir gar nicht darauf an, mitten unter die Roten hineinzuspringen und dem Alten das Messer an die Kehle zu setzen mit der Drohung, sofort zuzustechen, wenn jemand die Hand gegen mich erhebt und die Bleichgesichter nicht freigegeben werden. Der Schreck ist dann der beste Verbündete. Wer sich aber schon vorher fürchtet, der mag die Hand von solchen Streichen lassen. Jetzt wollen wir den Hasen die Felle abziehen. Holz zu einem Feuer gibt es ja."

Der Wald sandte einzelne Büsche wie Vorposten in die Ebene hinaus. Sie standen bis zu uns heran, und mehrere waren aus Mangel an Feuchtigkeit verdorrt. Perkins mußte diesen Brennstoff sammeln, und bald brannte ein Feuer, über dem die Hasen brieten. Während dieses angenehmen Geschäfts und des dara’ffolgenden Essens mußte ich Dschafar über frühere Ereignisse Rede und Antwort stehen. Über das Wagnis, das ich heut unternehmen wollte, wurde nicht gesprochen, bis ich aufstand und, die Gewehre überhängend, mich zum Gehen anschickte. Da fragte Perkins:

„Wollt Ihr mit den Gewehren fort, Sir? Wenn die Roten Euch ergreifen sollten, so sind diese kostbaren Gewehre für immer verloren.“

„Pshaw! Bin schon wiederholt gefangen gewesen, wobei mir meine Waffen abgenommen wurden, und doch stets entkommen, ohne sie zurückzulassen. Seid also nicht bange um mich.“

Mit diesen Worten ging ich fort.

3. Der alte Häuptling

Zunächst mußte ich darauf bedacht sein, keine sichtbaren Fußeindrücke zu hinterlassen. Bis zum Wald brauchte ich mir in dieser Beziehung keine große Mühe zu geben, denn ich suchte die kahlen, graslosen Stellen auf. Sie waren von der Sonne so fest wie Stein gebrannt und nahmen keine Spur auf. Übrigens stand mit Sicherheit zu erwarten, daß die Indianer nicht auf diese Seite kommen würden.

Aber im Wald wurde die Sache schwieriger. Der Boden war weich, und ich sah mich gezwungen, auf allen vieren zu kriechen. Wohin ich mich wenden sollte, darüber war ich nicht im Zweifel. Ich wußte die Richtung, aus der die Komantschen kamen, und kannte also die Stelle, wo sie den Wald erreichen mußten. Von dort aus suchten sie wahrscheinlich geradewegs das Regenbett auf, um Wasser zu haben. Dort war es, wo ich mich verstecken wollte.

Diese Stelle hätte ich nach höchstens fünf Minuten erreichen können, wenn es mir erlaubt gewesen wäre, in gewöhnlicher Weise zu gehen, so aber brachte ich über eine Stunde zu, ehe ich an das Wasser kam. Dort sah ich mich um, ich mußte mich verstecken, aber wo? Ich brauchte nicht lang zu suchen. Es lag da eine Baumleiche, die ganz von wildem Efeu übersponnen war. Er wucherte weiter und hatte auch das benachbarte Gesträuch so um- und überrankt, daß es abzusterben begann und er eine dichte grüne Decke bildete, unter der ich mich gut verstecken konnte. Freilich war anzunehmen, daß ich nicht das erste Wesen sein würde, das da eine Zuflucht suchte. Ich kroch hin und stocherte mit dem Bärentöter hinein. Wirklich stöberte ich da allerlei Vehzeug auf und sah sogar zwei Klapperschlangen, die die Flucht ergriffen. Das wäre eine schlimme Gesellschaft für mich gewesen, und es war nur gut, daß sie nicht gegen den Ruhestörer vorgingen. Sie hatten wohl vor kurzem gefressen, und wenn diese Tiere gesättigt sind, braucht man sie nicht so sehr zu fürchten, wie wenn sie Hunger haben.

Nun schob ich mich soweit als möglich unter den Efeu hinein, hütete mich dabei aber sehr, irgendeine Ranke abzureißen, was mich den Roten hätte verraten können. Da vorauszusehen war, daß mein Aufenthalt an dieser Stelle kein kurzer sein werde, machte ich es mir möglichst bequem und wartete dann der Dinge, die kommen würden. Die Zeit vergeht einem unter solchen Umständen sehr langsam, die Minuten werden zu Stunden. Es war auch möglich, daß die Indsmen nicht die gerade Richtung einhielten und also den Wald an einer andern Stelle betraten. Wenn das der Fall sein sollte, so wurde mir die Ausführung meines Vorhabens erschwert.

Darum war ich herzlich froh, als ich endlich ein Geräusch hörte, das sich mir näherte. Die Komantschen kamen. Erst sah ich zwei Rote, die vorausgeritten waren, um einen geeigneten Platz zu suchen. Sie sahen sich um, und der eine sagte:

„Hier ist eine gute Stelle. Mein Bruder kann absteigen, ich werde die andern holen."

Er ritt zurück, während sein Gefährte aus dem Sattel stieg und sein Pferd ans Wasser führte, um es trinken zu lassen. Nach kurzer Zeit kam der ganze Trupp, doch ohne den Häuptling. Ich sah die zwei Diener und die zwei Führer des Persers, die gebunden waren, und ich entdeckte zu meiner Freude auch die beiden Snuffles. Sie waren unverletzt und ritten ihre Maultiere. Meine List war gelungen: man hatte diese beiden Tiere gefunden. Die Gefangenen wurden aus den Sätteln gehoben und auf die Erde gelegt. Auch die Roten setzten sich und ließen ihre Pferde im Buschwerk sich Laub und Gras suchen. Erst jetzt durfte ich sicher sein, daß meine Spur unentdeckt bleiben werde.

Daß der Häuptling nicht gleich mitgekommen war, konnte mir nur lieb sein. To-kei-chun fühlte es seiner Würde angemessen, nicht unter den gewöhnlichen Kriegern zu reiten, sondern ein Stück zurückzubleiben. Wenn er das später ebenso tat, stand zu erwarten, daß er nicht zu gleicher Zeit mit seinen Leuten aufbrechen, sondern noch einige Minuten warten werde. In diesem Fall bekam ich Gelegenheit, ihn in meine Gewalt zu bringen, wenn sich nicht schon vorher eine andre dazu fand.

Endlich kam To-kei-chun, wohl eine volle Viertelstunde später. Er stieg ab und setzte sich nahe an den umgestürzten Baum, unter dessen Efeudecke ich lag. Er stopfte sich seine Friedenspfeife und rauchte sie in langsamen Zügen aus, ohne ein Wort zu sprechen. Seine Leute waren ebenso schweigsam. Als er den letzten Zug getan hatte, hing er sich die Pfeife wieder um den Hals und sagte zu den beiden Roten, die zuerst gekommen waren:

„Meine jungen Krieger mögen die beiden Bleichgesichter herbringen, die Snuffles genannt werden."

Jim und Tim wurden wie Säcke herbeigeschleppt und vor To-kei-chun niedergelegt. Dieser musterte eine Zeitlang ihre Gesichter und sagte dann:

„Die beiden Snuffles mögen hören, was ich ihnen zu sagen habe, und mir endlich eine wahre Antwort geben. Sie sollen am Makik-Natun den Tod des Marterpfahls erleiden. Aber wenn sie offen sprechen, werden wir ihnen die Freiheit geben. Haben sie den weißen Mann gekannt, der unser Gefangener war und gestern abend auf so unbegreifliche Weise in der Dunkelheit verschwunden ist?"

Jim antwortete:

„Du legst uns diese Frage nun zum drittenmal vor, und ich antworte zum drittenmal dasselbe: Wir haben ihn nicht gekannt."

„Aber ihr wißt, wohin er ist?"

„Nein."

„Er war so fest gebunden, daß er sich nicht selbst losmachen konnte."

„Du wirst dich irren. Er hat sich selbst befreit."

„Ich habe kurz vorher selbst seine Fesseln untersucht, sie waren gut. Es muß jemand dagewesen sein, der ihm die Riemen geöffnet hat."

„Einen Gefangenen aus siebzig Indianern herausgeholt? Das müßte ein tollkühner Mann sein. Es gibt keinen vernünftigen Menschen, der das wagen würde."

„Es gibt einen, aber auch nur einen einzigen."

„Wer wäre das?"

„Old Shatterhand. Ich kenne diesen weißen, räudigen Hund. Er war einst mein Gefangener und hat uns gezwungen, ihn loszulassen. Das, was gestern abend geschah, ist genau so, als hätte er es getan. Wenn ich nicht wüßte, daß er weit von hier im Norden weilt, um den Tod Winnetous, seines ebenso räudigen Bruders, zu rächen, so glaubte ich, er sei hier. Du hast mit deinem Bruder unser Lager beschlichen, als uns der Gefangene abhanden kam, ihr müßt den kennen, der ihn befreit hat."

„Wir wissen nichts."

„Das ist eine Lüge, die euch das Leben kosten wird. Wenn ihr uns die Wahrheit sagtet, würden wir euch die Freiheit schenken."

„Das ist auch eine Lüge! Ich weiß, daß du uns durch dieses Versprechen nur zum Reden bringen willst."

„Was To-kei-chun verspricht, das hält er!"

„Pshaw! Wenn du mit uns das Kalumet darauf rauchst, wollen wir es glauben."

„To-kei-chun raucht mit keinem Gefangenen die Pfeife des Friedens."

„Da hast du es; du willst uns täuschen. Ihr habt das Beil des Krieges ausgegraben, folglich ist jeder Weiße verloren, der in eure Hände fällt. Selbst wenn das wahr wäre, was du denkst, und wir es dir gestanden, würdest du dein Wort nicht halten und uns hinrichten lassen."

Der Häuptling hatte bis jetzt ruhig gesprochen. Er war der Meinung gewesen, daß er Jim zum Reden bringen werde. Nun sah er sich getäuscht und fuhr zornig auf:

„Was sagt der andre Snuffle dazu? Will auch er nichts gestehen?"

„No", antwortete Tim in seiner wortkargen Weise.

„So will ich euch sagen, daß ihr allerdings richtig gedacht habt: ihr hättet dennoch sterben müssen. Aber wir hätten euch eine Kugel gegeben, so daß euer Tod ein schneller gewesen wäre. Doch da eure Mäuler das Sprechen verlernt haben, werden wir sie euch zum Klagen und Stöhnen öffnen. Ihr werdet alle Qualen erleiden, die wir uns aussinnen können!"

„*Pshaw*, wir fürchten uns nicht."

„Schweig! Ich bin mit euch fertig. Der Gefangene ist fort, wir können sein Verschwinden nicht begreifen; mag es sein! Wir haben an seiner Stelle euch beide erwischt und also nichts eingebüßt. Heut abend kommen wir zum Makik-Natun, und morgen früh werdet ihr dort an den Marterpfahl gebunden."

Er stand auf, um sich stolz zu entfernen, und befahl mit lauter Stimme:

„Meine Brüder können aufbrechen, denn ihre Pferde haben getrunken. Ich werde bald nachfolgen."

Bei diesem letzten Wort des Häuptlings mußte ich mich beherrschen, um nicht vor Freude eine unvorsichtige Bewegung zu machen, die mich hätte verraten können. Ich hatte allen Grund zu hoffen, daß mein Unternehmen ein guten Ausgang nehmen würde. Die Gefangenen wurden wieder auf die Pferde gebunden. Die Komantschen stiegen auf und ritten fort. Der Häuptling war nicht zu sehen. Sein Pferd stand hinter meinem Versteck und fraß das Laub von den Zweigen. Falls er aus der Richtung zurückkehrte, in der er sich entfernt hatte, und zu ihm hinwollte, mußte er bei mir vorüber.

Ich wartete in großer Spannung fünf Minuten, zehn Minuten, fast eine Viertelstunde. Da kam To-kei-chun zurück. Er hatte sein Gewehr in der rechten Hand und hielt mit der linken die Decke vorn zusammen, die er um die Schultern geworfen hatte. Ich ließ ihn vorbei. Er griff nach seinem Pferd. Diesem schmeckte das saftige Laub und es verweigerte den Gehorsam. Das Geräusch der stampfenden Hufe übertönte jenes, das dadurch entstand, daß ich unter dem Efeu hervorkroch. Einige Schritte brachten mich hinter den Roten. Er riß das Pferd am Zügel an sich und hob den Fuß, um aufzusteigen, da legte ich ihm die linke Hand, während ich ihm mit der rechten den Revolver entgegenstreckte, auf die Schulter und sagte:

„To-kei-chun mag noch warten. Ich habe mit ihm zu sprechen."

Er fuhr herum. Wegen meines sonderbaren Anzugs erkannte er mich im ersten Augenblick nicht, dann aber flog der Ausdruck des Schrecks über sein Gesicht und er rief:

„Old Shatterhand! — Old — —!"

„Ja, Old Shatterhand ist's", nickte ich, „der räudige Hund, den du im fernen Norden glaubtest. Bewege dich nicht, sonst schieße ich!"

Aber er war kein Mann, der sich länger als einen Augenblick vom Schreck beherrschen ließ. Sein Gesicht nahm schnell den Ausdruck des Gleichmuts an, und er sagte mit der größten Ruhe:

„Uff! Du bist es wirklich. Ich höre, daß du uns belauscht hast. Was wünscht du mit mir zu reden?"

Mit mir zu kämpfen wagte der Häuptling nicht, denn erstens war ich ihm da überlegen, und zweitens sah er die Mündung des Revolvers und mußte annehmen, daß ich bei der geringsten Bewegung schießen würde. Ich blickte To-kei-chun fest ins Gesicht, denn sein Auge mußte mir seine Gedanken verraten. Es glitt von mir ab; er drehte den Kopf ein wenig um und sah zurück. Ah, er wollte mit einem schnellen Sprung ins Gebüsch hinein entwischen! Sollte ich mir den Spaß machen und ihn fortlassen? Ja! Er war mir auf alle Fälle sicher. Darum tat ich keinen Griff, um ihn festzuhalten, und antwortete:

„Ich will mit dir über deine Gefangenen sprechen, die du freigeben sollst."

„Freigeben? Wir haben den Tomahawk gegen die Bleichgesichter ausgegraben, und jeder Weiße, den wir einfangen, wird von uns an den — —"

Weiter sprach To-kei-chun nicht. Vielmehr drehte er sich bei den letzten Worten blitzschnell um und sprang ins Gebüsch. Ich ging ihm langsam nach, schlug dabei, um Geräusch zu machen, mit den Händen in das Gesträuch und rief, als sei ich in höchster Eile:

„Halt, halt! Bleib stehen, sonst schieße ich dich nieder!"

Meine Schläge in die Büsche sollten in ihm den Glauben erwecken, daß ich hinter ihm herlaufe. Dann ging ich zu seinem Pferd zurück und zog einen von den Riemen aus der Tasche, die ich gestern abend nach der Befreiung Dschafars eingesteckt hatte. Mit diesem Riemen band ich einen Hinterfuß des Pferdes an der nächsten Buschwurzel fest und kroch hierauf schnell in mein Versteck zurück. Das Pferd stand ruhig und knupperte am Laub weiter.

Ich nahm an, daß der Rote eine Strecke fliehen und hierauf vorsichtig zurückkehren werde, um sein Pferd zu holen, denn es war ihm unentbehrlich und trug seine Medizin am Hals, für die ein Indianer hundertmal sein Leben wagt. Und selbst, wenn diese Annahme irrig gewesen wäre, und er auf das Pferd verzichtet hätte, so mußte er seinen Leuten zu Fuß nach, und ich konnte auf seinem eignen Tier hinter ihm her und ihn einholen. Ich hatte zwischen den Blättern eine Öffnung, die mir erlaubte, auf alle Seiten zu blicken. Er kam sicher nicht von jener, in der er geflohen war und mich hinter sich glaubte. Diese ließ ich also unbeachtet.

Da, nach ungefähr fünf Minuten, sah ich, daß sich gerade vor mir ein Busch sehr leise bewegte. Die Zweige teilten sich, und To-kei-chuns Gesicht erschien zwischen ihnen. Er blickte zum Pferd, sah mich nicht am Platz, glaubte also, daß ich ihn noch suche, und sprang nun eiligst herbei, um sich aus dem Staub zu machen. Er gewahrte den Riemen nicht, stieg auf und wollte fort. Das Pferd konnte nicht gehorchen. Er forschte nach dem Grund, bemerkte, daß es mit dem Bein festhing, und stieg wieder ab, um das Hindernis genauer zu betrachten. Als er sich dabei bückte, stand ich hinter ihm und sagte:

„Ich wußte es doch, daß To-kei-chun nur spazierengehen wollte. Darum ließ ich ihn fort und wartete auf seine Rückkehr."

Er fuhr empor und starrte mich fassungslos an. Ich sah ihm lächelnd ins verzerrte Gesicht und fuhr fort:

„Damit er aber nicht wieder spazierengehe, will ich ihm zeigen, daß er sich bei Old Shatterhand befindet."

To-kei-chun hatte sein Gewehr aus der Hand gleiten lassen, griff aber jetzt zum Gürtel, um das Messer zu ziehen. Da traf ihn meine Faust an den Kopf, und er stürzte nieder.

Nun band ich zunächst sein Pferd los und stieg auf, um zu sehen, ob es mir gehorchen werde. Mit den drei Gewehren und dem Indianer in den Armen konnte ich mich auf keine Reitkünste einlassen. Es weigerte sich nur kurze Zeit. Dann sah es ein, daß Widerstreben nutzlos sei. Ich stieg wieder ab, hing mir die drei Gewehre auf den Rücken, hob den Häuptling hoch und legte ihn dann, als ich wieder aufsaß, quer vor mir auf das Pferd, um in dieser Weise zu Dschafar und Perkins zurück-zukehren.

Erst ging es schwierig durch die Büsche. Als ich dann den Wald hinter mir hatte, ritt ich Galopp. Die beiden sahen mich kommen.

„Gott sei Dank! Da seid Ihr wieder", rief mir Perkins schon von weitem zu. „Ah, Ihr habt einen Roten auf dem Pferd! Wer ist's?"

„Seht ihn an!" antwortete ich, bei ihnen angekommen.

„Allah, Allah!" stieß Dschafar hervor. „Das ist der Häuptling mit dem weißen Haar, der uns ermorden wollte!"

„Ein andrer könnte uns nicht viel nützen. Nehmt ihn mir ab! Wir müssen ihn binden."

Während wir den Komantschen fesselten, erzählte ich, wie mir seine Gefangennahme gelungen war. Die Gefährten ergingen sich in allen möglichen Rufen des Staunens, denen ich ein Ende machen mußte, weil ich sah, daß To-kei-chun wieder zu sich kam. Er öffnete die Augen, sah uns einen nach dem andern an und schloß sie wieder. Er mußte sich besinnen. Bald aber riß er sie wieder auf, bohrte einen Blick des unver-söhnlichsten Hasses in mein Gesicht und stieß zwischen den knirschenden Zähnen hervor:

„Der Hund hat mich ergriffen, doch meine Krieger werden mich be-freien, indem sie zurückkehren und ihn mit Knütteln totschlagen!"

Auf diese Beleidigung entgegnete ich ruhig:

„Es wäre sehr klug vom alten Häuptling der Komantschen, wenn er sich einer höflicheren Rede bediente. Sein Leben liegt in meinen Hän-den."

„Du nimmst es mir nicht, denn meine Leute werden kommen und dich zwingen, mich freizugeben!"

„Deine wenigen Komantschen? *Pshaw!*"

„Es sind ihrer zehnmal sieben! Sie werden euch zermalmen."

„*Pshaw!* Was sind siebzig Komantschen gegen Old Shatterhand!" ent-gegnete ich, mich der selbstbewußten Ausdrucksweise bedienend, die gegenüber diesen Leuten am Platz ist.

„Siebzig starke Büffel gegen einen kranken Hund!" fuhr er fort.

„Soll ich über dich lachen, der auf dem Kopf den Schnee des Alters trägt? Die Wut der Ohnmacht spricht aus dir. Ich bin mitten unter diesen siebzig Komantschen gelegen, ohne daß mein Herz einen einzigen Schlag mehr getan hat: der kranke Hund unter siebzig Büffeln! Sie haben ihm gar nichts anhaben können. Er aber hat den stärksten Büffel in seinen Zähnen davongetragen. Wie muß es unter deinen weißen Haaren aussehen? Da sollte der Verstand der reifen Jahre wohnen, doch gibt es da nichts als den Unverstand der Knabenzeit."

To-kei-chun antwortete nicht; er war beschämt und sah finster vor sich hin. Ich benützte die Pause, die Taschen zu untersuchen, die zu beiden Seiten seines Pferdes hingen. Die eine enthielt getrocknetes Fleisch und andern Mundvorrat, auch Munition und verschiedene Gegenstände, die dem Indianer auf Kriegszügen unentbehrlich sind. In der zweiten steckten andre Sachen. Zuerst zog ich eine Brieftasche hervor.

„Die gehört mir", rief Dschafar. „Sie enthält wichtige Notizen, Papiergeld und Anweisungen."

„So seht nach, ob alles noch vorhanden ist!"

Ich gab sie dem Perser. Er untersuchte den Inhalt und fand, daß nichts fehlte. Hierauf brachte ich seine Börse und seine Uhr zum Vorschein. Dann kamen allerlei Dinge, die seinen Dienern, den Führern und zuletzt den beiden Snuffles abgenommen worden waren. Der Häuptling hatte diesen Raub für sich behalten. Die Blicke, mit denen er uns zusah, verrieten den Grimm, der in ihm kochte. Er konnte sich schließlich nicht länger beherrschen und schrie mich an:

„Nehmt es immer! Sobald meine Krieger kommen, müßt ihr es doch wieder hergeben!"

„Nein. Nicht sie kommen, sondern ich reite zu ihnen und sie werden mir ebensowenig tun wie damals, als ich dein Gefangener war und ihr, so viele hundert Krieger, es doch nicht wagtet, euch an mir zu vergreifen."

„Damals hattest du meinem Sohn das Leben geschenkt, und er bat für dich. Dadurch wurde das deinige gerettet."

„Das ist unwahr. Ja, dein Sohn war mir dankbar. Aber das Leben habe ich mir und uns dadurch gerettet, daß ich dich gefangennahm. So ähnlich wie damals ist es heut. Du bist mein Gefangener, und ich werde dir sagen, was du zu tun hast."

„Ich bin To-kei-chun, der Häuptling der Komantschen und gehorche keinem Bleichgesicht."

„Dann bist du verloren!"

„Du wirst es nicht wagen, mir das Leben zu nehmen. Bist du denn nicht stolz auf den Ruhm, daß du niemals ohne Not einen Menschen tötest?"

„Stolz zwar nicht, aber ich freue mich, daß man das von mir sagt."

„So bin ich also sicher vor dir, denn du wirst nicht den Vorwurf auf dich laden, daß du To-kei-chun, der Häuptling der Komantschen, ermordet habest."

„Du irrst, denn von einer Ermordung kann hier nicht die Rede sein, sondern nur von einer Bestrafung."

„Bestrafung? Wofür?"

„Daß du Bleichgesichter fängst und töten willst."

„Du darfst mich nach den Gesetzen der Prärie nur dann töten, wenn ich Blut vergossen habe. Habe ich das?"

„Ich kann freilich nicht behaupten, daß du einen Weißen getötet hast. Aber du hast mehrere gefangengenommen."

„Darauf steht aber nicht der Tod."

„O doch. Wie wird der Diebstahl, der Raub eines Pferdes bestraft?"

„Mit dem Tod."

„Und der Raub eines Menschen? Soll der gelinder bestraft werden?"

„To-kei-chun hat die Bleichgesichter gefangengenommen, aber nicht geraubt!"

„Pshaw! Wenn ich ein Pferd, das nicht mir gehört, fange und fortschaffe, so ist dies Pferderaub. Du hast die Bleichgesichter gefangen und fortgeschafft, das ist Menschenraub. Auf Raub aber steht bei mir der Tod. Wenn ich dich dafür mit einer Kugel bestrafe, kann mich nicht der leiseste Vorwurf treffen."

„Und du wirst mich doch nicht töten!" behauptete er beharrlich.

„Irre dich nicht länger! Meine Geduld ist zu Ende, wenn du nicht auf den Vorschlag eingehst, den ich dir jetzt machen werde."

„Ich kenne ihn. Du brauchst ihn mir nicht zu sagen. Du willst die gefangenen Bleichgesichter zurückhaben und dafür mich freigeben."

„Das ist allerdings richtig. Was sagst du dazu?"

„Du behältst mich, und wir behalten sie."

„So bist du verloren!"

„Pshaw! Du bist Old Shatterhand, der kein Blut vergießen wird. Und darum bleiben die Gefangenen in unsrer Gewalt."

To-kei-chun glaubte, mir überlegen zu sein, doch war ich meiner Sache zu gewiß. Perkins aber fühlte sich empört über diese freche Beharrlichkeit und konnte nicht länger schweigen. Er sagte zornig:

„Faßt Euch kürzer, Sir! Die vielen Worte, die Ihr mit dem Roten macht, bestärken ihn in seiner Unverschämtheit. Er bekommt die wohlverdiente Kugel, und dann eilen wir seinen Leuten nach, um die Weißen zu befreien. Geschehen kann ihnen auf keinen Fall etwas. Wir brauchen die Komantschen nur zu benachrichtigen, daß wir ihren Häuptling ergriffen haben. Dann sind sie gezwungen, die Gefangenen um seinetwillen zu schonen. Daß wir ihm inzwischen eine Kugel durch den harten Schädel gejagt haben, brauchen sie nicht zu wissen. Also, macht kurzen Prozeß!"

Ich nickte und wendete mich zum Häuptling:

„Du hast gehört, was dieser Weiße sagte. Er hat recht, und ich werde tun, was er begehrte. Ich frage dich also zum letztenmal: gehst du auf die Auswechslung der Gefangenen ein?"

„Nein", antwortete er spöttisch. „Schießt mich immer tot!"

„Du meinst, daß ich dich nicht erschießen werde, und hast recht damit. Du pochst auf meine Menschlichkeit, aber Old Shatterhands List scheint dir noch unbekannt zu sein. Ich werde dich töten, aber nicht deinen Leib, sondern deine Seele."

„Meine Seele?" fragte er erstaunt. „Wie kann man der Seele eines Menschen eine Kugel geben?"

„Ich werde es dir zeigen. Man kann die Seele eines roten Mannes so zerschießen, daß sie für die Ewigen Jagdgründe verloren ist. Mr. Perkins, ich möchte mir den Spaß machen, ein wenig mit dem Revolver zu knallen. Wollt Ihr wohl so gut sein, das Ding zu halten, auf das ich schießen werde? Bitte tretet hierher, und streckt den Arm aus!"

Ich stellte ihn ungefähr dreißig Schritt seitwärts vom Häuptling auf und brachte seinen Arm in waagrechte Haltung. Dann ging ich zum Pferd des Häuptlings, nahm den Medizinbeutel weg, trug ihn zu Perkins, dem ich ihn in die Hand gab, und sagte:

„So, Mr. Perkins. In dieser Medizin steckt die Seele To-kei-chuns, des Häuptlings der Komantschen. Ich werde sie erst mit meinen Kugeln durchbohren und hierauf den Beutel verbrennen, um ganz sicher zu sein, daß der Häuptling die Ewigen Jagdgründe nie betreten wird. Dann lassen wir ihn laufen. Seinem Körper wird also nichts geschehen, und er kann nicht sagen, daß Old Shatterhand ihn ermordet habe. Aber er darf nicht zu den Seinen zurückkehren, denn sein Name ist in den Fluten der Schande erloschen, und er kann ihn nicht dadurch wiedererlangen, daß er sich eine neue Medizin verschafft: er hat die alte nicht im Kampf verloren, sondern sie ist ihm durch List abgenommen und so beschimpft worden, daß die Ehre ihres Besitzers niemals wiederhergestellt werden kann."

Ich bemerkte zu meiner Genugtuung, daß meine Berechnung richtig gewesen war. To-kei-chuns Augen nahmen vor Entsetzen einen starren, gläsernen Ausdruck an. Er wollte reden, brachte aber zunächst nichts hervor. Dann entquoll seinem Mund ein heiserer, gurgelnder Schrei. Er versuchte, sich in den Fesseln aufzubäumen, und rief endlich, als ich den Revolver hob und auf den Medizinbeutel zielte, mit schriller Stimme:

„Halt ein! Weg mit der Waffe! Schieß nicht — schieß nicht!"

Ich ließ die Hand nicht sinken, sondern behielt den Revolver im Anschlag, wendete dem Häuptling aber das Gesicht zu und fragte:

„Du gibst also zu, daß deine Ehre und deine Seele für ewig verloren wäre, wenn ich jetzt schösse?"

„Ja."

„Und bittest mich, es nicht zu tun?"

„Ja. Aber nimm doch die Waffe weg!"

Da ließ ich die Hand mit dem Revolver sinken und erklärte:

„Du siehst wohl ein, daß du Old Shatterhand doch noch nicht vollständig kanntest. Aber in meiner Güte hast du dich nicht getäuscht. Ich bin bereit, Gnade walten zu lassen, wenn du tust, was ich verlange."

„Ich tue es. Die Bleichgesichter sollen gegen mich ausgewechselt werden!"

„*Pshaw!* Das forderte ich vorhin; jetzt aber verlange ich mehr."

„Was denn, was?" erkundigte sich der Häuptling aufs neue erschrocken.

„Du glaubst klüger zu sein als ich und hast meinen gerechten und billigen Vorschlag höhnisch zurückgewiesen. Ich bin ruhig dazu geblieben, denn ich wußte, daß du unterliegen würdest. Old Shatterhand ist nicht der Mann, den man übertölpelt. Meine Forderung geht jetzt weiter als vorhin. Entscheide dich rasch, sonst schieße ich." Ich legte den Revolver wieder auf den Medizinbeutel an, den Perkins hochhielt, und fuhr fort: „Du bist einverstanden, daß die gefangenen Bleichgesichter sofort freigegeben werden und ihr Eigentum bis auf den kleinsten Gegenstand zurückerhalten?"

„Ja."

„Du fertigst mir jetzt ein Totem aus, das ich nur vorzuzeigen brauche, um sie ohne alle Gefahr für mich ausgeliefert zu erhalten?"

„Ich werde es tun."

„Du wirst gegen diese Männer und auch gegen mich nie wieder etwas Feindseliges unternehmen?"

„Uff! Du verlangst zuviel!"

„Sag ja! Ich warte nicht. Eins — zwei — dr — —!"

„Halt, nicht schießen! Ich verspreche auch das."

„Das bloße Versprechen genügt mir nicht. Was wir jetzt bestimmen, werden wir mit der Pfeife des Friedens besiegeln."

„Der große Geist hat seine Hand gewendet und mich in deine Gewalt gegeben. Ich muß tun, was du von mir verlangst. Wann gibst du mich frei?"

„Frei? Davon ist jetzt keine Rede mehr. Ich machte dir den Vorschlag, dich gegen sie auszuwechseln. Du gingst in deiner Verblendung nicht darauf ein, sondern gabst mir die Antworten des Hohns und des Spotts. Darum sagte ich dir dann, daß meine Forderung nun anders geworden sei. Du gibst die Gefangenen dafür frei, daß ich deine Medizin nicht vernichte, bleibst aber meine Gefangener. Was ich mit dir tue und ob ich dich später freilasse, das kommt ganz auf meine Gnade an."

„Uff, uff!" rief er erschrocken. „Darauf kann ich nicht eingehen. Ihre Freiheit gegen die meinige. Sie sind sechs Männer, und ich bin einer. Ich gebe also mehr als du."

„Das sagt To-kei-chun, der da glaubt, daß er der größte Häuptling der Komantschen sei? Ich würde nicht zögern, meine Freiheit gegen die von einigen hundert roten Kriegern einzutauschen. Und du hältst dich für weniger wert als sechs? Ich erfahre da zu meinem Erstaunen, wie tief ein Komantschenhäuptling im Preis steht."

Diese Worte mußten ihn beschämen. Darum versuchte er, den begangenen Fehler dadurch zu verbessern, daß er sagte:

„Du weißt, daß es nicht gewöhnliche Bleichgesichter sind. Es sind hervorragende Krieger unter ihnen."

„Grad darum mußt du dich dadurch geehrt fühlen, daß mir dein Besitz höhersteht, als euch der ihrige stehen kann. Ich gehe auf keinen Fall von dieser meiner letzten Forderung ab."

„Und ich fordere Freiheit gegen Freiheit."

„Das hätte ich vorhin gelten lassen. Dein Verhalten aber hat meine Ansprüche erhöht. Old Shatterhand läßt sich nicht ungestraft verhöhnen. Also, bist du einverstanden oder nicht?"

„Nein."

„So sieh zu, was geschieht. Mr. Perkins, haltet hoch!"

Er tat es, und ich drückte ab. Der Medizinbeutel bekam einen Stoß; meine Kugel hatte ihn gestreift. Da schrie der Häuptling entsetzt:

„Halt, schieß nicht weiter!"

„Du willst also das Totem ausstellen?"

„Ja. Aber ich habe nichts da, worauf ich die Schrift malen kann."

„Ihr schneidet eure Zeichen in Leder ein und reibt sie mit roter Farbe ein. Solches Leder, wie es für unsern Zweck zubereitet sein muß, fehlt uns. Darum werde ich dir Papier und Bleistift geben."

„Ich habe nicht gelernt, nach der Art der Weißen zu schreiben. Ich kann kein ,sprechendes Papier'[1] machen."

„Das ist auch nicht nötig, denn nicht Weiße, sondern deine Krieger sollen es lesen. Ich gebe dir einige Blätter aus meinem Notizbuch. Auf sie kannst du mit dem Bleistift deine Figuren noch viel leichter malen, als sie sich in Leder schneiden lassen."

Er sah mich nachdenklich an. Es ging ein Zug von Befriedigung über sein Gesicht, für den mir leider erst später das Verständnis kam. Dann bemerkte er:

„Ganz wie du willst. Ich werde es versuchen. Aber jetzt kann ich es nicht tun, weil ich gefesselt bin."

„Wir werden die Fesseln deiner Hände auf kurze Zeit lösen, damit du schreiben kannst."

Das geschah. Ich blieb an seiner Seite stehen, um einen Fluchtversuch unmöglich zu machen. Es dauerte lange, bis er fertig war. Dann gab er mir die Papiere, ohne ein Wort zu sagen. Auch ließ er sich ruhig wieder fesseln.

Es galt das Totem genau zu prüfen, denn wenn ich ein einziges hinterlistiges Zeichen nicht verstand, brachte ich uns in Gefahr. Aber ich fand nichts, was Argwohn erregen konnte, das Totem war ehrlich. Es bestand aus kleinen Figurengruppen, ähnlich denen, die Kinder mit ihren ungeübten Händen zeichnen. Die erste Gruppe zeigte einen am Boden liegenden Mann mit Federn am Kopf, einen Indianerhäuptling also. Er war gebunden, und darüber sah man das Zeichen To-kei-chuns. Neben ihm stand eine Figur, die in jeder Hand ein Gewehr hatte; ihre Hände waren im Verhältnis ungeheuer groß, und über ihrem Kopf gab es noch eine dritte Hand. Damit war ich, Old Shatterhand, gemeint. Zu meiner Seite saßen zwei Gestalten. Die eine hatte eine hohe, runde Mütze auf, das sollte Dschafar sein. Die andre war einfach durch hohe Stiefel als Weißer bezeichnet. Diese Gruppe sollte sagen: Old Shatterhand, Dschafar und noch ein Bleichgesicht haben To-kei-chun gefangengenommen.

In ähnlicher Weise waren auch die übrigen Gruppen gehalten, mit denen der Häuptling ausdrückte, was nach unserer Vereinbarung geschehen sollte. Freilich gehörte, da die Figuren kindlich gezeichnet waren, viel Scharfsinn dazu, zu enträtseln, was jede einzelne vorstellen sollte. Hatte man aber das entziffert, so ergab sich die Bedeutung von selbst. Die

[1] So nennen die Indianer unsre Briefe

Hauptsache dabei war, daß ich nichts fand, was auf die Absicht, uns zu betrügen, hätte schließen lassen.

To-kei-chun hatte sich niedergesetzt und wartete auf die Beurteilung seines Kunstwerks; ich gab ihm diese mit den Worten:

„Ich bin mit dem Totem zufrieden, es enthält alles, was ich wünsche. Wir werden den Häuptling der Komantschen auf ein Pferd binden und dann seinen Kriegern zum Makik-Natun folgen. Vielleicht holen wir sie ein, ehe sie dort ankommen."

„Du wirst sie nicht einholen, denn sie reiten sehr schnell."

„Ich denke, daß sie sich zunächst nicht zu sehr beeilen werden, damit du sie einholen kannst."

„Sie warten nicht auf mich, sie wissen, daß ich gern zurückbleibe und allein reite. Du wirst nicht eher als am Makik-Natun mit ihnen sprechen können."

Die Offenheit, mit der er mir dies sagte, war zwar ungewöhnlich, aber ich hatte keinen Grund, sie für unwahr zu halten. Schaden konnte es uns nichts, wenn wir uns nach dieser Mitteilung richteten. Darum sagte ich:

„So müssen wir uns beeilen. Ich will die gefangenen Bleichgesichter womöglich noch heut frei haben und wünsche darum, daß ich vor der Dunkelheit mit den Kriegern der Komantschen reden kann."

Perkins mußte das Pferd To-kei-chuns besteigen und den gefesselten Häuptling vor sich nehmen. Dann suchten wir die Fährte seiner Leute auf, um ihr möglichst schnell zu folgen. Als wir sie erreichten, untersuchte ich sie und fand, daß die Indsmen allerdings rasch geritten waren. Ihr Häuptling hatte die Wahrheit gesagt. Perkins ritt mit ihm voran, ich und Dscha-far hinterdrein, weil ich ihn stets im Auge haben wollte. Der Perser sprach über unser heutiges Erlebnis und über unsre Hoffnung, die Gefangenen zu erlösen. Dabei meinte er:

„Der Häuptling versteht Englisch und hört, was wir hinter ihm sprechen. Er braucht aber nicht zu wissen, was wir reden. Wollen wir uns nicht lieber einer andern Sprache bedienen?"

„Mir recht! Aber welcher?"

„Da Ihr der Kara Ben Nemsi Effendi seid, ist Euch die arabische geläufig. Nehmen wir also diese!"

„Warum nicht die persische?"

„Versteht ihr auch diese?"

„Leidlich. Wenigstens denke ich, daß ich mich Euch verständlich machen kann."

Wie erfreut war Dschafar, sich seiner Muttersprache bedienen zu können! Er wurde außerordentlich lebhaft, und sprach vorzugsweise von seinem Vaterland und dessen Verhältnissen. Ich wartete darauf, daß er auch die seinigen in Erwägung bringen werde. Er tat es indessen nicht, schien aber doch eine Ahnung von meiner Wißbegier zu haben, denn er sagte im Lauf des Gesprächs:

„Du wirst erwarten, daß ich auch von mir spreche. Aber was soll ich von mir hier in diesem Land sagen, wo ich fremd und gar nichts bin?"

Als ich auf diese seine Worte nichts bemerkte, hielt er es für angezeigt, fortzufahren:

„Ich will dir aber mitteilen, daß ich unter dem Schutz unsres Herrschers stehe. Er ist ein Freund abendländischer Bildung und sendet zuweilen einige seiner jungen Untertanen ins Abendland, damit sie sich dort Kenntnisse erwerben."

„Doch sucht er sich da nur begabte Leute aus."

„Kann Old Shatterhand auch Schmeicheleien sagen? Ich fand die Gnade, die Augen des Beherrschers auf mich gerichtet zu sehen, und wurde nach Stambul, Paris und London gesandt. Dort, in England, weilte ich längere Zeit. Vielleicht hast du gehört, daß der Schah vor kurzem in London war?"

„Ich habe in Zeitungen darüber gelesen."

„Bei dieser seiner Anwesenheit in der Hauptstadt Englands erinnerte er sich meiner, und ich bekam den Befehl, vor seinem Angesicht zu erscheinen. Die Folge dieser Audienz war, daß ich die Weisung erhielt, auch die Vereinigten Staaten kennenzulernen. Als ich herüberkam, ahnte ich nicht, daß ich das Glück haben würde, hier den mutigen Kara Ben Nemsi kennenzulernen, von dem mir Hadschi Halef Omar so viel berichtet hat. Und noch weniger hätte ich geträumt, daß ich dir meine Freiheit und mein Leben verdanken würde. Ich sehe, daß es sehr gefährlich ist, hier zu reisen. Ich wollte es erst nicht glauben. Wird die Gefahr aufhören, wenn wir den Bereich der Prärie hinter uns haben?"

„Nein. Sie wird sich im Gegenteil in den Felsenbergen eher steigern."

Nun mußte ich ihm Auskunft über den Westen geben; sich selbst erwähnte er nicht mehr.

Weshalb diese Verschwiegenheit? Hatte er irgendeine Sendung zu erfüllen, von der er nichts sagen durfte? Das war nicht wahrscheinlich, denn welcher Auftrag konnte einen Perser quer durch Amerika führen? Oder war er so zurückhaltend, um sich wichtig zu machen? Das wäre mir gegenüber unverständig gewesen. Wenn ein Orientale fünfundzwanzighundert geographische Meilen von seiner Heimat entfernt einen Mann trifft, mit dem er sich in seiner Muttersprache unterhalten kann, so ist es wohl töricht von ihm, sich gegen diesen Mann zuzuknöpfen. Ich faßte den Entschluß, ihn nicht wieder zur Sprache auf sich selbst zu bringen.

4. Der Austausch

Unser Ritt nahm einen raschen Verlauf. Die Fährte der Komantschen war stets deutlich und hielt uns also nicht auf. Die Indsmen waren wenigstens ebenso schnell geritten, wie wir ihnen folgten, und schienen, da sie nicht auf ihren Häuptling gewartet hatten, um dessen Sicherheit keine Besorgnis zu hegen. Wir hatten noch zwei Stunden bis zum Abend, als ich den beiden Gefährten mitteilte, daß wir in der Nähe des Gelben Bergs angekommen seien. Da fragte mich Perkins:

„Werden wir geradewegs hinreiten?

„Nein. Das hieße ja unser Spiel verloren geben."

„Wieso?"

„Weil der Häuptling bei uns ist. Den dürfen die Roten nicht eher zu sehen bekommen, als bis sie ihre Gefangenen freigegeben haben, vielleicht auch dann noch nicht, denn ich habe ihm die Freiheit nicht versprochen."

„Sie müssen aber doch erfahren, daß er unser Gefangener ist! Wer soll es ihnen sagen?"

„Ihr, Mr. Perkins", antwortete ich ernst, obgleich ich es scherzhaft meinte.

„Ich?" rief er erschrocken aus. „Ich soll etwa das Totem hinschaffen? Den Häuptling gut zu bewachen, ist zehnmal leichter als seine Krieger aufzusuchen, um mit ihnen zu verhandeln. Ich fürchte sehr, daß ich da Dummheiten machen würde, durch die ich Euch in Gefahr brächte."

„Das ist einmal so aufrichtig gesprochen, wie ich es gern habe. Aber, wenn Ihr so wenig klug seid, wie kann ich Euch da den Häuptling anvertrauen?"

„Das könnt Ihr, Sir!" beteuerte er erleichtert. „Wir werden Euch den Häuptling bei Eurer Rückkehr genau so übergeben, wie Ihr ihn bei uns gelassen habt."

„Ja, das werden wir", bestätigte Dschafar. „Ich bin kein Feigling und auch nicht das, was man einen Dummkopf nennt."

Ja, er war wohl weder dumm noch feig. Zu ihm hatte ich mehr Vertrauen als zu Perkins. Und was hätte ich auch machen wollen? Einer von uns mußte zu den Indianern, und das war ein Wagnis, zu dem ein ganzer Mann gehörte. Dazu paßte weder der Perser, dem es völlig an Kenntnis der Verhältnisse mangelte, noch Perkins, der keinen Mut besaß. Ich war also gezwungen, ihnen den Häuptling anzuvertrauen.

Ich kannte die Stelle, wo sich die Häuptlingsgräber befanden. Der Makik-Natun hat an seiner Südseite eine Einbuchtung, deren Wände ziemlich steil ansteigen. Die Gräber, vier an der Zahl, lagen nebeneinander an der Westseite der Bucht, in der es keine Bäume, sondern nur Büsche gab. Im Hintergrund der Bucht rieselte ein Quell aus dem gelben Gestein. Dort hatten sich die Indsmen wahrscheinlich gelagert. Der Platz war in der Nähe der Gräber frei. Die einst dort stehenden Sträucher waren infolge der öfters stattfindenden Totenfeierlichkeiten verschwunden. Dagegen lief das Gebüsch noch außerhalb der Bucht rechts und links, also nach Osten und nach Westen am Fuß des Berges weiter, ein Umstand, der mir großen Vorteil bot. Diese Einbuchtung des Makik-Natun also war es, wo das Schicksal der Gefangenen entschieden werden sollte. Freilich hing dabei mein Leben an einem einzigen Haar, denn selbst wenn der Indianer an jedem andern Ort zum Frieden geneigt wäre, an den Gräbern seiner im Kampf gefallenen Anführer regiert ihn nur der Haß, erfüllt ihn nur das Gefühl der Rache, und darum war dieser Ort eigentlich für unser

Vorhaben schlecht ausgesucht. Doch gab es keine andre Wahl, denn wir konnten nicht zuwarten, weil vorauszusehen war, daß die Gefangenen morgen hingerichtet würden.

Wir folgten der Fährte der Komantschen so weit, bis wir den Gelben Berg nördlich vor uns liegen und vielleicht noch eine halbe Stunde zu reiten hatten. Dann wichen wir von ihr westlich ab, ritten zunächst gleichlaufend mit dem Berg und lenkten dann auf ihn zu, hielten aber an, ehe wir ihn erreichten.

„Sollen wir hier schon absteigen?" fragte Perkins.

„Ja", erwiderte ich. „Wenn wir bis hinüber zum Berg reiten, wo es Büsche und Bäume gibt, könnt ihr während meiner Abwesenheit unversehens überfallen werden. Es genügt da ein einziger Roter, um euch beide aus dem Hinterhalt abzuschießen und den Häuptling zu befreien."

„Hm, das ist richtig!"

„Hier dagegen ist die Gegend frei, und ihr könnt jeden Menschen, der sich euch nähert, schon von weitem sehen. Von einem plötzlichen Überfall kann also keine Rede sein. Und sollten mehrere Rote kommen, was nicht zu erwarten steht, so könnt ihr eure Gewehre auf alle Seiten richten und sie in Schach halten. Selbst den schlimmsten Fall gesetzt, daß ihr euch ihrer großen Überzahl wegen nicht wehren könntet, so genügt die Drohung, ihren Häuptling zu töten, sie von euch abzuhalten. Ich will jetzt die Roten aufsuchen und kann nicht vorhersagen, wie lange ich zu meiner Aufgabe brauche."

„Well! Bleiben wir also an diesem Ort! Herunter von den Pferden!"

Wir stiegen ab und nahmen To-kei-chun aus dem Sattel. Dann fesselte ich selbst ihn so, daß ich mich unbesorgt entfernen konnte. Als Dscharar und Perkins die Pferde angepflockt und sich zu dem Komantschen gesetzt hatten, ermahnte ich sie:

„Also haltet gut Wache! Hört auf keine Reden, Bitten und Versprechungen des Gefangenen, und laßt keinen Menschen zu euch heran!"

„Schon gut! Wir wünschen Euch für Euer Vorhaben genauso großes Glück, wie groß hier unsre Wachsamkeit sein wird."

Diese Rede hätte mich beruhigen sollen, aber als ich mich nun wieder aufs Pferd setzte und weiterritt, geschah es doch nicht ohne Sorge. Die Frist bis zum Anbruch der Dunkelheit betrug nur noch anderthalb Stunden. In dieser Zeit wollte ich die Weißen frei haben. Da ich aber wußte, wie langsam und bedächtig die Indianer bei solchen Verhandlungen zu sein pflegen, mußte ich mich jetzt sputen. Ich hielt also im Trab auf die Häuptlingsgräber zu und untersuchte dabei vorsichtigerweise meine Gewehre und Revolver. Ich mußte mich auf sie verlassen können, falls es zu Feindseligkeiten kommen sollte.

Ich erwähnte vorhin, daß sich das Gebüsch auch westwärts am Berg hinzog. Um so spät als möglich bemerkt zu werden, hielt ich mich zwischen seinen Ausläufern, wo jeder einzelne Strauch mir Deckung bieten mußte. So kam ich an die Einbuchtung und bog um die Ecke. Den Platz rasch überblickend, sah ich die Roten im Hintergrund am Wasser lagern, also so, wie ich es vermutet hatte. Nur einige von ihnen befanden sich links bei den vier Gräbern. Sie waren beschäftigt, diese für die morgige Feier dadurch zu schmücken, daß sie an den eingesteckten Lanzen ihre Medizinen aufhingen. Ihre Pferde weideten im Vordergrund.

Ich wurde gesehen, sobald ich um die Ecke gebogen war. Ein Weißer hier an dieser ihnen so heiligen Stätte. Jetzt, wo sie das Kriegsbeil ausgegraben hatten! Das war so unerhört, daß zunächst eine tiefe Stille eintrat. Dann brach die Rotte in ein wahrhaft markerschütterndes Gebrüll aus. Die Kerle ergriffen ihre Waffen und kamen auf mich zugesprungen.

„Still, seid still!" überschrie ich ihr Geheul. „Hört, was ich euch sagen will!"

Dabei wirbelte ich den schweren Bärentöter nach rechts und links, nach hinten und vorn, um einige Burschen, die sich zu nahe an mich heranmachten, von mir abzuhalten. Dadurch kam der eine und der andre mit dem Kolben in unangenehme Berührung. Sie verstärkten ihr Geschrei und machten Versuche, auf mich einzudringen. Da überbrüllte ein alter Unterhäuptling alle die andern:

„Uff, uff! Schweigt, ihr Krieger der Komantschen! Manitou hat uns einen großen Fang gesandt. Dieser Mann ist das berühmteste unter allen Bleichgesichtern. Er wird morgen mit denen, die dort hinten liegen, am Marterpfahl sterben."

Ich sah über die Roten hinweg zum Hintergrund. Dort lagen die sechs weißen Gefangenen.

Als die Roten dem Alten gehorchten und schwiegen, fuhr er triumphierend fort:

„Ich habe diesen weißen Mann nicht sogleich erkannt, weil er nicht den Anzug eines Jägers trägt. Hört seinen Namen, ihr Krieger der Komantschen! Er ist Old Shatterhand!"

„Old Shatterhand — — Old Shatterhand!" ertönte es rundum erstaunt und zugleich drohend. Aber die mir zunächst standen, wichen unwillkürlich zurück.

„Ja, ich bin Old Shatterhand, der Freund und Bruder aller roten Männer, die das Gute lieben und das Böse hassen", ließ ich mich nun wieder hören. „Hier bei euch am Marterpfahl werde ich nicht sterben, denn To-kei-chun, euer Häuptling, hat mich zu euch gesandt. Ich komme als sein Bote, und wer es wagen sollte, sich an mir zu vergreifen, den brauche ich nicht zu töten, denn To-kei-chun wird ihn bestrafen."

Das klang so zuversichtlich, daß es den beabsichtigten Eindruck nicht verfehlte. Sie wichen noch weiter zurück und flüsterten sich leise Bemerkungen zu. Die Augen waren zwar feindselig auf mich gerichtet, aber wie auf einen Feind, den man nicht anzugreifen wagt. Nur der Alte trat einen Schritt näher und rief mir zu:

„To-kei-chun hat dich gesendet? Das ist eine Lüge!"

„Wer kann sagen, daß Old Shatterhand jemals gelogen habe?" fragte ich.

„Ich!" entgegnete er.

„Wann und wo?"

„Damals, als du unser Gefangener warst und uns doch entkamst."

„Das lügst du selbst! Sprich, welche Lüge soll ich damals gesagt haben?"

„Nicht mit Worten, sondern durch die Tat hast du damals gelogen. Du gebärdetest dich als unser Freund und handeltest doch als unser Feind."

„Dein Mund ist voller Unwahrheit. Hatte ich nicht den Sohn To-kei-chuns in meiner Gewalt? Habe ich ihm nicht das Leben geschenkt und ihn sicher zu euch geführt? Aber welchen Lohn bekam ich dafür? Ihr behandeltet mich als Gefangenen! Wessen Tun war da verwerflich? Das meinige oder das eurige?"

„Du durftest fort und befreitest auch die andern Gefangenen!" erwiderte der Alte schon weniger zuversichtlich.

„Sie waren meine Gefährten, und die Versammlung eurer weisen Männer gab sie frei."

„Weil du sie durch deine Faust und mit deinen Gewehren dazu zwangst. Du bist nicht unser Freund und Bruder, und To-kei-chun hat dich nicht zu uns gesandt."

„Es ist genau so, wie ich sage: er schickt mich her!"

„Kannst du es beweisen?"

„Ja."

„Uff! Wie will die Klapperschlange beweisen, daß sie nicht giftig ist. Öffne deinen Mund, und erfahre dann, ob wir dir Glauben schenken!"

„Ihr werdet mir glauben, denn ich habe euch ein Totem zu übergeben."

„Ein Totem? Von To-kei-chun? Er ist zurückgeblieben. Warum sendet er einen Boten? Warum kommt er nicht selbst?"

„Weil er nicht kann. Wer ist in seiner Abwesenheit der Anführer?"

„Ich bin es."

„Kannst du ein Totem lesen?"

„Ja. Mehrere von uns können das."

„Da hast du es."

Ich zog die Blätter aus der Tasche und gab sie dem Alten. Er nahm sie und gebot seinen Leuten:

„Umringt dieses Bleichgesicht, und laßt es nicht von der Stelle! Es will uns betrügen. Ein Totem wird auf Leder gemacht, aber nicht auf so ein Ding, das die Weißen Papier nennen. So ein Papier kann nie als Totem gelten."

„Ah! Nie als Totem gelten! Also darum der befriedigte Blick des Häuptlings, als ich ihm sagte, er solle auf Papier schreiben! Diese Zeichnung galt nicht als Totem; sie schützte mich nicht! Nun, ich hatte trotzdem des Schutzes genug. Infolge der Aufforderung drängten sich seine Leute wieder näher an mich. Da nahm ich den Stutzen zur Hand und rief:

„Zurück von mir! Habt ihr nicht von diesem Zaubergewehr gehört, mit dem ich ohne Aufhören schießen kann? Wer zu einer Waffe greift, bekommt eine Kugel! Macht Platz! Ich will nicht fort, aber ich gehe dahin, wo es mir gefällt!"

Ich spannte den Hahn des Stutzens, nahm das Repetiergewehr *par pistolet* in die rechte Hand, ließ meinen Schwarzschimmel, um mir Raum zu machen, mit ausschlagenden Hufen im Kreis springen und lenkte ihn dann zum Hintergrund, wo die Gefangenen lagen. Ich wußte, was ich wagen durfte. Es gab wohl keinen unter den Komantschen, der nicht von meinem „Zaubergewehr" gehört hatte. Ihr Aberglaube ließ ihnen den Stutzen als eine Waffe erscheinen, gegen die es keinen Widerstand gab. Sie sahen ihn schußfertig in meiner Hand und wichen zurück. Erst als ich durch ihren Haufen war, kamen sie hinter mir her. Nur der Alte wagte sich näher und rief mir zu:

„Willst du zu den gefangenen Bleichgesichtern?"

„Ja."

„Das darfst du nicht!"

„Pshaw!"

Ich ritt weiter, da kam er noch näher, streckte die Hand gegen meinen Zügel aus und schrie:

„Nicht weiter, sonst nehme ich dich gefangen!"

„Versuch es! Wer wagt es, Old Shatterhand etwas zu verbieten, was ihm zu tun gefällt?"

Ich hielt mein Pferd an und richtete den Lauf des Stutzens auf den Alten.

„Uff, uff!" erscholl da sein Angstruf, mit dem er im Haufen der Seinen verschwand. Ein anderer an meiner Stelle wäre von den Komantschen vom Pferd gerissen und gefesselt worden: mir geschah das nicht. Warum? Das hatte mehrere Gründe. Erstens wußten sie nun doch, daß ich von ihrem Häuptling gesandt worden war. Zweitens wirkte die Furcht vor meinem Gewehr. Drittens stand ich überhaupt bei ihnen in einem Ruf, der mir ein solches Wagnis ermöglichte. Was bei einem andern Tollkühnheit hätte genannt werden müssen, war bei mir nur einfache Berechnung und Ausnützung der Umstände. Und endlich viertens wußte ich, daß mein Auftreten geradezu verblüffend wirken mußte. Das, was ich tat, war in ihren Augen nicht das Verhalten eines tollkühnen Menschen, sondern die Handlung einer mit einer „höheren Medizin" ausgestatteten Persönlichkeit.

Ich lenkte mein Pferd wieder zum Hintergrund, von woher mir der laute Ruf entgegenscholl:

„Old Shatterhand! Gott sei Dank! Euch hier zu sehen, ist das höchste der Gefühle!"

Ich hatte für diese Worte Jim Snuffles keine Erwiderung, weil ich die Roten nicht noch mehr aufregen wollte. In der Nähe der Weißen an der Felswand hielt ich an, stieg vom Pferd und setzte mich so nieder, daß ich an der Wand lehnte und den Rücken frei hatte. Die Indianer bildeten einen Halbkreis um mich, doch in achtungsvoller Entfernung, weil ich den Stutzen noch immer schußfertig hielt. Ich befand mich, wenigstens einstweilen, in Sicherheit. Der vorhin eingeschüchterte Alte ließ sich jetzt wieder sehen. Ich winkte ihm zu und forderte ihn auf:

„Mein roter Bruder mag nun das Totem lesen! Er wird aus ihm ersehen, daß ich gekommen bin, To-kei-chun, den Häuptling der Komantschen, vom Tod zu erretten."

„Vom Tod?" fragte er erschrocken. „Befindet er sich in Gefahr?"

„In einer großen. Wenn ich nicht von jetzt an in der Zeit, die wir Weißen eine halbe Stunde nennen, zu ihm zurückgekehrt bin, muß er sterben."

„Uff — uff — uff — uff!" ertönte es erschrocken im Halbkreis.

Der Alte setzte sich mir grad gegenüber nieder und nahm die Blätter vor, um sie zu entziffern. Ich betrachtete dabei sein Gesicht aufmerksamer, als ich es bisher getan hatte. Er war wohl ein kluger, vielleicht gar ein pfiffiger Unteranführer. Schon nach kurzer Zeit hob er den Kopf empor und warf einen stechenden Blick auf mich. Er hatte die erste Figurengruppe enträtselt und wußte nun, daß sein Häuptling sich in meiner Gefangenschaft befand. Dann setzte er das mühsame Lesen des Totems fort.

Von jetzt an verzog er keine Miene mehr. Als er das letzte Blatt weglegte, blickte er lange nachdenklich zur Erde nieder. Er überlegte, und ich hielt es nicht für gut, ihn dabei zu stören. Dann sah er mich wieder an, und zwar in einer Weise, die mich, wenn ich meiner Sache nicht so sicher gewesen wäre, wohl um mich besorgt gemacht hätte.

Hierauf winkte er einen Roten herbei, einen starken, gewandt aussehenden Mann, der sich zu ihm setzen mußte. Sie sprachen leise miteinander, wobei weder der eine noch der andre zu mir herübersah. Das dauerte eine ziemliche Weile, bis der zweite aufstand und wieder in den Halbkreis zurücktrat.

Diese sonderbare Wirkung des Totems wollte mir nicht gefallen. Ich hatte große Aufregung mit wütender Bedrohung meiner Person erwartet, und nun diese Ruhe! Sie wurde mir nachgerade unheimlich, zumal sie so lange anhielt. Der Alte sagte noch immer nichts, sondern blickte wieder wortlos vor sich nieder, und die Roten standen um uns her und hingen mit verlangenden Blicken an ihm, ohne daß er ihrer gespannten Wißbegier ein Ende machte. Da mußte ich ihn denn doch nun fragen:

„Hat mein roter Bruder das Totem des Häuptlings verstanden?"

„Ja", bestätigte er.

Und nun stand er langsam auf und richtete an die Seinen die mir wieder sonderbare Aufforderung:

„Es ist etwas geschehen, was man für unmöglich halten sollte. Meine Brüder werden es sogleich hören; sie mögen aber nichts sagen, sondern sich ruhig dabei verhalten. Es ist mein Befehl und geschieht um unsers Häuptlings willen."

Hierauf wendete er sich mir wieder zu und fragte:

„Old Shatterhand hat To-kei-chun gefangengenommen?"

„Ja", erklärte ich.

„Ist der Häuptling dabei verletzt worden?"

„Nein."

„Es waren zwei Weiße dabei, auch jener, der uns gestern am Fluß heimlich entkommen ist?"

„Ja."

„Was wird mit To-kei-chun geschehen?"

„Er muß sterben, wenn ich nicht in einer Viertelstunde bei ihm bin. Also bedenke wohl die Befehle, die er dir auf seinem Totem gibt!"

„Er sagt mir, daß du ihn freilassen willst. Wofür?"

„Für die sechs Gefangenen hier. Doch ist es eigentlich anders. Um seine Medizin zu retten, will er mir diese sechs Weißen geben. Wann auch er die Freiheit erhält, das soll auf meine Güte ankommen."

„So steht es auf dem Totem. Aber wir brauchen diesem Totem nicht zu gehorchen, weil es nicht von Leder ist. Das weiß To-kei-chun gar wohl."

„Dann verliert er das Leben!"

„Er wird nicht sterben. Old Shatterhand ist sonst ein kluges Bleichgesicht. Diesmal aber hat er sich verrechnet."

„Meine Rechnung ist richtig, darauf kannst du dich verlassen."

Ich sagte das, um ihn zu einer unvorsichtigen Äußerung zu verleiten. Sein Verhalten ließ auf irgendeine Hinterlist schließen, die ich entdecken wollte. Es glückte mir, meine Absicht zu erreichen, denn er entgegnete: „Sie ist falsch, das wirst du in kurzer Zeit einsehen. Warte nur, bis ich mich mit den ältesten dieser Krieger beraten habe!"

„So beeilt euch, denn wenn die angegebene Frist verstrichen ist, kann der Häuptling nicht mehr gerettet werden."

Er suchte trotz dieser Aufforderung zur Schnelligkeit nur langsam einige Rote aus, mit denen er sich niedersetzte, um leise zu verhandeln. Die übrigen verhielten sich nach seinem Befehl ruhig, aber die funkelnden Blicke, die sie auf mich warfen, zeugten von der Erregung, in der sie sich befanden.

„Sie ist falsch, das wirst du in kurzer Zeit einsehen", lautete also seine Antwort, die mir also von großer Wichtigkeit war. Er hatte etwas vor, was ich nicht wissen sollte. Vielleicht war es schon im Gang! Aber was? Es konnte nur die Befreiung des Häuptlings sein. Falls diese gelang, gerieten Dschafar und Perkins in Gefangenschaft, und ich wurde hier überwältigt.

Wenn der Unterhäuptling diesen Plan wirklich hegte, so war dieser gar nicht schwer aufzuführen. Aus dem Totem wußte er, daß nur zwei Wachen bei dem Häuptling sein konnten. Die Frist, die ich ihm gestellt hatte, sagte ihm die ungefähre Entfernung des Orts, wo To-kei-chun zurückgehalten wurde. Und dieser Ort war leicht zu finden, man brauchte nur meine Spur von hier aus rückwärts zu verfolgen. Wenn meine Vermutung richtig war, so kam es nun darauf an, wie Dschafar und Perkins sich verhielten, ob sie so handelten, wie ich ihnen befohlen hatte.

Der Alte sprach leise auf die andern Berater ein, die sich nicht enthalten konnten, mir hohnvolle Blicke zuzuwerfen. Das und sein pfiffiges Gesicht bestärkten mich in der Überzeugung, daß ich richtig dachte. Dabei spielte er mit den Papierblättern, nahm sie auseinander und legte sie wieder zusammen. Gewohnt, auf alles zu achten, bemerkte ich, daß jetzt ein Blatt fehlte.

Ah, sollte er es dem Roten gegeben haben, mit dem er zuerst gesprochen hatte? Es war das leicht möglich gewesen, ohne daß ich es sehen konnte. Durch dieses Papier konnten meine beiden Gefährten leicht zu einer Unvorsichtigkeit verleitet werden. Es brauchte nur ein Roter sich ihnen zu nähern, das Blatt emporzuhalten und dabei zu sagen, daß es von mir komme und eine Weisung enthalte. Mir wurde bange. Ich mußte erfahren, woran ich war. Ich wußte, wieviel Rote sich hier befanden, ich mußte sie zählen. Weil ich auf der Erde saß, konnte ich sie nicht überblicken, ich stand also auf. Um diese Bewegung möglichst harmlos erscheinen zu lassen, griff ich in die Satteltasche und nahm ein Stück Hasenfleisch heraus, das ich da hineingetan hatte. Ich aß es, indem ich stehenblieb und mein Auge über die Indianer gleiten ließ.

Sie waren aufmerksam geworden. Als sie mich aber essen sahen, legten sie dieser Veränderung meiner Stellung keine Bedeutung bei. Ein Weißer, der ruhig schmaust, obwohl er sich in einem feindlichen Indianerlager befindet, hat sicherlich nichts Besorgniserweckendes vor. Also ich zählte: es fehlten fünf Mann, darunter der Rote, mit dem der Alte zuerst gesprochen hatte. Durfte ich ruhig abwarten, was geschehen würde? Nein! War der Häuptling frei, und er fand Zeit, das Lager zu erreichen, so hatten wir das Spiel verloren. Gelang es mir aber, ihm unterwegs zu begegnen, so konnte ich den Fehler vielleicht noch ausgleichen.

Ich hatte, obgleich ich vorhin saß, den Bärentöter quer auf dem Rücken und den Stutzen in der Hand behalten, und ich war also nicht durch das Ergreifen der Gewehre gezwungen, die Aufmerksamkeit vorzeitig auf mich zu ziehen. Daß der Alte nur fünf Krieger fortgeschickt hatte, war jedenfalls in der Erwägung begründet, daß ich das Fehlen einer größern Anzahl hätte bemerken müssen. Fünf nur, das beruhigte mich einigermaßen. Aber desto mehr standen hier, deren Kugeln hinter mir herpfeifen würden!

Da winkte der Alte noch einigen Roten, die sich auch zu ihm setzen sollten. Das lenkte die Blicke zur betreffenden Stelle hin, während auf mich niemand sah. Diesen günstigen Augenblick benutzte ich, schwang mich in den Sattel, gab dem Pferd die Sporen und flog davon, mitten unter die Indianer hinein. Ich lenkte den Schimmel absichtlich zu dem Punkt, wo sie am dichtesten standen, denn je größer die Verwirrung war, die ich anrichtete, desto später besannen sie sich darauf, mir zu folgen.

Ich überritt fünf oder sechs, riß ebenso viele um und lenkte dann zu der Ecke, um die ich gekommen war. Im ersten Augenblick vor Überraschung still, erhoben die Krieger dann ein wildes Geheul. Wahrscheinlich sprangen sie hierauf zu ihren Pferden. Aber schon flog ich um die Ecke und auf meiner Fährte weiter. Ein Blick sagte mir, daß die fünf Komantschen ihr wirklich gefolgt waren.

Säumen gab es da nicht. Ich trieb meinen Schimmel zur höchsten Eile an. Wir flogen wie ein Wetter durch das lichte Gebüsch. Nach einiger Zeit lenkte ich hinaus, um einen Blick auf die freie Ebene werfen zu können. Ah, da draußen kam ein Reitertrupp im Galopp auf den Berg und das Buschwerk zu! Den fünf Komantschen war ihr Streich also gelungen. Sie hatten ihren Häuptling befreit und Dschafar und Perkins gefangengenommen. Nun hatte ich also sechs Rote vor mir und eine Rotte von über sechzig hinter mir. Doch gab es kein Bedenken.

Es galt, den Häuptling wieder zu ergreifen und die beiden Gefährten zu befreien. Die Pferde freilich konnte ich nicht schonen. Sie mußten fallen, wenn ich meinen Zweck erreichen wollte. Ich jagte weiter bis zu der Stelle, wo die Spur aus den Sträuchern auf das offne Feld hinausführte. Dort hielt ich mein Pferd an und streichelte ihm den Hals, um es zum ruhigen Stehen zu veranlassen, denn ich durfte keinen Fehlschuß tun, und ebensowenig durfte ich absteigen, weil ich vielleicht gezwungen war, einen oder einige Rote niederzureiten. Ich nahm den Stutzen vor. Hinter dem äußersten Gesträuch haltend, lugte ich hinaus. Würden die Erwarteten zu der Stelle kommen, wo ich mich befand? Ja, sie ritten im Trab auf mich zu. Schon konnte ich ihre Gesichter erkennen.

Voran ritt der Häuptling mit dem auf das Knie gestemmten Gewehr in der Hand. Hinter ihm folgten drei Rote nebeneinander, und dann erschienen zwei, die das Pferd am Zügel führten, auf dem Perkins und Dschafar zusammen saßen. Als sie auf etwa vierzig Schritt heran waren, legte ich den Stutzen an. Mein Pferd stand still wie eine Mauer. Der erste Schuß traf das Tier des Häuptlings. Er tat noch einige Sätze und überschlug sich dann. In welche Lage To-kei-chun dabei kam, durfte ich nicht beobachten, denn ich mußte meine Augen auf die Pferde seiner Leute richten. Fünf weitere Schüsse und sie stürzten eins schnell nach dem andern. Jetzt erst sah ich wieder nach dem Häuptling. Er lag unter seinem Tier und bemühte sich hervorzukommen. Sein Gewehr war ihm aus der Hand und weit fortgeschleudert worden. Zwei Indianer wälzten sich noch auf der Erde. Die andern drei hatten sich aufgerafft und starrten erschrocken auf die Stelle, von der die Schüsse gekommen waren. Ich stieß den Kriegsruf der Indianer aus und galoppierte auf sie zu. Als sie mich sahen, dachten sie an keinen Widerstand und rannten davon. Die beiden andern liefen, laut schreiend, hinter ihnen her. Ich war sie los und schickte ihnen noch zwei Schreckschüsse nach.

Nun zum Häuptling! Eben war er losgekommen und richtete sich auf. Ich trieb mein Pferd an ihm vorbei und gab ihm dabei einen Kolbenschlag, der ihn wieder niederwarf. To-kei--chun blieb bewußtlos liegen. Jetzt konnte ich an die Gefährten denken. Sie hielten auf ihrem Pferd, das sie nicht lenken konnten, weil ihnen die Hände hinten gefesselt waren. Die Füße hatte man ihnen an die Bügel gebunden. Ich sprang schnell ab, durchschnitt ihnen die Riemen und sagte:

„Sprechen wir später, jetzt müssen wir fort! Ich habe wahrscheinlich über sechzig Rote hinter mir, die mich verfolgen. Gebt mir rasch den Häuptling herauf!"

Ich schwang mich wieder in den Sattel. Sie stiegen ab und hoben To-kei-chun zu mir empor. Ich legte ihn wieder quer vor mich herüber, und dann ging es fort, im Galopp auf die Ebene hinaus. Keine halbe Minute später hörten wir hinter uns ein vielstimmiges Geheul. Mich umblickend, sah ich die Verfolger, die soeben das Gebüsch verlassen hatten, bei den erschossenen Pferden angekommen waren und ihre fünf Kameraden bemerkten, die in ihrer Flucht innegehalten und mein Beginnen von weitem beobachtet hatten. Sie sahen nicht nur uns, sondern auch den Häuptling in meinen Armen, verdoppelten ihr Wutgeschrei und kamen hinter uns hergestoben.

„*The devil*, sie werden uns einholen!" zeterte Perkins voller Angst.

„Das werde ich mir verbitten", beruhigte ich ihn. „Eure Furcht ist ohne allen Grund, denn wir haben nun gewonnen."

„Das mag der Himmel geben, wenn ich auch nicht weiß, auf welche Weise."

„Beeilen wir uns nicht zu sehr! Es ist vielmehr meine Absicht, sie näher kommen zu lassen."

Die Verfolger waren so weit hinter uns, daß ich sie mit dem Bärentöter, aber nicht mit dem Stutzen erreichen konnte. Da begann der Häuptling sich zu regen. Wir mußten anhalten, um ihn zu binden, und stiegen darum ab. Wir befestigten ihm die Hände auf dem Rücken, wobei er vollends zu sich kam. Er sah seine Leute kommen und wollte sich sträuben, um uns um kostbare Zeit zu bringen. Sein Versuch blieb indes ohne Erfolg, denn wir griffen scharf und unsanft zu.

„Setzt ihn auf das Pferd Mr. Dschafars", bat ich, „und bindet ihn da fest!"

„Warum auf das Pferd?" fragte Perkins.

„Weil da seine Krieger deutlich sehen, was für ein schönes Ziel er meinem Gewehr bietet."

To-kei-chun mußte einsehen, daß es mir mit meiner Drohung Ernst war, und fügte sich. Sein Widerstand hatte uns doch so aufgehalten, daß uns die Komantschen beträchtlich näher gekommen waren.

„Sie werden sogleich da sein!" klagte Perkins.

„Sie werden im Gegenteil sogleich halten bleiben", erwiderte ich. „Ich werde sie darum ersuchen."

Dabei legte ich den Bärentöter an und schoß dessen beide Läufe ab. Zwei Pferde stürzten und ihre Reiter mit. Die übrigen Roten ritten dennoch weiter. Da richtete ich den Stutzen auf sie und warf mit sechs aufeinanderfolgenden Schüssen ebenso viele Pferde nieder. Nun hielten sie an und sandten uns ein Wutgeheul zu. Ich benützte das, um wieder zu laden, und sagte drohend zu To-kei-chun:

„Schau auf die Sonne, wie tief sie schon steht! Sobald sie verschwindet, erschieße ich dich, wenn die gefangenen Bleichgesichter mir nicht bis dahin ausgeliefert worden sind. Old Shatterhand schwört nie, dieses Wort aber ist wie ein Schwur. Rechne nicht länger auf meine Nachsicht. Sie ist zu Ende."

Er lächelte mit überlegenem Grinsen zu mir vom Pferd herunter und entgegnete:

„Die Klugheit verbietet es dir. Ich bin eine Geisel in deinen Händen, die du nicht vernichten darfst. Du willst die Bleichgesichter retten, das kannst du nur dadurch, daß ich mich in deiner Gewalt befinde. Ich lache also über deine Drohung."

Jetzt lachte ich ihm auch ins Gesicht und entgegnete:

„To-kei-chun hält sich für klug und ist überzeugt, jetzt durch seine Pfiffigkeit Old Shatterhands überwunden zu haben. Aber was du für List hältst, ist Kurzsichtigkeit. Ja, ich betrachte dich als eine Geisel, die ich gegen die Bleichgesichter austauschen will. Ich habe dich darum aufgefordert, jetzt die Auswechslung zu bewerkstelligen. Du weigerst dich, und wirfst dadurch deinen eignen Grund über den Haufen. Freiheit gegen Freiheit, Leben um Leben! Gibst du mir die Gefangenen, so lasse ich dich los. Gibst du sie mir nicht, so willst du ihren Tod; dann aber werde ich dich erschießen. Verhandle also nicht, sondern benutze die Zeit, die sonst verstreicht. Die Sonne hat nur noch zwei Hand breit niederzugehen, dann geht auch dein Leben unter!"

Der Häuptling ließ es bis zum Äußersten kommen, denn er wartete, finster vor sich niederblickend und ohne ein Wort zu sagen, bis die Sonne in höchstens einer Minute den Gesichtskreis berühren mußte. Da nahm Dschafar sein Gewehr auf und sagte:

„Jetzt wird es Zeit, Mr. Shatterhand. Wer soll schießen? Ihr oder ich?"

„Alle beide", antwortete ich.

„Nein, alle drei", fiel Perkins ein. „Ihr sollt nicht allein den Vorzug haben, die Menschheit von diesem Schuft befreit zu haben. Gebt nur das Zeichen, Sir!"

Diese Aufforderung war, indem er sein Gewehr auf den Häuptling anlegte, an mich gerichtet. Ich hob meinen Stutzen, richtete das Auge auf die Sonne und antwortete:

„Gut, ich bin einverstanden. Zielt auf seinen Kopf! Der Tod mag ihn in sein schwaches Gehirn treffen. Dann nehmen wir ihm die Skalplocke und die Medizin und werfen beides den Präriewölfen vor, damit seine Seele nicht in den Ewigen Jagdgründen erscheinen darf."

Als To-kei-chun die Mündungen der drei Gewehre auf seine Stirn gerichtet sah, gab er den Widerstand auf und rief aus:

„Schießt nicht! Ich bin bereit zu tun, was ihr wollt."

„Ruf deinen Kriegern zu, die Gefangenen loszubinden und uns herzuschicken!" forderte ich. „Vorher aber müssen sie ihnen alles zurückgeben, was sie ihnen abgenommen haben. Wenn nur der geringste Gegenstand fehlt, bekommst du die Kugeln, die dir zugedacht waren."

„Sie sollen alles wiederhaben. Aber dann gibst du mich auch frei?"

„Ja. Ich werde so gnädig sein, dich freizugeben, wenn die Bleichgesichter mit allem, was ihnen gehört, hier bei uns eingetroffen sind. Wir werden das mit der Pfeife des Friedens bekräftigen."

„So will ich einen meiner Krieger herberufen und ihm befehlen, was geschehen soll."

„Tu es! Das ist besser, als wenn du deine Befehle aus der Ferne gibst."

Er rief seinen Leuten einen Namen zu, befahl dem Mann, zu uns zu kommen, und gab ihm die Versicherung, daß ihm nichts geschehen werde. Der Betreffende gehorchte der Aufforderung und kam mißtrauisch herbeigeritten. To-kei-chun sagte ihm, was geschehen sollte. Er war sichtlich enttäuscht darüber, ließ aber kein Wort des Widerspruchs hören und ritt wieder fort. Wir sahen ihm nach, sehr gespannt, welchen Eindruck seine Botschaft auf die Indsmen hervorbringen werde.

Sie scharten sich im Kreis um ihn. Bald entstand eine unruhige Bewegung unter ihnen, aber zu hören gab es nichts. Sie erkannten, daß sie gehorchen mußten, und ergaben sich schweigend ins Unvermeidliche. Nach einiger Weile öffnete sich der Kreis und wir sahen die Gefangenen auf ihren Pferden erscheinen. Sie hatten ihre Gewehre und kamen schnell auf uns zugeritten. Auch das Pferd von Perkins führten sie mit sich. Kein Roter folgte ihnen. Die beiden Snuffles waren auf ihren Maultieren voran. Noch ehe sie uns erreicht hatten, rief mir Jim zu:

„Gott sei Dank, daß wir wieder bei Euch sind, Mr. Shatterhand! Ich sage Euch, das ist für uns das höchste der Gefühle. Und wenn wir Euch je im Leben das vergessen, so soll uns der nächste Bär verzehren, der uns begegnet! Nicht wahr, alter Tim?"

„*Yes.* Der Tod hat sich diesmal verteufelt nahe von außen herum an uns herangeschlängelt. Wie konnten wir aber auch so dumm — — —"

„Grämt Euch deshalb nicht, Mr. Tim Snuffle", lachte ich, „und sprecht nicht von Dank! Habe auch schon mehr als einmal eine unfreiwillige Rutschpartie unternommen. Übrigens, habt Ihr Euer Eigentum zurückerhalten?"

„Ja."

„Alles? Wer etwas vermißt, soll sich melden!"

Es ergab sich, daß die Roten nur einige Kleinigkeiten behalten hatten. Das waren Gegenstände, auf die leicht verzichtet werden konnte. Ich sah also von weitern Forderungen, die ja doch nur Weitläufigkeiten und Zeitversäumnisse ergeben hätten, ab, denn es begann schon zu dunkeln. Dem Häuptling ließ ich die Fesseln abnehmen, so daß er frei vom Pferd steigen konnte. Die andern Befreiten wollten sich gegen Dschafar und Perkins in Mitteilungen ergehen. Ich machte sie aber aufmerksam, daß das für später aufzuheben sei, und forderte den Häuptling auf, sich niederzusetzen. Er tat es; ich setzte mich zu ihm und stopfte meine Friedenspfeife. Die Bedingungen, die ich gestellt hatte, wurden wiederholt, und ich betonte besonders die, daß er sich gegen einen jeden von uns in Zukunft aller Feindseligkeiten zu enthalten hätte. Dann tat ich die bekannten sechs Züge aus der Pfeife, blies den Rauch in die vier Windrichtungen gegen den Himmel und die Erde und forderte ihn auf, es nachzumachen. Er kam diesem Verlangen nach, gab mir die Pfeife zurück, stand auf und fragte mich:

„Das Kalumet ist zwischen uns ausgetauscht worden. Bin ich nun frei?"

„Ja", bestätigte ich. „Du kannst zu deinen Kriegern zurückkehren."

To-kei-chun entfernte sich einige Schritte weit. Da hielt er an, drehte sich zu mir um und sagte:

„Old Shatterhand ist das listigste unter allen Bleichgesichtern. Er kennt die Gebräuche der roten Männer fast so gut wie sie selbst. Aber etwas weiß er doch noch nicht."

Nach diesen Worten ging er davon.

„Habt Ihr es gehört, Sir?" fragte Jim. „Das klang genau wie eine Drohung. Schickt ihm schnell eine Kugel nach!"

„Fällt mir gar nicht ein! Ich habe ihm das Leben und die Freiheit geschenkt und halte mein Wort."

„Aber ob er das seinige halten wird?"

„Das ist seine Sache. Wir müssen vor allen Dingen so schnell als möglich fortkommen. Steigt also auf!"

„Wohin soll's gehen?"

„Zunächst den Roten aus den Augen."

Die empfingen ihren Häuptling mit dem gleichen Schweigen, mit dem sie vorhin seinen Befehl entgegengenommen hatten, und keiner von ihnen machte, als sie uns den Platz verlassen sahen, Anstalten, uns zu folgen. In kurzer Zeit war wir ihnen aus den Augen.

Ich hatte, weil das Gelände es so gebot, die Richtung nach Westen eingeschlagen und behielt diese bei, bis es völlig dunkel geworden war und wir, falls die Komantschen doch hinter uns herkommen sollten, nicht von ihnen gesehen werden konnten. Da machte ich halt und sagte:

„Jetzt müssen wir uns zunächst darüber verständigen, wohin wir uns wenden wollen. Mr. Dschafar, Ihr wollt hinauf nach New Mexico. Hattet Ihr einen bestimmten Weg im Auge?"

„Ja", antwortete Perkins an Stelle des Gefragten. „Wir wollen vom Beaver-Creek zu den Hazelstraits, wenn Ihr diese kennt, Sir."

„Ich bin schon dort gewesen."

„Well. Aber wir befinden uns nun nicht mehr am Beaver-Creek, sondern am Makik-Natun, und es ist also, zumal jetzt, des Nachts, nicht leicht, uns zurechtzufinden."

„Was das betrifft, so braucht ihr keine Sorge zu haben. Ich werde euch führen, bis ihr euch selbst weiterfindet."

„Bis wir uns selbst weiterfinden, Sir? Nicht weiter?"

„Nein. Ich muß nach Süden, und wenn ihr den Weg kennt, braucht ihr mich nicht mehr."

Da fiel Dschafar ein:

„Möglich, daß wir auf Eure Ortskenntnis verzichten könnten, aber doch nicht auf Euch selbst. Denkt, welchen Gefahren wir eben erst entgangen sind, und welche uns noch erwarten!"

„Daß es hier Gefahren gibt, war Euch wohl bekannt, Mr. Dschafar, und Ihr habt Euch auch gut vorbereitet. Es sind drei Führer und zwei Diener bei Euch, rechnet dazu die Snuffles, so seid ihr acht Männer, die sich nicht so leicht zu fürchten brauchen. Ich komme allein von den Gros-Ventre-Bergen herunter, fast stets durch das Gebiet feindlicher Indianer, und habe mich nicht gefürchtet."

„Ja, das seid auch Ihr! Könntet Ihr denn nicht wenigstens so lange bei uns bleiben, bis wir vor den Komantschen sicher sind?"

„Hm! Habe ja eigentlich keine Zeit dazu."

„Ich bitte Euch dennoch darum. Ich bin für Euch ein Fremder, und meinetwegen werdet Ihr kein solches Opfer bringen. Aber tut es um Eures Hadschi Halef Omar willen, dessen Gast ich gewesen bin!"

„Yes, tut das, Sir!" fiel da Tim Snuffle ein, der sonst so wenig sprach. „Kann es Euch beweisen, daß wir Euch sehr notwendig brauchen."

„So? Na, dann beweist es doch, alter Tim!"

„Ist leicht zu machen. Nehmt diese sechs Gentlemen an: diesen Fremden, seine zwei Diener und die drei Scouts. Sind sie nicht den Roten in die Hände geraten?"

„Allerdings."

„So gebt ihr also zu, daß ihnen eine Hilfe willkommen sein muß?"

„Sie haben doch euch."

„Uns? *Pshaw!* Die beiden Snuffles! Haben freilich bisher immer wunder gedacht, was für tüchtige Kerle wir sind, möchte es aber jetzt nicht mehr behaupten. Haben uns wie Schuljungen von außen herum den Roten in die Hände geschlängelt. Sind wir zwei da die rechten Helfer für diese sechs Gentlemen? Ohne Euch würden wir alle morgen totgepeinigt werden. Das ist der Beweis, daß wir Euch noch länger brauchen. Habe ich recht oder nicht?"

„Aber, alter Tim, was fällt dir ein!" rief da Jim ganz erstaunt. „Ich kenne dich nicht mehr. In deinem ganzen Leben hast du noch nie so viele Worte hintereinander gesprochen."

„*Well!* Ist mir auch nicht leicht geworden. Will lieber mit einem Grizzlybären in seinem Lager schlafen, als eine Rede halten. Habe aber geglaubt, daß es hier nötig ist."

Dschafar wiederholte seine Bitte, der sich die andern anschlossen, und so erklärte ich endlich:

„Nun gut, ihr sollt euern Willen haben. Ich will euch bis an die Grenze von New Mexiko begleiten, tue das aber nur unter einer Bedingung."

„Welche ist das?" fragte Jim.

„Daß ihr euch möglichst nach mir richtet und nichts unternehmt, ohne mich vorher zu fragen."

Jim zögerte, auf diese unverblümte Forderung einzugehen. Dafür ließ sich aber sein Bruder sofort hören:

„Das versteht sich doch von selbst! Wenn Old Shatterhand bei uns ist, müssen wir unsern Willen dem seinigen unterordnen."

Dschafar war gern einverstanden, und die beiden Diener hatten nichts zu sagen. Perkins wußte, wie er gefehlt hatte, und widersprach nicht. Die andern beiden Scouts waren überhaupt bescheidene Leute, die sich freuten, aller Verantwortlichkeit enthoben zu sein. Sie stimmten gern ein, und so sah Jim sich schließlich zu der Bemerkung gezwungen:

„Mag nichts zu verantworten haben. Dachte nur, daß ich auch einen Mund besitze, zuweilen ein Wort mitzusprechen. Also, Ihr seid überzeugt, trotz der Nacht den rechten Weg zu finden?"

„Ja."

„Und wie lange reiten wir? Etwa ununterbrochen bis zum frühen Morgen?"

„Nein. So eine Anstrengung darf ich euch nicht zumuten. Ihr seid gefesselt gewesen und habt jedenfalls nicht viel geschlafen."

„Das ist richtig. Wenigstens ich habe das Auge keinen Augenblick geschlossen und darf gestehen, daß ich heut unbedingt eine Stunde schlafen muß."

„Ihr sollt noch länger schlafen. Wir reiten nur so weit, bis wir annehmen können, daß wir morgen vor den Komantschen sicher sind."

„Ah! Ihr traut ihnen also nicht? Trotz der Friedenspfeife?"

„Trotz dieser. Die Worte des Häuptlings, die er mir zuletzt zurief, sollten wirklich eine Drohung sein."

„Dachte es mir! Er behauptete, daß Ihr etwas doch noch nicht wüßtet. Wenn man nur erraten könnte, was der Komantsche gemeint hat!"

„Ich brauche es nicht zu erraten, denn ich weiß es schon. Wir haben mein Kalumet geraucht, aber nicht das seinige."

„Macht es denn einen Unterschied?"

„Eigentlich nicht. Zwischen ehrlichen Leuten ist es gleich, ob die eine oder die andre Partei das Kalumet liefert. Hat aber der Rote eine Heimtücke im Nacken, so gibt er nicht seine Friedenspfeife zu der Zeremonie her, sondern es wird die seines Gegners geraucht. Dann gebraucht er gegebenenfalls die Ausrede, daß ein Übereinkommen nur dann Geltung besitze, wenn er es mit seinem eignen Kalumet besiegelt habe. Der Treubruch, den er gleich von vornherein beabsichtigte, ist seiner Ansicht nach dann wenigstens entschuldigt."

„Das also hat der Häuptling gemeint? Daran hättet Ihr freilich denken sollen!"

„Ich habe daran gedacht."

„Aber doch Eure Pfeife genommen. Warum?"

„Weil er die seinige doch nicht gleich hergegeben, sondern allerlei Ausflüchte gemacht hätte. Dabei wäre die Zeit vergangen, und er hätte seine Absicht erreicht."

„Welche Absicht?"

„Daß es finster werden solle. Es wäre uns nicht mehr möglich gewesen, seine Leute zu beobachten, und sie hätten sich nähern und uns angreifen können. Er wollte Zeit gewinnen. Das zu verhüten, habe ich ihm seine Pfeife lieber gar nicht abgefordert."

„Aber nun wird To-kei-chun nicht Wort halten, sondern uns folgen."

„Sehr wahrscheinlich. Doch wird er uns nicht finden, denn wir reiten jetzt so weit, daß die Roten unsre Fährte morgen früh nach menschlichem Ermessen nicht mehr erkennen können. Wir führen sie nämlich dadurch irre, daß wir sie in eine falsche Richtung locken. Die Hazelstraits liegen westlich von hier. Wir werden aber nach Süden reiten, und zwar so weit, bis wir harten Boden finden, auf dem wir nach Westen umbiegen."

„Well! Das ist pfiffig, Sir! Die Komantschen werden uns nach Süden folgen und werden diese Richtung beibehalten. Dann sind wir sie los. Stellt Euch an die Spitze und führt uns, wohin Ihr denkt! Es ist nicht gut, uns hier noch länger aufzuhalten."

„Nein, wir müssen fort. Die Indsmen haben gesehen, daß wir uns westlich entfernten, und es ist immerhin möglich, daß sie auf den Gedanken gekommen sind, uns wenigstens eine Strecke weit in dieser Richtung zu folgen."

„Ja, und das müssen wir berücksichtigen, obgleich sie uns nichts anhaben könnten, weil wir sie schon von weitem hören würden."

Wir ritten bis Mitternacht nach Süden und bogen dann im rechten Winkel nach Westen ab. Ich war überzeugt, daß, wenn die Roten morgen vormittag gegen elf Uhr an diese Stelle kommen sollten, sie unsre Spur nicht mehr sehen und also auch nicht wahrnehmen konnten, daß wir wie der fliehende Hase einen Haken geschlagen hatten. Dann ging es noch über eine Stunde weiter fort, bis die Reiter so ermüdet waren, daß wir anhalten mußten. Wir lagerten uns.

Die Männer hatten sich schon unterwegs, ohne daß ich mich daran beteiligte, über ihr letztes Abenteuer ausgesprochen, und es stand zu erwarten, daß sie schnell einschlafen würden. Ich bestimmte nur zum Schein die Reihenfolge der Wache und übernahm die ersten zwei Stunden. Als sie vergangen waren, weckte ich den Nächstfolgenden nicht, sondern blieb auf meinem Posten, bis der Tag anbrach. Dann weckte ich die Schläfer, die mir für dieses kleine Opfer dankbar waren.

Dschafar hatte sich reichlich mit Mundvorrat versehen gehabt, der von einem Packtier getragen worden war. Das war auch in die Hände der Komantschen gefallen. Sie hatten einen guten Teil der Lebensmittel verzehrt, aber doch davon übriggelassen und wieder hergeben müssen. Wir hatten also zu essen und brauchten keine Zeit auf die Jagd verwenden, konnten vielmehr nach einem kurzen Frühstück sogleich aufbrechen.

Gestern abend war ich allein vorangeritten, ohne mich an dem Gespräch der andern zu beteiligen. Ich konnte auch nicht darauf achten, weil ich der Dunkelheit wegen meine ganze Aufmerksamkeit der Gegend, durch die wir kamen, und den wenigen Sternen, die am Himmel standen und mir als Wegweiser dienen mußten, zuwenden mußte. Ich brauchte auch nicht darauf zu hören, was sie sich erzählten, denn was ich nicht selbst gesehen und gehört hatte, das konnte ich leicht erraten. Heute früh aber, als Perkins einmal neben mir ritt, benutzte ich die Gelegenheit, ihn zu fragen:

„Ihr hattet gestern wohl ganz vergessen, um was ich euch so dringend gebeten hatte: daß ihr nämlich den Häuptling gut bewachen und euch durch keine List täuschen lassen solltet."

„Dachte es, daß die Vorwürfe noch kommen würden, Mr. Shatterhand."

„Habt ihr sie etwa nicht verdient?"

„Hm! Ihr könnt heut gut reden. Nun, da Ihr seht, wie der Stock geschwommen ist, wißt Ihr, wie er ins Wasser geworfen worden ist. Wir aber konnten das nicht wahrnehmen."

Pshaw! Ihr befandet euch auf freiem Feld und konntet jeden Menschen mit der Kugel abwehren. Der Häuptling war gut gefesselt und euch also sicher. Nun könnt ihr euch denken, was ich für Augen machte, als ich auf meinem Rückweg so plötzlich die Bescherung sah. Und wer hatte das fertiggebracht? Einige armselige Komantschen, die ihr mit den Gewehren so leicht wegblasen konntet. Und selbst das war nicht notwendig. Ihr brauchtet ihnen nur die Flinten zu zeigen, so hätten sie sich nicht auf Schußweite herangewagt."

„Wir haben sie ihnen doch auch gezeigt."

„Und seid dennoch überrumpelt worden? Wie habt ihr dieses Meisterstück denn eigentlich fertiggebracht?"

„Das dumme Papier ist schuld daran."

„Ah, dachte es mir!"

„Die Roten machten uns damit irre. Als wir ihnen zuriefen, halten zu bleiben, wenn sie keine Kugeln haben wollten, stiegen sie in Schußweite von den Pferden, und einer von ihnen zeigte ein Papier, das er mit der Hand hochhielt. Er rief uns zu, Ihr hättet dieses ‚sprechende Papier' für uns geschrieben, und er sollte es uns bringen."

„Das glaubtet ihr?"

„Warum nicht? Er sagte, es sei alles in Ordnung gebracht, Ihr befändet Euch bei den Gefangenen, die freigegeben würden, sobald wir den Häuptling brächten: das alles hättet Ihr für uns auf das Papier geschrieben. Wir mußten also das Papier lesen und erlaubten den Kerlen, zu uns zu kommen."

„Welche Unvorsichtigkeit! Es genügte doch, wenn einer es zu euch brachte. Den andern mußtet ihr verbieten, sich euch zu nähern."

„Ganz richtig, aber wer denkt so etwas, wenn die Schufte einen schwarz auf weiß geschriebenen Ausweis vorzeigen? Ich nahm diesen in Empfang, und eben als ich ihn lesen wollte, fielen sie über uns her. Sie waren dabei so schnell, daß wir keine Zeit zur Gegenwehr fanden und in den Fesseln steckten, ehe wir nur recht wußten, wie wir hineingekommen waren. Daß sie den Häuptling losmachten, könnt Ihr Euch wohl denken."

„Das kann ich mir freilich denken. Ich werde mich aber, so lange wir beisammen sind, hüten, mein Vertrauen wieder in dieser Weise wegzuwerfen."

Perkins brummte eine mißmutige Bemerkung in den Bart und machte, daß er von mir fortkam. Die andern besaßen kein besseres Gewissen als er. Alle hatten Fehler gemacht, und weil sie dachten, daß ich darüber sprechen würde, hielten sie sich möglichst fern von mir, und ich blieb allein voran. Nur Dschafar kam einigemal an meine Seite, um mir eine besonders schöne Stelle aus seinem Hafis mitzuteilen. Er hatte das Buch oft in der Hand und blieb darum häufig zurück, was ihm zuweilen einen warnenden Zuruf von mir einbrachte.

Am Mittag gönnten wir den Pferden zwei Stunden Ruhe, und am Abend lagerten wir an einem stehenden Wasser, dem einzigen in dieser Gegend. Wenn wir es auch nicht genießen konnten, so erlaubten wir doch den Pferden, davon zu trinken. Heute verteilte ich die Wachen so, daß ich übergangen wurde und die ganze Nacht hindurch schlafen konnte, was mir ein unbedingtes Bedürfnis war. Ich war gestern ebenso angegriffen und ermüdet gewesen wie die andern, und konnte diese Rücksicht nun fordern, besonders auch, weil sie während des ganzen Tags die Sorge für den Weg und seine Sicherheit mir allein überlassen hatten.

Eigentlich hätten wir uns schon heut abend bei den Hazelstraits befinden können. Aber der Umstand, daß wir erst fünf Stunden südwärts geritten waren, hatte einen solchen Zeitverlust für uns zur Folge gehabt, daß wir bei der genannten Gegend erst morgen um Mittag eintreffen konnten. Als wir unser heutiges Lager erreicht haten, war es schon dunkel gewesen, so daß es mir nicht möglich war, seine Umgegend zu untersuchen. Sogar im Boden befindliche Spuren hätte ich nicht erkennen können. Aber das Gesträuch, das an dem Wasser stand, hatte ich umstrichen und mich überzeugt, daß wir uns allein in dieser Gegend befanden.

Nach dem Erwachen am nächsten Morgen wurde gegessen. Unsre Pferde hatten während der Nacht in der Umgebung gegrast und sich an den Büschen gütlich getan. Mein Schwarzschimmel war jetzt noch damit beschäftigt, die Blätter und jungen Triebe abzuraufen. Ich ging zu ihm, um zu satteln. Bei dieser Beschäftigung fiel mein Blick auf den Strauch, von dem das Pferd gefressen hatte, und sofort bemerkte ich, daß kurz vor uns schon Leute und Pferde hier gewesen sein mußten. Ich ging von Strauch zu Strauch und fand meine Vermutung bestätigt. Dann suchte ich an der Erde nach Spuren. Meine Gefährten bemerkten das, und Jim Snuffle fragte mich:

„Ihr habt etwas verloren, Sir? Wir wollen Euch suchen helfen."

„Verloren habe ich nichts", erwiderte ich. „Aber ich suche Spuren von Reitern, die gestern vor uns hier gewesen."

„Reiter? Hier? Wie kommt Ihr auf diesen Gedanken?"

„Betrachtet die abgebissenen Zweige an den Büschen!"

Er folgte dieser Aufforderung und erklärte dann:

„Ihr habt recht, Mr. Shatterhand; es gibt einen Unterschied. Die Bruchstellen sind teils neu, teils älter. Aber das läßt sich doch leicht erklären."

„Womit?"

„Die alten sind die Stellen, wo unsre Pferde gestern abend, und die neuen die, wo sie heut früh davon gefressen haben."

„Schaut diesen Zweig! Er beweist, daß er nicht gestern abend, sondern schon vorher abgerissen worden ist, denn der Bruch ist schon dunkel gefärbt."

„Da müßte der Boden doch Fuß- und Hufspuren zeigen."

„Die hat es jedenfalls gegeben, aber sie sind durch die Eindrücke, die wir und unsre Pferde gemacht haben, nicht mehr zu erkennen. Und wenn das auch nicht wäre, so kann man überhaupt heut Spuren von gestern mittag nicht mehr sehen, außer sie befänden sich am weichen Rand des Wassers. Laßt uns dort suchen!"

Kaum waren wir an das Wasser getreten, so ließ dieser und jener von uns einen Ruf der Überraschung hören. Wir fanden Menschen- und Pferdespuren. Die Menschen hatten Mokassins angehabt, und die Pferde waren unbeschlagen gewesen.

„Indianer, das sind Indianer gewesen!" rief Jim Snuffle. „Meinst du nicht auch, alter Tim?"

„*Yes*", nickte der Gefragte, indem er sich niederbückte, um einen der Eindrücke mit andächtiger Genauigkeit zu betrachten.

„Und zwar scheinen es viele gewesen zu sein! Was sagt Ihr dazu, Mr. Shatterhand?"

„Ja, es sind nicht wenige gewesen", antwortete ich. „Schade, daß wir gestern hier ankamen, als es schon dunkel war, diese Spuren zu bemerken! Wir hätten zählen können."

„Können wir das nicht jetzt noch?"

„Schwerlich! Ich schätze, daß es weit mehr als dreißig gewesen sind. Genauer läßt es sich unmöglich bestimmen."

„Wer mag es gewesen sein?"

„Komantschen, denn andre befinden sich hier in dieser Gegend zur Zeit nicht."

„Doch nicht etwa To-kei-chun mit seinen Leuten?"

„Hm! Es wäre die Möglichkeit. Aber das könnte nur dann der Fall sein, wenn er uns nicht verfolgt hätte, sondern gleich, als wir von ihm fort waren, ohne Säumen und die Nacht hindurch unmittelbar zu den Hazelstraits geritten wäre."

„Was hätte er dort zu suchen gehabt?"

„Ja, so frage auch ich. Er wollte doch bei den Häuptlingsgräbern den Kriegstanz tanzen und die Medizin befragen. Von den Hazelstraits ist keine Rede gewesen. Aber, da kommt mir ein Gedanke! Er kann erfahren haben, wohin wir wollen."

„Das müßte ihm einer von uns gesagt haben."

„Allerdings."

„Aber wer? Es wird doch niemand so dumm gewesen sein, es ihm zu verraten."

„Oh, was Dummheiten anbelangt, so sind deren genug vorgekommen. Haben die Gefangenen vielleicht in Gegenwart ihrer roten Wächter miteinander von den Hazelstraits gesprochen?"

„Nicht ein Wort", antwortete einer der beiden gefangen gewesenen Führer. Der andre bestätigte es, und die beiden Diener schlossen sich dieser Aussage an.

„Ihr auch nicht, Jim und Tim?"

„Nein", erklärte Jim. „Wir haben gar nicht davon sprechen können, weil wir das von den Hazelstraits erst erfuhren, als wir gestern frei und nicht mehr bei den Komantschen waren."

„So wäre noch eins möglich, nämlich, daß Mr. Dschafar und Mr. Perkins davon geredet haben, als ich sie gestern, während ich zu den Roten ritt, allein bei dem Häuptling zurückließ."

Da rief Perkins eifrig:

„Was denkt Ihr von mir, Sir! Ich werde doch nicht so wahnsinnig sein, diesem roten Teufel unsern Weg zu verraten!"

„Also auch nicht. So haben wir es denn mit einer andern Komantschenabteilung zu tun. Woher die Roten, die hier waren, gekommen sind, das können wir nicht entdecken, weil die Spuren nicht mehr gelesen werden können. Es bleibt uns also nur übrig, zu erfahren, wohin sie geritten sind, und auch das wird schwer oder gar unmöglich sein."

Ich umschritt in einem weiten Kreis den ganzen Platz, doch vergeblich. Der Boden zeigte nicht den geringsten Eindruck mehr. Wir hatten trotzdem keinen Grund, größere Besorgnisse zu hegen, als die, zu denen uns der Umstand berechtigte, daß überhaupt Indianer hier gewesen waren. Sie waren aus irgendeiner Richtung gekommen, und sie hatten sich in einer beliebigen Richtung wieder entfernt. Aber anzunehmen, daß sie zu den Hazelstraits geritten seien, dazu hatten wir keine Ursache. Es galt, unterwegs besonders gut aufzupassen. Das war alles, was wir tun konnten.

Wir verließen also den Lagerplatz und gelangten auf eine Ebene, die wie eine weite, sich von Norden nach Süden dehnende Platte gegen Westen aufwärts stieg. Sie führte, wie ich wußte, zu den Hazelstraits, so genannt nach den Haselnußsträuchern, die dort in Masse vorkamen und so hoch waren, daß selbst ein bedeutender Reitertrupp zwischen und unter ihnen verschwinden konnte. Unterwegs mußte ich Dschafar wieder einigemal zur Eile mahnen. Dieser persische Schöngeist hatte stets mehr ein Auge für seinen Dichter als für die Gegend, durch die wir kamen.

5. Neue Hindernisse

Wir ritten bis gegen Mittag, ohne eine Spur von der heutigen oder gestrigen Anwesenheit eines Menschen zu bemerken. Das machte meine Gefährten sicher, mich aber nicht. Ich hegte nämlich einen Verdacht. Perkins hatte auf meine Frage, ob vielleicht er von den Hazelstraits gesprochen hätte, gar zu eifrig geantwortet, während Dschafar still geblieben war. Das fiel mir auf. Hatten sie geplaudert, so war To-kei-chun uns vorausgeeilt, um uns unerwartet in Empfang zu nehmen. Ich kannte die Stelle, die dazu am besten geeignet war, und beschloß, allein vorauszuschleichen, um sie zu untersuchen. Als wir das erste Haselgrün vor uns auftauchen sahen, konnte ich damit noch warten, denn wir mußten wohl noch eine Stunde reiten, ehe wir hingelangten.

Die Haseln traten erst vereinzelt auf und vereinigten sich dann zu kleinern, später größern Gruppen, um schließlich ein ununterbrochenes Ganzes zu bilden, das die beiden Seiten einer hoch ansteigenden Talenge bildete. Auf ihrem Grund floß ein Bach. Noch von der glorreichen Büffelzeit gab es hier ausgetretene Bisonpfade, die es dem Reiter ermöglichten, durch den Haselwald zu kommen. Diese Enge war es, wo To-kei-chun uns jedenfalls auflauerte, wenn er sich überhaupt hier befand. Wir konnten da, ohne es zu ahnen, mitten unter die hinter den Büschen versteckten Indianer geraten und im Augenblick von ihnen niedergerissen und überwältigt werden, wenn sie es nicht vorzogen, uns einfach von den Pferden zu schießen. Ich verdoppelte meine Aufmerksamkeit schon vorher, sobald wir an die ersten Büsche gelangten. Aus diesem Grund konnte ich mich nicht um das bekümmern, was hinter mir geschah. Ich hatte die Gefährten auf die Gefahr aufmerksam gemacht und mußte es nun ihnen überlassen, auf sich selbst achtzugeben.

Wir ritten still. Der weiche Boden ließ die Schritte unsrer Pferde kaum hören, und nur zuweilen rauschte und raschelte ein Strauch, den einer von uns streifte. Meine Augen und Ohren waren in angestrengter Tätigkeit. Darum geschah es, daß ich plötzlich etwas hörte, war mir sonst entgangen wäre. Es konnte irgendein Naturlaut sein, aber es kam mir vor wie eine menschliche Stimme, die, durch die Entfernung und das Gesträuch gedämpft, einen Ruf ausstößt:

„Pst, still, ich höre etwas!" gebot ich, indem ich mein Pferd anhielt.

Ja, da erklang es wieder, deutlich, hinter uns:

„Faryâd —— faryâd — — —!"

Dieses Wort ist der Hilferuf in persischer Sprache. Man weiß, daß der Mensch, selbst im fremden Land und wenn er sich der dortigen Sprache vollständig bedienen kann, im Augenblick der Überraschung, des Schreckens, der Gefahr den Schrei, den er ausstößt, meist seiner Muttersprache entnimmt.

„Himmel! Wo ist Mr. Dschafar?" fragte ich, denn ich sah ihn nicht.

„Fort —— wieder zurückgeblieben", antworteten die andern, und Perkins, der als der letzte ritt, fügte hinzu: „Ich glaubte, er sei eng hinter mir."

„Der Unvorsichtige! Er befindet sich in Gefahr, denn er hat um Hilfe gerufen! Ich muß zurück, um ihm zu helfen."

Ich wendete mein Pferd, um umzukehren.

„Und wir?" fragte Jim Snuffle. „Sollen wir hierbleiben und warten?"

„Nein. Wir wissen nicht, wo die Roten stecken. Sie können sich in der Nähe befinden. Kommt mit!"

Wir ritten im schnellsten Tempo, das die Büsche uns erlaubten, zurück, kamen aber doch zu spät. Als wir da anlangten, wo die Sträucher noch weit auseinander standen, sah ich an einer Stelle unsrer Fährte den Boden von Pferdehufen aufgewühlt.

„Bis hierher ist Mr. Dschafar gekommen, und da hat ein Überfall stattgefunden", sagte ich. „Schaut, da geht eine Fährte rechts ab in die Büsche! Das sind die Spuren eines Pferdes und dreier Männer, die Mokassins anhatten. Sie haben als Posten hier gestanden, um unsre Annäherung zu beobachten. Uns durften sie nichts tun, weil wir mehr Personen waren als sie. Aber sie sahen, daß der Perser weit hinter uns war, und beschlossen, ihn festzunehmen."

„Diese pfiffigen Schurken!"

„Es war nichts weniger als pfiffig von ihnen, denn sie haben sich dadurch verraten. Es ist jetzt fast sicher, daß es sich um To-kei-chun und seine Leute handelt."

„Was tun wir, Sir?"

„Wir müssen Mr. Dschafar befreien."

„Indem wir die Roten offen angreifen?"

„Ja, falls es nicht anders geht. Vielleicht helfen wir uns auch mit List. In beiden Fällen müssen wir wissen, wo die Komantschen stecken."

„So müssen sich einige von uns auf die Suche machen. Ich und mein Bruder wollen gehen. Meinst du nicht auch, alter Tim?"

„Yes", nickte dieser.

„Nein, nicht ihr!" erklärte ich. „Den Spähergang übernehme ich. Ich vermute, To-kei-chun wird, wenn er erfährt, welche Dummheit seine Späher begangen haben, annehmen, daß wir das Fehlen von Mr. Dschafar bemerken und umkehren. Er weiß, daß wir die Spur des Überfalls finden und also gewarnt sind und uns infolgedessen zurückziehen. Er wird wahrscheinlich einige Leute vorschicken, um zu erfahren, wo wir uns befinden. Wenn diese Kundschafter hierherkommen, so haltet sie fest, macht aber keinen Lärm dabei! Meine Gewehre sind mir jetzt im Weg, ich lasse sie und mein Pferd bei euch. Ihr wißt wohl, was ich euch anvertraue."

Dieser Gedankenaustausch hatte in höchster Eile stattgefunden, denn ich durfte keine Zeit versäumen. Es war ja möglich, daß ich die drei Roten mit Dschafar einholen konnte, noch ehe sie das versteckte Lager der Komantschen erreicht hatten. Wenn mir das gelang, zweifelte ich nicht daran, daß es mir nicht schwerfallen würde, ihnen ihren Gefangenen wieder abzunehmen. Ich gab also den Gefährten meine Gewehre und machte mich an die Verfolgung der Spur, die seitwärts in die Büsche führte.

Die drei Indianer wußten uns sicher voraus. Sie konnten also nicht auf dem geraden Weg zu den Ihrigen gelangen, weil sie da auf uns gestoßen wären, sondern sie waren zu einem Umweg gezwungen, der jedenfalls einen Bogen bildete. Wenn ich ihnen auf ihrer Fährte folgte, mußte ich diesen Umweg auch machen und holte sie somit nicht ein. Darum entschloß ich mich, den Bogen auf seiner Sehne abzuschneiden.

Zunächst freilich blieb ich auf ihrer Spur, um die wahrscheinliche Größe dieses Bogens kennenzulernen. Dann aber, als ich mir darüber klar war, wich ich von ihren Fußeindrücken ab und drang in gerader Richtung in das Gebüsch ein. Dabei mußte ich so rasch als möglich sein und durfte mich doch nicht hören lassen. Das war nicht leicht.

Als ich eine Strecke, die ungefähr fünfhundert Schritt betragen konnte, zurückgelegt hatte, traf ich wieder auf die Spur, die von der Seite zurückkehrte. Ich hatte den Bogen abgeschnitten und befand mich höchstwahrscheinlich in der Nähe der Komantschen. In dem Augenblick, als ich die Fährte wieder sah, hörte ich vor mir ein Geräusch und horchte auf. Es entfernte sich. Sollten die drei Roten mit Dschafar soeben erst hier gewesen sein? Ich folgte so leise als möglich hinterdrein. Schon nach kurzer Zeit war ich gezwungen anzuhalten, denn ich hörte Stimmen.

„Uff!" rief jemand. „Ihr kommt von dieser Seite und — —"

Er hielt inne, wahrscheinlich vor Erstaunen darüber, daß sie einen Weißen mitbrachten. Der Sprecher war der Häuptling To-kei-chun, das hörte ich.

„Ja, wir kommen von links", antwortete einer von den dreien, „und wir bringen dieses Bleichgesicht."

„Uff! Das ist ja der Weiße, der von uns verschwand! Nehmt ihn vom Pferd und bindet ihn! Wo habt ihr ihn ergriffen?"

„Wir sahen Old Shatterhand kommen. Die andern Weißen waren bei ihm. Dieser aber war allein zurückgeblieben. Da warteten wir, bis er kam, und nahmen ihn gefangen."

„Uff! Wo habt ihr euer Gehirn und eure Gedanken gehabt! Nun ist unser schöner Plan zunichte! Wir werden Old Shatterhand nicht fangen.

Was ging euch dieses Bleichgesicht an! Als ihr die Weißen von weitem erblicktet, solltet ihr sofort hierherkommen, um es mir zu melden. Sie mußten hier vorüber, und wir hätten alle ergriffen, denn sie ahnten nicht, daß wir uns hier befinden. Nun aber wissen sie es!"

„Woher sollen sie es erfahren haben?" verteidigte sich der Gescholtene.

„Durch euch! Sie haben gemerkt, daß dieser Weiße fehlte und auf ihn gewartet. Als er nicht kam, kehrten sie um, denn sie mußten den Grund seines Ausbleibens wissen. Da kamen sie an die Stelle, wo ihr ihn er- griffen habt. Hat er sich gewehrt?"

„Ja, doch nur mit den Händen. Es hat ihm aber nichts gefruchtet."

„Durch diese Gegenwehr sind aber Spuren entstanden, die seine Ge- fährten finden werden."

„Wir gaben uns Mühe, keine deutlichen Eindrücke zu machen."

„Und wenn niemand sie bemerkte, Old Shatterhand würde sie doch sehen! Nun sind sie gewarnt, und es wird uns wohl nicht möglich sein, sie zu fangen. Der böse Geist hat euch den schlechtesten Gedanken einge- geben, den es geben kann."

Es war kurze Zeit nichts zu hören, wahrscheinlich dachte er nach. Ich befand mich nahe bei dem Versteck der Roten, es konnten nur einige Sträucher zwischen mir und ihnen stehen. Wäre ich nur eine einzige Minute eher gekommen, so hätte ich die drei unterwegs getroffen und Dschafar befreien können.

Da hörte ich die Stimme des Häuptlings wieder:

„Ihr seht, daß niemand kommt. Old Shatterhand ist gewarnt. Wahr- scheinlich wird er uns mit seinen Leuten entgehen, denn unter allen Füchsen, die auf der Savanne umherschleichen, ist er der listigste. Dafür aber halten wir diesen Weißen hier um so fester! Wenigstens er soll am Makik-Natun bei den Häuptlingsgräbern sterben! Jetzt müssen wir vor allen Dingen erfahren, wo die Bleichgesichter stecken."

„Soll ich sie suchen?" fragte einer. „To-kei-chun mag es mir erlauben."

„Nein, ich gehe selbst. Meine Brüder mögen sehr vorsichtig sein und sorgfältig aufpassen, während ich fort bin! Old Shatterhand wird auch Späher senden, um uns aufzusuchen, er wird das wohl selbst tun. Wenn wir vorsichtig sind, läuft er uns dabei in die Hände. Also ich gehe jetzt und — —"

Mehr hörte ich nicht, denn ich durfte keinen Augenblick länger bleiben.

Ich rechnete in folgender Weise: der Häuptling wollte nach uns spähen, es fragte sich, welche Richtung er dabei einschlagen würde. Er hatte an- genommen, daß ich mich auf die Suche machen würde, und mußte sich auch die Frage nach der Richtung vorlegen. Es war selbstverständlich, daß ich der Spur folgen würde, die von den drei Komantschen mit Dschafar gemacht worden war. Wenn er mich erwischen wollte, so mußte auch er sich nach dieser Fährte richten. Es stand also mit voller Sicherheit zu erwarten, daß er da, wo ich lag, erscheinen werde. Ich wollte ihn fest- nehmen, aber hier konnte das nicht geschehen, es war zu nahe bei den Roten, die auf seinen Ruf ihm zu Hilfe gekommen wären. Darum zog ich mich weiter zurück.

Nun lag ich still und wartete. Es vergingen fünf Minuten, zehn Minuten — der Häuptling kam nicht. Sollte er doch eine andre Richtung eingeschlagen haben? Das war kaum zu denken. So ein alter, erfahrener Krieger mußte genauso schließen, wie ich berechnet hatte. Vielleicht stand er noch bei seinen Leuten, um ihnen über ihr Verhalten Befehle zu erteilen. Ich wartete also noch weitere fünf Minuten, und als To-kei-chun sich da noch immer nicht sehen ließ, wurde ich besorgt. Er hatte doch gesagt: „Ich gehe jetzt — —", und ich durfte nicht annehmen, daß er noch eine volle Viertelstunde stehengeblieben sei. Darum blieb ich nicht länger nutzlos auf der Lauer, sondern beeilte mich, zu meinen Gefährten zu kommen, die leider nicht mein volles Vertrauen besaßen. Wie leicht konnten sie sich, oder wenigstens einer von ihnen, zu irgendeiner Unüberlegtheit verleiten lassen!

Ja, richtig! Wie gedacht, so geschehen! Als ich sie erreichte, sah ich, daß Jim fehlte.

„Was ist denn das, Mr. Snuffle? Euer Bruder ist nicht da. Wo ist er hin?" fragte ich Tim.

„Fort", entgegnete er in seiner einsilbigen Weise.

„Das sehe ich! Aber wohin denn?"

„Zu den Roten. Will sich von außen an sie heranschlängeln."

„Was seid ihr doch für Menschen! Es durfte sich keiner entfernen!"

„Wird wiederkommen."

„Ich war doch Manns genug zu erfahren, was ich wissen wollte. Der Häuptling der Komantschen ist unterwegs, uns zu suchen. Wenn er auf Euren Bruder trifft, geschieht etwas, was dieser nicht verantworten kann."

„Jim kann es verantworten!"

„Was?"

„Daß er den Häuptling gefangennimmt."

„Oder dieser ihn, was viel wahrscheinlicher ist. Wäre Jim hiergeblieben, so brauchten wir nur ruhig zu warten, bis der Häuptling kam; da nahmen wir ihn fest. Ich muß Eurem Bruder nach. Vielleicht ist es doch noch möglich, die Sache —"

Ich hielt inne, denn wir hörten in der Richtung zu den Indianern die Sträucher krachen, knicken und rauschen. Laut schnaufend kam jemand näher, und dann erschien — — Jim Snuffle. Er war sehr aufgeregt und blutete an der rechten Hand. Als er mich sah, rief er aus:

„Da seid Ihr, Sir! Ah, wenn Ihr dabeigewesen wäret, so hätten wir den Häuptling jetzt! Ihn zu bekommen, das wäre das höchste der Gefühle gewesen!"

„Hört, das höchste der Gefühle wäre für mich, Euch meine Hand hinter das Ohr legen zu können, aber wie!"

„Macht keinen solchen Spaß! Jim Snuffle ist nicht der Mann, der sich in dieser Weise etwas hinter die Ohren schreiben läßt."

„Hättet es aber sehr verdient!"

„Oho! Womit?"

„Damit, daß Ihr von hier fortgelaufen seid. Wir brauchen keinen Gefährten, der so wie Ihr auf eigene Faust handelt. Wie kamt Ihr auf den Gedanken, von hier fortzugehen?"

„Wollte sehen, wo die Roten stecken. Bin mit dem Häuptling zusammengetroffen. War nur schade, daß ich Euch nicht mithatte. Hätten den roten Halunken festgenommen!"

„Wo traft Ihr auf ihn?"

„Dreihundert Schritt von hier. Ich kroch leise durch die Büsche hinzu. Er kroch leise durch die Büsche herzu. Wir hörten uns nicht und bekamen uns also plötzlich zu sehen, daß wir beinahe mit den Köpfen zusammengestoßen wären. Darauf rangen wir still miteinander. Er wollte mich, und ich wollte ihn haben."

„Es hat aber keiner den andern bekommen."

„*Well*, ist allerdings so. Aber besser ist es, ich habe ihn nicht, als daß er mich hätte. Der Kerl war glatt wie Schweinefett, schlüpfte mir immer wieder aus der Hand. Er hatte sein Messer, ich aber hatte keine Zeit gefunden, meine Klinge zu ziehen. Mußte also sehr aufpassen, von ihm keinen Stich zu erhalten. Wollte ihm das Messer entreißen und bekam dabei die scharfe Klinge in die Hand anstatt das Heft. Ist nur ein kleiner Schnitt, der schnell heilen wird."

„Wie kamt ihr denn auseinander?"

„Mit gegenseitiger Genehmigung. Der Rote sah ein, daß er mir nichts anhaben konnte, und ich bemerkte ebenso, daß es besser sei, ihn laufen zu lassen. Da rissen wir uns voneinander los. Er sprang da ins Gebüsch hinein und ich sprang dort ins Gebüsch hinein, und so waren wir einander los, ohne *Farewell* gesagt zu haben. Wie gesagt, wärt Ihr dabei gewesen, so hätten wir ihn wahrscheinlich gefangengenommen."

„Es konnte gar wohl geschehen, wenn Ihr es unterlassen hättet, nach Eurem eignen Kopf zu handeln."

„Muß doch nach ihm handeln, weil ich keinen andern habe. Meinst du nicht auch, alter Tim?"

„*No*", entgegnete der Gefragte ganz wider das Erwarten Jims.

„Nicht? Wieso?" fragte dieser.

„Mr. Shatterhand ist unser Kopf. Konntest dableiben!"

„Ah! Willst dich also auch gegen mich auflehnen?

„*Yes*."

„Sei lieber still, und sieh, wie ich blute! Nimm Leinwand aus der Satteltasche und binde mir die Schramme zu! Das Geschehene ist nun nicht ungeschehen zu machen, warum also jammern? Was meint Ihr wohl, Mr. Shatterhand? Werden die Roten bei der Absicht bleiben, uns zu überfallen?"

„Ich glaube kaum."

„So drehen wir den Spieß um und überfallen sie!"

„Wir paar Männer? Und sie sind wahrscheinlich siebzig!"

„Was schadet das? Es ist erwiesen, daß sie sich vor uns fürchten."

„Darum handelt es sich gar nicht."

„Um was sonst?"

„Ich möchte kein Blut vergießen."

„Also wieder List? Eure Lieblingsweise!"

„Das ist noch nicht bestimmt. Ich befürchte, daß die List nachgerade ihre Wirkung verliert, denn ich habe sie zu oft anwenden müssen. Kaum hat man einen befreit, so ist der andre so unklug, ihnen in die Hände zu laufen. Ich muß nun wieder zum Versteck der Roten schleichen, um zu erfahren, wie es dort steht. Ich gehe also jetzt abermals fort, gebe euch aber mein Wort darauf, wenn ich zurückkehre und es fehlt wieder einer von euch, so reite ich euch meine Wege und lasse euch machen, was ihr wollt. Richtet euch hiernach!"

Ich mußte also das Versteck der Komantschen abermals aufsuchen, doch durfte ich das nicht auf dem Weg wie vorhin tun, denn To-kei-chun konnte auf den Gedanken kommen, mir diesen Weg zu verlegen. Da ich wußte, wo die Indsmen steckten, so konnte ich sie von jeglicher beliebigen Richtung beschleichen. Ich zog es vor, von der entgegengesetzten Seite an sie zu kommen, ein Umweg, der zwar Zeit kostete, aber größere Sicherheit für mich bot.

Es dauerte fast eine halbe Stunde, ehe ich der betreffenden Stelle so nahe kam, daß ich die Indianer, falls sie miteinander sprachen, hören mußte. Es herrschte aber tiefste Stille ringsum. Das war ein Grund, doppelt vorsichtig zu sein. Ich bewegte mich nur Zoll um Zoll weiter, bis ich den Platz vor mir liegen sah. Er war — — leer.

War das etwa eine Finte? Ich schlug einen Kreis um die Stelle und sah da, daß die Komantschen allerdings fortgeritten waren. Ich mußte ihnen wenigstens so weit folgen, bis ich überzeugt sein konnte, daß sie die Hazelstraits wirklich verlassen hatten. Es konnte sich ja um eine Kriegslist handeln. Ich nahm allerdings als sicher an, daß sie sofort den Rückweg zum Makik-Natun angetreten hatten. Aber es war für alle Fälle besser, mir Gewißheit zu holen.

Eben war ich, ihrer neuen Fährte folgend, hinaus an das Wasser gekommen, als ich den zweimaligen Ruf Jims „Mr. Shatterhand, Mr. Shatterhand!" hörte. Da er so laut schrie, mußte ich überzeugt sein, von den Indianern nicht gehört zu werden. Darum antwortete ich ebenso laut:

„Was gibt's?"

„Ihr sucht vergeblich. Kommt schnell her, wenn Ihr etwas sehen wollt!"

Ich folgte dieser Aufforderung, indem ich am Wasser hinuntereilte. Als Jim mich kommen sah, deutete er hinaus auf die offne Ebene und sagte:

„Sir, da draußen jagen die Indsmen. Sie haben die Flucht ergriffen. Ist das nicht jämmerlich feig von ihnen?"

Ja, da draußen ritten sie so schnell, wie ihre Pferde sie tragen konnten, in nördlicher Richtung davon. Ich zählte die Reiter: mit dem Gefangenen waren es zweiundsiebzig. To-kei-chun hatte also seine sämtlichen Krieger zu den Hazelstraits mitgenommen und, um das tun zu können, jene Roten, denen ich die Pferde weggeschossen hatte, mit den Packpferden beritten gemacht. Folglich befand sich jetzt am Makik-Natun, wo das zurückgebliebene Gepäck lag, kein einziger Komantsche. Diese Gedanken flogen mir durch den Kopf, als ich die Indianer fortreiten sah.

„Feig ist das allerdings", erwiderte ich, „doch bezieht sich ihre Angst nur auf mein Repetiergewehr. Besäße ich dieses nicht, so würden sie sich gewiß über uns hergemacht haben."

„Pshaw! Sie fürchten sich nicht bloß vor Eurem Stutzen, sondern vor uns überhaupt. Ob sie wohl Mr. Dschafar mit haben?"

„Gewiß!"

„Ärgerlich! Wollen wir ihnen nach?"

„Sogleich, nachdem unsre Pferde getrunken haben werden. Es wird wahrscheinlich bis morgen abend für sie kein Wasser geben."

„Das glaube ich nicht. Die Roten reiten nach Norden, und wenn ich mich nicht irre, stoßen sie dort auf den Cimarronfluß, an den auch wir kommen werden, wenn wir ihnen folgen. Dort gibt es Wasser."

„Die Roten wollen gar nicht nach Norden", lächelte ich, „sondern zum Makik-Natun zurück."

„Wißt Ihr das gewiß?"

„Ja. Als Ihr den geistreichen Gedanken ausführtet, die Indsmen zu suchen, lag ich in Ihrer Nähe und belauschte sie. Da sagte der Häuptling, daß, wenn wir nicht auch ergriffen würden, doch wenigstens Mr. Dschafar zum Gelben Berg geschafft und dort totgemartert werden solle."

„Da müssen wir womöglich noch eher dort sein als sie. Dann holen wir Mr. Dschafar heraus. Wenigstens was an mir und meinem Bruder liegt, den Gefangenen zu befreien, das wird geschehen. Meinst du nicht auch, alter Tim?"

„Yes", bestätigte Tim.

Wir tränkten unsre Pferde tüchtig und traten dann den Rückweg an. Das ergab ein Zeitversäumnis, über das ich mich im stillen ärgerte. Wenn man sich nach mir gerichtet hätte, wären wir schon längst mit den Komantschen zu Ende gewesen.

Als es dunkel geworden war, kamen wir wieder bei dem Wasser an, an dem wir gestern übernachtet hatten, und machten da eine kurze Rast, um die Pferde verschnaufen zu lassen. Dann ging es weiter, die ganze Nacht hindurch, bis es Tag wurde und wir eine Stunde ruhten. Wir waren diesmal gezwungen, von unsern Pferden viel zu verlangen. Auf meinen Schwarzschimmel schien die Anstrengung keinen Eindruck zu machen. Die andern aber ermüdeten mehr und mehr, und als wir nach einem wirklichen Gewaltritt den Makik-Natun wieder vor uns sahen, war es mit ihren Kräften zu Ende.

„Da sind wir wieder", seufzte Perkins, indem er auf den Berg deutete. „Ich bin so müde wie ein gehetzter Hund. Mit nur drei kurzen Unterbrechungen zwei Tage lang und auch während der Nacht im Sattel zu hängen, das ist selbst für einen Westmann eine Leistung. Reiten wir geradewegs zu den Gräbern hinüber, Sir?"

„Ja", antwortete ich.

„Das dürfte wohl ein Fehler sein."

„Sprecht doch nicht von Fehlern, Mr. Perkins! Seht, da links ist die Stelle, wo Ihr mit dem Häuptling lagt. Da ließet Ihr Euch übertölpeln. Das war ein Fehler. Wenn ich aber jetzt sogleich den Gräberplatz aufsuche, so weiß ich, was ich tue. Unsre Pferde müssen Wasser haben, und dort ist der einzige Platz, an dem es hier welches gibt. Wir müssen also auf alle Fälle hin. Ihr meint wohl, daß der Makik-Natun von einigen Komantschen besetzt sein könnte. Das ist aber nicht der Fall. Ich habe bei den Hazelstraits die Roten gezählt. Sie waren vollzählig beisammen. Der Gelbe Berg ist also frei, höchstens das zurückgelassene Gepäck der Komantschen werden wir finden."

„Ich gebe Euch recht, Mr. Shatterhand. Aber wir werden dort Spuren machen, die von den Roten bemerkt werden, wenn sie dann kommen."

„Dann? Was versteht ihr unter diesem Dann?"

„Die Zeit ihrer Ankunft. So gut wie wir da sind, können die Roten auch bald kommen."

„Nein. Erstens haben die Komantschen keine Veranlassung, einen solchen Dauerritt zu machen wie wir, denn sie sind gewiß der Ansicht, daß sie uns irregeführt haben und wir nach Norden geritten sind. Und zweitens müßt Ihr bedenken, daß sie, eben um uns irrezuleiten, einen weiten Umweg gemacht haben. Sie könnten, selbst wenn sie so schnell wie wir geritten wären, noch nicht hier sein."

„So nehmt Ihr wohl an, daß sie erst morgen kommen?"

„Entweder heut in der Nacht oder erst morgen. Da die Indsmen kein Wasser für sich und ihre Pferde finden, ist anzunehmen, daß sie nicht erst noch lagern, sondern gleich hierherreiten. Darum möchte ich lieber annehmen, daß wir sie noch während der Nacht erwarten können."

„*Well!* Auf welche Weise werden wir wohl den Perser losbekommen?"

„Das kann ich jetzt noch nicht wissen. Wir müssen warten, bis unsre Gegner da sind. Dann erst können wir sehen, wie der Kahn gesteuert werden muß."

„Da scheint es doch, als wenn Ihr nicht die Absicht hättet, hier bei den Gräbern zu lagern und sie zu empfangen?"

„Kann mir nicht einfallen. Wir tränken unsre Pferde und begeben uns an einen Ort, von dem aus wir das Kommen der Roten bemerken können, ohne daß sie uns entdecken."

Wir waren jetzt bei den vier Häuptlingsgräbern angelangt und stiegen von den Pferden. Während diese tranken und die Reiter hin und her gingen, um ihre vom langen Ritt steif gewordenen Glieder in Bewegung zu bringen, unterwarf ich die Örtlichkeit einer genauen Prüfung.

Ich hatte nämlich die Absicht, ins Lager der Roten zu schleichen und Dschafar herauszuholen. Ob da List und Gewandtheit allein ausreichend waren, das konnte ich nicht wissen, war aber fest entschlossen, nötigenfalls Gewalt zu gebrauchen und mich meiner Waffen zu bedienen. Die Mithilfe meiner Gefährten war gleich von vornherein ausgeschlossen. Ich wollte mir das Spiel nicht abermals verderben lassen.

Daß es mir gelingen werde, zu dem Gefangenen zu schleichen, bezweifelte ich nicht. Die Roten vermuteten uns nicht hier in der Nähe, und wenn sie Wachen aufstellten, so war ihre Aufmerksamkeit wahrscheinlich nur hinaus auf die Savanne gerichtet, weil sie annehmen mußten, daß eine etwaige Störung nur von dorther kommen könne. Denn auf der andern Seite war, wie bereits früher erwähnt, der Platz von einem Halbkreis steilaufragender Felsen eingefaßt, die wenigstens für die Nachtzeit unzugänglich zu sein schienen. Ich zog dabei mit in Betracht, daß die Komantschen als Prärievolk keine guten Kletterer sind und also diese Felswände für ungangbar halten würden, während ich vielleicht eine Stelle fand, wo es möglich war, von oben herunterzukommen. Diesen Weg mußte ich einschlagen, von der Savanne her durfte ich mich nicht nähern.

Bald fand ich, was ich suchte. Grad da, wo bei meinem letzten Hiersein im Hintergrund die Gefangenen gelegen hatten und wo jetzt noch das in Decken gewickelte Gepäck der Komantschen lag, war der Fels höchstens sieben Meter hoch und trat dann so weit zurück, daß ein breiter Vorsprung gebildet wurde, auf dem einige ziemlich starke Bäume standen. Über dem Vorsprung bestand an dieser Stelle die Bergwand nicht aus Felsen, sondern aus fruchtbarer Erde, die Bäume und Sträucher trug. Sie ging zwar ziemlich steil in die Höhe, doch sah ich, daß es selbst in der Nacht keine allzu schwierige Aufgabe war, da hinauf- oder herunterzuklettern. Der Holzwuchs bot für die Hände mehr als genug Anhalt. Befand man sich einmal auf dem Vorsprung, so konnte man dort an einem der Bäume einen Lasso befestigen und sich daran vollends herunterlassen.

Als die Pferde getränkt waren, stiegen wir wieder auf und ritten am Fuß der Höhen hin, bis wir eine Stelle fanden, die sich ausgezeichnet zu einem Versteck eignete.

„Ich lasse euch hier, Gentlemen", sagte ich, „und vertraue euch mein Pferd und meine Waffen an. Verlaßt diesen Ort ja nicht! Ich erwarte bestimmt, daß ihr wenigstens diesmal das, was ich sage, achtet!"

„Ihr wollt fort?" fragte Jim besorgt.

„Ja. Ich will eine Stelle suchen, wo ich die Roten, wenn sie kommen, beobachten kann."

Ich verschwieg ihm mein Vorhaben, weil ich sonst gewärtig sein mußte, wieder einen Streich gespielt zu bekommen. Er bemerkte auch sofort:

„Da können wir doch auch mitgehen."

„So! Kaum habe ich meine Warnung ausgesprochen, so wollt Ihr mir schon wieder quer über den Weg. Wird es Euch denn gar so schwer, einmal zu befolgen, was ich Euch bitte?"

Da holte Tim Snuffle tief Atem, als beabsichtigte er eine lange Redeanstrengung, und sagte:

„Habt keine Angst, Sir! Jim wird dableiben müssen!"

„Wollt Ihr mir das versprechen?"

„*Yes.*"

„Und Jim zurückhalten, wenn er fort will?"

„*Yes.*"

„Auch kein andrer darf fort!"

„*Well!* Wer ausreißen will, an den werde ich mich von außen herum heranschlängeln und ihm mein Messer zwischen die Rippen geben. Ich heiße Tim Snuffle und halte mein Wort."

Er holte nach dieser großen Leistung wieder tief Atem und schlug, um seiner Drohung Nachdruck zu geben, mit der Hand an die Stelle, wo sein Messer im Gürtel steckte.

„Habt Dank, alter Jim! Das war einmal vernünftig gesprochen. Ich hoffe, daß dieser Euer guter Vorsatz bis zu meiner Rückkehr nicht ins Wanken kommt."

Ich ging in der Überzeugung fort, daß heut keine Störung zu erwarten sei. Den Lasso nahm ich mit und streckte auch mehrere feste Riemen ein.

6. Am Gelben Berg

Es war für mein Vorhaben nicht zu früh, denn sie Sonne verschwand soeben und ich mußte mich sputen, wenn ich noch vor dem Einbruch der völligen Dunkelheit auf den Felsvorsprung kommen wollte.

Ich wendete mich wieder den Häuptlingsgräbern zu, ging aber nur bis in ihre Nähe, wo das Gelände mir erlaubte emporzusteigen. Auf halber Höhe angekommen, nahm ich die Richtung zu dem über den Gräbern liegenden Hang und kletterte an diesem wieder abwärts. Von unten aus hatte das viel schwieriger ausgesehen, als es in Wirklichkeit war. Wenn ich mich in acht nahm, konnte ich den Rückweg auch in der Nacht vornehmen, ohne einen Unfall zu befürchten. Als ich den Felsvorsprung erreichte, gab es noch so viel Helligkeit, daß ich den unter mir liegenden Talboden erkennen konnte. Ich untersuchte die Bäume. Sie waren für mein Vorhaben fest genug eingewurzelt, und ich band das eine Ende meines Lassos an den stärksten von ihnen. Dann legte ich mich nieder.

Es stand immerhin im Bereich der Möglichkeit, daß meine Berechnung sich als falsch erwies. Was konnte nicht alles geschehen sein, das die Komantschen hinderte hierherzukommen oder mir es unmöglich machte, mein Vorhaben auszuführen! Aber ich befand mich in jenem Gefühl der Sicherheit, das mich noch niemals getäuscht hatte.

Stunde um Stunde verging, und mit ihnen wurden die Sterne heller. Nach ihrem Stand war es ziemlich Mitternacht, als endlich von weitem her ein Geräusch an mein Ohr schlug. Ich lauschte. Waren es die Komantschen? Das Geräusch kam näher: es war Hufschlag vieler Pferde im weichen Savannenboden. Ja, sie waren es!

Bald hörte ich auch ihre Stimmen, und dann waren sie da, stiegen von den Pferden und brannten mehrere Feuer an. Bei deren Schein konnte ich meine Beobachtungen machen. Die Leute fühlten sich so sicher, daß es ihnen nicht einfiel, die Örtlichkeit abzusuchen. Die Pferde wurden getränkt und dann ein Stück fortgetrieben, wo sie sich zerstreuten und weiden konnten. Dann gruppierten sich die Indsmen um die Feuer, von denen bald ein kräftiger Bratengeruch zu mir heraufstieg. Sie waren also unterwegs auf Wild getroffen.

Dschafar sah ich auch. Er trug Fesseln und war an das Feuer geschafft worden, das am entferntesten von mir brannte. Die Indsmen waren ermüdet, denn ihr Ritt war weiter als der unsrige und ebenso anstrengend gewesen. Sie verhielten sich darum still, und es war anzunehmen, daß sie sich nach dem Essen sogleich schlafen legen würden. Das geschah auch wirklich. Der Häuptling gab seine Befehle, verteilte die Wachen und zog sich von dem Feuer an den Fuß des Felsens zurück, wo er sich abgesondert von seinen Leuten niederlegte und in seine Decke hüllte.

Meine Aufmerksamkeit war auf den Gefangenen gerichtet, und da mußte ich leider einsehen, daß mein Vorhaben schwierig auszuführen war. Alle Feuer verlöschten; das seinige aber wurde weiter unterhalten, und es saßen zwei Wächter bei ihm, die sich nicht niederlegten. Die Wachen hatten sich entfernt, es waren ihrer drei. Sie sollten jedenfalls zugleich die Pferde beaufsichtigen und stellten sich wohl so auf, daß sie den Lagerplatz gegen die Savanne hin absperrten.

Ich hatte Dschafar heimlich herausholen wollen. Unter mir war es dunkel, es war also möglich, an dem Lasso unbemerkt hinabzukommen. Aber dann? Die beiden Wächter mußten mich unbedingt kommen sehen, wenn ich mich dem Feuer näherte. Und wenn mich da ein rascher Sprung zu ihnen brachte und ich sie niederschlagen konnte, Zeit zum Schreien fanden sie doch. Blieb mir aber so viel Zeit, Dschafars Fesseln zu lösen? Und wie wollte ich mit ihm fort? Hinaus auf die Savanne? Da standen die Posten! Oder am Lasso hinauf? Selbst wenn Dschafar gut klettern konnte, kamen die Roten gewiß alle über uns, bevor es nur dem ersten von uns beiden möglich war, den Felsvorsprung zu erreichen. Ich war also gezwungen, meinen Plan aufzugeben, wenn ich nicht mich und ihn der größten Gefahr aussetzen wollte.

Aber was sonst? Dschafar mußte befreit werden! Sehr einfach! Da seitwärts unter mir lag ja der Häuptling. Ich wagte zwar auch mein Leben, wenn ich versuchte, mich seiner zu bemächtigen, aber er war doch leichter zu bekommen als der Perser, und wenn mir der Streich gelang, so war der Gefangene so gut wie gerettet, beide konnten gegeneinander ausgelöst werden.

Nach kurzer Überlegung ließ ich das freie Ende meines Lassos, der mehr als lang genug war, hinab und turnte mich an ihm hinunter. Unten angekommen, lauschte ich eine Weile, es regte sich nichts. Der Häuptling lag nur wenige Schritte von mir entfernt. Er mußte schlafen, denn sonst hätte er das von mir verursachte leise Geräusch hören müssen. Ich hatte es nicht vermeiden können, im Hinabklettern an den Felsen zu streifen, zwar nicht laut, aber doch so, daß es für ein wachsames Ohr in dieser geringen Entfernung vernehmlich war.

Nun legte ich mich auf die Erde nieder und kroch zu To-kei-chun hin. Er lag mit dem Kopf am Felsen. Als ich mein Ohr nahe an sein Gesicht brachte, hörte ich seine leisen, regelmäßigen Atemzüge. Jetzt richtete ich mich halb auf, legte ihm die linke Hand fest um den Hals und gab ihm zu gleicher Zeit einen Faustschlag gegen die rechte Seite seines Kopfes. Es ging ein krampfhaftes Zucken durch seinen Körper, dann lag er still. Auch als ich meine Hand von seinem Hals nahm, regte er sich nicht.

Die erste Hälfte meines beabsichtigten Streichs war gelungen, nun galt es, den Häuptling unbemerkt hinaufzuschaffen. Ich richtete mich also ganz auf, hob ihn empor und trug ihn zu der Stelle, wo mein Lasso hing. Dort legte ich ihn wieder nieder und sah zum Wachtfeuer. Man hatte dort nichts bemerkt, aber ich sah, daß in diesem Augenblick ein Roter vom Feuer aufstand und sich langsamen Schritts in der Richtung, in der ich mich befand, von ihm entfernte. Das konnte mir verderblich werden.

Ich hatte den Häuptling vor allen Dingen fesseln und knebeln wollen. Dazu gab es jetzt keine Zeit, denn bevor ich damit fertig wurde, konnte der Wächter bei mir sein. Zwar wäre es mir wohl möglich gewesen, ihn unschädlich zu machen, aber ob das ohne alles Geräusch geschehen würde, war zweifelhaft. Ich mußte also schnell fort.

Darum zog ich dem Häuptling das Lassoende unter dem Arm hindurch, machte einen Knoten und kletterte dann an dem festen, fünffach geflochtenen Riemen in die Höhe. Oben angelangt, sah ich mich zunächst nach dem Wächter um. Er befand sich schon in der Nähe. Wenn er so wie jetzt weiterging, kam er in einer Entfernung von vielleicht fünfzehn Schritten an To-kei-chun vorbei. Ich dachte zunächst, den Wächter vorüberzulassen, gab aber diesen Gedanken schnell wieder auf, denn sein Auge konnte das Fehlen des Häuptlings vielleicht doch bemerken. In diesem Fall mußte er sich sagen, daß To-kei-chun sich jetzt an einer andern Stelle befand, was einen Grund haben mußte. Es war also anzunehmen, daß er herbeikommen werde. Darum beeilte ich mich, den betäubten Häuptling zu mir heraufzuziehen.

Es war nicht leicht, und leider bestand die Felskante, über die der Lasso streifte, nicht aus hartem Gestein. Sie war verwittert, es löste sich ein Stück ab und fiel hinunter. Das gab ein Geräusch, das der Rote hörte. Er kam mit raschen Schritten näher. Der Häuptling hing vielleicht noch einen Meter unter mir, und ich beeilte mich, ihn vollends heraufzubringen, was nicht ohne Geräusch geschehen konnte. Der Rote hörte es und sprang schnell bis zum Felsen herbei. An diesem emporblickend, mußte er trotz der Dunkelheit den am Lasso über ihm hängenden Körper sehen.

„Uff!" stieß er überrascht hervor und eilte an die Stelle, wo der Häuptling gelegen hatte. Als der Wächter sah, daß dieser fort war, kam er wieder herbei.

„Was tut To-kei-chun da oben?" fragte er, grad als ich den Betäubten über die Kante auf den Felsen zog. „Kann der Häuptling der Komantschen fliegen?"

Es erfolgte keine Antwort. Das mußte sein Mißtrauen erregen, denn wenn der Mensch, der soeben in der Höhe verschwand, wirklich der Häuptling gewesen wäre, so hätte er auf die Frage doch gewiß eine Antwort gegeben. Der Indianer wußte augenscheinlich zuerst nicht, wie er sich verhalten solle. Was war da zu tun? Lärm machen? Der Häuptling hatte keinen Laut von sich gegeben und wünschte wahrscheinlich, daß seine unerklärliche Besteigung des Felsens geheimbleiben solle. Der Wächter wußte also nicht, ob er schweigen oder das Lager wachrufen müsse.

Während sich der Krieger in diesem Zweifel befand, band ich To-kei-chun vom Lasso los und schnürte ihm die Füße zusammen und die beiden Arme an den Leib. Dabei kam er leider zu sich. Beim Stilliegen wäre er wahrscheinlich länger bewußtlos geblieben, aber indem ich ihn emporzog, war er mit dem Gestein in Berührung gekommen, was die Betäubung, in der er sich befand, abkürzte. Noch hatte ich seine Arme nicht festgebunden, da bewegte er sich. Daß ihm seine Gliedmaßen nicht gehorchten, brachte ihn noch schneller zur Besinnung, und er öffnete die Augen. Ich war über ihn gebeugt und hatte mein Gesicht so nahe an dem seinigen, daß er mich trotz der Dunkelheit in dem Augenblick erkannte, als der unten stehende Wächter, noch immer mit sich im unklaren, abermals herauffragte:

„Warum antwortet To-kei-chun nicht? Wie ist er da hinaufgekommen, und was will er oben? Soll niemand wissen, daß er sich entfernt?"

Da schrie der Häuptling mit weithin schallender Stimme:

„Old Shatterhand ist da, Old Shatterhand! Er hat mich entführt! Helft! Lauft schnell um die Ecke des — —"

Ich drückte ihm die linke Hand fest auf den Mund, setzte ihm mit der rechten das Messer auf die Brust und raunte ihm drohend zu:

„Schweig!"

To-kei-chun wußte, daß ich nicht stechen würde, denn ich durfte ihn nicht töten, wenn ich mich seiner als Geisel bedienen wollte. Es kam ihm darauf an, seinen Leuten zu sagen, wie sie sich verhalten mußten, und das war ihm möglich, weil er den Kopf bewegen konnte. Indem er ihn schnell von einer Seite zur andern drehte, bekam er den Mund frei. Ich verschloß ihm diesen zwar rasch wieder, doch kam er wieder los, und so gab es eine Reihe von Augenblicken, in denen sein Mund bedeckt und unbedeckt war. Er benutzte das, um in wiederholten Unterbrechungen hinunterzuschreien:

„Lauft um die Ecke — — wo man — — herauf kann — — ich liege — — hier auf — — dem Felsen — — und — —"

Weiter ließ ich den Gefesselten nicht kommen. Ihm jetzt einen Knebel in den Mund zu stecken wäre unmöglich gewesen, weil er die Zähne zusammengebissen hätte. Ich mußte ihn wieder betäuben, was durch einen tüchtigen Fausthieb geschah.

Die Komantschen waren alle wach geworden. Es wäre mir lieb gewesen, wenn sie geschrien hätten. Aber sie verhielten sich klugerweise so ruhig, daß sie jedes Wort ihres Häuptlings verstanden. Da ich ihm immer den Mund wieder bedeckte, so klangen seine Rufe außerordentlich gefährlich. Das versetzte sie in Aufregung, und darum ließen sie, als er nun schwieg, ein Wutgeheul hören, wie man es von menschlichen Lippen für unmöglich halten sollte. Ich hörte, daß sie in der Richtung liefen, die er ihnen angegeben hatte. Es lag mir selbstverständlich daran, daß sie seinen Befehl nicht ausführten; darum rief ich, ihr Geschrei übertönend hinunter: „Halt! Bleibt stehen, und hört, was ich euch sage!"

Ich horchte, es war nichts zu hören. Sie standen also still, und ich fuhr fort:

„Ich bin Old Shatterhand und habe To-kei-chun abermals gefangengenommen. Bleibt ihr ruhig hier im Lager, so wird ihm nichts geschehen. Kommt ihr aber herauf, so ersteche ich ihn. Ich will das gefangene Bleichgesicht frei haben. Wenn es Tag geworden ist, werdet ihr hören, was ich von euch und euerm Häuptling verlange."

Für kurze Zeit herrschte unten die tiefste Stille, sie überlegten. Dann hörte ich eine Stimme:

„Uff! Old Shatterhand tötet keinen wehrlosen Gefangenen. Meine Brüder mögen tun, was To-kei-chun befohlen hat!"

„Uff, uff, uff, hiiiiiiiiii", antworteten ihm die andern, indem sie das Kriegsgeheul erschallen ließen, und ich hörte, daß sie fortrannten.

Die Lage, in der ich mich befand, war nicht beneidenswert. Es war richtig: ich hatte nicht die Absicht, mich an dem Leben des Häuptlings zu vergreifen. Meine Drohung, ihn zu töten, hatte keinen Erfolg. Seine Krieger kamen herauf. Aber den Häuptling tragen und mit dieser Last in dunkler Nacht und bei dem schwierigen Gelände den Verfolgern entgehen, das war keine Kleinigkeit. Ja, wenn sie alle fortgelaufen wären, so hätte das Entkommen für mich keine Schwierigkeiten gehabt. In diesem Fall wäre ich mit meinem Gefangenen wieder von dem Felsen hinuntergeturnt, um die Flucht über den verlassenen Lagerplatz auf die Ebene zu nehmen und in einem Bogen die Stelle zu erreichen, wo sich meine Gefährten befanden. So kühn das klingen mag, so ungefährlich wäre es gewesen. Leider aber war eine Anzahl von Komantschen zurückgeblieben. Fünf oder sechs davon befanden sich am Feuer bei dem Perser, um ihn nun um so strenger zu bewachen, und die andern, wohl mehr als zehn, standen unten, dem Felsen gegenüber, und richteten ihre Aufmerksamkeit hinauf zu mir. Da konnte ich nicht hinab.

Es blieb mir also nichts übrig, als die gefährliche Kletterei zu unternehmen. Dabei mußte ich die Arme frei haben, um mich meiner Hände bedienen zu können. Ich war gezwungen, den Häuptling auf dem Rücken zu tragen, ihn mir dort festzubinden. Als das mit Hilfe des Lassos und nach Überwindung der dabei erklärlichen Schwierigkeiten geschehen war, trat ich den Rückzug an, und zwar auf dem Weg, der mich heraufgeführt hatte. Das Geheul der Indianer war verstummt, und ich hörte nichts als das Geräusch, das ich selbst verursachte und das zu vermeiden unmöglich war. Wie oft mußte ich mich an Felszacken und Bäumen anhalten, um nicht zu stürzen! Da krachten dürre Äste, da rollten Steine in die Tiefe.

Das konnten die Roten hören, die sich jetzt so ruhig verhielten. Sie kamen lautlos heraufgestiegen, und der von mir verursachte Lärm zeigte ihnen den Weg. Die einzige Hoffnung, die ich hatte, beruhte auf der Beschaffenheit der Örtlichkeit. Ich kannte meinen Weg, und ihnen mußte es viel schwerer werden, die Hindernisse, die ihnen das unbekannte Gelände entgegenstellte, zu überwinden. So kam ich weiter und weiter, bald aufrecht gehend, bald unter und zwischen den Bäumen kriechend, bald Felsen erkletternd und bald steile Senkungen hinabrutschend, und das alles mit dem Häuptling auf dem Rücken.

Unglücklicherweise hatte To-kei-chun noch immer keinen Knebel im Mund. Nun kam ihm das Bewußtsein zurück, das merkte ich aus den Bewegungen, die er machte. Die Arme vom Körper zu nehmen und die Füße auseinanderzubringen, das vermochte er nicht. Aber er konnte die Beine, trotzdem sie zusammengebunden waren, auf und nieder bewegen, indem er die Knie bog, und das tat er so kräftig als möglich, um mir seine Füße von hinten in die Kniekehlen zu stoßen. Das erschwerte mir die Kletterei bedeutend, aber ich kam doch vorwärts. Jetzt fiel es ihm ein, daß es besser sei, mit dem Mund als mit den Beinen zu arbeiten, und er schrie:

„Hierher, ihr Krieger der Komantschen! Hier bin ich, hier schleppt er mich!"

„Schweig!" herrschte ich ihm zu. „Es ist mir Ernst. Wenn du nicht ruhig bist, so ersteche ich dich!"

„Stich doch zu!" antwortete er höhnisch. „Wie willst du den Gefangenen freibekommen, wenn du mich ermordet hast?"

Er schrie weiter, nur zuweilen eine Pause machend, um Atem zu holen. Da mußte ich freilich seinen Leuten in die Hände laufen. Darum zog ich das Messer, setzte ihm seine Schneide an die Kehle und drohte:

„Hörst du nicht sofort auf, so schneide ich dir die Gurgel durch!"

Wie sehr der Rote sich auf meine Menschlichkeit verließ, bewies er dadurch, daß er, obgleich er die scharfe Klinge an seinem Hals fühlte, doch brüllte:

„Hier bin ich, ihr Komantschen! Hierher müßt ihr kommen!"

Das mußte anders werden. Dieses Gebrüll zeigte nicht nur seinen Leuten an, wo ich mich befand, sondern machte es mir auch unmöglich, ihre Schritte zu hören, wenn sie in meine Nähe gelangten. Sollte ich den Häuptling zum drittenmal betäuben? Ich hätte ihn losbinden müssen, weil ich ihn auf dem Rücken trug, und dabei wäre kostbare Zeit vergangen. Ich langte also mit dem Messer über meine Schulter hinunter, setzte ihm die Spitze auf den obern Teil der Brust und stach, doch nicht tief.

„Hund!" brüllte er.

„Noch ein Wort, so fährt dir die Klinge bis ans Heft in den Leib!"

Da war der Alte still, und ich blieb einige Augenblicke stehen, um zu lauschen. Es regte sich nichts. Aber jetzt — — ja, da klangen undeutliche Stimmen zu mir herauf, nicht von der Lehne des Berges, sondern von dessen Fuß her. Das verriet mir die von den Roten verfolgte Absicht. Der Aufstieg war ihnen unmöglich gewesen, und die Stimme ihres Häuptlings hatte ihnen verraten, daß ich mit ihm abwärts stieg. Da brauchten sie nur unten zu warten, bis ich hinunterkam, um mich dann zu empfangen. Aber sie wußten die Stelle nicht, wo das geschehen würde, und so mußten sie sich verteilen und eine Linie bilden, die bei meinem Erscheinen schnell zusammengezogen werden konnte. Daher die Stimmen, die einander zuriefen.

Jetzt kam es darauf an, ob die Indianer die Linie bis dahin ausdehnten, wo meine Gefährten versteckt lagen. Wenn das der Fall war, dann konnte die Lage für mich bedenklich werden. Denn es war ungewiß, ob es den Snuffles trotz ihrer sonstigen Schlauheit und Tatkraft gelang, die Feinde von sich abzuwehren und meinen Abstieg zu decken. Deshalb hatte ich von jetzt an weit mehr Sorge um sie als um mich. Ich hatte nun den schwierigsten Teil des Wegs zurückgelegt, und der Abstieg ging viel schneller vonstatten als bisher. In zehn Minuten konnte ich unten sein. Da krachte plötzlich ein Schuß, und eine Stimme rief:

„Da hast du etwas für deine Neugier, roter Schuft! Nun weißt du, wer wir sind."

Das war Jim Snuffles Stimme. Die Komantschen hatten also unser Versteck gefunden. Die Wirkung folgte sofort, denn zunächst erhoben einige Rote ihr Geheul, und dann fielen die andern ein. Man erkannte daraus die Länge der Linie, die sie bildeten. Nach kurzer Zeit hörte ich einen zweiten Schuß, und zwar ein großes Stück von der Stelle entfernt, wo der erste gefallen war, gleich darauf erklang die Stimme Jims:

„Dieses Krachen kenne ich. Nicht wahr, du hast geschossen, alter Tim?"

„Yes."

„Recht so! Gib es ihnen! Wollen doch sehen, ob sie uns an den Leib können! Das wäre für die Komantschen das höchste der Gefühle!"

Es fielen noch einige Schüsse, auf die die Roten mit Geschrei antworteten. Ich hörte daraus, daß sie sich entfernten. Sie hatten eine Lehre erhalten, die sie beherzigten. Dann kam ich plötzlich unten an. Ich fand nur die Pferde vor und einen der beiden Diener Dschafars.

„Ihr seid allein hier? Wo sind die andern?" fragte ich.

„Fort", erwiderte er. „Die Roten kamen uns zu nahe, und Jim Snuffle war der Ansicht, daß sie vertrieben werden müßten."

Da hörte ich das Rauschen von Zweigen; es nahten Schritte, und der soeben Genannte kam.

„Sie sind fort", sagte er, mich nicht sogleich sehend, „und werden wohl nicht gleich wiederkommen. Wenn nur Mr. Shatterhand bald käme! Man konnte aus dem Geschrei da oben nicht recht klug werden. Es klang beinahe, als ob — —"

Da fiel sein Auge dahin, wo ich stand; er hielt inne, trat zwei Schritte näher und fuhr dann fort:

„Zounds! Wer ist denn das? So einen dicken Kerl, wie dieser ist, hat man — —"

„Er scheint nur so dick", unterbrach ich ihn. „Es sind aber zwei Kerle, Mr. Snuffle."

„Ah, Ihr seid es, Ihr?" rief er erfreut aus. „Gott sei Dank, daß Ihr — —"

„Still, still!" warnte ich ihn. „Ihr schreit ja so, als solle man Euch unten in Mexiko hören. Wißt Ihr denn nicht, wie nahe uns die Roten sind?"

„Nahe?" lachte er. „Fällt ihnen nicht ein! Ja, sie waren nahe, sind es aber nicht mehr. Habe sie mit meinen Augen ausreißen sehen. Kamen so am Fuß des Bergs entlang, immer einer hinter dem andern. Wollten wahrscheinlich eine Kette bilden, um Euch aufzufangen. Wir aber rollten sie auf."

„Und das ist gelungen?"

„*Yes*, vorzüglich gelungen. Mein alter Tim ist mit den andern hinter ihnen her. Ich aber kam hierher, um Euch zu erwarten."

„Wenn dem so ist, dann habt Ihr Eure Sache gut gemacht, und ich bin Euch zu Dank verpflichtet, daß Ihr mir die Roten vom Hals geschafft habt. Hier meine Hand, Mr. Snuffle. Habe gesehen, daß ich mich auf Euch verlassen kann."

„Oh, was den Dank betrifft, so war er gar nicht nötig. Wir steckten ja gestern in einer viel gefährlicheren Patsche, aus der Ihr uns herausgeholt habt. Aber trotzdem — her mit der Hand! Ich sage Euch, von Old Shatterhand die Hand zu bekommen ist für mich das höchste der Gefühle. Aber sagt, wer ist denn der Mann?"

„Nehmt ihn mir herunter! Habt Ihr ihn denn nicht an seiner Stimme erkannt? Er hat doch laut genug gebrüllt."

Jim faßte den Gefangenen an und ließ ihn, als ich den Lasso aufgeknüpft hatte, auf den Boden nieder. Dann blickte er ihm ins Gesicht und rief erstaunt:

„*Zounds!* Das ist ja To-kei-chun, der alte Teufel! Wie seid Ihr denn zu dem gekommen? Durch Zufall wohl?"

„Nein, mit Absicht."

„Unmöglich! Ihr wollt doch nicht etwa sagen, daß Ihr in der bestimmten Absicht von uns fortgegangen seid, den Roten ihren geliebten Häuptling zu stehlen?"

„Das nicht. Ich ging, um Mr. Dschafar herauszuholen. Das war aber unmöglich, weil er zu scharf bewacht wurde. Da habe ich mir den Häuptling ausgebeten, was das gleiche ist, denn wenn wir ihn haben, so ist es so gut, als hätten wir Mr. Dschafar."

„Das ist wieder ein Meisterstück von Euch!"

„Leicht war's diesmal wirklich nicht. — Jetzt gilt es jedoch, unsre Aufmerksamkeit auf andre Dinge zu richten. Die Roten werden ganz erpicht darauf sein, ihren Häuptling zu befreien. Bei Tag können sie sich nicht an uns wagen, da fürchten sie sich vor uns. Aber des Nachts kann ihnen ein Streich gelingen. Die Indianer wissen aus den Schüssen, wo wir uns befinden. Wir liegen hier am Rand der Ebene, am Fuß des Berges. Sie brauchen nur eine Linie zu bilden, die links von uns einen Halbkreis hinaus in die Ebene zeichnet und rechts von uns wieder an den Berg stößt, so sind wir eingeschlossen und die Roten können — —"

Meine Rede wurde dadurch unterbrochen, daß Tim Snuffle kam.

„Höre, alter Jim", sagte er, „es scheint, als würden die Roten — — ah, da seid Ihr ja selbst, Mr. Shatterhand! Wer liegt hier?"

„To-kei-chun", antwortete ich.

„*Heigh-day!* Habt ihn gefangen?"

„Ja, Ihr kommt, um etwas zu melden?"

„*Yes*, Mr. Shatterhand. Es scheint, daß die Komantschen etwas Neues vorhaben."

„Woraus schließt Ihr das?"

„Schlängeln sich von außen herum langsam in die Ebene hinaus."

„Hört Ihr, Jim, daß ich recht hatte? Die Komantschen beginnen, den Plan auszuführen, von dem ich sprach. Macht schnell, daß Ihr die andern holt! Sie sollen leise hierherkommen und sich zum Aufbruch fertigmachen. Ich will den Indsmen indessen einen Zaum anlegen."

Ich nahm den Henrystutzen und ging fort, zwischen den Sträuchern hinaus auf die offne Prärie. Dort legte ich mich nieder und kroch auf dem Radius des Halbkreises weiter, den nach meinem Vermuten die Indianer zu bilden im Begriff standen. Als ich weit genug zu sein glaubte, hielt ich und wartete. Ja, richtig, da kamen sie von links herüber in gebückter Körperhaltung, langsam, einer hinter dem andern. Als der vorderste von ihnen noch vier Schritt entfernt war, gab ich, doch ohne auf ihn oder einen andern zu zielen, vier Schüsse ab und rief:

„Zurück! Hier ist Old Shatterhand! Wer wagt sich weiter?"

Ein mehrstimmiger Schreckensruf erscholl, und die Roten verschwanden. Ich feuerte noch einige Schüsse in die Luft, stand dann auf und eilte zu unserm Versteck zurück.

Dort waren die Gefährten jetzt alle beisammen, und Tim Snuffle fragte:

„Ihr habt geschossen, Sir. Auf wen?"

„Auf die Roten! Oder meint Ihr etwa, daß ich mir das Vergnügen gemacht habe, einige Fixsterne vom Firmament herunterzuschießen?"

„Die Komantschen haben sich also wirklich von außen herum herangeschlängelt?"

„Ja."

„Und dann?"

„Rissen sie aus."

„So können wir also hierbleiben?"

„Nein, denn ich bin überzeugt, daß sie den Versuch wiederholen, nur in weiterer Enfernung von hier. Machen wir also, daß wir fortkommen!"

Der Häuptling hatte alles gehört, was gesprochen worden war. Ich glaubte, keinen Grund zu haben, es vor ihm geheimhalten zu müssen. Er hatte weder ein Wort gesagt noch sonst ein Lebenszeichen von sich gegeben. Ich ließ ihn mir, nachdem ich meine Gewehre übergehängt und mein Pferd bestiegen hatte, heraufgeben und nahm ihn quer vor mir auf das Tier. Dann ritten wir fort, hinaus auf die Ebene, bis wir die Stelle erreichten, wo wir bei unsrer vorigen Anwesenheit den jetzt wieder gefangenen Häuptling schon einmal ausgetauscht hatten. Dort stiegen wir ab, hobbelten unsre Pferde an und setzten uns nieder. Den Komantschen nahmen wir in unsre Mitte. Jetzt fand ich Zeit zu erzählen, auf welche Weise ich den Häuptling in meine Gewalt bekommen hatte. Die Gefährten hörten mir staunend zu. Noch aber war ich mit meinem

Bericht nicht fertig, so erscholl vom Berg herüber ein vielstimmiges Geheul.

„Das sind die Roten", sagte Perkins. „Was mag der schöne Gesang bedeuten, Mr. Shatterhand?"

„Die Antwort ist sehr einfach. Sie haben, obgleich sie durch mich vertrieben wurden, ihre Absicht, uns zu überfallen, doch noch ausgeführt. Sie haben unser Versteck umzingelt und sind auf ein Zeichen alle auf einmal in dieses eingebrochen."

„Die Vögel waren aber ausgeflogen!"

„Ein Glück für uns, daß es so ist. Die Komantschen aber sind so wütend darüber, daß sie heulen."

Das konnte der Häuptling nicht ruhig anhören. Er zischte mich an:

„Du sagst, sie heulen vor Wut. Ich aber sage dir, daß sie noch vor Freude heulen werden!"

„Pshaw!" antwortete ich. „Ihr Geheul ist eine Dummheit, und deine jetzigen Worte sind noch viel dümmer."

„Schweig! Was To-kei-chun sagt, ist niemals dumm. Er weiß, was er spricht."

„Und ich weiß, was du denkst. Deine Krieger sagen sich, daß ich das gefangene Bleichgesicht austauschen will und also am Morgen mit ihnen sprechen muß. Ich werde mich daher nicht weit von ihrem Lager entfernen. Sie fragen sich jetzt, wo ich bleiben und mit ihnen verhandeln werde, und die Antwort wird doch lauten: da, wo er schon einmal mit uns verhandelt hat. Sie werden also die Nacht benutzen, noch einmal einen Überfall zu versuchen."

„Uff!"

„Es wird ihnen aber nicht gelingen", fuhr ich fort, „obgleich du deine ganze Hoffnung auf ihn setzt. Wenn du diese Hoffnung nicht hegtest, würdest du es unterlassen haben, uns zu drohen. Du siehst, daß deine Rede eine ebenso große Albernheit wie vorhin deiner Krieger Geheul war."

Ich bediente mich voller Absicht der beiden Worte dumm und albern. To-kei-chun hatte sein Wort gebrochen und mußte nun so tief beschämt werden, wie es mit meiner sonstigen Gesinnung zu vereinbaren war. Er antwortete nichts und ich sprach weiter:

„Du bist gar nicht wert, daß ein Krieger mit dir redet, denn du hast das Kalumet entweiht und den Frieden nicht gehalten, den du uns versprachst."

„Mir ist nur mein Kalumet heilig, das deinige aber nicht. Warum hast du nicht das meinige geraucht? Old Shatterhand ist noch viel dümmer, als er andre Leute schimpft."

„Ich habe nicht dumm und vertrauensselig gehandelt. Hätte ich aus deiner Friedenspfeife geraucht, so wäre mir das dabei gegebene Versprechen ebenso heilig gewesen, als wenn es mit meinem Kalumet besiegelt worden wäre. Ich habe deine Verschlagenheit gekannt und meinen Gefährten gesagt, was du im Schilde führst, aber dich dennoch nicht gezwungen, dich deiner Pfeife anstatt der meinigen zu bedienen. Ich unterließ das, weil ich weiß, daß ich dich nicht zu fürchten brauche. Du bist ein kleiner Wurm gegen mich, den ich in jedem Augenblick zertreten kann."

„Was wird dann aus dem Bleichgesicht, das sich bei uns befindet?"

„Pshaw! Poche nicht zu sehr darauf! Ich würde diesen Weißen befreien, auch wenn du dich nicht in unsrer Gewalt befändest."

Es war mir klar, daß wir bald abermals beschlichen würden. Was wir dagegen taten, das sollte der Häuptling nicht sehen. Darum ließ ich ihm eine abgewendete Lage geben und besprach mich leise mit den Gefährten. Die Snuffles, Perkins, die andern beiden Führer und ich wollten uns gegen die etwaigen Späher wenden, während die zwei Diener bei dem Häuptling blieben. Wir sechs krochen, auf der Erde liegend, eine Strecke vor. Dann wies ich sie so an, daß sie ungefähr vierzig Schritt auseinander lagen und eine der Richtung zum Berg winkelrechte Gerade bildeten, deren Mitte in noch weiter vorgerückter Lage ich selbst einnahm. Auf diese Linie mußte der Kundschafter treffen, den man aussandte, um zu erfahren, wo wir lagerten.

Ich hatte mich auch diesmal nicht getäuscht. Wir lagen noch keine halbe Stunde, so hörte ich Jim Snuffle rufen:

„Da will jemand zwischen uns hindurch. Halt ihn fest, alter Tim!"

„Yes."

Die beiden Brüder lagen zu meiner rechten Hand hinter mir, erst Tim und dann Jim. Ich blickte mich um und sah Tim auf eine Gestalt zurennen, die sich soeben vom Boden erhob und zu entkommen trachtete. Sie sprang in weiten Sätzen auf die Stelle zu, wo ich lag. Es war ein Komantsche. Ich ließ ihn bis auf zehn Schritt herankommen und erhob mich dann plötzlich. Er blieb erschrocken stehen, nur einige Augenblicke lang. Aber das war Zeit genug, mit zwei Sätzen bei ihm zu sein, ihn niederzureißen und festzuhalten, bis die Snuffles mir halfen, ihn zu binden. Er ließ es lautlos und ohne Widerstand geschehen.

„Den haben wir!" freute sich Jim. „Ob wohl noch andre bei ihm waren?"

„Wie ich die Indsmen kenne, nein, denn sie wären zu gleicher Zeit mit ihm bemerkt worden. Er ist allein", erwiderte ich. „Schaffen wir ihn zu seinem Häuptling, und machen wir uns dann fort!"

„Fort? Wohin?"

„Nicht weit, an einen andern Ort, wo man uns nicht sucht. Mir ist soeben ein Plan gekommen. Ich sagte vorhin dem Häuptling, daß ich das gefangene Bleichgesicht auch ohne Auswechslung befreien würde; das will ich jetzt tun. Ich gehe zu den Häuptlingsgräbern, wo der Gefangene liegt."

„Da lauft Ihr aber doch den Indsmen in die Hände."

„Sie sind nicht dort."

„Wer hat Euch das gesagt?"

„Der Kundschafter hier. Er floh vor euch. Es war doch seine Absicht, zu seinen Gefährten zu entrinnen, und die müssen sich dort befinden, wohin er seine Richtung nahm. Er kam von euch auf mich zu, von rechts herüber. Die Roten müssen also links drüben sein, wo sie geblieben sind, seit sie uns dort nicht fanden. Ferner ziehe ich den folgenden Schluß: Als ich mich oben auf dem Felsen befand, stellten sich mehr als zehn Rote unten auf, und sechs standen bei Mr. Dschafar. Sobald ich mich entfernt hatte, war das nicht mehr nötig. Es werden höchstens zwei Wächter bei dem Gefangenen sein, und mit denen werde ich leicht fertig. Die übrigen haben sich den andern angeschlossen, die uns überfallen wollen."

Als wir bei To-kei-chun ankamen und er den neuen Gefangenen sah, schaute er ihn mit einem langen, starren Blick an, ohne aber etwas zu sagen.

„Nun, wie steht es jetzt mit deiner Zuversicht?" frage ich ihn. „Werden dich deine Krieger befreien? Ihren Späher haben wir aufgefangen."

„Sie werden dennoch kommen!" fauchte er.

„Hierher vielleicht, aber nicht dorthin, wo wir sein werden. Du wirst sehen, daß deine Hoffnung dich betrügt, so wie du uns hast betrügen wollen."

To-kei-chun und dem Späher wurden die Füße freigegeben, damit sie gehen konnten. Dann suchten wir einen Ort auf, der fast zwei Kilometer entfernt lag. Das tat ich aus dem Grund, daß ein etwaiger Hilferuf des Häuptlings nicht von den Komantschen gehört werden konnte. Nachdem ich meinen Gefährten gesagt hatte, wie sie sich verhalten sollten, verließ ich sie, um meinen neuen Plan zur Ausführung zu bringen. Unsre neue Lagerstelle lag etwas weiter von den Häuptlingsgräbern entfernt. Ehe ich dort anlangte, mußte seit der Gefangennahme des Kundschafters ungefähr eine Stunde vergangen sein. Dennoch war ich nicht im Zweifel darüber, daß die Roten ihre vermutliche Stellung noch immer innehatten. Daß ihr Späher eine Stunde lang fortblieb, war noch kein Grund, sie mit Besorgnis zu erfüllen. Es war also anzunehmen, daß ich unten bei den Gräbern keinen großen Widerstand finden würde.

Diese Voraussetzung erwies sich als richtig, denn als ich dort ankam und mich durch die Sträucher gewunden hatte, so daß ich das noch immer brennende Feuer vor mir sah, gewahrte ich nur zwei Wächter, die bei dem Gefangenen saßen. Es kam mir sogar der günstige Umstand zustatten, daß sie mir die Rücken zukehrten.

Ich legte mich nieder und kroch vorsichtig auf sie zu. Es gab nun keine Büsche mehr, und das Gras war so niedrig, daß es mir keine Deckung gewährte. Ich mußte mich in dem Schatten halten, den die beiden Indianer in meine Richtung warfen. Das war schwierig, aber es ging. Ich kam näher und befand mich endlich nur wenige Schritte von ihnen. Dann erhob ich mich leise und stand, den Revolver ziehend, mit zwei Sprüngen hinter den Roten. Bei dem Geräusch meiner Schritte drehten sich die beiden Wächter um. Sie brachten vor Überraschung kein Wort hervor, hatten aber die Geistesgegenwart, zu ihren Messern zu greifen und aufstehen zu wollen.

„Bleibt sitzen und rührt euch nicht, sonst erschieße ich euch!" gebot ich ihnen.

„Uff, uff!" stieß einer hervor. „Old Shatterhand!"

„Ja, ich bin Old Shatterhand. Wenn ihr mir nicht Wort für Wort gehorcht, seid ihr des Todes und auch euer Häuptling ist verloren. Legt die Messer weg!"

Sie taten es. Ich ging zu Dschafar und durchschnitt seine Fesseln, während ich mit der andern Hand die Wächter durch den Revolver in Schach hielt. Alsdann forderte ich den Perser auf:

„Nehmt diese Riemen und bindet damit den roten Gentlemen die Hände und die Füße zusammen!"

Er stand auf, um diese Weisung auszuführen. Da erklärte der eine Rote:

„Wir lassen uns nicht binden!"

„Wenn ihr nicht gehorcht, erschieße ich euch und nehme euch überdies die Medizinen und die Skalplocken, um sie ins Feuer zu werfen. Dann seht zu, ob ihr in die Ewigen Jagdgründe eingelassen werdet!"

„Uff!" riefen sie erschrocken.

Jetzt weigerten sie sich nicht mehr. Meine Drohung hatte ihren Widerstand gebrochen. Sie wurden vom Perser gebunden.

„Man hat Euch ausgeraubt, Mr. Dschafar?" fragte ich dann.

„Ja", erklärte er kurz.

„Wer hat die Sachen?"

„Der Häuptling. Aber es sind nur Kleinigkeiten. Was Wert hatte, habe ich in den Packsattel getan."

„Den haben wir."

Und mich wieder zu den beiden Wächtern wendend, sagte ich:

„Ihr seht, was eure Hinterlist und Wortbrüchigkeit euch für Früchte bringt. Euer Gefangener ist wieder frei, und dafür habe ich To-kei-chun abermals in meine Gewalt gebracht. Wir verlassen jetzt diesen Ort. Einer von euch wird uns begleiten, um Zeuge dessen zu sein, was ich mit dem Häuptling verabrede, und dann als sein Bote hierher zurückzukehren. To-kei-chun wird mit uns reiten, bis wir uns in Sicherheit befinden. Darum nehme ich sein Pferd jetzt mit."

Dschafar holte sein Tier und auch eines für den Häuptling herbei, dazu die Waffen und sonstigen Gegenstände, die an der Stelle lagen, wo To-kei-chun gewesen war. Ich gab einem der Wächter die Füße frei und band ihn mit den Händen an den Steigbügel fest. Seinen Gefährten knebelte ich, daß er nicht rufen konnte. Dann trat ich das Feuer aus, und wir ritten fort.

Sobald wir uns draußen auf der freien Ebene befanden, machte der Perser seinem Herzen Luft:

„Sir, was habe ich Euch nicht alles zu danken! Meine Schuld gegen Euch ist von Tag zu Tag größer geworden. Jetzt habt Ihr mich wieder befreit."

„Aber zum letztenmal!" sagte ich ernst.

„Gewiß! Ich denke doch, daß ich nicht wieder in die Hände dieser Teufel fallen werde."

„Wenn Ihr so unvorsichtig bleibt, wie Ihr bisher gewesen seid, so wird das sicher geschehen."

„Was mich betrifft, so soll es gewiß nicht wieder vorkommen."

„Das hoffe ich. Horcht!"

Es ertönte hinter uns ein lautes Geheul.

„Warum brüllen die Komantschen so?" fragte der Perser. „Sie haben doch nicht etwa unsre Gefährten gefangen?"

„Nein. Die befinden sich vor uns. Es ist das Wutgeheul der Komantschen, die eingesehen haben, daß sie ihren Häuptling nicht befreien können. Sie sind zum Lager zurückgekehrt und haben bemerkt, daß Ihr gerettet seid und dazu auch ein Krieger von ihnen mit fortgeführt worden ist."

„Sie werden uns nachkommen!"

„Mögen es versuchen! Ihr könnt übrigens froh sein, daß mir mein Streich geglückt ist, sonst hättet Ihr heut Euern letzten Tag erlebt."

„Glaubt Ihr wirklich, daß sie mich getötet hätten?"

„Ohne Gnade und Barmherzigkeit."

„Sind das schreckliche Menschen! Bei uns wohnen doch auch halb-wilde Völker, vor denen man sich in acht nehmen muß, aber so blut-gierig wie die Indianer sind sie nicht."

„Ich kann Euch mit meinen eignen Erfahrungen das Gegenteil bewei-sen. Wie oft ist mir im Orient nur deshalb nach dem Leben getrachtet worden, weil ich kein Muslim war. Der Indianer aber kennt keinen Religionshaß und ist nur deshalb der Feind der Weißen, weil diese unausgesetzt an seinem Untergang arbeiten. Er wehrt sich seines Lebens, das ist alles."

„So sagt, was habe denn grad ich diesen Komantschen getan?"

„Erstens seid Ihr ein Weißer, also ein Feind von ihnen. Wie Ihr per-sönlich zu ihnen steht, danach fragen sie nicht. Sodann reist Ihr jetzt durch ihr Gebiet, ohne zu fragen, ob es ihnen recht ist oder nicht."

„Was können sie dagegen haben?"

„Etwa nichts? Darf ich zum Beispiel in Persien so reisen, wie Ihr es hier tut?"

„Gewiß!"

„Wirklich? Lagern und schlafen, wo ich will? Mich ernähren, wie ich will? Rinder, Hirsche und dergleichen schießen, wie es mir beliebt? Den rechtmäßigen Besitzern des Landes die Nahrung wegnehmen, ohne daß sie etwas dagegen sagen dürfen?"

„Hm!"

„Ja, hm! Hat nicht schon an Eurer Grenze jeder Scheik das Recht, von jedem Fremden, der durch sein Gebiet will, eine Abgabe zu ver-langen?"

„Das ist richtig."

„Wenn hier ein Häuptling so etwas forderte, bekäme er anstatt der Zahlung eine Kugel. Die Roten zählten einst nach Millionen, und der ganze Erdteil war ihr Eigentum. Aus diesen Millionen ist ein armseliges Häuflein geworden, das ohne Erbarmen von Stelle zu Stelle gejagt wird. Wer ist da der Grausame — der Rote oder der Weiße?"

Der Perser schwieg, aber der an meinem Steigbügel hängende Ko-

mantsche, der meine Rede leidlich verstanden haben mochte, rief
aus:

„Uff, uff! Das sagt Old Shatterhand, obgleich er ein Bleichgesicht ist!"

„Ich habe es stets gesagt."

„So bist du ein wahrer Freund aller roten Männer."

„Ja, das bin ich, und ihr tätet besser, mich und meine Gefährten mit
eurer Verfolgung zu verschonen."

„Ich möchte das meinen Brüdern sagen, aber ich weiß nicht, ob ich
zu ihnen zurückkehren darf. Wird Old Shatterhand mich freilassen?"

„Ja. Du sollst dabeisein, wenn ich nachher mit euerm Häuptling rede.
Ist das geschehen, so gebe ich dich frei, damit du den Kriegern der
Komantschen sagen kannst, was ich zu To-kei-chun gesprochen habe."

Wir waren indessen in der Nähe der Stelle angekommen, wo ich die
Gefährten zurückgelassen hatte. Da es hier bei Nacht und auf der offnen
Prärie keinen Punkt gab, nach dem ich mich richten konnte, so pfiff ich
laut, es wurde mir geantwortet: ich hatte die Richtung genau eingehalten. Die Stimme Jims schallte mir entgegen:

„Hallo, Sir! Pfifft Ihr, oder pfeift etwa ein andrer?"

„Ich bin es."

„Habt Ihr — — — ah, das sind ja drei Mann anstatt einem! Ist
Mr. Dschafar —"

„Ich bin frei!" unterbrach ihn der Perser, indem er vom Pferd sprang.
„Mr. Shatterhand hat mich herausgeholt!"

„*Zounds!* Das ist nun wieder so ein Streich! Und wer ist der dritte
Gentleman? Ein Komantsche? Das ist weit mehr, als man erwarten
konnte! Meinst du nicht auch, alter Tim?"

„*Yes*", antwortete sein Bruder. Aber entgegen seiner sonstigen knappen Weise fügte er diesmal hinzu: „So ein Streich ist großartig. Ich
gestehe, daß sich mir der Verstand darüber beinahe davonschlängeln
will."

„Davonschlängeln? Das müßte ich mir verbitten, denn einen Bruder
ohne Verstand, das wäre für mich keineswegs das höchste der Gefühle."

Ich war indessen abgestiegen. Als To-kei-chun sah, daß ich wirklich
seinen Gefangenen und einen Komantschen mitgebracht hatte, ließ er
ein grimmiges „Uff!" hören, sagte aber sonst nichts. Die Gefährten wollten wissen, auf welche Weise ich Dschafar losbekommen hatte. Ich erklärte:

„Wenn wir mehr Zeit haben, werdet ihr es erfahren. Jetzt muß ich
vor allen Dingen mit To-kei-chun reden. Ich will mich gegen einen wiederholten Wortbruch sicherstellen."

Damit wendete ich mich an den Häuptling.

„To-kei-chun mag meine Worte hören! Er ist wortbrüchig gewesen,
und ich sollte ihn dafür töten. Ich habe sein Leben in meiner Hand, will
es ihm jedoch schenken. Aber freilassen werde ich ihn jetzt noch nicht,
denn da würde er uns wieder folgen."

„Ich folge euch nicht", warf er ein.

„Das sagst du wohl, aber ich glaube keinem deiner Worte. Wer Old

Shatterhand belügt, dem schenkt er niemals wieder sein Vertrauen. Du wirst mit uns reiten, auf das Pferd gefesselt! Deine Krieger werden uns nicht folgen, sondern deine Rückkehr hier erwarten! Sobald ich bemerke, daß sie nachkommen, wirst du erschossen!"

„Uff! Sie werden nicht bleiben wollen."

„Sie werden bleiben müssen, denn du wirst es ihnen befehlen."

„Wer soll es ihnen sagen?"

„Hier der Krieger, den ich mitgebracht habe."

„Uff! Du wirst ihn freigeben?"

„Ja. Wir aber werden jetzt sofort aufbrechen. Vorher nehme ich deine Medizin zu mir. Wenn ich mit dir zufrieden bin, bekommst du sie wieder und darfst zu den Deinen zurückkehren. Handelt ihr aber nicht nach meinem Willen, so wird deine Medizin vernichtet."

„Du wirst dein Wort wirklich halten und mich mit meiner Medizin zurückkehren lassen?"

„Ja."

„Was werden die andern Bleichgesichter tun?"

„Ich verspreche dir, daß ich dem, der gegen mein Versprechen handelt, eine Kugel durch den Kopf jagen werde."

„Ich glaube dir! Laß es uns mit der Pfeife des Friedens bekräftigen!"

„Das ist eigentlich nicht nötig, denn Old Shatterhand hält sein Wort auch ohne Kalumet. Aber du sollst deinen Willen haben. Wir werden die Pfeife des Friedens rauchen, doch die deinige. Du weißt warum!"

Nach Beendigung dieser Feierlichkeit erteilte To-kei-chun seinem Krieger den von mir geforderten Befehl. Ich band den Mann los, und er huschte in das nächtliche Dunkel hinein. Der schon vorher gefangene Späher begleitete ihn. Dann steckte ich die Medizin des Häuptlings zu mir. Er wurde auf sein Pferd gebunden, und wir ritten die ganze Nacht hindurch, bis am Vormittag unsre Pferde so ermüdet waren, daß wir ihnen Ruhe gönnen mußten.

Während dieser Pause machte Jim Snuffle den Vorschlag, daß einer von uns zurückkehren solle, um zu erforschen, ob die Komantschen uns nachkämen. Ich hielt das aber nicht für nötig, denn ich war überzeugt, daß sie dem Befehl ihres Häuptlings diesmal Gehorsam leisten würden. Es handelte sich nicht nur um sein Leben, sondern, was weit wichtiger war, auch um seine Medizin.

Drei Tage später erreichten wir die Grenze von New Mexico, und es wurde für mich höchste Zeit, mich von der Truppe zu trennen, um meine ursprüngliche Richtung einzuschlagen. Ich löste die Fesseln To-kei-chuns, gab ihm seine Medizin wieder und sagte ihm, daß er frei sei, aber seine Freiheit nicht dazu benutzen solle, seinen ursprünglichen Plan, die Ansiedlungen zu überfallen, auszuführen, denn ich würde Mittel und Wege finden, die Weißen zu warnen. Er ritt fort, ohne ein Wort zu sagen. Ich hatte ihm das Leben wiederholt geschenkt, war aber überzeugt, daß er mich bei einer etwaigen Begegnung als Feind behandeln würde.

Der Abschied von Perkins und den beiden andern Führern, die nichts geleistet hatten, war kurz. Jim Snuffle streckte mir beide Hände entgegen und sagte:

„Sir, wir sind unterwegs zuweilen verschiedener Meinung gewesen. Aber ein verständiger Mensch muß Verstand haben, wenn er als vernünftiger Mann vernünftig sein will. Darum haben wir eingesehen, daß Ihr stets im Recht gewesen seid. Wollt Ihr uns verzeihen?“

„Gern, lieber Jim.“

„Danke Euch. Wie sagt Ihr da? Lieber Jim? Dafür danke ich Euch noch besonders, denn von Old Shatterhand ‚lieber Jim‘ genannt zu werden, das ist das höchste der Gefühle. Meinst du nicht auch, alter Tim?“

„*Yes!*“

„*Well!* So scheiden wir also in Freundschaft voneinander, und es soll uns eine große Freude sein, wenn wir Euch wiedersehen. Wir reiten noch eine Strecke mit Mr. Dschafar, vielleicht bis Santa Fé, wo er gute Führer nach San Francisco findet. Also lebt wohl, Mr. Shatterhand, und vergeßt die beiden alten Snuffles nicht!“

Ich drückte ihm die Hand, reichte die meinige auch seinem Bruder hin und versprach:

„Werde gern an Euch denken. Oder soll ich Euch vergessen, lieber Tim?“

„*No!*“ antwortete er kurz, aber bewegt, wendete sein Pferd und ritt davon, den andern nach.

Jetzt hielt nur noch Dschafar bei mir.

„Sir“, sagte er, „ich will jetzt nicht alles aufzählen, was ich Euch zu verdanken habe. Aber ich wünsche sehr, es Euch einst vergelten zu können. Darf ich das für möglich halten?“

„Man sagt, daß alles möglich sei.“

„Kommt Ihr vielleicht wieder zu den Schammar-Arabern?“

„Ich will es nicht verreden.“

„Wohl gar nach Persien?“

„Das ist nicht unwahrscheinlich.“

„Könnt Ihr mir die Zeit angeben?“

„Nein. Ich bin wie ein Vogel ohne Nest, er fliegt bald hier und bald dort.“

„So ist nicht zu bestimmen, wo und wann wir uns treffen können. Was ich jetzt bin, ist Nebensache; was ich dann sein werde, weiß ich nicht. Aber ich bin überzeugt, daß Ihr von Mirsa Dschafar hören werdet, der ein Sohn von Mirsa Masuk ist. Merkt Euch diesen Namen! Und damit Ihr zuweilen an mich denken mögt, erlaubt mir, Euch diese Waffe als Andenken anzubieten. Sie ist eigentlich die Veranlassung, daß ich Euch kennengelernt habe und von Euch gerettet worden bin. Wollt Ihr mir den Gefallen tun, sie anzunehmen?“

Dschafar hielt mir den Handschar hin, den ich ihm nach seiner Befreiung wiedergegeben hatte.

„Ich sollte den Dolch eigentlich zurückweisen, weil er zu kostbar ist. Aber ich will — —“

„Für meinen Lebensretter zu kostbar?“ fiel er mir in die Rede. „Ich wollte, ich könnte Euch noch reicher beschenken! Vielleicht kann es später geschehen. Auf alle Fälle aber verspreche ich Euch: wer mir diesen Handschar zeigt, kann darauf rechnen, daß ich alles für ihn tue. was er nur wünscht, wenn es im Bereich der Möglichkeit liegt. Lebt wohl, mein Freund! Die andern sind schon so weit fort, daß ich sie kaum noch sehe."

„Lebt wohl! Dank für den Dolch! Doch will ich nicht wünschen, daß er mir einst als eine Anweisung an Euch dienen soll."

Wir reichten uns die Hände und ritten dann in verschiedenen Richtungen fort, er nach Westen und ich wollte zum Nugget-Tsil.

Die letzte Rede Dschafars hatte etwas selbstbewußt geklungen, grad so, als wisse er genau, daß er einst ein Mann von Macht und Einfluß sein werde. Was war er jetzt? Ein Rätsel. Er hatte von sich, seinen Verhältnissen, seinen Aufgaben nicht gesprochen, und ich war nicht so zudringlich gewesen, ihn zu fragen. Eigentlich hätte er ein wenig offner gegen mich sein können, denn er verdankte mir sein Leben; aber es war so auch gut, denn — — ob wir uns wiedersehen würden? — Ma scha Allah jekun, wa ma lam scha'a Allah jikun — was Gott will, geschieht, und was er nicht will, geschieht nicht!

AUFERSTEHUNG

Christ ist erstanden!
Freude dem Sterblichen,
Den die verderblichen,
Schleichenden, erblichen
Mängel umwanden!

Christ ist erstanden!
Selig der Liebende,
Der die betrübende,
heilsam' und übende
Prüfung bestanden!

Goethe

Auf dem Rio Madeira, dem größten Nebenfluß des Amazonenstroms, schwamm ein kleines Boot. Vorn am schmalen Bug saß Señor Perdido; dann kamen die drei Ruderer Augustin, Manuel und Mateo, und ich lenkte hinten das Steuer. Man darf sich durch die Namen nicht verleiten lassen, die drei Ruderer für Weiße zu halten. Sie waren echte Toba-Indianer, die erst vor einigen Monaten bei der Taufe diese christlichen

Namen erhalten hatten; sie hatten sich als ernste, wortkarge und durchaus zuverlässige Leute bewährt, die ihre Treue und Zuneigung zu mir mehr in Blicken und Handlungen als in Worten bekundeten. Nur ihre große Anhänglichkeit hatte sie bewogen, mit mir so weit von ihrer Heimat bis fast hinab zum Amazonas zu gehen und während der langen Bootsfahrt nicht geringe Fährlichkeiten zu bestehen. In Crato hatten wir haltgemacht und ausgeruht, um da wieder umzukehren. Hier war Señor Perdido zu mir gekommen und hatte mich gebeten, ihn mitzunehmen, da er hinauf in die Anden wollte.

Ich muß gestehen, daß er keinen freundlichen Eindruck auf mich gemacht hatte. Der Name Perdido heißt auf deutsch „der Verlorene", und dazu paßte sein ganzes Verhalten. Er war ein kräftiger, junger Mann und machte sich als Ruderer nützlich; er wußte das Gewehr sehr gut zu handhaben, kannte die Tücken des tropischen Urwalds genau und ging, sooft wir an das Ufer legten, auf Jagd, um reiche Beute mitzubringen; er war des Tupi vollständig mächtig, jenes Zweigs der weitverbreiteten Guaranisprache, der unter der Bezeichnung Lingoa general de Brasil den meisten Stämmen des Innern als Mittel zur Verständigung dient. Und trotz diesen guten und für mich nützlichen Eigenschaften gefiel er mir nicht. Er war bleich, finster und unfreundlich, in sich verloren, vielleicht mit sich selbst zerfallen, und besaß, was mich am meisten abstieß, weniger Glauben als ein Heide; das hatte ich trotz seiner Schweigsamkeit bald wahrgenommen. Ich unterhielt mich mit meinen Toba-Indianern oft und gern über Religion; dann lag auf seinem bleichen, kalten Gesicht stets der Ausdruck eines Spottes, eines Hohnes, der sich einmal sogar in dem Ausruf Luft machte: „Chito — schweigen Sie! Es gibt keinen Gott, warum reden Sie davon!" Ich gab ihm die erforderliche ernste Antwort; er aber wendete sich unwillig von mir ab.

Auch sein Stand war mir ein Rätsel. Ich hatte aus verschiedenen seiner Äußerungen erkannt, daß er mehr Bildung besaß als jene Weißen, die sich sonst bei den Indianern des Urwalds herumtreiben. Seine Kleidung paßte gleichfalls nicht in die Gegend, in der wir uns befanden: Reithosen von Jaguarfell und an den mit Alpargatas[1] leicht beschuhten Füßen pfundschwere, großräderige Sporen, die hier im Urwald nicht nur überflüssig, sondern sogar hinderlich waren. Die blaue, dünnstoffene Jacke wurde von einer Hüftschnur zusammengehalten, an der ein langes Messer in lederner Scheide befestigt war. Außerdem trug er einen festen, breiten Ledergurt mit zwei ledernen Leibtaschen, worin man Geld und andere Wertsachen verwahrt. An diesem Gürtel hingen zwei große amerikanische Revolver. Auf seinem Kopf saß ein schwerer, breitrandiger, aus feinem Schilfstroh geflochtener Hut. Neben dem Messer und den Revolvern war er mit einem kurzläufigen Gewehr bewaffnet.

Das war nicht das Gewand eines Waldmenschen; viel eher hätte ich ihn für einen „Comerciante" halten mögen, für einen jener Händler, die auf den zwischen den Kordilleren und der heißen Zone liegenden einsamen Dörfern und Höfen herumziehen. Dafür sprachen auch die zwei

---

[1] Fußbekleidung aus Hanf- oder Binsengeflecht

schweren Pakete, die er sich beim Einsteigen in unser Boot hatte bringen lassen.

Es war ein wunderbarer Urwaldmorgen, aber ganz anders, als ich ihn im Westen der Vereinigten Staaten erlebt hatte. Der Urwald der Tropen ist ja unendlich verschieden von dem des Nordens. Der jungfräuliche Wald der Felsengebirge ist ernst, hehr und still. Er gleicht einem Dom. Wer ihn betritt, fühlt sich ergriffen, so daß er es kaum wagen möchte, das tiefe Schweigen durch ein laut gesprochenes Wort zu unterbrechen, zu entweihen. Im Urwald des Südens aber ist alles eine einzige Pracht der Farben und Formen. Da gibt es Leben und Bewegung selbst in der dunkelsten Nacht, und Ruhe tritt eigentlich nur zur Mittagszeit ein, wenn die im Zenit stehende Sonne so glühend niederstrahlt, daß alles tierische Leben ermattet und sich in den tiefsten Schatten des Waldes zurückzieht.

Die beiden Ufer des Flusses zeigten einen üppigen, undurchdringlichen Palmenurwald, über den sich die hohen Turu- und Cucuritkronen erhoben. Dann traten stellenweise die Palmen zurück, und dichtes Laubgebüsch, mit Tausenden verschiedenfarbiger Blüten überladen, gewann die Oberhand. Das schillerte, flimmerte, glitzerte in allen möglichen Farben und Farbmischungen und schwängerte die Morgenluft mit einem Duft, wie so schwer und zugleich süß ihn eben nur die Tropen hervorzubringen vermögen. Dann wieder waren die Ufer bedeckt mit Bombaceen, die ihr Laub verloren hatten. Millionen herrlicher Blüten waren aus den kahlen Ästen hervorgebrochen, aus denen sich lange, rotglänzende Samenkapseln entwickelten. Zwischen diesen Blüten hingen Hunderte der Japera-Beutelnester. Goldglänzende Schreivögel schossen durch die Lüfte. Funkelnden Edelsteinen gleich zuckten Kolibris hin und her. Zuweilen ertönte der entsetzliche Schrei eines Brüllaffen, in den dann die ganze Satansschar einstimmte. Auf den höchsten Zweigen der Bäume schaukelten sich Uistitis, niedliche Äffchen von Eichhorngröße. Eine große Menge von Wat- und Schwimmvögeln belebte den Strom, und auf den Sandbänken sonnten sich die Krokodile. Zuweilen begegnete uns eine Schildkröte, die uns im Vorüberschwimmen dumm-dreist anstierte. Und die Tiefe wimmelte von Fischen, die da und dort luftschnappend in die Höhe kamen.

Die Wasservögel begrüßten unser Boot mit einem Höllengeschrei, fast noch größer aber war der Lärm, der von Zeit zu Zeit aus dem Walde drang. Das änderte sich jedoch; je näher der Mittag kam, desto stiller wurde es, und als die Sonne den Scheitelpunkt beinahe erreicht hatte, herrschte tiefste Ruhe ringsumher.

Auch wir konnten die Glut nicht länger ertragen und strebten dem Ufer zu, als wir eine Stelle bemerkten, wo das Gebüsch nicht sehr dicht war; wir konnten also landen. Wir banden das Boot an und wateten durch den tiefen Schlamm, bis wir trockenen Boden unter uns hatten. Dann aber war der Pflanzenwuchs so undurchdringlich, daß wir uns mit den Messern Platz verschaffen mußten.

War das eine Pracht und Herrlichkeit! Wir befanden uns unter Timi-

chopalmen, deren Wedel in blaßrosa Färbung prangten. Hoch darüber breitete der Riese des Urwaldes, ein gewaltiger Ceiba, sein schilf-
artiges Laubdach aus. Baumartige Farne, wunderbar gefiedert, strebten
vergeblich zu ihm empor. Und hoch oben in den Wipfeln des Ceiba klet-
terten Lianen, bald wie Schnüre herabhängend oder wie Seile von einem
Ast zum andern gespannt, auf denen Affen, die Seiltänzer des Waldes,
ihre Künste ausübten, ohne sich durch uns stören zu lassen.

Hie und da stiegen die Lianen wie Stangen senkrecht oder wie Seile
umeinandergedreht in den seltsamsten Verschlingungen zur Erde herab,
und an ihnen rankte sich ein Dickicht von Passifloren bis zur Krone
des Ceiba empor, mit Millionen und aber Millionen von roten, blauen
und violetten Passionsblumen besetzt.

Ich war voll Staunen über diese geradezu unbeschreibliche Herrlichkeit. So eine unendliche Fülle von Blüten wollte mir fast unbegreiflich
erscheinen. Das war ja ein förmliches Blumenfeuer, eine Blütenflamme,
die bis zum Himmel zu reichen schien! Ich winziger Erdenwurm stand
vor und unter ihr wie Moses, als die Stimme des Herrn aus dem bren-
nenden Busch ertönte: „Moses, zieh deine Schuhe aus, denn der Ort,
auf dem du stehst, ist heiliges Land."

Es war nicht das Gigantische dieses Passiflorendickichts, nicht die
wunderbare Farbenpracht allein, die diese Wirkung auf mich hervor-
brachte, sondern auch der Umstand, daß wir uns jetzt in der Passionszeit befanden. Die Passiflorenblüte schließt ja die Wahrzeichen des Leidens unseres Herrn und Heilands ein.

Der Schlaf war infolge der großen Hitze ein fast unabweisbares Bedürfnis für uns, aber beim Anblick dieses blühenden Wunderwerkes der
Allmacht Gottes war es mir unmöglich, die Augen zu schließen. Die
Gefährten warfen sich hin, hüllten Gesicht und Hände gegen die Moski-
tos ein und waren bald in tiefen Schlaf gefallen. Ich saß still da, ohne
auf die Stechfliegen zu achten, und dachte an das ferne Zion, die Burg
des Heils, an Gethsemane, an die Kreuzesstätte, an das Felsengrab und
an den Osterjubelruf: „Er ist wahrhaftig auferstanden und nicht mehr
hier!"

Da hatte sich ein Krokodil an das Ufer gemacht und schob sich in
der Lücke, die wir durch das Gebüsch gehauen hatten, auf uns zu. Als
es uns erblickte, hielt es an. Es schien, als überlegte es, ob es fliehen
oder angreifen solle. Wahrscheinlich entschloß es sich für den Angriff,
denn es setzte nach kurzer Pause seinen Weg fort. Ich ergriff den Bärentöter und gab ihm eine Kugel in das Auge. Es brüllte, warf sich herüber und hinüber, wälzte sich, bis es auf den Rücken zu liegen kam, und
war dann tot. Es war ein schwarzer Kaiman von nahezu vier Meter
Länge.

Der Schuß hatte meine Gefährten geweckt. Perdido stand auf und entfernte sich, indem er mit Hilfe eines Messers in das Dickicht eindrang.
Er verließ unser Lager oft ohne einen sichtbaren Grund. Man hörte ihn
dann in der Ferne laut mit sich sprechen, und wenn er zurückkehrte,
war er innerlich erregt, äußerlich aber stiller und finsterer als vorher.

Als er fort war, führte ich die Gedanken, die mich vorher bewegt hatten, im Gespräch mit den Tobas weiter und brach schließlich einige Passionsblumen ab, um ihnen die Bedeutung der einzelnen Teile zu erklären. Dabei bemerkte ich Perdido. Er war zurückgekehrt und steckte nahe bei uns im Gesträuch, um mir heimlich zuzuhören. Der Ausdruck seiner Augen war ein ganz sonderbarer. Es lag zwar die gewöhnliche Verachtung darin, aber auch etwas, was ich beinahe Sehnsucht hätte nennen mögen. Als er gewahrte, daß ich ihn gesehen hatte, kam er herbei, riß eine der Blüten ab und fragte:

„Also diese Blume soll ein Sinnbild der Leiden Ihres sogenannten Heilands sein, Señor?"

„Ja", antwortete ich ruhig, „doch nicht des sogenannten, sondern des wirklichen!"

„Die Ranken sollen die Geißeln, die lappigen Blätter die Lanze, der Fadenkranz die Dornenkrone, die fünf Staubbeutel die Wundmale, der Fruchtknoten den Kelch und die drei Griffel die Nägel des Kreuzes bedeuten? Señor, das ist Blödsinn!"

Er warf die Blume zu Boden und trat darauf. Das empörte mich; darum sagte ich in scharfem Ton:

„Denken Sie, was Sie wollen, Señor; aber Sie haben jetzt nicht die Pasionaria, sondern das, was sie bedeutet, mit Füßen getreten!"

„Pasionaria!" hohnlachte er. „So wird die Blume nur von verdummten Menschen genannt. Sie wissen doch jedenfalls, daß ihr eigentlicher Name Grandilla ist. Sind Sie denn wirklich so albern, das, was Sie sagen, zu glauben? Leiden Christi? Wer war Christus? Ein Mensch, wie Sie und ich! Wie kann ein Mensch die ganze Menschheit selig machen! Er ist gestorben, wie jeder sterben muß. Und daß er das Erlösungswerk durch seine Auferstehung gekrönt haben soll, das ist — das — das ist —"

Er hielt inne, wohl infolge des Blickes, den ich auf ihn warf. Ich sprang auf, stellte mich hart vor ihn hin und fragte:

„Das ist — das ist — nun, was ist es?"

„Unwahrheit. Kein Toter steht auf!"

Ich wollte ihm eine zornige Entgegnung in das Gesicht schleudern, beherrschte mich aber und sagte in gemäßigtem Ton, indem ich ihm die Hand auf den Arm legte: „Señor, Sie können mir leid tun! Christus ist auch für Sie gestorben und auch für Sie auferstanden, und wohl Ihnen, daß dem so ist!"

„Wohl mir? Warum?"

„Weil Sie eines Heilands wohl mehr bedürfen als tausend andere Menschen."

„Ich — ich — ich?" fragte er, indem er einige Schritte zurücktrat und mich aus seinen dunklen Augen anblitzte.

„Ja, Sie! Was für eine Last liegt auf Ihrem Herzen? Warum gehen Sie so oft von uns fort, um laut mit dem finsteren Geiste zu sprechen, der in Ihnen wohnt? Sie haben ein böses Gewissen!"

„Ein böses Gewissen?" zischte er mich an, indem er nach seinem

Messer griff. „Wagen Sie, das noch einmal zu sagen, so fährt Ihnen meine Klinge in das Herz, ohne daß Ihr Erlöser mich daran hindern kann!"

„Pah!" antwortete ich, „ich wiederhole es: Sie haben ein böses Gewissen; Sie tragen eine schlimme Tat mit sich herum. Für Sie kann nur Heil von dem kommen, den Sie verleugnen. Vielleicht schreien Sie schon bald nach Erlösung, bis Ihnen die Zunge am Gaumen klebt. Es wird eine Passionszeit, eine Zeit der Qual, des tiefsten Leidens für Sie kommen, und ich will wünschen, daß das Osterwort ‚Christ ist erstanden' dann auch für Sie erklingen möge!"

Er war leichenblaß geworden und starrte mich wie abwesend an. Seine blutleeren Lippen zuckten, die Hand sank ihm vom Messer nieder. Dann jedoch raffte er sich zusammen, stieß ein kurzes, heiseres Gelächter aus und sagte:

„Sie reden irre, Señor; darum will ich nicht mit Ihnen rechten. Aber sobald sich mir eine andere Gelegenheit bietet, verlasse ich Sie, denn ich habe Ihre Belehrungen satt!"

Ich hielt es nicht für nötig, hierauf ein Wort zu entgegnen. Während der folgenden Tage sprach er nicht mehr mit mir; er wendete sich an die Tobas, wenn er etwas zu sagen oder zu fragen hatte. Das war eine unerquickliche Zeit, und ich freute mich, als wir nach vieler Anstrengung die Fälle des Rio Madeira überwunden hatten und dann in den Mamoré einbogen. Wir waren da in einer Gegend, wo man hoffen konnte, wieder Menschen, und zwar Weiße, zu treffen.

Diese Hoffnung erfüllte sich schon am nächsten Tag. Wir hörten an einer Stelle, wo der Fluß schmäler wurde, Axtschläge vom Ufer herübertönen und lenkten darauf zu. Es waren da mehrere Kähne angebunden, doch zunächst keine Menschen zu sehen. Wir stiegen aus und folgten einem schmalen, durch das Unterholz gehauenen Pfad. Er führte uns nach einem freien Platz, der durch das Fällen von Cinchonabäumen entstanden war. Dort befand sich das Arbeitsfeld einer Gesellschaft von Cascarilleros.

Cascarillero heißt Rindensammler. Diese Leute gehen in die Urwälder, um die China- oder Fieberrinde zu gewinnen. Das ist mit großen Schwierigkeiten verbunden und kann nur von kräftigen, erfahrenen und kühnen Menschen betrieben werden. Man fällt die Bäume dicht an der Wurzel, zieht die Rinde in Streifen ab und trocknet sie entweder an der Sonne oder über einem Feuer. In Gegenden, wo man künstliche Chinabaumpflanzen angelegt hat, werden die Bäume nicht gefällt, sondern nur sorgfältig abgerindet, was selbstverständlich ein viel vernüftigeres Verfahren ist.

Es hausten hier gegen zwanzig Cascarilleros, die uns zunächst nicht allzu freundlich begrüßten. Als sie aber erfuhren, daß wir keine Rindensammler, also nicht Konkurrenten von ihnen seien, änderte sich ihr Verhalten sofort zum Bessern.

Es waren halbnackte, von der Sonne fast schwarz gebeizte Gestalten mit kühnen Gesichtszügen und überaus kräftigen Gliedmaßen, die für einen reichen, oben in Exaltacion wohnenden Unternehmer arbeiteten. Sie hatten bedeutende Vorräte liegen, und zwei von ihnen wollten noch heute in einem Boot nach Exaltacion aufbrechen, um ihren Arbeitgeber Bericht zu erstatten. Perdido fragte sie, ob sie ihn mitnehmen wollten. Sie waren für eine angemessene Bezahlung dazu bereit, und als er das hörte, sprach er nach langem Schweigen wieder das erste Wort zu mir:

„Gracias á Dios — Gott sei Dank, daß ich Sie nun nicht mehr zu sehen brauche! Hoffentlich kreuzen sich unsre Wege nie wieder!"

„Gracias á Dios!" antwortete ich lächelnd. „Sie glauben nicht an Gott und sagen ihm doch Dank? Fahren Sie in Frieden von hier fort! Ich wünsche Ihnen alles Gute. Aber vielleicht denken Sie noch an das, was ich Ihnen gesagt habe!"

Er schaffte seine Habseligkeiten in das andere Boot und kehrte dann nach dem Arbeitsplatz zurück, wo die Cascarilleros sich jetzt im Schatten lagerten, um auszuruhen, denn die Mittagszeit war nahe. Ich wollte das Geschäft dieser Leute gern kennenlernen und fragte darum, ob sie mir erlauben würden, einige Tage bei ihnen zu bleiben, womit sie gern einverstanden waren.

Ein Mitglied der Gesellschaft war fortgegangen, um nach Calisaya-bäumen zu suchen, welche die beste Fieberrinde liefern. Der Mann kam jetzt zurück. Er sah zunächst mich und die drei Indianer und gab uns die Hand. Dann fiel sein Blick auf Perdido; er machte eine Bewegung der Überraschung und rief erstaunt:

„Señor Riberto! Sie hier, hier im Cinchonawalde! Ist es denn möglich?"

Perdido zuckte zusammen und erhob sich halb. Einen Augenblick lang sah er ebenso verstört aus wie damals, als ich von seinem bösen Gewissen gesprochen hatte. Dann aber gewann er die Beherrschung zurück und fragte ruhig:

„Mit wem sprechen Sie? Sie scheinen mich mit einem anderen zu verwechseln!"

„Aber nein, Señor Riberto! Kennen Sie mich denn nicht mehr? Wir haben uns doch täglich gesehen, als ich noch Ihr Nachbar war. Ich bin Gustavo Gorra!"

„Zum Teufel!" schrie ihn da Perdido zornig an. „Ich heiße weder Riberto, noch kenne ich einen Menschen, der sich Gustavo Gorra nennt. Belästigen Sie mich nicht!"

Er wandte sich ab. Doch da faßte ihn Gorra beim Arm und erwiderte:

„Sie scheinen nicht zu wissen, wie man mit anständigen Leuten verkehrt, Señor! Selbst wenn ich Unrecht hätte, so befände ich mich infolge einer wirklich großen und ganz seltenen Ähnlichkeit in einem sehr verzeihlichen Irrtum, den Sie mir höflich widerlegen sollten. Überdies täusche ich mich nicht im mindesten. Sie sind der junge Riberto, der — — —"

„Halt!" brüllte da Perdido. „Kein Wort weiter, sonst — — —"

„Was sonst?" fragte Gorra furchtlos. „Wollen Sie etwa wagen, mir zu drohen?"

„Ja, das wage ich!" schrie Perdido. „Ich dulde es nicht, daß ich mit einem Menschen verwechselt werde, der . . ."

Er hielt inne, denn er merkte, daß er sich beinahe verraten hätte. Gorra vollendete den unterbrochenen Satz mit einem bezeichnenden Lächeln:

„. . . der mit dem ganzen Vermögen seines Vaters durchgegangen ist. Nicht wahr, das wollten Sie doch sagen?"

Perdido riß sich mit einem Wutschrei von ihm los und zog seinen Revolver. Aber er kam nicht zum Schießen, denn ich hatte von hinten blitzschnell die Hand, die die Schußwaffe hielt, ergriffen und sagte:

„Hier wird nicht geschossen, Señor Perdido oder Señor Riberto! Señor Gorra hat recht. Sie sind grob gewesen und deshalb im Unrecht."

Er drehte sich nach mir um und brüllte: „Laß mich los, Hund, sonst ist es aus mit Dir!"

Da ich ihn dennoch festhielt, zog er mit der linken Hand den zweiten Revolver. Der Hahn knackte; da stürzte Perdido aber auch schon zu Boden. Ich hatte ihm meine Faust gegen die Schläfe geschlagen.

„Valgame Dios!" wurde gerufen. „Welch ein Hieb! Der Mann ist tot!"

„Nein", antwortete ich, „er ist nur betäubt und wird in einigen Minuten wieder zu sich kommen. Nehmen Sie ihm die Waffen weg, Señores, damit er dann kein Unheil anrichten kann!"

Dies geschah, und die beiden Cascarilleros, die ihm versprochen hatten, ihn mitzunehmen, trugen sicherheitshalber sein Gewehr, die Revolver und auch sein Messer zu ihrem Boot, um sie dort einstweilen zu verstecken.

„Ich habe doch recht, Señores", erklärte Gustavo Gorra. „Er heißt Riberto und ist der, den ich meine, ein früherer Nachbar von mir."

„Woher?" fragte ich.

„Buenos Aires. Mein Vater war arm, der seinige aber ziemlich reich, ein Bankier und sehr braver, frommer Mann. Desto schlimmer war sein Sohn, ein Taugenichts, der dem Vater nichts als Gram und Sorge bereitete. Der alte Riberto mußte einst nach Rio de Janeiro reisen, und während seiner Abwesenheit hat der Sohn leeren Tisch gemacht. Als der Bankier nach Hause kam, war hier dieser sogenannte Señor Perdido mit der Kasse fort, und bald stellte sich sogar heraus, daß er außerdem noch reichlich mit Anweisungen, Wechseln oder Schecks, oder wie diese Papiere heißen, versehen hatte, um an andern Orten auch noch bedeutende Gelder zu erheben. Diese Summen mußte sein Vater später ersetzen und machte bankrott. Die Mutter starb vor Gram; der alte Señor Riberto verschwand und ist nicht wieder gesehen worden; auch über den jungen habe ich nichts vernommen, bis heute, wo er plötzlich vor mir stand."

„Und Sie sind fest überzeugt, daß er es wirklich ist?"

„Fest; ich könnte es beschwören."

„Dann bin ich froh, daß ich diesen Menschen losgeworden bin. Es ist am besten, Sie schaffen ihn ins Boot, damit er uns aus den Augen kommt!"

Zwei Cascarilleros machten sich daran, ihn fortzutragen. Als sie ihn anfassen wollten, kam er zu sich, sprang auf und wollte nach den Waffen greifen. Er vermißte sie und verlangte sie in drohendem Ton zurück. Da aber bedeutete ihm Gustavo Gorra:

„Seien Sie, wer Sie wollen, Señor, ob Perdido oder Riberto, das soll uns gleich sein; aber hier ist Ihre Rolle ausgespielt. Ihre Waffen liegen im Boot, und Sie selbst werden wir auch dorthin bringen. Die Kameraden, mit denen Sie fort wollen, mögen sogleich mit Ihnen abrudern. Dann sind wir Sie los!"

Perdido wollte Widerspruch erheben, wurde aber von vier kräftigen Cascarilleros gepackt und fortgeschafft. Als er nun einsehen mußte, daß jeder Widerstand nutzlos sei, wandte er sich noch einmal um und drohte mir mit der geballten Faust. Die ihn ins Boot gebracht hatten, kamen nicht eher zurück, als bis das Fahrzeug die Mitte des Stroms erreicht hatte. Von ihnen erfuhr ich, daß seine letzten Worte gewesen waren:

„Sagt dem verdammten Aleman[1], daß ich, wenn er mir jemals vor die Augen kommt, mit ihm abrechnen werde!" — — —

Vor einigen Jahren war ich mit einer Schar von Tobakriegern hoch oben auf der Pampa de las Salinas gewesen, wo wir mancherlei erlebt hatten[2]. Ich wollte jetzt hinauf zu dieser Pampa, um die Stätte der damaligen Ereignisse wiederzusehen, und meine drei Tobas waren gern bereit, mich zu begleiten. In Cochabamba versahen wir uns mit guten Pferden, die dort sehr billig sind, und mit allem, was wir zu dem Ritt brauchten, und dann ging es hinauf in die Kordilleren.

Wenn man, an der untersten Stufe der Anden stehend, den freien Blick zurückwendet, so schweift er über hügelig durchwellte Landschaften hinunter zum Tiefland, das sich als unbegrenzte Fläche bis zum fernen Himmelsrand ausbreitet. Von da unten herauf atmet ein warmes, süßduftendes Leben. Die Ebene ist von den feurigen Strahlen der Tropensonne überflutet und streckt tausend unsichtbare Arme aus, den Wanderer wieder zu sich hinabzuziehen.

Hier oben aber atmet die Brust eine gesunde, vom Fieberhauch des Tieflands freie Lebensluft. Dunkle Waldflächen wechseln mit freiliegenden, grünen Pampas, die das Auge erquicken und den Europäer heimatlicher anmuten als die Dickichte der Tieflandsflüsse oder die hoch über ihm von den Gebirgsschultern getragenen weiten, öden Puna-Flächen.

Da, wo am Fuß der Kordilleren Menschen fernab von der Verkehrsstraße wohnen, bauen sie sich kleine, einstöckige, mit Palmenstroh gedeckte Häuser, die regelmäßig um einen großen, freien Platz gelagert werden.

Jedes dieser Häuschen hat einen Garten, hinter dem die Felder liegen, von deren Ertrag der Montanero[3] seinen Unterhalt bestreitet. Zuweilen

---

[1] Deutscher   [2] Siehe Karl May, Gesammelte Werke, Band 13, „In den Kordilleren"
[3] Bergbewohner

gibt es auch eingehegte Grasplätze mit darauf weidenden Herden, deren Besitzer dann den Ruf eines reichen Mannes genießt.

Der Montanero ist ein einfacher Mann, dabei aber sehr höflich und sehr stolz, wie jeder Spanier. Er lebt wie ein Freigraf unter seinesgleichen und hält sich für besser und glücklicher als den Bewohner der tief unter ihm liegenden Ebene. Die Händel, bei denen da unten oft mit Menschenblut bezahlt wird, gehen ihn nichts an, doch sieht er es gern, wenn hier und da jemand von dort zu ihm heraufsteigt und erzählt, was im Tiefland geschehen ist und wie man sich da unten schlägt und verträgt.

Gewöhnlich ist es ein Comerciante, ein Handelsmann, der den Bewohnern der Höhe die Erzeugnisse der Industrie zuträgt, die da oben zwar gebraucht, doch nicht verfertigt werden. So einen Comerciante darf man in Beziehung auf das Ansehen, in dem er steht, keineswegs mit unseren Hausierern vergleichen. O nein! Er ist ein Caballero in jeder Beziehung und wird als solcher von jedermann geachtet und geehrt. Daß er Geld verdienen will, bringt seinem Ansehen nicht den geringsten Schaden, und wenn er einer hübschen Montanera einmal einen schlechten Schmuck als gutes Gold verkauft, wird bei seinem nächsten Besuch im Scherz darüber hinweggegangen, und die Freundschaft bleibt trotzdem dieselbe, die sie vorher gewesen ist.

Diese schöne Verträglichkeit pflegt nur dann Einbuße zu erleiden, wenn mehrere Comerciantes an einem Orte, wo sie Geschäfte abschließen wollen, zusammentreffen. Dann macht sich der gelbe Neid bemerkbar und die stolzen Caballeros verwandeln sich in gemeine Kampfhähne, die wütend übereinander herfallen.

Frutobamba war ein solches Gebirgsdorf, das wir am Vorabend des Palmsonntag erreichten. Es bestand aus vielleicht zwölf oder vierzehn Häusern, die, wie oben beschrieben, ein Viereck um den Mittelplatz bildeten. Die Gärten prangten in Blumen, und hinter ihnen dehnten sich schöne Orangenhaine aus, an welche dann die Fruchtfelder stießen. Eine Schar von Kindern kam uns jubelnd entgegen; sie freuten sich darüber, daß Fremde kamen. Wir fragten sie nach der Venta, der Schenke, und hörten, daß diese hier den viel stolzeren Namen Posada[1] führe. Der Wirt wurde Don Geronimo de Maguyo genannt. Sein Haus war das größte des Dorfes; zwar auch nur einstöckig, aber sehr langgestreckt, weshalb es auch zwei Türen besaß. Don Geronimo empfing uns mit einer stolzen, selbstbewußten Liebenswürdigkeit, wie ein König seine Gäste empfängt. Als wir ihn fragten, ob wir bei ihm nächtigen könnten, stellte er uns sein ganzes Haus, sein ganzes Vermögen zur Verfügung. Ich erklärte mich mit einer Stube für uns vier und einem Corral[2] und Maisfutter für die Pferde zufrieden.

„Treten Sie herein in das Gastzimmer, Señores", sagte er, „und gedulden Sie sich zwei Augenblicke, bis man Ihre Sala vorgerichtet hat!"

Also eine „Sala", einen Saal, sollten wir bekommen! Hätte ich die hiesigen Verhältnisse nicht bereits gekannt, so wäre es mir wohl Angst um die Bezahlung geworden.

[1] Gasthaus   [2] Stall

Das Gastzimmer bestand aus einem kahlen Raum mit gestampfter Diele, einem Tisch und einigen Stühlen. Die Fensteröffnungen waren mit geöltem Papier verklebt. Auf meine Bitte um Speise und Trank erklärte der Wirt, daß bei ihm alles Menschenmögliche zu bekommen sei, bei näherem Fragen aber stellte sich heraus, daß dies Menschenmögliche nur aus einer Tasse voll Mate[1] und einem sehr zähen Asado[2] bestand. Da galt es natürlich, sich in die Umstände zu fügen.

Ein Knecht hatte unsre Pferde in den Corral geschafft. Ich ging hinaus, um nach ihnen zu sehen. Für sie war besser gesorgt als für uns. Sie hatten Wasser, Gras und Mais in Hülle und Fülle. Dann machte ich mit meinen Tobas einen Spaziergang durch das Dorf. Die Bewohner rüsteten sich zur morgigen Palmsonntagfeier. Selbst die kleinste Hütte war mit Palmen geschmückt, die hier allerdings billig zu haben waren. Dann kehrten wir nach der Posada zurück und erfuhren, daß unsere Sala noch nicht ganz vorgerichtet sei. Endlich, nach langem Warten, kam der Knecht, um sie uns anzuweisen. Wir mußten zur zweiten Haustüre hinein und fanden ein kleines, vollständig leeres Loch, aus dem uns ein schrecklicher Geruch entgegenkam. Wer weiß, was alles hier gelegen hatte und unseretwegen fortgeräumt worden war! Ich fragte nicht danach und sagte dem Knecht, daß wir doch lieber hinter dem Hause im Freien schlafen wollten. Er machte eine sehr würdige Körperbewegung, warf den Kopf in den Nacken und meinte:

„Die Señores können tun, was sie wollen; aber diese Sala ist für sie bestellt und muß bezahlt werden."

Darüber war es dunkel geworden. Gegessen hatten wir, und so schleppten wir, weil vom heutigen langen Ritt ermüdet, unsere Sättel und Dekken hinter das Haus, wickelten uns in die Ponchos[3] und schliefen ein, ohne uns durch den Lärm der festlich gestimmten Dorfbewohner beirren zu lassen.

Das Lachen, Schreien, Rufen und Singen störte mich nicht. Bei solchem Lärm kann ein Präriejäger ganz gut schlafen; aber kleine charakteristische Geräusche, auf die ein andrer gar nicht achtet, können ihn aus dem tiefsten Schlaf wecken. So auch hier. Ich wachte während der Nacht plötzlich auf; ich hatte etwas gehört, ohne zu wissen, was. Ich lauschte. Das ganze Dorf lag in tiefster Ruhe; die Leute von Frutobamba waren schlafen gegangen; es war zur Zeit des Vollmonds, der hoch am Himmel stand und die Umgebung hell beleuchtete; ich konnte aber nichts sehen, was mich gestört haben könnte.

Schon wollte ich den Kopf wieder sinken lassen, da klang ein eigentümlicher Laut an mein Ohr; es war wie ein Schmerzensruf aus einer tiefen Grube. Nach kurzer Zeit hörte ich den Ton wieder, und zwar länger als vorher. Es kam von oben, nicht von unten. Wir lagen an der hinteren Mauer des Hauses, und in dieser befand sich grad über mir ein Fenster, allerdings ein Fenster nach dortigen Begriffen; eigentlich war es ein voll-

---

[1] Paraguaytee   [2] Braten   [3] Poncho ist ein aus einem viereckigen Stück Tuch bestehender Mantel, der in der Mitte mit einem Schlitz zum Durchstecken des Kopfes versehen ist.

ständig offenes Mauerloch von so geringer Größe, daß man nicht einmal den Kopf hindurchstecken konnte. Ich erinnerte mich, daß unser „Saal" ein solches Fenster gehabt hatte, und als ich über die Örtlichkeit nachdachte, fand ich, daß wir unter dem Fenster dieser Sala lagen. Sollte diese einen andern Besitzer bekommen haben? Wieder drangen Klagelaute aus dem Fenster. Ich stand auf und trat an das Fensterloch, doch so, daß ich von innen nicht bemerkt werden konnte. Da hörte ich sehr deutlich sporenklirrende Schritte. Es ging jemand drinnen auf und ab, doch es brannte kein Licht. Und nun vernahm ich deutliche Worte. Befanden sich mehrere Personen in der Sala? Oder sprach der Mann mit sich selber?

„O Mutter, Mutter!" seufzte es. „Tot — tot — tot! Que angustia, que martirio — — welche Angst, welche Qual! Und der Vater, der Vater! Lebt er noch? Habe ich ihn auch gemordet? Warum finde ich ihn nicht? Ah, que desgracia, ay, que pena — o welches Unglück, o welcher Schmerz!"

Es lief mir eiskalt über den Rücken. Der Mann da drinnen wurde von seinem Gewissen gefoltert. Oder war er ein Wahnsinniger, der sich seine Qualen in der Einbildung schuf?

Ich horchte und hörte weiter:

„O cielos, cielos, cielos — o Himmel, Himmel, Himmel! Ein Verbrechen, ein Verbrechen! Nach — nach — nach — Erlösung schreien — — — Zunge — Zunge — am Gaumen klebt; o desdichado de mi, o ich Unglücklicher!"

Was waren denn das für Worte! So hatte ich doch zu Perdido gesagt! Sollte er es sein? War sein Grimm gegen den Glauben nur eine entsetzliche Maske, unter der die Qualen der Reue sein Inneres durchwühlten?

„Kreuzestod, Kreuzestod!" erklang es wieder. „Für wen, für wen? Für mich? Wahnsinn — — Wahnsinn! Auferstehung? Christ ist erstanden? Hahahaha!"

Dieses Lachen klang so wahnwitzig und zugleich so trostlos, daß mich abermals ein Grauen überlief. Die langsamen Sporenschritte klangen fort und fort, dazwischen ächzte und stöhnte der Mann zum Herzzerbrechen. Dann kreischte er plötzlich auf, als ob eine Faust sich um sein Herz gekrallt hätte:

„Perdido! El perdido — der Verlorene! So heiße ich, so steht es in meinem Paß! Wer wird mich Hallado nennen, Hallado, den Wiedergefundenen? Aleman maldito — verfluchter Deutscher! Dein Stachel ist's, dein Stachel, ja, der deinige!"

Jetzt konnte kein Zweifel mehr sein, es war Perdido! Welch ein Zufall! Wie kam er hierher? Was wollte er hier? Für jetzt schien es mir zwecklos, seinen Gewissensbissen noch länger zu lauschen. Seinen Worten nach war zu schließen, daß er seinen wirklichen Namen Riberto wegen des Diebstahls abgelegt hatte. Die Fügung wollte es, daß er einen Paß auf den Namen Perdido von irgendeiner Seite erhalten hatte, und dieser Umstand begann ihn zu quälen und zu zermürben. Ich legte mich wieder und hüllte mich gegen die nächtliche Kühle in meinen Poncho; aber es vergingen Stunden, bis ich den Schlaf von neuem fand. Darum wachte ich nicht zeitig auf, sondern der Toba Manuel weckte mich. Ich erzählte den drei Gefährten, daß Perdido sich in der Posada befinde; da fragte Mateo angelegentlich:

„Werden wir weiterreiten?"

„Natürlich!" lächelte ich.

„Aber wann? Laß uns doch gleich aufbrechen, damit wir nicht von diesem Menschen gesehen werden."

„Wir werden zunächst am Gottesdienst teilnehmen und dann noch bis morgen hier rasten. Fürchtest du dich vor Perdido?"

„Nein. Aber er haßt dich und hat dir Rache geschworen. Er wagt es wohl nicht, dich offen anzugreifen, aber er wird aus dem Hinterhalt auf dich schießen."

„Pah! Ich sehe mich vor! Sei unbesorgt!"

Damit muß sich der brave Toba zufriedengeben. Wir gingen in das Gastzimmer, um den Mate dort zu trinken. Wir waren noch nicht fertig, da kam Perdido herein. Man sah es ihm an, daß er die halbe Nacht durchwacht hatte. Als er uns erblickte, fuhr er mit der Hand ans Messer und stieß einen Fluch aus, besann sich jedoch und ging wieder hinaus.

Draußen tönten Schüsse; es waren Freudenschüsse, um das Fest einzuleiten. Die Hütten des Dorfes waren leer, denn die Bewohner befanden sich im Freien. Mehrere von ihnen gingen dem Wanderpater aus Chochabamba entgegen, welcher kommen wollte, um den Gottesdienst abzuhalten. Er kam wie ein Prophet des alten Testaments, ein ernster Mann mit härenem Gewand, mit tiefliegenden, weltfremden Augen. In der Mitte des freien Platzes war ein kleiner Palmenaltar errichtet worden. Jedermann hatte eine Palme in der Hand. Der Gottesdienst war einfach, so, wie ich es mir für diese kleine Gemeinde in so abgelegener Gegend gedacht hatte, und doch ist mir die Feier dieses Domingo de ramos, dieses Palmsonntags, stets treu im Gedächtnis geblieben, treuer als manche andere, bei der die Festfreude unter der Festunruhe und Festarbeit erstickte.

Gern hätte ich mich mit dem Pater unterhalten, aber er mußte schnell wieder fort, in ein anderes, mehrere Stunden entferntes Dorf. Ich konnte ihm nur die Hand drücken und mich bedanken.

Wir hatten ein Mittagsmahl bestellt und vom Wirte das Versprechen bekommen, daß es ein wahres Festmahl sein solle. Als wir in die Gaststube traten, saß Perdido am Tisch und blickte mir hohnlächelnd entgegen. Früh, als wir diesen Platz innegehabt hatten, war er nicht hingekommen, nun glaubte er, wir würden, weil er da saß, ebenfalls zurücktreten. Ich setzte mich aber nieder, als sei er gar nicht vorhanden. Das brachte ihn auf und er warf mir die spöttische Frage hin:

„Nun, Señor, ich sehe, daß Sie den Domingo de ramos mit diesen überaus geistreichen Dorfleuten begehen. Mir scheint, Sie sind der Esel, auf dem der Palmsonntag hier eingezogen ist. Denn ein Esel war es doch damals, nicht?"

Ich wußte, welche Gewissenskämpfe ihn während der Nacht gepeinigt hatten, und entgegnete deshalb in aller Ruhe: „Sie können mich nicht beleidigen, Señor Riberto. Sie sind ein — — —"

„Ich heiße nicht Riberto!" fuhr er mir zornig in die Rede.

„Und haben doch Ihren Vater, den alten Bankier Riberto, vergeblich gesucht!"

Er erschrak. „Wer — wer — wer hat Ihnen —" stammelte er.

„Das ist Nebensache; kurz und gut, ich weiß es. Sie sind jener verlorene Sohn, der seine Mutter in den Tod und seinen Vater in das Elend trieb. Die Liebe einer Mutter ist ohne Grenzen, und selbst der strengste Vater kann barmherzig sein. Die beiden würden Ihnen vielleicht verzeihen, aber Sie können sie nicht um Verzeihung bitten. Wenden Sie sich an den Heiland der Welt, der allein Sie retten kann! Es ist heute Domingo de ramos, der Sonntag der Palmenzweige, die das Zeichen des Friedens, der Versöhnung sind. Söhnen Sie sich mit dem himmlischen Richter aus; dann wird Ihr Gewissen Sie nicht mehr des Nachts vom Lager treiben, daß Sie nach Vergebung und Erlösung wimmern! Warten Sie nicht, bis Ihnen die Zunge am Gaumen klebt und Sie nicht mehr um Gnade bitten können!"

Sein Mund öffnete sich; seine Augen schienen aus ihren Höhlen treten zu wollen, und sein Gesicht bekam infolge des Blutandrangs eine blaurote Farbe. Er erhob sich, mich immer groß anstarrend, langsam von seinem Stuhl, indem er sich mit beiden Händen schwer auf die Platte des Tisches stützte; er schien sprechen zu wollen und konnte es doch nicht. Dann endlich stieß er mit aller Anstrengung hervor: „Perro maldito — Hund, verfluchter! Das bezahlst du mir mit deinem Leben!"

Er fuhr mit beiden Händen zum Gürtel; da aber stand ich aufrecht vor ihm, faßte ihn bei den Oberarmen, drückte ihm diese so fest in die Seiten, daß er stöhnte, und sagte ihm:

„Wenn jemand etwas zu bezahlen hat, so sind Sie es, Riberto. Wenn ich wollte, so — — —"

Ich kam nicht weiter; ich wurde unterbrochen. Bei der Szene, die sich im Zimmer abspielte, hatten wir nicht beachtet, daß mehrere Reiter angekommen und draußen abgestiegen waren. Jetzt traten sie herein. Als sie sahen, daß ich Riberto gepackt hielt, riefen sie lachend aus:

„Ha, una rina, una pendencia — ah, eine Prügelei, eine Schlägerei!"

Sie drängten sich herbei, um zuzuschauen. Ich hatte mit dem Rücken zur Tür gestanden und wandte jetzt den Kopf. Da rief einer von ihnen:

„Hola, ea silencio, el rastreador de las Salinas — holla. Still da, das ist der Pfadfinder von den Salinas! Der schießt hundert Kugeln aus seinem Lauf, ohne zu laden, und schlägt den stärksten Feind nur mit der bloßen Faust zu Boden."

„Sie kennen mich, wie es scheint, Señor", fragte ich. „Wo haben Sie mich gesehen?"

„In Tucuman, als Sie damals mit Señor Monteso und seinen Yerbateros[1] vom Salzsee auf der Pampa de las Salinas zurückkehrten."

[1] Teesammler

„Aber ich kenne Sie nicht!"

„Nein. Ich stand entfernt und habe nicht mit Ihnen sprechen können, Señor."

Die Leute hörten achtungsvoll zu. Ich ließ jetzt die Arme Ribertos los und sagte zu ihm: „Sie dürften nun wissen, daß Sie gegen mich nicht aufkommen. Lassen Sie sich das zur Lehre dienen!"

Eine fliegende Röte ging über sein Gesicht. Er warf mir einen Blick wilden Hasses zu, wendete sich ab und wollte hinausgehen. Da trat ihm einer der Neuangekommenen in den Weg und sagte:

„Wir erfuhren soeben, daß sich ein Comerciante namens Perdido hier befindet. Sind Sie das?"

„Ja", antwortete der Gefragte.

„So verbieten wir Ihnen, hier Handel zu treiben. Auch wir sind Comerciantes und betreiben unser Geschäft gemeinsam."

„Sie haben mir nichts zu verbieten!"

„Darüber denken Sie, was Sie wollen, und wir werden tun, was wir wollen, wenn Sie uns nicht gehorchen!"

Er ging hinaus; sie folgten ihm und setzten draußen den Zank mit ihm fort. Sie hatten mir Hochachtung erwiesen; das konnte mich aber nicht hindern, sie für das zu halten, was sie waren; sie sahen ganz wie Strolche aus.

Ich hatte mich also nicht geirrt, als ich annahm, daß Perdido ein Händler sei. Er hatte das gestohlene Vermögen seines Vaters durchgebracht und mußte sich nun auf diese Weise ernähren. Am heutigen Tag hätte er übrigens ohnehin nichts verkaufen können, denn die frommen Dorfbewohner hätten es für eine Entweihung des heiligen Domingo de ramos gehalten, heute Kaufgeschäfte abzuschließen. — — —

Die drei später gekommenen Händler schienen Perdido doch eingeschüchtert zu haben, denn er bot, wie ich bemerkte, seine Waren auch am folgenden Montag niemand an; ja, er packte sie nicht einmal aus. Wie ich später hörte, bestanden sie nur in Schmucksachen, wie sie von den Bewohnern dieser Gegend gern getragen werden. Sie hatten sich in den zwei Paketen befunden, die von ihm mit in unser Boot genommen worden waren.

Dagegen brachten die drei anderen Comerciantes nunmehr Leben in das Dorf. Die hausierten nicht, sondern hielten ihren Markt vor der Posada ab, was dem Wirt Gäste, also Gewinn brachte. Die gute Laune, in die er sich dadurch versetzt fühlte, wurde an ihm zum Verräter: er tischte Speisen und Getränke auf, die er vorher nicht zu besitzen behauptet hatte. Sogar eine Flasche guten Cayataweines bekamen wir für billigen Preis von ihm zu kaufen.

Perdido hatte sich mißmutig in seine „Sala" zurückgezogen, und ich machte am Spätnachmittag einen Spaziergang in die Umgegend des Dorfes, wie ich dies auch schon tags zuvor getan hatte. Am Abend kehrte ich zurück, es war dunkel, denn der Mond war noch nicht aufgegangen. Wie jeder Westmann pflege ich leise aufzutreten und darum waren auch diesmal meine Schritte wohl nicht leicht zu hören. Ich wollte nach den

Pferden sehen, und, als ich die hintere Lehmmauer des Corrals erreichte, mich einfach über diese schwingen, um nicht noch um zwei Ecken gehen zu müssen. Da hörte ich hinter dieser Mauer, also im Innern des Corrals, unterdrückte Stimmen. Das klang so heimlich; ich horchte. Weil die Betreffenden nicht laut sprachen und die Mauer sich zwischen ihnen und mir befand, konnte ich nur abgerissene Bruchstücke ihres Gesprächs verstehen:

„Müssen uns doch besprechen — — geht nicht bei den andern — — — ich dich hierher gewinkt — — — noch hier bleiben?"

„Ja; dieser Rastreador muß vorher fort — — — gezwungen zu warten — — — den andern dann recht schön für uns."

„— — — will jedenfalls dem Rastreador auflauern. Hat den Wirt gegefragt, wohin dieser reitet."

„Zur Pampa de las Salinas — grad auch unser Weg — — — den alten roten Gambusino treffen — — — verteufelt stören — — — könnte leicht nichts aus der Sache werden."

„Wäre höchst fatal. Der Kerl soll entsetzlich viel Geld zusammengebracht haben, und wenn es diesmal — — — so dürfen wir es binnen Jahren nicht wieder versuchen."

„Richtig! Also müssen wir — — — der Rastreador uns nicht in den Weg kommt. Und wenn — — — wird er einfach erschossen."

Sie entfernten sich jetzt. Ich eilte um die hintere Ecke zur vordern, blieb dort stehen und wartete. Als sie aus dem Corral traten, schlich ich hinter ihnen her und sah, daß es zwei Comerciantes waren, während der dritte, der mich als den Rastreador erkannt hatte, inzwischen bei den Waren beschäftigt gewesen war.

Ich hatte bei weitem nicht alles verstanden und konnte daher nicht wissen, ob meine Schlußfolgerung richtig sei.

Ich sollte fort, weil ich den drei Comerciantes im Wege war. Perdido wollte mir auflauern. Ein alter roter Gambusino[1] befand sich in Gefahr. Das war alles, was ich wußte, aber viel zu wenig. Ich war während des ganzen Abends sehr aufmerksam, konnte aber nichts weiter erfahren; ich stellte meine Tobas an, doch auch das war vergebens. Von einem roten Gambusino wußte niemand etwas. Ich mußte die Sache abwarten.

Die Dorfbewohner gingen spät nach Hause; die Comerciantes legten sich schlafen, und wir nächtigten wie gestern hinter dem Hause. Es war nichts Ungewöhnliches zu bemerken, außer daß Perdido abermals eine Zeitlang in seiner Sala jammerte, wie dies übrigens auch gestern der Fall gewesen war.

Am andern Morgen schafften die Comerciantes den Tisch aus der Gaststube in das Freie und setzten sich daran nieder, um zu rauchen, zu trinken und zu spielen. Perdido drückte sich von einem Ort zum andern, um uns zu beobachten, wie ich sehr wohl bemerkte. Wir aber brachen bald auf. Als wir noch nicht weit vom Dorfe waren, mußten wir leider schon wieder halten, denn mein Pferd begann zu lahmen. Ich untersuchte den Fuß und entdeckte in dem Hornstrahl ein Geschwür, das ich mit dem

[1] Goldsucher

Messer öffnete. Wohl war zu hoffen, daß wir nach vielleicht zwei Tagen weiterreisen könnten, doch war der Vorfall immerhin äußerst unangenehm.

Was aber während dieser Zeit tun? Das Dorf bot uns nichts Besonderes, und da wir hier wie dort im Freien schliefen, hielt ich es für das einfachste, gleich hier draußen zu wohnen. Was die Comerciantes vorhatten, wußte ich nicht, und wenn ich es gewußt hätte, so befand ich mich doch nicht in der Lage, es zu verhindern. Mir drohte von Perdido Gefahr, nun, mit dem wollte ich schon fertig werden!

Ich wählte als Lagerplatz eine Stelle, wo es ein kleines Wässerchen und genügend Weide gab. Da lagerten wir im Schutz einiger Felsen. Hinter diesen versteckt, konnten wir die zwischen uns und dem Dorf liegende Strecke übersehen. Ein Reiter kam geritten; als er nahe genug heran war, erkannten wir Perdido. Er sah uns nicht eher, als bis er um die Felsen bog. Sein Gesicht zeigte, daß es ihm höchst unlieb war, von uns bemerkt zu werden. Er ritt in gerader Richtung weiter, bis er nach einiger Zeit hinter dem Horizont verschwand. Ich war überzeugt, daß er ins Dorf zurückkehren werde, um sich dann bei Nacht anzuschleichen. Darum suchten wir, als es zu dunkeln begann, ein kleines Calisayawäldchen auf, das eine halbe Stunde entfernt war und uns Sicherheit bot.

Am andern Morgen kehrten wir zu den Felsen zurück und hatten das Vergnügen, Perdido wieder kommen zu sehen. Er hatte uns während der Nacht nicht mehr gefunden und wunderte sich nun jedenfalls außerordentlich darüber, daß wir doch an derselben Stelle lagerten. Er ritt wie gestern vorüber, scheinbar ohne uns zu beachten. Am Abend suchten wir abermals das Calisayawäldchen auf. Tagsüber nährten wir uns vom Fleisch der Pampashasen, die es hier überreichlich gab.

Am Donnerstag früh konnten wir endlich aufbrechen, denn der Fuß des Pferdes war ziemlich geheilt. Wir befanden uns noch auf bolivianischem Gebiete. Es gibt dort Gegenden, in denen man im Verlauf von zwei Tagen aus der heißen Zone bis hinauf in die Region des ewigen Schnees gelangen kann. Das war nun bei uns nicht der Fall, doch die Veränderungen der Luft und Wärme, des ganzen Landschaftsbildes, war immerhin ziemlich bedeutend. Wir stiegen aus der Region der Talstufen zur Puna[1] empor.

Je höher wir kamen, desto kühler wurde es, und die zunehmende Dünne der Luft machte besonders unseren Pferden zu schaffen. Es gab keine sanften Hügel, keine rundgezeichneten Höhenrücken mehr. Steile Felsenberge türmten sich neben uns auf, zwischendurch führten Schluchten, die oft kaum Platz für zwei Reiter boten. Dann gab es wieder gigantische Trümmerhaufen, die das Aussehen hatten, als ob mehrere Berge gegeneinander geworfen worden waren und in unzählige Stücke zerborsten seien. Da war schwer vorwärtszukommen.

Wir mußten hoch hinauf zu einem Längstal. Wenn wir diesem folgten, konnten wir dann am Ostertag jenseits zur Pampa de las Salinas hinuntersteigen.

[1] Die rauhe Gegend, die den Übergang vom Waldgebiet zu den höchsten Bergesspitzen der Kordilleren bildet.

In diesem Gebiet fehlen die Bäume gänzlich, nur Gräser wie Vareta, Valeriana und Gentiana sind zu sehen, und nur selten sieht man einmal einen Busch am Wege. Hingegen kann man hier schon viele wilde Kamel-ziegen finden.

Es war am Karfreitag gegen Abend, als wir, fast ebenso ermüdet wie unsere Pferde, uns nach einem Platz umschauten, der während der Nacht Schutz gegen den durchdringend kalten Wind gewährte. Wir ritten an einer beinahe senkrecht aufsteigenden Halde hin, da hielt ich überrascht mein Pferd an, denn über uns erklang der Ton eines Glöckchens, und dann hörte ich von einer wohltönenden Stimme die fremdartigen, aber deutlich und langsam gebeteten Worte:

„Muchaycus cayki Maria Diospa gracianhuan huntascam canki. Apun-chik Diosmi camhuan huarmicunamanta collananmi canki. Uicsaikimante pacarimuk Jesu huahuaykiri collananrakmi. Oh Santa Maria virgen Diospa maman, ñocaycu huchasapa cunapak muchapuchuaycu cunan huañuy hiycu pachapipas. Amen."

Man denke, wie ich staunte. Das war die Sprache der Inkas, der alt-peruanischen Sonnensöhne, die Hofsprache eines großen und eigenartigen Kulturreiches, dessen Säulen längst in Trümmer liegen! Und was bedeu-teten die Worte? Es war das Ave Maria, ganz genau und wörtlich! Das Gebet wurde zweimal wiederholt. Der Beter mußte ein Christ, aber ein Abkömmling der Sonnenkinder sein. Als das dritte Amen verklungen war, rief ich hinauf. Es verging eine kleine Weile, bis als Antwort die Frage herunterschallte:

„Wer ist da unten?"

„Ein guter Christ, ein Fremder aus Europa, der für das Abendläuten danken möchte."

„Allein?"

„Es sind drei Toba-Indianer bei mir, wir sind zu Pferde."

„Bleiben Sie da unten halten und warten Sie!"

Die Stimme, die mir antwortete, war eine andere als diejenige, die vor-her gebetet hatte. Es befanden sich also mindestens zwei Menschen auf der Felsenhöhe. Wir stiegen ab und warteten. Nach vielleicht zehn Minu-ten kam ein Mann um die vor uns liegende Felsenecke. Er ging barfuß und barhäuptig und trug ein langes kaftanartiges Gewand, an dessen Leib-schnur ein Rosenkranz hing. Langes, schneeweißes Haar wallte ihm bis auf den Rücken herab. Er betrachtete uns, besonders mich, mit scharfem, strengem Auge und fragte dann:

„Sie sind ein Europäer, Señor? Wie heißen Sie?"

„Mein eigentlicher Name wird Ihnen wohl nichts nützen", antwortete ich. „Hier scheint man mich den Rastreador de las Salinas zu nennen."

„Hala! So sind Sie der Aleman, der auf der Pampa de las Salinas den Sendador unschädlich machte?"

„Ja."

„Seien Sie willkommen, Señor! Treten Sie näher, damit ich Sie in unsere Klause führe!"

Er geleitete uns um die erwähnte Ecke. Dort war der Fels bis hoch empor geteilt; unten füllten diesen Riß Steintrümmer an. Es war ein Kunststück, mit Pferden darüber hinweg zu kommen. Der Alte half uns dabei. Es kam auch noch ein anderer Helfer, ebenfalls ein weißhaariger Greis, aber ein Indianer und nach der Weise der Cordilleros gekleidet.

„Das ist mein Freund und Bruder Olleo, dessen Gebet Sie hörten", sagte der erstere. „Früher wurde er der rote Gambusino genannt."

Welch ein Zusammentreffen! So wurde es mir doch möglich, den alten Goldsucher zu warnen!

Hinter dem Geröll verbreitete sich der Riß zu einem hofartigen Raum, worin zwei zahme Lamas waren. Große Haufen Punakräuter lagen da. Das gab Platz und Futter für unsere Pferde. Als wir diese abgezäumt und versorgt hatten, wurden wir zum hintersten Winkel des Hofes geführt. Dort ging im Rücken des Felsens ein schmaler, aber sicherer Pfad empor, der oben in einem höhlenartigen Loch endete, groß genug, zwanzig Menschen aufzunehmen; daneben gab es eine zweite, kleinere Abteilung. An der vorderen Mündung der Höhle, genau oberhalb der Stelle, wo wir unten am Felsen gehalten hatten, war ein hohes Kruzifix errichtet, und seitwärts hing die kleine Glocke, deren Stimme wir gehört hatten.

Der alte Inka ging in den Nebenraum, um dort für unser Nachtlager zu sorgen. Der andere sagte:

„Señor, Sie müssen uns für heute entschuldigen. Ich habe zu büßen und zu beten, und es ist der größte, ernsteste Tag des Jahres heute; aber morgen bin ich ganz der Ihrige. Da drin ist Ihr Schlafgemach, wo Sie auch essen werden."

„Ich danke, Ehrwürdiger", antwortete ich. „Es ist der Viernes santo, an dem Christus starb; da essen und trinken wir nicht."

Er neigte billigend den weißen Kopf, und ich fuhr fort:

„Darf ich, um Sie nicht später zu stören, Ihnen etwas Wichtiges mitteilen?"

„Gewiß, Señor Rastreador."

„Es werden drei Comerciantes kommen, die ich belauscht habe. Sie scheinen es auf den alten Gambusino abgesehen zu haben, von dem sie glauben, daß er sehr viel Gold bei sich habe."

Ein trübes Lächeln ging über sein greises Angesicht, als er antwortete: „Gold, und immer Gold! Das ist der Teufel, dem so viele Tausende von Seelen verfallen. Aber man wird bei uns nichts finden."

„Dennoch bitte ich, Ihre Vorbereitungen zu treffen. Es ist auf sein und wohl auch auf Ihr Leben abgesehen."

„Mein Leben ist in Gottes Hand wie ein Sonnenstäubchen, das in einem Augenblick kommt und verschwindet. Beruhigen Sie sich! Es kommt ohne unser Wollen kein Fremder so weit an uns heran, daß er uns schaden könnte! Sind Sie müde, Señor?"

„Ja", sagte ich, mehr aus Rücksicht für ihn.

„So werden Sie mir mir leichter verzeihen, daß ich Sie bitte, zur Ruhe zu gehen. Die Gesetze dieser Felsenzelle sind streng."

Er deutete auf die Schilfmatte, die die zweite Abteilung von der ersten trennte. Wir schlugen sie zurück und traten hinein. Es gab da vier Lager, aus trockenem Gras bereitet, und eine schlichte Kürbislampe, weiter nichts. Der Gambusino, der diese Lampe schweigend angebrannt hatte, wünschte uns „buenas noches" und ging dann fort. Wir waren allein und legten uns nieder.

Wer waren diese beiden seltsamen Männer? Die Stimme, die Augen und die eigentümlich tief eingesenkte Nasenwurzel des Weißen kamen mir bekannt vor. Bei wem hatte ich ähnliche Gesichtszüge nur schon gesehen?

Wir hatten die Lampe ausgelöscht. Die Tobas schliefen. Ich lag schlaflos, sinnend und grübelnd auf dem Lager. Der Gambusino hatte sich, wie ich am nächsten Morgen erfuhr, hinunter zu unseren Pferden gelegt; der Alte blieb oben allein. Ich hörte seine halblaute Stimme; er betete ohne Unterlaß. Oft erklang ein tiefer Seufzer. Lastete eine schwere Schuld auf ihm? War er vielleicht ein Sünder wie Perdido gewesen? Ich hörte ihn die sieben Worte Christi am Kreuze beten. Das letzte veränderte er in: „Wann ist's vollbracht, wann ist's vollbracht?" Der Todestag des Herrn war auch für ihn ein schwerer Tag. Hätte er geahnt, daß der, für den er litt, heute einen ebenso schweren Viernes santo hatte! — —

Ich erwachte erst durch das Geräusch, das meine guten Tobas verursachten. Ich stand auf und schlug die Matte ein wenig zurück. Die beiden Greise saßen, von der Morgensonne hell bestrahlt, vorn an der Höhle. Ich trat zu ihnen hinaus; sie begrüßten mich freundlich. Wir bekamen Wasser zum Waschen und zum Trinken und dann Brotfladen, aus zerstoßenen Bohnen selbst gebacken. Auf meine Frage, wie ich den Alten nennen solle, antwortete er:

„Sagen Sie Vater Desgraciado[1], Señor! Und nun erzählen Sie mir von den drei Comerciantes, die uns überfallen wollen!"

Ich tat dies, soweit es sich auf den Gambusino bezog; was ich sonst noch erlauscht hatte, ließ ich als nicht hierher gehörig aus. Als ich fertig war, meinte er mit demselben Lächeln wie gestern:

„Diese Leute mögen beabsichtigen, was sie wollen, sie sind uns ungefährlich. Ich habe während dieser ganzen Nacht an Sie gedacht Señor. Sie sind ein Europäer, ein Deutscher, und wohl weit herumgekommen. Vielleicht können Sie mir eine Frage beantworten, die mir lange und zentnerschwer auf dem Herzen gelegen hat. Ist Ihnen der Name Monaco bekannt?"

„Ja. Ich bin sogar einmal dort gewesen."

„Um zu spielen?"

„Nein; ich wollte nur diese Hölle mit ihren gefallenen Engeln und hundertfachen Teufeln studieren."

Er blickte lange still vor sich nieder; es wurde ihm sicherlich schwer, zu sprechen, dann sagte er:

„Ich habe früher oft von diesem Ort gelesen und gehört. Der Selbstmord soll dort ohne Unterbrechung wüten. Meinen Sie, daß diese Todesfälle eingetragen werden?"

[1] „Der Unglückliche"

„Hm, wahrscheinlich; vielleicht aber nicht alle."

„Und daß man für einen ganz bestimmten Fall dort Aufklärung erhalten kann?"

„Das ist nicht unmöglich. Man müßte aber den Namen und die Verhältnisse kennen."

„Und an wen hätte man sich zu wenden? Ein Brief hätte wohl schwerlich Erfolg?"

„Kaum. Man müßte einen zuverlässigen Mann beauftragen. Wenn ich etwa eine solche Auskunft für Sie einziehen sollte, so könnte ich wohl ganz gut über Italien nach Deutschland heimkehren und kann dann Monaco sehr leicht wieder berühren."

„Sie, Señor, wirklich, wirklich?" fragte er schnell.

„Würden Sie nach Monaco gehen, um für mich nachzuforschen?"

„Ja, herzlich gern!"

Er schritt in höchster Erregung in der Höhle auf und ab. Dieser durch Gram, Fasten und Kasteien bis auf das Skelett abgemagerte Mann war mir vorher viel hinfälliger und schwächlicher erschienen. Dann blieb er wie unter einem raschen, festen Entschluß vor mir stehen.

„Wer ich bin, das sehen Sie: ein einsamer, gebrochener Greis! Wer ich war, sollen Sie erfahren: der Bankier Riberto in Buenos Aires. Mein einziger Sohn stahl mir die Kasse und noch mehr und ging hinüber nach Frankreich und Italien. In Monaco hat er alles, alles verspielt; das ist ganz sicher, und er soll sich dann getötet haben. Die Mutter starb vor Kummer, und sein Vater ist ein Büßer geworden, um einen Teil der Schuld des Selbst- und Muttermörders auf sich zu nehmen — — —"

Er unterbrach sich und wendete sich ab, um seine Bewegung zu bemeistern. Meine Ahnung hatte mich nicht getäuscht. Das war ja die Ähnlichkeit, die Nasenwurzel, die Augen, die Stimme! Ich mußte den Alten, der sich Vater Desgraciado nannte, trösten, doch recht vorsichtig. Er durfte nicht alles auf einmal erfahren. Der Sohn schien noch jetzt ein Bösewicht zu sein. Aber er hatte den Vater gesucht; wenn er ihn fand, so konnte das die Veranlassung zu einer plötzlichen und gründlichen Umkehr sein.

„Wollen Sie sich das merken, Señor?" fragte der Alte. „Ich werde Ihnen auch die Zeit angeben. Ich muß wissen, ob er sich damals wirklich getötet hat."

„Ich brauche weder Zeit noch sonst etwas", erklärte ich. „Der Name genügt. Auch ist es gar nicht notwendig, daß ich nach Monaco gehe."

„Nicht? Nicht?" fragte er, indem er mich wie unter dem Aufdämmern einer Ahnung anblickte.

„Nein. Ich habe nämlich erst zufällig von diesem Fall sprechen hören, und sodann — — —"

„Sodann? Weiter, weiter!"

„Zunächst habe ich gehört, daß er sich nicht getötet hat!"

„Nicht, nicht, nicht?" erklang es atemlos.

„Es ist ihm wohl so viel Geld übriggeblieben, daß er der Hölle entrinnen konnte. Dann war er so klug, nach Amerika zurückzukehren."

„Zurück — — zu — rück — zu — kehren!" stammelte der Vater. „Mein Gott! Wissen Sie das ganz genau, Señor?"

„Ja. Ich habe sogar mit ihm gesprochen und — kann mich leider nicht sofort besinnen. Sie müssen mir Zeit lassen. Es mag Ihnen jetzt genügen, daß er lebt. Wahrscheinlich hatte er Sie aufsuchen und um Verzeihung bitten wollen, Sie aber nicht gefunden. Ich glaube aber kaum, daß Sie ihm dieses schwere Verbrechen vergeben hätten!"

„Nicht vergeben? Herrgott, Herrgott, nicht vergeben! Was wissen Sie von einem Vaterherzen, Señor! Ich möchte — — —"

Er wurde unterbrochen. Unten vom Felsen herauf tönte ein scharfer Pfiff. Der Gambusino trat hart an den Rand der Höhle und fragte hinab, wer unten sei.

„Drei Comerciantes", lautete die Antwort, „die dem Gambusino Geschenke überbringen wollen."

„Das sind die Halunken", meinte der alte Inka. „Ich weise sie ab!"

„Warten Sie noch!" antwortete ich. „Ich will sie erst sehen."

Ich schob den Kopf über die Kante der Höhle hinaus und sah hinab. Ja, die drei Comerciantes waren es, aber mit einem vierten ledigen Pferde; es war Perdidos Tier; ich erkannte es und erschrak.

Hatten sie ihn ermordet? Dann verlor der Vater den Sohn zum zweitenmal. Hier galt es keine Zeit zu verlieren, sondern so rasch wie möglich zu handeln.

„Laßt sie absteigen und herein in den Hof kommen", sagte ich. „Die Pferde mögen aber draußen bleiben."

„Aber — — — —", wollte der Gambusino entgegnen.

„Still, Señor! Es handelt sich um ein kostbares Menschenleben, kostbar auch für Sie, Señores. Vater Desgraciado mag hier bleiben; der Gambusino läßt sie herein. Das Übrige tue ich mit meinen drei Tobas."

Um jede Widerrede abzuschneiden, schob ich den Gambusino fort und hinaus auf den Felsenpfad. Er stieg hinab, wir folgten ihm und blieben hinter der Ecke halten. Ich hatte meinen Henrystutzen mitgenommen. Nach kurzer Zeit kam der Gambusino mit den Comerciantes über die Trümmer hereingeklettert. Sobald sie sich im Hofe befanden, sprang ich vor, an ihnen vorüber, besetzte den Eingang, so daß sie nicht zurück konnten, und legte den Stutzen auf sie an.

„Valgame Dios, el Rastreador — Gott stehe uns bei, der Rastreador!" rief der eine von ihnen.

„Ja, ich bin es", antwortete ich. „Die Hände in die Höhe, sonst schieße ich!"

Sie durften nicht zögern, zu gehorchen, und hielten ihre Hände hoch über ihre Köpfe empor. Die Tobas mußten ihnen nun die Waffen abnehmen und alle Taschen leeren. Sie wollten sich über dieses Verhalten beschweren; aber ich fuhr sie an:

„Ruhig! Ich habe euch belauscht, als ihr am Sonntag abend im Corral über eure Pläne spracht. Ich weiß alles, auch was ihr hier wollt. Wo ist Señor Perdido? Ihr habt doch sein Pferd."

„Er ist mit uns geritten, stieg aber ab und bat uns, sein Tier mitzunehmen, er werde nachkommen."

„Sinnt euch doch bessere Lügen aus als diese! Ich habe keine Lust, meine kostbare Zeit mit euch zu verlieren! Ein offenes Geständnis hätte mich milder gegen euch stimmen können. Machen Sie sich zu einem Ritt fertig, Señor Gambusino! Sie sollen mich begleiten!"

Ich forderte ihn auf, weil er die Gegend besser kannte als meine Tobas. Die Comerciantes wurden gefesselt und auf die Erde geworfen, ihre Pferde hereingeschafft. Als Vater Desgraciado hörte, daß wir beide fort wollten, sollte ich ihm ausführlich sagen, weshalb. Ich erklärte ihm aber kurz, daß es sich um die Rettung eines Beraubten handle.

„So beeilen Sie sich", drängte er nun. „Vielleicht finden Sie ihn noch am Leben. Leider wurden wir grad gestört, als wir von meinem Sohn sprachen. Ihre Nachricht ist mir auf den gestrigen Trauertag eine wahre Jubelbotschaft gewesen."

„Will's Gott, wird es auch hierin Ostern werden."

Wir schafften unsere Pferde hinaus und ritten auf der Spur der Comerciantes zurück. Auf dem felsigen Gelände war die Spur leicht zu verlieren; wir vermochten sie aber festzuhalten.

Es würde zu weit führen, die Einzelheiten unserer Suche zu beschreiben. Perdido war mir und die Comerciantes waren ihm gefolgt. Ich sah an den Spuren, wo sie ihn eingeholt hatten, dann ging eine Fährte nach einer Felsenwand, von der früher ein kleiner Wasserfall, den der Zufall abgeleitet hatte, herabgestürzt war. Dieser Wasserfall hatte ein brunnenähnliches, tiefes Loch ausgewirbelt und in diesem Loche steckte Perdido, über die Knie in eiskaltem Wasser stehend, ausgeplündert und an Händen und Füßen gebunden. Er war mit Hilfe eines Lassos hinabgelassen und die Öffnung mit Steinen verdeckt worden; es machte uns nicht wenig Mühe, ihn wieder herauszubringen. Ich erschrak, als er dann vor uns lag. Er war unverletzt; aber die Todesangst und der stundenlange Zwang, im eiskalten Wasser zu stehen, waren nicht ohne Wirkung geblieben. Er phantasierte, und jedes dritte Wort dabei war Viernes santo, der Karfreitag.

Wie ich später erfuhr, hatte er an den beiden Tagen, da wir in der Nähe des Ortes lagerten, entgegen dem Verbot seiner Konkurrenten, Handel getrieben. Die drei Comerciantes waren über ihn hergefallen und hatten ihn verprügelt und dann vertrieben. Perdido aber war nochmals zurückgekehrt und hatte aus Rache einen Teil der Waren seiner Feinde in den Fluß geworfen. Daher die unerhörte Grausamkeit der Comerciantes.

Der Überfall war gestern abend geschehen; seitdem hatte Perdido in dem Wasserloch gesteckt, ohne zu erstarren! Aber die Karfreitagsnacht in immerwährender Todesangst hatte ihn innerlich mürbe gemacht und klein gemahlen.

Nun war es freilich schwer, ihn fortzuschaffen. Ich nahm ihn vor mir aufs Pferd, mußte aber alle Kraft anwenden, um ihn festzuhalten. Er glaubte noch immer, im Wasser zu stecken und schrie und jammerte, daß es zum Erbarmen war. Er wollte fort, und oft mußte mir der Gambusino zu Hilfe kommen, sonst hätte der Kranke sich meinen Armen entwunden.

Endlich, endlich kamen wir an. Der Gambusino mußte hinauf zu Vater

Desgraciado, um ihn vorzubereiten; die Tobas waren mir behilflich, den Geretteten in den Felsenhof zu bringen, wo wir ihn niederlegten. Die Gefühle der drei Comerciantes konnte man deutlich auf ihren Gesichtern lesen: die Angst hatte sie gepackt und sie zitterten um ihr Leben.

Da erönte oben ein durchdringender Schrei.

„Mein Sohn, mein Sohn!"

Der Vater kam den Felsenweg herabgeeilt, riß Perdido an sein Herz, küßte ihn, nahm ihn dann hoch auf die Arme und stieg mit ihm hinauf zur Höhle. Ich folgte nicht nach. Es war besser, Vater und Sohn jetzt allein zu lassen. Nachher kam der Gambusino herab und berichtete mir mit Tränen in den Augen, mit welcher Liebe und Wonne der Vater um den verlorenen und nun wiedergefundenen Sohn, der ihm doch so viel Gram bereitet hatte, beschäftigt sei.

Der Fiebernde war in nasse Decken gehüllt worden und verfiel in wohltätigen Schweiß. Die Nähe des Vaters war von guter Wirkung auf die Phantasien des Sohns; er beruhigte sich nach und nach und fiel in einen tiefen, festen Schlaf.

Auf die Gefangenen wurde keine Rücksicht genommen. Sie lagen in sehr fest angezogenen Fesseln und bekamen weder zu essen noch zu trinken.

Gegen Abend ließ mich der Vater hinauf zu sich bitten. Er drückte mir wohl hundertmal die Hände und sprach sehr leise, um den schlafenden Sohn nicht zu wecken. Ich mußte ihm erzählen, wie ich Perdido kennengelernt hatte. Ich tat dies ganz der Wahrheit gemäß und beschönigte nichts.

„O Señor, er war nicht so schlimm, wie es schien", sagte der Alte. „Das Gute hat mit dem Bösen gekämpft, und bei jedem Kampf kommt bekanntlich das Schlachtfeld am allerschlechtesten weg. Er hat sich nach Vergebung gesehnt und sie doch nicht finden können, weil ich verschwunden war. Das hat ihn verbittert. Ich hörte das aus seinen Phantasien. Und die Nacht in der Tiefe des Wasserfalls muß entsetzlich gewesen sein; seine Fieberreden sagen mir auch das. Ich denke, daß diese Nacht zu seinem Heil gewesen ist, und bitte Gott, daß ich mich da nicht irre."

„Auch ich wünsche das herzlich. Was gedenken Sie denn mit den Comerciantes zu tun?"

„Ich? Nichts. Aber Sie?"

„Mich gehen sie gar nichts an, denn sie haben mir nichts getan. Meiner Ansicht nach haben Sie und Ihr Sohn über diese Leute zu entscheiden. Strafe haben sie verdient."

„Ja, aber wer soll der Richter sein? Etwa mein Sohn, der selbst anstatt der Strafe Verzeihung finden wird? Oder ich? Señor, ich glaube, ich bin auch nicht ohne Fehl gewesen. Wem eine Menschenblume anvertraut ist, der soll sie pflegen, und wenn sie nicht gerät, so ist nicht allein die Blume schuld. Nein, diese Comerciantes mögen ihre Sachen nehmen und sich davonmachen."

„Aber wie denken Sie denn nun von Ihrer Zukunft? Werden Sie hier bleiben?"

„O, der rote Gambusino, der mir ein lieber Freund geworden ist, hat wirklich viel edles Metall, das hier in der Nähe sorgsam versteckt ist. Wir brauchen uns um unsere Zukunft keine Gedanken zu machen. Darüber läßt sich jetzt noch nichts bestimmen. Mag es aber kommen, wie es will, wir bleiben Ihre Schuldner, solange ein Atem in uns ist!"

Der Vater blieb auch den ganzen Abend am Lager des Sohnes. Ich saß mit dem Gambusino und den drei Tobas zusammen, bis die Müdigkeit sich meldete und wir zur Ruhe gingen. Am andern Morgen war ich zeitig munter, als eben die junge Ostersonne den Osten mit purpurnen und goldenen Strahlen färbte. Der Gambusino und die Tobas schliefen noch. Die Commerciantes lagen mit offenen Augen und verzerrten Zügen da, sie befanden sich jedenfalls nicht in guter Osterstimmung. Ich stieg leise hinauf zur Höhle. In der großen Abteilung schlief der Kranke, der nun wohl gesund war, denn er atmete ruhig, und sein Gesicht zeigte die frühere Farbe wieder. Sein Vater hatte die Nacht hindurch bei ihm gewacht und sich erst vor kurzer Zeit in die kleinere Abteilung gelegt. Die aufgehende Sonne schien zur offenen Höhle herein und warf zitternde Lichter auf deren Wände. Einige dieser Lichter verirrten sich auf das Gesicht des Schlafenden; sie gaben ihm ein eigentümliches warmes Leben. Es waren nicht mehr die Züge des Perdido vom Madeira-Strom, sondern es sprach aus ihnen eine Seele, die er damals nicht besessen hatte.

Da bewegte er sich. Ich wollte zurücktreten, aber schon öffnete er die Augen.

„Señor, Sie hier?" fragte er halb erstaunt und halb erfreut. „Sie haben — — —"

Er besann sich, und ich trat näher. Sein Auge leuchtete glücklich auf, indem er sagte:

„Ich erwachte, und mein Vater saß bei mir. Ist es wahr, daß ich bei meinem Vater bin?"

„Ja, Sie sind bei ihm und werden von nun an bei ihm bleiben."

„Und wem verdanke ich das?"

„Dem guten Gott, der die Schicksale der Menschen lenkt."

„Oh, dem Gott, von dem ich nichts wissen wollte, Señor. Erinnern Sie sich Ihrer Worte, daß meine Zunge mir am Gaumen kleben würde? Es ist eingetroffen. Man senkte mich in die kalte Tiefe, daß das Wasser mir an den Leib reichte, und deckte das Loch über mir mit Steinen zu. Da habe ich um Hilfe gerufen und um Gnade gebeten; da habe ich Gott um Barmherzigkeit angefleht, fort und immerfort, bis mir, wie Sie sagten, die Zunge am Gaumen klebte. Dann weiß ich nichts mehr. Später aber war es mir, als ob ich in Ihren Armen gelegen hätte."

„Das war allerdings der Fall. Wir hatten Sie aus der Tiefe geholt und wollten Sie Ihrem Vater bringen."

„Ja, Señor, Sie haben mich wirklich auf der Tiefe geholt! Das war die entsetzliche Leidens- und Karfreitagsnacht. So ist jetzt Samstag früh?"

„Nein, Samstag haben wir Sie hierher gebracht, und bis jetzt haben Sie geschlafen. Es ist Ostermorgen. Sehen Sie die Sonne dort! Wissen Sie, was sie verkünden will? Christ ist erstanden!"

„Ja, er ist wahrhaftig auferstanden, Señor!"

Da kam sein Vater, welcher aufgewacht war und diese Worte gehört hatte, herbei und beugte sich mit Tränen der Freude über ihn. — —

HIMMELSLICHT

1. Nûr esch Schems

Wir kamen von Bagdad herauf und wollten meinen Freund Amad el Ghandur, den Scheik der Haddedihn vom großen Stamm der Schammar, besuchen. Wenn ich sage „wir", so ist damit außer mir nur noch mein kleiner, wackrer und treuer Hadschi Halef Omar gemeint, mit dem ich in gelegentlichem Briefwechsel stand. Auf eine Nachricht von mir war er mir auf einem Floß bis Bagdad entgegengefahren.

Es war eigentlich ein kleines Wagnis, daß wir zwei es unternahmen, fast das ganze Mesopotamien allein der Länge nach zu durchreiten. Die freien Ebenen, die zwischen dem Euphrat und Tigris liegen, sind von vielen Araberstämmen bewohnt, die nicht nur sich gegenseitig immerfort befehden, sondern auch mit der türkischen Obrigkeit in stetem Hader liegen und jeden fremden Reisenden und sein Eigentum als gute Beute betrachten. Aber es war uns trotzdem nicht bange. Wir kannten das Land und seine Bewohner genau und wußten, daß wir uns in jeder Gefahr aufeinander verlassen konnten.

Der kürzeste Weg hätte uns zum Fluß hinaufgeführt. Da aber die Beduinenhorden, die wir vermeiden wollten, in dessen Nähe ziehen, so waren wir erst dem Wasser des Dijala gefolgt und ritten nun den Schatt el Adhem entlang, um in die Nähe des Dschebel Hamrin nach Westen umzubiegen und bei Tekrit über den Tigris zu setzen.

Was unsre Ausrüstung betraf, so hatte ich zwei gute Pferde gekauft und wir besaßen vortreffliche Waffen. Mein Henrystutzen hatte schon manchen Gegner in Schach gehalten. Dazu als Verpflegung mehrere Beutel voll Mehl und Datteln, für unsre Pferde das saftige Grün der Dschesireh, der es in der jetzigen Jahreszeit nicht an Regen mangelte — was brauchten wir mehr!

Es war am Vormittag und gegen Abend hofften wir die Höhen des Dschebel Hamrin zu erblicken. Die Steppe, die in der Sommerglut eine Wüste bildet, glich einem Gras- und Blumengarten, dessen Blütenstaub die Beine unsrer Pferde gelb färbte. Sie bildete in dieser Gegend keine völlige Ebene. Es gab Bodenerhebungen genug, wenn sie auch nicht bedeutend waren, und dazwischen zahlreiche Einsenkungen, die oft eine beträchtliche Tiefe und Breite besaßen. Diese Rinnen mit den eingefallenen

Wänden waren die Überreste des einstigen Bewässerungsplans, der die Dschesireh unter persischer Herrschaft zum fruchtbarsten Land des Reiches gemacht hatte. Auch kamen wir durch einige größere Talmulden, die wohl noch zur Kalifenzeit als große Wassersammelbecken gedient haben mochten. Etliche von ihnen waren so tief, daß wir auf ihrem Grund wie zwischen Bergeshöhen hinritten.

Es war Mitte Dezember, und doch gab es eine Wärme wie in Deutschland im Juli und August! Die Pferde begannen allmählich darunter zu leiden, und wir machten daher gegen Mittag halt, um sie ausruhen zu lassen. Am Rand eines der erwähnten einstigen Bewässerungsgräben setzten wir uns ins Gras und zogen unsre Tschibuks hervor, um von dem aus Bagdad mitgebrachten Tabak eine Pfeife zu rauchen. Während wir das taten, deutete Halef nach Osten und sagte:

„Schau, Sihdi! Sind das nicht Reiter, die sich dort bewegen?"

Ich saß mit dem Gesicht westwärts gerichtet, drehte mich um, blickte in die angedeutete Gegend und erwiderte:

„Ja, es sind zwei Reiter, die ein Lastpferd mit sich führen. Deutlich kann man es nicht erkennen, weil die Entfernung zu groß ist."

„Das werden wir erfahren. Sie haben gleiche Richtung mit uns, und da sie langsam reiten, werden wir sie nachher bald einholen. Da ihre Anzahl nicht größer ist, haben wir von ihnen nichts zu befürchten."

„Wer mögen sie sein?"

Nach ungefähr zwei Stunden ritten wir weiter und trafen bald auf die Fährte derer, die wir gesehen hatten. Sie schienen später schneller geritten zu sein, wie wir an ihren Spuren bemerkten. Wir beeilten uns nicht, denn wir hatten keinen Grund, sie einzuholen, blieben aber in ihren Tapfen, da sie wirklich unsre Richtung eingehalten hatten. Wie vermutet, erblickten wir gegen Abend den Dschebel Hamrin, der seine Höhen nach Nordwesten zog, und gelangten in ein Tal, in dem wir die Nacht zuzubringen beschlossen, weil ein kleines Wässerchen hindurchfloß.

Das Tal beschrieb einen Bogen, darum konnten wir es nicht bis ans Ende überblicken. Wir lagerten an seinem Eingang. Die hohen Wände schützten uns vor dem stets kühlen Nachtwind. Wir rührten in dem mitgebrachten Becher Mehl und Wasser zusammen, aßen den Brei und einige Datteln dazu, banden den Pferden die Vorderbeine so zusammen, daß sie zwar grasen, aber sich nicht weit entfernen konnten, und legten uns dann schlafen.

Da wir so zeitig zur Ruhe gegangen waren, wachten wir am andern Morgen sehr früh auf; der Tag begann zu grauen. Wir aßen einige Datteln, sattelten die Pferde und ritten weiter. Wir kamen an den Bogen, den das Tal macht und wollten eben um seine innere Ecke biegen, als wir jenseits eine laute Stimme rufen hörten:

„Haï álas-ßalah, ia mu'minin! Allah akbar; Allah akbar — auf zum Gebet, ihr Gläubigen! Gott ist groß; Gott ist groß!"

Wir ritten sofort ein Stück zurück, stiegen ab und gingen dann vorsichtig wieder vor, um, hinter der Krümmung versteckt, zu erspähen, was für Leute wir vor uns hatten. Wir bekamen zwar den Wind vom Rücken, doch verspürten wir trotzdem einen leider bekannten, fürchterlichen Geruch.

Was wir erblickten, war keineswegs erfreulich. Es lagerte da ein Trupp von gegen zwanzig gut bewaffneten Männern mit ihren Tieren. Wir zählten sechzehn Reit- und acht Lastkamele, dazu sieben Pferde. Wie konnte das stimmen? Da waren doch wenigstens drei Pferde zuviel! Diese Männer knieten jetzt auf ihren Gebetsteppichen und beteten das Fadschr, das Gebet bei der Morgenröte. Ihre Tiere waren alle abgesattelt und grasten. Die Sättel lagen auf einem Haufen beisammen. Daneben standen die Gegenstände, die die Lastkamele getragen hatten — sechzehn hölzerne Särge, je zwei für ein Kamel. Wir hatten eine sogenannte Karwan el Amwat, eine Karawane der Toten, vor uns. Und da, hinter diesen Särgen, entdeckten wir zwei Menschen, die an Händen und Füßen gefesselt waren. Das erklärte das Rätsel der überflüssigen Pferde. Nämlich die zwei Reiter, die wir gestern gesehen hatten, waren hier auf die Karawane gestoßen und von deren Leuten ergriffen worden.

Diese waren Schiiten. Die Sunniten erkennen Abu Bekr, Omar und Othman als Kalifen an, während die Schiiten diese drei verwerfen und nur Ali und seine Nachfolger für rechtmäßig erklären. Zwischen beiden herrscht ein grimmiger Haß, der besonders zur Zeit der schiitischen Wallfahrten in hellen Flammen auflodert. Dieser Haß ist eine Folge der Leiden, die die Söhne Alis auszustehen hatten. Der jüngere von ihnen, Husseïn, wurde ermordet und in Kerbela begraben. Darum ist diese Stadt der heiligste Wallfahrtsort der Schiiten, die ihre Toten von weither bringen, um sie hier zu begraben. Die Leichen werden bis zu einer passenden Gelegenheit aufbewahrt, um dann in größeren oder kleineren Karawanen nach Kerbela geschafft zu werden. Während dieser Totenzüge befinden sich die Beteiligten in einer religiösen Aufregung, die an Wahnsinn grenzt und sie zu allen Untaten gegen Andersgläubige fähig macht; den Beweis dazu hatten wir jetzt vor uns.

„Siham Allah fi ada ed din — Allah möge die Feinde der Religion durchbohren!" flüsterte mir Halef zu. „Das sind verdammte Schiiten! Sie haben die beiden Reiter überfallen und werden das auch mit uns tun wollen, wenn sie uns erblicken. Sihdi, was werden wir beginnen?"

„Schnell fliehen", meinte ich, um ihn auf die Probe zu stellen.

Der kleine wackre Mann antwortete zornig:

„Fliehen? Zwei solche Männer wie wir sind? Vor diesen gemeinen Totengräbern? Ja, es wäre klüger, sie zu meiden. Aber sollen wir den Gefangenen nicht beistehen? Das wäre feig! Wer weiß, was sie mit ihnen vorhaben. Diese tollen Bekenner der Schia sind imstand, sie qualvoll zu töten. Wir müssen die armen Teufel retten, und ich hoffe, Sihdi, daß du damit einverstanden bist."

„Allerdings, aber da dürfen wir nicht hierbleiben. Wir müssen uns einen Punkt aussuchen, der ihr Lager besser beherrscht und uns Sicherheit bietet. Komm!"

Wir stiegen wieder auf, ritten bis an den Ausgang zurück und bogen dann außerhalb des Tals scharf ein, um an seinem Rand emporzureiten, bis wir uns über der Karawane befanden. Da stiegen wir wieder ab, schafften unsre Pferde eine Strecke fort, damit sie nicht von unten bemerkt werden konnten, legten uns auf die Erde nieder und krochen vorsichtig bis an den Rand, um ins Tal hinabzublicken.

Wir befanden uns auf einer vielleicht fünfzehn Meter hohen, steilen Böschung, grad über dem Mittelpunkt des Lagers. Dieses hatte eine so geringe Ausdehnung, daß ich mit meinem Henrystutzen die dreifache Länge hätte bestreichen können. Das Gebet war vorüber. Man hatte den Gefangenen die Fesseln an den Füßen gelöst und einen Kreis um sie gebildet, in dessen Mitte sie standen, und beriet sich unter wüstem Geschrei, welches Schicksal sie erleiden sollten.

Eben zuckte der erste Strahl der aufgehenden Sonne über das Tal. Da erhob der eine der Gefangenen die gefesselten Hände und rief:

„Ia schems, ia schems! Ia schems, elhamdulillah — O Sonne, o Sonne! O Sonne, Gott sei Dank! Du wirst uns retten vom gräßlichen Tod, der uns droht, denn wir stehen im Nûr esch Schems, unter deinem Licht und Schutz! Laß uns nicht schon jetzt über die Brücke Tschinevad ins Jenseits schreiten, sondern vertreibe mit deinen Strahlen die bösen Geister Ahrimans und sende uns Ormuzds reine Engel zu Hilfe!"

Ein schallendes Hohngelächter antwortete ihm, und das Brüllen und Schreien begann von neuem in einer Weise, daß wir die einzelnen Ausrufe nicht unterscheiden konnten. Aus seinen Worten hatten wir gehört, daß er ein Parsi war, also einer der Anhänger der Zoroaster-Lehre, die die Sonne und das Feuer als Sinnbilder ihres guten Gottes Ormuzd anbeten. Als eine Pause in dem Geschrei entstand, rief er wieder mit erhobenen Armen:

„Ia Schems — o Sonne, o Göttliche, o Herrliche, o Retterin! Du mußt und wirst uns retten, denn ich trage ja dein Tilßim[1] auf meinem Herzen!"

Wieder wurde mit Gelächter erwidert, und dann gebot der Anführer:

„Macht es kurz mit den ungläubigen Hunden. Ihnen geschehe, wie ich schon gestern abend geboten. Wir haben hier Platz zur Runde!"

Was für eine Runde sollte das sein? Was meinte er mit dem Wort? Wir sollten es gleich sehen. Es wurden mehrere Stricke zusammengeknüpft und mit dem einen Ende an den Nasenriemen eines Pferdes befestigt, das andre nahm einer der Kerle in die Hand. Dann schlang man den Gefangenen kürzere Stricke um die Handgelenke und band diese rechts und links um die Bauchgurte des Pferdes.

„O Allah! Man will sie zu Tode schleifen! Siehst du es, Sihdi?" fragte Halef.

Gewiß sah ich es! Das Pferd sollte an dem langen Strick, der als Leitseil diente, im Kreis herumgetrieben und die beiden armen Menschen hinter sich herschleppen, bis sie tot waren. Wir durften nicht länger zögern, denn schon machten sich mehrere Schiiten bereit, das Pferd mit ihren Lanzen anzutreiben.

„Fangt an!" gebot der Anführer. „Was zögert ihr so lange!"

Da erhob ich mich mit Halef und rief hinab:

[1] Talisman

„Halt, bei Allah, haltet ein, wenn ihr nicht selbst verderben wollt!"

Sie fuhren alle herum und blickten vor Überraschung sprachlos zu uns herauf.

„Bindet die beiden Männer augenblicklich los, und gebt sie frei, sonst sterben nicht sie, sondern ihr fahrt zur Dschehenna!"

Die Leute schwiegen noch immer, so betroffen waren sie. Dann fragte der Anführer:

„Wer seid ihr denn, daß ihr es wagt, uns stören zu wollen?"

„Wir sind Retter in der Not, denen niemand widerstehen kann. Mein Gewehr allein reicht hin, euch alle in einer Minute zu töten. Paßt auf, ich werde es euch beweisen. Da drüben steckt eine Lanze in der Erde, und ich werde, ohne zu laden, sechs Löcher hineinschießen."

Ich hatte diese Probe mit meinem Stutzen oft gemacht, und stets war es mir geglückt, die Betreffenden dadurch einzuschüchtern. Vielleicht war es mir auch jetzt möglich, die Gefangenen dadurch zu befreien und Blutvergießen zu verhüten. Ich legte also den Stutzen an, zielte und drückte schnell hintereinander ab. Man eilte nach dem letzten Schuß hin, die Lanze zu betrachten, wodurch ich Zeit gewann, die sechs verschossenen Patronen unbemerkt zu ersetzen. Es ertönten laute Ausrufe der Verwunderung, und den Anführer hörten wir sagen:

„Allah bewahre uns vor dem Teufel! Das ist ein Bârûdi es Ssirr — ein Zaubergewehr, das man niemals zu laden braucht, und womit man dennoch genau die Ziele trifft."

„Du hast recht gesprochen", erklärte ich. „Eine Minute genügt, euch alle mit dieser Zauberflinte tot ins Gras zu strecken. Sie feuert so schnell und sicher, daß keiner von euch Zeit zur Flucht finden würde. Gebt also die Gefangenen frei, sonst schieße ich!"

„Seid nur ihr zwei da oben?" fragte er.

„Zwei oder hundert, das ist ganz gleich; mein Gewehr allein genügt."

„Wir schießen auch!"

„Versucht es! Eure Flinten liegen dort bei den Särgen. Wer Miene macht, die seinige zu holen, der bekommt meine erste Kugel, und dann hält das Zaubergewehr nicht eher ein, als bis ihr alle getroffen seid."

„Du bist der Scheïtan selbst, sonst hättest du keine solche Flinte und könntest uns nicht so furchtlos drohen."

„Wenn du das meinst, so beeile dich! Ich gebe euch nur so viel Zeit, als nötig ist, dreimal die Fatîha zu beten, dann schieße ich!"

„El kuwwe a'leija — die Gewalt ist gegen mich, Gott verbrenne dich! Ich werde mich mit meinen Leuten beraten."

„Und ich bete indessen dreimal die Fatîha. Wenn ich zu Ende bin, trifft meine erste Kugel das Pferd, an dem die beiden hängen, in den Kopf und die zweite dich."

Das Tier tat mir leid; aber ich sah voraus, daß ich es opfern mußte, um den Schiiten Schreck einzujagen und dadurch Blutvergießen zu vermeiden. Sie berieten sich unter wilden Gebärden halblaut, ich wartete vielleicht zwei Minuten und rief dann hinab:

„Die Frist ist zu Ende, es geht los!" Herauf zielte ich auf das Pferd und drückte ab. Es wankte einigemal herüber und hinüber und fiel dann nieder. Dann richtete ich mein Gewehr auf den Anführer.

„Wakkif — halt ein!" schrie er, als er das sah. „Wir werden die Hundesöhne freigeben."

„Mit ihren Pferden und allem, was ihr ihnen genommen habt!"

„Verlangst du auch das?"

„Ja, wenn ihnen das Geringste fehlt, hört ihr kein Wort mehr von mir, desto mehr aber Schüsse."

„Jil'an daknak — verflucht sei dein Bart!"

„Fluche nicht, sondern beeile dich, sonst schieße ich doch! Die beiden Männer mögen dann ihren Weg schnell fortsetzen!"

Was solch ein neuzeitliches Gewehr bei diesen unwissenden und abergläubischen Menschen vermag! Sie banden die Gefangenen los und gaben ihnen ihre Pferde. Wegen der übrigen Gegenstände gab es freilich ein längeres Gezänk, da sie schon verteilt worden waren. Doch war nach meiner letzten Drohung höchstens eine Viertelstunde vergangen, so hatten die Befreiten alles beisammen und konnten weiterreiten. Ehe sie ihre drei Pferde in Bewegung setzten, rief der eine zu uns herauf:

„Ja Beßjid, ia weli en niam, Allah jebârik fîk; Allah jissallimak — o Herr, o Wohltäter, Allah segne dich, Allah erhalte dich!"

„Reitet fort; wir sehen uns wieder!" rief ich ihnen zu. Dann machten sie sich im schnellsten Galopp davon.

Als wir glaubten, daß die beiden Geretteten weit genug fort seien, stiegen auch wir in den Sattel und ritten ihnen nach. Verfolgt wurden wir von den Schiiten nicht, und hätten sie es getan, so wären wir imstand gewesen, sie mit unsern Gewehren, die viel weiter trugen als die ihrigen, fernzuhalten.

Die beiden Geretteten waren noch nicht am Horizont verschwunden, wir galoppierten hinter ihnen her. Als sie uns bemerkten, hielten sie an, uns zu erwarten. Der eine von ihnen, der vorhin zu uns gesprochen hatte, war besser gekleidet als der andre. Er rief uns, noch ehe wir sie erreicht hatten, entgegen:

„Ihr kommt uns nach? Darüber ist mein Herz erfreut, denn nun ist es mir möglich, euch besser Dank zu sagen, als es vorhin möglich war."

„Danke Gott und nicht uns!" antwortete ich ihm. „Er war es, der uns zur rechten Zeit zu euch führte. Was wir getan haben, war nichts als unsre Pflicht, und für die Erfüllung einer Pflicht hat niemand Dank zu fordern."

„Das ist wahr. Aber euer Pflichtgefühl brachte euch selbst in so große Gefahr, daß hundert andre sich davor gefürchtet hätten. Nimm also meine Hand, o Herr, und sage mir, wie ich dir wieder dienen kann!"

„Deine Hand ist mir willkommen. Hier ist die meinige. Hattet ihr denn die Perser beleidigt?"

„Nein. Sie sind keine Perser, sondern aus der Gegend von Suleimanije, das diesseits der Grenze liegt. Wir trafen auf sie, grad als sie, die uns entgegenkamen, lagern wollten. Wir grüßten und wollten an ihnen vorüber. Da hielten sie uns an, weil sie glaubten, daß wir Sunniten seien.

Als ich ihnen sagte, daß ich ein Parsi sei, wurde ihr Haß noch größer als vorher, und sie bemächtigten sich unser, um uns für den Tod ihres Husseïn sterben zu lassen."

„Wo kommt ihr her?"

„Aus Bagdad. Mein Vater ist der Parsikaufmann Wikrama, und ich heiße Alam. Wir wollen zu den Aneïseh-Arabern, um meinen Vater aus der Gefangenschaft zu befreien."

„Wie? Er ist Gefangener der räuberischen Aneïseh? Wie konnte er, ein Bagdader Kaufmann, in die Hände dieser Leute fallen?"

„Mein Vater reiste nach Mossul, um einem Geschäftsfreund eine große Summe Geldes zu bringen, wurde aber von den Aneïseh am oberen Wadi Tharthar überfallen und ausgeraubt. Sie sind mit dieser Summe nicht zufrieden und verlangen noch ein hohes Lösegeld. Ist es nicht zur bestimmten Zeit bezahlt, so werden sie ihn töten."

„Du willst das Geld zu ihnen bringen?"

„Ja, aber nicht die ganze Summe, die sie verlangt haben. Durch den Verlust, den mein Vater erlitten hat, sind wir arm geworden, denn was die Aneïseh ihm abgenommen haben, war fast unser ganzes Vermögen. Ich habe geborgt, soviel ich konnte, und doch kaum die Hälfte der Summe beisammen, die die Beduinen verlangt haben, doch hoffe ich, daß sie damit zufrieden sein werden. Sollte das nicht der Fall sein, so wende ich mich an den berühmten Einsiedler auf dem Felsen Wahsija, von dem ich hörte, daß er große Macht über sie habe."

„Welche Unvorsichtigkeit, hier vom Geld zu erzählen! Wie nun, wenn wir Räuber wären und es euch abforderten?"

„Ihr würdet es nicht finden, wie es die Schiiten auch nicht gefunden haben. Es ist gut versteckt. Übrigens seid ihr unsre Retter, denen ich vertrauen darf, und auf alle Fälle habe ich zwei Talaßim bei mir, die mich aus jeder Gefahr retten werden."

„Vertraue keinem Talisman, keinem Zauberschutzmittel, o Jüngling! Gott allein ist der Retter. Das Gebet vermag mehr als alle Talaßim der Welt."

„Meine Talaßim sind eben Gebete. Sobald ich meine rechte Hand auf die Stelle lege, wo sie sich befinden, ist die Rettung da. Als ich vorhin die Sonne anrief und die gefesselten Hände auf die Brust legte, an der meine Talaßim ruhen, sandte sie euch sofort, uns zu befreien. Wo kommt ihr her, und wo wollt ihr hin, o Sihdi?"

„Wir kommen von Bagdad und wollen zu den Haddedihn-Beduinen. Ich werde Kara Ben Nemsi Effendi genannt, und hier ist Hadschi Halef Omar, mein Begleiter."

„Zu den Haddedihn? So müßt ihr wohl auch nach Tekrit und über den Tigris hinüber?"

„Ja. Dann werden wir am Thartharflusse hinaufreiten."

„Das ist ja auch unser Weg! Effendi, erlaubst du, daß wir mit euch reisen?"

Es lag mir nicht viel daran, diese beiden jungen, unerfahrenen Menschen bei mir zu haben. Dennoch antwortete ich:

„Wenn ihr euch in unsre Art und Weise fügt, werdet ihr uns willkommen sein. Also vorwärts nach Tekrit, damit wir keine Zeit verlieren!"

Ich setzte mein Pferd in Bewegung. Alam hielt sich sogleich an meine Seite und sagte:

„Du wirst es nicht bereuen, uns bei dir zu haben. Wir kommen durch Gegenden, in denen es viele Gefahren gibt. Aber meine Talismane werden uns beschützen und auch dir zugute kommen. Der eine ist ein Talisman der Sonne; ich befinde mich im Nûr esch Schems, im Licht und Schutz des Tagesgestirns, das wir verehren, und kein Feind wird uns etwas anhaben können."

2. Nûr el Hilâl

Es war einige Tage später. Wir hatten Tekrit, diese jetzt so kleine und unbedeutende Ortschaft, hinter uns, waren auf Schifflößen über den Tigris gesetzt, noch eine Strecke westlich in die Steppe hineingeritten und befanden uns nun an dem kleinen Fluß Tharthar, an dessen Ufer wir aufwärts zogen. Hier hatten wir Wasser, soviel wir brauchten, Weide in Fülle und konnten uns, falls uns eine feindliche Begegnung drohte, frei nach allen Richtungen wenden, was nicht möglich gewesen wäre, wenn wir uns am Ufer des Tigris gehalten hätten.

Und eine solche Begegnung lag keineswegs außerhalb des Bereichs der Möglichkeit. Wir hatten nämlich zu unserm Leidwesen in Tekrit erfahren, daß Feindseligkeiten zwischen den Stämmen der dortigen Beduinen ausgebrochen waren. Der erste Grund dazu war eine Räuberei der Abu Hammed gegen die Alabeïde gewesen. Beide Stämme hatten befreundete Abteilungen an sich gezogen und machten nun mit ihren Plänkelzügen die ganze Gegend unsicher.

Half und ich mußten uns ganz besonders vor den Abu Hammed hüten, denn wir waren mit dabei gewesen, als sie von den Haddedihn besiegt worden waren. Wenn wir ihnen in die Hände gerieten, durften wir nichts Gutes erwarten. Darum hielten wir die Augen offen.

Was unsern Begleiter, den Parsi Alam betrifft, so war ich mit seiner Anwesenheit völlig ausgesöhnt. Er war zwar jung, unerfahren und wohl auch unvorsichtig, dabei aber für mich eine anziehende Persönlichkeit. Er hatte einen Parsi zum Vater und war in Bagdad von einer mohammedanischen Mutter geboren worden. Infolgedessen bekannte er sich äußerlich zum Glauben seines Vaters und hielt es doch innerlich mit dem seiner Mutter. Halb Sonnen- und Feueranbeter und halb Muslim, war er keins von beiden. Dabei besaß er eine durstige Seele, rang nach Licht und Wahrheit und hatte doch weder das eine noch das andre zu finden vermocht. Er fühlte die Fesseln des Aberglaubens, unter dem er stand, wollte gern frei von ihnen sein und konnte trotzdem nicht loskommen.

Es war kein Wunder, daß Alam in dieser innern Bedrängnis das Gespräch auf den Glauben brachte. Er hatte mich für einen Muslim gehalten. Als er dann hörte, daß ich Christ sei, wurde er noch offener und legte mir eine Menge Fragen vor, die ich alle beantworten sollte. Es fiel mir nicht ein, mich nun sofort als Bekehrer zu gebärden. Das wäre ein unverzeihlicher Fehler gewesen. Ich erwähnte meinen Glauben und seine Lehren mit keinem Wort, sondern schlug den, wenn auch nur mittelbaren, aber um so sicheren Weg ein, ihm durch kurze und überzeugende Bemerkungen zu beweisen, daß sein Glaube haltlos sei.

Vom Morgen bis zum Abend sprachen wir fast von nichts anderm. Alam wurde immer nachdenklicher, so daß ich überzeugt war, daß meine Worte in seinem Innern hafteten. Auf diese Weise hatte ich auch meinen Halef belehrt, der mich unbedingt zum Mohammedaner hatte machen wollen. Der kleine, treue Mann hörte unsern Wechselreden schweigend zu, konnte sich aber, als ich gelegentlich einmal neben ihm ritt, nicht enthalten, heimlich mir zu sagen:

„Sihdi, erinnerst du dich noch daran, daß ich dich zum Islam bekehren wollte, du mochtest wollen oder nicht?"

„Ja."

„Und nun ist mir dein Glaube lieber als der unsrige, obgleich ich das noch niemand sagen mag. Ich bemerke, daß dieser Parsi eines Tags ebenso denken wird wie ich, trotz der Talismane, die er bei sich trägt."

Hadschi Halef hatte also an Alam die gleiche Beobachtung wie ich gemacht. Nebenbei mag hier bemerkt werden, daß der Gefährte des Parsi ein junger Mann war, der jetzt in seinem Dienst stand und früher eine Art Wanderhandel unter den Beduinen getrieben hatte, die Gegend und deren Bewohner also einigermaßen kannte und darum als jetziger Begleiter nicht schlecht gewählt worden war. Für mich freilich konnte der einfache, harmlose Mann keine Bedeutung haben. Er ritt auch immer bescheiden hinter uns her.

Der Tharthar hat im Sommer wenig oder fast gar kein Wasser. Dann gibt es nur an seinen Ufern etwas Grün, in der Steppe aber sind die Pflanzen völlig abgestorben, und die Beduinen halten sich mit ihren Herden in der Nähe des Tigris oder suchen den westwärts fließenden Euphrat auf. Jetzt aber gab es Wasser in dem Flüßchen, doch nicht so viel, daß uns der Übergang schwer geworden wäre. Wir konnten, wenn es notwendig war, in jedem Augenblick hinüber und wieder herüber, ganz wie es unsre Sicherheit erforderte.

Bis jetzt hatten wir keine Begegnung gehabt. Heut aber, als die Sonne vielleicht drei Viertel ihres Laufes vollendet hatte, erblickten wir vier Reiter, die südwestlich aus der Steppe kamen und auf den Fluß zuhielten, an dem sie mit uns zusammentreffen mußten. Als sie uns bemerkten, hielten sie für kurze Zeit an, um sich zu besprechen. Dann setzten sie ihre Pferde in Galopp und kamen auf uns zu. Wir ritten unsern Schritt weiter, da wir vier Männer jedenfalls nicht zu fürchten hatten. Erst als sie uns nahe waren, hielten wir, wie uns die Höflichkeit gebot, an. Sie sahen so aus wie alle Beduinen, es gab nichts an ihnen, was uns hätte mißtrauisch machen können. Sie grüßten uns freundlich, und wir dankten ihnen. Sie waren jung, der älteste von ihnen konnte fünfundzwanzig Jahre zählen. Er fragte uns, zu welchem Stamm wir gehörten.

„Wir sind fremd", erklärte ich unbestimmt. „Unsre Väter haben in Städten gewohnt."

„Wohin wollt ihr?"

„Zu dem frommen Einsiedler auf dem Felsen von Wahsija. Du siehst, daß unsre Reise friedlich ist."

Ich mußte in dieser Weise antworten, weil ich noch nicht wußte, zu welchem Stamm diese Leute gehörten.

„Habt ihr ein Gelübde getan, daß ihr zu dem Einsiedler wollt?" fragte er weiter.

„Nein. Wir wollen ihm nur ein Geschenk und eine Bitte bringen. Bei welchem Stamm stehen eure Zelte?"

„Wir gehören zum mächtigen Stamm der Alabeïde."

„Der Alabeïde?" rief Halef erfreut aus. „Wo befindet er sich?"

„Nicht weit von hier am Fluß. Wir werden unser Lager noch vor Abend erreichen", erwiderte der Mann dem kleinen, unvorsichtigen Frager.

„Dann reiten wir mit euch, denn wir sind alte Bekannte und Freunde eures Stammes."

„Ihr? Wieso?"

Halef deutete auf mich und antwortete stolz:

„Hier seht ihr den berühmten Kara Ben Nemsi Effendi. Kennt ihr seinen Namen? Und ich bin Hadschi Halef Omar Ben Hadschi Abul Abbas Ibn Hadschi Dawud al Gossarah, ein Haddedihn, sein Freund und Gefährte. Wir haben im Tal der Stufen mit euch und meinem Stamm gegen die Abu Hammed, Dschowari und Obeïde gekämpft. Das war ein großer Sieg, und ihr wißt wohl, daß ihr ihn Kara Ben Nemsi Effendi zu verdanken hattet."

Bei der Nennung meines Namens hatten die vier Reiter laute Rufe der Überraschung ausgestoßen. Sie sahen einander mit einem Ausdruck an, der auf freudige Bestürzung deutete, später erfuhren wir freilich, daß es etwas ganz andres gewesen war. Als Halef seine hochtrabende Rede geendet hatte, jubelte der vermeintliche Alabeïde: „Preis sei Allah, der uns euch hier begegnen ließ! Ja, wir kennen euern großen Ruhm. Unsre Stämme verdanken euch jenen Sieg. Ihr seid uns hoch willkommen. Wie werden sich die Unsrigen freuen, wenn wir ihnen verkünden, welche Gäste wir ihnen bringen! O Kara Ben Nemsi Effendi, sei unser Gast für viele Tage! Willst du uns die Wonne deiner Gegenwart bereiten?"

Ich sah seine Augen und die seiner Gefährten leuchten und sagte zu. Ich nahm dieses Augenleuchten als Zeichen der Freude. Das war es auch, aber einer ganz andern Freude, als wir annahmen. Wir unvorsichtigen Menschen gingen vertrauensselig in eine Falle, die uns noch dazu von so jungen Menschen gestellt worden war. Wir ritten weiter und unterhielten uns über die seinerzeitigen Erlebnisse. Besonders freuten sich die vermeintlichen Alabeïde darüber, daß wir damals die Abu Hammed so gezüchtigt hatten. Ich war Gefangener dieses Stammes gewesen, ihm aber entkommen. Sein Scheik, Zedar Ben Huli, wurde dann von einem meiner Gefährten erschossen. Die Abu Hammed mußten sich den Haddedihn und Alabeïde unterwerfen und den besten Teil ihrer Herden als Abgabe zahlen. Dabei gaben sich unsre neuen Gefährten in einer Weise, daß bei uns kein Argwohn entstehen konnte.

Später trennte sich einer von uns, um voranzureiten und die Ankunft so hochwillkommener Gäste zu verkünden. Es war vielleicht eine halbe Stunde vor Sonnenuntergang, als wir die schwarzen Zelte des Stammes liegen sahen. Herden weideten, von Hirten beaufsichtigt, rund um das Lager. Es war ein Bild des Friedens. Eine große Anzahl von Frauen und Mädchen kam uns entgegen und bewillkommnete uns mit einem vielstimmigen und oft wiederholten „Marhaba!". Hinter ihnen hielten die Jünglinge, um den Ruf zu wiederholen. Bei ihnen befanden sich nur wenig erwachsene Männer. Wir hatten gehört, daß die Krieger auf einem Zug gegen die feindlichen Abu Hammed abwesend seien, aber hoffentlich übermorgen schon wiederkommen würden. Das war ein außerordentliches Freudengeschrei, wie man es nur bei der Ankunft von sehr lieben Gästen hört. Wir wurden förmlich von den Pferden gehoben und unter Jubel zu den Zeltreihen geführt. Da plötzlich sah ich, daß einer der alten Krieger meinem Halef das Gewehr aus der Hand riß. Im nächsten Augenblick, bevor ich nur eine Bewegung der Abwehr machen konnte, schlug er mir den Kolben so gegen die Stirn, daß mir die Gedanken vergingen. Noch ein solcher Hieb, ich stürzte zu Boden und verlor die Besinnung.

Wie lang ich ohnmächtig gewesen war, weiß ich nicht, als ich erwachte, umgab mich tiefe Dunkelheit. Im Kopf hatte ich eine Empfindung, als sei er ein hohler Kürbis, in dem Millionen Fliegen summten. Durch dieses Summen tönte wie aus weiter Ferne menschliche Stimmen. Ich lag, an Händen und Füßen gebunden, auf der Erde. Als ich mein Gehör anstrengte, wurden die Stimmen nach einiger Zeit deutlicher, ich glaubte die meines Halef zu erkennen.

Da wurde es licht. Einige Männer erschienen, von denen einer eine tönerne Öllampe in der Hand hatte. Sie traten zu mir. Als sie bemerkten, daß ich die Augen offen hatte, sagte der Lampenträger:

„Allah sei Dank! Der Hundesohn lebt; ich habe ihn also nicht erschlagen!" Und sich zu mir wendend fuhr er fort: „Du bist Kara Ben Nemsi, der uns damals im Tal der Stufen überlistet hat, heute haben wir dich übertölpelt. Wir gehören nicht zu den Alabeïde, die Allah verbrennen möge, sondern wir sind Abu Hammed, denen du damals so großen Schaden zugefügt hast. Du wurdest zu uns gelockt, und dein Hirn war schwach genug, zu glauben, daß wir Alabeïde seien. Ihr habt damals unsern Scheik Zedar Ben Huli getötet. Nun bleibt ihr hier liegen, bis unsre Krieger zurückkommen, die um der Blutrache willen eure Seele von euch nehmen werden!"

Er versetzte mir einen Fußtritt und entfernte sich dann mit den andern. Im Schein des kleinen Lichts hatte ich beobachtet, daß ich mit meinen Gefährten im Innern eines Zeltes lag, sie waren ebenso gefesselt wie ich. Sie hatten vorhin miteinander gesprochen, und infolge der beiden Hiebe, durch die ich niedergeworfen worden war, hatte ich ihre Stimmen wie aus weiter Ferne gehört.

Als wir wieder allein waren, erkundigte ich mich nach den Verhältnissen. Mich hatte man für den Gefährlichsten gehalten und darum niedergeschlagen. Die andern waren niedergerissen und überwältigt worden. Als wir gebunden waren, hatte man unter Geschrei und Geheul einen Freudentanz um uns aufgeführt, uns mit Händen und Füßen geschlagen und gestoßen, angespuckt und dann in dieses Zelt geschleift. Davor saßen jetzt zwei Wächter.

„Daran bin ich schuld, Sihdi", gestand Halef. „Ich hätte nicht so schnell sagen sollen, wer wir sind."

„Das ist wahr, aber Vorwürfe nützen nichts. Ich bin ebenso unvorsichtig gewesen wie du. Man hat uns doch ausgeraubt?"

„Nein. Als einige Miene machten, uns die Taschen zu leeren, verbot es der Stellvertreter des Scheik. Er meinte, das dürfe erst geschehen, wenn die Krieger zurückkehren."

„Er hat gewußt, daß alles bald verschwinden würde, während nur der Scheik den Raub verteilen darf. Das ist gut für uns. Aber unsre Waffen?"

„Die hat man uns freilich abgenommen und sie in das Zelt des Scheik geschafft."

„Weißt du, welches Zelt es ist?"

„Nein. Ich hörte aber sagen, daß sie dort aufbewahrt werden sollten."

„Hm! Du liegst neben mir. Wie sind dir deine Hände gebunden?"

„Vorn."

„Ich habe die meinigen auf dem Rücken. Kannst du deine Finger bewegen?"

„Ja."

„So rutsche näher und versuche, ob du mir die Knoten aufknüpfen kannst! Man merkt, daß wir es mit unerfahrenen Leuten zu tun haben. Hätten sie uns einzeln eingesperrt, so könnten wir jetzt einander nicht helfen."

Halef folgte meiner Aufforderung. Es ging schwer und langsam, aber nach einer halben Stunde hatte ich die Hände frei.

„Nun binde auch mich und die andern los!" forderte er mich auf.

„Fällt mir nicht ein! Das wäre die größte Torheit, die ich begehen könnte! Binde mir vielmehr die Hände wieder zusammen. Es war einstweilen ein Versuch. Hörst du den Lärm da draußen. Man ist noch viel zu munter. Später werde ich versuchen, ob und wie wir fort können. Jedenfalls aber gehe ich nicht, ohne meine Gewehre wieder zu haben."

„Und meinen Packsattel!" flüsterte der Parsi Alam angelegentlich.

„Warum diesen?"

„Weil mein Geld in seinem Polster versteckt ist. Sag mir, o Effendi, würden diese Abu Hammed uns töten?"

„Ohne Gnade und Barmherzigkeit!"

„Du meinst aber, daß wir fliehen können?"

„Ich hoffe es."

„Daran sind nur meine beiden Talismane schuld. Ich habe es dir gesagt, daß sie uns aus jeder Not retten werden!"

Ich schwieg. Alam kannte meine Meinung. Was hätte ich noch sagen sollen?

Wir warteten. Die Zeit verging. Draußen wurde es stiller. Die Männer, die vorhin dagewesen waren, kamen wieder, um nach uns zu sehen. Wir lagen wie vorher. Sie glaubten uns fest zu haben und verschwanden wieder. Draußen geboten sie den neuen Wächtern, gut aufzupassen. Dann hörte ich zuweilen leise Schritte, die um unser Zelt gingen. Es waren die Wächter, die vor dem Eingang sich aufhielten. Von Zeit zu Zeit unternahm einer von ihnen einen Rundgang.

Nun wurde es Zeit. Halef mußte mich wieder losbinden, was jetzt schneller ging als vorher. Ich hatte die Hände frei und konnte mir nun den Strick von den Fußgelenken knüpfen.

„Effendi, wohin willst du draußen?" fragte der Parsi.

„Das Zelt des Scheik suchen."

„Such auch meinen Packsattel! Ich werde die Hand auf meinen Talisman der Sonne legen. Er wird dich beschützen. Ormuzd mag dir seine reinen Geister zur Begleitung senden!"

Ich kroch leise an die Hinterwand des Zeltes und zog einen der Pflöcke aus der Erde. Nun konnte ich die Leinwand heben und darunter hindurchkriechen. Der Himmel hatte sich mit Wolken umzogen, als wollte es regnen. Es war so dunkel, daß man nicht weit blicken konnte. Das war mir lieb, obgleich es mir dadurch schwer wurde, unser Zelt wiederzufinden. Ich schob mich also hinaus und schnellte mich dann gleich mehrere Meter weit fort, um aus der Nähe der Wächter zu kommen. Dann legte ich mich zu Boden und kroch weiter. Ich mußte durch das ganze Lager, war aber überzeugt, daß das Zelt des Scheik sich durch irgend etwas vor den andern auszeichnen würde.

Weiter aufwärts brannte ein Feuer, an dem mehrere Männer saßen, gewiß die spätere Ablösung für unsre Wächter. Ich mußte mich so halten, daß der Schein dieses Feuers nicht auf mich fiel, und kroch im Dunkel der andern Seite weiter, jedes Zelt, an dem ich vorüberkam, genau betrachtend. Da stand ein größeres, zwei mit Palmfaserbündeln verzierte Lanzenspitzen ragten darüber hoch empor. Sollte es das gesuchte sein?

Eben wollte ich mich vorsichtig an seine vordere Seite schieben, da hörte ich ein Geräusch. Ein Mann kam um das Zelt herum. Ich befand mich gerade vor seinen Füßen und hatte keine Zeit, ihm auszuweichen. Noch ein Schritt, er stolperte über mich weg und stürzte. Im gleichen Augenblick kugelte ich mich so weit wie möglich fort, eilte auf Händen und Füßen fort, erhob mich dann, und huschte, so schnell ich konnte, den Weg zurück, den ich gekommen war.

„Wacht auf, ihr Männer!" rief eine laute Stimme, die durch das ganze Lager klang. „Es war ein Mensch am Zelt des Scheik!"

Es wurde augenblicklich in den Zelten und außerhalb lebendig. Jetzt war es die Hauptsache für mich, schnell in das unsrige zu kommen. Ich befand mich schon in seiner Nähe auf der Rückseite der Zeltreihe, legte mich wieder nieder und kroch hin. Zum Glück für mich fiel es den Wächtern nicht ein, hierherzublicken. Sie waren aufgestanden und einige Schritte in der Richtung gegangen, in der das Zelt des Scheik lag. Ich schob mich unter der Leinwand hindurch und steckte den Pflock wieder in die Erde. Dann band ich mir den Strick um die Füße, und Halef mußte mir die Hände auf den Rücken fesseln. Kaum war das geschehen und ich lag an meinem frühern Platz, so kamen mehrere Beduinen mit der Lampe und leuchteten uns einen nach dem andern an.

„Die liegen sicher, von ihnen kann keiner fort", lautete das Ergebnis dieser Untersuchung. „Es ist kein Mensch, sondern einer unsrer Herdenhunde gewesen."

Sie gingen fort und es wurde wieder ruhiger im Lager. Ich erzählte den Gefährten leise, was geschehen war.

„Mein Tilßim der Sonne hat sich nicht bewährt", meinte der Parsi. „Mein zweites Tilßim ist ein Tilßim el Hilâl, ein Talisman des Halbmonds, für Muslimin gemacht. Ich stehe also auch unter dem Nûr el Hilâl, im Licht und Schutz des Halbmonds. Wagst du dich wieder fort, o Effendi?"

„Ja. Wir müssen unser Leben an die Freiheit wagen, und zwar noch in dieser Nacht. Morgen ist's wahrscheinlich schon zu spät."

„So werde ich, wenn du gehst, die Hand auf diesen zweiten Talisman legen, den ich auf der linken Seite der Brust trage."

Ich wartete, bis unsre Wächter abgelöst waren, machte mich wieder frei und legte den Weg in gleicher Weise wie vorhin zurück. Ich wußte nun, daß es wirklich das Zelt des Scheik gewesen war. Diesmal hatte ich mehr Glück. Es bestand bloß aus dem Empfangsraum, die Abteilung für die Familie bildete ein eignes, danebenstehendes Zelt. Leider saß ein Wächter davor, jedenfalls weil sich unsre Sachen darin befanden. Dieser Mann war vorhin über mich gestürzt.

Ich zog auch hier einen Pflock aus der Erde, dann kroch ich hinein und tastete im Finstern um mich, so vorsichtig und leise, daß der Wächter nichts hörte. Da lagen unsre Sättel und dabei alle unsre Waffen. Ich fühlte meinen Stutzen, nahm ihn und kroch wieder hinaus. Das Gewehr in meiner Hand gab mir das Gefühl völliger Sicherheit. Ich kehrte in unser Zelt zurück und band die andern los. Sie mußten mir folgen. Da sie außer Halef das Anschleichen nicht geübt hatten, krochen wir nur langsam vorwärts. Am Zelt angekommen, schob ich mich zunächst allein hinein, die andern mußten warten. Ich kroch leise bis zum Eingang vor und schob das Tuch, das die Tür bildete, ein wenig zur Seite. Da saß der Wächter, der stumm gemacht werden mußte, mir handgerecht so nahe, wie ich es nur wünschen konnte. Ich nahm ihn von hinten mit der Linken bei der Kehle, drückte sie fest zusammen und schlug ihm die rechte Faust gegen die Schläfe, daß er sich streckte. Er war besinnungslos.

Nun konnten die andern herein. Wir banden den Wächter und zwangen ihm einen Zipfel seines Kopftuchs als Knebel in den Mund. Dann nahmen wir unsre Sachen, wobei wir uns durch den Tastsinn leiten lassen mußten. Jetzt wurde einfach die Rückwand des Zeltes von oben bis unten zerschnitten, damit wir mit den Sätteln leicht hinaus konnten. Der Parsi und sein Begleiter hatten freilich viel zu tragen, drei Sättel und einige Pakete Waren, die sie auf dem Saumpferd mit sich geführt hatten, um, da Alam das Lösegeld nicht ganz besaß, die Aneïseh vielleicht mit diesen Handelsgegenständen zu befriedigen. Das erschwerte unser Fortkommen, doch halfen Halef und ich mittragen, und so kamen wir glücklich und unbemerkt zum Lager hinaus.

Nun aber Pferde! Es war nicht notwendig, daß wir die unsrigen bekamen. Heut, gegen Abend, als wir uns dem Zeltlager näherten, hatten wir gesehen, auf welcher Seite die Tiere weideten. Dorthin trugen wir unsre Sachen, legten sie ins Gras, und dann ging ich zunächst auf Erkundung. Die Hunde brauchte ich nicht zu fürchten, da sie bei den Schafen und Ziegen waren. Ich kam an den Kamelen vorüber, dann sah ich Pferde im Gras liegen. Auf dem Bauch kriechend, bewegte ich mich weiter. Da lag ein Hirte, den Ellbogen auf die Erde gestemmt und den Kopf in die Hand gestützt. Ich machte einen Bogen, um von hinten an ihn zu kommen, und nahm ihn dann beim Hals. Der junge Mensch war schon vor Schreck halbtot. Ich setzte ihm das Messer auf die Brust, ließ ihm Luft, leise reden zu können, und warnte:

„Sprich um Allahs willen nicht laut, sonst ersteche ich dich! Sagst du eine Lüge, so bekommst du auch das Messer! Wieviel Hirten sind hier bei den Pferden?"

„Nur ich", stieß er zitternd hervor.

„Steh auf und komm mit mir! Wenn du still bist, wird dir nichts geschehen."

Er gehorchte. Ich hielt ihn fest und brachte ihn zu den Gefährten, wo er mit seinem eignen Gürtel gebunden wurde. Der Parsi und sein Diener mußten ihn bewachen, ich aber ging mit Halef, fünf Pferde zu holen. Das war in kurzer Zeit getan. Wir sattelten und zäumten sie auf, knebelten den Hirten, so daß er nicht gleich nach unsrer Entfernung rufen konnte, stiegen auf und ritten so schnell davon, wie die Dunkelheit es gestattete.

Zunächst sagte keiner ein Wort; aber als wir uns weit genug entfernt hatten, rief Halef erleichtert aus:

„Lob und Preis sei Allah, der uns errettet hat! Sihdi, wir waren dem Tod verfallen, denn die Krieger der Abu Hammed hätten uns nach ihrer Rückkehr gewiß ermordet."

„Nein, es war keine Gefahr vorhanden", behauptete sonderbarerweise der Parsi.

„Nicht?" fragte der kleine Hadschi ganz erstaunt.

„Nein, denn ich habe meine beiden Talismane bei mir. Zwar hat sich der Tilßim esch Schems, der Sonne, diesmal nicht bewährt, dafür aber hat der andre, der Tilßim el Hilâl, des Halbmonds, um so besser seine Pflicht getan. Ich stehe im Nûr esch Schems und im Nûr el Hilâl, im Licht und Schutz der Sonne und im Licht und Schirm des Halbmonds.

Mir kann also nichts geschehen, und euch auch nicht, weil ihr euch bei mir befindet."

„Wenn aber mein Effendi nicht gewesen wäre, so hätte es für uns keine Rettung gegeben", wendete Halef eifrig ein. „Und meinst du, daß er sich von deiner Sonne oder von deinem Halbmond befehligen läßt? Er ist ein Christ und lebt in einem andern Licht, als das deinige ist. Es ist auch das meinige geworden; Allah und dem Propheten sei Dank dafür!"

Der Hadschi dankte also dem „Propheten" dafür, daß er innerlich ein Christ geworden war! Das durfte man aber dem wackern Kerlchen nicht übelnehmen.

3. Nûr es Ssemâ

Die Aneïseh sind einer der ältesten arabischen Nomadenstämme. Man sagt, sie seien Nachkommen des großen Stammes der Rebija, der schon vor Mohammed im südlichen Nedschd wohnte. Einige Zweige sind im nördlichen Nedschd verblieben, andre wohnen im Hedschas, und außerdem haben mehrere Abteilungen ihre Weiden in der Nähe des Dschebel Schammar. Diese sind sehr raubsüchtig und dehnen ihre Beutezüge oft bis weit hinein nach Mesopotamien aus. Ihnen war Wikrama, der Vater unsres Parsi Alam, in die Hände gefallen. Ich war der Überzeugung, daß es dem Sohn nicht geglückt wäre, seinen Vater zu befreien, selbst wenn er das ganze verlangte Lösegeld besessen hätte. Alam war überhaupt nicht der Mann dazu, mit diesen Beduinen in der Weise zu verkehren, wie es nötig war, wenn er seinen Zweck erreichen wollte.

Von einem Einsiedler auf dem Wahsijafelsen hatte ich bisher nichts gehört. Dieser einsame Felsen liegt südwärts von den Sindscharbergen. In den Ortschaften dieser Gegend gibt es auch Christen. War es vielleicht ein christlicher Einsiedler? Kaum möglich, denn ein solcher wäre doch nicht, noch dazu in so kurzer Zeit, bei der mohammedanischen Bevölkerung bis hinab nach Bagdad so berühmt geworden. Und da er eine solche Macht selbst über die diebischen Aneïseh, die doch Muslimin sind, ausüben sollte, so war er jedenfalls Muslim, wahrscheinlich einer jener frommen Büßer, die im nordwestlichen Afrika Marabuts genannt werden. —

Nach unserm Zusammentreffen mit den Abu Hammed waren einige Tage verstrichen. Wir befanden uns im Gebiet von Mossul, freilich in der Steppe, dem Aufenthalt der Beduinen, wohin die Macht des Müteßarrif von Mossul kaum zu dringen vermag. Heut näherten wir uns den Weiden derer, die ich besuchen wollte.

Schon gegen Mittag war die Steppe wie abgemäht, ein Zeichen, daß die Haddedihn mit ihren Herden erst vor kurzem hier gewesen und, wie die Spuren zeigten, langsam nach Norden gezogen waren. Dann, kurz nach Mittag, bemerkten wir die ersten zwei Reiter, die am nördlichen Horizont ihre Pferde tummelten. Sie erblickten uns und kamen auf uns zugesprengt.

Ja, das waren Haddedihn, die besten Reiter weit und breit, das sah man schon von weitem. In schärfster Gangart kamen sie mit eingelegten Lanzen auf uns zugeflogen und hielten mitten im Galopp ihre Pferde so nahe vor uns an, daß die Spitzen ihrer Lanzen fast meine Brust berührten. Das ist ein gefährliches Wagnis, aber man darf dabei kein Augenlid bewegen, wenn man nicht für einen Feigling gelten will.

Es waren zwei Krieger, ich hatte manchen Abend mit ihnen am Lagerfeuer gesessen. Welche Überraschung, als sie Halef und mich erkannten! Sie warfen sich sofort von den Pferden, ergriffen meine Hände und küßten sie mir, bei dem ausgeprägten Stolz dieser Leute ein Beweis, wie sehr sie mich ins Herz geschlossen hatten. Dann stiegen sie wieder auf und jagten wie der Wind davon, um uns anzumelden.

„Sihdi", fragte der Parsi, „wirst du lange bei diesen Leuten bleiben?"

„Gewiß, einige Wochen."

„Ich denke, du willst mich zu den Aneïseh begleiten, weil du denkst, daß ich allein meinen Vater nicht befreien kann?"

„Ich habe es dir versprochen und halte mein Wort."

„Aber dann kannst du kaum einen Tag bei den Haddedihn verweilen. Ich habe dir gesagt, daß am dritten des Monats Ssafar die Frist zu Ende ist."

„Ich reite mit und kehre dann zu ihnen zurück."

„Der dritte Tag im Ssafar nach Mondmonaten, ist das heuer nicht der fünfundzwanzigste Tag im Kanun el Auwal[1] nach Sonnenmonaten, Sihdi?" fragte Halef.

„Ja."

„Auf diesen Tag fällt doch das Id el Milâd[2] der Christen!"

„Allerdings."

„Und du willst dein großes Fest dadurch feiern, daß du zu den feindlichen Aneïseh gehst und bei ihnen dein Leben wagst?"

„Es gilt die Erlösung eines Unglücklichen und die Verhinderung eines Mordes. Das ist die beste Feier eines christlichen Festes."

„Wohlan, Sihdi, darf ich mit?"

„Ja, du wirst sehen, daß wir ganz heil zurückkehren werden."

Da erschien vor uns im Norden eine große, dichte Wolke von Reitern, die schreiend, jauchzend und ihre Gewehre abschießend auf uns losstürmten. Die Wolke teilte sich, als sie in unsre Nähe kam, die Krieger umritten uns und bildeten, als sie hielten, einen Kreis, in dem nur einer von ihnen auf uns zusprengte — Amad el Ghandur, der heldenhafte Scheik, der sich ebenso wie ich vom Pferde warf. Wir umarmten und küßten uns, wobei alle andern unaufhörlich „Marhababak — Gruß, Heil!" riefen.

Er war das jüngere Ebenbild meines einstigen Freundes, seines Vaters

<hr>

[1] Dezember   [2] Weihnachtsfest

Mohammed Emin, gradso hoch und breit von Gestalt, mit den gleichen ernsten, edlen Zügen und, bei einem Beduinen eine große Seltenheit, einem schönen, dunklen Bart, der ihm bis über die Brust herunterhing.

Was soll ich die rührenden Auftritte schildern, die nun folgten! Jeder wollte einen Händedruck, ein Wort von mir, und es dauerte lange, ehe sie umwendeten, um uns im Jubel in ihr Lager zu führen. Man schildert diese Leute immerhin als halbwild, roh, unzuverlässig, treulos und so weiter! Wer sie genau kennt, der weiß, daß sie es nicht sind. Sie sind Freund dem Freund, Feind dem Feind, und zwar in jeder Beziehung und mit ganzem Herzen. Freilich, wer zu ihnen kommt, ohne die Berechtigung ihrer Eigenart gelten lassen zu wollen, wer da glaubt, von der hohen Plattform seiner Bildung aus auf sie herabblicken, sie als pfiffiger Händler aussaugen oder ihnen beweisen zu können, daß Mohammed kein Prophet, sondern ein sich selbst betrügender Schwärmer gewesen ist, der hat sich in ihnen geirrt und wird ihre guten Seiten niemals kennenlernen.

Und welche Aufregung erst im Duar, im Zeltdorf, als wir dort anlangten! Die Männer waren uns entgegengekommen, nun erschienen die Frauen, alt und jung, die Knaben und Mädchen! Der Scheik wollte, um mich von ihnen zu befreien, mich in sein Zelt drängen. Aber das ging nicht an, ich wurde von zehn, von zwanzig Händen in den Schwarm hineingezogen und nicht eher freigegeben, bis auch der kleinste Nacktfrosch wenigstens einen freundlichen Klaps von meiner Hand bekommen hatte. Auch mußte ich Hanneh, Hadschi Halefs Frau, und Kara Ben Halef gebührend begrüßen. Erst dann konnte Amad el Ghandur mich als seinen Gast betrachten. Und nun ging das Schlachten los. Es gab einen Festtag und gar mancher fette Hammel mußte meine Ankunft mit seinem Leben bezahlen. Dann saßen wir mit dem Scheik beim leckern Mahl, wobei nach altehrwürdiger Vätersitte die fünf Finger als Löffel und Gabel benutzt wurden; sie rosten nicht, obgleich sie meist ungeputzt bleiben.

Nun konnte die Rede auch auf das Woher, Wohin und Warum kommen. Ich erzählte Amad vom Parsi Alam und seinem Vater. Als er den Fall angehört hatte, sagte er:

„Es ist gut, daß du, Freund meiner Seele, nicht sofort zu den Aneïseh gegangen, sondern vorher zu mir gekommen bist. Es wäre dein Tod gewesen, denn sie sind ergrimmt auf alles, was nicht Beduine heißt. Der Müteßarrif hat seine Soldaten zu ihnen gesandt, um die Kopfsteuer mit Gewalt einzutreiben. Er hat ihnen die schönsten und besten Tiere ihrer Herden fortführen lassen. Nun drohen sie jedem Fremden mit dem Tod, denn jeder Fremde gilt bei ihnen als Türke. Wikrama, den ihr loskaufen wollt, wird nicht freigegeben, selbst wenn ihr das doppelte Lösegeld bezahlt. Wenn sie ihn noch nicht getötet haben, werden die Aneïseh das Geld nehmen und ihn dennoch ermorden und euch dazu. Aber, Kara Ben Nemsi, du bist mein Bruder, und so werde ich euch beistehen. Weißt du schon, daß wir mit ihnen in Fehde leben?"

„Nein."

„Sie ist angesagt, aber noch nicht ausgebrochen. Die Aneïseh haben, weil man ihnen so viele Tiere genommen hat, sich an den unsern vergriffen und wollen sie nicht herausgeben. Wir sind viel stärker und mächtiger als sie und werden sie uns wieder holen. Wann ist die Frist des Gefangenen abgelaufen?"

„Am dritten Tag des Ssafar."

„So bald? Da müssen wir uns beeilen. Ich werde noch heut Boten aussenden, um die Krieger aller Haddedihn-Abteilungen zusammenrufen zu lassen. Dann brechen wir zum Felsen Wahsija auf."

„Lagern die Aneïseh an diesem Ort?"

„Ja."

„Ich hörte von einem berühmten Einsiedler, den es dort geben soll. Kennst du ihn?"

„Ich war noch nie bei ihm. Es hat ihn überhaupt noch niemand gesehen außer den beiden Knaben, deren Mutter am Fuß des Felsens wohnt. Diese steigen täglich zweimal, des Morgens und kurz vor Abend, zu ihm hinauf, um die heiligen Worte zu vernehmen, die sie den Gläubigen, die unten darauf warten, bringen sollen. Es kommen Pilger aus allen Gegenden, die ihm ihre Anliegen durch die Knaben anvertrauen und dann seine Antwort erhalten. Niemand, selbst kein Räuber und kein Bösewicht wagt es, gegen die Weisungen zu handeln, welche er von dem Einsiedler erhält. Du wirst seine Zelle von weitem schauen, aber hinauf zu ihm steigen darfst du nicht. Wir hätten mit der Bestrafung der Aneïseh noch einige Zeit gewartet, da aber du gekommen bist, so werden wir gleich zwei Gazellen mit einem Schuß erlegen, nämlich diese Räuber züchtigen und Wikrama befreien. Meinst du, daß wir Kundschafter aussenden?"

„Ja, wir müssen erfahren, ob sie sich auch wirklich am Felsen Wahsija befinden, und sie, wenn es möglich ist, einschließen. Auch müssen die Kundschafter dafür sorgen, daß ihnen unser Zug verborgen bleibt."

„Sobald wir jetzt das Mahl beendet haben, werde ich Männer aussuchen, die sich am besten dazu eignen, und ihnen unsre schnellsten Pferde geben."

Schon nach einer Stunde ritten die Kundschafter davon und mit ihnen die Boten, die die Krieger der andern Abteilungen herbeiholen sollten. Niemand war froher über diese Eile als Alam, dem die Worte des Scheik große Angst um das Leben seines Vaters eingeflößt hatten.

Schon am nächsten Abend brannten vor dem Lager viele Feuer, um die sich über sechshundert wohlbewaffnete Haddedihn versammelt hatten, und am darauffolgenden Morgen wurde der Zug angetreten. Am Mittag kam einer der Kundschafter zurück und meldete, daß die Aneïseh, ungefähr dreihundert erwachsene Männer stark, mit ihren Frauen und Kindern, Zelten und Herden am Felsen lagerten und wahrscheinlich keine Ahnung davon hätten, daß die Haddedihn so schnell zur Rache aufbrechen würden. Sie wurden von den andern Kundschaftern von weitem beobachtet. Aus dieser Mitteilung ging hervor, daß wir ihnen doppelt überlegen waren. Dazu kam, daß es bei uns nur Kämpfer, bei ihnen aber Frauen und Kinder gab, die, wenn sie eingeschlossen wurden, eine überaus störende Berücksichtigung erforderten.

Am nächsten Morgen waren wir so weit gelangt, daß wir anhalten mußten, denn der Parsi sollte vorangesandt werden, wenn sein Vater gerettet werden sollte. Taten wir das nicht, so stand zu erwarten, daß sein Vater bei unserm Angriff ermordet wurde. Es verstand sich von selbst, daß ich mit ihm ging, denn ich hatte es ihm versprochen. Allein hätte er sich jetzt kaum zu den Aneïseh getraut. Mein wackrer Halef ließ sich auch nicht zurückhalten, er begleitete uns. Den Führer des Parsi aber nahmen wir nicht mit, er konnte uns nichts nützen. Ich schloß mich übrigens dem Parsi nicht nur wegen des Versprechens an, das ich ihm gegeben hatte, sondern ich verfolgte noch eine andre Absicht dabei. Die Haddedihn wollten sich unbedingt rächen, sie waren zum Überfall fest entschlossen. Ich aber glaubte, wenn ich mich bei den Aneïseh befand, auf irgendeine Weise ein Blutvergießen verhindern zu können.

Wir verließen also zu dreien den Ort, an dem die Freunde lagerten, doch hatte ich mit Amad el Ghandur zuvor den Plan, der nach meiner Ansicht auszuführen war, genau besprochen.

Da wir beide uns bei ihm befanden, zeigte der Parsi ein sorgloses Gesicht, und er äußerte sich sogar wieder einmal:

„Du hast doch keine Sorge, Effendi? Ihr habt nichts zu fürchten, denn ich habe meine beiden Ṭalîßim bei mir, wir befinden uns im Nûr esch Schems und im Nûr el Hilâl; das Licht der Sonne und des Halbmondes wird uns beschützen."

Ich hatte mich noch nicht danach erkundigt; jetzt aber sprach ich die Frage aus:

„Wo hast du denn die beiden Talismane her?"

„Du weißt", erwiderte er, „daß zwischen Bagdad und Basra sieben türkische und zwei englische Dampfer hin und her fahren. Auf dem einen englischen dient ein Nauti[1], den ich gut kenne. Er hat immer wundertätige Amulettschriften bei sich, aus denen er Talismane macht, um sie zu verkaufen. Ich nahm zwei von ihm, um ganz sicher zu gehen, einen Talisman für Parsen und einen für Mohammedaner. Du hast erfahren, daß beide uns schon errettet haben."

„Das glaubst du, aber ich nicht. Es gibt keinen Talisman. Kann ich sie nicht sehen?"

„Ich weiß nicht, ob ich sie dir zeigen darf, aber beschreiben will ich sie dir. Auf dem Parsitalisman ist Zerduscht, der Stifter unserer Religion, abgebildet, als neugeborenes Kind, wie schon da die frommen Nachbarn kommen, um ihn anzubeten. Dabei ist eine Schrift, die niemand lesen kann. Und auf dem muslimischen Talisman ist das kleine Kind Mohammed abgebildet, wie es von seiner Mutter Amina angebetet wird. Auch dabei ist eine Schrift, die kein Mensch versteht. Ist dir das genug?"

„Nein, nun nicht, denn ich glaube, du bist von einem Schwindler betrogen worden."

„Warum?"

„Weißt du nicht, daß Mohammed verboten hat, Bilder zu machen? Und nun soll auf einem muslimischen Talisman gar das seinige und das

[1] Matrose

146

seiner Mutter sein? Das ist Betrug! Ziehe die Zauberschutzmittel heraus?"

Ich mußte Alam wiederholt auffordern, bevor er mir den Willen tat. Er holte unter seiner Kleidung an zwei Schnüren zwei weiße Papierpäckchen hervor. Auf das eine war eine Sonne und auf das andre ein Halbmond wie von Kinderhand mit Tinte gezeichnet. Ich öffnete sie. Was enthielten sie? Zu meinem Erstaunen zwei Bilder zu Gedichten aus einer englischen Zeitschrift! Auf dem „mohammedanischen" Talisman befand sich die Abbildung der Gottesmutter mit dem Jesuskind. Der parsische Talisman bestand aus einem Vollbild, *Christmas*, zur Seite ein Weihnachtsgedicht. Diese Bilder stammten zweifelsohne aus der Heimat des englischen Matrosen, der sie entweder zum Scherz oder aus Gewinnsucht als Zauberschutz verwertet hatte.

„Nicht wahr, Effendi, es ist kein Betrug?" erkundigte sich der Parsi.

„Es ist einer, und doch ist der Inhalt dieser fremden Schrift ein Talisman im Leben und im Sterben. Hier ist von keinem Nûr esch Schems und von keinem Nûr el Hilâl, von keinem Sonnen- oder Halbmondlicht die Rede, sondern vom wahren Nûr es Ssemâ, von dem Himmelslicht, das einst über Bethlehem aufgegangen ist und noch heut die ganze Welt erleuchtet. Hier, nimm die Bilder und betrachte sie genau! Ich werde sie dir erklären und zu dir von diesem Nûr es Ssemâ, diesem Himmelslicht, sprechen. Morgen feiern wir ja Weihnacht, den Tag, an dem es aufgegangen ist."

Und nun endlich begann ich mit Alam über meinen Glauben zu sprechen, stundenlang, indem wir immer weiterritten. Er hörte mir andächtig zu und unterbrach mich mit hundert Fragen, die bewiesen, daß meine Worte Wurzel in seinem Herzen faßten.

Da wurde es Abend, und wir mußten lagern. Der Himmel stand voller Sterne, und im Innern meiner beiden Zuhörer gingen auch Sterne auf, echte Himmelslichter. Wir wachten und sprachen bis um Mitternacht. Als ich mich dann zum Schlaf niederlegte, sagte der Parsi: „Effendi, dein Glaube scheint voller Liebe, so einfach und doch so wunderbar! Ja, wer ihn im Herzen trägt, braucht wohl kein Amulett und keinen Talisman, denn die ewige Güte und Liebe wacht stets über ihm. Ich bin betrogen worden, dennoch werde ich mir diese Blätter bis ans Ende meines Lebens aufbewahren, denn, fast glaube ich, sie haben mich durch dich zum wirklichen Nûr es Ssemâ, zum wahren Himmelslicht geführt."

Halef sagte nichts, er drückte mir still die Hand, und ich verstand ihn gar wohl. Dann schliefen wir ein. Am andern Morgen ging es weiter. Da erhob sich dann bald der Felsen Wahsija aus der Ebene. An seinem Fuß lagen die Zelte der Aneïseh, und um sie weideten ihre zur Hälfte zusammengeraubten Herden.

Der Wahsija[1] war eigentlich kein Berg, sondern nur ein Fels, aber er hatte unten einen Umfang von sicher einer Viertelstunde und eine Höhe von wenigstens fünfzig Meter. In der Zeit von Jahrhunderten hatten sich Sträucher und sogar Bäume angesetzt, die jetzt grünten. Zwischen

[1] Einsame

ihnen führte von Absatz zu Absatz ein schraubenförmig sich rundum drehender Pfad hinauf. Oben, nicht ganz auf der Höhe, öffnete sich eine Höhle, vor der ein Nadelbaum stand, von welcher Art, war von unten nicht zu erkennen. Da, wo der Weg auf die Ebene mündete, stand unten eine kleine Hütte, in der die schon erwähnte Witwe mit den beiden Knaben wohnte. Sie ernährte sich von den Gaben der Pilger, die zu dem Einsiedler kamen.

Wir wurden von einigen Beduinen angeredet, die uns barsch nach unserm Begehr fragten. Ich verlangte, zum Scheik geführt zu werden, und sie taten es. Er saß in seinem Zelt, erwiderte unsern Gruß kaum und bot uns auch keinen Platz an. Ich aber ließ mich neben ihm nieder, winkte Halef und Alam, sich auch zu setzen, und fragte:

„Du hast einen Mann bei dir, der Wikrama heißt?"

„Was wollt ihr von ihm?" fragte der Aneïseh zurück.

„Wir wollen das Lösegeld zahlen."

„Das ist sein Glück, denn morgen ist der letzte Tag! Gebt es her!"

„Wikrama befindet sich hier?"

„Ja. Gebt es her!"

„Wir sprechen ebenso kurz wie du: Gib ihn her!"

„Erst das Geld, und dann den Mann!"

„Erst den Mann, und dann das Geld! Man bezahlt nie eher, als bis man gesehen hat, was man kauft."

„Ich bin kein Händler und kein Verkäufer, sondern der Scheik der Aneïseh. Wer aber bist du, und wie ist dein Name?"

„Man nennt mich Kara Ben Nemsi und ich habe —"

Er sprang rasch auf und unterbrach mich:

„Kara Ben Nemsi? Bist du jener Christ, der für die Haddedihn die Schlacht im Tal der Stufen gewonnen hat?"

„Ja."

„So verfluche dich Allah tausendmal! Wir waren mit den Abu Hammed verbündet und kamen zu spät, sie zu retten. Jetzt wirst du dafür büßen müssen. Ihr seid gefangen und werdet nicht entrinnen!"

Mit diesen Worten sprang er zum Zelt hinaus. Das war eine Wendung, die ich nicht erwartet hatte. Der Mensch war ganz des Teufels, denn ich hatte ihm doch nichts getan! Draußen erscholl seine Stimme, er rief seine Leute zusammen. Halef fragte mutig:

„Sihdi, wollen wir einige von ihnen niederschießen und dann fortreiten?"

„Um Allahs willen, nur das nicht!" rief der Parsi ängstlich. „Wir sind alle verloren!"

„Hier würde dir allerdings kein Amulett helfen", erwiderte ich. „Aber sorge dich nicht! Dir geschieht nichts."

Ich schlug die Matte zurück und stellte mich mit Halef in den Eingang des Zeltes. Die Aneïseh waren alle beisammen. Sie standen Kopf an Kopf, einige Schritte vor ihnen der Scheik. Es war laut zugegangen, aber als sie mich sahen, wurde es ruhig. Ich hatte den Stutzen in der Rechten und einen Revolver in der Linken und fragte laut:

„Du betrachtest uns also als deine Gefangenen, o Scheik der Aneïseh?"

„Ja", erwiderte er. „Wag einen einzigen Schritt, so bist du eine Leiche!"

„Du scheinst von mir gehört zu haben. Hat man dir auch erzählt, daß ich mit dieser Zauberflinte stundenlang fortschießen kann, ohne daß ich zu laden brauche?"

„Wahajâti, el Barûdi el Dschehennem — bei meinem Leben, die Höllenflinte!" rief er erschrocken aus, indem er zurückfuhr.

„Und hier mit diesen kleinen Pistolen schieße ich ebensooft. Paß auf! Sechs Schüsse in den Knopf des Sattels, der da beim Nebenzelt liegt!"

Ich gab die Schüsse, die allgemeines Erstaunen erregten, ab und fuhr fort:

„Du siehst, ich könnte trotz deines Verbotes gehen, denn bevor einer von euch sein Gewehr gegen mich erhöbe, wäre er tot und zehn andre dazu. Aber es fällt mir nicht ein, vor euch zu fliehen. Ich bin gekommen, Wikrama zu holen, und ich werde mich nicht ohne ihn entfernen. Wir bleiben hier in deinem Zelt, bis du dich besonnen hast. Doch merkt euch dabei folgendes: ich zähle langsam bis zwanzig. Wer sich dann noch weniger als fünfzig Schritt von diesem Zelt entfernt befindet, bekommt meine nie fehlende Kugel in den Kopf. Ich verspreche es euch beim Bart eures Propheten!"

Ich trat mit Halef ins Zelt zurück und ließ den Türvorhang fallen. Draußen waren Stimmen und die Schritte der sich Entfernenden zu hören. Ich schnitt ein Loch in die rechte, Halef in die linke Zeltwand. Durch diese Öffnungen blickend, bemerkten wir, daß die Aneïseh sich zwar zurückgezogen hatten, doch nicht so weit, wie es von mir bestimmt worden war. Da steckten wir die Läufe unsrer Gewehre hinaus, und sofort begann ein allgemeiner Rückzug, an dem sich auch der Scheik beteiligte. Diese Aneïseh hatten die übertriebenen Gerüchte von meinem mehrschüssigen Gewehr gehört und es noch nie mit einem mutigen Europäer zu tun gehabt. Jetzt rissen sie aus. Wir hätten gut fliehen können, aber ich wollte mir als Christ nicht nachsagen lassen, daß ich vor diesen Verehrern Mohammeds davongelaufen sei. Wir wußten, daß mittags die Haddedihn von allen Seiten kommen würden, das Lager einzuschließen.

Alam war es himmelangst um seinen Vater, doch beruhigte ich ihn. Wie die Verhältnisse jetzt lagen, tat dem Gefangenen sicher niemand etwas zuleide. Wir bemerkten, daß große Beratung gehalten wurde.

Das war am Tag des heiligen Weihnachtsabends, doch vormittags. Kurz nach Mittag gab es draußen plötzlich ein Rennen und lautes Rufen. Wir blickten durch die Löcher: die Haddedihn kamen von allen Seiten. Sie hatten schon weit draußen, wo sie nicht erspäht werden konnten, einen Kreis um das Lager gebildet und zogen ihn nun enger. Jetzt war die Zeit gekommen, Blutvergießen zu verhüten. Ich nahm meinen Stutzen, schlug den Zeltvorhang zurück und trat hinaus. Der Scheik stand unter lebhaften Gebärden bei den Seinen. Ich rief ihn zu mir. Er kam eiligst näher und fragte schon von weitem:

„Kara Ben Nemsi Effendi, weißt du, wer diese vielen Reiter sind?"

„Ja. Es sind sechshundert Haddedihn mit ebenso vielen guten Gewehren. Sie kommen, den Raub, den ihr an ihren Herden begangen habt, an euch zu rächen. Ihr seid von ihnen eingeschlossen und könnt nicht fliehen. Uns aber, die wir ihre Verbündeten sind, habt ihr mitten unter euch. Wenn du sie nicht um Gnade bittest, schlagen in fünf Minuten vielmal sechshundert Kugeln in die Scharen eurer Weiber und Kinder. Aber ich will mich eurer annehmen und einen Boten zu Amad el Ghandur senden, daß er den Angriff verschiebt. Dann kannst du mit ihm unterhandeln."

„Warte noch!" antwortete er knirschend.

Darauf eilte er fort, um seine Ältesten kurz um Rat zu fragen. Der Kreis zog sich aber so schnell und bedrohlich zusammen, und es war so klar, daß ein Widerstand vergeblich sein würde, daß er mir zurief:

„Schick den Boten, mach schnell!"

Halef war schon unterrichtet, er nahm sein Gewehr und eilte fort. Ich blieb am Zelt stehen, um den Erfolg abzuwarten. Tiefe Stille herrschte ringsumher. Da erklang droben auf dem Felsen der helle Ton eines Glöckchens. Gleich darauf sah ich einen Knaben aus der Hütte kommen und den steilen Pfad ersteigen. Er verschwand droben in der Höhe und kam ohne langes Verweilen wieder herab, um zum Scheik zu gehen. Ich winkte beide zu mir und fragte:

„Was will der heilige Mann?"

„Er will wissen, welcher Kampf, und warum er hier stattfinden soll", antwortete der Scheik.

„Er soll es von mir erfahren. Kannst du lesen?"

„Ja."

„So warte!"

Ich setzte mich nieder, riß ein Blatt aus meinem Notizbuch und schrieb die Antwort mit Bleistift nieder. Als der Scheik sie gelesen hatte, mußte der Knabe das Blatt und den Bleistift zur Höhe tragen. Jetzt mußte es sich zeigen, ob der berühmte Mann wenigstens schreiben konnte. Ich hatte mit Kara Ben Nemsi unterzeichnet. Die Haddedihn standen fast in Schußweite, waren aber haltengeblieben, weil sie das Glöcklein gehört und den Boten des Einsiedlers erblickt hatten. Der blieb jetzt länger aus als vorhin, dann brachte er das Blatt herunter. Unter meinen Zeilen stand zu meinem größten Erstaunen in arabischer Sprache:

„Ehre sei Gott in der Höhe, und Friede auf Erden den Menschen, die guten Willens sind!"

Die Worte des Lobgesangs der Engel! Am heutigen Tag! Von diesem unter den Mohammedanern berühmten Einsiedler! Er mußte ein Christ sein! Ich gab dem Scheik die Worte zu lesen. Er ahnte nicht, daß sie aus der Bibel stammten, verstand aber ihren Sinn sogleich, denn er sagte:

„Der heilige Mann befiehlt, daß wir Frieden machen. Meinst du, daß Amad el Ghandur sich geneigt finden lassen wird?"

„Ja. Und wenn er zu streng sein sollte, so werde ich für euch sprechen."

„So willst du hin zu ihm?"

„Ich und du."

„Ich auch? Er wird mich gefangennehmen."

„Nein. Du stehst in meinem Schutz. Ich verspreche dir, daß du zurückkehren kannst, sobald du willst."

„Friede auf Erden!" Diesem Gebot wurde Folge geleistet. Die Verhandlungen dauerten zwar bis gegen Abend, doch wurde man schließlich einig. Wikrama wurde ohne Lösegeld freigegeben, und die Haddedihn bekamen die geraubten Tiere wieder, wofür Amad el Ghandur sein Wort gab, auf Rache zu verzichten. Darauf wurde Friede zwischen den bisherigen Feinden geschlossen, der sich zuerst gezwungen ausnahm, dann aber herzlicher wurde. Die Haddedihn kamen zum Lager. Es wurden Hammel geschlachtet und Feuer angezündet, sie daran zu braten.

Vorher aber geschah etwas, was niemand vermutet hatte. Als nämlich die Knaben kurz vor Einbruch der Nacht den Felsen erstiegen hatten, hatte der Einsiedler sie ausgefragt. Sie kamen herab. Er ließ durch sie die Aneïseh um Lichter bitten, wie die Beduinen sie aus Hammeltalg machen, und ich erhielt die Bitte, morgen früh zu ihm auf den Felsen zu kommen. Es war, wie schon erwähnt, außer den beiden Knaben noch nie jemand bei ihm oben gewesen. Ich war auf diesen Besuch sehr gespannt. Zu erwähnen wäre noch die Freude der beiden Parsen, als sie einander wieder hatten, ohne daß ein Lösegeld zu zahlen war. Selbstverständlich mußte Wikrama die geraubte Summe wiedererhalten.

Als wir dann abends bei den Feuern saßen und das Friedensmahl verzehrten, ertönte oben das Glöckchen wieder. Wir blickten hinauf. Da erschien auf der Höhe Licht um Licht an dem Nadelbaum. Der Einsiedler feierte den Heiligen Abend mit einem Weihnachtsbaum. Welch ein Wunder hier im Orient, mitten unter Beduinen! Und welch ein Anblick für mich, den Deutschen, der sich keine Weihnacht ohne Lichterbaum zu denken vermag. Die Araber genossen den ihnen fremden Anblick mit stummem Schweigen. Alam aber sagte mir:

„O Kara Ben Nemsi Effendi, das ist der Baum, von dem du gestern erzählt hast. Wie schön ist er! Er spricht zu mir von dem Nûr es Ssemâ, das in meinem Herzen aufgegangen ist!"

Und wen ich am andern Morgen da oben auf dem Felsen fand, und was ich von ihm erfuhr? Vielleicht erzähle ich es dem lieben Leser ein andres Mal!

ES SSABBI — DER VERFLUCHTE

Drei volle Wochen hatte ich mich in Engyrije[1], der Hauptstadt des gleichnamigen kleinasiatischen Wilajets[2], aufgehalten und stand nun im Begriff, mich von meinem Gastfreund zu verabschieden. Er war der höchststehende Mann der Provinz, nämlich der durch seine eiserne Strenge be-

---

[1] Angora, heute Ankara   [2] Statthalterschaft

kannte und gefürchtete Wali Said Kaled Pascha, der von seinen Untertanen den Beinamen Ssert Yumruk, die „harte Faust", erhalten hatte. Ich war während meines Aufenthalts Zeuge mehrerer Gerichtssitzungen gewesen und hatte da allerdings den Beweis erhalten, daß er diesen Namen nicht mit Unrecht führte. Mochte seine strenge Gerechtigkeit auch zuweilen nah an Härte streifen, so war er deswegen der richtige Mann für seine schwierige Stelle.

Die Bevölkerung des Wilajets Engyrije ist gemischt. Sunniten, armenische und griechische Christen leben da in beständiger Feindschaft untereinander, und es kommt nicht selten vor, daß bei der Frage, welcher Glaube der richtige ist, zum Messer gegriffen wird. Wo so scharfe Gegensätze vorhanden sind, jeder Mann und jeder halbwüchsige Knabe eine Waffe trägt und selbst von den Anfängen einer allgemeinen Volksbildung keine Rede sein kann, da bedarf es freilich einer festen und oft harten Hand, die rücksichtslosen, gewalttätigen Geister im Zaum zu halten. Die Vorgänger Said Kaled Paschas waren Schwächlinge gewesen, die mit Zagen gekommen und mit Freuden wieder gegangen waren. Da hatte sich der Sultan Said Kaled Paschas, seines alten Lieblings, erinnert und ihn nach Kleinasien geschickt, um Wandel zu schaffen. Der Alte war Ferik[1] gewesen und infolge einer Verwundung in den Ruhestand versetzt worden, doch folgte er dem Ruf des Padischah mit Freuden, und noch war er nicht lang im neuen Amt, so sah man schon die Früchte seiner Tätigkeit. Der Stock begann zu herrschen. Hunderte und aber Hunderte erhielten die Bastonade. Wer Blut vergoß, wurde ohne großes Federlesens gehenkt, und unter dem Stab Wehe kehrten die zügellosen Geister zur Botmäßigkeit zurück, wenn auch nur äußerlich zunächst. Der Religionshaß blieb, wie er gewesen war. Der Pascha war gefürchtet, und ich habe während meines Aufenthalts bei ihm nicht einen einzigen kennengelernt, von dem ich hätte behaupten mögen, daß er ihm aufrichtig zugetan gewesen sei.

Gegen mich war Said Kaled von ungewöhnlicher Freundlichkeit. Er bekümmerte sich täglich persönlich um mein Wohlbefinden, und seine Diener hatten Anweisung, jeden meiner Wünsche zu erfüllen. Ich durfte ihn nach Belieben in seinem Amtszimmer aufsuchen und alles beobachten, was dort geschah. Des Abends saßen wir rauchend beisammen und unterhielten uns über alles, was ihn berührte. Er war da nicht zurückhaltend, wie strenggläubige Muselmanen sonst gegen Christen zu sein pflegen, und zeigte mir ein Vertrauen, auf das ich mir wohl hätte etwas einbilden können.—

Ich hatte meine wenigen Habseligkeiten einem Diener übergeben und ihm den Auftrag erteilt, mein Pferd zu satteln und sie dann hinten aufzuschnallen. Dann ging ich zum Pascha, um Dank zu sagen und Abschied zu nehmen. Er wußte, daß dies geschehen würde, und hatte sich darauf vorbereitet. Im Vorraum standen zwei baumlange, bis an die Zähne bewaffnete Arnauten, die mich militärisch grüßten und in die Amtszimmer wiesen. Die beiden Räume waren nicht durch eine Tür, sondern nur durch

[1] Divisionsgeneral

einen dünnen Vorhang voneinander getrennt, so daß man in dem einen hören konnte, was in dem andern gesprochen wurde, ein Umstand, der mir bald nicht mehr so gleichgültig wie seither erschien.

Der Wali stand am Fenster und schaute durch das Holzgitter in den Hof, wo eben die Huftritte meines Pferdes zu hören waren. Er ließ mich keinen Augenblick warten, schnitt meine Danksworte mit einer deutlichen Handbewegung ab und versicherte, daß es ihm lieb gewesen wäre, wenn ich noch länger hätte bleiben können. Nach einigen weitern freundlichen Bemerkungen trat er abermals ans Fenster, deutete in den Hof und sagte:

„Ich sehe dein Pferd, Effendi. Ich möchte es gern als Andenken an dich behalten. Willst du es mir verkaufen?"

Ich hätte es ihm, obgleich ich nicht wohlhabend war, als Geschenk angeboten, wenn das nicht zu kühn gewesen wäre, darum antwortete ich:

„Du wünschst es. Bestimme selbst den Preis! Ich werde mir ein andres kaufen."

„Das hast du nicht nötig. Ich gebe dir einen Tenbih[1] mit, auf den hin du mit deinen Begleitern überall, wohin ihr kommt, gesattelte Pferde, Wohnung, Speise und alles, was ihr braucht, ohne Bezahlung bekommen werdet. Dieser Befehl gilt nicht nur für mein Wilajet, sondern auch für Adana und Haleb[2]. Dann bist du bei den weidenden Araberstämmen, wo du für billigen Preis ein besseres Pferd haben kannst als hier."

„Mit meinen Begleitern, sagst du? Ich reise allein."

„Nein. Die beiden Arnauten, die du draußen gesehen hast, haben den Befehl, dich bis an die Grenze meiner Provinz zu bringen und in jeder Beziehung für dich zu sorgen. Ihre Tiere sind gesattelt, und es steht auch eins für dich dabei. In Jachschah Khan oder Baltschyk könnt ihr dann frische Pferde nehmen, ganz wie es dir gefällig ist. Ich danke für die Erlaubnis, den Preis selbst zu bestimmen. Ich sah das voraus und habe ihn in diesen Beutel getan. Stecke ihn ein!"

Said Kaled Pascha gab mir einen kleinen, seidenen Beutel in die Hand und reichte mir dann auch das Schriftstück, von dem er gesprochen hatte. Als ich beides dankend in die Gürteltasche schob, fuhr er fort:

„Und nun möchte ich dich um eine Gefälligkeit bitten, die du mir wohl erweisen wirst, obgleich ich dich dadurch zu einem Umweg zwinge. Du willst zunächst nach Kaisarije und müßtest also über Sofular und Mudschur reiten. Ich habe aber in Urumdschili einen alten Freund, dem ich durch dich eine Botschaft senden möchte. Willst du sie übernehmen?"

„Sehr gern!"

„So will ich dir sagen, um was es sich handelt, damit du weißt, daß du ihm willkommen bist, obgleich er sehr einsam lebt und besonders ein Feind der Christen ist. Er war Mir Alai[3] im Heer des Großsultans, focht unter der Fahne des Propheten mit großer Tapferkeit und wurde in Ehren verabschiedet, hat aber niemals sein Ruhegehalt bekommen. Er hat darum gebeten und es, als man seine Bitte nicht hörte, wiederholt mit Nachdruck gefordert, doch vergebens, denn er hatte es mit Haushältern des Sultans

[1] Schriftlicher Befehl [2] Aleppo [3] Oberst

zu tun, die nicht ehrlich waren. Das Ruhegehalt wurde fünfzehn Jahre lang in Stambul ausgezahlt, ist aber nicht in seine Hände gekommen. Als ich Wali von Engyrije wurde, wendete er sich an mich, und ich habe den Fall genau untersucht und dem Großherrn unmittelbar Anzeige gemacht. Gestern abend kam der Bescheid: ich soll dem Mir Alai das Ruhegehalt für fünfzehn Jahre nebst Zinsen und Zinseszinsen sofort auszahlen. Wäre dieser Befehl vorgestern hier eingetroffen, so hätte ich das Geld seinem Sohn mitgeben können, der bei mir war. Nun möchte ich die Gelegenheit benutzen, die mir dein Ritt nach Kaisarije bietet, und ich frage dich, ob du mir den Gefallen tun willst, meinem Freund und Kriegskameraden seine Gebührnisse zu bringen?"

„Gern, wenn du sie mir anvertrauen willst."

„Sie sind in deinen Händen sicherer als in der Tasche eines bewaffneten Eilboten. Der Mir Alai heißt Osman Bei und wohnt nicht in der Stadt Urumdschili selbst, sondern in der Nähe. Bekannter ist er unter dem Namen Abdal[1] und wenn du dich nach seiner Wohnung erkundigst, mußt du dich dieses Namens bedienen. Kannst du ihm verschweigen, daß du ein Christ bist, so tu es, denn er haßt die Anhänger deines Glaubens grimmig und hat auch Veranlassung, dies zu tun. Das Kreuz hat ihm das größte Unglück gebracht, das ein Mann und Vater erleben kann, und ich schicke dich zu ihm nicht nur des Geldes wegen, sondern auch weil ich dich kennengelernt habe und nun glaube, daß es dir vielleicht gelingen wird, sein Leid zu mildern, da dir eine Sprache gegeben ist, die tief zu Herzen geht."

„So darf ich vielleicht fragen, welcher Art das Leid ist, von dem du sprichst?"

„Wenn Osman Bei will, daß du es wissen sollst, so wird er es dir selbst mitteilen. Ich erlaube mir nicht, die Wunde meines Freundes auch nur aus der Ferne zu berühren. Freilich, wenn er hört, daß du ein Christ bist, so wirst du nichts erfahren, darum suche es zu verschweigen! Ich erteile dir diesen Rat auch deshalb, weil jetzt die Zeit ist, wo sich die Mekkapilger dieser Gegend versammeln, um nach Damaskus zu ziehen. Das ist eine Zeit religiöser Erregung und Unduldsamkeit, und da du solchen Leuten an allen Orten und auf allen Wegen begegnen wirst, so wirst du klug tun, sie nicht wissen zu lassen, daß du andern Glaubens bist."

Es war gewiß seltsam, daß dieser hohe Beamte mich vor den strenggläubigen Muslimin, zu denen er selbst gehörte, warnte und doch den Betrag der Gebühren, der jedenfalls kein geringer war, mir lieber anvertraute als einem islamitischen Eilboten. Das Zusammentreffen mit Pilgern machte mir keine Sorge. Eher war es mir bedenklich, daß die beiden im Vorzimmer stehenden Arnauten jedes Wort unsrer Unterhaltung gehört hatten und also auch wußten, daß ich eine bedeutende Summe Geldes zu überbringen hatte. Sie waren Soldaten, der eine ein Onbaschi[2] und der andre ein Tschausch[3], und hätten nach europäischen Begriffen also wohl Vertrauen verdient. Aber der Arnaut ist ein geborner Räuber

[1] Einsiedler   [2] Korporal   [3] Feldwebel

154

und stets, selbst wenn er bei der Fahne steht, zu Gewalttätigkeiten geneigt. Außerdem ist der nichtchristliche Arnaut der muselmännischste der Muselmänner, und darum war es mir nicht recht wohl bei dem Gedanken, jetzt zur Zeit der Pilgerversammlungen und im Besitz vielen Geldes diese beiden finster blickenden Kerle für mehrere Tage als Begleiter bei mir zu haben. Ich teilte das dem Wali leise mit, aber er antwortete:

„Du brauchst keine Sorge zu haben! Ich werde sie verpflichten, und ihr Eid ist ihnen so heilig, daß sie ihn auf keinen Fall brechen werden."

Trotz dieser Versicherung hatten meine Worte zur Folge, daß Said Kaled Pascha von jetzt an nicht mehr so laut sprach. Auch zählte er mir das Geld so vorsichtig vor, daß man es draußen nicht hören konnte. Es befand sich in einem festen Ledergurt, den ich sogleich unter dem Gürtelschal um den Leib band. Dann rief er die Arnauten herein, um mich ihnen zu übergeben. Sie mußten ihm beim Propheten zuschwören, solang ich ihnen anvertraut sei, für meine Sicherheit ebenso wie für die ihrige besorgt zu sein. Das beseitigte mein Bedenken. Wenn ich den beiden finstern Gesellen alles zutraute, den Bruch eines solchen Gelöbnisses aber nicht.

Hierauf begleitete der Wali mich bis in den Hof und blieb da stehen, bis ich zum Tor hinausritt, eine Ehre, der gewiß nur selten jemand teilhaftig geworden war.

„Allah begleite dich und nehme dich in seinen Schutz!" rief er mir nach, obgleich ich in seinen Augen ein Ungläubiger war.

Zunächst erfuhr ich gleich draußen vor der Stadt, was für strenge Mohammedaner meine beiden Arnauten waren. Kaum hatten sie das letzte Haus hinter sich, so stiegen sie ab, und der Tschausch sagte mir:

„Effendi, erlaube uns, das Reisegebet zu sprechen! Jeder wahre Gläubige tritt eine solche Reise nur zur Zeit des Nachmittagsgebets an. Wir aber sind schon am Vormittag aufgebrochen. Da du ein Christ bist, so weißt du nicht, daß wir damit den Zorn Allahs auf uns geladen haben. Nun müssen wir ihn durch unser Gebet besänftigen."

Sie schnallten ihre Pferdecken los, um sie als Gebetsteppiche zu gebrauchen, eine Benutzung, die ich noch nie beobachtet hatte, knieten darauf nieder und verrichteten, gegen Mekka gewendet, unter halblautem Gemurmel und zahlreichen Verneigungen die Andacht. War das wirklich Herzenssache, oder wollten sie mir gleich am Beginn der Reise zeigen, daß sie mich zwar als ihren Schutzbefohlenen, aber doch als Giaur betrachteten? Als Soldaten waren sie der dienstlichen Zucht unterworfen und also wohl nicht gewöhnt, stets nur zur Zeit des Nachmittagsgebets aufzubrechen. Die militärische Notwendigkeit erfordert oft eine Umgehung der äußern Glaubensvorschriften.

Ich ließ die Soldaten gewähren, ohne ein Wort zu sagen, und benutzte als echter Ungläubiger die mir dadurch gewordene Muße zum Betrachten des Tenbih, die ich vom Wali erhalten hatte. Nach diesem Schriftstück konnte ich allerorten alles verlangen, was ein großherrlicher Eilbote fordern konnte; das war mir sehr angenehm. Die Neugier trieb mich, auch den kleinen Beutel zu öffnen, worin sich die Bezahlung für mein

Pferd befand. Es war ein gewöhnlicher Gaul gewesen, und die Summe betrug wenigstens das Achtfache seines Wertes. Der Wali konnte das Pferd für sich nicht gebrauchen, und es war klar, daß er es gekauft hatte, um mir in dieser Form ein Geschenk machen zu können. Es fiel mir nicht ein, zornig darüber zu sein.

Als das Gebet beendet war, ritten wir weiter. Die Arnauten verhielten sich schweigsam gegen mich. Sie sprachen nur dann mit mir, wenn ich sie fragte, und antworteten da so kurz, daß ich einsah, es liege ihnen nichts daran, mich als leutseligen Effendi kennenzulernen. Wenn sie sich miteinander unterhielten, bedienten sie sich ihrer Mirditensprache, von der mir kaum dreißig Worte geläufig waren. Sie ritten je nachdem, vor oder hinter mir her, ohne sich um mich zu kümmern; ich schien für sie Luft zu sein, und als ich zur Mittagszeit in einem Dorf halten ließ, um mir vom Muchtar[1] ein Essen liefern zu lassen, wollten sie, als es gebracht wurde, sich sofort darüber hermachen, als wäre ich gar nicht vorhanden oder mit dem Überresten fürlieb nehmen müßte. Der Tschausch nahm, ohne sich um mich zu bekümmern, dem Muchtar die Schüssel ab, setzte sich damit neben seinen Kameraden auf die Erde nieder und spreizte schon die Finger aus, um zuzulangen; da hob ich, auch ohne ein Wort zu sagen, ihnen die Schüssel weg, ging damit zur Seite, setzte mich nieder, stellte sie zwischen die Beine, zog meinen Löffel aus dem Gürtel und begann zu essen.

„Effendi, das Essen gehört auch uns!" rief der Tschausch zornig.

„Wartet!" entgegnete ich kurz, indem ich weiterlöffelte.

„Wir sind Rechtgläubige und dürfen nicht genießen, was ein Christ übrigläßt!"

„Und ich bin ein gläubiger Christ, der euch die Ehre erweisen würde, euch mit ihm essen zu lassen, wenn ihr Offiziere wärt. Said Kaled Pascha, mein Freund, hat euch zu mir befohlen, nicht aber mich zu euch. Merkt euch das!"

Meine „Beschützer" schwiegen und gingen ins Haus, um sich andres Essen geben zu lassen, verhielten sich aber von nun an noch abweisender gegen mich als vorher. In Jachschah Khan, wo wir über Nacht blieben, sah ich sie von dem Augenblick, da wir von den Pferden stiegen, nicht eher wieder, als bis ich am andern Morgen aufstieg, um fortzureiten. Zum Schutz brauchte ich sie nicht; ich konnte mich selbst beschützen, und da sie mir im übrigen nur hinderlich sein konnten, so wäre es mir lieber gewesen, wenn ich sie nicht mitgenommen hätte, zumal ich im Lauf dieses zweiten Tags die Beobachtung machte, daß sie überall, wo wir anhielten, mich geflissentlich als Christen bezeichneten. Das konnte jetzt, zur Pilgerzeit, unangenehme Folgen für mich haben.

Wir hatten in Jachschah Khan frische Pferde bekommen. Morgen brauchte ich wieder welche, zumal der heutige Ritt sehr anstrengend war, da wir erst am späten Abend über Baltschyk in Josgad ankamen. Es gab da einen Han[2], vor dem wir abstiegen. Weil es meinen beiden „Beschützern" nicht einfiel, für mich zu sorgen, so rief ich selbst den

---

[1] Dorfschulze   [2] Herberge, Einkehrgasthaus

156

Handschi[1] herbei, um ihm meine Wünsche mitzuteilen. Als er das Schreiben des Wali sah, kraulte er sich verlegen hinter den Ohren und sagte:

„Essen könnt ihr haben, ob aber auch Pferde, das bezweifle ich. Es ist schon ein Effendi da, der ebenfalls einen Tenbih des Wali besitzt. Er hat auch schon Pferde bestellt."

„Wie viele?"

„Zwei."

„Ich brauche drei. Die werden doch zu bekommen sein."

„Ich will's versuchen. Aber der Effendi wird jedenfalls die beiden besten nehmen, weil er eher gekommen ist als du. Er weiß Pferde zu beurteilen, denn ich habe aus seinem Tenbih ersehen, daß er Kyßrakdar[2] von Malatije ist."

Ich ging in das Gebäude, um mich mit diesem Effendi zu verständigen, und fand einen jungen Türken ernsten Aussehens, der auch nach Kaisarije wollte und bereit war, den Weg mit mir gemeinschaftlich zu machen. Das war alles, was wir sprachen, denn er zeigte sich einsilbig und zurückhaltend, und ich war so müde, daß ich nur einige Bissen aß und mich dann gleich niederlegte.

Am andern Morgen waren meine Arnauten nicht zu finden. Der Handschi sagte mir, sie hätten die beiden besten Pferde genommen und seien fortgeritten. Ich nahm an, daß sie es unter ihrer mohammedanischen Würde gefunden hätten, mich weiter zu begleiten, hörte aber zu meinem Befremden, daß sie nicht die Richtung zurück nach Engyrije eingeschlagen hatten, sondern unserm bisherigen Weg weiter gefolgt waren. Das mußte mir auffallen. Sie wußten, daß ich Geld bei mir hatte, und ich nahm mir vor, vorsichtig zu sein.

Mein Ziel für heut war Boghaslajan, und der Kyßrakdar zeigte sich damit einverstanden. Wir hatten drei Pferde, die aber nichts taugten. Ich brauchte nur eins, er zwei, da er Gepäck bei sich führte. Lieb war es mir, daß er den Weg kannte, aber weiter bot mir seine Gesellschaft nichts, da er wenigstens ebenso wortkarg wie gestern abend war. Ich bemerkte, daß er mich heimlich mit prüfendem Blick musterte, und daß sein Gesicht dabei keineswegs einen feindseligen Ausdruck hatte. Er schien sich gern näher mit mir einlassen zu wollen und doch einen besondern Grund zu haben, davon abzusehen.

Heut zeigte es sich mehr als an den beiden vorhergehenden Tagen, daß wir uns der Pilgerzeit näherten. Wir kamen an einzelnen Gruppen und ganzen Zügen frommer Mohammedaner vorüber, die zu dem Versammlungsplatz dieser Provinz wanderten. Ich grüßte überall, gab aber die uns gewordenen Zurufe nicht zurück. Es wunderte mich, daß mein Begleiter sich ebenso verhielt. Ich hörte ihn nicht ein einziges Mal das gebräuchliche „Allah hu" rufen. Die Leute fanden unser Verhalten unreligiös und hätten wohl mit uns angebunden, wenn wir nicht immer schnell an ihnen vorüber gewesen wären. Einmal aber, es war um die Mittagszeit, fiel mir das Benehmen eines Mannes auf, der auch zu einer

[1] Gastwirt   [2] Gestütmeister

kleinen Pilgerschar gehörte, an der wir vorüberkamen. Als dieser meinen Begleiter erblickte, spuckte er wiederholt aus und rief dann mit lauter Stimme:

„Es Ssabbi, es Ssabbi[1]! Seht ihr ihn? Spuckt aus vor ihm; speit ihn an! Reißt ihn vom Pferd, den Abtrünnigen, der von Allah und dem Propheten gewichen ist. Verflucht sei seine Seele!"

Die Begleiter dieses Mannes stimmten in sein Geschrei ein und wollten seiner Aufforderung Folge leisten. Der Kyßrakdar aber trieb seine Pferde zum Galopp an, und ich folgte ihm, noch immer das Geheul „Verflucht sei seine Seele, verflucht sei seine Seele!" hinter mir hörend. Als wir außer Sichtweite gekommen waren, ließ er seine Pferde langsamer gehen und sagte verlegen:

„Wir müssen uns trennen, Effendi, denn meine Gegenwart kann dir, wie du siehst, leicht gefährlich werden."

„Inwiefern? Warum beleidigt man dich?"

„Weil man glaubt, ein Recht dazu zu haben. Ich war Muslim, bin aber jetzt ein Christ. So, jetzt weißt du es. Nun spucke auch du vor mir aus!"

„Das werde ich bleibenlassen. Ich müßte mich ja selbst anspucken, denn ich bin ebenfalls ein Christ."

Da richtete er sich schnell im Sattel auf, sah mich froh an und rief:

„Du ein Christ! Und ich hielt dich für einen strengen Bekenner des Propheten, weil du mir gestern abend sagtest, daß du den Abdal Osman Bei besuchen wolltest. Dieser Mann spricht mit keinem Christen."

„Was ich ihm sagen muß, ist solcher Art, daß er mit mir reden wird."

„Dann muß es sehr Gutes sein, was du ihm mitzuteilen hast. Du gefielst mir sogleich, als ich dich gestern abend sah. Hätte ich gewußt, daß du auch Christ bist, so wäre ich anders gegen dich gewesen. Verzeih mir, Effendi!"

„Du hast auch mir gefallen, und ich werde bei dir bleiben, wenn du es erlaubst. Laß diese Menschen schimpfen! Sie können uns doch nur mit ihren Worten erreichen, und die sind ungefährlich. Da du Osman Bei erwähnst — kennst du ihn vielleicht?"

Er sah vor sich nieder und rief dann aus:

„Ob ich ihn kenne! Er ist ja der Erzeuger meines Lebens, mein Vater, und ich bin sein Sohn, sein einziges Kind."

„Wie! So bist du beim Wali gewesen?"

„Ja. Der Wali ist ein Freund meines Vaters und hat auch mich lieb, obgleich er mir wegen meines Abfalls zürnt. Oh, Effendi, wie glücklich bin ich durch die heilige Religion geworden, und doch auch wie unglücklich durch das Herzeleid, in das ich meinen Vater und meine Mutter versetzen mußte! Du kannst es gar nicht erfassen!"

„Ich begreife es. Dein Vater ist der strengste Bekenner des Islams, und du, sein einziges Kind, hast den Koran verworfen. Ich kenne beide, die Bibel und den Koran, das helle, lebenspendende Licht des Christentums und den glühenden, versengenden Brand der Lehren Mohammeds,

---

[1] Arabisch: der Verfluchte. Religiöse Bezeichnungen werden von den Türken nicht übersetzt.

aber ich kenne auch das Menschenherz und verstehe, daß dein Vater dich von sich gestoßen hat."

„Er hat mich nicht nur verstoßen, sondern — verflucht. Du hast gehört, daß ich es Ssabbi — der Verfluchte, genannt werde." Der Türke war ein starker Mann von eignem Gepräge, und doch standen ihm Tränen in den Augen, als er fortfuhr: „Und nichts, nichts kann ihn versöhnen als meine Rückkehr zu den Irrlehren des Islam. Diese aber ist mir unmöglich."

„Ja, bleib getreu! Der himmlische Vater steht unendlich höher als der leibliche. Die göttliche Liebe wird dir die irdische ersetzen, die du verloren hast."

„Ich habe sie verloren und doch auch gewonnen. Die Liebe des Vaters hat sich in Haß und Fluch verwandelt, dafür errang ich eine andre Liebe, und diese war es, die mich zum rechten Glauben leitete. Darf ich dir sagen, wie das gekommen ist?"

„Sei überzeugt, daß ich tiefsten Anteil nehme."

„So erfahre, daß ich, so wie mein Vater, Offizier war. Der Name meines Vaters und die Freundschaft Said Kaled Paschas standen mir zur Seite, so daß ich rasch befördert wurde. Ich zählte vierundzwanzig Jahre, als ich Kol Agassi[1] der Dragoner in Kaisarije wurde. Der Dienst führte mich in das Haus des französischen Konsuls. Ich sah dessen Tochter, liebte sie, kam wieder, fand Gegenliebe und wurde dadurch zur Wahrheit des christlichen Glaubens geführt. Erlaß es mir, ausführlich zu sein! Es war eine schwere Zeit, eine Zeit des Zweifels und der Kämpfe, des Glücks und des schwersten Herzeleids. Die Liebe war meine Führerin gewesen, und die Überzeugung wurde meine Stütze, an der ich mich aufrecht hielt. Ich entsagte dem bisherigen Glauben nicht aus Zuneigung zu der Geliebten, sondern in der vollen Überzeugung, daß nicht Mohammeds, sondern Christi Weg zu Allah und zum Himmel führt. Der Vater verstieß und verfluchte mich. Ich mußte den Abschied nehmen, aber die Braut blieb mir treu, und der Konsul verhieß mir die Hand seiner Tochter, sobald ich Ersatz für die verlorene Stellung gefunden haben würde. Ich bemühte mich viele, viele Monate lang, doch überall wurde der Abtrünnige, es Ssabbi — der Verfluchte, abgewiesen. Da wendete ich mich endlich an Said Kaled Pascha, meinen frühern Gönner, der mittlerweile Wali von Engyrije geworden war. Er zürnte mir und sah sich nicht imstand, mir meinen Abfall zu verzeihen, aber er liebte mich noch und beschied mich zu sich. Jetzt komme ich von ihm und habe die Bestallung als Kyßrakdar von Malatije in der Tasche. Dieses berühmte großherrliche Gestüt liegt nicht zu fern von hier und doch in einer andern Provinz. Ich habe also die bisherigen Anfeindungen nicht zu fürchten und bin trotzdem in der Nähe des Vaters, um jede Gelegenheit, mich mit ihm zu versöhnen, ergreifen zu können. Gott segne den Wali! Er ist ein strenger Mann, aber ein treuer und wahrer Freund."

„Ja, das ist er. Hat er mich doch beauftragt, mit deinem Vater von dir zu reden und ihn, wenn möglich, zur Versöhnung zu stimmen."

„Hat Said Kaled Pascha das? Wirklich?"

[1] Rittmeister, Adjutant

„Ja. Er sprach allerdings nicht deutlich, da er seine Hand nicht an fremde Wunden führen wollte, jetzt aber weiß ich, was er gemeint hat, und wenn du es erlaubst, werde ich mich dieses Auftrags gern entledigen."

„Tu es lieber nicht, Effendi! Der Versuch wird mißlingen und könnte alles verschlimmern. Ja, wärst du kein Christ! Als Bote des Wali wird mein Vater dich wohl bei sich empfangen, obwohl er sonst keinen Fremden zu sich läßt. Sobald er aber erfährt, daß du ein Christ bist, jagt er dich mit Hunden fort."

„Das befürchte ich nicht, denn ich bringe ihm eine frohe Botschaft, die er seit fünfzehn Jahren vergeblich erwartet hat."

„Seit fünfzehn Jahren? So betrifft es wohl sein Ruhegehalt?"

„Ja. Es ist ihm gewährt worden, und ich habe den ganzen Betrag nebst Zins und Zinseszins bei mir, um ihm diesen auszuhändigen."

„Welch großes Glück! Mein Vater ist ein Einsiedler und Menschenfeind geworden, nicht nur aus Zorn darüber, daß man ihm die Zahlung verweigerte, sondern weil er so arm ist, daß er ohne das Ruhegehalt kaum zu leben vermag. Ich teilte mit ihm mein Einkommen, das mir jetzt verlorenging. Ja, nun glaube auch ich, daß du ihm willkommen bist, und daß du es wagen darfst, mich bei ihm zu erwähnen. Gott gebe, daß es Erfolg hat!"

„Da kommt mir ein Gedanke. Wäre es nicht vielleicht besser, wenn du selber ihm das Geld brächtest?"

„Nein, nein! Mein Vater würde es nicht annehmen. Du mußt es bringen, du, nicht ich. Eins aber kann ich tun, nämlich mich in der Nähe halten, damit du mich, falls du mit deinen Bemühungen glücklich bist, sogleich rufen kannst."

„Gibt es einen dazu passenden Ort?"

„Ja, ich werde ihn dir vorher zeigen. Wie gut, wie herrlich, daß wir uns getroffen haben, Effendi! Vielleicht kann ich meiner Braut nicht nur eine Anstellung, sondern auch die Kunde von der Versöhnung mit meinem Vater bringen. Sag, ob ich dir etwas zuliebe zu tun vermag, Effendi! Meine Freundschaft wird dir gehören, solange ich lebe."

„Ich biete dir die meinige dafür, obgleich wir uns, wenn wir geschieden sind, wohl schwerlich jemals wiedersehen werden. Meine Heimat liegt zu fern von hier."

„Wo?"

„In Almanja, wohin du höchstwahrscheinlich niemals kommen wirst. Dennoch wird das Andenken, das ich dir bewahre, stets herzlich sein."

Es läßt sich denken, daß wir nun in andrer Weise als bisher miteinander verkehrten. Er entwickelte eine Lebhaftigkeit, die für einen Türken selten war, und erzählte mir in kurzer Zeit seinen Lebenslauf. Leider erlitt unsre Unterhaltung zuweilen recht gehässige Unterbrechungen. Je mehr wir uns Boghaslajan näherten, desto mehr Menschen gab es, die ihn kannten, und da wir nur Mohammedanern begegneten, die die Pilgerreise angetreten hatten, also glaubensübereifrigen Leuten, so hatte er, so oft man ihn erkannte, die niederträchtigsten Schimpfreden anzuhören. Wir bogen oft feldein, um auf einem Umweg derartigen Beleidigungen zu entgehen. In Boghaslajan weigerte sich der Handschi sogar, ihn zu behalten, und es bedurfte der wiederholten Hindeutung auf die Tenbih des Wali, bevor er sich aus Angst vor Strafe bereitfinden ließ, uns Unterkunft und Essen zu geben und am nächsten Morgen für drei frische Pferde zu sorgen. Es stieg dabei die Ahnung in mir auf, daß es noch schlimmer kommen würde.

Nicht aus Sorge für unser Wohlergehen, sondern aus Rücksicht auf sich selbst und auf die Ruhe seines Hauses machte der Handschi uns aufmerksam, daß es geraten sei, uns nicht vor den andern Gästen blicken zu lassen. Er sagte, die Stube sei voller Pilger, die während der Nacht hierbleiben würden, und brachte uns hinter das Haus in einen von halb verfallenen Lehmmauern umschlossenen Raum, den er seinen Tschitschek bahtscheßi, seinen Blumengarten, nannte. Es gab da einen verdorrten Jasminstrauch, einen welken Zitronenbaum und schließlich eine Rose mit zwei Knospen und mehreren Würmern drin und Hunderten von Läusen auf den Blättern. Die eine Ecke dieses Gartens war durch eine alte, oft geflickte Leinwand abgesperrt und sollte wohl ein Zelt, eine Laube oder so etwas Ähnliches bedeuten. In einer andern Ecke stand eine solche Grasmenge, daß ein einziges Kaninchen sie in fünf Minuten hätte wegfressen können. Das war ein türkischer Blumengarten. Vielleicht begeistert diese Beschreibung einen deutschen Dichter, ihn in vierundzwanzig Strophen zu besingen.

„Hier müßt ihr schlafen, wenn ihr unbelästigt bleiben wollt", meinte der Handschi, indem er auf die Leinwand deutete. „Euer Gepäck werde ich bringen und dann auch Essen und Wasser besorgen."

Nach diesen Worten ging er, da es ihm unmöglich zu sein schien, daß wir irgendwelche Wünsche haben könnten. Was mich betraf, so schlief ich in diesem prächtigen „Garten" ebenso gern wie drin im schmutzigen Haus, und der Kyßrakdar dachte jetzt an nichts als an die Aussöhnung mit seinem Vater. Alles andre war ihm gleichgültig.

Nach kurzer Zeit brachte der Wirt die Sachen meines Gefährten geschleppt — ich hatte die meinigen bei mir — und dann das Abendessen. Es bestand ausschließlich aus einem trockenen und lederzähen Kuchen, der mit ranzigem Öl getränkt war. Das Wasser befand sich in einem Krug, der den Henkel und den halben Rand verloren hatte, was im Orient der Vollkommenheit bekanntlich keinen Eintrag tut. Während er uns diese Leckereien vorlegte, sagte er wichtig:

„Seid froh, daß ich euch hierhergebracht habe! Soeben fragten die Arnauten wieder nach euch."

„Welche Arnauten?" forschte ich, da mein Verdacht sofort rege war.

„Die heut nachmittag gekommen sind. Sie erkundigten sich gleich nach ihrer Ankunft nach euch, besonders nach dir", fügte er, zu mir gewendet, hinzu. „Sie sagten, ich solle dich nicht aufnehmen, denn du seist ein Christ und wolltest dich den Pilgern anschließen, um die heiligen Gebräuche kennenzulernen und dann später zu verhöhnen."

„Ein Christ bin ich, das ist wahr, aber deshalb habe ich mit euern heiligen Gebräuchen nichts zu schaffen. Du hast diesen Arnauten nicht gesagt, daß wir angekommen sind?"

„Nein, noch nicht."

„So hüte dich überhaupt, es zu tun! Wenn du plauderst, zeige ich es dem Wali an, dessen Empfehlung ich besitze. Wo befinden sich die Arnauten?"

„Im Pferdestall, ganz hinten, wo das Futter liegt."

„So haben sie sich also versteckt?"

„Ja."

„Ist dir das nicht ein Beweis, daß sie Schlimmes vorhaben und ein böses Gewissen besitzen?"

„Nein, denn sie sagten, sie seien euch nachgesandt worden, um euch zu beobachten und nötigenfalls gefangenzunehmen."

„Das ist eine ungeheure Lüge, denn von meinem Begleiter wissen sie eigentlich nichts, und mir sind sie von dem Wali zu meiner Bedienung mitgegeben, wie du aus meinem Tenbih ersehen kannst. Sie haben es aber vorgezogen, sich aus dem Staub zu machen, aus welchem besondern Grund, das werde ich schon noch erfahren. Also sag ihnen nichts von unsrer Anwesenheit, du könntest sonst in Strafe kommen. Und halte die bestellten Pferde zeitig bereit, da wir mit dem Frühesten wieder aufbrechen werden."

Er ging. Es fiel mir nicht ein, vor den Arnauten davonzulaufen, aber nach dem, was mir geahnt und was ich jetzt wieder gehört hatte, trachtete ich danach, das Geld, das ich bei mir trug, so bald wie möglich loszuwerden. Darum wollte ich morgen den Ritt möglichst früh beginnen. Vom Essen war keine Rede. Wir untersuchten das Innere des Zeltes. Es stand eine einfache Steinbank darin, die keinem Menschen und noch viel weniger zweien Platz zu einem Lager gewähren konnte. Darum streckten wir uns außerhalb des Zeltes auf den Erdboden nieder und schliefen bald den Schlaf der Gerechten.

Wir erwachten trotz unsres unbequemen Lagers leider später, als in unsrer Absicht gelegen hatte. Es war schon heller Tag, und von unserm berühmten Blumengarten aus hörten wir die Stimmen der Pilger, die sich zum Aufbruch rüsteten. Da wir uns des Kyßrakdar wegen nicht vor ihnen blicken lassen wollten, warteten wir, bis es still geworden war, und gingen dann in den Hof. Die ersten Menschen, die wir da erblickten, waren die beiden Arnauten. Sie standen in dem offnen Hoftor und schauten in die Gegend, aus der sie uns erwarteten, obgleich auf eine Ankunft unsrerseits um diese Stunde wohl schwerlich zu rechnen war.

„Dort stehen sie", meinte mein Gefährte. „Gehen wir wieder in den Garten zurück?"

„Nein. Sie können noch stundenlang dableiben, und wenn wir warten wollten, bis sie weg sind, würden wir unsre Zeit versäumen. Übrigens liegt nun, da es Tag geworden ist, nichts mehr daran, ob sie uns erblicken oder nicht."

Wir gingen also über den Hof dem Hause zu. Meine „Beschützer" hörten unsre Schritte, drehten sich um und waren nicht wenig betroffen, uns zu entdecken. Der Tschausch machte eine rasche Bewegung, sich zu entfernen und draußen zwischen den Häusern zu verschwinden. Ich rief ihm aber zu:

„Bleib! Wo willst du hin? Weißt du nicht, daß du zu uns gehörst?"

Er kehrte um und kam langsam näher. In seinem Gesicht war finstrer Trotz zu lesen. Der Onbaschi folgte ihm, um ihm bei seiner Verteidigung beizustehen.

„Ihr seid ein wenig spazieren geritten, ohne uns um Erlaubnis zu fragen", sagte ich. „Said Kaled Pascha wird euch darüber unterrichten, ob man eine solche Unbotmäßigkeit ohne Strafe wagen darf."

„Erzähle es ihm!" spottete der Tschausch.

„Ja, ich werde es ihm berichten."

„Aber nur bald, sonst könnte es leicht zu spät werden!"

„Ich werde schon dafür sorgen, daß nichts eintritt, wodurch ihr der verdienten Züchtigung enthoben werden könntet."

„Tu, was du willst. Es geht uns nichts an. Wir begleiten keinen Giaur, und du hast uns nichts zu befehlen. Du gehst, wohin es dir beliebt, und wir tun auch, was wir wollen."

„Ich werde allerdings tun, was mir beliebt. Ob euer Belieben auch gelingen wird, ist eine andre Sache. Ich könnte euch eure Pferde wegnehmen, denn sie wurden von mir gegen Bescheinigung beschafft. Ich lasse euch aber so, wie ihr seid, und wünsche, daß ihr es euch nicht schlimmer machen möget."

Wären die Arnauten klug gewesen, so hätten sie verstanden, was ich meinte. Ich wendete mich ab und ging ins Haus, um den Wirt zu suchen. Er fand sich bald und teilte uns mit, daß er frische Pferde für uns im Stall stehen habe. Wir tranken den Kaffee, den er uns bot, und besichtigten hierauf die Tiere. Es befanden sich drei da, aber als ich sie genauer in Augenschein nahm, sah ich, daß sich nur ein frisches dabei befand. Die beiden andern waren die, auf denen sich die Arnauten heimlich von uns entfernt hatten. Auf die sogleich angestellten Erkundigungen erfuhr ich, daß die beiden Unteroffiziere, während wir Kaffee tranken, fortgeritten seien. Sie hatten die guten Pferde genommen und uns ihre abgetriebenen zurückgelassen, die wir nun wohl oder übel nehmen mußten, da in dem kleinen Nest keine andern zu bekommen waren. Dieses Unglück war aber nicht groß, weil ich heut nur bis Urumdschili wollte, das von Boghaslajan in einem fünfstündigen Ritt recht wohl zu erreichen ist.

Der Weg führte an einem Nebenflüßchen des Tarla hin, wir hatten freies Feld vor uns. Als der Kyßrakdar sagte, daß wir später durch einen großen und dichten Wald kommen würden, erklärte ich:

„Da müssen wir uns in acht nehmen, weil sich jedenfalls dort die Arnauten versteckt haben."

„Versteckt! Zu welchem Zweck?"

„Um uns zu ermorden."

„Ermorden? Sprichst du im Ernst, Effendi?"

„Ja."

„So hältst du sie, die dich beschützen sollten, für Mörder?"

„Für Raubmörder. Ich habe dir bisher nichts Näheres mitgeteilt. Nun aber, da meiner Ansicht nach die Entscheidung naht, muß ich dich darauf aufmerksam machen. Sie waren dabei, als der Wali vom Geld deines Vaters sprach, und wissen, daß ich es bei mir trage. Eine solche Summe kann auch ehrlichere Leute verführen."

„Ich erschrecke! Sollten sie sich nicht deshalb, weil wir Christen sind, sondern dieses Geldes wegen von uns entfernt haben?"

„Jedenfalls."

„Aber sie haben doch sicher von Said Kaled Pascha strenge Anweisung erhalten, und da sie Soldaten sind, muß ihnen jeder Ungehorsam doppelt angerechnet werden."

„Was das betrifft, so mußten die Arnauten sogar einen Eid ablegen, ihren Verpflichtungen zu genügen. Doch wenn ich mich recht erinnere, so war der Wortlaut dieses Eides so gehalten, daß er auch anders auszulegen ist. Sie haben geschworen, solange ich ihnen anvertraut sei, für meine Sicherheit ebenso besorgt zu sein wie für die ihrige. Da sie sich von uns getrennt haben, bin ich ihnen, wenigstens ihrer Ansicht nach, nicht mehr anvertraut, und sie halten sich infolgedessen ihres Eides entbunden."

„Das ist ein Verdacht, den ich nur schwer zu teilen vermag. Sie sind doch Vertrauenspersonen."

„Welches Vertrauen sie verdienen, haben sie uns deutlich gezeigt. War es nur ihre Absicht, uns loszuwerden, so konnten sie nach Engyrije zurückkehren und dort sagen, sie seien von mir heimgeschickt worden. Warum aber ritten sie weiter, und, was die Hauptsache ist, warum hielten sie sich nicht hinter uns, sondern uns voran? Ich bin überzeugt, daß sie es auf das Geld abgesehen haben."

„Erlaube mir nur noch einen Einwand: sie sind deine Beschützer, sollen also bei dir sein. Wenn dir etwas geschieht, muß sich der Verdacht des Wali sofort auf sie lenken. Das wissen sie ebensogut, wie ich es dir sage."

„Bedenke, daß ihnen eine große Zahl von Ausreden zur Verfügung steht. Ich bin überfallen worden, weil ich sie zurückgeschickt habe. Übrigens bedeutet die Summe, die ich bei mir habe, für diese Leute ein Vermögen. Sie würden wohl nicht in ihren Dienst zurückkehren, sondern irgendwohin gehen, wo man sie nicht finden würde, was bei der Größe und den Zuständen des weiten Reiches eine Kleinigkeit wäre. Du magst zweifeln, ich aber bin überzeugt, daß mein Mißtrauen mich nicht täuscht."

„Dann müssen wir darauf bedacht sein, ihnen auszuweichen, Effendi!"

„Gibt es einen andern Weg nach Urumdschili?"

„Von hier aus eigentlich nicht, doch können wir rechts gegen Hadschi Bektasch und dann auf halbem Weg durch die Wälder und über die Berge zurückkehren."

„Dazu habe ich keine Lust. Wie groß würde dieser Umweg sein?"

„Wir würden freilich mit den übermüdeten Pferden erst sehr spät am Abend am Ziel ankommen."

„Also über einen halben Tag versäumen? Wegen dieser Halunken sicher nicht. Wir reiten weiter."

„Aber wenn sie wirklich im Wald auf uns lauern?"

„Du warst Offizier, und ich denke, daß du dich nicht fürchtest."

„Ich kenne keine Furcht, mag aber nicht leichtsinnig sein. Gegen die Kugel eines im Wald versteckten Mörders kann selbst der größte Heldenmut nicht schützen."

„Das weiß ich und fordere also keinen Heldenmut. Ein wenig Vorsicht genügt."

„Sagt dir die Vorsicht, wo der Mörder steckt, so daß du ihm auszuweichen vermagst?"

„Ja. Hab keine Sorge! Ich besitze in solchen Dingen mehr Erfahrung, als du denkst. Wenn wir in den Wald kommen, bleibst du eine Strecke hinter mir zurück und bist also sicher. Das übrige kannst du mir getrost überlassen."

Ich durfte wohl annehmen, daß der Türke kein Feigling sei, mußte aber noch lange auf ihn einreden, bevor er Vertrauen faßte und mir weiter folgte. Man darf nicht denken, daß es eine gebahnte Straße gab. Es war ein Weg, der mit der Zeit und nach Belieben ausgetreten worden war. Man konnte so breit gehen und rechts und links abweichen, wie man wollte. Später wurde der Weg schmaler, weil er nun durch den Wald führte. Dieser bestand zunächst aus niedrigem Gebüsch, aus dem einzelne Bäume ragten, die sich später zu einem geschlossenen Ganzen vereinigten.

Uns zur Seite hatten wir das kleine Flüßchen, durch das der Boden jetzt noch feuchter wurde, als er vorher gewesen war. Die Hufeindrücke wurden deutlicher. Ich hielt an, stieg ab und wand meinen Gürtelschal los, um ihn dem Pferd um den Hals zu schlingen. Dann band ich die Steigbügel am Sattelgurt fest und stieg wieder auf. Nachdem ich dem Kyßrakdar meine Gewehre, die mich hinderten, übergeben hatte, forderte ich ihn auf, mir langsam zu folgen. Er wollte eine Erklärung haben, doch ließ ich mich darauf nicht ein.

Es galt, die Stelle zu erkunden, an der die Arnauten steckten, und mir während dieses gefährlichen Unternehmens keine Blöße zu geben. Ich mußte nach Indianerart so reiten, daß der Leib des Pferdes meinen Körper beschützte. Auf der Seite des Flüßchens waren die Strolche jedenfalls nicht verborgen. Darum steckte ich auf dieser Seite den einen Arm in den Gürtelschal und an der andern den Fuß in den festgebundenen Bügel. Nun lag ich mit der einen Kniekehle im Sattel, während das andre Bein in der Luft schwebte. Indem ich mich am Hals des Pferdes festhielt, hing ich lang an der Seite des Tiers, dem die Sache so fremd vorkam, daß es erst nicht vorwärts wollte. Einmal in Gang gebracht, war es dann leicht zu lenken.

Ich hielt, ohne nach rechts oder links zu blicken, die Augen scharf zur Erde gerichtet, damit mir kein Tapfen entgehen möge. Die Arnauten waren langsam geritten, um nicht etwa die vor ihnen befindlichen Pilger einzuholen, und da wir kurz nach ihnen von Boghaslajan fortgeritten waren, so befanden wir uns ihnen ziemlich nahe. Es war vorauszusehen, daß ich meine Absicht in kurzer Zeit erreichen würde.

Mein Pferd galoppierte, was in meiner Lage die bequemste Gangart war. Mein Kopf befand sich unter dem Hals des Gauls, und ich sah die Spuren deutlich, bis sie plötzlich abwichen und in die Bäume hineinführten. Ich wußte genug, riß mein Tier herum und ritt zurück. Dabei hörte ich unweit der Stelle, an der ich umgekehrt war, einen kurzen Ruf erschallen. Die dort versteckten Arnauten hatten den sonderbaren Reiter erspäht, mich aber wohl nicht erkannt, da ich nur einen kurzen Augenblick zu sehen gewesen war.

Nun richtete ich mich im Sattel auf und teilte, zum Kyßrakdar zurückgekehrt, ihm mit, daß es mir geglückt sei, den Ort des Hinterhalts zu entdecken. Nun war ihm leicht auszuweichen. Wir ritten über das Flüßchen, dessen Wasser nicht tief war, stiegen dort unter den Bäumen ab und führten unsre Pferde wohl eine halbe Stunde weit durch den Wald. Da wir nun versichert sein konnten, die gefährliche Stelle weit genug hinter uns zu haben, kehrten wir auf die andre Seite des Wassers zurück und gelangten aus dem Wald, der uns so leicht hätte verhängnisvoll werden können. Mein Begleiter war, da er die Arnauten nicht zu Gesicht bekommen hatte, noch immer nicht überzeugt, daß sie wirklich Böses gegen uns im Schild führten.

Von jetzt an ritten wir durch eine hügelige Landschaft, die durch einen steten Wechsel von Wiesengrün und kleinen Wäldchen belebt wurde. Zuweilen erblickten wir zur Seite ein Dörfchen, ein einsames Haus, vermieden es aber, durch Ortschaften zu reiten. Der Kyßrakdar machte lieber einen Umweg, denn er war hier bekannt und wollte sich nicht beschimpfen lassen. Freilich waren nicht alle Begegnungen zu vermeiden und dann gab es auch stets einen Auftritt, dem wir uns als Reiter immer schnell entziehen konnten.

„Es Ssabbi, es Ssabbi — der Verfluchte, der Verfluchte!“ mußte mein beklagenswerter Gefährte bei jedem Zusammentreffen hören. „Speit ihn an; werft ihn mit Steinen; reißt ihn vom Pferd! Allah verdamme ihn! Allah verbrenne ihn! Allah vernichte ihn!“

Je weiter wir kamen, desto mehr Menschen waren unterwegs und desto aufgeregter in ihrem Glaubensübereifer schienen sie zu sein. Sie alle wollten nach Kaisarije, wo sich, wie ich später sah, die Pilger der ganzen Umgegend versammelten, um gemeinschaftlich über den Antitaurus zu wandern. Wehe dem Menschen, der durch eine unbedachte Handlung oder ein unvorsichtiges Wort die hochgesteigerte religiöse Empfindlichkeit dieser Leute verletzte! Wer nicht Mohammedaner ist, hält sich da am besten unsichtbar hinter seinen vier Pfählen, und in Wahrheit sahen wir auch nicht einen einzigen, der infolge seiner Kleidung als Christ zu erkennen gewesen wäre.

Die Pilgerhaufen wurden schließlich so zahlreich, daß ihnen fast nicht mehr auszuweichen war. Sie wollten zunächst alle nach Urumdschili, um die zwischen hier und Kaisarije über den reißenden Kisil Irmak führende Seilfähre zu benutzen. Wir bemerkten keinen einzigen Reiter unter ihnen, ein sicheres Zeichen, daß wir jene Hefe vor uns hatten, die leicht in Gärung zu bringen ist. Höchstens trieb einer ein armseliges Eselein, das sein noch armseligeres Gepäck tragen mußte, vor sich her.

Die Mittagszeit war vorüber, als das erste bebaute Feld vor uns lag. Hinter Hecken und Obstbaumgruppen stieg ein dünnes, sonderbar geformtes Ziegelwerk in die Höhe, das ein Minareh vorstellen sollte. Wir waren in der Nähe von Urumdschili angekommen.

Rechts von uns, vielleicht zwei Kilometer von der Stadt, sah ich eine Gruppe von mehreren Eichen der großfrüchtigen kleinasiatischen Art. Unter ihnen stand neben Oliven- und Maulbeerbäumen ein Häuschen, rundum von einer Mauer umgeben. Noch weiter zurück war der äußerste Horizont, jedenfalls von einem Wald, dunkel gefärbt. Der Kyßrakdar deutete auf das Haus und sagte:

„Dort wohnt mein Vater, der Einsiedler. Du kannst zwischen den Tabak- und Safranfeldern leicht hinkommen. Sollte ausnahmsweise das Tor offen sein, so hüte dich, in den Hof zu treten! Die Hunde würden dich zerreißen. Klopfe auf das Becken neben dem Tor!"

„Gut! Wo bleibst du einstweilen?"

„Ich reite zu dem Wald, den du dort hinten liegen siehst. Brauchst du mich während des Nachmittags, so hole mich. Ich werde dich kommen sehen. Im andern Fall nehme ich an, daß du als Gast diese Nacht beim Vater bleibst, und werde mich dir schon bemerkbar machen."

„Du hast nichts zu essen und reitest nicht zur Stadt. Da wirst du hungern müssen."

„Ich möchte zu meiner Braut reiten, wenn die Stadt nicht voller Pilger wäre, die mich beschimpfen würden. Wenn es Abend ist, darf ich es eher wagen. Hungern werde ich nicht, denn auf den Feldern wachsen Melonen genug, an denen ich mich sättigen kann. Gott gebe dir Glück zu deinem Vorhaben und lasse es gelingen!"

Er ritt in der Richtung zum Wald davon und ich lenkte mein Tier zwischen die Felder hinein, um zum Haus zu gelangen. Es lag einsam in der heißen Sonnenglut. Die Baumkronen, die über die Mauer blickten, ließen ihre Blätter hängen. Die Mauer war dick und hoch. In der vorderen Seite befand sich ein verschlossenes Tor. Daneben hing ein kleines Metallbecken mit einem Hammer. Ich klopfte und sofort erhob sich jenseits der Mauer ein mehrstimmiges Hundegeheul, das wohl fünf Minuten anhielt und dann auf den Zuruf einer Menschenstimme verstummte. Darauf fragte die Stimme, es war eine weibliche, am Tor nach meinem Begehr.

„Ist Osman Bei, der ehemalige Mir Alai, daheim?" erkundigte ich mich.
„Wer bist du?"
„Ein Bote seines Freundes Said Kaled Pascha, des Wali von Engyrije."
„Warte!"

Ich stieg vom Pferd und harrte. Es verging eine halbe Stunde. Ich setzte mich neben das wuchernde Gras und Unkraut neben dem Tor, und es verging noch eine halbe Stunde. Ich schellte wieder. Das gleiche Hundegeheul und wieder die Stimme:

„Wer ist draußen?"

„Noch immer der Bote des Wali."

„Warte!"

Ich setzte mich abermals nieder und wartete zwei volle Stunden. Da kam ein uralter, gebeugter und nur in Lappen gekleideter Mann durch die Felder zum Mauertor, blieb vor mir stehen, sah mich finster aus seinen triefenden Augen an und sprach dabei kein Wort.

„Gehörst du in das Haus?" fragte ich.

Er schüttelte bejahend den Kopf.

„Ist der Mir Alai daheim?"

Er wiegte den Kopf, womit er nein sagen wollte.

„Ich habe mit ihm zu sprechen. Wo befindet er sich?"

Abermaliges Kopfwiegen. Da drückte ich meine einzige Kugel ab:

„Ich bringe ihm Geld — viel Geld!"

Ich hatte einen Kernschuß getan, denn kaum war das Zauberwort „Geld" erklungen, so rief der Alte mit überschnappender Fistelstimme:

„Geld? Viel Geld? Warte, mein Söhnchen, warte nur ein ganz klein wenig, du Liebling Allahs, du Bote der Glückseligkeit! Ich werde den Abdal holen. Er befindet sich in der Stadt, um den Pilgern heilige Reden zu halten. Er ist der Oberste der Sekte ‚Tschok Keßkinlar'[1] und hat mit seinen Ordensbrüdern die Pflicht, die Begeisterung der Gläubigen für die fromme Reise zu erhöhen."

Er eilte fort.

„Wie lange soll ich warten?" konnte ich ihm noch nachrufen.

„Nur wenige Minuten", schrie er zurück und war dann auch schon verschwunden. Ja, das Geld „macht Beine".

Also der Einsiedler war der Oberste der ganz strengen Mohammedaner. Da hatte ich es mit einem echten Glaubenseiferer zu tun. Die Freude am Besitz war bei ihm auch nicht geringer als die Frömmigkeit, denn als ich annahm, daß der Bote ungefähr die Stadt erreicht haben würde, sah ich die beiden schon von dort herbeikommen.

Osman Bei mochte fünfundsechzig Jahre zählen, war hoch und stark gebaut, und hatte den strengen und dabei kühnen Gesichtsausdruck eines Büßers. Er musterte mich einige Augenblicke und sagte dann:

„Du bringst Geld? Gib her! Von wem ist es?"

„Von Said Kaled Pascha."

„Ah, ein Geschenk für meine Ordensbrüder. Gib her!"

Der Mir Alai hielt mir die Hand hin.

„Es ist kein Geschenk, sondern etwas andres."

„So sag es!"

„Nicht hier. Ich möchte diese Angelegenheit nur in deiner Wohnung mit dir besprechen."

„Das geht nicht, denn ich lasse keinen fremden Menschen ein."

„Das tut mir leid. Ein Bote des Wali von Engyrije ist kein Mann, den man wie einen Bettler vor der Pforte abfertigt. Ich gehe wieder."

[1] Ganz Strenge

Ich stieg auf mein Pferd, ohne daß er es hinderte, und fügte noch hinzu:

„Es betrifft dein Ruhegehalt, das du nun endlich erhalten sollst. Lebe wohl!"

„Halt!" rief er da, indem er mir in die Zügel griff. „Mein Ruhegehalt? Steig ab und komm herein! Ich kann dich nicht fortlassen."

Ich schwang mich scheinbar zögernd wieder herab. Er hatte das Tor mit einigen Griffen geöffnet, trat in den Hof und rief den drei riesigen Hunden, die dort auf der Lauer standen, einige Worte zu, worauf sie sich zurückzogen. Der alte Triefäugige nahm mein Pferd, und ich ging mit seinem Herrn in das Innere des Hauses, das höchst ärmlich eingerichtet war. Die Stube, in die wir traten, hatte als einziges Möbel einen alten Teppich, auf den wir uns niederließen.

Diese Armut kann als Maßstab bei der Berechnung des Entzückens dienen, das der Einsiedler empfand, als ich ihm den fünfzehnjährigen Gehaltsrückstand nebst Zinseszinsen hinzählte. Er schwamm in Wonne, eilte fort, um seine Frau davon zu benachrichtigen, und kehrte dann zurück, mir zu sagen, daß ich sein Gast sein und mit ihm in die Stadt gehen müsse, um die Feierlichkeit des Empfangs der einzelnen Pilgerzüge und der Einweihung der heiligen Fahne beizuwohnen.

Die Fahne war nicht die berühmte Fahne, die jährlich auf einem reichaufgezäumten Kamel nach Mekka geschafft wird, dennoch gelüstete es mich, der Einladung Folge zu leisten. Ich sagte also zu.

Zunächst wurde ich, allerdings höchst eilig, mit dem Besten bewirtet, was das Haus bot, Milch und einige Früchte. Der Abdal hatte seine Freude nur einen Augenblick lang geoffenbart, jetzt war er wieder zugeknöpft. Eine eigentliche Unterhaltung gab es nicht, und nun gar von seinem Sohn anzufangen, durfte ich erst recht nicht wagen. Noch nicht halb gesättigt, mußte ich mit ihm in die Stadt, ein schmutziges Nest, in dem es mehr Schutt und Trümmer als Häuser gab.

Der Empfang der nacheinander ankommenden und meist nur durchziehenden Pilgerhaufen bestand aus einem heisern „Allah"-Gebrüll, und über die Einweihung der „heiligen" Fahne will ich lieber gar nichts sagen. Diese Menschen waren beinah toll in ihrer Glaubensbegeisterung. Die Derwische schrien wie Tiger, verwundeten sich, um dem Propheten ihr Blut zu weihen, und ergingen sich in ähnlichen andern Verrücktheiten. Ich war darum froh, als der Abdal mich nach Einbruch der Dunkelheit aufforderte, mit ihm heimzugehen, um das Abendbrot einzunehmen. Ob ich meinen Zweck in Beziehung auf seinen Sohn bei ihm erreichen würde, war mir mehr als zweifelhaft. Abgesehen davon, daß er überhaupt ein hartes Herz besaß, war er ein so verknöcherter Islamit, daß an eine Verzeihung voraussichtlich nur unter ganz außergewöhnlichen Umständen zu denken war. Dennoch war ich fest entschlossen, nach dem Abendessen mein Glück zu versuchen. Die Angelegenheit sollte sich indes noch vorher entscheiden.

Als wir durch das Tor traten, mußten die Hunde wieder von mir abgehalten werden. Der Mond war im Aufgehen, und so bemerkte ich mein

Pferd, das sich im Gras unter den Bäumen gütlich tat. Das Sattel- und Zaumzeug hing an einem Pflock an der Hauswand. Der Mir Alai führte mich in das Zimmer, in dem ich schon gewesen war, und entfernte sich dann, um bei seinem Weib nachzusehen, ob das Essen bereitstehe. Er war kaum von mir fort, so erhob sich ein wütendes Geschrei. Er brüllte wie ein Verrückter. Der Schwall seiner Worte blieb mir unverständlich. Deutlich aber hörte ich nur die Worte Ssabbi, Verfluchter, und den oft wiederholten Fluch „Allah partschalamah!", was so viel wie „Gott zerschmettere dich!" bedeutet.

Wie ich später hörte, hatte sein Sohn gespannt auf mich gewartet und die Ungeduld, als es dunkel wurde, nicht länger bemeistern können. Er war herbeigekommen und hatte das Tor, dessen Handhabung er kannte, geöffnet. Die Hunde brauchte er als Sohn des Hauses nicht zu fürchten. Er hatte seinen Vater und mich abwesend gefunden und war zu seiner Mutter gegangen, wo ihn der Vater jetzt ertappte. Osman Bei drang mit den Fäusten auf seinen Sohn ein, warf ihn zu Boden und schlug fluchend und brüllend auf den Jüngling ein. Die Mutter wollte dem Wütenden Einhalt tun, wurde aber von ihm mit solcher Gewalt in die Ecke geworfen, daß sie dort wimmernd liegenblieb. Der Sohn rang sich in die Höhe, um den Vater von sich abzuhalten. Das steigerte dessen Wut derart, daß er ein geladenes Gewehr von der Wand riß und auf ihn anlegte. Osman Bei hätte sicherlich geschossen. Der Kyßrakdar sah glücklicherweise ein, daß es unmöglich sei, mit einem so wahnwitzig erregten Menschen gütlich zu verhandeln, und ergriff die Flucht. Um aus dem Haus zu kommen, mußte er durch die Stube, worin ich mich befand. Er kam zur einen Seite hereingesprungen und wollte zur andern hinaus. Da entdeckte er mich und blieb halten. Schon aber erschien sein Vater hinter ihm mit dem Gewehr in der Hand und legte auf ihn an. Ich sprang hinzu und schlug den Lauf zur Seite. Der Schuß krachte, die Kugel ging hart am Kopf des Sohnes vorüber und fuhr in die Wand.

„Was tust du, Unglückseliger!" rief ich Osman Bei zu. „Du willst deinen eignen Sohn ermorden?"

„Schweig!" donnerte er mich an. „Was hinderst du mich, diesen Abtrünnigen zu züchtigen, diesen Hund, der von Allah abgefallen ist, diesen Verfluchten, der nichts zu erwarten hat als die Hölle mit allen ihren Qualen!"

„Er ist dein Sohn und du bist sein Erzeuger!"

„Allah verzeihe es mir, daß ich sein Vater bin! Woher aber weißt du, daß dem so ist? Kennst du ihn denn?"

„Ja, ich bin mehrere Tage mit ihm geritten."

„So wußtest du, daß er sich hier befindet, daß er zu mir wollte?"

„Ja."

„Und du hast es mir nicht gesagt! So hat er, den Allah zerschmettern möge, dir wohl verschwiegen, daß er ein Giaur, ein Christenhund geworden ist?"

„Nein, er hat es mir gesagt."

„Und du hast ihn nicht angespien, ihn nicht zum Teufel gejagt?"

Osman Bei hatte diese Fragen, während er mich mit seinen blitzenden Augen verbrennen zu wollen schien, mit großer Hast hervorgestoßen. Er befand sich in einem Zustand, der ihn zu jeder Gewalttat fähig machte, dennoch antwortete ich ruhig:

„Wie hätte ich das gekonnt? Ich bin ja selbst ein Christ."

„Du — du ein Christ?" Diese Worte schienen ihm nicht aus dem Mund zu wollen. Seine Augen traten drohend hervor und sein Gesicht färbte sich dunkelrot, während er, wie eine Schlange zischend, fortfuhr: „Und du hast es gewagt, zu mir zu kommen, den man den Einsiedler nennt, zu mir, der ich der Oberste der ‚Ganz Strengen' bin? Du bist mit mir bei der Einweihung der heiligen Fahne — hinaus mit euch, augenblicklich hinaus!"

Der Türke wartete nicht ab, ob wir dieser Aufforderung Folge leisten würden, sondern rannte an uns vorüber. Wir hörten, daß er die Hunde rief.

„Um Gottes willen, wehre dich!" forderte mich sein Sohn erschrocken auf, indem er sein Messer zog. „Wenn er diese Teufel auf uns hetzt, schonen sie selbst mich nicht."

Und der Alte hetzte sie wirklich auf uns. Ich hörte sie kommen und hatte kaum noch Zeit, meinen Stutzen, der an der Wand lehnte, zu ergreifen. Da stürzten sie lechzend herein, alle drei riesige Tiere. Es gab kein Bedenken, keine Wahl; so wie sie kamen, schoß ich sie nieder. Da erschien der Alte und stürzte sich, als er die toten Hunde sah, auf mich. Er mußte wie ein gefährlicher Wahnsinniger behandelt werden. Ich empfing ihn mit einem Fausthieb, der ihn niederstreckte. Hinter uns erhob sich ein Wehgeschrei. Die Frau war da, herbeigelockt durch meine Schüsse. Sie durfte sich mir, dem Fremden nicht blicken lassen. Ich ging also hinaus, sattelte mein Pferd und wartete, bis der Kyßrakdar nachfolgen würde. Er erschien nach einiger Zeit und meldete:

„Ich habe die Mutter beruhigt. Der Vater ist nur ohnmächtig. Wir müssen fort, bevor er erwacht."

Er öffnete das Tor und führte mich gegen die Stadt zu einer Stelle, wo ich auf ihn warten sollte, denn er mußte sein Pferd holen. Nach seiner Rückkehr ritten wir zur Stadt, um jenseits auf den Weg nach Kaisarije zu kommen. Noch hatten wir die ersten Häuser nicht erreicht, so kamen wir an zwei Reitern vorüber, die am Weg hielten und bei unsrer Annäherung zur Seite wichen, so daß wir sie nicht betrachten konnten. Fast aber schien es mir, als wären es unsre beiden Arnauten gewesen.

Der Kyßrakdar hatte sich an Feldmelonen gesättigt. Mich hungerte, und so suchte ich, als wir in den Ort kamen, den einzigen Bäcker, den es dort gab, auf, um mir etwas Eßbares zu kaufen. Die Pilger hatten seine Vorräte so in Anspruch genommen, daß eigentlich nichts mehr zu haben war. Glücklicherweise aber hatte er mich an der Seite des Einsiedlers gesehen, und da er mich für einen Freund dieses Mannes hielt, so ließ er mir aus reiner Gefälligkeit ein Kuchenbrot ab. Dann ging es weiter, denn mein Begleiter wollte sich in Urumdschili nicht aufhalten. Ich wäre gern unterwegs über Nacht geblieben. Er aber schlug mir vor, geradewegs bis Kaisarije zu reiten, weil er hier überall bekannt war und Unannehmlichkeiten vermeiden wollte, und ich gab aus Rücksicht für ihn meine Zustimmung.

Der Weg beträgt vierzig Kilometer und ging, wie schon erwähnt, über den Kisil Irmak, wobei man sich der Fähre bedienen mußte.

Als wir am Fluß anlangten, war der Fährmann wach. Er hatte ein Feuer am Ufer brennen, weil die ganze Nacht hindurch Pilger kamen, die übergesetzt werden mußten. Andre lagerten gruppenweise am Fluß, um schlafend den Morgen zu erwarten. Die Fähre bestand aus aufgeblasenen Häuten, die mit Rohr bedeckt waren. Es stieg mit uns eine Anzahl Pilger ein, und eben wollte der Fährmann vom Ufer stoßen, da rief einer:

„Halt! Wollt ihr Allah beleidigen, indem ihr mit es Ssabbi — dem Verfluchten, fahrt? Da steht er mitten unter euch! Allah verdamme ihn!"

Sie wichen alle von ihm zurück, einige spuckten ihn sogar an, und kehrten ans Ufer zurück. Nur meinem groben Auftreten, dem Vorzeigen meines Tenbih und einer reichlichen Bezahlung hatten wir es zu verdanken, daß uns der Fährmann ans andre Ufer brachte. Er versicherte uns, daß die Fähre gewaschen und durch das Beten von Koransprüchen gereinigt werden müsse, bevor ein Gläubiger sie wieder betreten werde. Der Auftritt war höchst ärgerlich, sollte uns aber später zum Vorteil gereichen.

Da der Mond am wolkenlosen Himmel stand, bot der nächtliche Ritt keine Beschwerden. Aber die Helle, die er verbreitete, hatte zur Folge, daß der Kyßrakdar von mehreren Pilgern, die wir überholten, erkannt wurde. Wir mußten dann immer die üblichen Flüche und Verwünschungen anhören. Sonst jedoch begegnete uns bis Kaisarije nichts Erwähnenswertes.

Es war am späten Nachmittag, als wir diese am Nordfluß des Erdschijas Dagh gelegene Stadt erreichten. Sie ist uralt, hieß vor Zeiten *Mazaka* und später *Caesarea Eusebia* oder *Caesarea ad Argaeum montem* und ist die berühmteste unter allen Städten, die den Namen *Caesarea* führten. Der später hier wohnende griechische Erzbischof führte den Titel *Hypertinorum hypertinus et totius Orientis exarchus*. Die Stadt hat enge, schmutzige Straßen, doch bemerkte ich einige gut gebaute Häuser, unter ihnen das vom französischen Konsul bewohnte, vor dessen Tür wir abstiegen.

Der Kyßrakdar hatte mir die Versicherung gegeben, daß ich wie ein alter Bekannter aufgenommen werden würde, und ich fand das vollkommen bestätigt. Der Konsul, ein Großhändler, war ein ernster und wohlwollender Mann, seine Frau eine freundliche, liebenswürdige Dame und die Tochter eine wirkliche Schönheit und in Herz und Gemüt der reine Sonnenschein. Es war nicht zu verwundern, daß sie die Seele meines neuen Freundes für sich gefangengenommen hatte.

Zunächst mußte unser gestriges Erlebnis erzählt werden. Hierauf speisten wir vorzüglich. Dann mußten wir uns schlafen legen, da wir während der ganzen Nacht unterwegs gewesen waren. Der Kyßrakdar legte sich jedenfalls mit fröhlichem Herzen nieder, denn da er nun die zur Bedingung gemachte Anstellung besaß, hatte ihm der Konsul gesagt, daß man morgen den Tag der Hochzeit bestimmen würde.

Ich schlief schnell ein, wurde aber bald wieder durch einen entsetzlichen Lärm geweckt, der sich vor dem Haus erhob. Es mußte etwas Ungewöhnliches geschehen sein. Ich stand auf, um mich zu erkundigen, und wollte eben zur Tür hinaus, als der Konsul hereingestürzt kam und bestürzt ausrief:

„Sie sind schon wach? Das ist gut! Denken Sie sich, Sie und mein Schwiegersohn sollen verhaftet werden! Draußen stehen die Polizisten mit einer großen Menge Volks."

„Verhaftet? Weshalb?" fragte ich.

„Sie sollen heut nacht beim Einsiedler eingebrochen und ihn bestohlen und sogar verwundet haben. Er hat gestern viel Geld erhalten, und das hätten Sie ihm abgenommen. Er ist ihnen hierher gefolgt und hat Sie beim Kadi angezeigt."

„So! Das ist ja merkwürdig! Erst bringe ich ihm das Geld vierzig Meilen weit her, und dann breche ich bei ihm ein, um es zu stehlen?"

„Ja, es ist ein Unsinn, aber ein sehr ernster und für Sie gefährlicher Unsinn!"

„Wieso?"

„Das fragen Sie, Monsieur? Ja, sie fußen darauf, daß Sie fremd sind und daß ich Konsul bin! Ich kann Ihre Auslieferung verweigern, das ist richtig. Bedenken Sie, daß wir uns in der Zeit der Hadsch befinden! Da ist der Mohammedaner unberechenbar. Hunderte von Pilgern befinden sich in der Stadt, sie lagern auf allen Gassen und Plätzen. Wird nun ein einziger Funke in diese leicht entzündliche Masse geworfen, so entsteht ein Brand, dessen Wirkung gar nicht abzusehen ist."

„Ich denke, der vierte Teil der hiesigen Bevölkerung besteht aus Christen."

„Ja, aber aus armenischen, die uns wenigen Katholiken feindlicher gesinnt sind als selbst die Mohammedaner. Wie oft haben diese Armenier unsern Gottesdienst gestört, den wir fast im Verborgenen halten müssen. Sie haben gedroht, unsre kleine, arme Kapelle zu verbrennen! Auf diese Christen können wir uns leider nicht verlassen. Ich gestehe, daß ich mich in großer Verlegenheit befinde."

„Die sehr bald zu Ende gehen wird, denn ich habe nicht die Absicht, Ihnen durch meine Anwesenheit Schwierigkeiten zu bereiten. Sagen Sie mir das eine: Können Sie die Auslieferung des Kyßrakdar verweigern?"

„Nein, er ist türkischer Untertan."

„Gut, so liefern Sie uns einfach aus!"

„Das sagen Sie, weil Sie die Gefahr, in der Sie sich befinden, unterschätzen. Hören Sie?"

Er machte mich auf den Lärm draußen aufmerksam. Ich vernahm:

„Es Ssabbi, es Ssabbi! Hyristijanlar dyschary, dyschary Hyristijanlar — der Verfluchte, der Verfluchte! Die Christen heraus, heraus mit den Christen!"

Das klang freilich nicht ungefährlich. Wenn wir in die Hände dieses aufgeregten mohammedanischen Pöbels gerieten, waren wir unsres Lebens nicht sicher.

„Hat Ihr Haus nur einen Ausgang?" fragte ich darum.

„Nein. Man kann durch den Garten auf eine hintere Gasse kommen."

„Und wieviel Polizisten hat der Kadi geschickt?"

„Sechs."

„So mögen drei uns durch den Garten bringen, und die andern drei können die Menge beruhigen, indem sie den guten Leuten sagen, daß wir uns schon beim Kadi befinden."

„So geht's, ja so geht's, Monsieur! Und damit Sie nicht etwa denken, daß ich Sie verlassen will, werde ich Sie zum Kadi begleiten."

„Sehr gut, Monsieur! Unsre Unschuld muß sich auf alle Fälle herausstellen, aber es ist leicht möglich, daß ich Ihres Beistands nicht entraten kann."

Zwei Minuten später gingen wir, nämlich der Konsul, der Kyßrakdar und ich, von drei Polizisten begleitet, durch den Garten und mehrere wenig belebte Gassen zur Wohnung des Kadi, die auch eine hintere Tür hatte; diese benutzten wir. Ich hatte alles bei mir, was mir gehörte, auch meine Gewehre. Wir wurden über einen weiten Hof geführt, in dem eine große Menschenmenge stand. Es war heut Gerichtstag, und im Orient wird es einem Schauspiel gleichgeachtet, den Gerichtsverhandlungen beizuwohnen, die Richtersprüche zu hören und der sofortigen Vollstreckung, wobei es viele Prügel setzt, zuzuschauen. Dann kamen wir in ein größeres Gemach, das Amtszimmer des Kadi. Er befand sich allein darin.

Dieser Vertreter der großherrlichen Gerechtigkeit war ein dicker Türke mit wohlwollendem Gesichtsausdruck: die Gutmütigkeit blickte ihm aus den Augen. Er bewillkommnete den Konsul, indem er ihm die Hand drückte und auf eine Auswahl gestopfter Tabakspfeifen deutete, die auf einem Teppich neben einem glimmenden Kohlenbecken lagen. Den Kyßrakdar schien er als Abtrünnigen nicht zu sehen. Mich aber musterte er scharf und sagte dann:

„Wenn du das Geld gestohlen hast, so sag's lieber gleich. Ich bekomme es doch heraus!"

Anstatt der Antwort gab ich ihm meinen Tenbih und setzte mich neben dem Konsul nieder, um mir, ebenso wie dieser, eine Pfeife anzubrennen. Mein Verhalten und der Inhalt der Schrift machte den Kadi verlegen. Er rieb sich erst die Stirn, dann die Nase, nachher kratzte er sich hinter dem Ohr und meinte:

„Diese Angelegenheit scheint freilich ganz anders beschaffen zu sein, als ich dachte. Nicht?"

„Möglich", antwortete ich. „Wie hast du dir denn diese Beschaffenheit gedacht?"

„Daß du der Spitzbube bist!"

„Ja, dann war es freilich sehr einfach. Ich bekam zunächst gehörige Prügel und wurde hierauf für eine Reihe von Jahren eingesperrt. Leider bin ich aber erstens dieser Spitzbube nicht, und zweitens müßte diese

Sache, da ich ein Deutscher bin, vor einer andern Stelle verhandelt werden."

„Aber du warst doch gestern beim Mir Alai Osman Bei, den man den Einsiedler nennt?"

„Ja. Ich habe ihm das Geld gebracht, das mir Said Kaled Pascha für ihn anvertraute."

„Erzähle mir, wann du zu ihm gekommen, wieder von ihm gegangen bist und was während deiner Anwesenheit bei ihm geschehen ist!"

Ich kam dieser Aufforderung nach, indem ich ihm einen ausführlichen Bericht gab. Am Schluß erwähnte ich die beiden Reiter, die ich vor den ersten Häusern von Urumdschili gesehen und für die beiden Arnauten gehalten hatte. Er hörte mir aufmerksam zu, las meinen Tenbih noch einmal durch, schlug mit der äußern Handfläche gegen das Papier und sagte:

„Deine Erzählung und dieser Tenbih beweisen alles. Ein Mann, dem der Wali von Engyrije eine so große Summe anvertraut, kann kein Spitzbube sein. Ich werde den Einsiedler kommen lassen."

Er gab einem der drei Polizisten, die uns gebracht hatten, einen Wink. Der Mann entfernte sich und brachte nach wenigen Augenblicken den Mir Alai herein. Als dieser uns erblickte, stürzte er zunächst auf seinen Sohn zu, schlug ihm die rechte Faust — den linken Arm trug er in der Binde — ins Gesicht und schrie ihn an:

„Verfluchter, abtrünniger Hund, der seinen eignen Vater beraubt! Allah zerschmettere dich! Heraus mit meinem Geld! Wo habt Ihr es? Ihr habt es geteilt!"

Dann sprang er auf mich zu, streckte mir die geballte Faust entgegen und rief:

„Verräter, Lügner, Mörder, sag sofort, wo es ist, sonst ist's um dich geschehen! Draußen stehen Hunderte von frommen Pilgern, die dich zerreißen, wenn du es nicht gestehst!"

Ich antwortete nicht. Der Kadi fuhr ihn an meiner Stelle an:

„Sei still, Schwachkopf! Kara Ben Nemsi Effendi ist ein berühmter Gelehrter aus Almanja, aber kein Dieb. Er genießt das Vertrauen unsers berühmten Said Kaled Pascha, und es fällt ihm nicht ein, sich an deinen Piastern zu vergreifen."

„Er ist's; ich weiß es genau!" grollte der Wütende. „Er wollte mich erschießen, hat mich aber nur in den Arm getroffen. Die Kugel ging mir durch das Fleisch und drückte sich dann an der Wand platt; ich habe sie bei mir. Und noch etwas andres habe ich bei mir, nämlich einen Zeugen, der beweisen kann, daß dieser Christenhund aus Almanja sehr viel Geld, also das meinige, in seiner Tasche hatte."

Osman Bei hatte dem Kadi den Tatbestand angezeigt und mußte ihn in unsrer Gegenwart noch einmal erzählen. Er war eine Stunde nach unsrer Entfernung schlafen gegangen, nachdem er seiner Frau das Geld vorgezählt und es dann in eine Truhe gelegt hatte. Diese Truhe stand zwischen ihm und seiner Frau auf dem Schlafteppich. Kurz nachdem er eingeschlafen war, weckte ihn ein Geräusch auf. Osman Bei griff zur

Truhe und erwischte dabei den Arm eines Mannes, der die Truhe stehlen wollte. Es entstand ein Ringen, wobei es sich zeigte, daß zwei Einbrecher da waren. Der eine riß mit der Truhe aus; der andre hielt den Alten fest, eilte dann auch fort und gab, als er sich verfolgt hörte, einen Pistolenschuß auf ihn ab, durch den er verwundet und von der Verfolgung abgeschreckt wurde. Die Diebe waren jedenfalls über die Mauer gestiegen und hatten durch das Fenstergitter ihn das Geld zählen sehen. An den Türen des Hauses gab es keine Schlösser. Der Einbruch hatte nur dadurch gelingen können, daß ich die Hunde hatte töten müssen.

Der Einsiedler zeigte die plattgedrückte Kugel vor. Es war eine Pistolenkugel, aber weder der Kyßrakdar noch ich besaßen eine Pistole. Der Zeuge war jener Pilger, der uns auf der Fähre beleidigt hatte. Seine Aussage war günstig statt ungünstig für uns, denn wir bewiesen durch sie, daß wir zur Zeit des Einbruchs schon längst jenseits des Flusses gewesen waren. Dennoch blieb der Alte bei seiner Meinung. Er schwor, daß wir die Diebe seien, wurde aber vom Kadi scharf zurechtgewiesen und aufgefordert, sich zu entfernen. Als Osman Bei trotzdem auf mich losschimpfte, drohte ihm der Kadi mit sofortiger Verhaftung, falls er noch ein beleidigendes Wort sage. Darum richtete er seinen Grimm nun ausschließlich gegen seinen Sohn, dessen sich der Kadi nicht annahm. Der Richter hatte kein einziges Wort an den Kyßrakdar gerichtet; für ihn, den strenggläubigen Mohammedaner, war der „Verfluchte" eben nicht vorhanden.

„Ssabbi, vermaledeiter Ssabbi, du hast deinen eigenen Vater beraubt und bestohlen!" schrie der Alte, indem er seinen Sohn ins Gesicht schlug und ihn anspie. „Allah partschalamah — Allah zerschmettere dich! Ob ich einst einen Himmel erben werde, weiß ich nicht, denn du bist mein Sohn und hast mich um die Seligkeiten des ewigen Lebens und um die Wonnen des Paradieses gebracht. Möge der Scheïtan dich verschlingen!"

In dieser Weise ging es eine Weile fort. Der Kyßrakdar war verhaftet und durfte sich nicht entfernen. Als Sohn wollte er sich nicht an seinem Vater vergreifen, und so mußte er dessen Beleidigungen über sich ergehen lassen. Aber mir wurde es übergenug. Ich stand auf, schob mich zwischen Vater und Sohn und donnerte den Alten an:

„Nun schweig! Denn alles, was du deinem unschuldigen Sohn vorwirfst, muß ich auf mich beziehen. Soll ich die Hilfe des Kadi anrufen, die er mir augenblicklich gewähren muß?"

Das wirkte. Osman Bei wendete sich von seinem Sohn ab und antwortete mir:

„Ja, ich muß hier schweigen, denn die Augen des Gerichts sind mit Blindheit geschlagen. Aber Allah wird richten zwischen mir und euch, noch heute, an diesem Tag. Allah zerschmettere euch!"

Er ging fort, gerade zur rechten Zeit, denn der Kadi fühlte sich durch die Worte, daß die Augen des Gerichts mit Blindheit geschlagen seien, in hohem Grad beleidigt, ließ ihn aber doch gehen, ohne ihn zu bestrafen. Der Beamte hielt es für seine Pflicht, sich zu entschuldigen, daß er uns belästigt habe, und tat es in der umständlichen orientalischen Weise, so daß wir erst nach einer Stunde entlassen wurden.

Während dieser Zeit hatte der Einsiedler sein möglichstes getan, die Menge draußen gegen uns aufzuhetzen. Als wir in den Hof traten, wurden wir mit Verwünschungen empfangen. Wir durften uns nicht durch das vordere Tor wagen. Der wüste Lärm, den es draußen gab, sagte uns deutlich, was unser wartete. Wir wendeten uns also rückwärts zu der Tür, durch die wir hereingekommen waren. Wir erreichten sie auch, aber die gegen uns erbitterten Menschen drängten aus dem Hof nach, und als wir auf die hintere Gasse traten, sahen wir rechts von uns einen Haufen stehen, der uns erwartete und mit wüstem Geschrei auf uns zukam. An seiner Spitze befanden sich — meine beiden Arnauten! Links war der Weg frei. Wir rannten in dieser Richtung fort, denn es war klar, wir mußten fliehen, wenn wir nicht gelyncht sein wollten.

„Haltet sie auf, die Ungläubigen, die Verfluchten!" schrie der Mob, der hinter uns dreinstürzte. Bald kam uns ein zweiter Haufe entgegen. Wir bogen eilends in eine Seitengasse ein und so weiter, die Verfolger immer hinterdrein, bis es uns endlich gelang, sie irrezuführen. Da blieben wir stehen, um Atem zu schöpfen. Wir befanden uns am südlichen Ende der Stadt, deren Bewohner, dem Geheul nach, das wir von überall her hörten, alle auf den Beinen zu sein schienen.

„Ihr könnt unmöglich zurück", sagte der Konsul. „Steigt hinauf zur Kapelle, dort seid ihr sicher. Ich werde euch benachrichtigen, wann ihr kommen dürft. Es ist die reine Empörung in der Stadt, und mir bangt um die andern Christen. Ich will versuchen, nach Haus zu kommen und sie zu warnen."

Wir trennten uns. Ich stieg mit dem Kyßrakdar, der die Umgebung der Stadt kannte, den Berg hinauf. Dort fanden wir hinter einigen Büschen leidliche Deckung.

Der Ardschisch-Berg, an dem Kaisarije liegt, von den Alten *Mons Argaeus* genannt, ist ein großartiger, erloschener Vulkan, steil und wild zerklüftet, und steigt mit seinen Kratern und zerrissenen Felsgebilden bis ins Schneegebiet hinauf. Es war ein schmaler, steiler, aber gut ausgetretener Pfad, auf dem mein Begleiter mich aufwärts führte. Um Felsen zu umgehen, mußten wir bald rechts, bald links wenden und standen plötzlich vor einem kleinen, hölzernen Bauwerk, auf einem kanzelartigen Felsvorsprung. Das war die Kapelle, in der die wenigen Katholiken der Stadt ihre Andacht verrichteten. Vorn und rechts ging es steil in die Tiefe, linker Hand gab es einen Felsspalt, der durch hohes Strauchwerk beinahe verdeckt wurde. Der Kyßrakdar steckte die Hand in einen dieser Büsche und zog an einer Schnur, die dort verborgen war. Daran hing ein vielleicht zwei Meter langes Brett, das er über den Spalt legte. Es bildete eine Brücke, mit deren Hilfe wir hinüberkamen. Er zog das Brett hinter uns her und sagte:

„Nun kann niemand zu uns herüber, und wir befinden uns in Sicherheit. Nur zwei Menschen kennen dieses Versteck, nämlich ich und meine Braut. Die Brettbrücke habe ich erdacht, und hier war es, wo sie mich in die Wahrheiten des heiligen Glaubens unterrichtete."

Wir setzten uns am Felsrand nieder. Unter uns lag die Stadt. Wir beobachteten das ameisenartige Gewühl in den Gassen. Die Aufregung schien sich gesteigert zu haben. Rechts von uns, jenseits des Spaltes, lag die Kapelle. Ich sah auf den ersten Blick, daß sie auf einer gefährlichen Stelle stand. Der Vorsprung, der sie trug, hatte viele Risse und schien im Zerbröckeln begriffen zu sein. Das Kapellchen konnte es wohl tragen, ob aber auch eine größere Anzahl Menschen, das schien mir zweifelhaft. Als ich den Kyßrakdar darauf aufmerksam machte, meinte er, daß er auch schon den gleichen Gedanken gehabt, sich aber an den gefährlichen Anblick gewöhnt habe. Noch während er diese Antwort aussprach, hörten wir Stimmen jenseits des Spaltes. Wir lugten durch die Büsche und bemerkten — unsre Verfolger: den Einsiedler, die beiden Arnauten und noch viele, viele andre, die nachdrängten. Man konnte hören, was sie sprachen. Wir waren im Irrtum gewesen, sie hatten unsre Spur doch nicht verloren gehabt. Sie wußten, daß wir hier heraufgestiegen waren, und füllten bald die Kapelle und den ganzen Raum davor. Wenn man uns fand, waren wir verloren. Aber der Pöbel suchte uns vergeblich und steckte aus Wut darüber die Kapelle in Brand. Johlend verweilte er nun, da, um die Flammen aufzüngeln zu sehen. Da erblickte ich einen engen Riß, den ich vorher nicht bemerkte, im Felsen, auf dem sie standen. Er wurde breiter und breiter — das Gestein brach. Ich schrie, meine Lage vergessend, laut auf, um die Gefährdeten zu warnen, aber da starrte ich auch schon ins Leere: der Felsen war verschwunden, mit der Kapelle und allen Menschen, die sich darauf befunden hatten. Einen Augenblick später hörten wir es unten in der Tiefe krachen, als breche der ganze Berg zusammen. Der Kyßrakdar sprang auf, schlug beide Hände vors Gesicht und schrie:

„Mein Vater, mein Vater! Gott hat fürchterlich gerichtet!"

Er wollte hinab, doch hielt ich ihn zurück. Zu retten gab es nichts, denn bei dieser Tiefe waren alle Menschen, die sich auf dem Felsen befunden hatten, zerschmettert. Retten mußten wir uns selbst, und das konnten wir nur dadurch, daß wir hier oben verborgen blieben.

Die nun folgenden Stunden können nicht beschrieben werden. Ich beobachtete, was unten vorging. Die ganze Bewohnerschaft der Stadt schien am Fuß der Felswand versammelt zu sein, um die Leichen aus den Steintrümmern hervorzuholen. Mein Gefährte befand sich in einem unbeschreiblichen Zustand. Gegen Abend hörten wir eine weibliche Stimme, die fort und fort seinen Namen rief. Wir antworteten und stiegen dem Schall nach. Es war seine Braut, die, als sie ihn erblickte, sich krampfhaft schluchzend in seine Arme warf. Erst nach einiger Zeit konnte sie erzählen. Man hatte geglaubt, daß wir beide auch mit abgestürzt seien. Der Kadi war gekommen, um die Arbeiten zu leiten und die Verunglückten festzustellen. Viele waren nicht zu erkennen gewesen. Als man auch die beiden Arnauten unter den Trümmern hervorzog, hatte der Beamte sich meines Verdachts erinnert und ihre Kleider und Taschen durchsuchen lassen. Man fand das Geld bei ihnen, unsre Unschuld war erwiesen. Dennoch schien es mir nicht geraten, uns blicken zu lassen, da der Glaubensübereifer jedenfalls der Ansicht war, daß wir die Ursache des Todes so vieler Leute seien. Auch der Körper des Einsiedlers hatte sich gefunden, aber in fürchterlichem Zustand. Der Konsul hatte ihn in sein Haus schaffen lassen.

Die junge Dame kehrte zurück, um ihren Eltern zu sagen, daß wir gerettet und unverletzt seien. Als es dunkel geworden war, erschien der Konsul selbst, uns zu holen. Wir kamen unbeachtet in seiner Wohnung an. Der Kyßrakdar wollte vor allen Dingen seinen Vater sehen, und ich ging mit in die Stube, worin der Körper lag.

„Allah partschalamah — Allah zerschmettere dich!" Das war die so oft wiederholte Verwünschung des Alten gewesen. Nun lag er selbst zerschmettert da. Kein Glied seines Körpers war unverletzt geblieben! „Allah wird richten zwischen mir und euch, und zwar noch heut, an diesem Tag!" hatte er gesagt. Mit welch entsetzlicher Genauigkeit waren diese seine Worte in Erfüllung gegangen! Allah hatte gerichtet! —

Was weiter geschah? Der „Oberste der ganz Strengen" wurde am Abend beim Schein des Mondes begraben — von Christen. Ein reitender Bote hatte sein Weib herbeigeholt. Der Sohn des von Allah Zerschmetterten ist noch heute Kyßrakdar von Malatije und hat dieses Gestüt zu großer Berühmtheit gebracht. Seine Braut ist ihm das geblieben, was sie immer war — sein Sonnenschein. Glück und Segen ruht auf allem, was er tut, und längst vergessen ist der häßliche Name, der an der Spitze und am Ende dieser Erzählung steht:

es Ssabbi — der Verfluchte.

DER „LÖWE DER BLUTRACHE"

Viele Landschaften des Morgenlandes hatte ich mit meinem getreuen Hadschi Halef Omar schon durchwandert, und es war ein langgehegter Wunsch, meine Erfahrungen durch eine größere Reise nach Persien zu erweitern. So war ich bei den Haddedihn eingetroffen, um den Hadschi zu holen. Er war inzwischen Scheik der Haddedihn geworden und lagerte mit seinem Stamm am Dschebel Khanuke beim Tigris. Halef war für den weiten Ritt begeistert, doch mußten vorher der Dschebel Schammar und die Stadt Haïl aufgesucht werden, um alte freundschaftliche Beziehungen zwischen den Haddedihn und den andern zum Volk der Schammar gehörenden Stämmen wieder aufleben zu lassen.

Der Hadschi war nicht nur ein mutiger Krieger, sondern jetzt auch ein kluger Diplomat, und seine Hanneh stand ihm hierbei mit den besten Ratschlägen zur Seite. Beide hegten die Meinung, daß eine Erneuerung dieser Verbindung ihren Haddedihn großen Nutzen bringen und ein bedeutendes Übergewicht über die umwohnenden Stämme, denen trotz der mit ihnen abgeschlossenen Friedensverträge nie recht zu trauen war, geben werde. Nach den Gepflogenheiten der Beduinen und aus noch andern Gründen hätte Halef die Reise, um am Dschebel Schammar Eindruck zu machen, eigentlich mit einer großen, glänzenden Reiterschar unternehmen sollen. Aber das wäre ein gefahrloses Unternehmen gewesen, bei dem kein Ruhm zu ernten war. Außerdem wollte der kleine Scheik Abenteuer erleben, von denen er dann später in seiner tief in den „Topf des Lobpreises" greifenden Weise erzählen konnte, und so war er ernstlich mit sich zu Rate gegangen, ob er nicht lieber allein reiten solle. Da aber war ihm Hanneh, wie er sich gegen mich ausdrückte, „mit seiner Waghalsigkeit an den Kopf gesprungen" und hatte ihm im Ton „strenger Liebe und zorniger Hingebung" gesagt, daß sie das nicht gestatten werde. Glücklicherweise war da mein Besuch gekommen, der der Sache eine unerwartet andre Wendung gegeben hatte.

Welche Wonne, mit Kara Ben Nemsi zum Dschebel Schammar reiten und sich den dortigen Schammar als „Freund und Beschützer" dieses „größten Helden des Erdreichs" zeigen zu können! Da war freilich keine Begleitung nötig, und da standen Erlebnisse zu erwarten, über die „noch die späteste Nachwelt staunen würde". Zugleich konnte da ein Wunsch in Erfüllung gehen, den nicht nur der wagemutige Hadschi, sondern auch seine vorsichtige Hanneh längst gehegt hatten: Kara Ben Halef fand da vielleicht Gelegenheit, den Haddedihn zu zeigen, daß er der würdige Sohn eines mutigen Vaters sei. Das war einer der größten Herzenswünsche seiner Eltern, Halef war zwar überzeugt, daß es keinen bessern Behüter seines Sohns als ihn selbst geben könne, doch war Hanneh nicht gleicher Meinung. Sie vertraute mir ihr Kind viel lieber an als ihm allein, und beide hatten sie sich geeinigt, daß Kara Ben Halef uns begleiten solle. Wegen der Mitnahme eines Trupps von Haddedihn-Kriegern fragte mich Halef noch einmal:

„Lieber Sihdi, du bist stets der Ansicht gewesen, daß viele Begleiter nur hinderlich seien. Ist es deine Meinung auch jetzt noch?"

„Ja. Warum willst du das wissen?"

„Weil ich mir erst vorgenommen hatte, diese Reise mit vielleicht hundert Männern zu unternehmen, da es mehr Eindruck macht, als wenn ich mit nur wenig Leute komme. Nun du aber hier eingetroffen bist, denke ich mit Stolz an unsre gefährlichen Wanderungen und an die Taten, die wir ohne fremde Hilfe ausgeführt haben. Den Ruhm, den wir davontrugen, habe ich es zu verdanken, daß ich Scheik der Haddedihn geworden bin. Leider habe ich diesem Ruhm in den letzten Jahren wenig hinzuzufügen vermocht. Sollen meine Glieder einrosten und mein Mut einer alten Klinge gleichen, die man nicht mehr aus der Scheide bringt? Du kennst doch deinen treuen Halef und weißt, daß die Gefahr mir so notwendig ist wie dem Fisch die Flut des Wassers. Meine Seele erstickt in dieser Untätigkeit, und mein Geist gleicht einem Adler, den Allah in eine Schnecke verwandelt hat. Und was soll aus meinem Sohn Kara werden, wenn er keine Gelegenheit bekommt, seine Gewandtheit zu betätigen, und seine Kühnheit zu beweisen? Er wird ein unnützer Mensch, der nichts vermag als Lagmi[1] zu trinken und dann dereinst an einem Raschah el Burûda[2] zu sterben. Kann er sich auszeichnen, wenn ich ihn unter dem Schutz von hundert Reitern mit mir nehme? Nein! Darum begrüße ich deine Ankunft mit Freuden. Ich habe Sehnsucht, wieder etwas zu erleben, was in den Büchern der Helden verzeichnet wird, und das kann ich nur, wenn wir es so wie früher machen: wir reiten allein. Was sagst du dazu?"

„Frage vorher, was die Krieger dazu sagen, die dich begleiten sollten und nun dableiben müßten."

„Die frage ich nicht. Ich bin der Scheik, und sie müssen gehorchen. Ich werde sie später durch einen großen Jagdzug entschädigen. Also, lieber Sihdi, laß mich deinen Rat hören!"

„Wenn es auf mich ankommt, so reiten wir allein, und das ist auch aus andern Gründen besser."

„Welche meinst du?"

„Nimm zunächst die Entfernung an! Von hier bis zum Dschebel Schammar sind es wenigstens vierzehn Tagesreisen mit dem schnellen Reitkamel, denn Pferde können wir des fehlenden Wassers wegen nicht nehmen. Demnach brauchtest du bei hundert Reitern auch hundert Lastkamele, um die Wasserschläuche zu befördern; da kämen wir erst nach vier oder fünf Wochen dort an. Woher das Wasser für die überschüssigen drei Wochen nehmen? Und bedenke die feindlichen Stämme, durch deren Gebiet wir müssen! Eine Schar von hundert Reitern muß von ihnen unbedingt entdeckt werden, während drei Personen wahrscheinlich unbemerkt bleiben. Und da du nach Ruhm trachtest, so frage ich dich: welche Ehre ist größer, wenn hundert oder wenn nur drei Männer die Gefahren, denen wir entgegengehen, glücklich überwinden?"

„Wir reiten allein, Sihdi, ich, du und mein Sohn Kara, dem es die größte aller Ehren sein wird, an deiner Seite diese Reise machen zu dürfen. Ich werde mit Hanneh, meinem Weib, sprechen. Sie wird uns das feinste Mehl und eine Fülle der saftigsten Datteln einpacken, so daß wir unterwegs keinen Mangel leiden." Dann schlug er die Hände froh zusammen und fügte mit glückstrahlendem Gesicht hinzu: „Hamdulillah, Preis, Lob und Dank sei Allah, denn nun wird uns wieder die Luft der Wüste umwehen, und ich kann zeigen, daß in mir noch immer der alte Held und Sieger lebt, den niemand überwinden kann und der in jeder Not und Gefahr dein treuer Freund und tapferer Beschützer gewesen ist."

Ich ließ seine Rede still über mich ergehen. Er sprach nun einmal gern so, und wenn er dabei die Rollen vertauschte, so konnte mich das nur heimlich belustigen.

Ich brauche nicht zu sagen, daß Hanneh uns wegen der Sicherheit ihres Sohnes eine Menge Verhaltensmaßregeln erteilte, die völlig überflüssig waren. Kara Ben Halef war unendlich stolz darauf, von uns auf eine so weite und nicht ungefährliche Reise mitgenommen zu werden.

---

[1] Dattelsaft   [2] Schnupfen der Erkältung

Nachdem wir Abschied genommen hatten, ritt er, im Sattel hoch aufgerichtet, voran, begleitet von einer Anzahl Haddedihn, die die Ziegenfelle beförderten, aus denen das Kellek[1] zur Überfahrt über den Euphrat hergestellt werden sollte. Sie brachten uns ans rechte Ufer dieses Flusses, worauf sie zurückkehrten, während wir unsre Richtung südwestwärts zur Wüste Nefud einschlugen.

Halef hatte für unsre Reise die drei schnellsten und ausdauerndsten Reitkamele des Stammes ausgesucht, die eine Reihe von Tagen kein Wasser brauchten. Da man diese Hadschân[2] aber nicht zu sehr belasten darf, so hatten wir nur drei kleine Schläuche mitgenommen, die am sechsten Tag fast leer waren, so daß wir trachten mußten, sie wieder zu füllen. Das war aber keine ungefährliche Angelegenheit, weil wir uns in einer Zeit befanden, in der die wenigen Brunnen der arabischen Wüste oft besetzt sind. Die Stämme dieser Gegenden waren den Haddedihn alle mehr oder weniger feindlich gesinnt. Am meisten hatten wir uns vor den Scherarat zu hüten, die jetzt in Blutrache mit den Haddedihn standen und unser Leben gefordert hätten, wenn wir in ihre Hände gefallen wären. Ihr Scheik hatte den Beinamen Abu 'Dem, Vater des Bluts, eine für ihn zutreffende Bezeichnung, und im Stamm gab es einen Mann, der noch mehr zu fürchten war als dieser blutdürstige Scheik, nämlich Gadub es Sahhâr[3], der Magier und Wunderdoktor der Scherarat.

Dieser „Zauberer" war berühmt bei den Freunden und berüchtigt bei den Gegnern seines Stammes. Man wußte, daß er bei jeder Abstimmung über das Schicksal eines Gefangenen seinen Tod verlangte und meist auch durchsetzte. Handelte es sich um einen Andersgläubigen, einen Schiiten, einen Juden oder gar Christen, so war von Schonung schon gar keine Rede. Selbst die Scherarat, die seine Künste bewunderten, fürchteten ihn und nahmen sich vor ihm in acht als vor einem Mann, dessen Zorn sogar seinen nächsten Angehörigen gefährlich werden konnte. Eigentlich war er im Stamm mächtiger als der Scheik selbst, und man erzählte, daß dieser es nicht ungern sehen würde, wenn dem Zauberer etwas Menschliches widerfahren sollte.

Also von diesem Stamm drohte uns die größte Gefahr, zumal wir nicht wußten, wo er jetzt zu suchen war. Wir befanden uns ungefähr in gleicher Höhe mit der Landschaft El Dschuf, anderthalb Tagreisen östlich von ihr, und hatten den kleinen Bir Nufah[4] so vor uns, daß wir ihn um Mittag erreichen konnten. Nun galt es zu erfahren, ob er besetzt sei oder nicht. Ich wollte voranreiten, um zu kundschaften, aber das gab Halef nicht zu.

„Sihdi, willst du mich beleidigen?" rief er aus. „Du bist ein Franke, und ich bin ein Ibn el Arab; ist es da nicht meine Sache, die Gegend zu erkunden? Oder traust du mir die dazugehörige Geschicklichkeit nicht zu?"

„Ich traue sie dir zu, aber du weißt, daß ich in Beziehung auf diese Geschicklichkeit dein Lehrer gewesen bin."

---

[1] Floß aus aufgeblasenen Häuten   [2] Mehrzahl von Hedschîn, Kamel   [3] Gadub, der Zauberer   [4] Brunnen Nufah

„Danach gehe ich nicht, denn der Schüler kann den Lehrer nicht nur erreichen, sondern sogar übertreffen."

„Meinst du, daß es bei dir der Fall sei?"

„Ich meine gar nichts. Aber es wird sich zeigen, und Kara, mein Sohn, soll seinen Vater bewundern lernen. Darum fordere ich als dein und sein Beschützer von dir, daß du mir erlaubst, voranzureiten."

Was sollte ich tun? Um ein zuverlässiger Kundschafter zu sein, dazu war der kleine Hadschi zu verwegen. Aber durfte ich ihn vor seinem Sohn beschämen. Nein. Ich ließ ihn also fort. Bald sahen wir ihn auf seinem windschnellen Hedschîn am Horizont verschwinden, und wir ritten ihm in der bisherigen Gangart nach. Wir hatten noch zwei Stunden bis Mittag, also bis zum Brunnen zu reiten, dessen Lage ich zwar ungefähr wußte, dessen Umgebung mir aber unbekannt war. Bei der Schnelligkeit, mit der der Halef sich entfernt hatte, mußte er in nicht viel über einer Stunde dort sein. Ich war im Verlauf von einundeinhalb Stunden so vorsichtig anzuhalten, um auf seine Rückkehr zu warten. Es verging eine weitere Stunde, ohne daß er kam, und das machte mich besorgt. Als aber ein gleicher Zeitraum vorüber war, fragte mich Kara in bedenklichem Ton:

„Sihdi, könnte mein Vater nichts längst schon hier sein?"

„Er wird Leute am Brunnen bemerkt haben und warten wollen, bis sie fort sind", versuchte ich, den besorgten Jüngling zu beruhigen.

„Das wäre nicht klug von ihm, denn in diesem Fall müßte er umkehren, um uns zu warnen."

„Sorge dich nicht, sondern verlaß dich auf ihn. Du hast ja vorhin von ihm gehört, daß er ein guter Kundschafter ist."

Kara schwieg. Als wieder eine halbe Stunde erfolglos verfloß, gestand er mir:

„Sihdi, ich beginne mich zu sorgen. Allah möge meinen Vater beschützen! Laß uns eilen, ihm Hilfe zu bringen!"

„Nicht eilen, sondern vorsichtig reiten, und zwar du genau hinter mir."

„Warum hinter dir?"

„Aus Vorsicht. Die Luft ist nicht rein am Brunnen. Es sind Leute dort."

„Allah, Allah! Haben sie meinen Vater ergriffen?"

„Das weiß ich nicht, aber ich vermute es, wie ich dir jetzt aufrichtig gestehen will."

„So müssen wir uns beeilen, um ihm zu helfen!"

„Im Gegenteil, wir müssen zögern. Wenn dein Vater diesen Männern in die Hände gefallen ist, so werden sie die Gegend, aus der er kam, beobachten. Sie können sich denken, daß er sich nicht allein in der weiten Wüste befunden hat. Reiten wir schnell auf den Brunnen zu, so werden sie uns eher sehen, als wir sie bemerken, und ihre Vorkehrungen danach treffen. Sie sind abgestiegen, also von weitem klein, während wir auf unsern Kamelen weithin sichtbare Figuren bilden. Hältst du dich hinter mir, so scheinen wir nur ein Reiter zu sein indem ich mein Fernrohr herausnehme, habe ich Hoffnung, sie eher zu bemerken als sie uns."

Wir ritten in der angegebenen Weise langsam vorwärts. Die Gegend war bisher eben gewesen, nun schien sich der Horizont vor uns in mehreren unregelmäßigen Linien zu erheben. Mein Fernrohr zeigte mir, daß es dort einige nackte Felszüge gab, die quer über unsre Richtung strichen. Zwischen oder hinter ihnen mußte der Brunnen liegen, und das brachte mich zur Überzeugung, daß Halef gefangen war, denn sonst hätten wir ihn jetzt sehen müssen. Er war in seinem gewöhnlichen Übereifer auf die Felsen zugeritten, von dort aus bemerkt und dann aus dem Hinterhalt überfallen worden.

Mein Fernrohr trug weit. Ich suchte jede Linie der Felsen genau, aber vergeblich ab. Hätte ein Mensch vor ihnen gestanden, er wäre sicher von mir entdeckt worden. Wenn aber einer hinter ihnen lag, so mußte er mir verborgen bleiben, bis ich mich bei ihm befand, und dann war es zu spät. Ich durfte mich dem Höhenzug nicht so weit nähern, daß wir von dort aus mit bloßem Auge gesehen werden konnten, und bog daher ab, indem ich zugleich mein Kamel zur Eile trieb.

„Maschallah!" rief Kara Ben Halef aus. „Willst du dem Brunnen ausweichen? Dann bleibt mein Vater ohne Hilfe."

„Komm nur, und vertraue mir!" entgegnete ich. „Wenn die Lage am Bir Nufah so ist, wie ich sie mir denke, so richtet sich die Aufmerksamkeit der dortigen Späher nur nach Nordost, woher sie uns erwarten. Wir reiten einen Bogen, bis wir den östlichen Punkt der Höhenzüge erreicht haben, und biegen dann in ihrem Schutz wieder zum Brunnen ein. Man erwartet nicht, daß wir von dorther kommen, und so vermute ich, daß wir uns unbemerkt anschleichen können. Was dann geschehen muß, kann ich noch nicht sagen."

Nach einer Viertelstunde hatten wir den Höhenzug erreicht. Hinter ihm strich ein zweiter gleichlaufend, so daß zwischen beiden ein Tal lag, das zahlreiche Krümmungen zu beschreiben schien. Wir folgten dieser Senkung aufwärts, indem wir unsre Kamele so lenkten, daß ihre Füße an keine Steine stießen. Nach und nach wurden die Felsen höher und traten enger zusammen, was mir lieb war, weil dadurch zwar unser Gesichtskreis, aber auch der etwaiger Späher verkleinert wurde. Vor jeder Krümmung des Wadi[1] hielten wir an, um dahinter zu spähen, ob dort ein feindliches Wesen zu entdecken sei. Auf diese Weise gewannen wir nur sehr langsam an Raum, und es dauerte volle zwei Stunden, ehe wir den Weg einer Gehstunde zurückgelegt hatten.

Endlich bemerkten wir sichere Zeichen, daß wir uns in der Nähe des Brunnens befanden: wir sahen seitwärts einige dürre Sträucher stehen, und in der Mitte der Talsohle gab es Gras. Nun galt es, unsre Vorsicht zu verzehnfachen.

Wieder gelangten wir an eine Krümmung. Während wir bis jetzt an solchen Punkten auf unsern Kamelen sitzengeblieben waren, ließ ich diesmal das meinige halten und stieg ab. Mich eng an die Felsecke drückend und nur die Hälfte meines Gesichts vorstreckend, erblickte ich vor mir eine beträchtliche Talerweiterung, wo an die zweihundert gut-

---

[1] Tal bzw. Regenbett

bewaffnete Kamelreiter lagerten, in denen ich zu meiner nicht eben freudigen Überraschung Scherarat erkannte. Seitwärts vom großen Haufen saßen einige, die die Befehlenden zu sein schienen. Sie hatten den Hadschi zwischen sich: er war ihr Gefangener.

Eben stand einer von den Abgesonderten auf, hob das Gesicht zur Felshöhe empor, rief einen Namen und fragte dann:

„Siehst du noch nichts?"

Indem ich auch hinaufblickte, entdeckte ich einen Beduinen, der hinter einem großen Stein auf der Lauer gelegen hatte. Er antwortete:

„Keinen Menschen."

„So haben wir uns geirrt, und der Gefangene ist allein gewesen. Komm herunter, wir haben keine Zeit, länger zu warten. Wir müssen fort, sonst kommen wir nicht bis heut abend zum Bir Nadahfa."

„Was ist's? Was siehst du, Sihdi?" fragte mein junger Begleiter leise.

„Ich höre rufen."

„Steig ab und kriech zu mir her. Dann wirst du deinen Vater sehen", flüsterte ich.

Kara folgte meinem Geheiß. Als er Halef erblickte, faßte ich ihn am Arm und raunte ihm warnend zu:

„Still! Keine Übereilung! Jetzt ist nichts zu tun. Wir müssen bis heut abend warten."

„Ist es da nicht zu spät?"

„Nein. Mit Gewalt läßt sich gegen so viele Menschen nichts erreichen. Nur List kann zum Ziel führen, und dazu ist die Nacht die richtige Zeit."

„Aber wenn sie meinen Vater bis dahin umbringen?"

„Das tun sie nicht. Über das Schicksal des Gefangenen kann nur die Dschemma[1] bestimmen, und die dazugehörigen alten Leute sind nicht mit hier. Du siehst, daß es lauter junge Krieger sind."

„Was mögen sie vorhaben? Ein Wanderzug ist es nicht, weil sie keine Frauen, Greise, Kinder und Tiere mithaben. Sollte es ein Kriegsritt sein?"

„Nein. Du wirst dort links die Kamele bemerken, die mit Stricken und Palmfasermatten hoch bepackt sind. Diese Stricke und Matten sollen zum Fortbringen der Tiere und zur Verpackung der andern Beute dienen. Es handelt sich also um einen Raubzug."

„Gegen wen?"

„Das weiß ich nicht, hoffe es aber heut abend zu erfahren."

„Von wem?"

„Von den Scherarat selbst. Wir werden sie belauschen."

„Sihdi, ich erfahre da, daß mein Vater recht gehabt hat, da er sagte, wenn man sonst nichts erlebe, so brauche man nur mit dir zu gehen, dann seien gewiß alle möglichen Abenteuer zu erwarten. Doch schau, wir müssen schleunigst fort! Sie stehen im Begriff, ihre Tiere zu besteigen. Wenn sie hierherkommen, entdecken sie uns."

„Sie werden nicht hierherkommen, sondern das Wadi dort links durch die Seitenöffnung verlassen, weil sie zum Bir Nadahfa wollen."

[1] Versammlung der Ältesten

„Woher weißt du das?"

„Der Anführer sagte es vorhin, als er den Späher herunterrief. Dieser Brunnen liegt südwärts von hier, und die Öffnung zeigt in diese Richtung."

„Warst du schon dort?"

„Nein, aber ich habe eine eingehende Beschreibung von ihm und seiner Umgebung gelesen. Hamdani, ein alter arabischer Schriftsteller, war dort und hat über ihn berichtet. Das ist zwar schon lange her, aber in diesem Land verändern sich dergleichen Örtlichkeiten selbst im Verlauf von Jahrhunderten so wenig, daß seine Schilderung wahrscheinlich noch heut zutreffen wird. Sieh, daß ich recht hatte! Sie ziehen dort links hinein. Dein Vater ist auf sein Kamel gebunden worden. Er blickt hinter sich, denn er ahnt, daß wir hier stecken und die Scherarat beobachten. Wenn es ohne Gefahr geschehen kann, werde ich mich ihm zeigen, um ihn zu beruhigen."

Die Beduinen verließen das Wadi in der Reihenfolge, daß die Anführer, die Halef zwischen sich hatten, die letzten waren. Noch kurz vor seinem Verschwinden hinter dem Felsen wandte er das Gesicht wieder zurück. Als ich sah, daß seine Begleiter es nicht beachteten, sprang ich drei Schritte vor und hob die Arme. Sein Auge fiel auf mich, und ich wich schnell wieder zurück. Der Hadschi wußte nun, daß ich seine Lage kannte und alles daransetzen würde, ihn zu befreien.

Hierauf kletterte ich die südliche Talseite hinan, um mich vom Abzug der Scherarat zu überzeugen. Als ich sie nicht mehr sehen konnte und wieder herabgestiegen war, führten wir unsre Kamele an den Brunnen, den die Feinde leider so geleert hatten, daß wir zwei Stunden warten mußten, um unsern Durst zu stillen, die zwei Schläuche füllen und dann auch die Tiere wenigstens für einen Tag befriedigen zu können. Hierauf beeilten wir uns, der Fährte der Scherarat zu folgen.

Ich hatte gesagt, daß ich die Feinde belauschen wolle. Auf ebner Sandwüste wäre das mit großer Gefahr verbunden gewesen. Glücklicherweise liegen die Brunnen der Badijeh, auch der Bir Nadahfa, in felsigen Gegenden, und besonders ist der genannte von einem wahren Warr[1] umgeben, das uns für das beabsichtigte Anschleichen ausgezeichnete Deckung bot.

Wir ließen unsre beiden Hedschân ausgreifen, bis mir die Beschaffenheit der Fährte verriet, daß wir unsre Eile mäßigen müßten, wenn wir den Scherarat nicht zu nahe kommen wollten. Der Nachmittag verging ohne erwähnenswertes Ereignis, und als die Sonne in das Sandmeer tauchte, zeigte mir das Fernrohr südwärts von uns das ziemlich weit sich ausdehnende Durcheinander von Steinblöcken, in dessen Mitte der Brunnen lag. Die Scherarat waren dort angekommen, und wir mußten da, wo wir uns befanden, halten bleiben. Erst als es völlig dunkel geworden war, ritten wir noch eine Strecke weiter, bis wir uns ungefähr noch einen Kilometer vom Warr befanden. Da mußten sich unsre Kamele niederlegen, und wir banden ihnen die Vorderbeine so zusammen, daß sie sich nicht entfernen konnten.

[1] Wirre Felsbrocken

Nun war die Zeit zum Anschleichen an die Feinde da. Kara Ben Halef brannte darauf, sich daran zu beteiligen, doch er mußte bei den Kamelen bleiben. Ich übergab ihm meine beiden Gewehre, die mich gehindert hätten, und näherte mich dem Warr. Als ich es erreichte, fand ich beim Sternenschein bald eine Stelle, wo die Felsbrocken so weit auseinander traten, daß es einen breiten Durchgang zum Brunnen gab. Jedenfalls hatten die Scherarat ihn auch benutzt. Kaum war ich dort eingedrungen, so hörte ich vor mir eine laute Stimme rufen, und weiter vorwärts schleichend, verstand ich die Worte:

„Allahu akbar! Aschhadu anna lâ ilâha ill' Allah, wa Mohammedu rasuhl Allah. Hayyâ alaß ßalâ!"

Die Scherarat sprachen das 'Aschâ, das Abendgebet, vorgeschrieben für die Zeit nach Sonnenuntergang, wenn es Nacht geworden ist. Dieser Stimmenchor erlaubte mir, ungehört so weit an sie heranzukommen, daß ich mich nur wenige Schritte von ihrem Lagerkreis hinter einen Stein verstecken konnte. Die Sterne leuchteten nicht sehr hell. Dennoch konnte ich den freien Brunnenplatz fast ganz überblicken. Die Beduinen knieten, ihre Gesichter gen Mekka gerichtet, auf ihren Gebetsteppichen und wiederholten unter den anbefohlenen Bewegungen die Worte des Vorbeters, der sich in meiner Nähe befand. Ich erkannte in ihm den Scherari[1], der am Bir Nufah heute mittag den Späher von der Höhe herunterbefohlen hatte und wohl der Anführer der Truppe war. Mir kam das höchst erwünscht! Er trug einen Haïk wie ich und hatte so ziemlich meine Gestalt. Die drei oder vier Personen, die schon am Brunnen Nufah bei ihm gesessen hatten, knieten, auch jetzt abgesondert von den andern, nicht hinter, sondern vor ihm, wie ich ausdrücklich bemerke; sie kehrten ihm also ihre Rücken zu. Und hinter ihm lag, an Händen und Füßen gebunden, Halef im Sand, nur drei Meter von mir entfernt. Seine Befreiung war für mich eine Leichtigkeit, zumal er sich so gelegt hatte, daß er mir das Gesicht zukehrte. Das hatte er getan, weil er ahnte, daß ihm aus dieser Richtung unsre Hilfe kommen werde. Aber es galt nicht bloß, ihn zu retten, sondern wir mußten auch sein Kamel wiederhaben, und das konnte unter den gegenwärtigen Verhältnissen nur durch Eintausch erreicht werden; der Tauschgegenstand sollte der —— Anführer sein.

Alle richteten ihre Aufmerksamkeit auf das Gebet und durften dabei keinen Blick von Südwesten wenden. Ich hingegen lag im Nordost von ihnen. Nun zog ich mein Messer und schob mich zu Halef hin. Er sah mich kommen und hielt mir die gefesselten Arme hin: ein Schnitt, und sie waren frei. Die Fußfesseln zertrennte ich mit einen zweiten raschen Schnitt. Hierauf raunte ich ihm ins Ohr:

„Kriech zum Weg hin, und dann schnell geradeaus, wo du Kara finden wirst, wenn du ihn rufst."

„Und du, Sihdi?" fragte er, um mich besorgt.

„Ich komme nach. Nehmt den Kamelen die Stricke von den Beinen! Rasch, rasch!"

[1] Einzahl von Scherarat

Halef kroch fort, und ich blieb an seiner Stelle liegen, um mein Vorhaben in dem Augenblick auszuführen, wo die Feinde mit dem Zusammenlegen ihrer Gebetsteppiche zu tun haben würden.

Das war alles viel schneller geschehen, als ich es erzählen kann, und eben hatte ich Halef im Weg verschwinden sehen, als der Schluß kam:

„Allah ist sehr groß! Allah ist sehr groß, und Preis sei Allah in Fülle!"

Grad als der Vorbeter das Wort „Fülle" ausgesprochen hatte und die andern begannen, ihm den Satz nachzusprechen, richtete ich mich hinter dem Anführer halb auf, bog mich vor, faßte ihn mit der Linken an der Schulter, riß ihn zurück und schlug ihm die rechte Faust an die Schläfe, daß er zusammensank. Dann sprang ich auf, raffte ihn empor, schwang ihn mir auf die Schulter und eilte Halef nach. Die zweihundert Menschen hinter mir waren mir im Augenblick gleichgültig. Ich hatte ihren Anführer und brauchte sie infolgedessen nicht zu fürchten.

Mit weiten Sprüngen legte ich den Gang zurück und hastete weiter. Da erklangen hinter mir laute Stimmen, und vor mir hörte ich Halef seinen Sohn rufen. Ich vermehrte meine Eile, denn die Verfolger hinter mir konnten schneller laufen als ich, der ich eine Last tragen mußte. Es gelang mir, ohne von ihnen eingeholt zu werden, unsre Kamele zu erreichen, die, zum sofortigen Aufsteigen bereit, noch am Boden lagen.

„Schnell in den Sattel, Halef!" gebot ich ihm. „Und nimm hier den Gefangenen mit hinauf! Macht euch rasch davon, grad ostwärts, und haltet nach ungefähr zweitausend Schritten an!"

„Und du willst zurückbleiben, Sihdi?"

„Ich muß noch einen Scherari fangen, den wir später als Boten brauchen werden."

Vater und Sohn gehorchten, und ich legte mich platt in den Sand, um von den Verfolgern nicht vorzeitig gesehen zu werden. Dann hörte ich eilige Schritte und sah einen einzelnen Scherari gerannt kommen, der seinen Gefährten weit voran war. Nichts konnte mir lieber sein. Er blieb sechs oder acht Schritte vor mir stehen und lauschte. Als er nichts hörte, ging er zögernd weiter, immer näher zu mir heran. Hinter ihm ertönten Rufe. Er drehte sich um und antwortete, indem er mir den Rücken zukehrte. Ich sprang auf, faßte ihn beim Hals und versetzte ihm meinen Jagdhieb an den Kopf. Er sank mir mit einem verhauchenden Gurgeln in die Arme. Ich nahm ihn auf und trug ihn fort, ohne mich dabei übermäßig zu beeilen, weil ich von den andern Scherarat noch nicht gesehen wurde und mich in einer Richtung entfernte, in der sie mich gewiß nicht suchten. Ich erreichte Halef und Kara, als mein zweiter Gefangener eben aus seiner Betäubung erwachte. Sie waren wieder abgestiegen und hatten den ersten Gefangenen mit gebundenen Händen zwischen sich sitzen, indem sie ihn mit ihren gezückten Messern bedrohten, keinen Laut von sich zu geben.

„Da kommt er", sagte Halef zu ihm. „Das ist er, von dem ich dir gesagt habe, der starke und unüberwindliche Kara Ben Nemsi Effendi. Er ist der berühmte Besitzer dieser beiden Gewehre, von denen das eine zehntausendmal hintereinander schießt, und wird dich sofort in die Dschehenna[1] senden, wenn du einen Laut von dir gibst oder eine unerlaubte Bewegung machst."

„Das werde ich allerdings", bestätigte ich diese Drohung des Hadschi. „Hingegen soll den Scherarat nichts geschehen, und sie werden noch in dieser Nacht zu den ihrigen zurückkehren dürfen, wenn sie sich jetzt schweigsam verhalten und uns gehorchen. Tun sie das aber nicht, so werden unsre Messer ihre Herzen finden. Jetzt entfernen wir uns noch ein Stück von hier, dann sollen sie erfahren, was ich von ihnen wünsche."

Wir banden sie an den Armen zusammen, worauf ich sie vor mir herschreiten ließ, während Halef und Kara uns mit den Kamelen folgten. Die abermalige Ortsveränderung nahm ich vor, um den Verfolgern zu entgehen. Sie suchten uns nördlich vom Warr, und wir umgingen es jetzt in der Absicht, südlich davon anzuhalten.

Als ich glaubte annehmen zu dürfen, daß wir weit genug gekommen seien, mußten sich die Kamele niederlegen, und ich befahl den Scherarat, sich zu setzen. Dann nahm ich Halef beiseite, um ihn zu befragen. Ich enthielt mich dabei aller Vorwürfe, was ihm das Herz zu erleichtern schien. Er war in seinem gewöhnlichen Selbstvertrauen unbesorgt ins Tal des Bir Nufah hinabgeritten und da von den Scherarat umzingelt und entwaffnet worden. Sie hatten ihn kommen sehen und sich versteckt. Zu stolz, um sich zu verleugnen, hatte er seinen Namen genannt und damit große Freude angerichtet. Der Scheik der Haddedihn, mit denen sie in Blutfehde standen, war für sie ein kostbarer Fang. Über den Zweck ihres gegenwärtigen Raubzugs hatten sie geschwiegen, doch war Halef klug genug, aus einigen unbedachten Äußerungen zu erraten, daß er den Lasafah-Schammar gelte. Auf ihre Fragen hatte er angegeben, allein und ohne Begleitung zu sein, was ihm aber nicht geglaubt worden war. Als jedoch Stunden vergingen, ohne daß ihm jemand folgte, hatten sie angenommen, daß er die Wahrheit gesagt habe, und waren mit ihm fortgeritten. Nachdem er mir das berichtet hatte, fuhr er fort:

„Und weißt du, Sihdi, wer dieser Scherari ist?"

„Nein", antwortete ich.

„So höre und staune! Er ist der Sohn von Gadub es Sahhâr, dem alten Zauberer der Scherarat, unserm ärgsten und blutdürstigsten Feind, den Allah verbrennen möge. Die Blutrache gebietet mir eigentlich, ihn ohne Gnade niederzuschießen, zumal er den Beinamen Abu el Ghadab[2] führt, womit er doch sagen will, daß er keinen seiner Feinde schonen würde."

„Das geht mich nichts an. Er ist nicht dein, sondern mein Gefangener, und meine Religion und die Klugheit verbieten mir, sein Blut zu vergießen."

„So tu, was du willst! Ich weiß, es wird das Richtige sein, denn ich kenne dich."

Ich band den zweiten Gefangenen los und unterrichtete ihn folgendermaßen:

„Höre, was ich dir jetzt sagen werde! Ich bin Kara Ben Nemsi, ein

[1] Hölle   [2] Vater des Zorns

Christ und Freund der Haddedihn. Ich kann mit meinem Zaubergewehr alle eure Krieger niederschießen, bevor uns eine eurer Kugeln erreicht. Ihr habt meinen Freund Scheik Hadschi Halef Omar gefangengenommen, um ihn zu töten. Ich habe ihn wieder befreit, ich allein, und dadurch bewiesen, daß ich mich vor euch nicht fürchte. Ich sollte euch töten, aber weil ich ein Christ bin, will ich euch freigeben, doch unter der Bedingung, die du jetzt vernehmen wirst. Ich verlange das Kamel meines Freundes zurück und dazu alle Sachen, die ihr ihm abgenommen habt. Du wirst jetzt in euer Lager gehen, um das Tier, die Waffen und alle diese Gegenstände zu holen. Wenn du das ehrlich tust, geben wir Abul el Ghadab frei und reiten weiter. Planst du aber eine Hinterlist dabei, so wird er erschossen. Ich gebe dir von jetzt an bis zu deiner Rückkehr eine halbe Stunde Zeit. Bist du dann noch nicht da, so muß er sterben. Jetzt geh!"

Er wollte zögern, da gebot ihm Abu el Ghadab:

„Beeile dich und tu, was dir gesagt worden ist! Mein Leben ist mehr wert als der Besitz eines armseligen Kamels der Haddedihn."

Der Mann entfernte sich. Um einer etwaigen Falle zu entgehen, verlegte ich unsern Lagerplatz um eine bedeutende Strecke seitwärts und schlich dann mit Halef, der einstweilen das Gewehr seines Sohnes nahm, dem Warr entgegen, und zwar bis zu der Stelle, wo der Bote vorüber mußte. Kara Ben Halef hatte den Befehl, den Gefangenen scharf zu bewachen.

Die halbe Stunde war noch nicht vergangen, so hörten wir Schritte vor uns. Ein Stück auf die Seite kriechend, sahen wir den Boten kommen. Er führte das Kamel und ging an uns vorüber, ohne uns zu bemerken. Es war kein zweiter Scherari bei ihm. Meine Drohung hatte also den beabsichtigten Erfolg gehabt. Wir standen auf und holten ihn ein.

„Ein Glück für dich, daß du ehrlich bist!" sagte ich zu ihm. „Gib her, was du hast!"

Halef erhielt alles wieder, was man ihm abgenommen hatte. Dann schickte er den Scherari mit der Versicherung fort, daß sein Anführer in einigen Minuten auch frei sein werde.

„Wirst du aber auch Wort halten, Effendi?" fragte er mich.

„Mach dich schleunigst fort!" fuhr ich ihn an. „Kara Ben Nemsi hat noch stets sein Wort gehalten. Oder soll ich deinen Beinen Bewegung machen?"

Er verschwand. Als wir bei unserm Gefangenen und seinem jungen Wächter ankamen, band ich Abu el Ghadab die Hände los und sagte:

„Wir haben bekommen, was ich verlangte. Du kannst gehen."

Abu el Ghadab blieb dennoch stehen, musterte mich von oben bis unten und fragte dann:

„Du gibst mich wirklich frei?"

„Ja. Und weil ich ehrlich an dir handle, so erwarte ich, daß ihr uns unbelästigt weiterziehen laßt. Wir werden uns zum Bir el Halawijat[1] wenden und wünschen nicht, daß ihr uns folgt."

[1] Brunnen der Süßigkeiten

„Wir reiten zum Bir esch Schukr[1], der im Osten liegt, denn wir wollen nach Akabet esch Scheïtan. Du brauchst dich also nicht zu fürchten."

„Fürchten? Ich habe niemals Furcht gekannt."

Da entgegnete der Scherari mit höhnischem Lachen:

„Die Furcht nicht gekannt? Ich habe viel von dir gehört, aber was man von dir erzählt, ist Unwahrheit. All deine Tapferkeit wäre nur ein Gestank gegen die Tapferkeit der Scherarat. Du bist uns heut entgangen, aber nicht für immer! Kennst du das Gesetz der Blutrache? Sie ist wie ein Löwe, der die Beute, die er einmal in seinen Klauen hält, nie wieder losläßt. Diesem Scheba et Thar[2] bist du mit dem heutigen Tag verfallen! Und ich schwöre dir, daß er dich in kurzer Zeit verschlingen wird! Du bist ein Anhänger des falschen Gottes und ein Bekenner seines Sohnes, der als Lügner und Empörer den ehrlosen Tod am Kreuz starb. Er war ein Giaur, wie du einer bist und —"

„Halt!" fiel ihm da der kleine Halef zornig in die Rede. „Sag dieses Wort nicht noch einmal, denn ich habe nicht soviel Geduld mit dir, wie —"

„Du? Zwerg, der du bist!" unterbrach ihn der Scherari lachend. „Nun ich nicht mehr gefesselt bin, lache ich über euch und wiederhole, daß euch der Scheba et Thar alle verschlingen wird. Das Fleisch und Blut eines Giaur wird ihm —"

Abu el Ghadab kam nicht weiter. Ein lauter, klatschender Schlag unterbrach seine Rede, denn der kleine, jähzornige Hadschi hatte ihm die Kamelpeitsche mit aller Kraft quer über das Gesicht gezogen und rief dabei:

„Das ist für den Giaur, du Hundesohn! Wirst du es nun noch einmal sagen?"

Der Getroffene schrie vor Schmerz laut auf, fuhr sich mit beiden Händen ans Gesicht und stand eine Zeitlang starr und und unbeweglich. Dann aber tat er einen Sprung vorwärts, um Halef zu packen. Es war aber nur ein einziger Schritt, den er tun konnte, denn ein zweiter Hieb des Kleinen warf ihn wieder zurück. Und da stand auch ich bei ihm, faßte ihn bei den Oberarmen, drückte sie ihm gegen die Brust und drohte:

„Keinen Schritt weiter, sonst zerdrücke ich dir die Rippen, Wicht! Deinen Scheba et Thar fürchten wir nicht. Und nun mach, daß du fortkommst, sonst laß ich das Messer zu dir reden!"

Ich gab Abu el Ghadab einen Stoß, daß er zur Erde fiel und sich überschlug. Er raffte sich wieder auf, wagte es aber nicht, wieder angreifend vorzugehen, doch überschüttete er uns, während wir die Kamele bestiegen, mit einer Flut von Schimpfworten, und als wir dann fortritten, hörten wir ihn noch immer hinter uns herbrüllen:

„Der Scheba et Thar wird euch verschlingen — der Scheba — et — Thar — Scheba — et — Thar —!"

Sein Geschrei war im Warr gehört worden. Die Scherarat glaubten ihn in Gefahr und eilten ihm zu Hilfe, wie uns ihre Stimmen verrieten, die

[1] Brunnen der Dankbarkeit   [2] Löwe der Blutrache

wir hinter uns hörten. Wir hatten sie nicht zu fürchten, trieben dennoch unsre Kamele an, weil wir von jetzt ab Eile hatten.

Ich ritt voran, die beiden andern folgten mir. Nach einer Weile rief mir Halef zu:

„Aber, Sihdi, du schlägst doch eine falsche Richtung ein, wir dürfen nicht so weit rechts!"

„Wir müssen hinüber, erwiderte ich, „weil dort der Bir el Halawijat liegt."

„Zu ihm wollen wir doch nicht."

„Allerdings nicht. Wir müssen zu den Lasafah, um sie vor den Scherarat zu warnen, was diese aber nicht ahnen dürfen. Deshalb habe ich zum Sohn des Zauberers gesagt, daß wir uns zum Bir el Halawijat wenden wollen. Um die Scherarat zu täuschen, tu ich das jetzt, denn sie werden, sobald der Morgen anbricht, unsrer Fährte folgen."

„Willst du bis dorthin? Das wäre ein großer Umweg."

„Du kennst doch den Weg?"

„Ja, genau."

„So weißt du, daß wir nach einem halben Tagesritt auf eine große, weite Felsfläche kommen, wo die Kamele keine Spur hinterlassen und wir links abweichen können, ohne daß es die Scherarat bemerken werden."

„Das ist richtig, Sihdi. Da beweist du wieder, daß du wahrscheinlich klüger bist als ich."

„Wahrscheinlich nur?" lachte ich. „Ja, ich wäre wahrscheinlich nicht so pfiffig, wie blind mitten unter zweihundert Scherarat hineinzureiten und mich von ihnen gefangennehmen zu lassen, lieber Halef!"

Das war der einzige Vorwurf, den Halef für seine Unvorsichtigkeit zu hören bekam, und da zeigte er sich allerdings so schlau, nicht darauf zu antworten. Ich hätte ihn jedenfalls strenger vorgenommen, wenn mich nicht die Rücksicht auf die Gegenwart seines Sohnes davon abgehalten hätte.

Wir ritten die Nacht hindurch, worauf wir unsre Hedschân eine Stunde ausruhen ließen. Dann ging es wieder weiter, bis wir zur Felsfläche kamen. Dort änderten wir auf einer recht harten Stelle die bisherige Richtung. Es gab heut eine tüchtige Tagesarbeit für die Kamele, denn wir ritten bis tief in den Abend hinein, wo wir am Bir Bahrid[1] eine vorgeschobene Abteilung der Lasafah erreichten.

Wir wurden als Haddedihn sehr freundlich von ihnen aufgenommen, und als wir ihnen sagten, daß wir nicht nur als Freunde, sondern zugleich als Warner gekommen seien und ihnen den Sachverhalt mitteilten, wurde der Empfang sogar ein jubelnder. Es wurden sofort Boten zu den andern Abteilungen geschickt, um diese zu benachrichtigen und herbeizurufen; denn wie die Verhältnisse lagen, mußten die Scherarat hierher an den Bir Bahrid kommen, auf den sie es zunächst abgesehen hatten.

Schon am Morgen wurden Späher gegen sie ausgesandt, obgleich ihre Annäherung an diesem Tag nicht erwartet werden konnte, und gegen Abend sowie auch während der Nacht trafen die herbeibeschiedenen Lasa-

[1] Kühler Brunnen

fah ein, so daß gegen fünfhundert Krieger versammelt waren. Wir wurden zum Kriegsrat beigezogen, der nun zusammentrat. Wie bei solchen Gelegenheiten stets, so suchte ich auch jetzt ein größeres Blutvergießen zu verhüten, aber alles, was ich da vorbrachte, war vergeblich gesprochen. Wir hatten es mit rachgierigen Beduinen zu tun, die jede Schonung für Schwachheit hielten. Ich war ihnen ein Fremder, auf den sie nicht, wie ihre Verwandten, die Haddedihn, aus Dankbarkeit hören mußten. Zwar gab sich auch der brave Halef alle Mühe, in diesen ihren Ansichten in meinem Sinn eine Änderung hervorzubringen, doch hatte er ebensowenig Erfolg. Es wurde beschlossen, die Scherarat zu umzingeln und alle niederzumachen, die sich nicht ergeben würden. Über die Gefangenen sollte dann die Versammlung der Ältesten entscheiden. Wie diese Entscheidung ausfallen würde, darüber konnte es bei der unerbittlichen Gesinnung der Lasafah keinen Zweifel geben.

Als der Kriegsrat beendet war und ich mich mit Halef allein befand, sagte er zu mir:

„Sihdi, ich weiß, wie wenig einverstanden du mit dem bist, was diese Krieger beschlossen haben, und ich wünsche, du wärst mit deiner Ansicht durchgedrungen. Ich bin im Herzen ein Christ, obgleich ich es nicht öffentlich sein darf. Ich würde als Scheik abgesetzt werden und müßte allen Einfluß auf die Haddedihn verlieren, den ich jetzt im christlichen Sinn üben kann. Wir wollen uns an diesem Blutbad nicht beteiligen, und darum schlage ich vor, daß wir noch heute von hier aufbrechen und zum Dschebel Schammar reiten."

„Das dürfen wir nicht."

„Warum nicht?"

„Erstens weil wir als Gäste der Lasafah verpflichtet sind, ihnen beizustehen. Zweitens weil wir keinen genügenden Grund für eine so schnelle Entfernung angeben können. Drittens weil wir dadurch die Achtung unsrer Gastfreunde verlieren würden, die uns Mangel an Mut vorwerfen müßten. Und viertens, weil es uns, wenn wir hier bleiben und uns am Kampf beteiligen, doch vielleicht gelingen kann, Härten zu mildern und wenigstens dahin zu wirken, daß möglichst wenig Feinde getötet und dafür recht viel Gefangene gemacht werden."

„Du hast recht, Sihdi. Wir werden also bleiben, und obgleich mein Vaterherz eigentlich davor zittert, freue ich mich doch darauf, meinen Sohn im Kampf zu sehen. Er wird gewiß keinem Feind den Rücken zeigen."

„Ich bin überzeugt davon, doch ist Kara noch nicht erfahren genug und wird sich leicht von seinem Mut hinreißen lassen. Darum ist es deine und meine Pflicht, ein wachsames Auge auf ihn zu haben, damit er sich nicht unnötigerweise in Gefahr begibt."

Auch dieser Tag verging und die darauffolgende Nacht ebenso. Bei Anbruch des Morgens kehrten einige Späher zurück, um zu melden, daß die Scherarat wahrscheinlich im Anzug seien, weil sie nur fünf Reitstunden von hier mitten in der Wüste für die Nacht gelagert hätten. Es waren drei Kundschafter zurückgeblieben, um sie zu beobachten. Diese kamen nach einiger Zeit und benachrichtigten uns, daß die Feinde vom Lagerplatz aufgebrochen seien und Spione vorausgesandt hätten, deren Erscheinen wir bald erwarten konnten. Hierauf wurde die besprochene Aufstellung zum Empfang der Scherarat getroffen.

Der Brunnen lag in einer muldenähnlichen Bodensenkung, die in Nord und West, woher die Feinde kamen, keinen natürlichen Schutz besaß, in Süd und Ost aber von einer halbkreisförmigen Felslinie eingefaßt wurde. Hinter diese Linie versteckten sich so viele Lasafah, daß nur vierzig Mann am Brunnen zurückblieben. Die Weidetiere, die sich hier befanden, wurden in die Umgebung zerstreut, so daß der Bir Bahrid einen friedlichen Anblick bot. Halef, Kara und ich befanden uns mit im Hinterhalt, weil unsre Anwesenheit am Brunnen leicht hätte Verdacht erregen können.

Gegen Mittag sahen wir zwei Reiter kammen, die langsam dem Brunnen zuritten. Sie riefen die dort befindlichen Lasafah an, ob sie Wasser bekommen könnten. Es wurde ihnen gestattet. Sie gaben sich, wie wir später erfuhren, für befreundete Aneïseh aus, die nach Nefud wollten, ließen ihre Tiere trinken und ritten dann wieder fort. Als sie mit bloßem Auge nicht mehr gesehen werden konnten, schlugen sie, wie mir mein Fernrohr zeigte, einen Bogen nach West und Nord, um die Scherarat, zu denen sie gehörten, zu benachrichtigen, daß sie es nur mit vierzig Lasafah zu tun hätten und also mit leichter Mühe mehrere hundert Pferde und Kamele erbeuten könnten.

Eine Stunde später erschienen die Feinde im Nordwest vom Brunnen. Sie kamen, um uns zu überrumpeln, so schnell als ihre Tiere nur laufen konnten. Am Rand der Talmulde sprangen sie von ihren Kamelen, erhoben ein durchdringendes Kriegsgeschrei und stürmten in die Bodensenkung hinab. Zu gleicher Zeit aber brachen rechts und links die Lasafah hinter dem Felsen hervor. Die Scherarat stockten erschrocken, und diese kurze Zeit der Untätigkeit genügte, sie völlig zu umringen. Welch ein Geheul und Getümmel gab es nun! Messer blitzten, Lanzen und Speere splitterten, Schüsse krachten. Kara Ben Halef flog jauchzend mitten in das Gewühl hinein, ich mit seinem Vater hinter ihm her, um ihn zu beschützen. Das eine gelang uns gut, aber einen Einfluß auf den Ausgang des Kampfes konnten wir leider nicht gewinnen. Blut floß in Strömen, und als der Sieg erfochten war, lagen weit über hundert Scherarat tot auf dem Plan. Die Verwundeten waren schonungslos erstochen oder erschossen worden. Kaum zwanzig hatten das Glück gehabt, zu ihren Tieren kommen und entfliehen zu können; die übrigen waren gefangen. Unter diesen befand sich Abu el Ghadab, der Sohn des Zauberers. Anstatt die Lasafah zu berauben, hatten sie ihnen sich selbst und eine reiche Beute zugeführt.

Es gab nun Auftritte zwischen den Siegern und den Besiegten, die ich nicht beschreiben will. Ich entfernte mich mit Halef und Kara, um nichts davon zu sehen. Bald aber wurden wir geholt, weil man diesen Sieg uns zu verdanken hatte. Wir sollten den uns gebührenden Dank empfangen und uns einen Teil der Beute auslesen. Wir nahmen aber nichts. Dabei war es nicht zu umgehen, daß wir von den Gefangenen gesehen wurden. Als Abu el Ghadab uns erblickte, richtete er sich trotz seiner Fesseln halb empor, starrte uns mit hervorquellenden Augen an und schrie, vor Wut bebend:

„Kara Ben Nemsi, der Christenhund! Er hat uns verraten, und Scheba et Thar, der Löwe der Blutrache, wird ihn dafür fressen! Allah verdamme ihn und die beiden Haddedihn, die bei ihm sind!"

Über sein Gesicht zogen sich zwei breite, blau unterlaufene Peitschenschwielen: es sah schrecklich aus. Ich nahm seine Worte ruhig hin, aber mein kleiner Halef brachte es nicht über sich, zu schweigen. Sich vor den Sohn des Zauberers stellend, herrschte er ihn an:

„Dich selbst wird er verschlingen, der Löwe der Rache! Wir lachen über ihn. Du sagtest, wir müßten uns vor euch fürchten. Du bist kein Krieger mehr, sondern gebrandmarkt für alle Zeit und noch hundert Jahre darüber hinaus, denn dein Antlitz trägt die Spuren meiner Peitsche, die du bekommen hast wie ein Hund, den die Hand eines tapfern Mannes nicht berühren mag. Schande über dich, und Hohn über deinen Scheba et Thar, dem es nur ekeln wird, bevor er dich selbst verschlingt!"

Ich zog den zornigen Kleinen fort, sonst hätte er seinem Herzen noch mehr Luft gemacht.

Der Kampf war vorüber, und wir konnten nun gehen, ohne den Vorwurf der Feigheit auf uns zu laden, und ich ging — gern! Ich wollte nicht länger an einem Ort bleiben, wo so viel Blut zum Himmel dampfte, während es nicht schwer geworden wäre, die Feinde ohne ein solches Gemetzel in unsre Hände zu bekommen. Wir verabschiedeten uns und ritten fort, auf eine weite Strecke von einem Ehrengefolge begleitet.

Als wir nach sechs Tagen glücklich unser Ziel erreichten, war die Kunde von unserm Erlebnis schon vorausgeeilt, und wir wurden dementsprechend auf das ehrenvollste in Empfang genommen.

Es ist nicht die Absicht dieser Erzählung, über den Dschebel Schammar viel zu sagen. Diese Landschaft wird von einem Scheik regiert, der sich auch Fürst nennen läßt. Der Hauptort Haïl liegt am Ausläufer des Dschebel Adscha in bedeutender Höhe und bot uns eine Woche lang einen angenehmen und gastlichen Aufenthalt. Der Scheik war kurz vor unsrer Ankunft zur großen Hadsch[1] nach Mekka aufgebrochen. Seine Stelle vertrat Hamed Ibn Telal, ein Verwandter des frühern und berühmten Scheik Telal, dem die Landschaft viel zu verdanken hat. Halef beriet sich mit diesem Mann, und es gelang ihm, ein Bündnis mit ihm abzuschließen, das seinen Haddedihn große Vorteile bot. Damit, daß wir nur zu dreien gekommen waren, hatten wir größern Eindruck gemacht, als wenn wir hundert Krieger mitgebracht hätten. Ich ritt oder wanderte während dieser Zeit im Land umher und belehrte und unterhielt mich dabei ausgezeichnet. Dennoch war es mir lieb, als die Verhandlungen endlich abgeschlossen waren und wir wieder heimkehren konnten. Wir wären wahrscheinlich noch einige Zeit geblieben, wollten aber das Eintreffen der persischen Pilgerkarawane, die alljährlich am Dschebel

[1] Pilgerzug

Schammar vorbeizieht und bald eintreffen mußte, nicht abwarten. Ich hatte diese Karawane früher mehr als zur Genüge kennengelernt, um nicht zu wünschen, ihr ausweichen zu können. Wir wurden beim Abschied von Hamed Ibn Telal freundschaftlich beschenkt und bekamen zwanzig Reiter mit, die uns zwei Tagereisen weit begleiten sollten.

Da wir uns wohl hüten mußten, wieder mit den Scherarat zusammenzutreffen, hatte uns Hamed Ibn Telal geraten, unsre Richtung über den Bir Lyneh zu nehmen. Wir folgten dieser Weisung und ahnten nicht, daß wir, indem wir es taten, dem Löwen geradezu in die Höhle liefen. Niemand kann seinem Schicksal entgehen, sagt der Muslim, und unser Schicksal war die Blutrache, die Abu el Ghadab mit einem Löwen verglichen hatte. —

Unsre Wasserschläuche waren fast leer geworden, und so freuten wir uns auf das Wadi Achdar[1], denn es gab Wasser in den zwei dortigen Brunnen hinter den steilen Felsklüften, die die hohen Talwände bilden und oben im Hintergrund von den Ruinen eines uralten Kasr[2] gekrönt werden. Solche Ruinen, die meist aus der vorislamischen Zeit stammen, sind in Arabien nicht selten. Daß im Wadi Achdar einst eine Burg gestanden hatte, konnte mich nicht wundern, denn ich kannte die Sage, nach der dieses Tal mit einem westlichen Nebenfluß des Euphrat in Verbindung gestanden haben soll. Auch wußte ich, daß zur Regenzeit das Wasser so hoch im Tal steht, daß man darin baden und sogar schwimmen kann. Darum versiegen die zwei Brunnen nie, und darum gibt es dort selbst in der heißen Jahreszeit einen Pflanzenwuchs, der geeignet ist, ein sonst seltenes Tierleben und infolgedessen leider auch Raubtiere herbeizuziehen. Halef hatte gehört, daß dort Löwen gesehen worden seien.

Wir ritten die ganze Nacht hindurch und auch einen Teil des Morgens. Es war einige Stunden vor Mittag, als wir die Höhen, zwischen denen das Wadi liegt, vor uns emporsteigen sahen. Wo Brunnen in der Wüste sind, kann man auf Menschen rechnen, und vor diesen Menschen hat man sich gewöhnlich in acht zu nehmen. Wir mußten die Umgebung absuchen, und ich ritt darum voran. Ich kam zum ersten Brunnen, fand ihn unbesetzt, ritt noch weiter ins Wadi hinein und konnte keine Spur eines Menschen entdecken. Eigentlich wunderte ich mich darüber, doch gab es so viele Erklärungen dieser Einsamkeit, daß ich mich beruhigte und zurückkehrte, um Halef und Kara zu holen. Wäre ich noch weiter geritten, bis zum zweiten Brunnen, der zwar tief, aber grad unter der Ruine lag, so hätte ich in den Tatzenspuren den triftigen Grund gefunden, weshalb das Wadi jetzt gemieden wurde.

Wir lagerten am ersten Brunnen, wo es Gebüsch gab, sattelten unsre Kamele ab, tranken uns satt und schöpften dann auch für sie so viel Wasser, bis sie genug hatten. Dann machte sich die Müdigkeit geltend. Ich ordnete an, daß immer zwei schlafen sollten, während einer wachte und nach zwei Stunden vom nächsten abzulösen war. Die erste Wache übernahm ich, die zweite fiel auf Halef und die dritte auf Kara. Die

<hr />

[1] Grünes Tal   [2] Burg, Festung, Schloß

meinige verlief ohne Störung. Als sie zu Ende war, legte ich mich nieder, nachdem ich Halef geweckt hatte. Ich war sehr müde, schlief ein und fiel in Träume. Der arabische Morpheus machte mir allerhand dummes Zeug weis. Zuletzt gaukelte er mir gar einen Überfall durch Beduinen vor: ein leises, leises Rauschen von Gewändern, gedämpfte Schritte, unterdrückte Stimmen, dann ein Schuß — war das nur Traum?

Ich fuhr empor, und zu gleicher Zeit sprangen Halef und Kara neben mir auch auf. Der Schuß war Wirklichkeit, und ich sah uns von über hundert Arabern umringt, in denen ich zu meinem Schrecken Scherarat erkannte. Kara war während seiner Wache wieder eingeschlafen. Darum hatte es diesen Leuten gelingen können, heranzuschleichen und uns in ihre Mitte zu nehmen. Ihre Kamele oder Pferde hatten sie außer Hörweite zurückgelassen. Ich sah unsre Gewehre, die sie uns leise weggenommen hatten, in ihren Händen. Widerstand war unmöglich und unser Leben keinen Heller wert, weil wir mit ihnen in Blutrache standen. Es gab nur eine Rettung für uns, nämlich die, uns in den Himaji[1] eines Hervorragenden von ihnen zu begeben.

Das waren nicht etwa langdauernde Erwägungen von mir, sondern die Augen aufschlagen, aufspringen, die Feinde erblicken und diese Gedankenreihe hegen, war das Werk einer Sekunde. Wir durften nicht warten, bis einer von ihnen uns sagte, daß wir Gefangene seien, denn dann wäre es zu spät gewesen. Wir mußten zuerst sprechen. Zwei Schritte vor mir stand ein alter Beduine von ehrwürdigem Aussehen. Er schien kein gewöhnlicher Krieger zu sein. Ich schob schnell Halef und Kara zu ihm hin, faßte seinen Haïk und rief:

„Dakilah, ia Scheik!"

Das heißt: Ich bin der Beschützte, o Herr! Kein Araber, der etwas auf sich hält, wird einem Feind seinen Schutz versagen, der ihm diese Worte zuruft und ihn oder sein Gewand dabei berührt, welch letzteres die Hauptsache ist. Er wird ihn vielmehr mit seinem Leben verteidigen. Halef und sein Sohn kannten dieses Wüstengesetz ebensogut wie ich. So groß ihre Überraschung war, sie hatten doch die Geistesgegenwart, meinem Beispiel zu folgen. Zwei rasche Griffe an seinen Haïk und zwei zugleich erklingende Rufe „Dakilah, ia Scheik!" — Sie standen nun auch unter seinem Schutz.

Ringsum ertönten laute Rufe des Ärgers, daß wir den Feinden zuvorgekommen waren. Der Alte wollte unwillig zurücktreten. Als wir aber seinen Burnus festhielten, sagte er:

„Eure Mäuler sind schneller gewesen als mein Mund, und so bin ich gezwungen, euch in meinen Schutz zu nehmen. Ich bin Abu 'Dem, der Scheik der Scherarat, und wehe dem, der euch, meinen Beschützten, ein Haar des Hauptes krümmt! Man gebe ihnen die Gewehre wieder!"

Welch ein glücklicher Umstand, daß er der Scheik war! Und als ich meine beiden Gewehre wieder in die Hände bekam, schien mir die Rettung sicher zu sein. Es fragte sich nur, ob es in dieser Schar einen

---

[1] Schutz

gab, der uns kannte. Eben als ich mir das sagte, rief jemand, der sich eifrig durch die andern herbeidrängte:

„Nimm sie nicht unter deinen Schutz, o Scheik! Sie sind Blutfeinde von uns!"

„Blutfeinde?" fragte der Alte.

„Ja. Der Mann mit den zwei Gewehren ist Kara Ben Nemsi Effendi, ein Christ."

„Maschallah!" fuhr der Scheik vor uns zurück.

„Der Kleine ist Hadschi Halef Omar, der Scheik der Haddedihn. Er war am Bir Nufah unser Gefangener und wurde von dem Giaur gerettet. Der dritte scheint sein Sohn zu sein. Alle drei haben uns an die Lasafah verraten, so daß wir am Bir Bahrid von ihnen besiegt wurden. Du weißt ja, wie wenige von uns entkommen sind."

Jetzt war der entscheidende Augenblick gekommen.

„Ia thar, ia thar, ia thar — o Blutrache, o Blutrache, o Blutrache!" riefen rundum alle Stimmen, während die Hände zu den Waffen griffen.

„Ia himaji, ia himaji — o Schutz, o Schutz!" rief ich dagegen, und Halef und sein Sohn stimmten ein.

Der Scheik winkte mit der Hand, und es trat sofortige Stille ein. Sich zu mir wendend, fragte er:

„Bist du wirklich Kara Ben Nemsi Effendi, ein Christ?"

„Ja."

„Dieser ist Hadschi Halef Omar, Scheik der Haddedihn, und der andre sein Sohn?"

„Ja."

„Und das wagst du, mir zu gestehen?"

„Ich lüge nie. Es wäre ein Wagnis, es zu leugnen."

„Wieso?"

„Weißt du nicht, daß der Beschützte den Schutz verliert, wenn er dem Beschützer eine Lüge sagt?"

„Das ist die Wahrheit. Ich habe gehört, daß du drüben in der Dschesireh und bei den Kurden viele große Taten verrichtet hast. Wie kann Allah einem Giaur solche Kraft, Geschicklichkeit und Tapferkeit verleihen?"

„Allah ist der Herr und Vater aller Menschen, der eurige und auch der unsrige. Warum unterscheidest du mich nach dem Glauben von dir? Heut gilt nur eins: du bist der Schützer, und wir sind die Beschützten. Oder sollte sich der berühmte Scheik der Scherarat vor seinen Untergebenen so fürchten, daß er den gewährten Schutz zurückziehen möchte?"

Das war eine kühne Frage. Er zog die Brauen finster zusammen und antwortete:

„Und wenn ich es täte?"

„So würde dein Name geschändet sein in alle Ewigkeit."

„Aber ihr wärt verloren!"

„Nein, noch lange nicht!"

„Du redest wie ein Wahnsinniger!"

„Ich spreche wie ein Mann, der weiß, was er will. Wenn man dir von

mir erzählt hat, so wirst du wahrscheinlich auch von meinem Zaubergewehr gehört haben?"

„Man sagt, du könntest immerfort schießen, ohne zu laden, und niemals
gehe eine deiner Kugeln fehl. Das glaube ich nicht."

„Du wirst es glauben. Zählt hundert Schritte ab, und steckt dort zehn
Lanzen nebeneinander in die Erde! Ich treffe alle, ohne zu laden, gleich-
weit entfernt von ihrer Spitze."

Ein allgemeines Gemurmel folgte dieser selbstbewußten Rede. Der
Scheik drehte sich um und sprach leise mit den Nächststehenden. Halef
flüsterte mir zu:

„Wenn sie das tun, haben wir gewonnen, Sihdi!"

Nach einer kleinen Weile kehrte sich der Scheik wieder mir zu und
sagte:

„Du sollst deinen Willen haben, doch nur unter einer Bedingung."

„Sag sie mir!"

„Wenn du nicht so triffst, wie du gesagt hast, steht ihr nicht mehr
unter meinem Schutz."

„Ich bin einverstanden", erwiderte ich ruhig, obgleich ich wußte, was
ich dabei aufs Spiel setzte.

Ging nur eine einzige Kugel fehl, so waren wir mitten unter so vielen
Feinden auf uns selbst angewiesen. Aber ich kannte mein Gewehr, auf
das ich mich zu verlassen hoffte, selbst wenn der Scheik mich im Stich
ließ. Unsre Lage war vorhin nur deshalb so schlimm gewesen, weil uns
im Schlaf die Gewehre genommen worden waren. Die Schritte wurden
abgezählt und die Lanzen in die Erde gesteckt. Dann richteten sich aller
Augen erwartungsvoll auf mich. Ich legte den Henrystutzen an und gab
schnell hintereinander die zehn Schüsse ab.

Alles eilte fort. Da sagte Halef:

„Sihdi, alle laufen dorthin, und wir stehen allein hier. Jetzt könnten
wir weg."

„Und wenige Augenblicke später wären sie hinter uns her. Nein, wir
bleiben. Bedenke doch die Zeit, bis wir die Kamele zum Aufstehen
brächten!"

„Du hast recht, es geht nicht."

Die Lanzen wurden aus dem Boden gezogen. Sie gingen von Hand zu
Hand, und laute Rufe der Bewunderung waren zu hören. Inzwischen
drehte ich mich um, die abgeschossenen zehn Patronen unbemerkt zu
ergänzen. Dann sah ich die Augen der Scherarat zwar feindlich, aber
achtungsvoll auf mich gerichtet. Der Scheik kam wieder zu mir, betrachtete mich vom Kopf bis zu den Füßen und sagte:

„Dein Zaubergewehr ist keine Lüge. Es sitzen alle zehn Kugeln, eine
genau wie die andre. Welcher Dschinn[1] hat dieses Gewehr gemacht?"

„Es war ein Dschinn in Amirika[2] und hat Henry geheißen."

„So müssen dort in Amirika mächtigere Dschinn sein als bei uns. Ihr
steht unter meinem Schutz, und solang ihr euch bei mir befindet, wird
euch nichts widerfahren. Da aber Blutrache zwischen uns und euch ist,

[1] Geist   [2] Amerika

hat die Versammlung der Ältesten zu entscheiden, was mit euch geschehen soll."

„Was könnte sie zu entscheiden haben? Ich denke, wir sind sicher bei dir!"

„Diese Sicherheit erstreckt sich, wie du wissen wirst, nur auf höchstens zweimal sieben Tage. Dann muß ich euch entlassen. Wenn die Versammlung mild entscheidet, so nimmt sie euch die Waffen, gibt euch einen Vorsprung und läßt euch dann verfolgen. Werdet ihr ergriffen, so kostet es euch das Leben. Denkt nicht daran, daß wir es euch schenken und dafür die Dijeh[1] annehmen! Mein Name ist Abu 'Dem, Vater des Bluts, und wenn auch ein gewöhnlicher Krieger das vergossene Blut bezahlen kann, solche Leute, wie ihr seid, müssen ihr Leben dafür geben."

„Wann wird die Versammlung der Ältesten zusammentreten?"

„Sobald der Haupttrupp meiner Leute gekommen ist, wir hier bilden nur die Vorhut. Wir müssen vorsichtig sein, um unsre Tiere hier zu tränken, denn es gibt —"

Abu 'Dem hielt inne, musterte uns mit einem fragenden Blick und fuhr dann fort:

„Ihr schlieft, als wir hier ankamen. Wie lange wolltet ihr an diesem Brunnen bleiben?"

„Bis morgen früh", erwiderte ich.

„Allah akbar — Gott ist groß! Bis morgen früh! Kanntet ihr denn nicht die Gefahr, in der ihr hier geschwebt hättet?"

„Nein."

„Allah kerîm — Gott ist barmherzig. Er hat euch vor dem sichern Tod bewahrt. Ist euch wirklich nicht bekannt, daß —"

Er hielt wieder inne, als wolle er etwas sagen, was er uns lieber verschweigen müsse. Er hätte auch so nicht weitersprechen können, denn es erhob sich jetzt am Eingang des Wadi ein lärmendes Getrappel von vielen Tieren, mit zahlreichen Rufen vermischt. Wir sahen eine große Reiterschar auf Pferden und Kamelen kommen. Voran ritt ein alter Mann von abstoßendem Äußern. Sein zurückgeschlagener Haïk ließ sehen, daß sein Leib mit Amuletten behangen war. Am Hals seines Kamels und an dem Sattel baumelten allerlei ausgestopfte Tiere und fremdartige Gegenstände. Die kleinen, tückischen Augen des Reiters lagen tief in ihren Höhlen. Weit wie ein Geierschnabel stand seine Nase vor, während sein zahnloser Mund desto mehr zurückwich. Seine Gestalt, entsetzlich lang und dürr, wankte auf dem Kamel hin und her. Die grüne Farbe seines Turbans zeigte, daß er sich zu den Abkömmlingen des Propheten zählte. Als ich ihn erblickte, sagte ich mir, das müsse Gadub es Sahhâr, der Zauberer, sein, und ich hatte mich nicht geirrt. Wie angesehen er bei den Scherarat war, konnte ich daraus entnehmen, daß alle ihm entgegenliefen, um ihm mitzuteilen, welch kostbaren Fang sie gemacht hätten.

Als er es hörte, stieß er einen Jubelruf aus, glitt von dem hohen Kamel herab, ohne es niederknien zu lassen, kam herbeigerannt, betrachtete uns mit wild rollenden Augen und schrie mich an:

[1] Blutpreis

„Du also bist der verdammte Christenhund, dem ich die Gefangenschaft und den sichern Tod meines Sohnes zu verdanken habe? Das sollst du büßen. Deine Seele soll in dir stecken wie ein glühender Eisenbolzen und dein Leib brennen wie der verzehrende Feuerbrand, der um die Sonne läuft. Deine Eingeweide sollen dir einzeln herausgenommen werden, und die —"

„Schweig!" donnerte ich ihn an. „Ich bin der Beschützte. Wie darfst du mich beleidigen?"

„Der Beschützte?" fuhr er auf. „Wessen?"

„Der meinige", erklärte der Scheik.

„Wie? Wie? Der deinige? Wie kannst du es wagen, Leute, die unsre Todfeinde sind, in deinen Schutz zu nehmen?"

„Wagen?" fragte der Scheik stolz. „Was kann Abu 'Dem, der Scheik der Scherarat, wagen? Hast du mir etwa zu befehlen, was ich tun darf oder nicht? Diese Männer haben mein Gewand ergriffen und mir dabei zugerufen: ,Dakilah, ia Scheik!' Nun will ich wissen, wer es wagt, mir zu sagen, daß ich sie nicht beschützen darf!"

„Ich sage es, ich! Und ich will hören, wer es wagt, mir zu widersprechen. Ich schicke ihm alle bösen Geister der Erde und der Hölle in den Leib!"

Da wandte sich der Scheik zu seinen Leuten um und rief:

„Ihr Krieger der Scherarat, entscheidet, wer recht hat, er oder ich! Muß ich die Gefangenen beschützen oder nicht?"

Abu 'Dem erhielt keine Antwort. Seine Leute mußten ihm im stillen recht geben, aber keiner wagte es, gegen den Zauberer zu sprechen, dessen Kunst sie fürchteten. Dieser stieß ein höhnisches Lachen aus und kicherte den Scheik an:

„Hörst du etwas, o Scheik, hihihi; hörst du ein einziges Wort? Diese Hundesöhne haben meinen Sohn am Bir Nadahfa mit der Peitsche ins Gesicht geschlagen, und er hat ihnen dafür mit dem Scheba et Thar gedroht, mit dem Löwen der Blutrache, mit dem Löwen —"

Gadub es Sahhâr unterbrach sich plötzlich mit einer Bewegung, als komme ihm ein außerordentlich guter Gedanke, ließ seine Blicke mit giftigem Triumph über uns gleiten und wendete sich dann freundlich an den Scheik:

„Doch, du sollst das Recht haben, o Scheik, nämlich wenn die Versammlung der Ältesten es dir zuspricht. Laß die Ichjarije[1] rufen, denn es soll sofort die Beratung abgehalten werden! Wir wollen die Stimmen der Männer hören, die über diese Hundesöhne zu entscheiden haben. Wir dürfen keine Zeit verlieren, denn schon morgen früh müssen wir zu den Lasafah aufbrechen, um unsre Söhne und Krieger zu befreien und zu rächen."

Gadub eilte fort, um die Alten selbst mit zusammenzuholen. Da trat der Scheik zu uns und sagte halblaut:

„Ich ahne, was der Sahhâr will. Ich habe euch mein Wort gegeben und möchte es halten. Gegen den Scheba et Thar kann ich aber nichts

[1] Alten

201

unternehmen. Doch denke ich, daß ihr Männer seid, die sich nicht fürchten, und eure Waffen sind besser als die unsrigen. Allah tut, was ihm gefällt!"

Unsre Lage schien sich seit der Ankunft des Zauberers verschlimmert zu haben. Die Scherarat mußten uns zwar auch vorher schon feindlich gesinnt sein, doch hatte das ritterliche Verhalten ihres Scheiks den Eindruck auf sie nicht verfehlt. Nun aber waren ihrer viel mehr geworden, und der alte Gadub es Sahhâr hatte mehr Einfluß auf sie als der Scheik. Wir sahen jetzt mehr drohende Blicke auf uns gerichtet als früher, brauchten aber zunächst nichts zu fürchten, denn vor dem Richterspruch der Dschemma durfte sich niemand an uns vergreifen.

Es waren zwölf Greise, die sich in einiger Entfernung von uns zur Beratung setzten. Diese wurde in ernster Würde geführt. Nur einer ließ sich von seiner Erregtheit hinreißen, lebhafter zu sein, als es der Gebrauch erforderte. Das war der Zauberer, der fast unablässig auf die andern einsprach. Wir saßen, rund von Kriegern umgeben, nebeneinander. Darum dämpfte Halef seine Stimme zum Flüstern, als er mich fragte:

„Ahnst du, Sihdi, was sie über uns beschließen werden?"

„Ja. Es handelt sich wohl um die Löwen, die im Wadi sind."

„Allah! Löwen? Ein Löwe!"

„Nicht einer, sondern mehrere, denn es ist jetzt die Zeit, in der diese Tiere schon Junge haben."

„Daß es hier schon Löwen gegeben hat, habe ich dir gesagt. Es ist also leicht möglich, daß sich wieder welche hier befinden, droben in der alten Ruine, wo es genug Schlupfwinkel für sie gibt. Was aber hat das mit uns zu tun?"

„Wahrscheinlich sehr viel. Hast du das triumphierende Gesicht des Zauberers gesehen, als er vom ‚Löwen der Blutrache' sprach?"

„Ja, es sah aus, als empfände er eine große Freude."

„Die Freude über unsern sichern Untergang."

„Meinst du etwa, daß wir den Löwen vorgeworfen werden sollen?"

„Vorgeworfen grad nicht, denn dazu müßten sie uns vorher fesseln, und das würde ich mir mit meinem Stutzen sehr verbitten. Solange ich ihn habe, werde ich jeden Beschluß der Versammlung, der uns keine Hoffnung bietet, zurückweisen. Ich vermute, daß wir mit den Löwen um unser Leben kämpfen sollen."

„Wirst du das annehmen, Sihdi?"

„Erst möchte ich hören, was du dazu sagst."

„Das kannst du dir doch denken. Wie stolz wäre Hanneh, das beste und herrlichste Weib, auf ihren Halef, wenn er ein Fell mitbrächte, in dem ein von ihm erlegter Löwe die Tage seines Daseins beschlossen hätte!"

„Und dein Sohn?"

Kara hatte bis jetzt kein Wort gesprochen. Als er diese Frage hörte, entgegnete er:

„O Sihdi, mein Herz ist von tiefer Traurigkeit erfüllt. Ich bin schuld daran, daß wir gefangen sind, denn ich habe geschlafen, als ich wachen sollte. Ich würde gern mit zehn Löwen kämpfen, wenn ich dein Vertrauen wiedergewinnen könnte."

„Nimm es dir nicht allzusehr zu Herzen, lieber Kara", tröstete ich ihn. „Du warst zu sehr ermüdet. Mein Vertrauen hast du noch, und was unsre Gefangenschaft betrifft, so denke ich, daß sie ein baldiges Ende haben wird. Falls meine Vermutung, daß wir mit den Löwen kämpfen sollen, sich bewahrheitet, so werde ich darauf eingehen, wenn man uns nicht bloß das Leben, sondern auch die Freiheit dafür verspricht. Ich werde das nicht aus Angst vor den Scherarat, sondern vielmehr aus Jagdlust tun, denn beides, die Freiheit sowohl als auch das Leben, getraue ich mir auch ohne Löwenkampf mit meinem Stutzen zu verteidigen. Doch seht, die Beratung ist zu Ende, und man scheint uns holen zu wollen!"

Es war eine Bewegung unter den Mitgliedern der Dschemma entstanden. Der Scheik erhob sich, kam zu uns und sagte:

„Die Versammlung der Ältesten hat über euch beschlossen. Befänden wir uns in unserm Duar[1], so würde mein Schutz über euch vierzehn Tage lang währen. Aber wir sind unterwegs und können euch nicht mitnehmen. Ich kann euch darum nur so lange schützen, als wir uns in diesem Wadi befinden, und das ist nur für den heutigen Tag. Eigentlich sollte ich euch weiter nichts mitteilen, denn der Zauberer hat sich das vorbehalten. Da ich aber weiß, daß es seine Absicht ist, euch durch seine Darstellung einzuschüchtern, so halte ich als euer Beschützer es für meine Pflicht, euch eine Andeutung zu geben, aus der ihr das Richtige entnehmen könnt."

Da er nach dieser Rede eine Pause machte, schob ich schnell die Bemerkung ein:

„Wir sind dir für deine Güte dankbar, o Scheik, doch muß ich dir sagen, daß wir nicht zu der Art von Leuten gehören, die sich einschüchtern lassen. Der alte Sahhâr wäre der allerletzte, der das fertigbrächte. Ihr mögt von ihm halten und denken, was ihr wollt. Ich kenne aber sein Fach besser, als ihr es kennt, und weiß, daß er in allem, was er euch vormacht, nichts andres als ein Cha'in[2] ist."

Als Abu 'Dem diese Worte hörte, hellte sich sein tiefernstes Gesicht ein wenig auf und er sagte:

„Ich vernehme, daß Allah dir ein gesundes Gehirn verliehen hat. Leider besitzen meine Scherarat nicht die gleiche Gabe, und wenn ich euch dafür hassen muß, daß ihr unsre Krieger an die Lasafah verraten habt, so möchte ich euch doch dafür danken, daß es unter ihnen einen gibt, dessen Rückkehr von den Lasafah ich nicht wünsche."

„Du brauchst ihn nicht zu nennen. Es ist Abu el Ghadab, der Sohn des Zauberers."

„Maschallah! Woher weißt du das?"

„Ich kenne dein Verhältnis zu Gadub es Sahhâr besser, als du denkst."

„Wenn du es wirklich kennst, so sprich zu ihm nicht davon! Ich habe gehört, daß du den ‚Herrn mit dem dicken Kopf[3]' geschossen hast, du

---

[1] Zeltdorf [2] Cha'in, das ch so ausgesprochen wie im deutschen Wort Rache: Schwindler, Betrüger [3] Einer der vielen arabischen Beinamen des Löwen

ganz allein und mitten in der Nacht. Wir haben das nicht für möglich gehalten, denn wenn wir den ‚Würger der Herden' erlegen wollen, so ziehen wir, viele Krieger stark, am hellen Tag aus. Wenn wir das des Nachts täten, würde er uns alle fressen."

„Das ist der Unterschied zwischen euch und uns. Ein wirklich tapferer Mann muß den Mut besitzen, dem Löwen allein und auch des Nachts Auge in Auge entgegenzutreten."

„Das beruhigt die Vorwürfe meines Gewissens. Ich will euch verraten, daß ihr heut nacht mit zwei Löwen kämpfen sollt, die wahrscheinlich Junge haben. Es ist fürchterlich: drei Personen gegen zwei riesige Löwen, die zehnfach schrecklicher sind, weil sie Kinder zu beschützen haben."

„Mach dir keine Sorgen um uns! Wir fürchten uns nicht. Übrigens hast du nichts verraten, denn wir haben es geahnt, was für einen Plan der alte Zauberer hat. Das ist pfiffig von ihm. Unterliegen wir, so hat er sich an uns gerächt. Siegen wir, was er freilich für ausgeschlossen hält, so haben wir dieses schöne Wadi und euch alle von den Feinden befreit, deren Erlegung ihr mit dem Leben vieler eurer Krieger bezahlen müßtet. Wie lange wohnt der Löwe mit seiner Frau schon hier im Tal?"

„Seit drei Wochen. Er holt sich fast in jeder Nacht ein Pferd oder Kamel! Allah verdamme ihn!"

„Wo hat er seine Wohnung aufgeschlagen?"

„Droben im großen Hôsch el Harab[1]. Er kommt täglich des Abends mit seiner Frau ins Wadi herab, um am hinteren Brunnen zu trinken. Aber jetzt kommt, ich soll euch zur Dschemma bringen!"

Er führte uns zur Versammlung der Ältesten, deren Urteil wir stehend anhören sollten. Ich machte aber kurzen Prozeß und setzte mich. Halef und Kara folgten natürlich meinem Beispiel. Da fuhr uns der Zauberer zornig an:

„Wie könnt ihr es wagen, euch im Rat der weisen Männer niederzusetzen. Ihr seid —"

„Schweig!" unterbrach ich ihn, um ihm gleich im Anbeginn zu zeigen, wie wenig ich mir aus ihm mache. „Ich würde diesen ehrwürdigen Männern gern die Achtung zollen, die ich für sie hege. Aber weil du hier bist, so setzen wir uns. Weißt du, was ich in meinem Land und bei meinem Volk bin? Und wer bist denn du? Du bist gegen mich wie eine dreiste Fliege, die glaubt, mit ihrem Summen und Brummen den Löwen erschrecken zu können."

Da fuhr seine Hand zum Messer, und er donnerte mich an:

„Giaur! Kennst du die Macht, die ich über alle Geister der Erde und der Unterwelt besitze? Ich brauche nur die Hand zu erheben, so fällst du tot zur Erde!"

„Tu es doch!" lachte ich. „Mir machst du nicht bange, denn ich kenne dich. Du bist ein Feschschâr[2], der gar nichts kann, ein Gaschschâsch[3], mit dem ich nicht sprechen würde, wenn dich nicht diese achtunggebietenden Greise beauftragt hätten, mir ihren Entschluß mitzuteilen."

---

[1] Hof der Ruine   [2] Großmaul   [3] Hokuspokusmacher

Da sprang er wütend auf und schrie:

„Ihr Krieger der Scherarat, schießt ihn nieder, den stinkenden Schakal!"

Ich sprang, obgleich niemand sein Gewehr gegen mich erhob, zu einem nahen Felsstück, nahm Deckung hinter ihm, legte den Stutzen an und rief:

„Wer wagt es, die Hand gegen uns zu erheben? Ihr seht, daß mich an dieser Stelle keine Kugel treffen kann. Hier aber ist mein Zaubergewehr, das sofort jeden tötet, der seine Hand gegen einen von uns erhebt!"

Es war spannend zu sehen, mit welcher Angst und Eile die Beduinen zu beiden Seiten meiner Schußlinie zurückwichen. Der Zauberer wurde still. Die Alten sprachen leise miteinander. Dann rief mir der Scheik zu:

„Sei ruhig, Effendi! Noch steht ihr unter meinem Schutz, und es wird euch bis morgen früh kein Leid geschehen."

„Unsinn! Nicht wir haben uns vor euch, sondern ihr habt euch vor uns zu fürchten. Ich bleibe hier stehen, das Zaubergewehr in der Hand. Wer uns nur mit einem Wort beleidigt, dem jage ich eine Kugel durch den Kopf. Nun sagt mir kurz, was die Dschemma beschlossen hat! Prahlereien mag ich nicht hören!"

Daß mein Verhalten den von mir beabsichtigten Eindruck machte, erkannte ich am Ausdruck der Blicke, die von rundum auf mir hafteten. In der Dschemma wurde wieder leise beraten, dann wendete sich der Zauberer an mich, und zwar anders als vorher:

„Es ist folgendes beschlossen worden, was ich dir erst erklären wollte, nun aber kurz sagen werde: Droben im Hof der Ruine wohnen Geister, die sich nicht aus dem Wadi entfernen wollen. Ihr sollt heute nacht mit ihnen kämpfen. Wenn ihr uns euer Wort gebt, nicht zu fliehen, sollt ihr bis zur Dämmerung bei uns sein, nicht als ob ihr Gefangene wärt. Dann geht ihr hinauf in den Hof. Ihr habt ein Feuer anzubrennen und bis morgen früh zu unterhalten. Kommt ihr dann herab, ohne daß die Geister euch erwürgt haben, so seid ihr frei."

„Ist das alles?" fragte ich.

„Ja."

„Wir gehen auf eure Forderungen ein. Wir werden, wenn der Tag sich neigt, hinaufsteigen, um im Hof der Ruine bis morgen früh ein Feuer zu brennen und mit den Geistern zu kämpfen. Aber daß wir frei sind und ungehindert fortreiten könen, wenn wir früh wohlbehalten herunterkommen, darauf mag die Dschemma mir ihren Schwur geben!"

Als dieser Eid, den ich vorsprach, geleistet worden war, fühlte ich mich sicher, legte das Gewehr wieder ab und ging zu meinen Gefährten hin. Dabei mußte ich an dem Zauberer vorüber, und er konnte sich doch nicht enthalten, mich mit sichtbarer Schadenfreude anzuzischen:

„Ihr seid verloren, denn schon höre ich im Geist den Scheba et Thar brüllen, der euch verschlingen wird!"

„Nimm dich in acht, daß er dich nicht selbst verschlingt!" erwiderte ich.

„Der Löwe der Blutrache verschlingt bloß Christen, deren Gott ohnmächtig ist, sie zu schützen. Ich aber brauche nur die Hand zu erheben, so würde er vor mir fliehen."

„Lästere nicht! Dich für mächtiger als den Gott der Christen zu halten, ist eine Sünde, die dir nicht vergeben werden kann."

„Er mag mich dafür strafen!" lachte Gadub höhnisch. „Jeder Sahhâr kann mehr als er."

Da legte ich ihm erschrocken die Hand auf den Arm.

„Möge Gott, der allmächtig und gerecht ist, diese Verhöhnung nicht wie einen zermalmenden Felsen auf dich zurückschmettern! Mir graut vor dir. Du sagtest, daß du Macht hättest über alle Geister der Erde und der Unterwelt. Warum wollen die Geister droben in der Ruine nicht vor dir weichen, und warum sollen wir sie vertreiben? Weil du nichts kannst und dich fürchtest, selbst zur Ruine zu gehen, um die Geister zu vertreiben. Ich als Christ brauche keinen Dschinn zu fürchten. Wir werden morgen früh wohlgemut vom Kasr herunterkommen und euch dann alle Geister zeigen, die von uns mühelos besiegt worden sind!"

„Du bist verblendet!" fauchte er mich grimmig an. „Ein Giaur, der in die Hölle gehört! Deine Gefährten sind nicht besser als du, und darum wird sie ganz dieselbe Vernichtung treffen. Mein Sohn hat euch gesagt, daß euch der Scheba et Thar verschlingen werde, und diese Weissagung wird heut abend in Erfüllung gehen. Wir werden die Reste eurer Knochen finden und nicht denken, daß sie Menschen gehörten, sondern räudigen Hunden, die wegen ihrer Unreinlichkeit aus den Zelten vertrieben worden sind."

Es zuckte in meinen Fäusten, doch bezwang ich mich und schwieg. Halef aber hatte nicht die Selbstbeherrschung, griff zur Peitsche im Gürtel, trat hart an den Sahhâr heran und rief:

„Womit vergleichst du uns? Mit räudigen Hunden? Soll ich dir dafür die Peitsche geben, wie ich sie schon deinem Sohn für eine ähnliche Beleidigung ins Gesicht gezeichnet habe? Wenn deine große Macht nur darin besteht, Gefangene zu verhöhnen und Gott zu lästern, so wird nicht unser Gebein, sondern das deinige gefunden werden. Gott wird dich richten. Und wie ich deinem Sohn vorhergesagt habe, daß ihn der Scheba et Thar fressen werde, so sage ich jetzt auch dir, daß er dich in seinem Rachen verschwinden lassen wird. Denk an meine Worte, denn ich bin Hadschi Halef Omar Ben Hadschi Abul Abbas Ibn Hadschi Dawud al Gossarah, der Scheik der Haddedihn vom Stamm esch Schammar."

Schon griff Gadub drohend an sein Messer, da wurde er von den Verständigen unter den Scherarat umringt, und der Scheik bedeutete ihm allen Ernstes, daß er nun keine weitere Beleidigung der von ihm Beschützten dulden werde. Ich zog Halef fort, und so nahm dieser Vorgang nicht das schlimme Ende, das zu befürchten gewesen war.

Der brave Hadschi hatte in zorniger Begeisterung gesprochen und wie ein Prophet vor dem Sahhâr gestanden. Niemand ahnte, daß seine geharnischte Rede wirklich eine Weissagung enthalten hatte. Wir mußten das mit heiligem Schreck erfahren.

Der Plan für heut abend war vom Zauberer pfiffig ausgedacht. Der Löwe ist, wenn er Junge ernähren muß, doppelt gefährlich. Wir hätten im Dunkel der Nacht uns verstecken und ihm wohl entgehen können, wenn das unsre Absicht gewesen wäre. Aber man hatte uns die Bedingung auferlegt, während der ganzen Nacht Feuer zu brennen, und da wir den Hof nicht verlassen durften, so mußten wir vom Löwen bemerkt und angegriffen werden. Hierbei sei gesagt, daß die säugende Löwin ihr Lager nur selten verläßt. Der Löwe muß sie und die Jungen versorgen und bringt seine Beute oft von weither zum Lager geschleppt, von dem die Löwin sich meist nur entfernt, um zur Tränke zu gehen. Freilich, wer ihr da begegnet, dem ist sie noch gefährlicher als ihr „Herr mit dem dicken Kopf".

Die Scherarat hüteten sich zwar, mit uns zu verkehren, doch war ihr Verhalten nicht feindselig. Sie betrachteten uns schon jetzt als tote Menschen und hegten ein aus Stammeshaß, Mitleid und Bewunderung gemischtes Gefühl für uns. Nur der Scheik suchte uns zuweilen auf, um ein freundliches Wort zu sprechen. Ich benutzte die uns gebotene Muße, Halef und Kara ihr Verhalten für die nächste Nacht einzuprägen, wobei wir bemerkten, daß die Scherarat dürres Holz sammelten. Da Wasser vorhanden war, gab es auch Sträucher im Wadi.

Ungefähr eine Stunde vor der Dämmerung mahnte uns Abu 'Dem zum Aufbruch. Er wollte mit seinen Leuten bei einem großen Feuer am Brunnen bleiben, denn er hielt sich für sicher, weil die Löwen ja uns zu fressen bekamen. Der Scheik wollte uns selbst mit mehreren Holzbündel tragenden Scherarat zur Ruine führen, was kein Wagnis war, da der Löwe nur des Nachts sein Lager verläßt und am Tag nur durch Steinwürfe und großen Lärm gezwungen werden kann, herauszutreten.

Wir gingen das ziemlich lange Wadi hinauf bis zum obern Brunnen, wo wir an den deutlichen Spuren erkannten, daß dieser jetzt allerdings eine Löwentränke sei, doch ließen wir uns das nicht merken. Dann ging es steil zwischen den Felsen aufwärts, wobei die Scherarat ihre Angst nicht verbergen konnten. Endlich kamen wir an eine hohe, vielfach zerrissene Mauer, durch die ein jetzt eingefallenes Tor führte. Hier legten sie ihre Bündel nieder, und der Scheik sagte:

„Hinter dieser Mauer befindet sich der Hof, den ihr bis früh nicht verlassen dürft, und hier ist Holz zum Feuer. Allah beschütze euch!"

Sie gingen, aber einer blieb noch einen Augenblick stehen und sprach:

„Der Sahhâr läßt euch eine gute Nacht wünschen und hierauf einen guten Morgen im Bauch des Scheba et Thar."

„Er mag sich selbst vor diesem Bauch hüten! Wir kommen nicht hinein", spottete Halef.

Dann trollte sich der Mann aufs schnellste fort.

Ich trat vorsichtig ins Tor und sah in den Hof. Er war rundum an den Mauern mit Gestrüpp bewachsen und bildete ein großes Rechteck, durch dessen Hinterwand ein gleichfalls zusammengebrochenes Tor ins Innere der Ruine führte. Da drinnen, aber nicht im Hof, war das Lager der Löwen. Das sagte mir gleich der erste Blick, der auf die unverkennbaren

Spuren fiel. Die rechte Seitenmauer hatte bei ihrem halben Einsturz einen hohen Schutthaufen gebildet, der uns eine ausgezeichnete Warte bot. Wenn unten das Feuer brannte und wir oben saßen, wagte sich gewiß kein Löwe durch die Flammen hinauf zu uns. Wir hatten lange gebraucht, um heraufzukommen. Darum gingen wir zu dem Schutthaufen, legten unten ein Häuflein Reiser zum Anzünden zurecht, schafften den übrigen Holzvorrat hinauf und machten es uns dann oben so bequem als möglich. Dann dämmerte es, und bald darauf wurde es dunkel. Da der Löwe erst später ausgeht, warteten wir mit dem Feuer noch. Als es ungefähr neun Uhr geworden war, stieg ich hinab, brannte das Holz an und schwang mich wieder hinauf. Da lagen wir nebeneinander, die Gewehre schußfertig in den Händen, warfen von Zeit zu Zeit Holz ins Feuer hinab und warteten auf das Erscheinen des Königs der Tiere.

Mein Puls ging wie gewöhnlich. Halef war zwar unruhig, aber keineswegs ängstlich. Kara, das brave junge Männchen, zeigte nicht die geringste Spur von Aufregung. Beide wußten, daß sie nur auf mein ausdrückliches Geheiß schießen und dabei nur auf das Auge zielen durften.

Wenn ich sage, daß ich keine Angst vor den Löwen hatte, so ist das keineswegs eine Prahlerei. Auch bin ich überzeugt, daß weder Halef noch sein Sohn sich fürchteten. Wenn sie etwas fühlten, so war es wohl nur das, was man Jagdfieber nennt. Daß Halef mit seinem Gewehr umzugehen verstand, weiß jeder, der ihn kennt, und er hatte durch unausgesetzte Übung dafür gesorgt, daß auch Kara Ben Halef trotz seiner Jugend schon ein guter Schütze war. Wenn ich eine Besorgnis gehabt hätte, so wäre das nur eine Folge der heutigen sehr kalten Witterung gewesen.

Man stellt sich Innerarabien fälschlicherweise als ein Land vor, das unter einem immerwährenden Sonnenbrand liegt; das ist aber nicht der Fall. Selbst im Sommer sind die Wärmeunterschiede zwischen Tag und Nacht so bedeutend, daß dieser schnelle Wechsel dem Ungewohnten schwere Erkältung bringt. Im Winter und im Frühjahr sinkt die Temperatur oft so tief unter Null herab, daß man im Freien bei der dortigen leichten Kleidung während der Nacht vom Frost geschüttelt wird. Es fällt sogar zuweilen Schnee. Wir hatten uns darum für unsern gegenwärtigen Ausflug mit warmen Decken versehen, diese aber heut abend nicht mit heraufgenommen, weil wir beim Kampf mit dem Löwen freie Bewegung haben mußten und uns nicht einwickeln durften. Es war so empfindlich kalt, daß ein Zittern beim Zielen im Bereich der Möglichkeit lag, und wie gefährlich ein Fehlschuß für uns werden konnte, läßt sich leicht denken. Ich bat darum meine Gefährten, sich zusammenzunehmen, und erhielt darauf die Versicherung, daß sie im betreffenden Augenblick gewiß nicht zittern würden.

Es ging kein Lüftchen im Hof, und nur das leise Prasseln der Flammen unterbrach die tiefe Stille. Eine Stunde verfloß und fast noch eine. Als geübter Jäger verließ ich mich nicht allein auf Auge und Ohr, sondern fast noch mehr auf die Nase, und da — da spürte ich endlich jenen stechenden Geruch, der der Ausdünstung der größern Raubtiere eigentümlich ist.

„Paßt auf! Er kommt, ich rieche es!" flüsterte ich den beiden zu, indem ich den Bärentöter an die Wange legte und das Auge scharf auf das zweite Tor richtete. Eine Gestalt, oder war es nur ein Schatten, kam heraus, blieb eine Minute lang unbeweglich stehen, ohne uns ein Ziel zu bieten, und verschwand dann zu der uns gegenüberliegenden Seitenmauer. Gleich darauf hörten wir Steine fallen.

„Was war das?" fragte Halef leise.

„Er oder sie, ich konnte es nicht unterscheiden", antwortete ich. „Wir haben kein Glück gehabt. Das Tier fürchtete sich vor dem Feuer und ist dort über die Mauer zum Brunnen hinab. Daß wir dieses dumme Feuer brennen müssen! Wäre es dunkel gewesen, läge der Löwe jetzt tot da, mit meiner Kugel im Kopf."

„Er kommt wieder!"

„Das ist meine Hoffnung. Nehmen wir unsre Sinne zusammen, daß wir ihn dann nicht verpassen!"

Es verging eine kleine Weile. Da ertönte auf halber Höhe des Felsens jenes rollende Gebrüll, das der Araber Rra'd, zu deutsch Donner, nennt. Er schien, als bebte der Boden wie bei einem Erdbeben unter uns.

„Das ist nicht sie, sondern er", flüsterte ich. „Ich höre es an der Stimme. Er steigt zur Tränke hinab. Doch horcht!"

Es war ein Ruf, ein angstvoller, schriller Ruf zu hören, der aus dem Wadi heraufklang, wieder einer — und wieder. Es klang wie Abu el Ghadab, Abu el Ghadab. Oder irrte ich mich? So hieß ja der Sohn des Zauberers. Es folgte ein zweites, ein drittes Brüllen des Löwen, dann war es still, doch nur unten, denn hier oben bei uns hörten wir plötzlich jemand laut fragen:

„Maschallah! Was ist das für ein Feuer? Wer hat es angebrannt? Gebt Antwort, denn ich bin Abu el Ghadab, der —"

Hierauf ein gräßlicher Schrei, mit dem ein ebenso entsetzlicher im Wadi unten fast zusammenschmolz. Dann ein Krachen und Knacken von Knochen und jenes Knirschen und schmatzende Lefzenschnalzen, das ich nur zu wohl kannte. Die Löwin war auch da! Sie hatte ein Opfer gefunden, dessen Knochen zwischen ihren Zähnen prasselten. War das ein Mensch? Gar Abu el Ghadab? Doch der befand sich ja als Gefangener bei den Lasafah! Mochte dem sein, wie ihm wolle, ich mußte schnell zum Schuß kommen. Das Knacken erscholl aus der Nähe des äußern Tors. Ich bog mich zur Seite und sah die mächtige Gestalt des Tiers. Zwei, drei scharfe Schreie ausstoßend, richtete ich die Läufe. Meine Stimme veranlaßte die Löwin, sich uns zuzuwenden. Ihre Augen glühten — mein Schuß krachte — ein sausender Atemstoß — ein kurzes Stöhnen — ein ersterbendes Röcheln, dann war nichts mehr zu hören.

„O Sihdi, du hast sie erlegt! Sie ist tot!" rief Halef laut.

„Still, still!" warnte ich. „Der Löwe selbst wird gleich kommen. Er scheint da unten auch eine Beute gefunden zu haben, denn ihr habt doch wohl die Rufe und dann den zweiten Schrei gehört?"

„Ja."

„Es muß ein zweifaches Unglück geschehen sein. Jetzt zum Schießen fertig, und keinen einzigen Laut mehr!"

Wir hörten bald draußen vor dem Tor ein Zerren und Reißen, ein Kratzen von schweren Tatzen.

„Achtung!" flüsterte ich. „Der Löwe kommt mit der Beute im Rachen."

Ja, da kam er herein, einen schweren Gegenstand schleppend. Ich wollte Kara den Ruhm gönnen, einen Schuß auf den Löwen abgefeuert zu haben, und gab ihm das verabredete Zeichen. Der Löwe brachte Beute für die Jungen. Da sah er die Löwin tot in ihrem Blut liegen. Er ließ den Raub fallen, hob den Kopf empor und brüllte, daß ich glaubte, unsern Schutthügel zittern zu fühlen. Dann starrte er, den Täter suchend, mit weit geöffneten Lichtern zu unserm Feuer herüber.

„Jetzt, Kara, ins Auge, jetzt, jetzt!" mahnte ich.

Ich hatte die Aufforderung noch nicht ausgesprochen, so fiel ein Schuß. Ein kurzes Brüllen folgte, dann flog der Löwe im Sprung zum Feuer hoch durch die Luft. Die Mündung meines Bärentöters folgte ihm, und meine Kugel traf ihn ins Herz, so daß er kurz vor dem Feuer zu Boden fiel. Er warf sich nur einmal von einer Seite auf die andre. Ein Zucken durchlief seine Gestalt, dann streckte er die Glieder: er war tot!

Halef jubelte laut auf, obgleich er nicht zum Schuß gekommen war, und Kara stimmte ein. Auf meinen Rat stiegen wir erst nach längerem Warten von unserm Schutthaufen herab, um die Tierleichen zu untersuchen. Kara hatte den Löwen ins Auge getroffen, und das Tier gehörte also ihm, obgleich meine Kugel dann ins Herz gedrungen war. Wie jubelten die beiden, und mit welchem Stolz umarmte der Vater seinen Sohn! Die Löwin war auch tot, ebenso ins Auge getroffen: sie gehörte mir. Dann leuchteten wir mit Feuerbränden weiter. Was waren das für Körper, die die beiden Tiere erbeutet hatten? Menschliche, wie wir mit Grausen sahen! Aber man denke sich unsre Gefühle, als wir bei näherer Untersuchung die Reste vom Zauberer und seinem Sohn erkannten! Wir standen starr, und nur zitternd kam es über Halefs Lippen:

„O Sihdi, meine Prophezeiung, meine Prophezeiung! Der Scheba et Thar hat sie gefressen!"

Wie gern wären wir sogleich ins Wadi hinabgestiegen. Aber wir mußten unsre Vereinbarung wörtlich erfüllen und bis zum Morgen warten. Wie uns die Nacht vergangen ist, darüber will ich schweigen. Als der Tag graute, suchten wir zunächst das Lager der Löwen. Wir fanden ein Junges, männlichen Geschlechts, das wir töteten, da es kaum zwei Wochen alt war und also nicht mitgenommen werden konnte. Dann stiegen wir, nachdem wir den Raubtieren die Felle abgezogen hatten, zu Tal.

Die Scherarat hatten vor Aufregung nicht geschlafen. Wie staunten sie, als sie uns unverletzt mit den Häuten kommen sahen! Und mit welcher Spannung erkundigten sie sich nach dem Zauberer und seinem Sohne! Wir erzählten ihnen, was geschehen war, und bekamen von ihnen den Zusammenhang erklärt. Es war Abu el Ghadab mit noch vier andern Scherarat gelungen, aus der Gefangenschaft zu entkommen. Sie hatten gestern abend das Wadi Achdar erreicht, nicht am Eingang, sondern an der Südseite, und nicht daran gedacht, daß es jetzt da Löwen gab. Ghadab hatte für diese Nacht zur Ruine und nicht zum Brunnen gewollt, weil da feindliche Beduinen sein konnten. Die andern aber waren durstig und widersprachen ihm. Da trennte er sich zornig von ihnen, um den Außenweg zum Kasr emporzusteigen, und sie wandten sich zum untern Brunnen, wo sie auf ihre Stammesgenossen trafen. Als der Zauberer hörte, daß sein Sohn entkommen sei, war seine Freude groß. Da vernahm er, daß Abu el Ghadab den Weg zur Ruine eingeschlagen habe. Der Schreck erfaßte ihn so, daß er sogleich zum obern Brunnen fortrannte, um seinen Sohn durch Zurufe zu warnen. Dort hatte ihn der Löwe fast im gleichen Augenblick überfallen, in dem Ghadab von der Löwin zerrissen worden war.

„Scheba et Thar!" rief Halef aus. „Sie haben Gott gelästert und darum das Ende gefunden, das ich ihnen vorhersagte. Es war eine Eingebung vom Himmel, der ich gehorchte."

Ich kann nicht sagen, daß die Scherarat großes Leid über den Tod der beiden Männer verrieten. Größer jedenfalls als die Trauer war ihre Freude über die Erlegung der Löwen, die ihren Herden so großen Schaden zugefügt hatten. Sie konnten nicht begreifen, daß wir gewußt hätten, um welche Art von Geistern es sich handle, und doch so ruhig zur Ruine gestiegen seien. Wir waren die Helden des Tags, wurden trotz aller Blutfeindschaft als Gäste behandelt und dann, als wir fortritten, vom Scheik mit den Worten entlassen:

„Ihr seid die tapfersten Krieger, die ich kenne, und wir haben euch ehrlich Wort gehalten. Aber bei der nächsten Begegnung sind wir gezwungen, in euch nur die Anführer der feindlichen Haddedihn zu sehen. Vergeßt das nicht! Und dir, o Kara Ben Nemsi Effendi, will ich gestehen, daß du meine Ansicht über die Christen geändert hast. Sie sind tapfere, wahrheitsliebende und zuverlässige Menschen; darum muß auch ihr Glaube gut sein. Allah begleite euch und mache euern Heimweg kurz!" —

Als wir bei den Haddedihn ankamen, war der Jubel groß. Halef galoppierte vor sein Zelt, rief seine Hanneh heraus, deutete auf das Fell des Löwen und auf seinen Sohn und sagte:

„Hanneh, mein Weib, du Perle aller Frauen, sieh diese Haut und diesen jungen Krieger, den du mir zu meinem Entzücken geboren hast! Er hat den ‚Herrn des Donners' erschossen und den König aller Tiere getötet. Darum sollst du ihn eher begrüßen als mich! Drücke ihn an dein Herz und gib ihm deinen Segen, denn Kara Ben Halef wird dereinst ein würdiger Erbe und Nachfolger seines Vaters sein!"

Der Stamm war stolz darauf, einen Krieger zu besitzen, der trotz seiner Jugend einen Löwen mit einem Schuß erlegt hatte. Das Fell der Löwin schenkte ich Hanneh. Und wenn seitdem ein Gast Halef zu diesen Trophäen Glück wünscht, so erwidert er selbstbewußt:

„In diesen Häuten haben einst der berühmteste ‚Herr mit dem dicken Kopf' und die berühmteste ‚Herrin des Donners' gesteckt, denn sie wurden ‚esch Scheba et Thar', der Löwe der Blutrache, und seine Frau genannt."

EIN RÄTSEL

1. Die Salbe der Schönheit

Es war in Bagdad, vor unsrer Reise nach Persien. Ich saß mit meinem kleinen wackern Hadschi Halef Omar, dem Scheik der Haddedihn, im Kaffeehaus. Draußen gingen die Verkäufer vorüber und riefen ihre Waren aus. Einer von ihnen kam herein; er hatte einen Kasten voll kleiner Tonbüchsen umhängen. An der Tür stehenbleibend, hielt er eine dieser Ilab[1] in die Höhe und rief:

„Ia Letafet, ia Dschamâl, ia Abäd es Ssa'ad — o Anmut, o Schönheit, o Unendlichkeit des Glücks! Die Jugend kommt wieder! Bestreiche die Stirn und die Wangen, so fliehen alle Falten, alle Flecken, und nichts bleibt zurück!"

Er bot jedenfalls irgendein Schönheitsmittel feil, und da ich auf solche Dinge nichts gebe, konnte der Mann mir gleichgültig sein. Ich sah aber, daß sich diese Gleichgültigkeit nicht auch auf die andern Besucher des Kaffeehauses erstreckte. Viele von ihnen kauften und steckten die Büchsen ein, um sie für ihren „Harem" mitzunehmen. Der Händler schien, wie ich bemerkte, nicht nur ein bekannter, sondern ein gesuchter Mann zu sein. Auch Halef schenkte ihm zu meiner Verwunderung eine ganz ungewöhnliche Aufmerksamkeit, die einen bestimmten Grund haben mußte. Als der Tadschir[2] auch ihm ein Büchschen anbot, fragte er ihn hörbar gespannt:

„Willst du mir vielleicht sagen, von wem du dieses Mittel der Schönheit beziehst?"

„Warum sollte ich das nicht erzählen?" entgegnete der Händler. „Ich bin stolz darauf, der einzige zu sein, der es von der berühmten Verfertigerin zum Vertrieb erhält. Ich darf sie jährlich nur zweimal besuchen. Da warten schon alle Harimat[3] auf mich, und so kommt es, daß meine Marhem ed Dschamâl[4] sehr schnell verkauft wird."

„Du sagtest vorhin, daß keine zurückbleibe, keine. Was meintest du da?"

„Die Falten, Runzeln und alle Entstellungen und Unschönheiten des Angesichts. Ich sage dir: wenn du den Stamm besuchst, dem die Verfertigerin dieser Salbe angehört, so findest du nur Frauen und Mädchen, auf deren Wangen der Schnee des Gebirgs und der liebliche Glanz der Morgenröte wohnen. Dieses wunderbare Mittel ist ein Geheimnis, das sie durch ihre Urgroßmutter von ihrer Ururgroßmutter geerbt hat. Diese

---

[1] Mehrzahl von Ilbe = Büchse   [2] Handelsmann   [3] Mehrzahl von Harem   [4] Salbe der Schönheit

hatte wieder eine Urahne, deren Ururahne, eine sehr fromme Frau, es vom Erzengel Dschebraïl[1] bekam. Er brachte ihr diese Salbe als Belohnung für ihre Tugenden unmittelbar aus dem siebenten Himmel des Paradieses, wo sie bereitet wird, um den seligen Geistern ewige Jugend zu verleihen."

„Nun sag, endlich, wie heißt die Frau?"

„Ihren eigentlichen Namen kenne ich nicht. Sie wird nicht anders als ‚Umm ed Dschamâl'[2] genannt."

„Wo wohnt sie?"

„Sie ist bald da und bald dort, denn es gibt Tausende von Harimat, die sie besuchen muß. Sie ist eine Bachtijarin von der Unterabteilung Idis, die sich meist im Norden von Kermanschah aufhält, aber oft auch weiterzieht."

„Wenn du die Frau suchst, wie erfährst du da, in welcher Gegend sich ihr Tir[3] befindet?"

„Ich gehe zu dem Attar[4] Mirsa Taras in Kermanschah, der die Salbe auch verkauft. Der weiß stets, wo die Umm ed Dschamâl sich befindet. Wieviel Büchsen willst du haben, eine, zwei oder drei?"

„Wieviel kostet eine?"

Einen Rijal medschidi[5]."

„So kaufe ich keine", erklärte Halef.

„Warum?"

„Du bist mir zu teuer."

Da wich der Händler einige Schritte zurück und fuhr ihn zornig an:

„Zu teuer? Für wen die Schönheit seines Harems so wenig Wert besitzt, der hat selbst auch keinen Wert. Erst fragst du mich nach allen möglichen Dingen aus, und nachdem ich dir bereitwillig geantwortet habe, sagst du, daß du nichts kaufen willst, und belohnst meine Güte mit dem Versuch, durch Schändung meines Preises mein Angesicht schamrot zu machen. Allah verderbe dich! Er lasse deinen Bart nimmer wachsen und setzte dir einen fränkischen Zylinderhut auf den Kopf!"

Dieser letzte, eigenartige Wunsch ist eine große Beleidigung für jeden Mohammedaner. Halef nahm die Beschimpfung gegen seinen sonstigen Jähzorn ruhig hin und sagte, als der Mann sich entfernt hatte, zu mir:

„Selbst wenn die Salbe der Schönheit nur einen Para gekostet hätte, wäre es mir nicht eingefallen, sie von ihm zu kaufen. Hanneh, mein Weib, die unvergleichlichste unter allen Lieblichkeiten der Erde, hat es mir verboten."

„Hanneh?" fragte ich erstaunt. „Wie konnte sie wissen, daß du mit diesem Händler zusammentreffen würdest?"

„Das hat sie freilich nicht gewußt, Sihdi. Aber — aber — hm! — wirst du nicht etwa falsch von ihr denken, wenn ich dir sage, wie es sich verhält?"

„Nein."

„So sollst du es wissen. Du bist nicht nur mein bester Freund, sondern

---

[1] Gabriel   [2] „Mutter der Schönheit"   [3] Stammesabteilung bei den Bachtijaren
[4] Apotheker   [5] Fast vier Mark

auch der Wohltäter unsres Stammes. Du urteilst nicht nach Äußerlichkeiten, sondern schaust, wie Allah, das Herz der Menschen an. Aber sag mir vorher aufrichtig: hat die Bewohnerin deines Frauenzeltes, das Weib deiner Seele, etwa schon Falten oder gar Runzeln im Gesicht?"

Ich wußte, was er wollte. Die Orientalinnen altern schnell, auch seine Hanneh hatte schon Falten. Darum antwortete ich schonend:

„Emmeh hat noch keine, denn sie ist noch jung. Aber wenn sie mich so lang glücklich gemacht hat wie Hanneh dich, dann wird sie welche haben, und ich werde sie um dieser Falten willen noch mehr lieben als vorher."

Da fiel er schnell ein:

„Sihdi, du bist wahrhaftig ein ebenso guter Mensch wie ich. Auch ich liebe meine Hanneh, die schönste unter allen Frauen des Erdreichs, mit doppelter Stärke, seit ihre glatten Wangen angefangen haben, sich allmählich zu zerknittern. Sie hat alles, alles getan, was möglich war, um die Falten zu entfernen, doch vergeblich. Weißt du, die Runzeln sind das Ungeziefer der Schönheit. Wenn man erst eine hat, so vermehrt sie sich bis ins Ungeheure. Es sollte jede Frau so klug sein, die erste gar nicht aufkommen zu lassen! Aber die Weiber besitzen nicht die Vorsicht, die eine hervorragende Eigenschaft von uns Männern ist. Allah bewahre sie uns! Du glaubst nicht, wie tief die Falten des Gesichts in das Herz des Weibes schneiden, wenn nicht etwa eine Salbe Linderung bringt. Hanneh, die herrlichste Rose unter allen Rosenarten, teilte mir schließlich mit, daß ihr nur die berühmte Umm ed Dschamâl helfen könne. Dieses Bachtijarenweib ist durch ihre Wundersalbe wirklich berühmt geworden. Aber es ist weit von uns aus bis hinauf jenseits der persischen Grenze, und deshalb war die holde Gefährtin meines Lebens ganz entzückt, als sie vernahm, daß wir beide nach Persien wollten. Sie gab mir sehr gern die Erlaubnis, dich zu begleiten, doch unter der Bedingung, ihr so viel von der echten Salbe der Schönheit mitzubringen, wie notwendig ist, die unheilvolle Zerknitterung ihres Angesichts wieder auszuglätten. Ich versprach es ihr von Herzen gern, denn wie du siehst, haben sich trotz meiner Vorsicht auch schon einige Falten über meinen Augenbrauen eingenistet, die ich gern verjagen möchte. Es freut mich daher, von dem Händler vorhin erfahren zu haben, wo man sich nach der Umm ed Dschamâl erkundigen kann. Wir werden schleunigst hinauf nach Kermanschah reiten."

„Wir? Soll das etwa heißen, du und ich?"

„Ja, gewiß! Du wirst mich doch nicht allein fortlassen, um hier zu warten, bis ich wiederkomme."

„Fällt mir nicht ein, Halef! Unser Weg geht nach Schiras, nicht nach Kermanschah, wohin du gar nicht zu reiten brauchst, da du die Salbe hier bekommen kannst."

„Hier? Das ist es ja, was Hanneh, der weibliche Inbegriff meiner Glückseligkeit, mir verboten hat. Es wäre mir kein Preis zu hoch gewesen, aber die Händler verfälschen die Wundersalbe. Um recht viel Geld zu verdienen, machen sie aus einer Büchse hundert. Sie rühren Dinge hinein, die nicht nur unnütz, sondern der Schönheit sogar schädlich sind, und dann kann eine Frau, wenn sie sich damit bestreicht, das Unglück erleben, daß aus elf Falten in ihrem Gesicht gleich fünfundzwanzig werden. Nein, Hanneh will die Salbe echt haben, aus der Hand der Umm ed Dschamâl selbst, und darum müssen wir hinauf nach Kermanschah!"

„Lieber Halef", entgegnete ich beschwichtigend, „ich hätte fast Lust, deine Worte als Scherz zu nehmen, aber ich höre, daß du im Ernst sprichst. Weißt du, wie weit es von Bagdad bis Kermanschah ist? Es vergeht über eine Woche, bevor wir wieder zurückkommen. Sollen wir diese Zeit wegen einer Salbe opfern, die nach meiner Überzeugung keine Wirkung hat?"

„Sihdi, es handelt sich nicht um die Salbe, sondern um die Verjüngung und Verschönerung eines Angesichts, das mir das liebste auf der ganzen Erde ist. Und keine Wirkung? Oh, Sihdi, ihr Franken seid stets bereit, alle Klugheit und Wissenschaft nur für euch in Anspruch zu nehmen. Aber Allah hat uns in seiner Güte hier Gaben verliehen, über die ihr trotz eurer Gelehrsamkeit nicht verfügt. Du hast doch gehört, daß der Erzengel diese Salbe der Schönheit aus dem siebenten Himmel geholt hat, und da die Franken keinen siebenten Himmel haben, so können sie doch diese Salbe nicht besitzen. Und daß sie wirklich hilft, daß sie von erstaunlicher Wirkung ist, das kannst du an Millionen von Runzeln sehen, die alle durch sie verschwunden sind. Du weißt, welchen Glauben und welches Vertrauen ich jedem deiner Worte schenke, aber diese Salbe kenne ich besser als du. Oder bist du etwa bei der Ururahne jener Ururgroßmutter gewesen, die der Händler vorhin erwähnte?"

„Nein."

„Also! Erkundige dich in den Harimat der Dschesireh und des ganzen Grenzgebiets. Frage auch in Teheran, in Isfahan, in Kerind und Hamadan! Du wirst erfahren, daß von der Salbe der Umm ed Dschamâl jede Verunzierung des Gesichts verschwindet. Ich habe das mehr als hundertmal gehört, und ich bitte dich ernstlich, mich nicht zu erzürnen."

Halef war in Eifer geraten. Ich sah ein, daß keine Belehrung fruchten würde, und versuchte nun, ihn auf andre Weise von seinem Vorhaben abzubringen:

„Wahrscheinlich kommen wir später auf dem Rückweg aus Persien über Kermanschah. Da ist es wohl auch noch Zeit, um sich nach dem Lagerplatz der Idis zu erkundigen."

„Nein, so lange kann ich unmöglich warten. Du hast ja gehört, daß die Falten das Ungeziefer der Schönheit sind. Soll ich diesem Ungeziefer Zeit geben, sich indessen auszubreiten, so daß wir später doppelt soviel Salbe brauchen, als jetzt nötig ist? Ich will Hanneh, die Wonne meiner Augen, unzerknittert sehen, wenn ich heimkehre. Darum reite ich jetzt nach Kermanschah und sende ihr das Mittel heim, damit sie es während meiner Abwesenheit in Anwendung bringen kann. Wenn du mich nicht begleiten willst, so reite ich allein, aber es würde meiner Seele bitter weh tun."

Halef wandte sich ab und schwieg. Dieser unglückselige Salbenhändler! Warum mußte er in unser Kaffeehaus kommen und den Hadschi an die

„Zerknitterung" seines Harems erinnern! Es war wirklich ein Unsinn, eines Schönheitsmittels wegen einen solchen unnötigen Ritt zu unternehmen. Aber der Orientale hat keinen Sinn für den Wert der Zeit, und der kleine Scheik hatte auch kein Verständnis für das Versäumnis, das er von mir verlangte. Allerdings konnte auch ich von einem Versäumnis im strengen Sinn eigentlich nicht sprechen. Ich hatte diese Reise unternommen, um Eindrücke und Erfahrungen zu sammeln, und da konnte ein Abstecher von einigen Tagen recht wohl unternommen werden. Ja, es war gar nicht unmöglich, auf diesem Seitenweg Reizvolleres als auf der Hauptstraße zu finden. Überdies fiel mir ein, daß mehrere Tirs der Bachtijaren Ali-Ilahis sind, also zu einer Sekte gehören, die ich noch nicht kennengelernt hatte. Vielleicht bot sich mir da oben bei Kermanschah die Gelegenheit, diese Lücke auszufüllen. Es kam mir allerdings seltsam vor, einen wochenlangen und vielleicht nicht ungefährlichen Ritt zu unternehmen, um von einer alten persischen Quacksalberin eine „Einreibung" zu holen. Deshalb machte ich doch noch einen Versuch, den Hadschi von seinem Vorhaben abzubringen:

„Kennst du den Tir", begann ich wieder, „die Unterabteilung der Bachtijaren, zu der die Umm ed Dschamâl gehört, Halef?"

„Nein", antwortete er kurz.

„Du hast von dem Händler den Namen dieses Tir gehört? Er lautet Idis. Weißt du, was das heißt?"

„Nein."

„Es ist ein kurdisches Wort und bedeutet Schlaukopf, aber auch Spitzbube. Du willst also Spitzbuben aufsuchen?"

„Warum soll ich das nicht? Gerade weil sie Spitzbuben sind oder heißen, will ich nun erst recht hin. Vielleicht erleben wir etwas. Dazu machen wir ja die Reise. Jetzt freue ich mich doppelt auf den Ritt. Du wirst es später sehr bedauern, ihn nicht mitgemacht zu haben! Du magst mich in Bagdad erwarten!"

„Dieser Fall tritt nicht ein, denn wenn du bei deinem Vorsatz bleibst, so bringe ich es nicht übers Herz, dich allein fortzulassen."

Da drehte sich der Kleine schnell zu mir herum und fragte strahlenden Angesichts:

„So reitest du mit, Sihdi? Hamdulillah! Ich habe gesiegt, gesiegt über Kara Ben Nemsi Effendi, den noch kein Mensch überwunden hat! Sihdi, ich danke dir! Wir werden nicht nur die Salbe der Schönheit holen, sondern dabei Heldentaten verrichten, die wir auf unsre Kinder, Kindeskinder und Urenkeltöchter vererben."

„Die Salbe?"

„Schweig! Ich meine natürlich unsre Heldentaten! Komm, laß uns heimkehren zu unserm Binbaschi[1], dem wir sagen müssen, daß wir morgen früh nach Kermanschah aufbrechen werden. Er wird sich schon im voraus auf die Taten der Tapferkeit freuen, die wir vollbringen werden, und auf die Werke der Kühnheit und des Sieges, die er auf unsrer Rückkehr von uns zu hören bekommt."

[1] Major

Nun war mein kleiner Halef ja wieder der alte. Die Ruhmredigkeit gehörte zu seinem Wesen wie das Schmettern zur Trompete, doch konnte man ihm diesen Fehler seiner übrigen guten Eigenschaften wegen gern verzeihen. Was den Binbaschi betraf, so war er der Gastfreund, bei dem wir wohnten. Wir bezahlten unsern Kaffee und gingen.

Der Binbaschi wußte, daß wir flußabwärts gewollt hatten, und als er nun hörte, daß unser Ritt zunächst nach Kermanschah gehe, erkundigte er sich nach dem Grund. Halef machte ihm in aller Aufrichtigkeit Mitteilung, und da erfuhr ich denn zu meiner Verwunderung, daß ihm der Binbaschi beistimmte. Auch dieser kannte den Ruf, in dem die Umm ed Dschamâl stand, und versicherte mir, daß er durchaus begründet sei. Er habe unzähligemal gehört, daß das Mittel beinah Wunder wirke. Und Kepek, der Dicke, fügte unter schweren, gewichtigen Gesten hinzu:

„Ja, die Umm ed Dschamâl führt ihren Namen mit vollstem Recht. Ihre Salbe verschönt das häßlichste Gesicht, und ich habe in den Kaffeestuben, die ich besuche, schon oft erzählen hören, daß sogar Männer die Wohltätigkeit der Salbe an sich erfahren haben. Ich aber kaufe sie nicht!"

Auf dieses Zeugnis hin fiel es mir nicht ein, meinem Zweifel weitere Worte zu verleihen.

Ja, für ihn war sie freilich vollständig überflüssig, denn das ihm wohlgeneigte Kismet hatte ihm die Haut mit Fett — es sei gesagt — so fürsorglich ausgestopft, daß das Dasein einer Falte oder gar Runzel in dieser Rundung zu den reinen Unmöglichkeiten gehörte.

Einige Tage später befanden wir uns schon weit hinter der berühmten Pforte des Zagrosgebirges, und zwar auf der einstigen Heerstraße, auf der Alexander der Große im Jahr 330 vor Christus zur Verfolgung Darius' nach Ekbatana gezogen war. Jetzt hatte dieser Weg freilich nicht die entfernteste Ähnlichkeit mit dem, was man sich unter einer Heerstraße denkt.

Beide waren wir vortrefflich beritten. Selbst der Schah in eigner Person hätte sich unsrer Pferde nicht zu schämen brauchen. Ich ritt meinen Assil[1] Ben Rih, und Halef saß auf einem vorzüglichen schwarzen Nedschdihengst, der Barkh[2] hieß. Beide Pferde, ihrem Wert nach unverkäuflich, besaßen die feinste arabische Erziehung und verstanden sich auf die „Geheimnisse", ohne die selbst das edelste Tier nicht den vollständigen Gebrauchswert für den Dschesireh-Beduinen hätte.

In der letzten Nacht waren wir in Mijan-i Tak, einem kleinen Dörfchen, geblieben und dann am frühen Morgen durch eine enge Bergschlucht gekommen, die in das ziemlich breite, sich fast bis Kerind hinziehende Gebirgstal mündete. Auf den letztgenannten Ort war ich aus dem Grund gespannt, weil man ihn als den Hauptort der Ali-Ilahis bezeichnet, die ich gern kennenlernen wollte. Man sagt, daß sie dem Kalifen Ali göttliche Ehren erweisen und den Teufel nicht nur anbeten, sondern ihn sogar für den Schöpfer des Weltalls halten. Die Luren und Bachtijaren, zu denen sie meist gehören, sollen räuberische, gewalttätige Menschen sein.

[1] Der Edle   [2] Blitz

Wir waren in den letzten Tagen überall, wo wir einkehrten, vor ihnen gewarnt worden. Man hatte uns allgemein erklärt, daß es gewagt sei, nur zu zweit über das Gebirge zu reiten, in dessen Schluchten sich rechts und links das Gesindel verberge, um jede Gelegenheit zum Raub zu benutzen. Man hatte uns auch die Namen mehrerer Personen genannt, die in letzter Zeit überfallen und ermordet worden sein sollten. Aber wir waren durch noch ganz andre Gegenden gekommen, ohne uns zu fürchten, und hatten also die Begleitung, die uns an verschiedenen Orten angeboten worden war, höflich abgelehnt. Wir wußten aus Erfahrung, daß diese Sorte von gemieteten Schirmherren ihre einzige Aufgabe darin sucht, ihre Schützlinge auszubeuten, und sich beim Nahen einer wirklichen Gefahr aus dem Staub macht. Wir waren unbelästigt bis hinauf in die Nähe von Kerind gekommen und hofften, mit dem gleichen Glück Kermanschah, unser nächstes Ziel zu erreichen.

Freilich war uns schon in Khanikin und dann auch in Sär-i Pul erzählt worden, daß weiter im Innern des Landes vor kurzem einige Fälle von Babi-Empörungen vorgekommen seien. Aber wir hatten nichts Genaueres darüber erfahren können und hielten diese Warnungen auch nur für einen Versuch, uns eine Sicherheitswache aufzuschwatzen. Was hatten wir als Fremde mit der persischen Sekte der Babi zu schaffen, deren Angehörige nicht den mindeten Grund besaßen, uns als Feinde zu betrachten?

Der Stifter dieser Sekte war der Hadschi Ali Muhammed aus Schiras. Er verkündete, seine Lehre sei der Eingang zur wahren Glückseligkeit. Aus diesem Grund wurde er Bab[1] genannt; daher der Name Babi. Da die neue Lehre als eine Vollendung des Korans bezeichnet wurde und der neue Irrlehrer behauptete, er stehe höher als Mohammed, ging die persische Regierung auf Anstiften der islamitischen Geistlichkeit gegen die Babi vor, deren Hauptschar nach langem Widerstand besiegt und dann grausam hingerichtet wurde. Die von diesem Schlag nicht Getroffenen sammelten neue Anhänger und predigten Rache. Es wurde ein Anschlag auf den Schah Nâßir ed-din versucht, der aber nicht gelang. Die Schuldigen erlitten unmenschliche Strafen, und jeder, der sich zum Babismus bekannt hatte, mußte entweder flüchten oder seinem Glauben abschwören. Die Regierung dachte, damit der Sekte den Todesstoß versetzt zu haben. Aber das Feuer glimmte heimlich fort. Man wußte, daß es sich in der Verborgenheit immer weiter ausdehnte und bald hier, bald dort in einzelnen Funken zutage trat. Über ganz Persien verbreitete sich die Ansicht, daß der Schah gewiß nicht eines natürlichen Todes, sondern von der Hand eines Babi sterben werde. Einige von den erwähnten Funken waren es, von denen man uns in Khanikin und Sär-i Pul erzählt hatte. Wir achteten nicht darauf, denn, wie gesagt, wir hatten mit dem Rachedurst der Babisten nichts zu tun und fürchteten sie ebensowenig wie die Bachtijaren und Ali-Ilahis.

Wir ritten also ohne Sorge in den kühlen Junimorgen hinein und freuten uns, die oben erwähnte, schwer gangbare Schlucht überwunden zu haben. Links von uns schienen sich hohe, nackte Felswände stundenlang

[1] Das Tor

hinzudehnen, während zur rechten Hand das Gebirge in sanfteren Bogenlinien abwärts stieg. Leider vermißten wir den Wald, an dem Persien überhaupt arm ist. Die Sonne war nicht zu sehen, weil dichte Wolken den Himmel bedeckten. Es spritzte ein feiner Regen herab, der nach und nach dichter wurde und schließlich mit einem solchen Eifer niederfiel, daß Halef unwillig ausrief:

„Sihdi, das Wasser dringt mir schon bis auf die Haut, soll es mir etwa noch tiefer kommen? Da drüben steht ein altes Gemäuer. Wollen wir versuchen, dort Schutz zu finden, bis diese übervollen persischen Wolken leer geworden sind?"

Er lenkte, ohne meine Antwort abzuwarten, zur rechten Seite hinüber, wo die Ruine eines alten Bauwerks früherer Jahrhunderte lag. Es war von einer dichten Süßholzwildnis umgeben, durch die ein niedergetretener Pfad ins Innere führte. Dies ließ vermuten, daß das alte Gemäuer schon oft als Zufluchtsstätte benutzt worden war. Wir ritten durch das Gestrüpp und kamen in ein oben offnes Mauerviereck, das keinen Schutz vor dem Regen bot. Aber uns gegenüber führte eine Lücke weiter, durch die wir in einen zweiten Raum gelangten, dessen Decke noch halb vorhanden war. Da konnten wir trocken sitzen, wenn wir — die Erlaubnis dazu bekamen.

Es befanden sich nämlich schon zwei Personen dort, ein Mann und ein Knabe, die, ihrer ärmlichen Kleidung nach zu schließen, Bettler waren. Dieses Handwerk schien hier nahrhaft zu sein, denn der Mann war von fast riesigen Körperformen, und man sah seinen starken Gliedern keinen Hunger an. Der Knabe war sein verkleinertes, aber gar nicht schwaches Ebenbild. Beide zeigten, als sie uns erblickten, keine Überraschung. Der Riese stand langsam auf und neigte, ohne ein Wort zu sagen, zur Begrüßung den Kopf.

„Ässâlâm 'aleikum!" grüßte ich.

„Wä 'aleikum ässälâm!" antwortete er.

„Bist du der Besitzer dieser Stätte?"

„Nein, sie gehört jedermann", erklärte der Riese.

„Erlaubst du uns, hier vor dem Regen Zuflucht zu suchen?"

„Du bist der Gebieter; wir haben ausgeruht und gehen."

„Bleib. Es ist Platz für uns alle!"

Er ließ sich aber nicht halten, sondern ging. Der Knabe stand auch auf und folgte ihm. Sie entfernten sich nicht auf die Seite, von der wir gekommen waren, sondern zur entgegengesetzten, wo die Hälfte der Mauer eingestützt war und die dadurch entstandene Lücke nicht ganz durch die vorstehenden Holunderbüsche verdeckt wurde.

Das Benehmen des Fremden war keineswegs verdachterregend. Er, der arme Teufel, scheute sich, mit Leuten eng beisammen zu sein, die nach seiner Ansicht hoch über ihm standen. Ich stieg dennoch rasch vom Pferd, um ihm nachzublicken. Sie gingen an einem naheliegenden Bidmuschk[1]-Dickicht entlang und lenkten dann auf unsern Weg hinüber.

Auch Halef war abgestiegen. Das Dach bot Platz für uns beide und

[1] Persisch: Moschusweide

auch für unsre Pferde. Wir machten es uns bequem, legten uns eng nebeneinander und plauderten. Die Gewehre steckten der Nässe wegen in ihren Hüllen. Der Regen strömte wie aus umgestürzten Gefäßen hernieder. Das durch ihn verursachte Geräusch war so stark, daß die Annäherung eines Menschen, selbst eines Reiters, nicht zu hören gewesen wäre. Ich sage das zu meiner Entschuldigung, aber es ist doch eine desto schwerere Anklage, denn wenn wir uns nicht auf unsre Ohren verlassen konnten, so hätten wir mit den Augen um so aufmerksamer sein sollen.

Ich lag auf meiner rechten, Halef auf seiner linken Seite. Ich kehrte den erwähnten Moschusweiden den Rücken zu, während Halef ihnen das Gesicht zuwandte. Mitten in der Unterhaltung sah ich plötzlich seinen Blick und seine Züge starr werden; es war beinahe die Starrheit des Schrecks. Ich drehte mich um, grade zur rechten Zeit, um eine Schar wild aussehender Männer durch die Weiden brechen und auf uns zustürzen zu sehen. Ich wollte aufspringen und mit beiden Händen zu den Revolvern greifen, die ich des Regens wegen möglichst tief in den Gürtelschal gesteckt hatte — es war zu spät. Im nächsten Augenblick lagen alle diese Menschen schwer auf uns. Ich versuchte, sie abzuwerfen, mich emporzubäumen, vergeblich! Trotz meiner Körperkraft bekam ich die Arme und Hände nicht wieder frei. Es waren der Feinde zu viele. Ich wurde mit Baststricken ebenso gebunden wie Halef, der keine Gegenwehr versucht hatte und sofort gefesselt worden war. Unsre Waffen wurden uns genommen und unsre Taschen entleert.

Die Menschen, mit denen wir es zu tun hatten, waren alle, ohne Ausnahme, sehr kräftige Gestalten. Ich zählte ihrer mehr als zwanzig: Perser waren sie nicht, das erkannte ich gleich. Wahrscheinlich gehörten sie einem Nomadenstamm an. Zu meinem Ärger befand sich der Bettler unter ihnen, und sein Sohn stand an der Mauerecke und lachte uns in einer Weise an, die ebenso deutlich wie Worte sagte: „Schaut her, ihr Dummköpfe, wie gescheit ich gegen euch bin!" Übrigens hatte ich während des Überfalls und unsrer vergeblichen Gegenwehr kein Wort geäußert. Ich verhielt mich auch jetzt noch schweigsam. Halef aber, dem es unmöglich war, seinen Grimm zu bemeistern, schimpfte wie ein Rohrspatz. Dadurch forderte er den Zorn des Anführers heraus, der ihm unter einigen derben Fußtritten die Verwarnung erteilte:

„Schweig, Hundesohn! Es soll euch an euerm Leben nichts geschehen. Wenn ihr uns aber beleidigt, schießen wir euch nieder, ihr unnützen Stadtkröten! Wir wollen nur eure Pferde, eure Waffen und ein Lösegeld, dessen Höhe wir noch bestimmen werden. Wir haben euch in Khadsch-i Kara entdeckt und sind euch schnell vorausgeritten, um euch unweit von hier festzunehmen. Ihr habt es uns aber dadurch, daß ihr das Gemäuer aufsuchtet, leichter gemacht. Dieser Mann und sein Knabe lagen hier, um eure Ankunft zu beobachten. Dann holte er uns. Jetzt reiten wir fort. Seid klug und fügt euch in die Gefangenschaft! Ihr könnt nur durch Ergebung euer Leben retten."

Er hatte, als er sprach, sich eines Gemischs von Arabisch, Persisch und

Kurdisch bedient, womit er meine Vermutung bestätigte, daß er mit seinen Leuten irgendeinem Ihlaut[1] des Grenzgebirges angehörte. Uns hielt er für Stadtleute, weil wir schwarze persische Lammfellmützen trugen, die wir, um nicht gleich für Ausländer angesehen zu werden, in Bagdad gekauft hatten.

Der Regen hörte plötzlich auf, wie wenn er als Verbündeter der Räuber nur die Aufgabe gehabt habe, uns in die Ruine zu treiben. In einiger Entfernung hielten die zurückgelassenen Pferde unsrer neuen, liebenswürdigen Bekannten. Wir wurden hingeführt. Der Anführer bestieg meinen Assil Ben Rih, und ein andrer schwang sich auf Halefs Hengst. Darüber ergrimmte mein kleiner Hadschi so, daß er augenblicklich das „Geheimnis" anwandte. Dieses bestand aus dem zweimaligen Aussprechen des Wortes „litaht[2]" und einem Pfiff dazwischen. Sobald unsre Rappen dieses Zeichen hörten, gingen sie mit den Beinen in die Luft, und die Reiter flogen herab. Die Abgeworfenen versuchten fluchend wieder aufzusteigen, was ihnen aber nicht gelang. Es blieb also nichts andres übrig, als die Hengste uns beiden zu überlassen. Wir stiegen auf und wurden festgebunden. Dann ging es fort, wobei wir zwischen je zwei Aufpasser genommen wurden. Ich ritt an der Spitze und Halef am Ende des Zugs: wir konnten also nicht miteinander sprechen.

Ich war überzeugt, daß die jetzigen Besitzer unsrer Personen nicht auf dem gebahnten Weg bleiben würden. Sie wandten sich auch bald zu einer engen Seitenschlucht, die linker Hand die hohe Felswand spaltete. Dahinein ging es, und ich fragte mich, ob wir jemals Kermanschah erreichen und die Umm ed Dschamâl finden würden.

Es ist keineswegs angenehm, der Gefangene von halbwilden Ihlauts zu sein, denn man kann vorher nie wissen, welchen Ränken man letzten Endes ausgesetzt ist. Aber ich müßte lügen, wenn ich sagen wollte, daß mir dabei bange gewesen sei. Es handelte sich ja nicht um unser Leben, sondern um unser Eigentum. Man schien es besonders auf die Pferde abgesehen zu haben. Diese hatten die Begier der Räuber erregt, und da die Besitzer so kostbarer Tiere nach den Begriffen der Naturmenschen steinreiche Leute sein mußten, so hofften sie, von uns ein beträchtliches Lösegeld erpressen zu können.

Wir wurden nicht schlecht behandelt. Man suchte uns die Lage möglichst zu erleichtern, und als wir kurz nach Mittag in ein großes Zeltdorf kamen, durften wir absteigen und uns bequem nebeneinander setzen. Auch erhielten wir das gleiche Essen, das die Ihlauts für sich selber bereiteten. Das Lager war bedeutend. Ich zählte wenigstens hundert schwarze Zelte, in denen über fünfhundert Menschen wohnen mochten. In der Nähe weideten Pferde, unter denen sich kein einziges schlechtes befand, und viele wohlgenährte Rinder, Schafe und Ziegen. Sogar Gänse sah ich zwischen den Zelten umherwackeln. Die Männer waren lauter kräftige Gestalten, denen man die Wirkung der gesunden Bergluft ansah, und unter den Frauen und Mädchen, die unverschleiert gingen, gab es im Verhältnis mehr Schönheiten, als ich sonstwo angetroffen hatte. Da

[1] Nomadenstamm   [2] „herunter"

die Orientalinnen nur eine kurze Jugend besitzen, erschien es mir auffällig, daß ich keine sogenannte „alte Frau" entdecken konnte. Ich erblickte keine Falten. Alle hatten die gesunde Gesichtsfarbe der Bergbewohnerinnen, aber dabei eine so reine, zarte Haut, daß man meinte, durch sie das Blut kreisen zu sehen. Ich mußte unwillkürlich an das Schönheitsmittel der Umm ed Dschamâl denken, und als ich, dadurch aufmerksam geworden, nun Hautverunzierungen suchte, fand ich keine einzige Art davon. Ich konnte weder ein Mal, einen Leberfleck, Sommersprossen, Pusteln, Finnen, noch eine der sonstigen Hautentstellungen entdecken, die das heimliche Leid so manches weiblichen Wesens bilden. Als ich Halef darauf aufmerksam machte, sagte er:

„Sihdi, das ist mir auch sofort aufgefallen. Selbst bei meinen Haddedihn, die auf die Unvergleichlichkeit ihrer Frauen und Töchter so stolz sind, gibt es nicht halb so viele Schönheiten wie hier. Ich lasse mir für jeden Dud ed Dschild[1], den du in einem Gesicht unsrer Umgebung findest, eine ganz gewaltige Ohrfeige von dir geben und bin der Überzeugung, daß alle diese Töchter des Ihlauts die ‚Salbe der Schönheit' besitzen, die ich für meine Hanneh, die herrlichste unter allen Rosen des Blumenreichs, suche. Soll ich fragen?"

„Behüte! Eine solche Frage würde als unverzeihliche Beleidigung gedeutet."

„Aber wie soll ich sonst erfahren, auf welche Weise ich den geliebten Inhalt meines Harems ebenso schön machen kann, wie diese Frauen sind?"

„Warte nur!" mahnte ich. „Die Aufklärung über diese wichtige Angelegenheit wird uns wahrscheinlich ganz von selber kommen."

„Hat die Beglückerin deines Daseins sehr viele Didân ed Dschild[2]?"

„Keinen einzigen."

„Ja, da ist es für dich sehr leicht, so gleichgültig zu sein. Ich aber muß eine ganze Menge dieser Didân el Wischsch[3] aus den von ihnen angemaßten Wohnungen vertreiben und kann daher unmöglich so teilnahmslos sein wie du. Der Mann, für den die Schönheit seines Weibes keinen Wert hat, verdient gar nicht, ein Weib zu besitzen. Merke dir das, Sihdi!"

Das war auch eine Ohrfeige, wenn auch nicht mit der Hand. Der Scheik war innerlich nicht davon befriedigt, daß es in „meinem Harem" keinen einzigen Dud ed Dschild gab, während in dem seinen sehr viele zu finden waren. Übrigens wurde es uns nicht schwer, die erwähnten Beobachtungen zu machen, denn wir beide bildeten den Gegenstand der Neugier des ganzen Lagers, und besonders war es der weibliche Teil der Bewohner, der uns seine Aufmerksamkeit widmete. Das geschah aber nicht etwa in uns verletzender Weise, sondern so harmlos und unbefangen, als sei den Leuten das Überfallen und Verschleppen fremder Reisender gewohnt und selbstverständlich. Dabei ließen sie diese oder jene Bemerkung fallen, und so erfuhren wir aus einer gelegentlichen

---

[1] Wörtlich: „Wurm der Haut" = Mitesser   [2] Didân: Mehrzahl von Dud = Wurm
[3] „Würmer des Gesichts"

Äußerung, daß die Ihlauts, in deren Hände wir gefallen waren, zur Unterabteilung der Idis gehörten. Als Halef das vernahm, sagte er zu mir:

„Hamdulillah — Allah sei Preis und Dank dafür, daß wir uns glücklicherweise bei den ‚Spitzbuben' befinden, deren Angehörige die Umm ed Dschamâl ist! Nun darf ich hoffen, die Salbe zu bekommen, ohne daß es notwendig ist, nach Kermanschah zu reiten."

Der wackre kleine Mann dachte also nur an die berühmte Salbe, nicht aber daran, daß wir Gefangene waren.

Als die Idis gegessen und den Pferden eine Stunde Ruhe gegönnt hatten, ritten wir weiter. Unser Weg führte durch verschiedene Schluchten und Täler fortwährend bergan. Die Gegend, durch die wir kamen, war bewaldet und reich an Bächen und Quellen, was man leider nicht mehr von jedem Teil des einst so wohlbewässerten persischen Reichs sagen kann. Dann kamen wir auf eine baumlose Hochebene, über die ein empfindlich kalter Luftzug strich. Im Osten stieg der lange Kuh-i Parau und hinter ihm der hohe Elwend empor, der erste nur teilweise, der zweite aber ganz weiß mit Schnee bedeckt.

Wir ritten meist Galopp. Nach einer Stunde senkte sich das Gelände wieder. Wir trabten in einem engen Tal bergab, wo es wieder Wald und Wasser gab. Ich war noch nie in dieser Gegend gewesen, glaubte aber Grund zur Vermutung zu haben, daß wir uns in der Nähe des von Ali-Ilahis bewohnten Ortes Gawara befänden. Wahrscheinlich lag er im Norden von uns, während wir nach Osten ritten. Gegen Abend ging es über eine grasige, rings von Bergen eingeschlossene Niederung und dann an einem Wald hin, dessen Rand erst nach Süden lief und später eine tiefe, breite Wiesenbucht bildete, die das Ziel unsers Ritts war.

Hier gab es eine Menge schwarzer Nomadenzelte, die ich nicht überblicken konnte, weil es schon dunkel geworden war. Unter den Bäumen lagen aus Stangenholz errichtete und mit Rasen gedichtete Hütten, die gegen Kälte, Wind und Wetter mehr Schutz boten als die dünnen Zelte. In und vor den Zelten brannten schon die Abendfeuer, die ihren flackernden Schein auf das rege Leben und Treiben des Lagers warfen. Die Bewohner schienen einen bedeutenden Besitz an Weidetieren zu haben. Wir mußten uns zwischen den Herden hindurchwinden, ehe wir den Urd[1] erreichten.

Die Leute liefen, als wir kamen, neugierig zusammen, es wurde ihnen aber keine Zeit gelassen, uns lange zu betrachten. Wir ritten zwischen ihnen hindurch zu einer der erwähnten Hütten, in die man uns brachte. Da mußten wir auf einer Streu Platz nehmen und wurden so gefesselt, daß nach Ansicht dieser Leute an ein Entrinnen nicht zu denken war. Der Anführer bedeutete uns, daß jeder Versuch zur Flucht sofort mit dem Tod bestraft würde. Was unsre Behandlung von jetzt an betreffe, so werde er die Chodiah[2] darüber befragen. Hierauf entfernte er sich, aber ein junger, wohlbewaffneter Krieger blieb zur Beaufsichtigung bei uns zuück. Er brannte ein Feuer an und setzte sich daran nieder. Als

[1] Lager   [2] Herrin

ich versuchte, ein Gespräch mit ihm anzuknüpfen, teilte er mir mit, daß er nicht mit uns reden dürfe. Uns aber sei das Reden nicht verboten, falls wir uns nicht einer Sprache bedienten, die er nicht verstehe.

So lagen wir über eine Stunde lang in der Erwartung des Kommenden. Es gab hier eine Chodiah. Wurde der Stamm von einer Frau regiert? Sonderbar! Wir waren neugierig, zu erfahren, unter welchen Bedingungen man uns die Freiheit wiedergeben wolle. Die Höhe des Lösegelds war uns gleichgültig, denn wir bezahlten ja doch nichts. Die Schwierigkeit bestand nur darin, auf welche Weise wir vor der Flucht, die leicht zu bewerkstelligen war, zu unserm Eigentum kommen konnten.

Da wurde die aus starkem Flechtwerk bestehende Tür geöffnet, und es trat eine Frau herein. Unser Wächter stand sofort auf, verneigte sich vor ihr und verließ die Hütte. In seiner offenbar nicht vorgeschriebenen, sondern freiwilligen Verbeugung sprach sich eine so aufrichtige Verehrung aus, daß diese Frau keine gewöhnliche sein konnte. Sie blieb, als er fort war, an der Tür stehen und betrachtete uns prüfenden Blicks. Ihre Haltung war stolz und selbstbewußt, ohne dabei beleidigend zu sein. Ihr Haupt war unbedeckt, aber die langen starken Zöpfe des vollen, schneeweißen Haares bildeten, hoch emporgewunden, eine Kopfbedeckung, um die sie gewiß manche Europäerin beneidet hätte. Der Farbe dieses Haares nach mußte sie alt sein, aber in ihrem vollen, jetzt noch schönen Angesicht war keine Falte zu bemerken, und in ihren kühn, aber doch weiblich mild geschnittenen Zügen lag eine Tatkraft, die der Mensch nur im jugendlichen Alter besitzt. Ein dunkelblaues, langes, mantelähnliches Gewand, in dem die eine Hand verborgen war, bedeckte ihre hohe Gestalt. Die andre Hand, die das Gewand in Falten hielt, war voll und so weiß, daß ich darüber erstaunte. Die dunklen Augen der Greisin hatten einen eigentümlichen, wie aus der Tiefe kommenden Glanz, und ihre Stimme besaß einen wohlklingenden Alt, als sie nun die Worte an uns richtete:

„Allah hat euch in unsre Hand gegeben, und ich komme zu fragen, wer ihr seid. Meine Krieger haben unterlassen, diese Frage zu tun, weil doch ich es bin, die zu entscheiden hat."

„So bist du die Chodiah" erkundigte sich Halef.

„Ja."

„Wie könnt ihr euch unterstehen, uns zu überfallen und auszurauben? Was haben wir euch getan? Weißt du, was der Koran von den Dieben, Räubern und Mördern sagt? Wir verlangen, sofort freigelassen zu werden!"

Die Frau machte mit der Hand eine wegwerfende Bewegung und antwortete:

„Ihr habt es euerm Schah zu verdanken, euerm Schah und seinen Dienern, die nichts als Sklaven sind. Diese haben sich an den Kriegern unsres Stammes vergriffen. Auch mein Sohn Kelat und mein Enkel Scherga sind nach Kermanschah fortgeführt worden, um Soldaten zu sein, solange sie leben. Sie dürfen niemals zu mir wiederkehren, und darum ist Feindschaft zwischen mir und ihren Peinigern, zwischen uns und euch."

„Uns? Was gehen uns eure Händel an?" grollte der kleine Scheik. „Was haben wir mit deinem Sohn und deinem Enkel zu schaffen? Wie kannst du überhaupt schon einen Enkel haben? Du bist dazu noch viel zu jung."

„Die Jahre meines Lebens sind vor deinen Augen verborgen. Wisse, daß mein Enkel auch schon einen Sohn besitzt, der also mein Urenkel ist."

„Maschallah! Es scheint, daß du die Mutter, Großmutter, Ahne, Muhme und Urtante deines ganzen Stammes bist. Woher nimmst du die Jugend, die noch in deinem Angesicht wohnt?"

„Allah hat sie mir gegeben und erhalten. Aber warum sprichst nur du? Warum schweigt dein Gefährte? Bist du der Vornehmere von euch beiden?"

„Bei uns ist einer so vornehm wie der andre, denn wir sind berühmte Leute. Ich bin der Scheik der Haddedihn vom großen Stamm der Schammar und heiße Hadschi Halef Omar Ben Hadschi Abul Abbas Ibn Hadschi Dawud al Gossarah."

„So bist du kein Adschemi[1], kein Schiit?"

„Nein."

„Das verschlimmert eure Lage, anstatt sie zu verbessern. Ich habe deinen langen Namen noch nie gehört, aber die Haddedihn sind Feinde mehrerer Kurdenstämme, die wir Freunde nennen. Ich werde also das Lösegeld, das ihr zahlen müßt, verdoppeln."

„Deine Lippen fließen über von Freundlichkeit und Güte gegen uns. Wieviel forderst du?"

„Fünftausend Tuman[2] für euch beide."

„Bloß? Ich hätte nicht geglaubt, daß wir so wenig wert wären."

„Gut, so zahlt ihr zehntausend."

„Auch das ist noch viel zuwenig."

Da blitzte sie ihn zornig an: „Willst du Scherz mit mir treiben? Hüte dich! Ich bemühe mich, über meinen Stamm eine Herrschaft der Liebe zu führen und auch gegen Fremde mild zu handeln, aber ich kann auch sehr streng sein."

„Ich spreche im Ernst und will dir aufrichtig sagen: Wir beide besitzen einen so hohen Wert, daß ihn kein Mensch bezahlen kann, auch wir selber nicht. Deshalb werdet ihr gar nichts erhalten."

„Ihr bekommt die Freiheit nicht eher wieder, als bis ihr bezahlt, was ich gefordert habe."

„So behaltet uns in Allahs Namen! Es gefällt uns ja ganz gut bei euch."

„Wenn ihr nichts zu essen bekommt, wird es euch wohl weniger gefallen."

„Habe keine Sorge um uns! Wir hungern, solang es uns beliebt, aber keinen Augenblick länger."

„Du scheinst an Flucht zu denken. Schlag dir das aus dem Sinn! Wer sich in unsern Händen befindet, wird nur mit meiner Erlaubnis wieder frei. Wer ist dein Gefährte?"

[1] Perser   [2] Goldstücke, damals etwa 40 000 Mark

„Das ist der in der ganzen Welt berühmte Kara Ben Nemsi Effendi."

„Auch seinen Namen habe ich noch nie vernommen. Er kann also nicht so sehr berühmt sein, wie du sagst. Zu welchem Stamm gehört er?"

„Sein Name Ben Nemsi muß dir doch sagen, daß seine Heimat in dem fernen Almanja[1] liegt."

„Wohnt dort das Volk, das Napulyun Sivum[2] besiegt und vom Thron gestoßen hat?"

„Ja."

„So ist er kein Muslim, sondern ein Christ?"

„Ja."

„Das ist noch viel schlimmer für euch, denn ich hasse die Christen. Er schämt sich jedenfalls, einer zu sein, denn er wagt es nicht, mit mir zu sprechen."

Da kam sie aber bei meinem Hadschi an den unrechten Mann. Er duldete nie, daß ich beleidigt wurde, und fiel auch jetzt zornig ein:

„Höre, Weib, diese Behauptung ist die allerdümmste, die ich in meinem ganzen Leben gehört habe. Dieser Kara Ben Nemsi Effendi ist ein unvergleichlicher Fürst des Geistes und des Körpers, nicht nur in seinem Vaterland, sondern in allen Ländern des Erdbodens. Er kennt die Völker aller Weltgegenden und spricht ihre Sprachen. Er hat den Löwen getötet und den Elefanten vernichtet. Seine Faust streckt alle Feinde siegreich nieder, und alle Kaiser, Könige und sonstigen Herrscher sind froh, wenn sie mit ihm reden dürfen. Wer und was aber bist denn du? Ein Weib, eine Anführerin von Spitzbuben, eine räuberische Gesindelmutter, die Geld von uns erpressen will. Wenn der Effendi nicht mit dir spricht, so geschieht das nicht etwa aus Furcht, sondern weil er viel zu stolz ist, einer solchen Landstreicherin seine von Allah gesegnete Stimme hören zu lassen."

Die Chodiah blieb bei dieser Beleidigung ruhig, entgegnete aber mit erhöhter Stimme: „Zur Strafe für diese deine Worte werdet ihr uns nun zwanzigtausend Tuman Lösegeld zahlen müssen. Du nennst uns Gesindel und Spitzbuben, aber es gibt kein verächtlicheres Gesindel und keine größeren Diebe als die Christen."

Da richtete ich mich trotz meiner Fesseln in sitzende Stellung auf und erklärte: „Da hast du die größte Lüge deines Lebens gesagt. Beweise mir die Wahrheit dieser Behauptung!"

Sie trat bei meinem scharfen Ton einen Schritt zurück, dann aber lächelnd zwei wieder vor:

„Du bist also doch nicht ganz stumm. Du würdigst mich sogar einer Antwort. Lüge nennst du es? Ich habe die Wahrheit gesprochen. Sage mir, sind die Russen, die Engländer, die Griechen, die Armenier, die Missionare, die ihr uns sendet, Christen?"

„Sie sind es."

„So hast du die Wahrheit meiner Behauptung bereits zugegeben. Wer lauert wie ein Raubtier an der Grenze Persiens, um es zu verschlingen? Der Engländer, der Russe! Wer hat nie an seinem Land genug, sondern

---

[1] Deutschland   [2] Napoleon den Dritten

226

will immer mehr Länder und Völker unter seine Herrschaft bekommen? Der Christ! Wer ist der listigste Gauner, der gewissenloseste Betrüger des Orients? Der griechische und armenische Christ! Wer sendet seine sogenannten ‚Boten der Liebe‘ aus, um ihnen dann das Schwert, die Kanonen, hundert Krankheiten, den Eigennutz, den Betrug, die Wortbrüchigkeit, den Länderraub nachzuschicken? Der Christ! Was sind die Konsuln, die Gesandten, die an allen, auch an unsern Herrscherhöfen Heimtücke, Zwietracht und Mißtrauen zu säen haben, um die Früchte dieser Hinterlist dann später heimzusenden? Christen sind sie! Beobachte eure Missionare! Ich kenne die verschiedenen Sekten nicht, denen sie angehören. Es sind ihrer so viele, daß man sie sich gar nicht merken kann. Aber jeder von ihnen behauptet, den Glauben zu verkünden, der allein selig macht. Darum hassen und verfolgen sie sich. Sie verachten einander, sie sprechen, lehren und kämpfen heimlich und öffentlich gegeneinander, und doch verlangen sie Glauben und Vertrauen von uns! Sie fordern Achtung und Ehrfurcht und scheinen nicht zu ahnen, daß sie selbst es sind, die alles mögliche tun, sich um ihre Ehre und um unsre Achtung zu bringen. Sie tragen alle stets das große Wort der Liebe auf der Zunge, zerfleischen aber dabei sich und uns! Es reisen viele Christen durch dieses Land, denn der Hauptweg von Bagdad herauf geht hier bei uns vorüber. Ich habe sie gesehen und mit ihnen gesprochen, hier und in den Städten, auch in Teheran und Isfahan. Ich habe aber noch keinen einzigen Christen kennengelernt, dessen Taten das gehalten haben, was uns durch seinen Glauben, seine Lehre versprochen worden war. Was hat eure sogenannte Liebe den Andersgläubigen bisher gebracht? Blut und immer wieder Blut! Wohin ihr tretet, verschwinden die Völker, denn eure Füße sind die Füße des Verderbens, und in euren Fußtapfen schleicht der Tod hinterher. Ich sagte vorhin, daß ich die Christen hasse. Aber ich hasse sie nicht nur, sondern ich verachte sie, denn wessen Taten das Gegenteil seiner Worte sind, der verdient es nicht anders, der muß verachtet werden. Denke also nicht, daß ich euch schonen werde! Ich werde vielmehr, grad weil du ein Christ bist, sehr streng mit euch verfahren. Was kannst du gegen meine Worte sagen? Ich will Antwort haben! Sprich!"

Die Frau sah mir mit blitzenden Augen erwartungsvoll ins Gesicht. Sie hatte ihre Rede so plötzlich, so ohne eigentliche Veranlassung über mich ausgeschüttet: es mußte sich der Stoff seit langem in ihr angesammelt haben. Was konnte, was sollte ich dagegen sagen? Wie oft schon waren mir diese Vorwürfe gemacht worden! Es ist gar nicht leicht, auf solche Anklagen Auskunft zu erteilen, denn es liegt für den, der nur ein Namenchrist ist, sehr viel Wahrheit darin, daß er, mag er sich winden wie er will, sich dem häßlichen Gefühl, überführt worden zu sein, nicht zu entziehen vermag. Ich wich ihrem Blick nicht aus und antwortete ruhig:

„Ich sage dir hierauf zwei kurze Worte. Das erste ist: Du bist ein Weib. Das zweite lautet: Du bist unglücklich."

„Wie meinst du das? Ich verstehe dich nicht."

„So hör mich an! Du hast gemeint, mich durch deine Rede so niedergeschlagen zu haben, daß ich dir gar nichts erwidern könne. Aber du
irrst dich. Du ahnst nicht, welch einen tiefen Blick in deine Seele du mir
gestattet hast. Du bist in einem großen Irrtum befangen, der sich auf
das Leben außer dir und auf das Leben in dir selber bezieht. Zunächst
das Leben außer dir: du siehst es mit falschen Augen an und verwechselst
dadurch den Glauben mit dem Volk. Die Völker entstehen, entwickeln
sich und vergehen genauso, wie der Mensch geboren wird, wächst und
wieder stirbt. Treffen zwei Nationen aufeinander, von denen die eine
jung und kräftig, die andre aber alt und schwach ist, so wird die alte
der jungen weichen müssen. Sind sie verschiedenen Glaubens, so ist es
nicht die Religion, sondern die Altersschwäche, die tötet. Eure orientalischen Griechen und Armenier gehören alten, abgelebten Völkerschaften
an. Daß sie auch sittlich gesunken sind, beweist nur, daß ich Recht habe,
denn sie werden untergehen, obgleich sie sich Christen nennen. Es ist
Allahs Ratschluß, daß ganze Völker wie einzelne Menschen sterben müssen. Wenn dieses Kismet in Erfüllung geht, so ist es falsch, dem Christentum die Schuld zu geben, doch darf ich stolz und offen bekennen, daß
dem Christentum die Kraft, das Leben innewohnt, das selbst Nationen
vom Untergang zu erretten vermag. Du wirst das nicht zugeben wollen,
wirst es aber doch eingestehen müssen, denn du bist" — ich machte
eine kurze Pause und fuhr dann mit Nachdruck fort — „schon längst
keine Islameh[1] mehr."

„Ich? Keine Islameh mehr?" fragte sie schnell. „Was, was bin ich
sonst?"

„Eine Christin."

„Bi Chatir-i-Chudah — um Gottes willen!" rief die Chodiah aus, indem
sie die Hände zusammenschlug. „Du wagst es, mich eine Christin zu
nennen?"

„Das ist kein Wagnis, sondern die Wahrheit. Vorhin habe ich gesagt,
daß du in einem Irrtum auch in Beziehung auf das Leben in dir selber
befangen seist. Ich sehe und spreche dich heute zum erstenmal. Ich
kenne dich also nicht, aber ich habe einen Blick in die Tiefen deiner
Seele getan, in der eine große, eine schmerzliche Sehnsucht nach Liebe
und Erlösung lebt. Du suchst schon seit langen Jahren nach Gott, nach
seinem Himmel und nach seiner Seligkeit, hast aber noch keinen Menschen gefunden, der dir den Weg hinauf zeigen konnte —"

„Schweig!" unterbrach mich die Frau gebieterisch. Dann trat sie
ans Feuer, ließ sich nieder und legte neue Nahrung in die Flamme.
Dabei wandte sie fast kein Auge von mir. Sie schien mich mit ihrem
Blick durchdringen zu wollen. Ich schwieg. Erst nach langer Zeit sagte
sie langsam und als werde es ihr schwer, sich das Geständnis abzuringen:

„Warum hast du in einer Weise zu mir gesprochen, in der man sonst
nur zu Männern, und zwar zu gelehrten Männern spricht?"

„Du bist keine gewöhnliche Frau, sondern ein gelehrtes Weib. Aber
du besitzt nicht die Gelehrsamkeit des Kopfes, sondern die Gelehrigkeit

[1] Mohammedanerin

228

des Herzens, die nach höheren Gütern trachtet als nach solchen, nach denen der berechnende Verstand die kalten, mageren Hände ausstreckt."

„Effendi — bist du etwa der Mann, den ich so lange gesucht habe, ohne ihn zu finden? Kannst du mir den Weg hinauf zeigen? Ich möchte es fast glauben und glaube es doch nicht, denn du bist ein — Christ!"

„Ja, und ich danke Gott für die hohe Gnade, ein Christ sein zu dürfen. Ich gebe mir Mühe, ein Christ nicht nur zu heißen, sondern auch wirklich zu sein. Wenn das alle Christen täten, würdest du anders von uns gesprochen haben. Sag, hältst du alle Bekenner des Islams für gute Menschen?"

„Nein, sie sind es leider nicht."

„Ist der Islam daran schuld?"

„Gewiß nicht."

„Wie kommt es da, daß du unsern Glauben darüber anklagst, daß du Christen kennengelernt hast, die keine guten Menschen waren? Ein guter Christ aber ist stets auch ein guter Mensch."

„So würde ein guter Muslim also auch stets ein guter Mensch sein?"

„Nein, denn der Islam fordert von seinen Bekennern nicht die Liebe, die der Grundstein und Eckpfeiler der christlichen Lehre ist."

„Auch der Islam lehrt die Liebe."

„Nur die Liebe zu und unter seinen Anhängern. Unsre Heilige Schrift aber gebietet uns, alle Menschen, sogar unsre Feinde, wie uns selbst zu lieben."

„Auch die Feinde?"

„Ja."

„Bi Tschäschm-i Färsändäm — bei den Augen meines Sohnes, das ist unmöglich. Kein Sterblicher besitzt die unendliche Selbstüberwindung, die dazu gehört, seinen Feind zu lieben wie sich selbst. Sag, könntest du deinem Todfeind die gleiche Wohltat erweisen wie deinem Blutsfreund?"

„Ja."

„Du hast dich versprochen. Du wolltest ‚nein' sagen!"

„Ich wollte ‚ja' sagen und wiederhole es!"

„Das ist Lüge." Sie sprang auf und blitzte mich aus zornigen Augen an.

„Es ist Wahrheit!" behauptete ich.

„Lüge, Lüge, nichts als Lüge! Ich durchschaue dich nun auch. Du bist ein kluger Mann und hast die Sehnsucht erkannt, die in meinem Herzen wohnt. Du willst sie zu euerm Vorteil ausnutzen und bemühst dich, von mir als Spender einer großen Gabe betrachtet zu werden. Aber mich betrügst du nicht! Du bist so unvorsichtig gewesen, mir mit deiner unmöglichen Feindesliebe die Augen zu öffnen. Dadurch, daß du dich für einen Christen aller Christen ausgeben wolltest, hast du mir bewiesen, daß auch du nur ein Namenchrist bist, ein selbstsüchtiger, berechnender und schlechter Mensch. Du hast in meine Seele geblickt, mich aber nicht durchschaut. Du hast geglaubt, leichtes Spiel mit mir zu haben, mit mir, der einfachen und unerfahrenen Nomadenfrau. Aber ich bin nicht das, wofür du mich gehalten hast. Ich lebe nur kurze Zeit des

Jahres über hier in den wilden Bergen und befinde mich sonst fast stets auf der Reise und in den Harimat der Großen unseres Reichs. Da habe ich offne Augen und offne Ohren und sammle innere Schätze, die mir kein Mensch mit Gold aufwiegen könnte. Schon der Harem von Muhammed Schah, des Vaters unsres jetzigen Herrschers, hat mir offen gestanden, und vorher war ich die Freundin sämtlicher Frauen von Feth Ali Schah, dem größten der Kadscharen —"

„Was — wirklich —?" unterbrach ich sie erstaunt. „Das ist ja seit über einem Menschenleben her."

Da ging ein stolzes, selbstbewußtes Lächeln über ihr Gesicht, und sie antwortete:

„Ja, hier hört alle eure fränkische Klugheit auf. Hier könnt ihr nichts als staunen. Wisse, daß mein Alter weit über sechs Jahrzehnte beträgt und daß ich, wenn ich einst sterbe, noch genauso jung aussehen werde wie am heutigen Tag. Ich habe die Quelle der Jugend in der Hand, denn ich bin die Umm ed Dschamâl, aus deren Händen Tausende den Glanz der Schönheit und die —"

Sie wurde von Halef unterbrochen, denn dieser richtete sich auf, so schnell es ihm unter den Fesseln möglich war, und rief entzückt:

„Die Umm ed Dschamâl bist du? Hamdulillah! Allah sei Lob, Preis, Ehre und tausend Dank gesagt, daß er uns erlaubt hat, eure Gefangenen zu werden! Wieviel kostet die Büchse deiner Wundersalbe? Ich kaufe gleich zehn, zwanzig, vielleicht gar fünfzig Stück, wenn sie nicht zu teuer ist!"

„Du?" fragte sie. „Du bekommst keine einzige."

„Weshalb nicht?"

„Weil die Haddedihn die Feinde unsrer Freunde sind. Es fällt mir nicht ein, die Falten und Runzeln deines Harems auszugleichen. Ich wünsche vielmehr, daß sie so tief wie die Schluchten und Abgründe unsrer Berge werden mögen! Wieviel Frauen hast du?"

„Eine."

„Wie ist ihr Name?"

„Hanneh. Sie ist die lieblichste und schönste Rose unter allen duftenden Blüten des Blumenreichs."

„Die lieblichste und schönste? Und doch verlangst du für sie meine Salbe? Ihr Gesicht wird einer trockenen Hagebutte und ihr Gang dem Wanken eines jungen Kamelkalbs gleichen. In den Harimat der Haddedihn wohnt kein einziges schönes Weib."

Das war für meinen kleinen, jähzornigen Hadschi wie ein Funke ins Pulverfaß.

„Was höre ich?" schrie er wütend. „Meine Hanneh, die Perle und Krone aller Frauen, soll einer Hagebutte und einem Kalb des Kamels gleichen! Wäre ich nicht gefesselt und du wärst nicht ein Weib, so spuckte ich dich erst an und schlüge dich dann zu Boden, daß du nie wieder aufstehen könntest. Wie siehst denn du aus? Bist du etwa schön? Bilde dir nur nichts ein! Die Haddedihn besitzen die herrlichsten Frauen aller Erdenvölker. Eure Weiber sind gegen sie wie langbeinige Taranteln, die man mit goldflimmernden Schmetterlingen vergleicht. Die Salbe der Schönheit ist für sie überflüssig; ich mag sie nun gar nicht. Wenn deine Schönheit die ganze ist, die man aus ihr gewinnt, so will ich die Salbe gar nicht haben, denn sie würde das holde Angesicht des Lieblings meiner Seele nur entstellen und verderben."

Die Chodiah sagte kein Wort zu diesen Beleidigungen. Sie richtete einen langen, verachtungsvollen Blick auf ihn und wandte sich dann von uns ab, um sich zu entfernen.

„Habe ich es recht gemacht, Sihdi?" fragte er mich, als sie fort war.
„Nein. Du hättest schweigen sollen."

„Schweigen? Wenn man Hanneh, das Licht meiner Augen und die Sonne meines Lebens, verleumdet? Eine Hagebutte! Ich wollte, diesem alten Weib wüchse dafür ein Schnurrbart, so groß wie der eines persischen Ssipähßalars[1]! Sie mag die Salbe behalten und ihre Ziegen und Schafe damit einreiben."

Halef mußte im Erguß seines Herzens abbrechen, denn der Wächter kehrte zurück und teilte uns mit, die Chodiah habe befohlen, daß wir kein Essen bekommen und nicht miteinander sprechen dürften. Beim ersten Wort würde man uns voneinander trennen. Das war die Folge von Halefs Zungenfertigkeit.

Mir war das Schweigen recht, ihm aber fiel es noch schwerer als das Fasten. Das äußerte er durch die zwar stummen, aber doch sehr beredten Blicke, die er mir von Zeit zu Zeit zuwarf. Das beste in unsrer Lage war, den Versuch zu machen, einzuschlafen. Doch bevor uns das gelang, wurde unser Wächter durch zwei andre ersetzt, die uns das Verbot des Sprechens noch einmal einschärften. Die Nacht wurde kalt. Das Feuer wärmte nicht, und die Fesseln hinderten uns, bequem zu liegen. Dennoch schlief ich ziemlich gut und wurde nur durch die Ablösung der Wächter einigemal geweckt.

Als es Tag geworden war, erhob sich draußen ein lautes Geschrei. Es klang so gefährlich, als ob das Lager von Feinden überfallen worden sei. Man rannte lebhaft hin und her. Wir hörten zornige Flüche. Pferde stampften und wieherten. Ich wurde um die unsrigen besorgt. Eine der Wachen hatte sich entfernt, um nach der Ursache dieser Aufregung zu sehen. Wir aber erfuhren nichts, als der Mann wiederkam, denn er machte seine Mitteilungen dem Gefährten flüsternd. Man sah aber beiden an, daß das Ereignis ebenso unangenehm wie wichtig gewesen sein mußte.

Wir bekamen auch jetzt weder etwas zu essen noch zu trinken. Gern hätten wir wenigstens einen Schluck Wasser gehabt, doch fiel es uns nicht ein, darum zu bitten. Am lästigsten waren uns nicht Hunger oder Durst, sondern die Fesseln. Sie verursachten uns zwar keine Schmerzen, denn sie waren nicht, wie z. B. bei den Indianern, so fest angezogen, daß sie ins Fleisch schnitten, aber sie ermüdeten uns dadurch, daß sie uns zu einer unbequemen Körperlage zwangen. Übrigens brauchte ich nur zu wollen, um meine Hände freizubekommen, denn ich hatte an dem

[1] Feldmarschalls

Strick, der sie verband, schon seit gestern gezogen und ihn so ausgedehnt, daß ich in jedem beliebigen Augenblick die Hände herausziehen konnte. Aber damit wäre in Gegenwart der Wächter noch nichts erreicht gewesen, weil uns auch die Füße zusammengebunden waren. Wir mußten also warten, bis uns diese einmal freigegeben würden.

Das geschah um die Mittagszeit. Da kamen zwei ältere Krieger herein. Der eine war der Anführer derer, die uns gefangengenommen hatten. Er machte uns folgende Mitteilung:

„Ihr habt die Chodiah beleidigt. Daher versagt sie euch die Ehre, wieder zu euch zu kommen, sondern ihr werdet zu ihr geführt, um zu erfahren, was sie nun heut von euch fordert."

„Sie hat doch schon gestern ihre Forderung gestellt!" antwortete ich.

„Das ist anders geworden, seit Reiter des Schah eure Pferde beschlagnahmt haben. Dadurch entgeht uns, was sie wert waren, und ihr müßt uns diesen Verlust durch Geld ersetzen."

„Was?" fragte ich erschrocken. „Man hat unsre Pferde beschlagnahmt?"

„Ja, und noch zwanzig von den unsrigen dazu!"

„Wer?"

„Es war heute früh eine Dästä-i Ssäwaräh[1] hier. Der Befehlshaber von Kermanschah braucht Pferde für seine Truppen, weil der Schah dem Sultan der Türken den Krieg erklären will. Ihr seid fremd und wißt also nicht, daß wir Ihlauts die Pferde dazu hergeben müssen, ohne gefragt zu werden, ob wir wollen oder nicht. Dem Naib-i-Äväl[2], der die Reiter anführte, gefielen eure Hengste, und er nahm sie mit."

„Habt ihr ihm denn nicht gesagt, daß sie euch gar nicht gehören?"

„Chuda nä kunäd — Gott bewahre! Es fiel uns nicht ein, so dumm zu sein. Er hätte mit euch sprechen wollen und dann das Lösegeld, das ihr uns zahlen müßt, in seine eigne Tasche gesteckt."

„Wohin ist er mit unsern Pferden?"

„Nach Kermanschah, aber nicht nur mit den eurigen, sondern auch mit den unsrigen. Der Teufel segne ihn! Jetzt kommt!"

Halef war fast starr vor Schreck darüber, daß sein Barkh und mein Ben Rih entführt worden waren. Um nicht verstanden zu werden, raunte ich ihm im westlichen Arabisch zu:

„Sorge dich nicht, wir bekommen sie wieder. Wir reiten ihnen nach. Paß nur auf!"

„Schweigt!" wurde uns befohlen. „Ihr dürft nicht miteinander sprechen! Vorwärts!"

Wir wurden aus der Hütte geführt. Ich war fest entschlossen, sie nicht wieder zu betreten.

[1] Schwadron Reiterei   [2] Oberleutnant

2. Bei den Bachtijaren

Wenn ich sage: „Ich war fest entschlossen, sie nicht wieder zu betreten", so mag das vermessen oder vielleicht gar lächerlich klingen. Aber ich kannte mich und meinen tatkräftigen kleinen Halef, und für einen erfahrenen Prärieläufer waren diese Ihlauts doch nur minderwertige Gesellen.

Man hatte uns, damit wir gehen konnten, die Füße freigeben müssen. Ich war also sicher, im Gebrauch meiner Glieder zu sein, sobald es mir beliebte. Da es gestern bei unserer Ankunft schon dunkel gewesen war, hatte man uns nicht genau sehen können. Darum standen die Bewohner des Lagers jetzt in dichten Scharen draußen, um uns zu betrachten. Da fielen mir wieder die Frauen und Mädchen auf, die auch hier alle unverschleiert waren. Es war seltsam, daß selbst Mütter, deren erwachsene Söhne neben ihnen standen, ein so jugendfrisches Aussehen hatten, als seien sie noch ledig. Ich entdeckte, während wir langsam durch die gebildete Doppelreihe geführt wurden, in diesen weiblichen Gesichtern nicht den geringsten Hautfehler, obgleich ich scharfe Augen habe. Freilich konnte ich meine Aufmerksamkeit nicht allein auf diesen an sich auffallenden Umstand richten. Eine viel größere Teilnahme mußte den Pferden der Ihlauts gelten, denn wir brauchten zwei, um so schnell wie möglich nach Kermanschah zu kommen.

Wir konnten uns die Einrichtung des Lagers nicht günstiger wünschen. Der Wald bildete, wie bereits erwähnt, eine Bucht, die von Norden nach Süden zog. Wir waren gestern von Norden gekommen. Am dortigen Ende der Bucht weideten die Pferde, ungesattelt, aber alle mit Halfterzeug. In diese Richtung wurden wir geführt, und zwar bis zu einer Hütte, die so am Waldessaum lag, daß ihr rückwärtiger Teil sich an zwei Baumstämme lehnte, die ungefähr vier Meter entfernt voneinander standen. Das Unterholz wurde an dieser Stelle von wilden Schneeballsträuchern gebildet.

Erwähnen muß ich, daß wir nur mit Neugier betrachtet wurden und sich in keinem Gesicht ein Zug von Haß oder einem ähnlichen Gefühl zeigte. Wir waren für diese Leute eben nur Mittel, um ein Lösegeld zu erlangen, weiter nichts.

Vor der erwähnten Hütte blieben wir halten. Der Anführer ging erst allein hinein und winkte uns nach kurzer Zeit, nachzukommen. Ich hatte erwartet, vor einer Versammlung hervorragender Krieger, die über uns beschlossen hatten, geführt zu werden, und mir also die Flucht viel schwieriger vorgestellt, als sie mir jetzt erschien, da ich die Chodiah allein in ihrer Hütte sitzen sah.

Diese war auch aus Holzstangen und Rasenstücken errichtet, und zwar ohne Fensteröffnungen. Sie erhielt das Licht durch die vielen Lücken in den Wänden und durch eine Öffnung am Dach, die zugleich dem Rauch als Abzug diente. In der einen hinteren Ecke lag der aus Steinen kunstlos hergerichtete Feuerherd, in der andern sah ich das aus Laub hoch aufgeschichtete Lager, das mit Fellen bedeckt war und der Besitzerin jetzt als Diwan diente; sie saß darauf. Einige mit Decken belegte Truhen bildeten die Einrichtung. Waffen gab es nicht, außer den unsrigen, die auf einem kleinen, neben dem Lager ausgebreiteten Teppich lagen, und zwar nicht allein, sondern in Gesellschaft aller Gegenstände, die sich in unsern Taschen befunden hatten. Es war für mich eine wahre Wonne, alles so hübsch zusammen zu erblicken.

Wir befanden uns mit der Frau und dem Anführer allein. Er stand hinter uns, die Hand am Messer. Sie warf einen kurzen, feindseligen Blick auf Halef, betrachtete dann mich etwas weniger gegnerisch und begann kalt erklärend:

„Ihr wißt wahrscheinlich schon, was sich mit euern Pferden zugetragen hat. Sie sind uns verlorengegangen, und ihr müßt sie uns also ersetzen. Die Dschemma[1] meiner Krieger hat über alles beschlossen, und ich habe es genehmigt. Eure Waffen können wir nicht brauchen, denn wir haben selbst genug und wissen auch von einigen nicht, wie sie anzufassen sind. Die andern Sachen könnten wir zwar behalten, aber sie haben jedenfalls einen größern Wert für euch als für uns, und so sind wir gern bereit, sie an euch zu verkaufen. Wenn euch gar nichts fehlt von dem, was euch gehörte, werdet ihr um so williger und besser zahlen. So denken wir."

„Maschallah!" rief da der Hadschi. „Wir sollen unsre eignen Sachen kaufen und die Pferde ersetzen, die man uns gestohlen hat. Eine solche Verrücktheit ist —"

„Schweig!" unterbrach ihn die Chodiah. „Du hast hier nichts zu sagen. Ich spreche nicht mit dir, sondern nur mit Kara Ben Nemsi Effendi!" Und wieder zu mir gewandt, fuhr sie fort:

„Ich habe noch einmal über alles nachgedacht, was wir gestern miteinander gesprochen haben. Deine Worte haben mein Herz berührt wie ein Schlüssel, der die Tür zu einer lichten, schönen Wohnung der Seligen öffnet. Ich wünsche viele Fragen an dich zu richten, die du mir beantworten wirst. Wir haben ja viel Zeit dazu, denn es wird lange dauern, bis die Boten zurückkehren, die ich senden werde, um euer Geld zu holen."

Das klang so treuherzig, so selbstverständlich, daß ich erheitert fragte: „Wo sollen sie es holen?"

„Wo du willst, denn nur du kannst wissen, woher du es bekommen wirst. Besäßen wir eure Pferde noch, so würden wir weniger von euch fordern. Ich will dir sagen, daß der Gebieter von Kermanschah ein Feind unsres Stammes ist, weil er mich haßt. Sein Harem hat mich einst schwer beleidigt und bekommt daher den ‚Weg zur Schönheit' nicht mehr von mir. Er hat mir aus diesem Grund Rache geschworen und meinen Sohn Kelat und meinen Enkel Scherga weggefangen und unter die Soldaten gesteckt. Beide sind freie Ihlauts und haben sich geweigert, die Sklavendienste zu tun, zu denen man sie verurteilte. Dieser Widerstand hat

[1] Versammlung

234

seinen Grimm erregt. Er ließ durch Zeugen, die für ein Bakschisch zu haben sind, beweisen, daß sie Babis sind und ihm nach dem Leben trachten. Er ist nach Teheran gereist, um dort das Fest Näu Rûs[1] zu begehen, und sie sind ihm nachgeschafft worden, weil dieses Fest durch das Schauspiel ihrer Hinrichtung verherrlicht werden soll. Das hat mir der Anführer der Truppen gesagt, der auf seinen Befehl heut zu uns kam, um uns die besten Pferde wegzunehmen. Meine Kinder sind verloren, und ich kann sie nicht retten. Ihr Tod wird schrecklich sein, denn die Babis tötet man oft auf die Weise, daß man ihnen Löcher in den Leib schneidet, in die brennende Lichter gesteckt werden. O Effendi, wüßtest du, was eine Mutter dabei fühlt!"

Sie vergrub das Gesicht in beide Hände und weinte laut und bitterlich. Dann ließ sie die Hände plötzlich wieder sinken, warf mir einen halb irren Blick durch Tränen zu und fragte rauh:

„Was sagst du als Christ dazu? Ist euer Gott auch so grausam wie der Gott, den der Islam lehrt?"

„Es gibt nur *einen* Gott, den Gott der ewigen Liebe und Barmherzigkeit, der Islam aber kennt diese Liebe nicht. Ihn klage an, nicht Gott!" entgegnete ich.

„Aber Gott gibt es doch zu, daß mein Sohn und Enkel unschuldig gemartert werden. Ist das Liebe und Barmherzigkeit von ihm? Ist das Gerechtigkeit?"

„Hadre nicht mit dem Allmächtigen und Allweisen! Er weiß, weshalb er dir diese Last auferlegt, und wenn es sein Ratschluß will und du ihn darum bittest, so werden die Kinder gerettet werden."

„Bitten soll ich? Beten?"

„Ja, beten! Auf den Stufen des Gebets steige himmelan, so kommt dir Gott auf den Stufen der Erhörung entgegen. Bete also, bete! Schilt nicht auf seine Ungerechtigkeit, solang du selber ungerecht gegen andre Menschen bist!"

„Ungerecht? Gegen wen? Ich weiß nichts davon."

„Wirklich nicht? Bist du es nicht gegen uns? Was haben wir dir getan, daß wir hier als Gefangene vor dir stehen? Womit haben wir das verdient? Handelst du etwa gerecht an uns?"

Da ging ein eigentümliches Leuchten über ihr Gesicht. Sie stand auf, tat einige Schritte auf mich zu und sagte, indem sie mir mit Spannung ins Gesicht blickte:

„Jetzt sollst du dich als Christ zeigen und deinen Glauben verteidigen. Sag also: warum gibt es dein Gott der Liebe zu, daß wir diese Ungerechtigkeit gegen euch begehen?"

„Vielleicht um deinetwillen. Du sollst ihn durch uns kennenlernen und dann an ihn glauben. Wenn er will und ich ihn darum bitte, so sind wir frei, sobald es uns gefällt."

„Das glaubst du wirklich, bist davon überzeugt?"

„Ja, völlig überzeugt."

„So beweis es, daß ihr frei seid, sobald es euch gefällt! Gib mir diesen

[1] Das persische Neujahrsfest

235

Beweis, oh, gib ihn mir, damit ich dann an deinen Gott der Liebe, der Erbarmung glauben kann! Wenn er dich aus unsern Händen befreit, so kann er auch meine Söhne retten."

„Wirst du dann glauben und zu ihm beten?"

„Ja."

„So bitte ich dich um ein Versprechen!"

„Laß es mich hören!"

„Versprich mir, daß du, wenn wir gegen euern Willen aus unsrer Gefangenschaft befreit worden sind, aus vollem Herzen um die Errettung deiner Kinder beten wirst!"

„Ich verspreche es."

„Du wirst dein Wort halten?"

„Wie einen Eid! Aber ich brauche es nicht zu halten, denn kein Gott kann euch retten, wenn ihr euch weigert, uns das Lösegeld zu zahlen."

„Denke jetzt, was du willst! Aber ich halte dich beim Wort! Du sollst sofort erfahren, wie Allah dich zum Beten zwingen wird."

Ich zog die Hand aus der Schlinge, drehte mich zu dem Anführer um, der noch immer hinter uns stand, und versetzte ihm einen Fausthieb gegen die Schläfe, daß er zu Boden stürzte und dort besinnungslos liegenblieb. Im nächsten Augenblick hatte die Frau meine Hände auf dem Mund, daß sie nicht rufen konnte. Weiter brauchte ich mich nicht an ihr zu vergreifen, denn sie schloß die Augen und sank ohnmächtig an mir nieder. Das Unerwartete meiner Tat hatte sie über ihre Kraft erschreckt. Ein Griff brachte mich in den Besitz meines auf dem Teppich liegenden Messers, mit dem ich die Fesseln des Hadschi durchschnitt. Hierauf wurde zunächst der Anführer gebunden und ihm ein Knebel zwischen die Zähne geschoben. Eigentlich hätten wir das nun auch mit der Chodiah tun sollen, aber es widerstrebte mir, sie in dieser Weise zu behandeln. Fort kamen wir doch, auch wenn sie schnell erwachte. Wir nahmen also so rasch wie möglich alles zu uns, was uns gehörte, stießen mit dem Gewehrkolben eine Öffnung durch die Rückwand der Hütte und krochen vorsichtig hinaus, um vor allen Dingen zu erfahren, wie es auf der andern Seite stand. Die Zuschauer hatten sich von dort verzogen, es weilten nur noch einige da, die aber nicht in unsre Richtung blickten. Wir legten uns also nieder und krochen zwischen den Schneeballsträuchern in den Wald hinein, bis wir von der Hütte aus nicht mehr gesehen werden konnten.

Nun befanden wir uns einstweilen in Sicherheit und konnten darangehen, uns beritten zu machen. Wir eilten neben dem Waldesrand, glücklicherweise ohne jemand zu begegnen, weiter, bis wir das nördliche Ende des Lagers erreichten und die Pferde vor uns hatten. Da wir beide Kenner waren, bedurfte es nur kurzer Zeit, um die beiden besten herauszusuchen. Kein Mensch befand sich in der Nähe. Es war wirklich so, als hätte jemand die Flucht für uns vorbereitet und sorgfältig jedes Hindernis vorher entfernt. Wir sprangen hin, stiegen auf und ritten davon, ohne uns umzuschauen, zunächst nach Norden, um etwaige Verfolger irrezumachen.

Wir hatten uns noch gar nicht weit entfernt, als uns ein junger Ihlaut entgegengeritten kam. Er zügelte sein Pferd und starrte uns verwundert entgegen. Ich hielt auch das meinige an und gebot ihm:

„Wenn du jetzt ins Lager kommst, begibst du dich sofort zur Chodiah und sagst ihr noch einen Abschiedsgruß von uns! Ich lasse sie an den Gott der Liebe erinnern, zu dem sie innig beten soll. Dann wird ihr Wunsch gewiß Erhörung finden. Melde ihr das, und nun reite weiter und beeile dich!"

Der Jüngling war so verblüfft, daß er augenblicklich gehorchte, ohne ein Wort zu sagen. Wir galoppierten noch eine Strecke in der bisherigen Richtung fort. Als wir auf festen Boden gelangten, der keine Spur aufnahm, bogen wir rechts hinüber, wo ein nicht sehr steiler, mit Bäumen besetzter Berghang zur Höhe führte. Als wir ihn erreicht hatten, befanden wir uns in völliger Sicherheit, weil uns die Bäume die gewünschte Deckung boten. Bis jetzt hatten wir kein Wort miteinander gesprochen. Nun aber, da wir der Steigung wegen die Pferde langsamer gehen lassen mußten, ließ Halef ein munteres Lachen erklingen:

„Das war ein lustiger Streich, Sihdi. Wir sind frei und haben alles wieder. Deine Faust führt immer noch die gleiche kräftige Sprache wie bisher. Was wird die Umm ed Dschamâl für Augen machen, wenn sie erwacht, und auch der Mann, den du niedergeschmettert hast! Wie ihm der Kopf brummen wird! Fast möchte ich zurückkehren, um ihm zu sagen, daß er sich ihn von seiner Chodiah mit der berühmten ‚Salbe der Schönheit' einreiben lassen möge. Aber wie kommen wir zu unsern Pferden? Wie erreichen wir Kermanschah? Wir sind noch nie hier gewesen und kennen keinen Weg dorthin."

„Darüber brauchst du dir keine Sorge zu machen. Du weißt, daß ich einen Ortssinn besitze, der sich nur selten irrt, und hier gibt es glücklicherweise keine Urwälder, in denen man die Richtung verfehlt, weil man infolge des undurchdringlichen Laubdachs den Himmel nicht sehen kann. Wenn mich nicht alles täuscht, so kommen wir hier auf eine Hochebene, und jenseits geht es wieder hinab zu einem Nebenflüßchen des Kara-Su. Dann müssen wir quer über eine Hügelkette, hinter der wir auf den Kara-Su selbst treffen. Ihm brauchen wir nur zu folgen, weil Kermanschah unweit seines Ufers liegt."

„Wann werden wir die Stadt erreichen?"

„Nicht vor morgen früh. Wir müssen im Freien lagern."

„Das ist mir gleichgültig, wenn wir nur etwas finden, was wir essen können. Ich habe starken Hunger und eine ausgetrocknete Kehle."

Unser Durst wurde bald gestillt, weil es hier überall fließendes Wasser gab, und später glückte es uns, eine wilde Ziege zu erlegen, von deren Fleisch wir einige Tage hätten leben können. Auch erwies sich meine Vorhersage wegen des einzuschlagenden Wegs als richtig: wir erreichten den Kara-Su. Als es zu dunkeln begann, machten wir in seiner Nähe halt und zündeten ein Feuer an, über dem die besten Stücke der Ziege gebraten wurden.

Zunächst sprachen wir von unsern Pferden, um die sich nun auch

Halef keine Sorgen mehr machte. Dann kam er auf meine Rede mit der Chodiah.

„Sihdi, deine Worte waren mir unbegreiflich", sagte er. „Es klang geradeso, als wüßtest du, daß ihr Sohn und der Enkel gerettet werden. Woher aber könntest du das wissen?"

„Ich wußte und weiß auch jetzt gar nichts, doch bin ich zuweilen ein eigentümlicher Mensch, lieber Halef. Es ist, als würden mir Worte, die ich eigentlich nicht sagen will, in den Mund gelegt, als wohne ein zweites Wesen in mir, das zukünftige Dinge voraussieht und mich anleitet, mich danach zu verhalten. Ich habe nicht den geringsten Anhaltspunkt dafür. Aber wenn ich jetzt sagen sollte, ob die Kinder der Chodiah gerettet oder hingerichtet werden, so würde ich behaupten, daß sie frei sein werden, und zwar bald."

„Du bist ein Liebling Allahs. Vielleicht hat er dir einen guten Dschinn el Himajet[1] zugesellt, der dir das alles sagt und deine Worte und deine Taten lenkt. Ich wollte, ich hätte auch einen oder zwei!"

„Dieser dein Wunsch ist schon erfüllt, denn jeder gute Mensch, der sich nicht gewaltsam von Gott entfernen will, steht in der Hand des Herrn der Heerscharen, der seine Boten sendet, ihre Flügel über ihn auszubreiten. Laß uns zu ihm beten, ehe wir schlafen gehen!"

Halef nickte zustimmend und fragte mich dann:

„Wachen wir abwechselnd?"

„Nein. Ich fühle über mir den Schutz des Himmels. Das ist auch so ein unerklärliches Sehen, Hören und Wissen des Herzens, das vielleicht noch untrüglicher ist als das Sehen und Hören mit den Sinnen des Körpers. Gute Nacht, lieber Halef!"

„Gute Nacht, lieber Sihdi! Weißt du, du hast Zeiten, wo jedes Wort von dir eine Predigt ist. Wenn doch alle Menschen deinen festen, unerschütterlichen Glauben hätten, dann wären sie auch so glücklich, wie ich durch ihn geworden bin."

Wir schliefen ein und schliefen trotz der nächtlichen Kälte fest und ungestört, bis uns der Morgen weckte. Dann aßen wir wieder und ritten hierauf den Fluß hinab nach Kermanschah, das wir nach weniger als einer Stunde auf seinen Hügeln vor uns liegen sahen. Die Stadt machte nicht nur im Innern, sondern schon vor ihren Mauern, wo Militär übte, einen kriegerischen Eindruck. Wir erfuhren auch bald die Veranlassung: der Schah war wieder einmal auf den Gedanken gekommen, vom Sultan Bagdad zurückzuverlangen, und unterstützte diese aussichtslose Forderung durch militärische Vorbereitungen, die freilich das Schicksal hatten, eben nur Vorbereitungen zu bleiben. Ich erkundigte mich bei einem Wekilbaschi[2], wer augenblicklich der Nassir-i-Schähr[3] sei. Er nannte mir einen Ssärtip[4], eine hohe Rangstufe, die aber nicht viel bedeutet, und erbot sich, mich für ein Bakschisch zu ihm zu führen und mich anzumelden. Da lernte ich gleich persisch-militärische Zustände kennen; hoffentlich sind sie jetzt besser.

Ich zahlte das Trinkgeld voraus. Der Wekilbaschi ging voran, wir

---

[1] Geist des Schutzes   [2] Feldwebel   [3] Verteidiger der Stadt   [4] Oberst

folgten ihm zu Pferd. Halef machte eine Bemerkung über die Schwierigkeiten, die wir überwinden müßten, um unsre Tiere zurückzugewinnen. Ich beschwichtigte ihn jedoch:

„Sei ohne Sorge, Halef! Ich trage in meiner Tasche einen Ferman des Schah-in-Schah, der in eigner Gegenwart des Herrschers untersiegelt worden ist. Dagegen kann kein Ssärtip aufkommen."

„Woher hast du diesen Ferman? Kennt dich der Schah?"

„Nein. Und ich kenne ihn auch nicht. Wir beide stehen uns also in dieser Beziehung gleich. Du hast doch meine türkischen Papiere gelesen. Bessere als ich hatte und noch habe, gibt es nicht, und doch war ich dem Sultan unbekannt. Aber ich hatte einen einflußreichen Freund in Stambul, das war der verstorbene Mustapha Moharrem Aga, der Kapudschi[1] der Hohen Pforte. Er hat mir die Papiere besorgt. Kein Fürst kann wirkungsvollere bekommen. Solche einflußreiche Personen gibt es auch anderswo, man muß die Schliche nur kennen. Persische Fermane sind nicht nur in Persien zu erhalten."

Wir wurden in die Mitte der Stadt in den von Muhammed Ali Mirsa erbauten Pah-i Täth[2] geführt und warteten da in einem Hof auf den Feldwebel, der uns anmeldete. Er kehrte bald zurück und brachte uns ins Innere, wo er uns vor einem Vorhang bedeutete einzutreten. Der Raum, der uns nun aufnahm, war einstmals kostbar ausgestattet gewesen, hatte aber jetzt ein vernachlässigtes Aussehen. Auf einem Diwan saß rauchend ein Offizier höheren Alters, in dessen Zügen ich vergeblich Spuren geistiger Tätigkeit suchte. Unsre Namen waren ihm genannt worden. Er schnauzte uns hochmütig wegen der ihm bereiteten Belästigung an und fragte dann, was wir eigentlich von ihm wollten. Da zog ich meinen Ferman aus der Tasche und legte ihn auf den vor ihm stehenden, höchstens einen Meter hohen Tisch, auf dem sich Schreibzeug und Papier befanden. Er griff mißmutig danach, faltete ihn auseinander und — sprang schnell auf. Ehrfurchtsvoll legte er die Urkunde auf die Stirn und verbeugte sich dreimal fast bis auf die Erde:

„Allah segne den mächtigsten der Beherrscher mit hunderttausend Gaben. Er vernichte alle seine Feinde und erhöhe alle, die in seinem mächtigen Schutz stehen! Ich bin zu euern Diensten, ihr seid meine Freunde!"

Diese Wirkung hatte das Siegel hervorgebracht, das von dem Muhrdar[3] nur in Gegenwart des Schahs eigenhändig aufgedruckt werden darf. Ich antwortete selbstbewußt:

„Es ist eine kleine Bitte, um deren Erfüllung ich ersuchen muß. Wir waren gestern Gäste der Idis vom Tir der Bachtijaren. Während unsrer Abwesenheit kam eine Dästä-i Ssäväräh von hier und nahm ihnen zweiundzwanzig Pferde, unter denen auch die unsrigen waren. Es sollte mir leid tun, wenn ich bei meiner Ankunft dem hohen Jähan pänah[4] sagen müßte, daß ich sie nicht sofort wiederbekommen habe."

Das war mehr als unverfroren, das war schon frech. Aber die beabsichtigte Wirkung trat augenblicklich ein: der Ssärtip verbeugte sich

---

[1] Türhüter   [2] Residenz   [3] Großsiegelverwahrer   [4] „Zufluchtsort der Welt"

wieder tief und teilte mir mit, daß die Pferde, darunter zwei Rapphengste, für Hamadan bestimmt und vor kaum einer Viertelstunde gelegentlich eines Gefangenenschubs dorthin abgegangen seien. Unter den Gefangenen befänden sich zwei Idis, Vater und Sohn, die in Teheran als verruchte Babis hingerichtet werden sollten. Falls ich mich beeilte, könnte ich den Trupp binnen einer Stunde einholen und mir die Pferde zurückgeben lassen. Er werde mir den dazu nötigen Befehl sofort ausfertigen.

Ich ging darauf ein. Während der Offizier schrieb, kam mir ein Gedanke, ein so ungewöhnlicher und vielmehr toller Einfall, daß ich entschlossen war, ihn grade wegen dieser Tollheit auszuführen. Der Ssärtip war kein Pfiffikus, und ich hatte durch Grobheit Eindruck gemacht; Grund genug für mich zu der Annahme, daß er in die Falle gehen werde. Es bestand kein Zweifel, daß die beiden Idis, von denen er sprach, der Sohn und der Enkel der Chodiah seien.

Als er den Befehl geschrieben und untersiegelt hatte, las ich ihn durch. Er war meinen Wünschen entsprechend. Dennoch machte ich ein unbefriedigtes Gesicht und sagte:

„Und Kelat und Scherga? Hoffentlich steckt man sie nicht unter die Soldaten, denn ich brauche sie."

„Kelat und Scherga?" fragte er. „Wer ist das? Hasretin[1] haben diese Namen vorhin nicht genannt."

„Nicht? Hätte ich so leise gesprochen? Ich meine die beiden Diener, die meine Pferde bewachten. Sie wurden mit ausgehoben, und ich kann auf die Leute nicht verzichten."

„Kheilih khub — sehr wohl! Sollte man auch diese mitgenommen haben? Ich konnte mich nicht darum bekümmern und habe das alles durch Untergebene tun lassen müssen. Wie könnte dem wohl zur Zufriedenheit abgeholfen werden?"

„Durch einige Worte nur. Hier steht der Befehl, die beiden Pferde an uns auszuliefern. Es genügt vollauf hinzuzusetzen: ‚und die beiden Idis Kelat und Scherga'."

„Jäm' baschäd — seien Sie unbesorgt, es wird augenblicklich geschehen."

Er schrieb die Zeile nicht dazu, sondern einen neuen Befehl, was mir noch lieber war, da der Zusatz leicht Bedenken erregen konnte. Dann gab er mir das Schriftstück, legte den Ferman wieder an die Stirn, verbeugte sich dreimal, segnete den Schah, mich und Halef, reichte mir die Urkunde, bat mich, beim Qiblä-i Aläm[2] seiner in Güte zu gedenken, und begleitete uns unter wiederholten Bücklingen bis an den Ausgang des Zimmers. Im Hof wartete noch der Feldwebel. Ich gab ihm vor Freude, so leicht aus der Löwenhöhle gekommen zu sein, noch ein zweites Bakschisch, dann machten wir, daß wir Kermanschah und seine Luftziegelmauer schnell hinter uns legten. Als wir hinaus und über die hochgewölbte Pflastersteinbrücke hinüber waren, holte Halef tief Atem und rief aus: „Sihdi, was hast du gewagt! Du weißt, ich fürchte mich nie. Aber als du die beiden Idis verlangtest, da wurde mir himmelangst."

[1] Hoheit   [2] „Mittelpunkt der Erde" = der Schah

„Mir war es selbst auch nicht viel wohler als dir. Aber das Siegel des Schah-in-Schah blendete den Ssärtip. Man sollte nicht glauben, daß eine solche Leichtgläubigkeit möglich sei. Aber was von einem persischen Offizier zu halten ist, kannst du daraus ersehen, daß es hier im Land zwei Militärschulen gibt, von denen die eine die abgehenden Schüler gleich zu Majoren oder Obersten macht, während die andre dem Heer noch nicht einen einzigen Offizier geliefert hat. Wer reich ist und Geld zahlen kann, steigt so hoch, wie die Summe reicht, die er dafür gibt, er mag so albern sein, wie es ihm beliebt."

„So war dieser Ssärtip wohl auch so ein Reicher, dem es beliebte, ganz und gar albern zu sein?"

„Es scheint so. Jetzt aber müssen wir uns sputen, Halef. Wir haben das Spiel noch nicht gewonnen. Es kommt darauf an, was für ein Mann der Offizier ist, der den Trupp befehligt."

„Hoffentlich ein sehr reicher! Aber Sihdi, wenn er sich etwa weigert, die Pferde oder die Idis auszuliefern, so helfen wir mit den Waffen nach, nicht?"

„Ja. Was wir angefangen haben, führen wir auf alle Fälle durch. Komm!"

Wir jagten Bisitun zu, auf der weiten Ebene hin, auf deren nordwestlichem Ende Kirmanschah liegt. Der tiefe Staub des Weges flog in Wolken hinter uns auf. Süßholz und Kameldorn rahmten die Straße ein. Links lag die Ruine Tak-i Bostan, rechts drüben ein Dorf, an dem wir vorüberflogen. Nach vielleicht drei Viertelstunden sahen wir eine Linie von Reitern, etwa achtzig ledigen Pferden und einigen gefesselten Fußgängern vor uns, jedenfalls der Trupp, den wir einholen wollten. Es war anzunehmen, daß die zwanzig Tiere der Idis dabei waren. Wir erreichten ihn, sausten an ihm vorüber und hielten dann mitten im Weg an.

Ein Naib[1] ritt voran, schön sauber gekleidet und mit allen möglichen Waffen behangen, höchstens achtzehn Jahre alt. Er war der Befehlshaber. Jedenfalls eines reichen Vaters Goldsöhnchen.

„Halt!" rief ich ihn an, als er vorüber wollte.

Wir, die wir nicht so schön aussahen wie er und nicht einmal Sättel hatten, schienen keinen Eindruck auf ihn zu machen, denn er herrschte uns mit einer noch halb kindlichen Stimme, die zwischen dem hohen Sopran und dem zweiten Baß bald hinauf- und bald hinunterhüpfte, grimmig an:

„Macht euch auf die Seite! Ich bin Offizier des von Allah eingesetzten und erleuchteten Ssillullah[2]!"

Da zog ich den Ferman aus der Tasche und entfaltete ihn vor dem Näschen des herrlichen Recken. Als er das Siegel mit den zwei ihm bekannten Inschriften sah, wäre er vor ehrfurchtsvollem Schreck beinahe vom Pferd gefallen, doch wußte er genau, was er zu tun hatte. Er nahm den Ferman an die Stirn, verneigte sich dreimal bis auf den Kopf seines Pferdes und erkundigte sich sodann nach meinen Befehlen, wobei er mich Ämir[3] und Hasret vala[4] nannte. Ich nahm ihm den Ferman wieder ab,

---

[1] Leutnant   [2] „Schatten Gottes" = der Schah   [3] Fürst   [4] Königliche Hoheit

steckte ihn zu mir und reichte ihm den Befehl des Ssärtip. Ohne abzuwarten, was er dazu sagen werde, wendete ich mich an die Schar und fragte laut, wer Kelat und Scherga, die beiden Idis, seien. Auf meinen Anruf antworteten zwei der gefesselten Fußgänger. Ich ritt hin und befreite beide von den Eisenstangen, an die ihre Hände mit Riemen festgebunden waren.

Inzwischen war Halef von mir gewichen. Er saß schon auf seinem Rappen, und nun schwang ich mich auch auf den meinigen. Sie waren geführt worden, weil sie niemand im Sattel gelitten hatten. Beide schnaubten und wieherten vor Freude, uns wiederzusehen. Den beiden Idis gebot ich, die Pferde zu besteigen, die bis jetzt von uns geritten worden waren.

Das alles hatte sich in der Zeit von kaum zwei Minuten abgespielt. Jetzt kam der Leutnant zu mir und erkundigte sich, ob noch weitere Befehle in meinem Belieben seien. Da stach mich der Hafer. Wir hatten mehr erreicht, als uns noch vor etwa zwei Stunden für möglich erschienen war, und nun wurde ich gar nach ferneren Wünschen gefragt. Ich erkundigte mich bei Kelat und Scherga und erfuhr, daß die ausgehobenen Tiere da seien. Sie waren am Zeichen der Idis kenntlich und wurden aus dem Trupp genommen und dann zu Paaren zusammengekoppelt. Nun war ich mit dem Leutnant fertig. Ich lobte herablassend seinen Eifer um das Wohl des persischen Staatswesens und brachte ihm dann in freundlicher Weise die Überzeugung bei, daß ihm im mohammedanischen Buch des Lebens der gute Rat gegeben sei, nun seines Weges wieder fürbaß zu ziehen. Er nahm seinen Zug eng zusammen, widmete mir noch einige Verbeugungen und ritt dann seinem fernen Kismet getrost entgegen. Wir aber glaubten Grund zu haben, uns in Kermanschah nicht wieder blicken zu lassen, und schlugen uns bei der nächstpassenden Örtlichkeit seitwärts in die Berge.

Ich nahm an, daß die zwanzig Pferde uns in dem schwer gangbaren Gebirge sehr in Anspruch nehmen würden, überzeugte mich aber bald vom Gegenteil. Die Tiere waren gelehrig, folgsam und an solche Wege gewöhnt. Doch wir kamen nicht so rasch vorwärts wie Halef und ich auf dem Ritt nach Kermanschah. Um das Lager der Idis zu erreichen, brauchten wir noch drei Stunden, als es Abend wurde. Wir mußten die Überraschung also auf morgen vormittag verschieben.

Kelat und Scherga hatten selbstverständlich alles erfahren. Ich brauchte da kein Wort zu sprechen. Mein kleiner, redseliger Halef sorgte schon dafür, daß ihnen nichts verborgen blieb. Sie waren beim heutigen Aufbruch überzeugt gewesen, dem sichern Tod entgegengeführt zu werden. Und wenn sie in ihrer schweigsamen Weise auch nicht viel Worte machten, so sagte uns doch jeder Blick, wie groß und aufrichtig die Dankbarkeit war, die sie für uns im Herzen trugen. Wir konnten sicher sein, durch sie die Freundschaft des ganzen Stammes zu erwerben.

Am andern Morgen regnete es. Das war mir wegen der Art und Weise, wie ich unsre Rückkehr gestalten wollte, gar nicht unlieb. Der Regen hielt die Ihlauts in ihren Hütten und Zelten zurück und erleichterte uns die unbemerkte Annäherung an das Lager. Am Rand der Hochebene, wo der Berghang sich hinuntersenkte, mußten die beiden Idis mit sämtlichen Pferden halten bleiben, um erst eine Stunde später nachzukommen. Wir stiegen zu Fuß die Lehne hinab, eilten so rasch wie möglich über das Tal hinüber in den Wald und wendeten uns in seinem Schutz nach Süden. Halef freute sich wie ein Kind auf die Überraschung. Der liebe Kleine war schon längst nicht mehr zornig auf die Chodiah. Als wir das Lager von rückwärts erreichten, schlichen wir uns zu einer Baumgruppe gegenüber der Hütte der Umm ed Dschamâl. Das von uns in die Rückwand gestoßene Loch war ausgebessert worden. Es gab einiges Leben im Lager, aber nicht da, wo wir uns befanden. Wir huschten unter den Bäumen hervor und um die vordere Ecke bis an die Tür, die nicht fest geschlossen war. Durch die Klinze lugend, konnten wir das Innere überblicken. Die Chodiah war allein, sie kniete mit gefalteten Händen und emporgerichtetem Gesicht an ihrem Lager; ihre Lippen bewegten sich. Ich schob die Tür auf und trat ein. Der Hadschi folgte mir. Sie hörte das Geräusch, blickte zur Seite, sah uns und fuhr mit einem Schrei in die Höhe.

„Du betest?" fragte ich. „Zu meinem Gott der Liebe oder zu euerm Allah, der nur den Muslim duldet?"

„Zu deinem Gott", erwiderte sie, noch immer bewegungslos vor Staunen.

„So hast du Wort gehalten, ich danke dir! Glaubst du, daß er dein Gebet erhören wird?"

„Ich habe es geglaubt, weil er euch aus unsrer Hand befreite. So konnte er auch meine Kinder retten. Aber ihr kommt ja wieder! Warum?"

„Wir wollen dir nur beweisen, daß die Hilfe oft dann am nächsten ist, wenn man sie nicht mehr erwartet. Wir haben uns entfernt, nicht um zu fliehen, sondern wegen des Lösegelds, das ihr verlangt."

„Ich — — ich — — ich begreife dich nicht!" stotterte sie. Dann aber eilte sie an uns vorüber zur Tür, trat hinaus und ließ einen schrillen Schrei erschallen, der das ganze Lager in Bewegung brachte. Die Ihlauts kamen herbei. Sie sammelten sich, alt und jung, groß und klein, vor der Hütte an und hörten mit Erstaunen, daß wir freiwillig zurückgekommen seien. Einige durften herein, unter ihnen der Anführer, den ich niedergeschlagen hatte. Kaum sah er mich, so sprang er auf mich los, um mich zu packen. Ich ergriff ihn kräftig bei den Armen und sagte:

„Streng dich nicht an! Wir tun freiwillig, was du erzwingen willst. Hier legen wir unsre Sachen wieder her, wo wir sie weggenommen haben. Bindet uns, wir wollen wieder eure Gefangenen sein, bis das Lösegeld gekommen ist."

Ich breitete den alten Teppich aus, auf den wir die Gewehre und alles andre legten; dann wurden wir gefesselt. Das geschah in einer Weise, als wüßten die Idis nicht, ob sie wachten oder träumten. So etwas war ihnen noch niemals vorgekommen. Großen, wenn auch heimlichen Spaß machte mir das Gesicht meines Halef. Wie gern wäre er herausgeplatzt, wenn er sich nicht vor meiner Mißbilligung gefürchtet hätte. Er sah aus, als ob er bersten wolle. Die Chodiah hatte sich auf ihr Lager gesetzt. Da saß sie nun mit ineinandergeschlungenen Händen und sah zu, was vor ihren Augen geschah und doch kaum glaublich war. Als wir wieder gebunden worden waren, fragte sie mich, ihren Augen noch nicht recht trauend:

„Effendi, würde jeder Christ sich so verhalten wie du?"

„Nein, nicht jeder", antwortete ich, „denn es hat nicht jeder das Glück, der Lehrer einer solchen Schülerin zu sein, wie du es bist."

„Wie meinst du das?"

„Das wirst du erfahren, wenn die Zeit gekommen ist. Jetzt laß uns also wieder dorthin schaffen, wo wir bewacht worden sind!"

Man erfüllte diesen Wunsch sofort. Draußen standen trotz des Regens die Menschen dicht gedrängt. Unser Weg zu der bekannten Hütte war als eine Art Siegeszug zu betrachten. Am Ziel angekommen, wurden wir wieder so gebunden, wie es am ersten Abend geschehen war. Auch ein Wächter setzte sich zu uns. Nun lagen wir lauschend still, bis sich einige laute Rufe hören ließen, denen andre und wieder andre folgten, die sich schließlich in ein allgemeines Frohlocken verwandelten. Dann war es wieder ruhig, worauf wir Schritte hörten, die sich eilig näherten. Die Tür wurde aufgerissen und die Chodiah trat hastig ein, gefolgt von Sohn und Enkel, die uns augenblicklich die Fesseln abnahmen. Die Frau stand mit vor freudiger Aufregung gerötetem Gesicht, schnell atmend und mit leuchtenden Augen vor uns und rief:

„Effendi, jetzt hast du bewiesen, daß du ein Christ bist, ein wahrer Christ! Ich glaube an dich. Ich glaube nun auch an euern Gott der Liebe und Barmherzigkeit, der meine Kinder durch dich vom Tod errettet hat! Und nun kenne ich den Weg, der zum ewigen Leben führt: Liebet Gott, liebet alle Menschen, ja, liebet sogar eure Feinde! Ich werde ihn von jetzt an wandeln und nie wieder von ihm weichen. Du warst mein Lehrer im Gebet, du bist mein Lehrer auch in der Liebe. Sei der Gast deiner Schülerin, solange es dir beliebt, denn dir gehört alles, alles, was ich habe!"

„So bist du also zufrieden mit dem Lösegeld, das ich dir aus Kermanschah geholt habe?" fragte ich lächelnd.

„Sprich nicht so, Effendi, sprich nicht so! Du hast uns nicht Gold und Silber gebracht, sondern mehr, viel mehr: das Leben meiner Kinder, den Glauben und die Liebe. Du hast mir Gott gegeben und mich ihm! Und solche Männer schleppten wir in die Gefangenschaft und forderten Geld für ihre Freiheit! Ich werde mich dafür anklagen und verurteilen, solang Leben in mir ist. Laß dich in meine Hütte führen, wo du wohnst, bis wir dir und Hadschi Halef eine würdigere Heimstätte errichtet haben!"

„Tut das nicht! Ihr müßt fort von hier! Ihr dürft nicht eher wieder die Nähe von Kermanschah aufsuchen, als bis der Sand der Zeit die Spuren des gestrigen und heutigen Tags verweht hat."

„Du hast recht. Wir brechen morgen früh das Lager ab und ziehen nach Norden, bis in die Gegend des Demirlu-Dagh, wo uns kein Spruch aus Kermanschah erreichen kann. Aber ihr müßt uns begleiten als Gäste unsres Stammes.

„Zwei Wochen wollen wir euch schenken, mehr haben wir nicht übrig. Uns steht eine große Reise bevor."

Daraufhin einigten wir uns. Der Weg zur Hütte der Chodiah war räumlich sehr kurz, aber es dauerte lang, bis wir dort ankamen. Die Ihlauts standen trotz des Regens alle im Freien, um uns irgendein Freundschaftswort zu sagen. Wir wurden von einer Gruppe der andern zugeschoben; denn diese braven Menschen, die der Buchgeograph als Halbwilde bezeichnet, besaßen das, was man beim gebildeten Abendländer so oft vergeblich sucht: ein Herz voll echter Dankbarkeit.

Als später der Regen aufhörte und die Sonne ihre warmen Strahlen zu unsrer Feier spendete, blieb kein Mensch mehr unter seinem Zelt- oder Hüttendach. Das war eine Wonne für meinen Hadschi! Er schien allgegenwärtig geworden zu sein, denn er war überall zu sehen und zu hören. Er mußte doch meinen Ruhm — als Hintergrund zu seinem eignen — nach allen Richtungen hin verkünden und aus der Posaune seines beredten Mundes schmettern. Als es Abend geworden war, kannten die Idis alle Heldentaten, die wir verrichtet hatten, und noch viele andre, die ganz nach Bedürfnis in seinem Kopf entstanden. Da gab es kein Aufhalten, kein Verhindern. Ich mußte ihn ungestört reden lassen, denn ich kannte ihn. Er war von fast beispielloser, überfließender Laune. Daß Hanneh, „die herrlichste Blume unter allen Blüten des Orients", in den meisten seiner Erzählungen eine hervorragende Rolle spielte, versteht sich von selbst. Als er eben wieder einmal die Unvergleichlichkeit ihrer Vorzüge mit glühender Begeisterung pries, fiel sein Auge auf die eben herbeitretende Chodiah. Das gab seinen Gedanken eine neue Wendung. Er unterbrach sich selbst und warf ihr die plötzliche und ganz unvorbereitete Frage zu:

„Also wieviel kostet die Büchse von deiner Salbe der Verschönerung?"

„Für dich kostet sie nichts", antwortete sie.

„Und zwei Büchsen?"

„Nichts."

„Und zehn Büchsen?"

„Auch nichts."

„Aber fünfzig Büchsen?"

„Willst du denn alle Harimat der Haddedihn verschönern?"

„Nur den meinigen. Aber es kommt doch wohl darauf an, wie sehr schön man ihn haben will: je schöner, um so mehr Salbe! Würdest du mir, o Umm ed Dschamâl, wohl sagen, welcher Offenbarung du die Zubereitung dieses Segens zu verdanken hast?"

„Ich weiß es nicht anders, als daß ein berühmter Hekim[1], der ein Vorfahre von mir war, Scheheresade, den Liebling Harun al Raschids, einst von einer tödlichen Krankheit rettete, wofür sie ihm aus Dankbarkeit das Geheimnis ihrer immerwährenden Jugend und Schönheit mitteilte. Er hat es auf seine Nachkommen vererbt, die alle sehr alt geworden und doch bis in ihre letzten Tage jung geblieben sind. Auch ich bin

[1] Arzt

alt und dennoch jung. Meine Mutter war noch älter, und ihre Mutter zählte über hundert Jahre."

„Habt ihr das Geheimnis stets bewahrt?"

„Stets! Es wurde immer kurz vor dem Tode nur der Tochter überliefert. Ich bin die letzte. Selbst hier im Stamm ist es außer mir keiner Seele bekannt. — Aber dir, Effendi, würde ich es gern mitteilen, wenn du es wissen möchtest."

Sie richtete diese Worte an mich und fuhr in ihrem Eifer fort: „Was ich von dir empfangen habe, wiegt mehr, viel mehr, als ich dir bieten kann. Also höre! Nimm zwei Teile Ajesva zu fünf Teilen Setaratsch und Dekka, lege es in einen —"

„Halt!" unterbrach ich sie lachend. „Willst du es mir nur mitteilen, oder allen, die sich hier befinden?"

„Dir allein!"

„Wenn du es in ihrer Gegenwart sagst, erfahren sie es ja auch."

„Nein. Ich habe nur diese drei Namen genannt, die sie kennen, weil sie diese Pflanzen zuweilen für mich sammeln. Das übrige hätte ich dir dann heimlich gesagt. Soll ich?"

„Der Mensch soll alles lernen, was er lernen kann. Ja, ich bitte dich, es mir mitzuteilen."

Das war ein sehr unvorsichtiges Wort von mir, denn von diesem Tag an bestürmte mich Halef ohne Ermüden mit der Bitte, ihm nun meinerseits das Geheimnis zu verraten, weil er beabsichtigte, es seiner Hanneh zu lehren, damit sie für die Haddedihn und den ganzen Stamm der Schammar die „Salbe der Schönheit" kochen könne.

Am folgenden Tag brach der Stamm sein Lager ab und zog nordostwärts, in die Gegend des Demirlu-Dagh, wie es die Chodiah gesagt hatte.

3. Der Mann ohne Namen

Als wir nach zwei Wochen von der „Mutter der Schönheit" und ihren Leuten Abschied nahmen und dabei sagten, daß wir nicht über Kermanschah, Kerind und Khanikin nach Bagdad zurückkehren würden, weil das für uns ein zu bedeutender Umweg wäre, riet sie uns, zum Tschaisu, einem Zufluß des Dijala, zu reiten, warnte uns aber vor einem Zusammentreffen mit den räuberischen Hamawands und Dawuhdjehs, zwei ebenso „unternehmenden" wie „ruchlosen" Kurdenstämmen, die grad jetzt in Feindschaft miteinander lebten, weshalb die betreffende Gegend doppelt unsicher sei. Diese Warnung war gut gemeint, konnte uns aber nicht abhalten, die angegebene Richtung einzuschlagen. Wir hatten in Beziehung darauf, daß man die Kurden Räuber nennt, unsre eignen, persönlichen Ansichten, die sich aus unsern Erfahrungen und dem daraus entspringenden sachlichen und unparteiischen Urteil ergaben.

Diese vielverleumdeten und auch von abendländischen Zeitungen oft angegriffenen Stämme üben an Reisenden, die ihnen freundlich gesinnt sind, eine Gastlichkeit, die die größte Anerkennung verdient; selbst der Todfeind steht so lange und so weit unter dem kräftigen Schutz des Zeltes oder des Lagers des gegnerischen Stammes, unter dessen Hut er sich vertrauensvoll begeben hat, wie des Führers Macht reicht. Freilich, wer mit zweifelhaften Absichten kommt oder, wie manche, besonders europäische Reisende es tun, die Kurden als minderwertige, tief unter ihm stehende Menschen behandelt, die seine Überlegenheit bescheiden anerkennen und seine Nichtbeachtung ihrer Sitten und Gewohnheiten ruhig hinnehmen sollen, der darf von ihnen nichts erwarten. Wenn sie für die Erlaubnis, durch ihre Gebiete zu reisen, von solchen Leuten eine entsprechende Gegenleistung fordern, ist das ganz gewiß kein Grund zum Tadel. Und wenn sie, falls man ihnen diese Leistung verweigert, mit Gewalt ihre Forderung eintreiben und dann wohl auch mehr als das vorher Verlangte nehmen, so wird sie ein Kenner der dortigen Verhältnisse trotzdem noch nicht als Räuber bezeichnen. Der Begriff des Wortes Raub und die Ansichten darüber sind bei diesen Leuten anders als bei uns. Wenn unsre Anschauungen darüber für den größten Teil des Orients keine Geltung haben, dürfen wir nicht grad von den Kurden verlangen, daß sie sich ihnen zu ihrem eignen Schaden fügen. Als ich mich einst mit einem hohen Beamten jenes Landes über diesen Punkt unterhielt, erwiderte er mir, indem ein beinahe zweideutiges Lächeln auf seinem Gesicht erschien:

„Raub? Räuber? Allah bewahre dich vor Ungerechtigkeit! Ich kenne einen Mann, der in euerm Land gewesen ist; außerdem hat er viel über euch gelesen und mir davon erzählt. Ich weiß also, wie es steht: bei uns gibt es den graden, offenen, ehrlichen Raub, bei euch den höflichen, den heimlichen, den versteckten. Ihr nennt das Pleite, Ruin, Krach, Trust, Gründung und Unternehmungsgeist, womit ihr nicht etwa bloß Fremde, sondern eure eignen Stammesangehörigen schädigt. Ihr setzt den Leuten eure Messer versteckt auf die Brust; die, die ihr Räuber nennt, tun dasselbe offen und frei und nur gegen Fremde, gegen Feinde, niemals gegen einen, der zu ihrem Volk gehört. Welche Räuber sind da mehr zu tadeln, die unsrigen oder die eurigen?"

Wenn ich hier eine Art Ehrenrettung für den Kurden versuche, so geschieht es in rein menschlicher Absicht, weil ich meine, daß man jedermann nach den Verhältnissen beurteilen soll, die ihn erzogen haben und ihn weiterhin beherrschen. In Beziehung auf den Bewohner Kurdistans sind das so ungefähr unsre mittelalterlichen Verhältnisse, die Zeiten des Faustrechts, wo gar mancher auf hoher Burg thronende Herr aus einfachen Daseinsrücksichten nach unsern heutigen Begriffen zum Räuber wurde. Ob ihn deshalb seine Nachkommen wohl vom Stammbaum gestrichen haben? Grad so ein ritterlicher Balduin von Eulenhorst oder Kuno von Felsenstein ist auch der Kurde, der sein Tun für vollständig gesetzmäßig hält und den Vorwurf, daß er kein Ehrenmann, sondern ein gemeiner Dieb und Wegelagerer sei, mit blutiger Rache beantworten würde.

Ich bin von Kurden als Feind behandelt, nie aber von ihnen nach armeni-
schem Muster hinterrücks bestohlen oder übervorteilt und betrogen worden. Ganz meiner Ansicht war auch Hadschi Halef Omar, der von jeder
niedrigen Gesinnung abgestoßen wurde, und zwar oft sehr wacker auf
die Kurden geschimpft, doch nie von ihnen als von gemeinen, ehrlosen
Menschen gesprochen hatte.

Wir hatten die Bachtijaren vor einigen Tagen verlassen und befanden
uns jetzt auf der Höhe des kurdischen Gebirges. Die Berge lagen wie
mitten im Seesturm erstarrte, grün schimmernde Meereswogen um uns
her. Vor uns Strich in ziemlich grader Richtung eine lange Höhen-
linie hin, die zwar nicht mit Hochwald, aber mit ziemlich reichlichem
Buschwerk bestanden war; ihr folgten wir, weil sie nach Südwest verlief,
der Richtung, die unser Ritt hatte.

Nach kurzer Zeit kamen wir an ein schmales kleines Wasser, wo ich
anhielt, um aus der Gestaltung des vor uns liegenden Geländes auf den
mutmaßlichen Lauf des Baches zu schließen. Halef fragte:

„Denkst du, daß dieses Wasser schon zum Tschaisu gehört, von dem
die Frau gesprochen hat? Ich will dir nämlich gestehn, daß ich den
Namen Tschaisu nicht kenne; ich habe ihn noch nie gehört."

„Ich auch nicht."

„Und da wollen wir ihn suchen und auch finden?"

„Warum nicht? Der Name ist für uns Nebensache. Tschaisu ist ein
türkisch-kurdisches Wort. Tschai bedeutet Fluß; Su heißt sowohl Wasser
im allgemeinen als auch Fluß. Der Name ist also eigentlich sehr unbestimmt. Wahrscheinlich haben wir es hier mit der oft vorkommenden
Gewohnheit zu tun, einem Gegenstand eine beliebige Bezeichnung zu
geben. Für die Umm ed Dschamâl war der betreffende Fluß eben nur
‚der Fluß'; wie er eigentlich heißt, das ging sie nichts an. Jedenfalls
handelt es sich um einen rechtsseitigen Arm des Dijala, und da wir uns
auf dieser Seite befinden, werden wir gewiß auf ihn treffen. Ich hielt
hier nur an, um zu überlegen, ob wir diesem Bach folgen sollen oder
nicht. Er führt links tief hinab ins Tal, das einen weiten Bogen schlägt,
während die Höhe in grader Richtung weiterstreicht. Bleiben wir oben,
so stoßen wir sehr wahrscheinlich wieder auf ihn, und zwar heut abend,
wenn wir lagern müssen und also Wasser brauchen. Ihm zu folgen, würde
ein Umweg sein."

„Den wir nicht machen werden. Wir bleiben also oben."

Es zeigte sich beim Weiterreiten, daß ich den Lauf des Baches ganz
richtig erraten hatte. Der Talbogen, auf dessen Grund er floß, hatte erst
sehr weit nach links ausgeholt, kam aber dann immer näher zu uns zurück, und als wir gegen Abend das Ende unsers Höhenzugs erreicht hatten, sahen wir ihn unten quer vorüberfließen, um sich mit einem Wasser
zu vereinigen, das rechts aus einem Seitental kam. Beide bildeten in ihrer
Vereinigung sehr wahrscheinlich eine Gabel des Nebenflusses, den wir zu
finden hofften.

Wir ritten ins Tal hinab und suchten nach einem geeigneten Ort zum
Lagern. Wir fanden einen solchen ganz in der Nähe des Zusammenflus-

ses. Dort stiegen wir ab, ließen die Pferde trinken und wuschen sie dann, was wir nach einem solchen Ritt möglichst regelmäßig zu tun pflegten. Während man ein Pferd niemals mit warmem Wasser waschen soll, ist kaltes zu seiner Gesundheit so unbedingt erforderlich, daß man keine Gelegenheit, es ihm zu bieten, versäumen darf. Der Naturtrieb macht darauf aufmerksam. Ich habe im Westen der Vereinigten Staaten sehr oft wilde Mustangs sogar während ungewöhnlich kalter Tage ins Wasser gehn sehn.

Während unsre Hengste dann weideten, machten wir es uns unter einer Gruppe von Nadelbäumen bequem, deren dichte Wipfel versprachen, den Tau der Nacht von uns abzuhalten. Wir hatten den Platz so gewählt, daß wir die ganze Krümmung des Haupttals überschauen und auch einen Blick in die Mündung des Seitentals werfen konnten. Ein Feuer anzuzünden hielten wir nicht für nötig; unser Abendessen bestand aus kaltem Fleisch, das uns die Umm ed Dschamâl mitgegeben hatte; Stechmücken, die man durch Rauch von sich fernzuhalten pflegt, gab es nicht; die Witterung war so mild, daß wir keine künstliche Wärme brauchten, und so hätte ein Feuer nur die Wirkung haben können, daß wir durch sein Licht und seinen Geruch verraten wurden. Es fiel uns zwar nicht ein, Angst vor irgendeiner Begegnung zu haben, aber wenn man sich in einer solchen Gegend befindet, fühlt man sich mit sich allein am allersichersten.

Aber dieser Wunsch, allein zu sein, sollte uns nicht erfüllt werden. Wir hatten noch eine halbe Stunde bis zum Beginn der Dunkelheit, da sahen wir aus dem Seitental einen Reitertrupp kommen, der aus sechs wohlbewaffneten Personen bestand, die sich durch ihre Kleidung als Kurden kennzeichneten. Sie alle trugen rote Schulwars[1], eng anliegende Röcke, die von ledernen Gürteln zusammengehalten wurden, und darüber weite Antaris[2] von dunkler Farbe. An ihren Hüften hingen krumme Säbel; Pistolen und Messer steckten in den Gürteln, und als Fernwaffen hatten sie lange, dünne Kurdenflinten, die kaum bis zur Hälfte des Laufs geschäftet waren. Fünf von ihnen trugen Mützen von jener sonderbaren Form, die ihnen das Aussehn gegerbter Riesenspinnen gibt, deren halbkugelförmiger Leib den Kopf bedeckt, während die vielen Beine hinten und an den beiden Seiten herunterhängen. Der sechste hatte einen Turban von beinah vier Fuß Durchmesser. Man bekommt so riesige Amâjim[3] besonders häufig in Kurdistan zu sehn. Hierbei sei bemerkt, daß das Wort Turban eigentlich Dülbend heißt und nur das Stück Musselin bezeichnet, das man zur Bildung des Amami entweder um den Fez oder gleich um den Kopf wickelt.

Beritten waren sie sehr gut mit lauter Stuten der kurdischen Zucht, die sie durch langen, ausdauernden Atem und, was in den Bergen die Hauptsache ist, durch sichern, nie strauchelnden Tritt auszeichnet.

Wie wir diese Reiter gleich gesehn hatten, so waren auch wir ihnen sofort aufgefallen, denn der Blick zwischen ihnen und uns war frei und durch kein Hindernis verwehrt. Unsre vor der Baumgruppe grasenden

[1] Hosen   [2] Mäntel   [3] Mehrzahl von Amami = Turban

Pferde waren ihnen zuerst in die Augen gekommen, und dann hatten sie auch uns entdeckt. Sie hielten an, berieten sich eine kleine Weile und kamen endlich, die Flinten schußfertig, auf uns zugeritten, der Turbanträger voran. Sein Gesicht war bartlos, während die andern dichte Vollbärte trugen. Ihre Haltung ihm gegenüber zeugte von Achtung und Unterwürfigkeit, so daß wir in ihm den Anführer vermuten mußten.

Ich habe gesagt, daß sie sehr gut beritten waren, doch hätten wir keins unsrer Pferde gegen zehn der ihrigen umgetauscht. Das sahen auch die Kurden. Sie warfen im Näherkommen bewundernde Blicke auf unsre Tiere und machten zueinander leise Bemerkungen, die sich, wie wir wohl bemerkten, auf die Hengste bezogen. Als sie uns bis auf zwanzig Schritte nahe gekommen waren, hielten sie an und betrachteten uns mit argwöhnischen Augen.

„Sallam!" grüßte der Anführer.

Sein Gruß war nicht kurdisch, weil er uns ansehen mochte, daß wir keine Kurden waren. So kurz wie er grüßt man nur Ungläubige oder Leute, denen man nicht traut.

„Sallam!" antwortete ich ebenso mißachtend, obgleich ich mir mit einem kurzen Aleïkum auch nichts vergeben hätte; es wäre aber doch höflicher als die Wiederholung des Sallam gewesen.

Die Stimme des Grüßenden war ein hoher Tenor oder tiefer Alt, der mit dem unbärtigen Gesicht im Einklang stand. Seine Züge waren sehr regelmäßig, für einen Mann zu weich, fast weiblich schön. Das Alter ließ sich nicht bestimmen; ich fragte mich vergeblich, warum. Ich hätte behaupten mögen, daß dieses Gesicht noch niemals rasiert worden war. Da aber kam mir der Gedanke: hätte dieser Reiter nicht so sicher und nach wohlgeübter Mannesart im Sattel gesessen, so hätte ich ihn für eine Frau gehalten, obgleich der Blick so ernst und ruhig forschend war, wie ihn nur ein Mann zu haben pflegt, der seine Würde kennt und seinen Willen durchzusetzen weiß. Diese Erwägungen erforderten aber keine lange Zeit; sie gingen mir blitzschnell durch den Sinn. Als meine kurze Erwiderung verklungen war, zog der Kurde die Stirn in zornige Falten.

„Maschallah! Ihr scheint sehr vornehme Leute zu sein, da du so sparsam mit den Worten des Grußes bist?"

Er bediente sich auch jetzt der arabischen Sprache. Ich machte eine abwehrende Geste.

„Nach deiner eignen Sparsamkeit zu schließen, bist du nicht weniger vornehm als wir beide."

„Sag, wer ihr seid!"

Das klang gebieterisch, wie aus einem Mund, der gewohnt ist, Befehle zu erteilen.

„Weißt du nicht, daß der, der schon hier war, das Recht solcher Frage besitzt? Der später Angekommene hat zu antworten!"

Er drehte sich um, seinen Begleitern eine leise Bemerkung zuzuflüstern; dann wendete er sich mir wieder zu und sagte, indem ein leises Lächeln um seine vollen Lippen spielte:

„Es kommt nicht darauf an, wer vorher und wer später kommt, sondern darauf, wer man ist. Der Niedrigere hat dem Höherstehenden Auskunft zu erteilen. Darum werdet ihr wohl sagen müssen, wer ihr seid. Ich fordere das!"

Er hatte das in einem so selbstbewußten Ton gesagt, daß mein Hadschi Halef schnell und mit bekanntem Eifer das Wort ergriff.

„Was höre ich da? Sagen müssen? Müssen, müssen? Du forderst es? Höre wohl, von Fordern hast du gesprochen! Wer von jemanden etwas fordert, so gebieterisch fordert, wie du es dir erlaubst, muß höher als dieser andere stehn. Nun sag uns doch einmal, wieviel Kamelbuckel du über uns erhaben bist!"

„Ich stehe so hoch über dir, daß ich Ehrerbietung und Gehorsam von dir verlangen kann!"

„So? Also gleich zweierlei? Ehrerbietung und auch noch Gehorsam dazu! Also haben wir wahrscheinlich das unendliche Glück, den Padischah, den von Allah begnadeten Sultan und Kalifen aller Gläubigen vor uns zu sehn?"

„Nein, der bin ich nicht."

„Oder den erlauchten Schah-in-Schah, den berühmten Herrscher des persischen Reichs?"

„Nein."

„Vielleicht den Kaiser von Iswîsera[1], den König von Girid[2] oder gar den unvergleichlichen, weltbekannten Regenten von Elpes daghlary[3] und dem großen Reich Hyrwatlyk[4]?"

„Auch nicht."

„Nicht? Sonderbar! Du tust, als ob du der größte Beherrscher der Erde wärst, und bist doch nichts von alledem, was ich genannt habe! Ich sage dir aber: selbst wenn du einer dieser hohen Männer wärst, würdest du uns dadurch nicht die Ehrerbietung und den Gehorsam abzwingen, von denen du gesprochen hast. Mit unsrer Ehrerbietung beglücken wir nur uns selber, aber keinen andern Menschen, und nach Gehorsam suchst du bei uns überhaupt vergeblich. Wir tun stets nur, was wir wollen, und wer da glaubt, daß wir uns nach seinem Willen richten, dem beweisen wir sehr rasch, daß bei uns nichts zu wollen ist!"

„So steht ihr höher als der Padischah und auch höher als der Schah?" lächelte der Kurde. „Ich bitte euch also in aller Demut und Unterwürfigkeit, uns gütigst mitzuteilen, welche überaus hohen Herren wir vor uns haben!"

„Wir werden das nicht eher tun, als bis wir wissen, wer ihr seid."

„Das sagen wir nicht!"

„So schweigen auch wir!"

„Wir werden euch zwingen! Wir sind sechs Männer, ihr nur zwei!"

„Und wenn ihr sechshundert wärt, würden wir doch tun, was wir wollen!"

Da ließ der Kurde ein lustiges Lachen hören, in das seine Begleiter einstimmten. Er stieg vom Pferd, trat näher zu uns heran, die wir noch immer am Boden saßen, und sagte:

[1] Schweiz   [2] Kreta   [3] Die Alpen   [4] Kroatien

„Wir hatten hier diese Stelle zum Bleiben während der Nacht bestimmt. Ihr werdet uns Platz machen!"

„Nein, das werden wir nicht!" meinte Halef.

„Wir zwingen euch!"

„Womit?"

„Mit unsern Waffen."

„Das laßt ja in Allahs Namen bleiben! Es gibt auf der ganzen Welt keine einzige Waffe, vor der wir uns fürchten. Und wenn ihr jeder zehn oder noch mehr Kanonen bei euch hättet, die alle geladen wären, so würden wir doch darüber lachen!"

„Du bist verrückt! Ich wäre schon längst zornig über dich geworden, wenn ich nicht sähe, daß du zu der bemitleidenswerten Sorte von Menschen gehörst, die man als Masucha[1] bezeichnet. Darum kannst du mich nicht erzürnen, sondern nur mein Erbarmen erwecken. Verlaßt gutwillig diesen Platz, wenn ihr nicht wollt, daß wir euch dazu zwingen! Du siehst, daß ich jetzt Ernst mache. Wenn ihr nicht sofort gehorcht, schieße ich euch nieder!"

Er nahm eine Pistole aus dem Gürtel und ließ ihren Hahn knacken.

Es ist schon mehrfach gesagt worden, daß nichts den Hadschi so empören konnte, als wenn ihm seine Gestalt vorgeworfen wurde. So auch hier. Er sprang auf, schlug dem Kurden die Pistole aus der Hand, faßte ihn an beiden Armen, schleuderte ihn neben mich nieder, kniete ihm auf den Leib, legte ihm die linke Hand an die Kehle, zog mit der rechten sein Messer und hob es zum Stoß.

„Kerl, du sollst den ‚Mesach' kennenlernen! Wenn einer von euch es wagt, seine Waffe auch nur zu berühren, stoße ich dir das Messer ins Herz! Ich soll zu den Masucha gehören! Ich sage euch, das kleinste Glied meines kleinsten Fingers reicht vollständig aus, euch zu beweisen, daß ihr mir gegenüber nur Säuglinge seid, die sich nicht wehren können! Wagt ja keinen Widerstand, sonst steche ich ihn tot!"

Es war köstlich zu sehn, wie unbeweglich die fünf Kurden auf ihren Pferden saßen. Einen so blitzschnellen, gewalttätigen Streich hatten sie dem kleinen Kerl nicht zugetraut. Seine stoßfertige Klinge, der kraftvolle Ton seiner Stimme und die blitzenden Augen, deren Blick drohend auf sie gerichtet war, machten einen solchen Eindruck, daß sie nicht nur ihre Hände stillhielten, sondern auch kein einziges Wort zu sagen wagten. Der Anführer lag vor Schreck unbeweglich unter den Knien und der Hand des Hadschi, der, nun zu ihm gewendet, fortfuhr:

„Nun zwing uns doch einmal, diesen Ort zu verlassen, zwing uns doch, euch Platz zu machen! Ich bin sehr neugierig zu erfahren, wie du das anfangen willst! Wenn du meinst, daß es auf die Höhe und die Breite der Gestalt ankommt, so irrst du dich gewaltig. Vor mir haben schon die größten Riesen des Erdkreises im Staub gelegen, und du bist ja nicht einmal ein so großer Kerl, daß du dich über einen andern lustig machen dürftest. Ich verlange, daß du uns sofort sagst, wer ihr seid. Zögere nicht, sonst ist mein Messer schneller als deine Zunge!"

[1] Mehrzahl von Mesach = Zwerg

„Laß mich erst los, sonst kann ich nicht reden!" stöhnte der Kurde unter dem festen Handgriff Halefs.

„Gut, ich will dir Luft lassen; aber versuche ja nicht, dich frei zu machen! Also antworte! Wer seid ihr?"

„Wir sind Kurden", konnte der Gefragte nun deutlicher sagen, weil seine Kehle nicht mehr zusammengepreßt wurde.

„Das sehn wir. Wir wollen aber natürlich wissen, zu welchem Stamm ihr gehört."

„Zum Stamm Dumbeli."

„Wo befindet er sich jetzt?"

„Hier in der Nähe. Den genauen Ort kennen wir nicht. Wir sind von ihm weit fort gewesen und kehren jetzt wieder heim. Um nicht nach ihm suchen zu müssen, haben wir bestimmt, von dieser Stelle abgeholt zu werden. Darum müssen wir hier bleiben und forderten euch auf, den Ort zu verlassen. Gebt mich frei, und nehmt euch in acht, denn wenn unsre Krieger kommen und erfahren, daß ihr uns feindlich behandelt habt, werden sie blutige Rache nehmen."

„Wir fürchten uns vor ihnen und ihrer Rache ebensowenig wie vor euch! Du hast dein Maul so weit aufgerissen und es gewagt, uns Befehle zu erteilen, als ob du nicht zu den gewöhnlichen Kriegern deines Stamms gehörtest. Wie steht es damit?"

„Ich bin der Häuptling."

„Wie heißest du?"

„Mein Name ist Adir Beg."

„So will ich dir, Adig Beg, jetzt eine Mitteilung machen. Wenn du sie befolgst, gebe ich dich wieder frei, doch nur aus gutem Willen und nicht etwa, weil wir uns vor euch fürchten. Also höre, was ich dir sage!"

„Warte noch damit!" forderte ich ihn jetzt auf, denn ich durfte ihm nicht erlauben, Bestimmungen zu treffen, ohne mich vorher gefragt zu haben.

„Hast du einen Einwand?" fragte er mich.

„Ja. Dieser Mann hat dir nicht die Wahrheit gesagt; er ist kein Dumbeli-Kurde."

„Du meinst, daß er mich belogen hat?"

„Ja. Auch der Name Adir Beg ist falsch."

„Es ist mein richtiger Name", fiel da der Kurde ein. „Und auch meinen Stamm habe ich der Wahrheit gemäß genannt. Warum sollte ich euch andre Namen sagen!"

„Weil — — — doch davon vielleicht später. Uns kannst du nicht betrügen!"

„Du sprichst vom Betrügen? Wie dürft ihr mich des Betrugs zeihen, ihr, die ihr keine Kurden seid und also unsre Verhältnisse nicht kennt!"

„Ich kenne sie wahrscheinlich besser als ihr selber", entgegnete ich. „Ich will dir das beweisen, obgleich ich es gar nicht nötig habe, darüber zu sprechen. Du hast zwar jetzt nicht kurdisch, sondern arabisch gesprochen, aber ich höre doch an deiner Aussprache, daß dein Stamm die

Kurmandschi-Mundart des Kurdischen redet, nicht die Saza-Mundart; die Dumbeli aber sind Sazakurden, und der falsche Name Adir, den du dir beigelegt hast, ist ein Sazawort."

„Wie klug du bist!" antwortete er, halb verlegen und halb höhnisch. „Du scheinst nicht zu wissen, daß aus verschiednen Mundarten sehr oft Worte herüber und auch hinüber gehn!"

„Das weiß ich sehr wohl. Aber ebenso genau weiß ich, daß sich die Dumbeli sehr weit von hier befinden. Du hast uns belogen, und wer nicht aufrichtig mit uns ist, der darf bei uns auf keine Nachsicht rechnen."

Der Kurde zögerte, mir gleich wieder Antwort zu geben. Er sah mir lange forschend ins Gesicht; dann endlich sagte er:

„Ich möchte behaupten, daß du ein guter Mensch bist! Böse Leute haben andre Augen als du. Darum will ich dir offen eingestehn, daß ich nicht die Wahrheit gesagt habe. Aber ich darf nicht verraten, wer wir sind. Wir haben Allah ein Nadr[1] vor den Thron gelegt, das zum Schweigen zwingt. Glaubst du das?"

„Ja; ich sehe dir an, daß du jetzt die Wahrheit sprichst; ich glaube es."

„Wenn du uns zu einer Antwort zwängst, würden wir dich wieder belügen müssen. Nur aus diesem Grund haben wir nicht gesagt, wer wir sind. Andre Gründe, unsern Namen zu verschweigen, haben wir nicht. Wir können im Gegenteil so stolz darauf sein, wer wir sind, daß wir eher Ursache hätten, zuviel anstatt zuwenig davon zu sprechen. Nachdem du das gehört hast, wirst du dich wohl nicht länger weigern, uns Auskunft über euch zu geben! Welchem Stamm gehörst du an?"

„Keinem."

„Du bist doch ein Beduine! Wenn ein solcher zu keinem Stamm gehört, so ist er ehrlosen Verhaltens wegen von dem seinigen ausgestoßen und von keinem andern aufgenommen worden. Aber wie ein Ehrloser, wie ein Ausgestoßner kommst du mir nicht vor!"

„Ich bin kein Beduine."

„Also Perser?"

„Nein."

„Türke?"

„Auch nicht. Ich bin ein Christ und stamme aus dem Abendland."

„Es soll dort mehrere Länder geben, die verschiedne Namen haben. Wie heißt das deinige?"

„Dschermanistan."

„Dschermanistan? Das ist ein berühmtes Land, von dem oft gesprochen wird. Sein Sultan heißt Wirhem?"

„Wilhelm willst du sagen!"

„Sein Großwesir ist ein Riese von Gestalt, der Bismara heißt?"

„Bismarck ist die richtige Aussprache."

„Und sein Muschir[2] wird Molekeh genannt?"

„Moltke muß es heißen!"

„Wir können diese Namen nicht so aussprechen, wie du sie sagst; aber wir haben von diesen drei berühmten Männern sehr viel gehört. Man er-

[1] Gelübde   [2] Obergeneral

zählt bei uns von ihnen große, unvergleichbare Taten. Es muß in Dschermanistan sehr viele tapfre Männer geben!"

„Warum denkst du das?"

„Weil ihr den großen Stamm der Feransawi[1] besiegt habt, dem noch
niemals ein Feind hat widerstehn können. Auch Hadschi Kara Ben
Nemsi soll ein Krieger aus euerm Land sein."

Kaum war dieser Name ausgesprochen worden, so fiel Halef schnell ein:
„Hadschi Kara Ben Nemsi? Kennst du den?"

„Ja."

„Woher?"

„Wer sollte ihn nicht kennen, nicht von ihm und seinem treuen
Hadschi Halef Omar gehört haben! Diese beiden Männer haben manchem
Stamm gegen andre, feindliche Stämme beigestanden und ihm zum Sieg
verholfen, weil sie unübertrefflich tapfer sind und sich ganz und gar nach
den Kampfes- und Kriegsregeln des Landes Dschermanistan verhalten, die
weit besser und vorteilhafter als die unsrigen sind. Wer diese klugen
Regeln anwendet, der kann von keinem Feind überwunden werden. Darum sind Kara Ben Nemsi und sein Halef niemals besiegt worden, und
ihre Namen leben nicht nur im Mund der Freunde, sondern sie werden
auch von den Feinden mit Achtung und Ehrerbietung genannt."

Halef hatte noch immer fest auf dem Kurden gekniet; aber sobald der
„treue Hadschi Halef Omar" genannt wurde, nahm er zuerst das linke
Bein und bei den Worten „unübertrefflich tapfer" dann auch das rechte
weg, so daß er den am Boden Liegenden freigab und dieser sich auf-
setzen konnte. Das Messer behielt er freilich noch immer in den Händen. Doch als der Kurde zuletzt gar von „Achtung und Ehrerbietung"
sprach, entfernte der Kleine auch die drohende Waffe und sagte freundlich:

„Das hättest du gleich sagen sollen, nämlich, daß du diese beiden
weltberühmten Helden kennst! Da hätten wir anders mit euch geredet
als bisher. Du bist frei!"

„So kennst du sie wohl auch?" erkundigte sich der Kurde, indes er
rasch aufsprang und sich nach seiner Pistole bückte.

Ohne diese Bewegung zu beachten, antwortete der Hadschi:

„Natürlich kenne ich beide, und zwar sehr gut!"

„Ihr habt von ihnen gehört?"

„Nicht bloß das!"

„Sie gar gesehn?"

„Nicht bloß das!"

„Mit ihnen gesprochen?"

„Nicht bloß das!"

„Vielleicht bei ihnen gelagert, mit ihnen gegessen, getrunken und wohl
auch geschlafen?"

„Nicht bloß das!"

„So seid ihr etwa gar mit ihnen gereist, mit ihnen geritten, habt euch
längere Zeit bei ihnen befunden?"

[1] Franzosen

„Nicht bloß das!"

„Was denn noch? Es kann ja gar nichts weiter geben als das, was ich dich gefragt habe!"

„Oh, noch viel mehr! Wir befinden uns stets bei ihnen."

„Was? So müßtet ihr auch heut, auch jetzt bei ihnen sein!"

„Das sind wir ja auch!"

„Wie? Wirklich? Wo sind sie denn? Sag es schnell! Sie sind wohl für einige Zeit fortgeritten und werden wiederkommen? Ihr erwartet sie?"

„Nein. Sie sind hier!"

„So müßten wir sie sehn!"

„Ihr seht sie ja!"

„Wir erblicken nur euch. Haben sie sich versteckt? Sind sie zurückgewichen, als sie uns kommen sahen?"

„Nein, sie sind hier!"

Diese kurzen Fragen und Antworten folgten sehr schnell aufeinander. Der Kurde zeigte dabei einen ganz besondern Eifer, und sein Ton wurde bei jeder Frage dringlicher. Jetzt ließ er seinen Blick erstaunt zwischen Halef und mir hin und her gehn; er wußte nicht, was er sagen sollte. Da aber rief einer seiner Begleiter:

„Die Pferde, die Pferde! — Wer hat solche Tiere?"

Dadurch veranlaßt, drehte sich der Anführer nach den Rapphengsten um, wendete sich uns aber sehr rasch wieder zu und forschte:

„Halef soll sehr klein sein, und Kara —"

„Klein nur von Gestalt, aber ungeheuer groß an Mut und Tapferkeit!" fiel ihm der Hadschi rasch in die Rede.

„Und Kara Ben Nemsi Effendi", fuhr der Kurde nach dieser Unterbrechung fort, „soll die Zähne von selbsterlegten Bären, Löwen, Tigern und Panthern am Hals tragen. Du bist klein, und dein Begleiter hat zwei solche Halsbänder, wie ich sehe! Solltet —"

Er hielt vor Überraschung inne.

„Solltet — — — — was?" fragte Halef.

„Solltet ihr diese beiden sein?"

„Warum nicht?"

„Du Hadschi Halef Omar?"

„Ja."

„Der oberste Scheik der Haddedihn — — — ? Vom großen Stamm der Schammar?"

„Natürlich!"

„Und er ist Kara Ben Nemsi?"

„Gewiß!"

„So sei der Augenblick gesegnet, der uns zu euch hierher führte! Ihr seid die beiden Männer, die einmal zu treffen mein größtes Sehnen gewesen ist! Wir begegnen ihnen zu einer Zeit und an einem Ort, wo uns ihr Rat unendlich wert und willkommen sein muß! Steigt von den Pferden, ihr Leute, und begrüßt diese beiden Unüberwindlichen, wie man liebe Freunde begrüßt, deren Anblick das Herz frohlocken läßt!"

Wir standen auf. Sie sprangen von ihren Pferden, legten die Waffen ab und schüttelten uns die Hände mit einer Herzlichkeit, als ob wir alte Kameraden von ihnen wären, deren unerwarteter Anblick doppelt froh überrascht. Dann machten sie es ihren Tieren bequem und setzten sich bei uns nieder, nachdem sie sehr höflich um die Erlaubnis dazu gebeten hatten. Das Bild war plötzlich ganz anders geworden. Der Anführer saß mir gegenüber. Der Abend brach jetzt herein, und die Kurden erklärten, unserm Beispiel folgen und kein Feuer anbrennen zu wollen.

Natürlich war es uns zunächst darum zu tun, nun zu erfahren, von welchem Stamm die Kurden waren. Halef drückte diesen Wunsch in seiner bekannten Weise aus:

„Ihr wolltet uns zwingen, euch zu sagen, wer wir sind. Ihr habt es erfahren, obgleich wir uns nicht zwingen ließen. Nun euch dieser Wunsch in Erfüllung gegangen ist, seid auch ihr uns Rechenschaft über eure Personen schuldig, und ich hoffe, daß ihr das bisherige Geheimnis nicht länger um euch herumschlagen werdet wie einen Mantel, durch den man erst blicken kann, wenn er alt und zerrissen ist!"

Mein Gegenüber blieb zurückhaltend.

„Wir haben euch schon mitgeteilt, daß wir ein Gelübde getan haben und dadurch zur Verschwiegenheit gezwungen sind. Wir können euch daher nur erklären, daß wir zum Stamm der Hamawandi-Kurden gehören."

„Bist du ihr Scheik?"

„Nein, ich selber nicht, aber ein naher Verwandter von mir."

„Und dein Name?"

„Auch dieser ist Geheimnis. Nenne mich — —" er dachte einige Augenblicke nach und fuhr dann fort: „nenne mich Adsy; ich werde darauf hören."

Vielleicht dachte der Kurde an das türkische Wort adsys, das soviel wie „ohne Namen" bedeutet. Halef nickte ihm zustimmend zu.

„Ein Gelübde darf man nicht verletzen; darum genügt es uns, wenn du uns einen Namen nennst, der deinem Ohr wohlgefällt. Wir sind oben bei den Bachtijari gewesen und wollen nun wieder nach Bagdad hinab. Da ich euch das sage, dürfen wir vielleicht auch erfahren, nach welchem Ort ihr reitet?"

„Das ist es, weshalb wir euch um Rat fragen möchten. Eigentlich ist dieser ganze Ritt auch ein Geheimnis, aber ich habe guten Grund, mich gar nicht erst zu besinnen, ob ich es euch mitteilen kann. Es hat mich darum so sehr gefreut, euch, grad euch getroffen zu haben, zwei Männer von solcher Klugheit, solcher Erfahrung und solcher Tapferkeit, daß es für uns nur von größtem Nutzen sein kann, wenn ihr uns sagt, wie ihr an unsrer Stelle handeln würdet. Vor allen Dingen aber möchte ich wissen, wie ihr über die Dawuhdijeh-Kurden denkt."

„Was wir über sie denken? Hm!" zögerte Halef ausnahmsweise einmal vorsichtig. Dann fuhr er, zu mir gewendet, fort: „Es ist mir lieber, wenn du an meiner Stelle redest, Sihdi. Du weißt ja, daß ich überhaupt so wenig wie möglich spreche, zumal wenn es mir nicht bewußt ist, was und wie ich alles sagen soll!"

Damit hatte er die Schwierigkeit auf mich abgewälzt. Was ich als

Diplomat hätte reden müssen, das wußte ich ja auch nicht, weil mir nicht bekannt war, ob die Hamawands mit den Dawuhdijehs grad jetzt in Frieden oder in Feindschaft lebten; darum hielt ich es für das beste, meine Meinung der Wahrheit gemäß mitzuteilen.

„Die Dawuhdijehs halten den Raub für keine Schande; sie sind kühn und gewalttätig. Ihr Scheik Ismael Beg ist auch tapfer; größer als seine Tapferkeit aber ist seine Schlauheit, wie er sie schon sehr oft bewiesen hat."

„Das ist wahr, Effendi! Hast du ihn schon einmal gesehn?"

„Nein."

„Er dich?"

„Wohl auch nicht. Aber gehört habe ich genug von ihm, um mir ein Bild von ihm machen zu können."

„Es ist genau das Bild, das auch ich mir von ihm mache, denn auch ich habe ihn noch nicht gesehn. Wir wollen zu ihm."

„Lebt euer Stamm in Freundschaft mit dem seinen?"

„Freunde sind wir nicht, aber jetzt auch nicht Feinde. Der letzte Fall von Blutrache zwischen uns ist ausgeglichen, also hat kein Stamm dem andern etwas vorzuwerfen; aber bei Leuten, zwischen denen soviel Blut geflossen ist wie zwischen uns und ihnen, kann in jedem Augenblick wieder welches vergossen werden."

„So ist euer Ritt zu ihnen nicht ganz ungefährlich?"

„Oh, er ist viel gefährlicher, als du denkst! Wir sind überzeugt, daß wir unser Leben wagen, indem wir die Nähe der Dawuhdijehs oder gar sie selber aufsuchen. Aber wir müssen, denn ich habe erfahren, daß sie meinen Bruder bei sich festhalten."

„Warum?"

„Ich weiß es nicht."

„Aus welchem Grund befindet er sich bei ihnen, bei denen er doch, wie er wissen mußte, so wenig sicher ist?"

„Er mußte hin, um das Leben seines Sohns zu retten, der sich an einer vergifteten Waffe verwundet hat."

„Das ist mir unklar. Ich bitte dich, es verständlicher zu erzählen!"

„Diesen Wunsch werde ich dir gern erfüllen. Ich habe einen ältern Bruder, der Schevin heißt. Allah gab ihm einen Sohn, einen lieben, schönen, kräftigen Knaben, der der Stolz und die Freude seines Vaters und seiner Mutter ist. Khudyr ist sein Name. Dieser Knabe bekam unvorsichtigerweise ein vergiftetes Kriegsmesser aus Hindistan[1] in die Hand. Vielleicht weißt du, wie gefährlich das Gift ist, das man Antschar[2] nennt?"

„Ja, ich weiß es. Es wird auch Upas oder Tschettikgift genannt und bewirkt starke Krämpfe und darauf den Tod, wenn es durch die Wunde ins Blut gerät."

„Ich höre, daß du es kennst. Jedermann hat erfahren, daß dieses Gift das gefährlichste auf der ganzen Erde ist. Es wächst auf einem Baum, der im ‚Todestal' steht und seinen verderblichen Hauch mehrere Tage-

---

[1] Indien   [2] Antiaris toxicaria

reisen weit nach allen Richtungen verbreitet, so daß dort kein Baum, kein Strauch, keine Blume, ja kein einziger Grashalm entstehn und wachsen kann. Jedes Tier, das in die Nähe kommt, wird durch diesen Gifthauch sofort getötet, und auch jeder Mensch muß sofort sterben, wenn er sich dorthin verirrt oder so vermessen ist, sich heranzuwagen."

„So schlimm ist es doch nicht ganz!"

„Nicht? Wenn du das behauptest, kennst du dieses Gift wohl nicht genau. Ich sage dir, es ist die volle Wahrheit, daß jedes Geschöpf in der Gegend, wo dieser Baum des Gifttodes steht, unbedingt zugrunde geht. Darum ist das ‚Tal des Todes' mit den Gerippen von Menschen und Tieren so dicht besät, daß die Knochen den Boden überall vollständig bedecken!"

„Ich werde dir sogleich beweisen, daß du dich irrst. Weißt du, daß es Tausende von Klingen und Pfeilspitzen gibt, die mit dem Gift, von dem du sprichst, getränkt sind?"

„Ja."

„Es muß also doch wohl Leute gegeben haben, die es aus dem Tal des Todes holten?"

„Natürlich!"

„Sie haben es gebracht und sind nicht gestorben! Wie stimmt das mit deiner Behauptung überein?"

„Hierauf weiß ich freilich nicht zu antworten, Effendi. Was ich gesagt habe, ist mir so erzählt worden, und jedermann glaubt es."

„Ich will dir zu deiner Entschuldigung sagen, daß dieses Märchen vom Todestal auch bei uns im Abendland erzählt und von vielen Leuten, die nicht darüber nachdenken, geglaubt wird. Es gibt kein Todestal und auch nicht diesen einzelnen oder einzigen Upasbaum, der allein solches Verderben verbreiten kann, sondern es wachsen auf Java und noch andern benachbarten Inseln viele solche Bäume, Sträucher und Schlinggewächse, aus deren Milchsaft das Upas- oder Antschargift bereitet wird. Diese Bäume und sonstigen Gewächse gedeihen am besten an solchen Stellen, wo unterirdische giftige Gase aus der Erde treten. Die Gase sind schwerer als die Luft; sie steigen nicht in die Höhe, sondern bleiben unten in der Nähe des Bodens, besonders in Tälern, wo der Wind keinen Zutritt hat und sie also nicht mit sich fortführen kann. Wer sie einatmet, der muß sterben. Darum, aber auch nur darum findet man in solchen Tälern sehr oft Gerippe von Menschen und Tieren, die an diesen Gasen zugrunde gegangen sind, aber nicht an den Giftpflanzen, die allerdings gern an solchen Stellen wachsen, deren Saft aber nur dann schädlich wird, wenn er mit dem Blut in Berührung kommt. Das ist das Wahre an dem Märchen, das man nicht bloß erzählen hört, sondern sogar in Büchern lesen kann. Damit soll freilich keineswegs gesagt werden, daß dieses Gift weniger schädlich ist, als man von ihm berichtet. Ich selber habe beobachtet, daß die Verwundung mit einer solchen Waffe binnen kurzer Zeit den Tod herbeiführte."

„Deine Erklärung mag die Wahrheit enthalten, und richtig ist es unbedingt, daß dieses Gift verderblich wirkt. Der Knabe Khudyr hatte sich

mit dem Kriegsmesser, von dem ich sprach und das er ohne Wissen seines
Vaters und seiner Mutter in die Hand genommen hatte, nur ein wenig
geritzt, und doch traten sehr bald fürchterliche Krämpfe ein, die ihn umbringen wollten. Sie wiederholten sich häufig, und stets, wenn sie kamen,
war er dem Tod nahe. Sein Anblick dabei war furchtbar. Welche Angst
und Sorge da auf den Herzen der Seinen lastete, kann ich nicht beschreiben!"

„Habt ihr kein Gegenmittel angewendet?"

„Man sagt, daß es kein Mittel gibt! Dennoch holten wir aus der Nähe
und auch aus der Ferne alle Husama und arzneikundigen Leute zusammen, doch niemand konnte helfen. Eine Frau gab es wohl, die das
richtige Gegenmittel wußte, doch es war mit großer Gefahr verknüpft, zu
ihr zu gelangen."

„War der Weg zu ihr so beschwerlich?"

„Nein; aber sie befand sich bei den Dawuhdijeh-Kurden, mit denen
wir, als die Verwundung geschah, noch in Blutfehde standen, also durfte
sich niemand von uns zu ihnen wagen. Wir gaben uns des Knaben wegen
sogleich alle Mühe, die Fehde beizulegen. Die Gegner machten es uns
zwar schwer, aber wir kamen doch endlich zum Ziel und konnten sodann daran denken, die Frau aufzusuchen, um das Mittel von ihr zu
holen."

„Seid ihr denn überzeugt, daß sie das richtige Mittel wirklich kennt
und besitzt?"

„Ja, denn sie kann jede Krankheit heilen, also auch so eine vergiftete
Wunde."

„Hm! Möglich ist es, aber wundern sollte es mich doch! Besser wäre
es gewesen, du hättest mich eher getroffen!"

„Dich?" fragte er aufhorchend.

„Ja."

„Weißt du denn dieses Mittel auch?"

„Ob mein Mittel dasselbe ist, das diese Frau kennt, kann ich nicht
sagen; aber daß mein Mittel hilft, das darf ich getrost behaupten."

„Maschallah! Sag mir, ist es ein Geheimnis, oder darfst du es mir
mitteilen?"

„Ich mache kein Geheimnis daraus. Es besteht aus dem Saft von
Dabahh und Sukutan, äußerlich angewendet, wozu man sehr heißes Wasser trinkt, in dem wilder Kurat gekocht worden ist."

„Und das hilft, Effendi, das hilft?"

„Ja, sicher!"

„Hätten wir das gewußt! Aber vielleicht ist es auch jetzt noch Zeit!
Es ist ja möglich, daß die Alte ein Mittel hat, das nicht hilft. In diesem
Fall bin ich überzeugt, daß Allah dich uns gesandt hat, das Leben unsers
— — — unsers — — — unsers Khudyr zu retten!"

Der Kurde hatte jedenfalls eine andre Bezeichnung für den Knaben auf
den Lippen gehabt, sie aber zurückbehalten und durch den Namen
Khudyr ersetzt. Auch fiel mir auf, daß er von ihm mit einer so innigen
Besorgnis sprach, wie sie ein männlicher Verwandter, ein Oheim, wenig-

stens im halbwilden Kurdistan uns Fremden gegenüber nicht zu zeigen pflegt.

„Mein Mittel ist nicht so ohne weiteres anzuwenden, wie du zu denken scheinst", bemerkte ich. „Man muß den Kranken kennen und die Wunde untersuchen, die vielleicht jetzt schon nicht mehr offen ist. Sodann muß man die beiden Pflanzensäfte nur in einer besondern Mischung geben, weil Dabahh weniger Schärfe als Sukutan besitzt, und auch vom Kurat darf man nur eine gewisse Menge, nicht zuviel und nicht zuwenig, nehmen."

„So müßtest du wohl dabeisein, wenn man die Pflanzen anwendet?"

„Es ist wünschenswert, wenn auch nicht unbedingt nötig."

„Dann bitte ich dich, Effendi, deine Güte über uns leuchten zu lassen, indem du bei uns bleibst!"

„Das ist ein sehr kühner Wunsch!" antwortete ich in aller Aufrichtigkeit.

„Ja, das weiß ich wohl. Du bist ein so berühmter Mann, daß ein großer Mut dazu gehört, dir —"

„Das meine ich nicht", unterbrach ich ihn. „Das Wort Kühnheit sollte sich nicht auf meine Person beziehn, sondern darauf, daß du mich aufforderst, bei dir zu bleiben, obwohl du weder weißt, ob ich Zeit und Lust dazu habe, noch ich von dir erfahren konnte, welche Wege du jetzt reitest und was auf diesen Wegen alles vor dir liegt. Nimm also deinen Wunsch einstweilen wieder zurück, und erzähl uns weiter von dem Knaben!"

„Gut, das werde ich; aber ich sage dir, daß ich meine Bitte doch wieder aussprechen werde! Als die Blutrache endlich beseitigt war, machte sich der — — — machte sich Schevin mit dem Knaben auf, um ihn zu der alten Frau zu bringen!"

Er hatte wieder gestockt, wahrscheinlich abermals einen andern Namen nennen wollen. Mir gab das zu denken, doch ließ ich ihn ungestört fortfahren:

„Er nahm einige tüchtige Krieger mit, um nicht ohne allen Schutz zu sein. Wir wußten, wie lange die Hinreise und auch die Rückkehr dauern würde und wann er also ungefähr wiederkommen mußte. Diese Zeit verging und dann noch fast eine Woche, ohne daß er kam. Da wurden wir besorgt und schickten einige Kundschafter aus, um zu erfahren, warum er so lange blieb. Als sie heimkehrten, meldeten sie uns, daß er nicht kommen konnte, weil er mit dem Knaben und seinen Begleitern festgehalten werde."

„Warum hält man ihn zurück?"

„Das wissen wir nicht."

„Haben die Kundschafter gar nichts darüber erfahren können?"

„Gar nichts!"

„Sonderbar, höchst sonderbar!"

„Was?"

„Ihr alle, die ihr doch beteiligt seid, wißt nichts davon, und ich, der Fremde, ahne den Grund!"

„Du? Ahnst ihn? Ja, man erzählt freilich, daß deinem Scharfsinn nichts entgehen könne, aber daß du hier das Richtige triffst, ist nicht anzunehmen! Das wäre fast ein Wunder."

„Ein Wunder? Gar nicht! Man braucht gar nichts weiter zu tun, als richtig nachzudenken. Wer folgerichtig zu denken und einen Punkt aus dem andern zu entwickeln versteht, vor dessen Auge liegt schnell manches klar, was andre nur verspätet oder wohl auch gar nicht erfahren."

„Dürfen wir hören, Effendi, was du vermutest?"

„Ja, obgleich du damit von mir verlangst, daß ich gegen dich aufrichtiger sein soll, als du in deinen Mitteilungen gegen mich gewesen bist."

„Du aufrichtiger? Wieso?"

„Das wirst du gleich hören. Beantworte mir nur eine Frage der Wahrheit gemäß! Heißt der, den du deinen Bruder nennst, also der Vater des Knaben, wirklich Schevin?"

„Warum stellst du mir diese Frage?" erwiderte er ausweichend.

„Weil sie hier von großer Wichtigkeit ist. Das Kurmandschiwort Schevin heißt Schäfer, Hirte. Wenn ich erklären soll, ob ein kurdischer Krieger, der gar der Sohn des Häuptlings oder wenigstens ein Verwandter von ihm sein soll, wirklich so heißt oder sich diesen friedlichen Namen nur beigelegt hat, um seinen eigentlichen, richtigen und sehr kriegerischen zu verbergen, so entscheide ich mich für den zweiten Fall. Dein sogenannter Bruder heißt nicht Schevin, sondern hat einen andern Namen."

Wenn es hell gewesen wäre, hätte ich auf dem Gesicht des Kurden jedenfalls den Ausdruck der Überraschung bemerkt; da es aber hier unter den Bäumen ganz dunkel war, sah ich nichts, doch ließ eine längere Pause, die jetzt eintrat, vermuten, daß meine Worte den beabsichtigten Eindruck hervorgebracht hatten. Dann klang seine Stimme im Ton eines plötzlichen, schnellen Entschlusses:

„Gut, nimm einmal an, du hättest recht! Was folgt in Beziehung auf die Dawuhdijehs daraus?"

„Ich nehme zunächst an, daß euer Stamm mit dem ihrigen häufig zusammengetroffen ist?"

„Das ist richtig."

„Wenigstens die hervorragendsten von euern Kriegern sind ihnen bekannt?"

„Ja."

„Schevin ist ein solcher Krieger?"

„Ja."

„Sie wissen, wie er eigentlich heißt?"

„Ja."

„So denke also: sie kennen ihn, sie wissen seinen wirklichen Namen; jetzt kommt er plötzlich anders zu ihnen, als sie ihn bisher gesehn haben, und gibt sich einen falschen Namen! Was werden sie da denken? Was werden sie da wohl tun?"

Da antwortete der Kurde rasch und voller Besorgnis:

„Effendi, mit deinen Worten geht die Befürchtung in Erfüllung, die ich seit einigen Tagen hege! Ich will dir gestehn, daß er allerdings anders heißt, daß er sich einen falschen Namen gegeben hat."

„Aber warum denn das?"

„Um weniger Aufmerksamkeit auf sich zu lenken."

„Er mußte sich aber doch sagen, daß er das Gegenteil davon erreichen würde!"

„Er glaubte, wenn er unerkannt bliebe, würde man sich weniger um ihn kümmern."

„Aber man mußte ihn doch erkennen, weil er eine bekannte Persönlichkeit ist, und dann war es gar nicht anders zu erwarten, als daß man der Verheimlichung seines wirklichen Namens schlechte Absichten unterschob. Das siehst du wohl ein?"

„Ja, ich sehe es ein. Und leider ist mir dieser Gedanke erst nachträglich gekommen, als Schevin schon fort war. Glücklicherweise ist es nicht ganz so schlimm, wie du denkst. Da er wirklich keine bösen Absichten hat, kann man ihn wohl mißtrauisch, aber doch nicht feindlich behandeln."

„Ob er solche schlimme Absichten wirklich hat, das ist Nebensache. Bei Leuten, wie die Dawuhdijehs sind, genügt es vollständig, daß er sie zu haben scheint. Nach diesem Schein wird er behandelt."

„Das klingt schlimmer, als ich meinte; aber es gibt auch hierbei noch einen erleichternden Gedanken: die alte Frau ist nicht unmittelbar bei den Dawuhdijehs zu finden, sondern sie ist ihnen nur zur Bewachung anvertraut worden. Sie wird von den Türken festgehalten, und einige Dawuhdijehs sind stets bei ihr, um aufzupassen, daß sie den Ort, an dem sie sich befindet, nicht verlassen kann. Wer sie aufsucht, hat also nicht nötig, den eigentlichen Sitz des Dawuhdijeh-Stamms aufzusuchen."

„Diese alte Frau erweckt meine höchste Teilnahme, doch werde ich dich erst später nach ihr fragen. Jetzt muß ich mich zunächst mit dem Widerspruch beschäftigen, den ich in deinen Worten und deinem Verhalten entdecke."

„Welchen Widerspruch meinst du, Effendi?"

„Du suchst alle möglichen Trost- und Beruhigungsgründe hervor und hast mir doch schon gesagt, daß Schevin in die Hände der Dawuhdijehs gefallen sei und von ihnen nicht wieder fortgelassen werde. Ja, du scheinst dich sogar schon zu seiner Befreiung aufgemacht zu haben. Wie stimmt das zusammen?"

„Du wirst das begreifen, wenn ich dir mitteile, daß man Schevin zwar zurückhält, ihm aber nichts zu tun wagt, weil man ihm die Absichten, die man vermutet, nicht nachweisen kann. Sobald aber ein einziger unsrer Hamawand sich das geringste gegen einen Dawuhdijeh zuschulden kommen ließe, was zu jeder Stunde geschehen kann, so würde man die Rache sofort gegen Schevin richten, und das ist es, was mich um ihn in große Sorge versetzt. Daß sich dann auch der Knabe in der größten Gefahr befindet, daran darf ich überhaupt nicht denken!"

Auch jetzt war der Ton seiner Stimme so tief klagend, wie ich es von einem kurdischen Oheim nicht erwarten konnte.

„Haben eure Kundschafter denn mit Schevin sprechen können?" erkundigte ich mich.

„Was denkst du? Das ist gar nicht möglich!"

„Haben diese Leute ihn wenigstens gesehn?"

„Nein."

„Haben sie erfahren, wo man ihn versteckt hält?"

„Nicht genau, denn was sie mir darüber sagen konnten, klingt bald so und bald anders. Über allen Zweifel sicher ist es nur, daß man ihn nicht wieder fortlassen will."

„So ist er erkannt worden?"

„Wahrscheinlich. Wir sind also dreihundert Mann stark aufgebrochen, um ihn zu holen."

„Was sagst du?" fragte ich erstaunt. „Dreihundert Mann? Das ist ja nach den Verhältnissen dieses Landes und dieser Gegend ein ganzes Heer!"

„Das ist es! Es gilt seine Befreiung, bei der keine Zahl zu groß sein kann! Wir sind unserm Heer vorangeritten als Führer und ‚scharfe Augen‘, denen die andern in sichrer Entfernung folgen."

Es trat eine Pause ein, während der ich schwieg, weil mir diese Angelegenheit zu denken gab. Darum fragte Adys nach einer Weile:

„Du bist ein abendländischer Krieger und denkst also nicht so wie wir über das, was geschieht. Hat vielleicht etwas von dem, was ich gesagt oder getan habe, nicht deine Zustimmung?"

„Ich bin mit den dreihundert Hamawands nicht einverstanden. Verzeih, daß ich das sage!"

„Aus welchem Grund bist du dagegen?"

„Kaum habt ihr die Blutrache zum Schweigen gebracht, so unternehmt ihr einen Zug, durch den der Haß sehr leicht zu noch viel höher lodernden Flammen als vorher entfacht werden kann. Das ist es, was ich auszusetzen habe."

„Es ist jetzt noch kein Kriegszug, kann aber einer werden. Wenn die Dawuhdijehs unsre Forderung erfüllen, Schevin und seine Begleiter herauszugeben, ziehn wir friedlich wieder heim."

„Wißt ihr, warum sie ihn zurückgehalten haben? Kann er nicht etwas unternommen haben, womit er ihnen Grund zu ihrem Verhalten gegeben hat?"

„Das werden wir erfahren. Wir sind zum Frieden, aber auch zum Kampf bereit. In beiden Fällen würden wir es als eine von Allah gesandte Hilfe betrachten, wenn sich Kara Ben Nemsi und Hadschi Halef Omar bei uns befänden."

„In beiden Fällen? Wieso?"

„Wenn ihr euer Wort in die Waagschale des Friedens legt, wird es mehr gehört, als wenn wir alle sprächen. Und wenn es trotzdem zum Kampf käme, so würden deine Zaubergewehre, von denen wir schon soviel gehört haben, allein hinreichen, uns zum Sieg zu verhelfen. Ich bitte dich also sehr, Effendi, an unserm Zug teilzunehmen!"

Aha! Sehr klug! Da ich aber doch nicht so gradheraus sagen konnte, was ich über diese kindliche Zumutung dachte, entgegnete ich ablehnend:

„Die Erfüllung deines Wunsches würde uns ein Vergnügen bereiten; aber leider haben wir keine Zeit."

„Keine Zeit — — —?" warf mir Adsy im Ton des größten Erstaunens entgegen, denn der Orientale hat ja immer Zeit; er besitzt nicht das mindeste Verständnis für den Wert, den jede einzelne Lebensstunde für den Menschen hat.

„Ja, keine Zeit!" wiederholte ich. „Wir sind schon bei den Bachtijaren länger geblieben, als wir wollten."

„Was ihr für diese tatet, könnt ihr auch für uns tun!" fiel er ein.

„Wir werden von Freunden in Bagdad erwartet —"

„Sie mögen warten!"

„Auch haben wir vor, von Bagdad nach Basra mit dem Schiff zu fahren."

„Es mag warten!"

„Das wartet nicht, sondern fährt pünktlich ab."

„So fährt später ein andres! Kein Mensch stirbt eher, als Allah will, und ihr kommt keinen Augenblick früher oder später nach Basra, als euch im Buch des Lebens vorgeschrieben ist!"

„Du denkst nicht daran, daß ich kein Moslem, sondern ein Christ bin. Ich habe also in Beziehung auf das Kismet eine andre Meinung als du."

„Ich halte unsern Glauben für besser als den deinigen, obgleich ich ihn nicht kenne; aber kluge Leute scheint ihr doch zu sein, denn die alte Frau, die die Wunde unsers Knaben heilen soll, ist auch eine Gläubige des Propheten aus Nasirah[1]."

„Eine Christin? Etwa aus dieser Gegend?"

„Das weiß ich nicht, aber man sagt, sie sei hier fremd. Sie soll so alt sein, daß man ihre Jahre gar nicht zählen kann. Ihr Antlitz ist das Angesicht des Todes, und die Zöpfe ihres langen, weißen Haars scheinen aus der Zeit zu stammen, als Mohammed, der Prophet Allahs, noch auf Erden wandelte."

Kaum hatte der Kurde diese Worte gesagt, so rief Halef laut:

„Sihdi, Sihdi, hast du es gehört? Hamdulillah, wir sehn sie wieder, sie, die wir längst im Land des Todes wähnten! Diese alte Frau ist —"

„Still!" unterbrach ich ihn, bevor er den Namen aussprechen konnte, weil es den Hamawands gegenüber wahrscheinlich geraten war, uns wegen der vermutlichen Bekanntschaft schweigsam zu verhalten. Dann forschte ich weiter:

„Wie heißt diese Frau?"

„Ihren Namen kenne ich nicht; ich habe ihn noch nie gehört. Man nennt sie nur es Sahira, die Zauberin. Sie soll das Aussehn einer aus dem Grab erstandnen Leiche haben. Vielleicht hat sie sich auch wirklich schon darin befunden, und ihre Seele ist während dieser Zeit bei den Geistern der Abgeschiedenen gewesen und dann wieder in den Körper zurückgekehrt; denn sie weiß von jenem Leben zu sprechen, als ob sie es ken-

[1] Nazareth

nengelernt hätte, und kann Dinge sehn und hören, die andern Sterblichen streng verschlossen sind."

„Das klingt ja außergewöhnlich", warf ich ungläubig ein, um ihn dadurch zu weitern Mitteilungen zu veranlassen.

„Es ist aber wirklich so, Effendi!" beteuerte er. „Man erzählt sich sogar, daß sie Wunder wirken kann."

„Tatsächlich?"

„Ja. Ich habe unheilbare Kranke gesehn, von denen sie durch das Gebet und das nachfolgende Auflegen ihrer Hände die Krankheit genommen hat."

„Kennst du ihre Heimat?"

„Nein. Doch meint man, sie müsse aus der Gegend von Hakkiari oder auch Rewandoz sein, weil sie zuweilen Namen von Orten nennt, die es dort gibt. Etwas Sichres wird wohl nur der Pascha von Suleimania wissen."

„Der? Du nennst ihn Pascha? Wenn er das erführe, würde er sich sehr darüber freuen, daß er zu einem solchen Rang erhoben worden ist. Warum meinst du, daß er die Heimat der Frau kennt?"

„Weil er es ist, der sie gezwungen hat, in dem Kulluk[1] zu wohnen, den sie nicht verlassen darf."

„Er hat sie nicht bei sich in Suleimania?"

„Nein. So nah will er sie nicht haben, denn er fürchtet sich vor ihr. Er hat sie in die Berge schaffen lassen, wo hoch oben das dicke Gemäuer des Kulluk steht, der vor langer, langer Zeit zur Bewachung der Grenze gebaut wurde. Dort steckt sie unter der Aufsicht der Dawuhdijehs, die aufpassen müssen, daß sie sich nicht entfernt."

„Also eine Gefangene?"

„Ja."

„Da ist es aber sonderbar, daß er sie nicht durch Soldaten, sondern durch die Dawuhdijehs bewachen läßt."

„Den Grund kenne ich nicht."

„Wie lange steckt sie wohl schon im Kulluk?"

„Das weiß ich nicht; es ist aber schon lange her, seit ich zum erstenmal von ihr hörte."

„Welche Sprache spricht sie?"

„Man kann arabisch, türkisch, kurdisch und auch persisch mit ihr reden."

„Kennst du die Gegend, wo der Turm liegt?"

„Ja."

„Auch so genau, daß du mir als Führer dorthin dienen könntest?"

„Ja. Wir sind schon einigemal dort gewesen, früher, als der Kulluk leer stand und es Sahira noch nicht hinter seinen starken Mauern steckte."

„Das ist mir lieb, denn ich kenne ihn noch nicht."

„Willst du hin?" fragte er schnell.

„Ja."

„Ich denke, du hast keine Zeit?"

[1] Wartturm

„Ich habe allerdings so wenig Zeit, daß ich mich durch gewöhnliche Gründe nicht abhalten lassen würde, ohne alles Säumen nach Bagdad zu reiten; aber um eine Frau zu sehn, die Wunder tut, kann man schon ein solches Opfer bringen."

„So werdet ihr bei uns bleiben?"

„Ja."

„Hamdulillah! Nun können wir sicher sein, daß wir Schevin mit dem Knaben und auch ihre Begleiter zurückbringen werden. Effendi, ich danke dir! Du konntest mir gar keine größere Freude bereiten! Nun mögen die Dawuhdijehs vorhaben, was sie wollen, wir brauchen keine Sorge zu haben. Selbst wenn es zwischen ihnen und uns zum Kampf käme, würde er für uns ein siegreiches Ende nehmen!"

„Darüber will ich dir sogleich erst ein notwendiges Wort sagen. Du hast, wie du uns vorhin mitteiltest, viel von uns gehört; da wirst du wahrscheinlich auch erfahren haben, daß wir zwar furchtlose Männer sind, aber den Frieden lieben und darum soviel wie möglich jede Feindseligkeit zu umgehn suchen. Genauso werden wir uns auch jetzt verhalten."

„Aber wenn die Dawuhdijehs nun weniger friedlich gesinnt sind und uns zum Kampf zwingen?"

„So bleibt uns vorher noch immer die List, durch die man ohne Opfer an Blut und Leben oft mehr erreicht als durch sofortiges Dreinschlagen mit den Waffen."

„Wir sind ja auch gar nicht darauf versessen, das mit Gewalt zu erzwingen, was wir ohne sie erreichen können. Ich habe die dreihundert Krieger nur mitgenommen, um für alle Fälle gerüstet zu sein."

„So bin ich mit dir einverstanden, und wir können uns also über die notwendigen Maßregeln besprechen."

„Welche Maßregeln meinst du da?"

„Ich meine, daß wir doch wissen müssen, wohin wir uns zu wenden haben, um die Gesuchten zu finden."

„Ja, wo sie stecken, das wissen wir nicht. Ich habe dir schon gesagt, daß die Aussagen und Vermutungen unsrer Kundschafter in Beziehung auf diesen Punkt nicht miteinander übereinstimmen."

„Hm! Da ist es ja grad so gut, als hättet ihr gar keine Späher ausgeschickt! Ich meine, daß solche Leute gar nicht eher zurückkehren dürfen, als bis sie wissen, woran sie sind; so habe wenigstens ich es stets gehalten. Soviel ich weiß, gibt es nomadische Dawuhdijehs und auch solche, die zwischen Bazian und Kifri seßhaft sind. Um welche handelt es sich?"

„Um alle, denn die Seßhaften schließen sich stets den andern an, wenn es ein gewinnbringendes Unternehmen gilt; der Unterschied zwischen beiden ist nicht groß."

„Wo sind die Wandernden jetzt zu suchen?"

„Links oberhalb Suleimania."

„Und wo liegt der Kulluk, in dem die wunderbare Sahira festgehalten wird?"

„Grad östlich und ungefähr einen Tageritt von hier."

„Wie weit sind deine dreihundert Mann hinter dir?"

„Sie kommen morgen früh eine Stunde nach dem Beginn des Tags hier an."

„Wann wolltet ihr diese Stelle hier verlassen?"

„Sofort, wenn es hell geworden ist."

„Also noch bevor eure Krieger hier eintreffen?"

„Ja."

„Würden sie denn wissen, wohin sie hinter euch her zu wandern haben?"

„Ja, denn wir haben Zeichen mit ihnen verabredet."

„Wohin würdet ihr sechs morgen von hier aus geritten sein, wenn ihr uns nicht getroffen hättet?"

„Das wollten wir heut abend hier beraten."

„So beratet es jetzt! Ich bin neugierig, was ihr da beschließen werdet."

„Willst du uns nicht helfen?"

„Ich will wissen, was ihr tun würdet, wenn wir nicht dabei wären. Vielleicht sage ich euch dann das, was ich denke. Wir wollen euch in eurer Beratung nicht stören und uns also für kurze Zeit entfernen. Komm, Halef!"

Wir standen auf und spazierten langsam am Wasser hin. Als wir uns außer Hörweite der Hamawands befanden, sagte der kleine Hadschi:

„Gut, daß du diesen Vorwand vorschobst, um für einige Zeit von ihnen wegzukommen! Da können wir uns besprechen, ohne daß sie es hören. Warum wolltest du nicht, daß ich den Namen unsrer alten Freundin nenne?"

„Weil es doch nicht nötig ist, so vorschnell zu sagen, daß wir sie kennen. Wir wissen ja gar nicht, wie sich diese Angelegenheit entwickeln wird. Sie scheint gefangen zu sein. Man hält sie für eine Zauberin. Aber wie denkt man sonst von ihr? Freundlich oder feindlich? Besonders da sie Christin ist! Wir müssen sie herausholen. Dürfen wir das den Hamawands sagen? Oder würden sie das den Dawuhdijehs verraten, um dafür ihre Leute loszubekommen? Du hörst, daß es verschiedenes zu überlegen gibt und daß wir nicht so, wie du wolltest, vor lauter Freude mit beiden Beinen zugleich in die Sache hineinspringen dürfen! Nur vorsichtig sein, Halef! Denk an Hanneh!"

„Sihdi, an die denke ich zu aller Zeit; sie kommt mir keinen Augenblick aus dem Sinn, denn sie ist der holdeste Inbegriff aller Seligkeit und Wonne, die es im Morgenland und auch im Abendland gibt! Nun sag aber auch, wie wir es anfangen werden, um in den Turm zu der Gefangenen zu kommen."

„Wir können jetzt noch nichts bestimmen, weil wir noch fast gar nichts wissen. Vor allen Dingen müssen wir den Kulluk kennenlernen. Bevor wir ihn gesehn haben, ist es unmöglich, einen Plan zu entwerfen. Überlaß es mir und sorge dich nicht! Komm!"

Der Anführer der Hamawands hatte uns gerufen. Als wir hinkamen, teilte er uns ihren Beschluß mit:

„Wir sind mit unsrer Beratung fertig, Effendi, und werden euch mitteilen, was wir beschlossen haben."

„Nun?"

„Wir werden morgen früh doch nicht gleich fortreiten, sondern hierbleiben, bis unsre Krieger eintreffen."

„Warum?"

„Weil sie euch sehn sollen. Ich will, daß sie sich mit ihren eignen Augen überzeugen, was für seltne und berühmte Männer wir hier getroffen haben und zu unsern Freunden zählen dürfen. Ich muß dabeisein, wenn sie sich darüber freuen."

„Ich bin damit einverstanden, daß wir warten, bis sie eintreffen; doch nicht aus persönlichen, sondern aus Klugheitsgründen. Eine solche Menge von Kriegern so nah hinter euch kann alles verderben."

„Wieso?"

„Erkennst du denn nicht von selber, was ich meine?"

„Nein. Ich glaubte bisher, damit, daß ich diese dreihundert Leute mitnahm, sehr vorsichtig und vernünftig gehandelt zu haben, und nun höre ich, daß du aus Gründen der Klugheit dagegen sprichst!"

„Ich tue das mit vollem Recht. Sag mir doch, warum ihr nicht sofort mit diesen dreihundert Mann aufgebrochen seid, sondern erst Kundschafter schicktet!"

„Weil wir doch unbedingt erst wissen mußten, wie es mit unsern Freunden steht, die nicht zurückkehren."

„Nun, wißt ihr das denn jetzt?"

„Nein. Wir haben weiter nichts erfahren können, als daß sie von den Dawuhdijehs zurückgehalten werden."

„Also, obgleich eure Kundschafter nichts erreichten, habt ihr getan, was ihr nicht eher tun durftet, als bis die Aufgabe der Späher gelöst war! Du gibst zu, daß es falsch gewesen wäre, mit dreihundert Mann auszurücken, ohne die Verhältnisse vorher erst zu erkunden, und jetzt seid ihr ausgerückt, obwohl sie nicht erkundet sind. Ist damit der Fehler eingestanden oder nicht?"

„Effendi, du verstehst die Fragen so zu setzen, daß man gradso antworten muß, wie du es willst!"

„Gut; diese Worte enthalten das gewünschte Eingeständnis! Das, was die Kundschafter versäumt haben, muß unbedingt erst nachgeholt werden. Ihr seid sechs Personen, vollständig genug, das zu tun. Ich meine, daß es bei solchen Späherritten stets besser ist, sowenig Personen wie möglich dazu zu nehmen; allerdings müssen diese Leute auch möglichst erfahren, vorsichtig und listig sein. Sechs Personen wären mir schon zuviel. Ihr aber schleppt gar noch dreihundert Männer hinter euch her. Ich sage dir, ihr gleicht da Kundschaftern auf einem Fluß, die zwar so klug gewesen sind, den kleinsten und schnellsten Kahn für sich auszuwählen, aber ein schweres, unbewegliches Floß angehängt haben, das sie nun mühsam hinter sich herschleppen. Ihr müßt so ungebunden, so beweglich, so unabhängig wie möglich sein, um euch, sobald es nötig ist, nach jeder Richtung wenden zu können, und hängt doch an diesen dreihundert

Mann fest wie edle Pferde, die vor einen schwerbeladnen Ochsenwagen gespannt sind!"

„So meinst du, daß wir diese Krieger zurücklassen und uns zunächst nur als Späher betrachten sollen?"

„Ja, das meine ich."

„Aber wohin sollen wir uns da wenden? Wir wissen ja nicht, wo Schevin versteckt gehalten wird!"

„Durch diese Unwissenheit wird der Fehler nur vergrößert, der in der Mitnahme so vieler Krieger liegt. Erfahrt ihr das, was ihr nicht wißt, etwa durch die Begleitung dieser Leute?"

„Nein."

„Es scheint, ihr habt nicht richtig nachgedacht. Ich an eurer Stelle wüßte, wohin ich mich zu wenden hätte."

„Ich bitte dich, es uns zu sagen!"

„Sehr einfach, nach dem Kulluk, in dem die alte Sahira steckt."

„Dorthin? Warum?"

„Aus keinem andern Grund als dem, daß diese Frau sich dort befindet. Ich habe keine Ahnung, warum der sogenannte ‚Pascha' von Suleimania sie dort festhalten läßt; aber daß er sie nach dem Wartturm hat schaffen lassen, ist mir ein Beweis dafür, daß dieser Ort in der ganzen Umgebung das geeignetste Versteck für Gefangene ist. Das wissen auch die Dawuhdijehs, denen ja die Bewachung dieser Leute anvertraut ist, und so liegt der Gedanke, daß sie auch Schevin dorthin gebracht haben, doch sehr nah, denn erstens gibt es keinen besser passenden Ort dazu, und zweitens ist die nötige Bewachung schon vorhanden."

„Effendi, dieser Gedanke ist sehr gut. Ich wundere mich jetzt darüber, daß wir nicht auch darauf gekommen sind, da er doch eigentlich der allernächste war!"

„So siehst du also ein, daß ich recht hatte, als ich sagte, ihr hättet nicht richtig nachgedacht. Ihr seid in euerm Grimm über die Dawuhdijehs sofort mit dreihundert Kriegern losgeplatzt, ohne nur zu wissen, weshalb sie Schevin festgehalten haben, und ohne euch zu sagen, daß man Gewalt erst dann anwendet, wenn man erkannt hat, daß weder Güte noch List zum Ziel führen. Ich an eurer Stelle würde die dreihundert Mann hier zurücklassen und zunächst nach dem Kulluk reiten, um nachzuforschen, wie es dort steht. Das ist doch wenigstens ein fester Anhaltspunkt, und selbst wenn sich Schevin mit seinen Begleitern nicht dort befinden sollte, sind jedenfalls Winke zu erhalten, die andeuten, wo er zu suchen ist."

„Das leuchtet mir auch ein. Effendi, ich erkenne immer mehr, daß wir euch zu unserm Vorteil hier getroffen haben. Darum werde ich nichts unternehmen, ohne euch vorher zu fragen."

„Daran tust du wohl. Ich will dir aufrichtig gestehn, daß ich euch für noch viel unvorsichtiger halte, als ich euch bis jetzt gesagt habe."

„Ich bin überzeugt, daß deine Annahme grundlos ist. Wir sind keine unerfahrnen Hirten, sondern geübte Krieger, und wenn ich den Fehler begangen habe, gleich mit einem so großen Trupp aufzubrechen, so ist das eben eine falsche Ansicht gewesen. Damit aber ist noch lange nicht erwiesen, daß wir sonst nicht verstehn, einen richtigen Entschluß zu fassen."

Der mißmutige Ton, in dem er diese Worte vorbrachte, bewies mir, daß er mir meine Rede übelgenommen hatte. Wäre ich nicht Kara Ben Nemsi gewesen, so hätte ich wahrscheinlich eine scharfe Zurechtweisung erfahren. Diese sechs Männer waren hervorragende Krieger ihres Stammes und besaßen also jedenfalls ein sehr ausgeprägtes Ehrgefühl, das ich nicht gerade beleidigen durfte; aber als mir der Anführer sagte, daß er uns immer vorher fragen würde, hatten zwei von ihnen sich in einer Weise geräuspert, die ihr Mißfallen andeuten sollte, und so kam es mir nun darauf an, ihnen zu zeigen, daß sie gar wohl Grund hatten, sich um unsre Ansichten zu bekümmern. Darum fuhr ich jetzt, unbeirrt um seine Einrede, fort:

„Ich kann das, was ich jetzt erwähnen will, nicht behaupten, sondern ich vermute es nur; trotzdem aber ist es nötig, dich darüber zu fragen. Du sagtest, daß eure Kundschafter Erkundigungen eingezogen haben. Bei wem taten sie das?"

„Bei Dawuhdijeh-Kurden, denn bei andern hätten sie doch nichts erfahren können."

„Wenn man sich nach jemandem erkundigt, ist man gezwungen, seinen Namen zu nennen und bestimmte Angaben zu machen?"

„Ja."

„Das haben eure Kundschafter also auch getan?"

„Selbstverständlich!"

„Es wäre mir lieb, wenn du mir sagen könntest, bei wem und in welcher Weise sie ihre Erkundigungen eingezogen haben."

„Sie haben sich zerstreut und einen Ort bestimmt, an dem sie sich wieder treffen wollten; dann hat jeder von ihnen einen Dawuhdijeh, den er traf, ausgefragt."

„Und was haben diese Dawuhdijehs getan?"

„Wie meinst du das?"

„Meinst du, daß sie nur Auskunft gegeben haben?"

„Was sonst?"

„Zunächst ist es sehr fraglich, ob sie die Wahrheit gesagt haben; ich wenigstens würde mich von keinem Fremden ausfragen lassen. Sodann haben diese Dawuhdijehs nicht etwa nur geantwortet, sondern sich jedenfalls dabei ihre heimlichen Gedanken erlaubt. Sie haben ferner zu andern Dawuhdijehs unbedingt von diesen Erkundigungen fremder Männer gesprochen, und auf diese Weise ist es bekanntgeworden, daß — — — sag, wieviel Kundschafter sind es gewesen?"

„Acht."

„O weh! So viele? Also auf diese Weise ist es bekanntgeworden, daß acht Fremde sich an verschiednen Stellen und bei verschiednen Dawuhdijehs nach ganz denselben Personen erkundigt haben. Das hat natürlich Aufsehn erregen, Verdacht erwecken müssen, und darum bin ich vollständig überzeugt, daß die Dawuhdijehs erraten haben, wer diese Fremden waren.

Sie müßten sehr dumme Menschen sein, wenn sie das weitere nicht vermutet hätten, und so kannst du fast mit Sicherheit darauf rechnen, daß sie auf den Empfang deiner dreihundert Krieger vorbereitet sind!"

„Effendi, ist das wirklich deine Meinung?" fragte er im Ton der Besorgnis.

„Ja, das ist sie!"

„Da wären wir ja schon unterwegs nicht sicher?"

„Das mußtest du dir schon längst sagen, scheinst aber gar nicht daran gedacht zu haben."

„Und ich glaubte, sie vollständig überrumpeln zu können!"

„Da hast du sie unterschätzt. Ja, ich will es nicht als ganz und gar unmöglich hinstellen, daß sie unvorbereitet sind, aber dieser einen Möglichkeit stehn neunundneunzig Gewißheiten vom Gegenteil gegenüber. Ich möchte wetten, daß du morgen mit allen deinen Kriegern ins Verderben reiten würdest, wenn du hier nicht Veranlassung gefunden hättest, jetzt alle erforderliche Vorsicht anzuwenden."

„So denkst du, daß wir umkehren sollen?"

„Nein. Ich habe doch gesagt, daß deine Krieger hier zurückbleiben sollen."

„Und wir sechs? Was tun wir?"

„Ihr reitet mit uns nach dem Kulluk."

„Das ist doch noch viel gefährlicher! Sechs Mann oder dreihundert Mann, das gibt einen Unterschied!"

„Allerdings; aber dieser Unterschied fällt zu unsern Gunsten aus. Sechs Personen, oder mit uns beiden acht, können leichter unbemerkt hindurchkommen als dreihundert. Das mußtest du dir auch sagen."

„Du meinst also einen heimlichen Ritt?"

„Ja, einen überaus vorsichtigen Kundschafterritt. Der Haupttrupp bleibt hier zurück, um uns Hilfe zu bringen, wenn wir welche brauchen. Das ist das allein Richtige."

Damit war für heut alles Notwendige über unser weiteres Verhalten besprochen, und die Unterhaltung konnte in ihre Rechte treten. Ich brauche wohl nicht eigens zu bemerken, daß Halef die Aufgabe übernahm, die Kurden zu unterhalten, und daß er diese Aufgabe mit Hingebung erfüllte; das heißt natürlich nichts andres, als daß er die Schleusen seines Mundes öffnete und von unsern großen Taten zu erzählen begann. Die Kurden waren begierig darauf, das, was sie über uns gehört hatten, aus meinem oder seinem Mund bestätigt zu finden. Der meinige verhielt sich allerdings still; aber desto beredter erwies sich der seinige, zumal ich ihn ruhig gewähren ließ und keine Veranlassung nahm, ihn zu unterbrechen.

Das, was er erzählte, hatte ich nicht nur selber mit ihm erlebt, sondern es auch viele Male von ihm erzählen hören; es konnte mich also nicht in der Weise fesseln, daß ich ihm eine so gespannte Aufmerksamkeit schenkte wie die Kurden. Ich schaute also, wie ich es stets tat, noch einmal nach unsern Pferden und wickelte mich dann in meinen Haïk, um mich zur Ruhe zu legen. Einschlafen konnte ich freilich noch nicht, denn die mit Ausrufen der Bewunderung von seiten der Zuhörer gespickte Rede des Hadschi klang mir wie das ununterbrochene Geräusch eines nahen Wasserfalls in die Ohren, und dazu hielt mich auch der Gedanke an unser morgiges Vorhaben wach.

Besonders beschäftigte mich es Sahira, die alte Zauberin, von der gesprochen worden war. Wer meinen Band „Durchs wilde Kurdistan" gelesen hat, der weiß, daß ich in der kleinen Festung Amadijah Gelegenheit hatte, einem kurdischen Mädchen Hilfe gegen die Vergiftung durch Tollkirschen zu bringen. Bei dieser Kranken traf ich eine über hundert Jahre alte Ahne von ihr, namens Marah Durimeh, die früher Meleka[1] gewesen war und mir infolge der glücklichen Kur eine Dankbarkeit widmete, deren ungeahnten Wert ich dann später zu meinem größten Vorteil erkennen sollte[2]. Mein damaliges Zusammentreffen mit dem Ruh 'i kulyan, dem segenspendenden „Geist der Höhle", war nicht nur ein wichtiges Erlebnis für unsre damalige Reise, sondern hat auch für mein inneres Leben Folgen gehabt, die mir bis auf den heutigen Tag unschätzbar geblieben sind. Ich bitte, dieses Kapitel nachzuschlagen und noch einmal zu lesen, damit das, was ich jetzt zu berichten habe, den notwendigen Zusammenhang gewinnt!

Also, an diese alte, mir so teuer gewordene Urenkelin von Königen mußte ich jetzt denken. Nie vorher im Leben und auch nicht nachher habe ich ein Wesen gefunden, das mir so ehrwürdig, beinah möchte ich sagen, so heilig erschienen wäre wie diese mit ihrem Geist schon mehr im Jenseits als im Diesseits weilende Greisin. Nur ihre wohltätige Menschenliebe, ihre segenspendende Barmherzigkeit gehörte noch der Erde an, sonst aber zählte sie zu denen, die hinübergegangen sind nach den „Wohnungen in meines Vaters Hause", von denen Christus spricht. Ich hatte damals für immer von ihr Abschied genommen, doch lebte sie so ethisch rein, so geistig klar und hoch, wie ich sie kennengelernt hatte, in meinem Herzen fort. Und nun schien es, als ob ich sie gegen alles Erwarten jetzt wiedersehn sollte! Aber war sie es denn wirklich? Adsy hatte von einer uralten Frau gesprochen, deren Jahre man gar nicht zählen könnte. Das stimmte. Auch seine übrigen Bemerkungen konnten sich eher auf sie als auf eine andre, uns noch unbekannte greise Frau beziehn, obgleich das Wort es Sahira, die Zauberin, nicht auf Marah Durimeh paßte. Doch war diese Bezeichnung wohl nur die Folge des niedrigen Standpunktes, von dem aus sie von vielen Kurden betrachtet und beurteilt wurde. Ihnen kam das ganze Wesen der Alten unbegreiflich vor, und was dem Naturmenschen unbegreiflich erscheint, das pflegt er meistens mit dem Begriff der Zauberei zu erledigen. Es war ja möglich, daß wir diese Zauberin noch nie gesehn hatten, aber es lag nicht nur wie eine Ahnung, sondern wie eine Überzeugung in mir, daß uns diese Begegnung mit unsrem „Geist der Höhle" zusammenführen würde. Bei diesem Gedanken stiegen die damaligen Erlebnisse wieder in mir auf, jene Kämpfe bei den Teufelsanbetern und bei den mohammedanischen und christlichen Anwohnern des Zabflusses, besonders mein Aufstieg

---

[1] Königin   [2] Siehe Karl May, „Durchs wilde Kurdistan"

nach der geheimnisvollen Höhle des Ruh 'i kulyan und mein mehrmaliges Gespräch mit diesem Geist.

So lag ich da, ganz in mich versunken, und sah ihre Gestalt so deutlich vor meinem geistigen Auge, als ob sie in Wirklichkeit anwesend wäre. Die Stimme des erzählenden Hadschi klang nur wie ein fernes Murmeln an mein äußeres Ohr; das innere war ihr verschlossen. Ich hörte Marah Durimeh noch damals zum Abschied sagen: „Mein Sohn, wenn du dieses Tal verlassen hast, so wird mein Auge dich nie wiedersehn, aber der Ruh 'i kulyan wird für dich beten und dich segnen, bis sich seine Augen, die du jetzt offen siehst, für hier geschlossen haben!"

Während ich in meinem Innern diese Worte hörte, breitete sie die Hände segnend über mich aus; ein wonniges Gefühl des Glücks, des Friedens zog in mir ein; ich schloß die Augen zum Schlaf und wurde unendlichen lichten Fernen entgegengetragen, die nur der Traum, nicht aber das wachende Auge kennt.

„Sihdi, wach auf; erhebe dich! Es ist längst hell, und die Hamawandikrieger werden bald eintreffen!"

Als ich auf diesen Ruf des kleinen Hadschi die Augen öffnete, sah ich, daß ich der einzige war, der noch gelegen hatte. Der Morgen war fast schon eine Stunde alt, und so sprang ich auf, mich meiner Langschläfrigkeit beinah schämend.

4. „Perle" und „Petersilie"

Halef saß mit den Kurden beim Frühmahl; sie aßen dünne Brotfladen, die in der Weise zubereitet werden, daß man die breitgearbeiteten Teigstücke an die Wände des einfachen Backofens klebt, von denen sie von selber herunterfallen, sobald sie ausgebacken sind. Ich wurde, als ich mich im Bach gewaschen hatte, eingeladen, an diesem leckern Frühstück teilzunehmen.

Wir hatten eben das Frühstück beendet, als die erwarteten Krieger in der Krümmung des Seitentals erschienen. Sie stutzten bei unserm Anblick, denn sie hatten nicht erwartet, die sechs Stammesgenossen noch hier zu finden, zumal in Gesellschaft von zwei fremden Männern, aus deren Kleidung schon zu schließen war, daß sie keine Kurden waren.

Ich übergehe die Begrüßung, die nun folgte. Unsre Namen waren diesen Leuten allen bekannt; das sahn und das hörten wir. Sie brachten uns eine Achtung entgegen, von der sich Halef sehr wohltuend beglückt fühlte; er nahm einen geeigneten Augenblick wahr, mir unbemerkt zuzuflüstern:

„Sihdi, merkst du auch, welche Bewunderung diese Hamawands für uns haben? Richte dich grade auf und tu so stolz wie möglich! Wir müssen ihnen zeigen, was für eine Ehre es für sie ist, mit so hochberühmten Kriegern zusammenzutreffen, wie wir beide sind!"

Diese Kurden waren durchwegs sehr gut beritten und nach dortigen Verhältnissen zufriedenstellend bewaffnet. Wir hörten, daß sie dem erwarteten Zusammentreffen mit den Dawuhdijehs mit Zuversicht und ohne alle Furcht entgegenblickten, denn sie waren überzeugt, daß sie die Gegner vollständig überraschen würden. Darum fühlten sie sich enttäuscht, als ihnen Adsy mitteilte, was ich gestern abend über diesen Punkt gesagt hatte. Es wurde mit den — wenn ich mich so ausdrücken darf — Würdenträgern unter ihnen eine kurze Besprechung abgehalten, an der wir uns auch beteiligten, und das Ergebnis war, daß meine Ansicht für richtig erklärt und angenommen wurde.

Die dreihundert blieben hier. Sie sollten vorsichtshalber Posten ausstellen und jede in ihre Nähe kommende Person bis zu unsrer Rückkehr oder bis zum Eintreffen einer Nachricht von uns festhalten. Sie selber aber hatten strenge Weisung, sich nicht blicken zu lassen. Man wußte, daß die Dawuhdijehs die jetzigen Lagerplätze der Hamawands genau kannten und daß es nach der Gliederung des Gebirges einen bedeutenden Umweg erfordert hätte, eine andre Richtung als die durch das Nebenflußtal, in dem wir uns befanden, einzuschlagen. Es stand also mit Gewißheit zu erwarten, daß die Dawuhdijehs ihre Aufmerksamkeit nach dieser Gegend lenken würden, was mich aber nicht abhielt, den Hamawands zu sagen, daß sie trotzdem auch nach rückwärts schauen sollten, da die Möglichkeit einer heimlichen Umgehung auch in Betracht zu ziehn war.

Nach diesen und noch einigen andern Vorbereitungen traten wir unsern Ritt an. Unter diesem „Wir" sind die sechs Kurden von gestern, Halef und ich gemeint. Der Hadschi lächelte still vor sich hin. Als ich ihn nach der Ursache fragte, sagte er:

„Sihdi, wenn es wirklich ein Kismet gibt, was ich aber, seit ich dich kennengelernt habe, nicht mehr glaube, so hat nicht nur das deinige, sondern ebenso auch das meinige wenigstens zehntausend Spannfedern im Leib. Das kommt nie zur Ruhe und läßt auch uns nicht zur Ruhe kommen! Und dieser Leib mit den Spannfedern ist aus Gomelastik[1] gemacht. Das steht nicht fest, das hat keinen Halt; das bleibt nie so, wie es ist. Das hüpft und springt nur immer hin und her; das rollt und kugelt sich bald hierhin und bald dorthin, und wir werden mitgekugelt und mitgerollt. Gestern waren wir überzeugt, gradeswegs nach Bagdad zu reiten; heut suchen wir einen Kulluk, der ganz woanders liegt. Wohin wird diese Gomelastik uns morgen schicken? Aber ich sage dir, ich habe das sehr gern; es gefällt mir außerordentlich!"

Er hatte nicht so ganz unrecht, wenn auch seine Schilderung des Kismets etwas geistiger hätte sein können!

Es verstand sich von selber, daß wir nicht beabsichtigten, dem Bach immerfort zu folgen, denn das hätte uns den Dawuhdijehs grad in die Arme geführt. Adsy kannte, wie er versicherte, die Gegend, wo der Kulluk lag. Nach seiner Meinung mußten wir bis ungefähr zum Mittag in der jetzigen Richtung bleiben und uns dann rechts in die Berge wenden,

[1] Gummi elasticum

worüber die nach dem Turm gehende Luftlinie führte. Was für Gelände wir da unterwegs haben würden, das wußte er freilich nicht; vorauszusehn war, daß es nicht bequem war.

Unsre Begleiter waren wohl auch gewöhnt, auf solchen Kundschafterwegen vorsichtig zu sein, aber die außergewöhnliche, sozusagen spitzfindige Art der Bedachtsamkeit, die ich mir bei den Indianern angeeignet hatte, die jeden Grashalm, jeden Lufthauch in Berechnung zieht, die kannten sie nicht. Selbst Halef, der mich in dieser Beziehung doch unzähligemal beobachtet hatte, war nicht geschickt, eine Späheraufgabe zu übernehmen, deren Lösung jedem erwachsenen Indianer leicht geworden wäre. Der Hadschi hatte das zu unserm Nachteil schon wiederholt bewiesen.

Ich konnte mich also nur auf mich selber verlassen, und indem ich voranritt, hatte ich die Augen überall und ließ mir nicht das geringste entgehn. Dabei fand ich immer Zeit, Adsy, der neben mir ritt, meine Aufmerksamkeit zu schenken.

Gestern, als ich ihn zuerst sah, war es nicht mehr ganz hell gewesen, und seine Begleiter hatten meine Augen von ihm abgelenkt, so daß seine genaue Betrachtung nicht möglich gewesen war; dennoch hatte ich schon da einen eigenartigen Eindruck von ihm bekommen. Jetzt nun, wo ich ihn an meiner Seite hatte und es heller Tag war, gewann dieser Eindruck an Deutlichkeit. Der Sitz, die Haltung und alle Bewegungen des Kurden deuteten darauf hin, daß er ein gewandter, wohlgeübter Reiter war. Er machte den Eindruck körperlicher und geistiger Kraft; er war ein Mann. Und doch, wenn ich sein Gesicht betrachtete, wurde es mir schwer, ihm die Bezeichnung Mann zu lassen. Diese schmale, niedrige Stirn, aus der der Turban zurückgeschoben war, diese sanfte Rundung der Wangen und des Kinns, die Bartlosigkeit und Fülle der Lippen und vor allen Dingen der seelisch weiche Blick der großen Augen — das alles war ganz und gar nicht männlich, sondern ausgesprochen weiblich, trotz aller Tatkraft, die sich auch auf diesem Gesicht aussprach. Die Stimme lag zwar tief und hatte einen sehr bestimmten, befehlenden Ton, klang aber doch nicht so wie die eines Mannes. Dazu kam ein leichter Schatten an den Rändern der Augenlider und die stumpfe, wie gebeizte Färbung der langen Wimperhaare. Das deutete auf die Gewohnheit der morgenländischen Frauen, ihre Wimpern mit Khol[1] dunkel zu färben, um dem Auge mehr Glanz und scheinbare Größe zu verleihn. Jetzt war dieser Farbstoff weggewaschen, wodurch die Wimpern das unbestimmte, stumpfe Aussehn bekamen.

Hierdurch veranlaßt, schenkte ich nun auch dem Körper dieses Kurden mehr Aufmerksamkeit als bisher. Die Hand war eine Frauenhand, und nun bemerkte ich auch in ihrem Innern die Spur der Hennahfarbe, die nicht zu entfernen gewesen war. Jetzt war ein weiterer Blick auf die Gestalt gar nicht nötig, um überzeugt zu sein, daß es eine Frau war, die da an meiner Seite ritt.

Sobald mir das klar geworden war, wußte ich auch sofort, wer sie

---

[1] Antimon, Collyrium

war. Der damals bedeutendste Anführer der Hamawands, berühmter noch als selbst der bekannte Häuptling Hussein Aga, war der Scheik Jamir, der zwar von einfachen Eltern stammte, sich aber durch seine glänzende Tapferkeit und sonstigen kriegerischen Eigenschaften zu solcher Anerkennung und Macht emporgearbeitet hatte, daß eigentlich er der oberste Befehlshaber und die Seele jedes Unternehmens seines Stamms war. In diesem Streben nach oben stand er nicht allein; er hatte in seiner ungewöhnlich begabten Frau eine rastlose Gehilfin und treue, mutige Kameradin, die ihn in allen seinen Unternehmungen unterstützte und begeisterte und selbst im Kampf nicht von seiner Seite wich. Nichts ehrt der Kurde mehr als Tapferkeit, und wenn bei ihm schon die Frau im gewöhnlichen Sinn mehr Achtung und größere Freiheiten genießt als bei den andern Orientalen, so ist es wohl begreiflich, daß diese Frau Jamirs in einem für das Morgenland mehr als gewöhnlichen Ansehn stand. Kein Hamawandi hätte es gewagt, einem ihrer Befehle den Gehorsam zu verweigern. Man wußte, daß sie solchen Widerstand noch strenger als ein Mann bestrafen würde.

Es stand bei mir außer allem Zweifel, daß ich diese seltene Frau jetzt an meiner Seite hatte, und nun, da ich das wußte, erhielt der jetzige Ritt in meinen Augen einen ganz andern Inhalt und ein ganz andres Gepräge. Also darum hatte sie sich die Bezeichnung Adsy, namenlos, beigelegt! Es verstand sich ganz von selbst, daß Schevin, dessen Bruder sie sich genannt hatte, kein andrer als Jamir selber, ihr Mann, war. Und Khudyr, der vergiftete Knabe, war der Sohn der beiden. Nun begriff ich auch das Versteckspiel dieses Schevin, der sich durch diese Benennung, die soviel wie Hirt bedeutet, als einen einfachen, ungefährlichen und friedfertigen Schäfer hinstellen wollte. Allerdings war dazu erforderlich, daß es unter den Dawuhdijehs keinen gab, der ihn persönlich kannte und seinen eigentlichen Namen verraten konnte. Wie es damit stand, wußte ich nicht; nach allem aber, was ich bis jetzt gehört hatte, war viel eher zu vermuten, daß er erkannt und wegen der Verleugnung seines Namens als verdächtig zurückgehalten worden war. Das hatte seine Frau erfahren und war sofort aufgebrochen, ihn wieder herauszuholen. Zwar kühn, aber auch zugleich echt weiblich dünkte mich das Beginnen, mit ihren Reitern in das Gebiet der Dawuhdijehs einzudringen, ohne vorher genau erfahren zu haben, wo Jamir zu finden war. Ich fühlte lebhafte Teilnahme für diese Frau und war nun entschlossen, mein möglichstes zu tun, sie wieder in den Besitz ihres Mannes und Kindes zu bringen. Dabei sollte sie nicht ahnen, daß ich sie erkannt hatte. Auch Halef wollte ich nichts davon sagen, denn dieser kleine, schnellfertige Mann hätte sich sehr leicht in einem unvorsichtigen Augenblick hinreißen lassen, mit dem Geheimnis herauszuplatzen. Also, jetzt war mir alles klar, und ich hatte nun zu diesem Unternehmen zehnmal mehr Lust als vorher. Es ist ein großer Unterschied, wenn man vor einem Wagnis steht, ob man weiß, für wen man es unternimmt, oder nicht. Diese Mutter sollte ihr Kind wiederfinden!

Wir waren wohl schon zwei Stunden unterwegs, als wir den vielen

engen Windungen eines Tals folgten, wo ich meine ganze Aufmerksamkeit zusammennehmen mußte, weil hinter jeder Krümmung eine unerfreu-
liche Überraschung für uns stecken konnte. Ich vermochte meine Vorsicht
nicht zu verheimlichen. Adsy lächelte darüber und erklärte es für sehr
überflüssig und zeitraubend, bei jeder Wendung anzuhalten und nach-
zusehn, ob hinter ihr ein Dawuhdijeh versteckt wäre. Ich nahm das ruhig
und ohne mein Verhalten zu verteidigen hin, bis die Windungen auf-
hörten und das Tal eine bedeutende Strecke in fast schnurgerader Richtung verlief. Es schien am Ende dieser Geraden mit einem Seitental
zusammenzutreffen, aus dem wieder ein Wasser geflossen kam, um sich
mit dem unsrigen zu vereinigen. Da dort unten nichts Verdächtiges zu
bemerken war, ritten wir getrost weiter und hatten die Strecke schon
beinah zurückgelegt, als ich etwas wahrnahm, was mich bewog, mein
Pferd sofort zwischen die seitlich stehenden Büsche zu lenken.

„Hier herein! Schnell herein!" forderte ich die andern mit unterdrückter Stimme auf.

Halef, der meine Art und Weise kannte, folgte augenblicklich; die
Kurden aber zögerten, und Adsy erkundigte sich, indem er draußen
halten blieb:

„Warum sollen wir da hinein?"

„Da unten naht jemand, oder es ist schon jemand dort", antwortete
ich. „Versteckt euch rasch, bevor ihr erblickt werdet!"

Nun kamen sie, doch mit mäßiger Eile. Ich vergewisserte mich, daß
sie von draußen nicht entdeckt werden konnten, und sagte ihnen dann:

„Wenn ich euch so plötzlich auffordere, euch zu verstecken, so müßt
ihr es, ohne zu fragen und ohne zu zögern tun. Merkt euch das!"

„Hast du denn jemand gesehn?" fragte Adsy.

„Ja. Zwei Aßafir[1]."

„Zwei Aßafir? Und wegen dieser kleinen Vögel sollen wir uns hier
verstecken?"

„Ja."

„Ich habe sie auch beobachtet. Es war ein Finkenpaar, das uns ent-
gegengeflogen kam, aber als es uns bemerkte, vor uns in die Bäume
flüchtete."

„Diese Finken meine ich."

„Aber was gibt es da für einen Grund zu so großer Besorgnis?"

„Einen sehr triftigen. Die Vögel haben mir gesagt, daß da unten wahrscheinlich Menschen sind."

„Maschallah! Ich habe nur ein zweimaliges, ängstliches Pinkpink
gehört. Verstehst du, was die Vögel sagen?"

Das war im Ton des Spotts gefragt; ich aber nickte:

„In diesem Fall verstehe ich es. Du brauchst nicht zu lächeln; dein
Spott ist überflüssig!"

„Ja, du lächelst!" warf Halef zwar leise, aber zornig ein. „Ich sage
dir, wenn mein Effendi behauptet, daß er die Sprache der Vögel versteht, so sagt er die Wahrheit. Ihm sind alle Sprachen der Menschen,

[1] Mehrzahl von Aßfür = kleiner Vogel

der Tiere und der Pflanzen offenbar, und wer darüber lächelt, der mag sich wohl hüten, daß er dafür nicht später laut ausgelacht wird!"

Ich war abgestiegen und an den Rand des Gebüschs getreten, um hinauszublicken. Noch bemerkte ich niemand und konnte also den Kurden erklären:

„Die Vögel kamen von rechts aus dem Seitental; ich habe das gesehn, denn meine Augen sind schärfer als die eurigen, auch passe ich besser auf als ihr. Sie wollten gradaus fliegen, an unserm Tal vorüber, machten aber plötzlich eine scharfe Schwenkung nach links, zu uns herein. Sag doch einmal, Adsy, sind sie bis zu uns gekommen?"

„Nein", entgegnete er, den ich jetzt noch als Mann bezeichnen will, weil er als solcher vor uns gelten wollte.

„Warum nicht?"

„Weil sie uns erblickten und darum zwischen die Bäume flüchteten."

„Also, weil sie uns gesehn haben, sind sie auf die Seite geflüchtet?"

„Ja."

„Nun, was folgt daraus, daß sie da unten plötzlich auf die Seite zu uns her flüchteten?"

„Daß sie — — — ah, meinst du etwa, daß sie dort auch jemand gewittert haben?"

„Ja, das meine ich. Wenn ein Vogel seinen graden Flug so plötzlich unterbricht, daß aus seiner Bahn ein scharfer Winkel wird, so kannst du mit Sicherheit daraus schließen, daß er das aus Angst oder Schreck tut. Die Finken sind auf Menschen getroffen!"

„Effendi, wenn das wahr wäre, so hätte man uns von dir nicht zuviel erzählt!"

„Es ist wahr. Übrigens gibt es da gar keinen Grund zur Bewunderung, denn es gehört nichts als ein wenig Nachdenken dazu, vom Verhalten der Vögel auf die Anwesenheit von Menschen zu schließen. Jetzt steigt ab und haltet euern Pferden die Mäuler zu! Ich sehe Leute; sie kommen hier vorüber!"

Unten an der Mündung erschienen jetzt zwölf kurdische Reiter, die zu zweien oder dreien nebeneinander ritten und am Wasser herauf, also auf uns zukamen. Sie sprachen so laut miteinander, daß wir ihre Stimmen schon von weitem hörten.

Nun befolgten unsre Reiter allerdings schnell meine Weisung. Wir waren draußen auf Steingeröll geritten und hatten also keine bedeutenden Spuren gemacht. Ein Indianer hätte sie freilich sogleich bemerkt; von diesen Kurden brauchte ich das aber nicht zu befürchten. Sie kamen ganz langsam und gemächlich herbei, als ob sie sehr viel Zeit hätten, und ritten ebenso langsam vorüber, ohne uns zu bemerken. Ich horchte aufmerksam auf ihr Gespräch, hörte aber nichts von Bedeutung. Als das Pferd des Voranreitenden einige rasche Schritte machte, rief einer der andern halb im Scherz:

„Ahdele mehke!"

Das heißt auf deutsch: „Übereile dich nicht!" Hieraus war, wie überhaupt aus ihrer Langsamkeit, zu schließen, daß sie ihren Ritt nicht für dringend hielten. Dann hörte ich etwas von Avik eduduahn, vom „zweiten Bach" oder vom „zweiten Wasser", sagen und auch von einem Moda gumgumuk, was eine Stelle bedeutet, wo es Eidechsen gibt. Das waren für mich ganz unwichtige Worte, die ich aus dem lauten Wortschwall ihrer gruppenweis geführten Unterhaltung herausgefischt hatte und für vollständig wertlos hielt. Aber als sie vorüber waren und ich Adsy fragte, ob es Dawuhdijeh-Kurden gewesen wären, meinte er:

„Ja, es waren welche, Effendi, sie reiten nach der Stelle, wo wir geschlafen haben und wo sich meine Krieger jetzt befinden."

„Woher weißt du das?"

„Sie sprachen davon; sie nannten den Namen dieser Stelle: Moda gumgumuk. Höchstwahrscheinlich wollen sie sich dort verstecken, um aufzupassen, wann wir kommen, und dann ihren Scheik davon benachrichtigen!"

„Ah! Siehst du, daß ich ganz richtig vermutet habe! Sie sind überzeugt, daß ihr naht. Hoffentlich passen deine Leute auf und fangen sie weg!"

„Das werden sie gewiß. Wüßte man nur, wo nun die eigentliche Schar der Dawuhdijehs steht, die auf uns wartet, um über uns herzufallen!"

„Wir würden den betreffenden Ort bald finden, doch kann es nicht unsre Absicht sein, ihn zu suchen, da wir vor allen Dingen nach dem Kulluk wollen."

„Könntest du den Ort vielleicht erraten?"

„Ja."

„Effendi, ich staune!"

„Da brauchst du gar nicht zu staunen!" bemerkte Halef in sehr hohem Ton. „Bei der ungeheuren Länge des Verstandes, den mein Sihdi besitzt, und bei der unendlichen Breite des meinigen müssen uns alle Dinge offenbar werden, die für andre Leute ein ewiges Geheimnis bleiben."

„Wenn du es auch weißt, so sag es!" forderte ich ihn auf, um ihn für seine Großsprecherei zu strafen.

Da machte er mit den Händen eine wegwerfende Bewegung.

„Wer ist gefragt worden, du oder ich? Und wer hat behauptet, daß er es erraten könnte, du oder ich? Sprich also du; ich werde es bestätigen!"

Er verdeckte damit seine Verlegenheit. Ich, der alte, gute Kerl, wollte ihn denn doch nicht so offen beschämen und erklärte darum dem Kurden:

„Es unterliegt gar keinem Zweifel, besonders weil diese zwölf Späher hier vorübergekommen sind, daß die Dawuhdijehs am untern Lauf dieses Flüßchens lagern, und zwar muß es an einer Stelle sein, wo mehrere hundert Reiter nicht nur Platz haben, sich zu verstecken, sondern auch Raum zum Angriff. Vielleicht ist euch ein solcher Ort, eine Verbreiterung oder Ausbuchtung des Tals bekannt?"

„Es gibt deren nur zwei; ich kenne sie", sagte Adsy. „Aber welche mag es sein?"

„Das wirst du gleich von mir erfahren."

„Effendi, bist du denn allwissend?"

„Nein; ich denke bloß nach, was du ebensogut wie ich tun könntest.

Gibst du zu, daß die zwölf Späher, die wir jetzt bemerkt haben, heut von der Stelle fortgeritten sind, an der die eigentliche Schar der Dawuhdijehs auf eure Ankunft wartet?"

„Ja, denn anders kann es nicht sein."

„Hast du den El-Chilel-Strauß[1] gesehn, den der Voranreitende vorn an seinem Turban stecken hatte?"

„Ja. Kennst du die Bedeutung dieses Straußes?"

„Ich kenne sie. Es ist ein Aberglaube."

„Nein, es ist kein Aberglaube, sondern es trifft wirklich zu; ich habe es oft selber erfahren. Wer etwas unternehmen will, der muß einen Strauß von El Chilel bei sich tragen; dann gelingt sein Vorhaben, denn die Geister, die El Chilel lieben, helfen ihm!"

„So? Dann sag doch einmal, warum er heut so einen Strauß angesteckt hat!"

„Daß sein Spähen gegen uns gelingen möge."

„Glaubst du, daß es glückt?"

„Nein; er wird mit seinen Leuten unbedingt von meinen Kriegern gefangengenommen."

„Wird El Chilel also helfen?"

„Nein, Effendi, mit dir darf man sich nicht streiten! Aber warum sprichst du überhaupt von diesem Strauß?"

„Das wirst du gleich erfahren. Es kommt darauf an, ob ich diesen Aberglauben richtig kenne. Wann muß die Pflanze El Chilel gepflückt werden?"

„Beim Beginn dessen, was man unternehmen will, nicht eher."

„So habe ich es richtig gewußt. Wann wird dieser Dawuhdijeh also den Strauß gepflückt haben?"

„Ganz kurz vor dem Aufbruch."

„So ist der Strauß also grad so alt, wie der Ritt bisher gedauert hat?"

„Ja."

„So will ich dir sagen, daß diese Pflanzen El Chilel vor ungefähr drei Stunden gepflückt wurden, nicht viel eher, aber auch wohl nicht später."

„Woher weißt du das?"

„Ich sehe es. Ich besitze Übung darin, denn ich habe unzähligemal aus der Beschaffenheit eines geknickten Ästchens, eines zertretenen Grashalms oder einer welkenden Pflanze die Zeit bestimmen müssen, vor der diese Pflanze geknickt, gepflückt oder niedergetreten wurde. Ich weiß gewiß, daß ich mich auch jetzt nicht irre. Diese Dawuhdijehs haben ihren Ritt vor drei Stunden begonnen, und man kann also die Stelle, an der eure Gegner lagern, in genau dieser Zeit erreichen, wenn man so langsam wie sie hier an diesem Wasser immer abwärts reitet."

„Das stimmt, Effendi, das stimmt zum Verwundern! Dort liegt der erste der beiden Plätze, von denen ich sprach. Das Tal macht links einen Bogen, während seine rechte Wand gradaus streicht. Dieser El Chilel hat dir die Wahrheit gesagt. Ich sehe ein, daß es gut ist, dich immer zu fragen, bevor man etwas unternimmt!"

---

[1] Steinklee, Meliotus

„Ich habe wohl bemerkt, daß ihr vorhin über meine Vorsicht lachtet, weil ihr sie für überflüssig hieltet. Jetzt aber gebt ihr wohl zu, daß sie notwendig war?"

„Ja, Effendi", bestätigte Adsy. „Ohne dich wären wir diesen zwölf Dawuhdijehs in die Hände geritten, und ein Kampf wäre unvermeidlich gewesen."

„Das war mein Beachten des Vogelflugs. Und was mir der Strauß verraten hat, hast du auch gehört. So muß man, wenn man sich auf Kundschaft oder überhaupt unterwegs befindet, auf alles achten. Die geringste Kleinigkeit kann den Tod bringen oder vom Tod erretten. Jetzt möchte ich vor allen Dingen wissen, ob du überzeugt bist, daß deine Krieger ihre Pflicht tun und sich die Dawuhdijehs nicht entgehn lassen."

„Sie werden sie ergreifen."

„Wenn sie aber so unvorsichtig sind, sich vorher von ihnen erblicken zu lassen, bekommen sie sie nicht!"

„Sie werden keinen Fehler machen; ich kenne sie. Sie wissen, daß sie jetzt Kara Ben Nemsi Effendi und seinem Hadschi Halef zu beweisen haben, daß sie tüchtige Krieger sind, und werden sich also tadellos verhalten."

„Gut, so können wir weiterreiten."

„Aber nicht so weit an diesem Wasser hinab, wie wir anfangs beabsichtigten?"

„Nein. Wir wollten erst um die Mittagszeit nach rechts abschwenken; aber da die Dawuhdijehs nur drei Stunden von uns entfernt sind, müssen wir das eher tun."

„Wann und wo?"

„Sobald die Berge es uns erlauben."

„Vielleicht nehmen wir schon dieses Seitental, das da vor uns liegt?"

„Nein, das wäre zu früh. Auch vermute ich, daß es nicht nach unsrer Richtung führt. Reiten wir so lange, bis wir ein passendes finden!"

Wir zogen unsre Pferde aus dem Gebüsch heraus, stiegen auf und setzten den unterbrochnen Ritt fort. Da stellte sich denn sogleich heraus, daß das erwähnte Nebental nach Nordost, anstatt nach Nordwest verlief; wir durften ihm nicht folgen.

Wir konnten natürlich der notwendigen Vorsicht wegen nicht so rasch vorwärtskommen, wie wir es wohl wünschten. Es verging weit über eine Stunde, ohne daß sich uns ein Weg nach rechts öffnen wollte; da gab es wieder eine Begegnung, und zwar eine, die wir beide, Halef und ich, nicht für möglich gehalten hätten. Es war an einer Stelle, wo der Bach sehr tief durch Felsen schnitt, so daß wir unter den Bäumen auf das hohe, meist mit Eichen bewachsene Ufer hinauf mußten. Eben wollten wir jenseits wieder hinunter auf die breitere Sohle des Tals, als wir zwei weibliche Gestalten bemerkten, die da unten saßen und Körbe vor sich stehn hatten. Sie schienen auszuruhn. Um die Gesichter zu erkennen, waren wir ihnen noch nicht nah genug, zumal sie die um den Kopf gewundenen Tücher weit vorgezogen hatten. Natürlich hielten wir an, um über ihr Verhalten zu beraten.

„Es sind Frauen, die gehn uns nichts an", meinte Adsy wegwerfend.

„Warum nicht?" antwortete ich. „Hier kann uns jedes Kind gefährlich werden, wenn es uns verrät."

„Es sind Galläpfelsammlerinnen, ganz arme Frauen, die sich gar nicht um uns bekümmern werden!"

„Daß sie arm sind, sieht man ihrer Kleidung an. Für Galläpfelsammlerinnen halte ich sie aber nicht."

Es muß bei dieser Gelegenheit gesagt werden, daß Kurdistan das Hauptausfuhrland für Galläpfel ist.

„Ich bin überzeugt, daß sie Galläpfel in ihren Körben haben!" beharrte Adsy bei seiner Behauptung.

„Ich auch; aber grad das macht sie mir verdächtig!"

„Warum?"

„Welcher vernünftige Mensch sammelt jetzt Galläpfel, wo sie von der Schärfe des Winterschnees vollständig ausgelaugt sind? Wer das tut, der tut es nur zum Schein und verfolgt einen ganz andern Zweck dabei. Ich kenne nördliche Kurdenstämme, bei denen die Frauen als Kundschafterinnen gebraucht werden."

„So denkst du etwa —?"

„Ich denke nichts, als daß sie mir höchst verdächtig sind, grade der Galläpfel wegen, und daß wir sie also scharf ins Verhör nehmen müssen."

„Sie werden fliehn, sobald sie uns kommen sehn!"

„So lassen wir uns nicht eher blicken, als bis wir sie sicher haben. Ich werde mit Halef absteigen. Wir schleichen uns an sie, und erst dann, wenn wir sie festhaben, kommt ihr nach. Vorwärts, Halef! Du bleibst auf dieser Seite des Tals, ich gehe auf die andre."

„Hamdulillah!" meinte der kleine Hadschi. „Das gibt doch endlich einmal etwas andres als das ewige Fest-im-Sattel-Sitzen. Wir gehn auf die Frauenjagd. Sihdi, ich fange sie alle beide! Du brauchst gar nichts dabei zu tun!"

„Nur keine Unvorsichtigkeit, Halef!"

„Was denkst du von mir! Bin ich schon so vorsichtig bei Hanneh, dem lieblichsten Gallapfel auf — — Allah, verzeih mir! — — wollte sagen, der lieblichsten Blume unter allen Rosen und Blüten des Frühlings, wie werde ich mich da erst bei diesen fremden Weibern in acht nehmen! Du brauchst nicht eine Spur von Sorge um mich zu haben!"

Er huschte fort, unter den Bäumen hin. Ich mußte erst wieder zurückgehn und übers Wasser springen. Er konnte also eher dort sein als ich. Anstatt nun zu warten, bis ich käme, sprang er unter den Bäumen hervor und auf die Frauen zu, mit dem hoch erhobnen Messer in der Hand. Ich sah das und beeilte mich möglichst, um die Flucht der beiden Verdächtigen nach der andern Seite zu verhüten, bemerkte aber bald, daß es nicht nötig war; denn die Frauen waren zwar aufgesprungen, bewegten sich aber, offenbar vor Schreck, keinen einzigen Schritt vorwärts.

Zu meiner Verwunderung stand Halef ebenso starr wie sie. Die Hand mit dem Messer drohend erhoben, machte er nicht die geringste Bewegung. Dann aber, als er mich nahen sah, rief er mir mit schallender Stimme entgegen:

„Sihdi, komm, komm! Geschwind, schnell!"

Aber gleich hierauf winkte er mir mit beiden Armen ab und schrie mich aus Leibeskräften an:

„Halt, halt! Bleib stehn! Nicht weiter, keinen Schritt weiter, keinen einzigen!"

Da blieb ich also halten, denn wenn er das von mir verlangte, mußte er überzeugt sein, daß die beiden Frauen uns gewiß nicht davonlaufen würden. Aber neugierig war ich, weshalb ich erst so schnell kommen und dann so plötzlich stehnbleiben sollte. Es handelte sich jedenfalls um eine Überraschung.

„Sihdi", fuhr er nun fort, indem seine Augen vor Freude strahlten, „du kannst gut raten, weil dein Verstand so in die Länge gezogen ist. Ich fordere dich auf, jetzt einmal nachzudenken!"

„Worüber?" fragte ich.

Anstatt mir gleich zu antworten, schrie er die Frauen an, die Miene machten, sich nach mir umzuschauen:

„Halt! Nicht umdrehn! Er darf eure Gesichter nicht sehn. Schaut ihn ja nicht an, wenn ihr mir nicht die Wonne dieses Augenblicks verderben wollt! Ich bitte euch, rührt euch nicht!"

Und sich mir nun wieder zuwendend, gab er mir lachend Auskunft:

„Worüber du nachdenken sollst? Natürlch darüber, wer diese beiden Frauen sind!"

„Dieses Nachsinnen würde zu nichts führen, da ich ja gar keinen Anhalt habe."

„Keinen Anhalt? O Sihdi, wie du nur so reden kannst! Keinen Anhalt! Hier stehe ich, dein Begleiter und Beschützer. Bin ich kein Anhalt für dich?"

„Bist du es denn, über den ich nachdenken soll?"

„Nein, denn du würdest trotz aller Anstrengung deiner Geisteskräfte doch nicht dazu kommen, die Höhe meines Wertes und die Tiefe meiner Weisheit zu ermessen. Aber über diese beiden Frauen sollst du nachdenken, wie ich dir schon angedeutet habe!"

„Ich soll also raten, wer sie sind?"

„Jaja, jaja! Sag es doch nur, schnell!"

Er hatte gut reden, denn er hatte ihre Gesichter vor sich; ich aber sah von ihnen nur die ärmlichen Gewänder, die so weit und faltig waren, daß sie nicht einmal die Umrisse der Gestalten erkennen ließen. Darum konnte ich nichts Rechtes erwidern.

„Ich kann es nicht erraten, wenn du mir keinen Fingerzeig oder Anknüpfungspunkt gibst."

„Fingerzeig? Allah akbar! Da stehe ich doch und zeige mit allen zehn Fingern auf sie! Ist das etwa noch nicht genug? Und Anknüpfungspunkt? Es sind dir doch alle möglichen hiesigen Punkte zur Verfügung, daß du sie aneinanderknüpfen kannst! Und da behauptest du, daß sie dir fehlen!"

Er wollte noch mehr reden, wurde aber von der einen Frau unterbrochen. Ich hörte sie sagen:

„Du bist Hadschi Halef Omar, den wir liebgewonnen haben. Ich habe dich sogleich wiedererkannt. Wer aber ist der Sihdi, mit dem du sprichst und den wir nicht anschauen sollen?"

„Rate du auch einmal!"

„Welche Wonne, welche Seligkeit, wenn es der wäre, an den ich denke!"

„Nun, an wen denkst du?"

„Ist es etwa der gute Effendi aus Dschermanistan, als dessen Begleiter du damals bei uns warst?"

„Ja, der ist's. Du hast es erraten."

„Und da verlangst du von mir, daß ich ihn nicht ansehn soll? Bist du von Sinnen? Meine Seele hat sich nach ihm gesehnt ohne Unterlaß, wie das Mehl sich nach dem Wasser sehnt, um mit ihm in Teig verwandelt zu werden, und nun mir dieser heiße Wunsch in Erfüllung geht, soll ich meine Augen nicht aufschlagen zu dem, den meine Seele liebt? Ich drehe mich um!"

Ihre Stimme klang überaus kraftvoll. Ebenso war auch der Ruck, mit dem sie sich dann zu mir herumschwenkte. Ich erblickte ihr Gesicht, und in demselben Augenblick stiegen alle Erinnerungen an Marah Durimeh in mir auf. O du liebe, du holde, du süße — —!

Doch bevor ich den Namen nenne, muß ich ein Wort über sie sagen, die jetzt vor mir stand:

Es war an dem Tag, an dem ich vor Jahren[1] des Nachts hinauf zur Höhle stieg, um den geheimnisvollen „Geist der Höhle" kennenzulernen. Ich war gefangen und wurde nach einer steinernen Hütte geschafft, die nah dem Dorf Schohrd in einer wilden Schlucht lag. Drinnen band man mich an einen Pfahl. Eine alte Frau mußte mich bewachen. Sie hieß Madana; ich habe sie in meinem damaligen Bericht folgendermaßen beschrieben:

„Madana heißt auf deutsch ‚Petersilie'. Wie die Alte zu diesem würzigen Namen gekommen war, weiß ich nicht; aber als sie jetzt nah vor mir stand, duftete sie nicht nach Petersilie, sondern es entströmte ihr ein Geruch, der aus den Düften von Knoblauch, faulen Fischen, toten Ratten, Seifenwasser und verbranntem Hering zusammengesetzt schien. Gekleidet war diese schöne Bewohnerin des Zabtals in einen kurzen Rock, den man bei uns wohl kaum als Scheuerlappen hätte benutzen mögen; sein Rand reichte nur wenig über die Knie herab und ließ ein paar gespenstische Gehwerkzeuge sehn, deren Anblick zu der Vermutung führte, daß sie bereits seit langen Jahren nicht mehr gewaschen waren ... In meiner Nähe erblickte ich neben einem gefüllten Wassernapf einen großen Scherben, der früher wohl einmal zu einem Krug gehört hatte, jetzt aber als Schüssel benützt wurde und eine Masse enthielt, die halb aus Tischlerleim und halb aus Regenwürmern oder Blutegeln zu bestehn schien ... Später, als ich mit der Alten allein war, wurde ich von ihr gefragt:

[1] Siehe Karl May, „Durchs wilde Kurdistan"

‚Willst du essen?'

‚Nein', antwortete ich voll Grauen.

‚Trinken?'

‚Nein.'

Da kam die duftende Petersilie herbeigekrochen, ließ sich in der Nähe meiner armen Nase häuslich nieder und nahm den von mir verschmähten Scherben auf ihren Schoß. Ich sah, daß sie mit allen fünf Fingern der rechten Hand in das geheimnisvolle Gemisch langte und dann den zahnlosen Mund wie eine schwarzlederne Reisetasche auseinanderklappte — — ich schloß die Augen. Ein Zeitlang hörte ich ein mächtiges Geklatsch; sodann vernahm ich jenes sanfte, zärtliche Streichen, das entsteht, wenn die Zunge als Wischtuch gebraucht wird, und endlich erklang ein langes, zufriedenes Grunzen, das ganz hörbar aus einer wonnetrunkenen Menschenseele kam. O Petersilie, du Würze des Lebens, warum duftest du nicht draußen im Freien! ..."

Man denke ja nicht, daß die Seele dieser alten Kurdin ihrem Äußern geglichen hätte! Madana war ganz im Gegenteil ein herzensbraves, gutes Menschenkind. Sie erleichterte mir meine Lage nach Kräften, und als ich dann wieder frei war, hatte sie mich so liebgewonnen, daß sie beim Scheiden mit den Worten von mir Abschied nahm:

„Leb wohl, Herr! Der Ruh 'i kulyan hat gezeigt, daß du sein Liebling bist, und auch ich versichere dir, daß ich deine Freundin bin!"

Seit jener Zeit war eine Reihe von Jahren vergangen. Ich war nicht wieder in diese Gegend gekommen und hatte ein Wiedersehn zwar gewünscht, es aber nicht für möglich gehalten. Und nun stand sie da vor mir in all ihrer Pracht und Herrlichkeit, die liebe, die holde, die süße Petersilie, zwar älter als damals, sonst aber genau noch so wie zu jener Zeit, in der ich sie kennenlernte, den leeren Krugscherben in der Hand, den sie ausgeleckt hatte. Das Gewand, das sie jetzt trug, war zwar ausreichender als ihr damaliges, aber viel reinlicher und besser nicht.

Kaum war ihr Auge auf mich gefallen, so kam sie mit schnellen Schritten auf mich zu, ergriff meine Hände, zog sie an ihr Herz und rief jubelnd:

„Du bist es wirklich, Herr; ich sehe es! Welch eine Wonne! Welch eine Seligkeit! Seit du Abschied von uns nahmst, ist kein Tag vergangen, an dem wir nicht an dich dachten. Wir haben von dir gesprochen allezeit, haben uns alles, was du tatest, und jedes deiner Worte tausendmal wiederholt. Wir haben gehört, daß du wieder in der Dschesireh gewesen bist und auch wieder in unserm Kurdistan, aber leider nicht in der Gegend, wo wir wohnen, die wir dich lieben und verehren. Für dieses Leben hatten wir darauf verzichtet, dich jemals wiederzusehen, und nun hat Gott es doch gefügt, daß unsern Augen die Wonne deines Anblicks wird! O Effendi, es ist mir unmöglich, dir zu sagen, wie groß das Glück ist, das uns dein Kommen bringt! Ingdscha, warum stehst du noch dort? Wie oft hast du still an ihn gedacht und laut von ihm gesprochen! Und nun, da er da ist, stehst du abseits und scheinst ihn nicht zu kennen!"

Ingdscha! Ja, sie war es, die schöne Tochter Nedschir-Beis, des Raïs von Schohrd, der damals mein Freund wurde, nachdem er mein Feind gewesen. Man merkte es ihr nicht an, daß Jahre vergangen waren, seit wir uns nicht begrüßt hatten. Sie stand neben Halef in derselben schüchternen Haltung wie bei unserm ersten Zusammentreffen in Madanas Hütte, auch mit derselben Röte der Befangenheit auf ihren weichen, bräunlichen Wangen. Sie trug ebenfalls ein ärmliches Gewand, wohl mit eine Ursache ihrer augenblicklichen Verlegenheit, aber trotzdem hätte ihr auch einer, der sie nicht kannte, angesehn, daß sie nicht gewohnt war, sich in dieser Weise zu kleiden. Sie, die schöne, wohlhabende Chaldäerin, mußte einen besondern Grund haben, eine solche Tracht anzulegen. Sie blieb stehn, ohne auf die Worte der Alten zu achten, als könnte sie keinen Fuß bewegen. Ich ging zu ihr hin und nahm ihre Hände in die meinigen.

„Sei mir gegrüßt, du liebe Freundin aus vergangner, schöner Zeit! Auch ich habe euer gedacht und bin froh, daß ich euch wiedersehe. Warum sprichst du nicht? Freust du dich denn nicht auch?"

Da vertiefte sich die Röte ihrer Wangen; sie senkte, vergeblich nach Worten suchend, die Augen und begann still vor sich hin zu weinen. Ich war tief gerührt; der Hadschi auch. Nur konnte er seine Rührung nicht so wie ich beherrschen und mußte ihr in seiner Weise Luft machen:

„Warum habt ihr euch umgedreht! Dieser Effendi mit dem ganz vergeblich langen Verstand hätte nicht eher erfahren, wer ihr seid, als bis er es erraten hätte, und wenn er gezwungen gewesen wäre, mit euch zehntausend Jahre lang hier in Gedanken stehnzubleiben! Nun aber ist das ganze, schöne Geheimnis verraten, und ihr habt mich um das Glück gebracht, etwas zu wissen, was er trotz all seiner unnützen Einsicht nicht begreifen konnte! Nun lacht Madana, während Ingdscha weint! Folglich muß nun auch einer von uns beiden weinen und der andre lachen. Aber warum soll ein Quell der Tränen fließen, während wir doch nichts als Freude fühlen? Ich sehe nicht ein, warum — — — Sihdi, dreh dich um!"

„Warum?" fragte ich, obgleich ich wohl sah, daß er sich vergeblich bemühte, die aufsteigenden Tränen zurückzuhalten.

„Ich sage: dreh dich um!" schrie er mich an. „Du brauchst nicht zu wissen, daß Hadschi Halef Omar, der oberste Scheik der Haddedihn, eine Freundin nicht weinen sehen kann, ohne sofort mitzutun! Also herum mit dir, sonst reite ich fort, und du bekommst mich nie wieder vor die Augen!"

Ich wendete mich um und bemerkte, daß die Hamawands von der Talwand herunterkamen. Sie hatten nicht länger warten wollen, weil sie neugierig waren, die Gründe unsers unbegreiflichen Verhaltens kennenzulernen.

„Siehst du, daß ich recht hatte?" sagte Adsy, indem er auf die Körbe deutete. „Ich sagte doch, daß Galläpfel drin wären!"

„Und ich hatte auch recht", entgegnete ich. „Diese Frauen sind keine Galläpfelsammlerinnen."

„Ihr scheint sie zu kennen?"

„Ja; sie sind Freudinnen von uns, die zwischen den Bergen des obern Zab ihre Heimat haben."

„Warum kommen sie von da oben herunter?"

Da nahm, bevor ich antworten konnte, Madana das Wort:

„Das ist es ja, was ich euch vor allen Dingen sagen muß! Wie freue ich mich, daß wir euch getroffen haben! Nicht nur, weil wir euch lieben, sondern auch weil es ist, als hätte euch Gott geschickt, uns zu helfen! Ihr wundert euch gewiß darüber, daß wir uns so weit von unsern Wohnungen entfernt haben und daß ihr uns als Sammlerinnen seht, obgleich wir das gar nicht sind!"

„Es muß ein sehr wichtiger Grund sein, der euch, besonders Ingdscha, dazu bewogen hat", forschte ich.

„Ja, ein sehr wichtiger Grund", nickte sie. „Wie werdet ihr erschrecken, wenn ich ihn euch sage!"

„Wir erschrecken nicht, denn wir kennen ihn schon."

„Was? Ihr wüßtet — —? Woher kommt ihr?"

„Aus Persien herab."

„So ist es unmöglich, daß ihr ihn kennt!"

„Und ich sage dir dennoch, er ist uns nicht nur bekannt, sondern wir wollen sogar zu der, um deretwillen ihr als Kundschafterinnen hier seid."

„Als Kundschafterinnen?" fragte sie erstaunt. „Du errätst also, weshalb wir uns als Sammlerinnen der Galläpfel hier in dieser Gegend befinden? Ja, du sagst sogar, daß ihr zu jemand wollt! Wen meinst du damit?"

„Marah Durimeh."

„Mein Gott, es ist wahr, daß du es weißt!"

„Ich weiß sogar, wo sie sich befindet!"

„Das wissen wir nun auch. Oh, Effendi, was ist es für ein Glück, daß wir grad mit dir darüber reden können. Und wie wird sich der Raïs freuen, wenn er erfährt, daß du dich hier befindest!"

„Welcher Raïs?"

„Doch der von Schohrd, der Vater meiner Ingdscha!"

„Er ist auch in dieser Gegend?"

„Ja. Ich muß dir sagen, weshalb; doch erlaube, daß ich mich setze! Die Freude des Wiedersehns ist mir in die Beine gefahren; ich kann nicht mehr stehn."

„Ich fühle, daß deine Freude sehr groß ist", nickte Halef, „denn sie ist nicht bloß in deine, sondern auch in meine Beine gefahren. Erlaube, daß ich mich an deine Seite setze!"

Als sie nun nebeneinander saßen, fuhr sie fort:

„Ihr wißt, daß Marah Durimeh keine bleibende Stätte hat. Sie ist bald hier, bald dort und erscheint immer da, wo man ihrer Hilfe bedarf. Man sagt, daß sie ein Liebling des Ruh 'i kulyan und seine besondre Botin ist."

Madana hatte also nicht erfahren, daß Marah Durimeh selber der „Geist der Höhle" war. Sie sprach weiter:

„Da man nie weiß, wann sie kommt, wann sie geht und wo sie sich während ihrer Abwesenheit befindet, so ist es unmöglich, für ihr Wohl und ihre Sicherheit bedacht zu sein. Sie kann sogar einmal an einem einsamen Ort hilflos sterben, ohne daß es ein Mensch erfährt. Überall, wo man sie kennt, da liebt und verehrt man sie auch; sie kann da ohne Sorge wandeln. Aber wo man sie noch nicht kennt, kann ihr sehr leicht ein Unglück widerfahren. Darum baten wir sie, es uns stets vorher mitzuteilen, wenn sie die Absicht hätte, einen Weg zu wandern, über dessen Sicherheit sie nicht beruhigt sei. Sie hat das in den letzten Jahren stets getan, doch ohne daß es einmal nötig wurde, um sie in Angst zu sein. Im späten Herbst des vergangenen Jahres war sie zum letztenmal bei uns in Schohrd. Als sie uns verließ, sagte sie, daß wir uns nicht um sie zu sorgen brauchten, da sie nur zu Bekannten gehe und schon nach einigen Tagen wiederkomme. Aber es verstrichen Wochen und sogar Monate, ohne daß wir sie wiedersahen. Da wurde es uns angst um sie. Du weißt, Effendi, was diese Frau uns allen ist, und wirst dich also nicht wundern, wenn ich dir sage, daß alle Ortschaften sich erhoben haben, um nach ihr zu suchen. Wir haben das ganze Land bis zu den Dschudibergen hinauf durchsucht und während des ganzen Winters überall nach ihr geforscht, ohne aber eine einzige Spur zu finden. Sie war vollständig verschwunden, und wir beweinten sie als eine Verstorbene. Da kam ein Handelsmann aus Tus Khurmali hinauf zu uns, der von einer alten Frau erzählte, die in der Gegend von Suleimania in einem Kulluk wohnt und große Wunder tut. Er hatte sie nicht gesehn, aber viel von ihr gehört; und was er uns über sie sagte, ließ uns vermuten, daß diese Frau unsre Marah Durimeh sei. Wir schickten sofort Boten nach Suleimania, von denen wir nach ihrer Rückkehr erfuhren, daß die Frau gefangengehalten und von Dawuhdijeh-Kurden streng bewacht werde und höchstwahrscheinlich unsre Freundin sei. Wer zu ihr wolle, müsse den Scheik der Dawuhdijehs um Erlaubnis bitten, der dafür ein Geschenk je nach dem Vermögen des Hilfesuchenden verlange. Unsre Boten hatten ihn nicht aufsuchen können, sondern sich sehr vor ihm und seinen Leuten hüten müssen, weil zwischen uns und diesem Kurdenstamm Feindschaft herrscht."

Als sie jetzt eine Pause machte, erkundigte ich mich:

„Habt ihr erfahren, weshalb diese Frau in dem Kulluk festgehalten wird?"

„Nein. Es scheint ein Geheimnis zu sein, das nur wenige Personen kennen."

„Ich vermute, daß ihr sofort entschlossen wart, Hilfe zu bringen."

„Ja, das waren wir alle. Die Gebieter unsrer Gegenden traten zu einer Beratung zusammen. Ein Kriegszug war ausgeschlossen, weil er sich gegen den in Suleimania regierenden Beamten des Padischah gerichtet hätte. Es wurde beschlossen, zur List zu greifen. Man sprach von dir, wie du Amad el Ghandur aus dem Gefängnis in Amadijeh geholt hast, und fragte, wie du es wohl anfangen würdest, für Marah Durimeh einen Ausgang aus dem Kulluk zu finden. Es wurde bestimmt, daß eine kleine Schar erfahrener Krieger ausgesandt werden sollte, die Befreiung zu versuchen. Klein mußte sie sein, um sich leicht verbergen zu können. Als Kundschafter sollten nicht Männer, sondern einige Frauen dienen, weil diese selten Verdacht erwecken und meist ganz unbeachtet bleiben. Als ein Anführer gewählt werden sollte, bot sich der Raïs von Schohrd freiwillig an. Das sollte eine Buße für frühere Zeiten sein, wo er, wie du ja weißt, auf falschem Weg wandelte und damals auch dein Feind gewesen ist. Er wurde angenommen. Als das Ingdscha, seine Tochter, hörte, die stets der Liebling Marah Durimehs gewesen ist, forderte sie von ihrem Vater, daß er sie als Kundschafterin mitnehme; sie könne keiner andern den Vorzug lassen, zur Befreiung ihrer geliebten, ehrwürdigen Beschützerin mitwirken zu dürfen. Als er nach einigem Zögern seine Erlaubnis gab, konnte ich es nicht übers Herz bringen, Ingdscha ohne mich in solche Gefahren ziehn zu lassen. Ich bat sie also, sie begleiten zu dürfen, und sie erfüllte meinen Wunsch."

„Hatte denn dein Mann nichts dagegen einzuwenden?"

„Nein; er ist ja selber mit dabei. Du hast ihn damals nicht so kennengelernt, daß du dich über ihn freuen konntest; jetzt aber wirst du mit ihm zufrieden sein. Seit jenem Abend, an dem du unsre Gebieter hinauf zum Ruh 'i kulyan führtest, herrscht Eintracht unter denen, die sich vorher wegen der Verschiedenheit der Abstammung und des Glaubens bekämpften. Es ist seitdem kein Streit wieder vorgekommen."

„Wieviel Personen seid ihr hier?"

„Zehn Männer, den Raïs selber mitgezählt, und zwei Frauen, nämlich Ingdscha und ich. Das wurde für genug befunden, da wir nach deinem Beispiel nur List anwenden wollten."

„Habt ihr Erfolg gehabt?"

„Bis jetzt noch nicht. Den Kulluk haben wir gefunden. Wir wissen auch, daß es wirklich Marah Durimeh ist, die dort wohnt; aber weil wir uns nicht zeigen dürfen, haben wir uns bis jetzt vergeblich bemüht, hineinzukommen oder ihr wenigstens ein Zeichen von uns zu geben."

„Aber andre dürfen wohl zu ihr?"

„Ja, wir haben das auch beobachtet. Es kommen Personen, die mit ihr zu sprechen begehren; sie dürfen aber nicht hinein, sondern nur bis ans Tor, wo sie mit ihr reden können und dann wieder gehn müssen, ohne den Turm betreten zu haben. Als wir uns bei einer solchen Gelegenheit in der Nähe versteckt hatten, sahen wir sie und wissen nun also, daß sie es wirklich ist."

„Also darf kein Mensch hinein zu ihr?"

„Niemand. Wir haben nur einen einzigen Fall beobachtet, daß Leute hineindurften, und die sind nicht wieder herausgekommen. Man scheint sie festgehalten zu haben."

„Wißt ihr, wer das war?"

„Wir kannten sie nicht, doch stellten wir fest, daß es Kurden waren. Sie hatten einen kleinen Knaben bei sich."

Da fiel Adsy schnell ein:

„Sie sind es; sie sind es! Das war Schevin mit Khudyr und unsern Leuten! Weißt du vielleicht, warum sie nicht wieder herauskommen durften?"

„Nein. Wie können wir das wissen, da wir uns verbergen müssen und uns also nicht erkundigen dürfen? Wahrscheinlich würden die Dawuhdijehs es auch niemand sagen."

Nun sprudelte Adsy eine Menge von Fragen hervor, die zwar von seiner Besorgnis, nicht aber von der nötigen Umsicht zeugten, so daß ich ihn bat:

„Erlaube, daß ich mit Madana spreche! Du fragst mit deinem Herzen, aber nicht mit dem Verstand. — Wieviel Dawuhdijehs sind es, die den Turm bewachen?"

„Erst waren es zwanzig", antwortete die Alte. „Jetzt aber, seit diese Fremden auch drin stecken, sind es wohl doppelt soviel."

„Befinden sich diese Wächter im Innern des Turms?"

„Ja; doch stehn zwei stets vor dem Tor."

„Bei Tag und auch bei Nacht?"

„Am Tag sind es zwei, doch sobald es dunkel geworden ist, wird vor dem Eingang ein Feuer angebrannt, an dem sechs und oft auch acht Männer sitzen."

„Haben diese Leute einen bestimmten Anführer?"

„Ja. Aber das ist kein Kurde, sondern ein türkischer Mülasim[1], der fünf Soldaten bei sich hat."

„Ah! Marah Durimeh ist also wirklich die Gefangene des sogenannten Paschas von Suleimania, und den Dawuhdijehs ist die Mitbewachung anvertraut; sie müssen diesem Mülasim Gehorsam leisten. Wo liegt der Kulluk?"

„Man kann ihn von hier aus in einer Stunde erreichen."

„Eine Stunde nur", wendete ich mich zu Adsy. „Da hörst du, wie wenig du dich auf eure Kundschafter verlassen kannst. Und acht Personen sind das gewesen! Wenn wir jetzt nicht Ingdscha und Madana getroffen hätten, wären wir vollständig in die Irre geritten und hätten froh sein müssen, wenn wir nicht erwischt worden wären! Ist der Weg nach dem Kulluk auch zu Pferd zu machen?"

„Ja", entgegnete Madana. „Ihr wollt hin?"

„Gewiß! Es fällt uns nicht ein, diese Gegend eher zu verlassen, als bis wir Marah Durimeh herausgeholt haben!"

„Und unsre Leute mit, Effendi!" bat Adsy. „Du hast gehört, daß sie auch im Turm stecken. Wie aber wirst du es anfangen, ihnen die Freiheit zu verschaffen?"

„Das kann ich jetzt noch nicht sagen. Ich muß den Kulluk und seine Umgebung kennenlernen, auch die Sicherheitsmaßregeln, die der Mülasim getroffen hat. Ferner ist es nötig, vorher mit dem Raïs von Schohrd zu sprechen, um seine Ansicht zu hören. Erst dann, wenn ich alles erfahren habe, kann ich mir ein Bild über die ganze Lage machen und einen bestimmten Plan fassen. Du fragst mich also zu früh."

„So sag mir wenigstens, ob du die Ausführung für möglich hältst!"

„Sie muß möglich sein, weil sie notwendig ist. Ich habe ja gesagt, daß ich nicht eher von hier fortgehn werde!"

---

[1] Leutnant

„Ich danke dir! Du hast mir mit diesen Worten das Herz leicht gemacht. Freilich wird die Ausführung schwer sein!"

„Nicht so sehr! Schau hier meinen Hadschi Halef Omar an! Sein Gesicht strahlt förmlich von Zuversicht!"

„Strahlt es wirklich?" fragte Halef lachend. „Ich sage euch, seit ich weiß, daß es sich wieder einmal um eine Tat handelt, zu der Mut und List gehören, ist ein ungeheures Wohlbefinden in mein Herz gezogen. Vor diesem Mülasim und seinen fünf Asakern und vor den vierzig Dawuhdijehs fürchten wir uns nicht. Der größte Turm der Welt war doch der Turm zu Babel, den man jetzt Birs Nimrud[1] nennt. Wir sind vor kurzer Zeit in die finstern Eingeweide dieses Turms gekrochen, um mit den Drachen des Mordes und der Schmuggelei zu kämpfen. Wir haben über diese Ungeheuer gesiegt und sind als ruhmgekrönte Helden wieder ans Licht des Tags gestiegen. Haben wir uns vor diesem Turm zu Babel nicht gefürchtet, wie sollten wir uns da vor euerm kleinen Kulluk ängstigen? Er ist ein so lächerlich winziger Kerl, daß wir nur mit einer einzigen Hand hineinzugreifen brauchen, um alle herauszuholen, die man drin vor uns verbergen will!"

Es war eine Lust, den kleinen Kerl in dieser Weise sprechen zu hören, besonders da seine Zuhörer Morgenländer waren und sich als solche nicht an seiner Ausdrucksweise stießen. Auch mir schien die Ausführung unsers Vorhabens nicht mit großen Schwierigkeiten verknüpft zu sein, zumal es sich um einen türkischen Offizier handelte, auf den ich mit meinen Papieren leicht Eindruck machen konnte. Was die gefangenen Hamawandi-Kurden betraf, so galt es zu erfahren, ob es zwischen ihnen und den Dawuhdijehs einen Zusammenstoß gegeben hatte, der einen blutigen Streit zur Folge haben mußte, was unser Vorhaben sehr erschweren konnte. Ich fragte darum Madana:

„Waren die Leute bewaffnet, die mit dem Knaben in den Turm gebracht wurden?"

„Nein", antwortete sie.

„Kamen sie zu Pferd?"

„Nein; aber die Dawuhdijehs, die sie begleiteten."

„Sie wurden also als Gefangene behandelt?"

„Ja. Jeder von ihnen hing an einem der Gäule."

„War jemand von ihnen verwundet?"

„Davon haben wir nichts bemerkt."

„Wie verhielten sie sich? Leisteten sie Widerstand?"

„Nein. Sie ließen sich ohne Sträuben hineinschaffen. Einer von ihnen, der den Knaben trug, schien kein gewöhnlicher Krieger zu sein; das hörten wir aus den Worten, die er sprach."

„Was sagte er?"

„Als er vom Pferd losgebunden war und durch das Tor schreiten

---

[1] Anmerkung des Karl-May-Verlags: Das vorliegende Werk wurde 1898 verfaßt. Neuere Forschungen aus dem Jahr 1911 haben ergeben, daß obige Gleichsetzung irrig ist. Die Sage erblickte allerdings im Birs Nimrud den Turm von Babel, während er in Wirklichkeit die Reste der Stufenpyramide von Borsippa darstellt. Vgl. hierzu auch Karl-May-Jahrbuch 1930: Prof. Dr. Guenther, Von Kairo nach Bagdad und Stambul

sollte, rief er drohend: ‚Wir kamen im Frieden und haben euch darum unsre Waffen abgegeben. Haltet uns ja nicht zu lange fest, sonst könnte Jamir erscheinen und uns mit bluttriefenden Waffen von euch fordern!‘ Diese Worte habe ich ganz deutlich verstanden."

„Das beruhigt mich, denn wir können daraus ersehn, daß nichts geschehn ist, wodurch die Thar[1] herausgefordert würde. Wo befindet sich der Raïs mit seinen Leuten?"

„In der Nähe des Kulluk. Wir haben dort für uns und unsre Pferde ein prächtiges Versteck gefunden."

„Und wie kommt es, daß ihr beide euch jetzt so weit von dort entfernt habt?"

„Wir wollten die Kundschafter beobachten, die vor einiger Zeit hier vorübergeritten sind."

„Kundschafter? Woher wißt ihr denn, daß diese Leute Späher waren?"

„Wir haben die Dawuhdijehs gestern belauscht. Sie stehn unter der Anführung ihres Scheiks Ismael Beg da unten am Wasser, in einer weiten Krümmung des Tals, wo sie den Angriff der Hamawandi-Kurden erwarten."

„Das habt ihr erlauscht?"

„Ja, Ingdscha und ich. Sie hatten entdeckt, daß Hamawandispäher hier gewesen waren, und nun auch Späher zu den Hamawands geschickt. Diese erfuhren, daß die Hamawands dreihundert Mann stark kommen würden. Als sie diese Nachricht brachten, rief Ismael Beg seine Dawuhdijehs zusammen, um die Feinde da unten zu empfangen, und beschloß, heut wieder Boten auszusenden, die ihm das Nahen der dreihundert Hamawands sofort melden sollen. Wir beobachteten heut früh diese Boten, weil wir gern erfahren wollten, nach welcher Richtung sie sich wenden würden."

„Warum wolltet ihr das wissen?"

„Um zu erkunden, wo die Hamawands zu suchen sind. Wir wollten sie warnen, denn weil es uns bisher noch nicht geglückt ist, Marah Durimeh zu befreien, glaubten wir, daß diese Kurden uns aus Dankbarkeit dazu behilflich sein würden. Nun, da wir aber dich gefunden haben, brauchen wir diese Hilfe nicht."

„Und doch wird euch auch dieser Wunsch erfüllt, denn die Krieger, die ihr bei mir seht, gehören zum Stamm der Hamawands. Ich traf sie gestern abend. Sie erzählten mir von ihren gefangnen Genossen. Sie berichteten auch von der alten Frau, die im Kulluk bewacht wird. Ich vermutete sogleich, daß diese Frau unsre Marah Durimeh sei, und so schlossen wir uns diesen Hamawands an, um nach dem Kulluk zu reiten. So kommt es, daß wir euch hier unterwegs getroffen haben."

„Das hat Gott geschickt, Effendi, und da du nun bei uns bist, sind wir überzeugt, daß Marah Durimeh den Turm sehr bald verlassen wird. Wie unaussprechlich werden sich unsre Krieger freuen, wenn sie dich und Hadschi Halef Omar erblicken! Sollen wir euch jetzt zu ihnen führen?"

„Ja; ich bitte euch darum. Hoffentlich ist die Gegend, durch die wir kommen werden, sicher?"

[1] Blutrache

„Es ist nicht zu erwarten, daß wir einem Dawuhdijeh begegnen."

„Dennoch wollen wir vorsichtig sein. Kennt Ingdscha den Weg ebenso wie du?"

„Ja."

„So mag sie bei uns bleiben, um uns zu führen; du aber gehst allein voran, um uns zu warnen, falls du jemand erspähn solltest."

„Das wird das beste sein, Effendi. So werden wir es halten."

Sie schüttete die Körbe aus, setzte sie ineinander, nahm sie auf den Rücken und machte sich zunächst flußabwärts auf den Weg. Einer der Hamawands stieg ab und bot Ingdscha sein Pferd an. Sie ging auf dieses höfliche Anerbieten ein, und dann folgten wir der lieben Petersilie.

5. Marah Durimeh

Der Weg bot nur für zwei Pferde nebeneinander Raum. Ich richtete es so ein, daß sich Ingdscha an meiner Seite befand. Sie hatte sich bisher in Schweigen gehüllt; jetzt zog ich sie in ein Gespräch, das aber leider nicht so lebhaften Fortgang nahm, wie ich es wünschte. Sie verhielt sich sehr einsilbig; es schien ihr lieber zu sein, wenn sie still bleiben konnte, und so hatte ich nichts dagegen, daß, als sie einmal wegen einer schmalen Geländestelle zurückblieb und nicht gleich wieder vorrückte, Halef sich an ihre Stelle setzte. Der liebe Kleine platzte fast vor Begier, mir die Freude seines Herzens über diese unerwartete Begegnung auszuschütten. Er tat es in einer Weise, daß er fast ganz allein die Kosten der Unterhaltung trug: eine Genugtuung für ihn, die ich ihm gönnte.

Inzwischen hatte Ingdscha uns aufgefordert abzusteigen, weil sie uns über einen Berg zu leiten hätte, hinter dem wir dann wieder guten Weg finden würden. Wir mußten also die Pferde führen. Es ging stellenweise so steil hinan, daß wir und die Tiere ins Rutschen kamen, doch als wir die Höhe erreicht hatten, wurde es besser; denn sie senkte sich jenseits nur allmählich nieder, und dann gab es eine wasserlose, breite Mulde, wo wir Platz hatten und galoppieren konnten. So kam es, daß wir Madana jetzt wieder erreichten. Nun mußten wir, um ihr den nötigen Vorsprung zu lassen, wieder langsam reiten.

Sie hatte sich noch gar nicht weit von uns entfernt, da hielt sie an und winkte uns sehr lebhaft zurückzubleiben, doch war es schon zu spät; denn einesteils befanden wir uns ihr und auch dem Grund ihrer Warnung schon zu nah, und andernteils gab es hier keinen Gegenstand, hinter den wir uns hätten verstecken können. Wir bemerkten auch gleich die Ursache, deretwegen sie uns gewinkt hatte: es war ein einzelner Reiter, der, wie suchend, von seitwärts hergeritten kam und froh zu sein schien, jemand zu begegnen. Er lenkte sein Pferd auf sie zu. Da er uns nun einmal erblickt hatte und sie ihm vielleicht eine Antwort geben konnte, die nicht zu unsern Absichten paßte, setzten wir unsre Tiere in Trab und kamen infolgedessen zu gleicher Zeit mit ihm bei ihr an. Es war ein Offizier mit einem Hauptmannsabzeichen. Er wendete sich nun nicht an sie, die Frau, sondern an uns Männer.

„Gehört ihr zum Stamm der Dawuhdijehs?"

„Ja", antwortete der stets schnell fertige Halef, was mir aber in diesem Fall lieb war, da ich auf diese Weise die Unwahrheit nicht selber zu sagen brauchte.

„Ihr kennt doch euern Scheik Ismael Beg?"

„Natürlich", nickte der Hadschi dreist.

„Ich suchte ihn an seinem Lagerplatz, der ist aber leer; wo steckt der Mann?"

„Er steht mit unsern Kriegern da hinten am Fluß, um auf die Hamawands zu warten, die uns überfallen wollen."

„Wieder einmal? Diese Hunde geben niemals Ruhe! Ich wollte mich von ihm nach dem Kulluk führen lassen, in dem die alte Bagidscha[1] steckt. Denn ich komme wegen ihr aus Kerkuk. Der Pascha sendet mich, den Mülasim abzulösen, der nichts aus ihr herausgebracht hat."

Dieser Mann war unvorsichtig offenherzig! Bis jetzt hatte sich Halef ganz richtig verhalten; nun aber mußte ich die Sache in die Hand nehmen, wenn kein Fehler gemacht werden sollte. Darum fragte ich den Offizier:

„Warst du denn beim Kaimakam in Suleimania, dem der Mülasim verantwortlich ist?"

Der Hauptmann betrachtete mich mit einem forschenden Blick, ob ich wohl der Mann wäre, ihm eine solche Frage vorlegen zu dürfen. Das Ergebnis schien befriedigend ausgefallen zu sein, denn er antwortete:

„Gewiß war ich dort. Ich habe ihm des Paschas Vollmacht vorgelegt und darauf seine Unterschrift bekommen, die ich dem Mülasim vorzeigen muß."

„Ist das notwendig? Kennt dich der Mülasim nicht?"

„Nein."

„Aber von unsern Kriegern werden dich doch wohl einige kennen?"

„Das glaube ich nicht, denn ich bin noch nie bei euch gewesen."

„So sollst du den Mülasim ablösen?"

„Ja."

„Wann?"

„Heut oder morgen, wie es ihm beliebt; er hat nichts mehr zu sagen. Er hat kein Geschick, das Geheimnis aus diesem Weib herauszubringen. Der Kaimakam hat mir euern Lagerplatz beschrieben; ich fand ihn leer. Dann suchte ich den Turm, bin aber, wie es scheint, irrgeritten. Ihr wißt doch wohl, wo er liegt?"

„Ja."

„So führt mich hin!"

Das klang so befehlshaberisch, daß ich entgegnete:

„Du scheinst zu meinen, daß wir Zeit dazu haben?"

[1] Hexe

295

„Zeit oder nicht — ihr führt mich hin, und zwar den gradesten Weg! Ich bin ein Offizier des Paschas. Verstanden?"

„Tahht el Amr[1]! Wir gehorchen. Ich bitte dich, hier an meiner Seite zu reiten!"

Ich winkte Madana. Sie schritt mit ihren langen Beinen weit aus, und wir folgten ihr. Der Hauptmann schien ein stolzer, eingebildeter Mensch zu sein; er sprach kein Wort mit mir. Das war mir lieb, wie ich wohl nicht erst zu versichern brauche. Er hätte mich durch Fragen in die größte Verlegenheit bringen können. Zu wünschen war nur, daß uns niemand begegnete, denn es war ein Plan in mir entstanden, der durch das Zusammentreffen mit einem Dawuhdijeh unausführbar werden mußte, und das wäre jammerschade gewesen.

Nachdem wir längere Zeit schweigend nebeneinander hergeritten waren, schien es der Hauptmann doch für geraten zu halten, ein Wort zu sagen. Er fragte mich:

„Bist du ein gewöhnlicher Kurde?"

„Nein", antwortete ich.

„Das habe ich dir angesehn, obgleich sich doch keiner von euch ganz verleugnen kann. Räuber bleibt Räuber!"

Das war wieder sehr unvorsichtig von ihm. Er fühlte sich in seinem Waffenrock unantastbar. Wie aber hätte ihm ein Kurde an meiner Stelle geantwortet? Auch ich zog aus seinen beleidigenden Worten die Veranlassung, ihm nun so zu kommen, wie ich nach meinem Plan mußte und und wie er es wohl schwerlich erwartete.

Wir hatten die Wiesenmulde hinter uns; der Wald begann wieder. Ich sah Madana seitwärts in ihn einbiegen; sie hielt vorher an und gab mir durch einen bezeichnenden Wink zu erkennen, daß wir uns jetzt dem Versteck ihrer Leute näherten. Ehe wir dieses erreichten, mußte ich mit dem Hauptmann fertig sein; das gebot mir die Vorsicht. Die Szene, die uns erwartete, mußte ihn zur Erkenntnis bringen, daß wir keine Dawuhdijehs waren, und so war es geraten, ihn schon jetzt unschädlich zu machen. Darum entgegnete ich:

„Räuber? Mit diesem Wort meinst du uns?"

„Ja", lachte er unbefangen.

„Weißt du, wie ein kurdischer Krieger darauf antwortet?"

„Er schweigt, denn es ist wahr!"

„Ja, er sagt allerdings nichts; aber er tut etwas."

„Was?"

„Das!"

Bei diesem Wort holte ich aus und gab ihm einen Fausthieb ins Genick, daß er mit dem Oberkörper vorn niederknickte und mit den Füßen aus den Bügeln fuhr. Dann faßte ich ihn hinten, riß ihn aus dem Sattel und warf ihn neben sein Pferd, wo er vor Schreck halb betäubt liegen blieb.

„Recht so, Sihdi!" jubelte Halef, indem er aus dem Sattel sprang. „Da lernt er die Faust eines Räubers, eines Dawuhdijeh-Kurden kennen! Was soll jetzt mit ihm geschehn?"

[1] „Zu Befehl"

296

„Nimm ihm die Waffen, gib ihm einen Knebel in den Mund und binde ihm dann die Hände zusammen und an meinen Steigbügel fest! Beim geringsten Widerstand, den er zu leisten wagt, schieße ich ihn nieder!"

Ich zog den Revolver und richtete ihn auf den Offizier, der von Halef in die Höhe gezogen wurde, ohne sich zu wehren. Als er meine Waffe sah, stammelte er:

„Ein Kurde — — — und ein Revolver — — — Maschallah!"

„Wer so frech ist, von einem freien Krieger Gefälligkeiten im Ton eines Vorgesetzten zu fordern und ihn, anstatt zu danken, dafür noch einen Räuber nennt, der kann sehr leicht noch andere, viel größere Wunder erfahren!" antwortete ich. „Hatte der Pascha keinen vorsichtigeren Mann hierher zu senden? Wir sind keine Räuber, und es wird dir nichts geschehn, doch nur unter der Bedingung, daß du alles tust, was ich verlange. Jetzt vorwärts!"

Der wahrhaft mutige Mann ist bescheiden, der Prahler aber im Grund feig; das zeigte sich auch hier. Dieser Mann hatte sich ohne eine Miene der Gegenwehr knebeln und an meinen Bügel binden lassen und lief nun ganz schön nebenher. Sein Pferd ritt der Kurde, der das seinige an Ingdscha abgetreten hatte.

Wir bogen, indem wir Madana folgten, in ein von dichten Nadelbäumen überschattetes Felsgewirr ein, das ganz unzugänglich zu sein schien, uns aber bald Raum zum Hindurchkommen bot. Dann ging es steil hinab, daß wir die Tiere wieder führen mußten, wobei sie zuweilen auf die Hinterbeine zu schlitten kamen. Jetzt erreichten wir einen Grund, wo früher ein kleiner See, ein Weiher, gelegen hatte, der aber ausgetrocknet war, wahrscheinlich weil sein Zufluß einen andern Weg gefunden hatte. Da hielt Ingdscha an und deutete mit der Hand vorwärts.

„Dort hinter dem Gesträuch sind unsre Leute. Hörst du sie? Madana hat ihnen gesagt, wen wir getroffen haben."

Ich hörte frohe Stimmen; Zweige knackten, und der erste, der erschien, war der lange, riesenhafte Raïs selber, der Vater Ingdschas, der mich seinerzeit so feindlich behandelt hatte und dann vom Ruh 'i kulyan zu einer andern Gesinnung bekehrt worden war. Sein Gesicht strahlte, als er mir beide Hände entgegenstreckte.

„Effendi, ist es wahr? Du kommst, du? Sollen wir das wirklich glauben? Und dein Hadschi Halef ist auch dabei? Kommt, kommt schnell, damit euch alle begrüßen! Sie zweifeln sonst daran, daß ihr es seid!"

„Natürlich sind wir es, und natürlich bin ich auch dabei!" meinte Halef. „Wo hat man denn diesen Effendi je einmal gesehn ohne mich, ohne den er nicht leben und nichts Gescheites machen kann! Ja, kommt, damit auch die andern die Wonne unsers Anblicks genießen!"

Es würde hier zu weit führen, die Szene des Wiedersehns zu beschreiben und die hin und her schwirrenden Fragen und Antworten wiederzugeben. Ich mußte mich bemühen, diese braven Leute vor unvorsichtigen Äußerungen zu bewahren, weil der Hauptmann nicht erfahren durfte, wer sie und wer Halef und ich waren. Als sie sich endlich beruhigt hatten und wir beisammensaßen, erzählte uns der Raïs von dem Verschwinden Marah

Durimehs und dem vergeblichen Bemühn, sie aus dem Turm zu befreien. Es war nicht mehr, als was wir schon von Madana gehört hatten. Der Offizier war an einen Baum gebunden worden, so weit von uns, daß er nicht verstehn konnte, was der Raïs sagte. Als dieser seinen Bericht beendet hatte, fuhr er, zu mir gewendet, fort:

„Und nun hat Madana uns verkündet, daß du uns helfen willst. Ist das wahr, Effendi?"

„Ja."

„Wir hatten dich zum Vorbild genommen; wir wollten nach deiner Weise listig handeln; aber was nützt die Klugheit, wenn — wenn —"

„Wenn man sie nicht besitzt", fiel Halef lachend ein.

Anstatt das übelzunehmen, stimmte der Raïs bei:

„Ja, beinah das wollte ich auch sagen! Wir stecken schon so lange Zeit hier, ohne daß uns ein Plan kommen will."

„Und kaum ist mein Sihdi hier erschienen, so ist bei ihm der Plan schon fertig! Ich merke es ihm an. Immer, wenn er das eine Auge kleiner macht, hat er einen listigen Talab[1] im Kopf sitzen. Habe ich recht, Sihdi?"

Ich nickte.

„Seht ihr es? Er zog das eine Auge zusammen, folglich weiß er, was er machen will. Und der Gedanke, den er hat, ist jedenfalls listig-lustig. Ich kenne sein Gesicht!"

„Hat Halef es wirklich erraten?" fragte der Raïs.

„Ja", erwiderte ich; „aber daß ich meine Gedanken durch meine Augenmuskeln verrate, das habe ich selber noch nicht gewußt. Ich werde in Zukunft besser auf mich achten."

„So erlaube, daß ich mich verwundere, Effendi! Wir haben ohne Aufhören nachgedacht, um einen ausführlichen Plan ausfindig zu machen, doch vergeblich. Und du hast einen Entschluß, nachdem du erst einige Minuten bei uns bist!"

„Ich hatte ihn schon, als ich kam. Das ist nicht etwa ein Zeichen von größrer Klugheit, sondern das Schicksal war mir günstig. Halef, erinnerst du dich der Fragen, die ich dort dem Hauptmann vorgelegt habe?"

„Ja, Sihdi."

„So weißt du, daß er nicht nur bei den Dawuhdijehs völlig fremd ist, sondern daß ihn auch der Mülasim im Kulluk noch nicht kennt. Er hat Papiere bei sich, denen der Mülasim gehorchen muß. Ist es da nicht selbstverständlich, daß ich an seiner Stelle nach dem Turm gehe?"

„Du — — — an seiner Stelle — — — als Hauptmann — — —? Sihdi, das ist freilich ein Gedanke von einer solch unendlichen Erhabenheit, als ob er nicht in deinem, sondern in meinem Kopf entstanden wäre!"

„Ich danke dir für diese großartige Anerkennung, mein lieber Halef! Ein größeres Lob konntest du nicht aussprechen. Ich bin unendlich stolz darauf!"

„Das glaube ich, denn ich weiß, daß es für dich das erhabenste der

[1] Fuchs

Gefühle ist, mein Wohlgefallen zu besitzen. Aber meinst du nicht, daß es besser wäre, wenn ich an deiner Stelle ein türkischer Hauptmann würde?"

„Nein."

„Warum nicht? Hältst du mich für zu dumm dazu?"

„Dumm? Du weißt, daß ich in dir stets den Inbegriff aller Klugheit erblicke; aber siehe die Gestalt des Hauptmanns an! Würde dir sein Anzug passen?"

„Ia Allah! Da hast du freilich recht! Wer an seiner Stelle nach dem Kulluk will, der muß in das Innere dieses Anzugs wandern, und die Länge und Breite, die er besitzt, würde mir höchst unbehaglich sein!"

„So siehst du also, daß ich diese Rolle selber übernehmen muß. Dazu gehört, daß ich den Kulluk vorher erst einmal in Augenschein nehme. Wie weit liegt er von hier?"

„Nur eine Viertelstunde", antwortete der Raïs. „Ich bin bereit, ihn dir zu zeigen. Dieses Versteck konnte gar nicht günstiger in der Nähe liegen. Madana hat es entdeckt. Die Dawuhdijehs scheinen keine Ahnung von dem Vorhandensein dieses Platzes zu haben."

„Ja, führe mich! Die andern bleiben da; wir gehn allein."

Halef wollte unbedingt mit; ich wies ihn aber zurück, weil ich ihn dabei nicht brauchte. Je weniger er wußte, desto weniger konnte er auf den Gedanken kommen, eigenmächtig zu handeln. Ich mußte dafür sorgen, daß er mir hier nichts verdarb.

Wir hatten vielleicht zweihundert Schritt weit in dem ausgetrockneten Wasserbecken zurückzulegen, bis wir an seinen frühern Ausfluß kamen. Dieser bildete eine enge, sich mehrfach biegende, vom Wasser in den Felsen gefressene Spalte, die mit Farnen und holzigem Gestrüpp so verwachsen war, daß man draußen leicht vorüberschreiten konnte, ohne zu ahnen, was für ein Versteck hinter diesem scheinbar undurchdringlichen Dickicht lag. Als wir uns hindurchgewunden hatten, ging es eine kurze Schlucht hinab ins Tal, auf dessen andrer Wand ich dann den Kulluk erblickte. Es war ein großer, aus starken, mit schmalen Schießlöchern versehenen Mauern aufgeführter Würfel, an dem ein hoher, runder Turm mit teilweise eingestürzter Zinne stieß. Das war freilich nicht gleich auf den ersten Blick so deutlich zu erkennen, weil es durch den sich dicht emporziehenden Wald verhindert wurde. Wir schlichen uns weiter bis fast an die Stelle, wo der hinaufführende Pfad begann. Von einem Weg in unserm Sinn war keine Rede; man sah nur, daß in neuerer Zeit hier gegangen und geritten worden war. Das alte Mauerwerk lag so still da oben, daß ich es für unbewohnt gehalten hätte, wenn mir nicht das Gegenteil berichtet worden wäre. Es war kein lebendes Wesen ringsum zu sehen, und weiter hinauf durften wir nicht, wenn wir uns nicht der Gefahr einer Entdeckung aussetzen wollten. Wir kehrten also vorsichtig, wie wir gekommen waren, nach unserm Versteck zurück, wo sich Halef sehr angelegentlich erkundigte, was ich beobachtet und beschlossen hätte. Als ich nochmals von dem Plan sprach, als türkischer Hauptmann nach dem Kulluk zu gehen, schlug er mir vor:

„Sihdi, da der Schneider des Hauptmanns den Anzug nicht für die sanften Verhältnisse meiner rücksichtsvollen Persönlichkeit gefertigt, sondern ihm eine so unbescheidene Ausdehnung gegeben hat, daß ich es mir versagen muß, mit ihm in Berührung zu kommen, so magst also du selber in die fremden Hosenbeine und dir nicht gehörigen Ärmel fahren; aber ich werde wenigstens die Vorbereitung dazu jetzt treffen."

„Welche Vorbereitung?"

„Ich werde zu ihm hintreten und ihm mitteilen, daß er das Innere seiner Uniform zu verlassen hat. Dann bringe ich sie dir her, damit du sie anziehn kannst."

„Warum soll denn nicht ich zu ihm gehn?"

„Weil dir die Gabe der Rede versagt ist, die dazu gehört, ihm die ungeheure Notwendigkeit dieser Anordnung begreiflich zu machen."

„Sei still! Den Herrn und Gebieter willst du spielen; weiter hat es keinen Grund. Ich erkenne ja deine vorzüglichen Eigenschaften bereitwilligst an und werde dir das jetzt beweisen, indem ich dir ein hochwichtiges Amt anvertraue."

„Ein hochwichtiges?" fragte er, indem sich seine bereits düster gewordene Miene sofort wieder aufhellte. „Ja, vertraue es mir an; du kannst überzeugt sein, daß es unmöglich ist, es in bessere Hände zu legen!"

„Das weiß ich, und darum übergebe ich es dir. Ich traue dir nämlich zu, ein vorzüglicher Baumeister zu sein, lieber Halef."

„Ein — — — Baumeister?" fragte er, indem sich in seinem Gesicht eine Überraschung aussprach, die mir heimlich Spaß machte.

„Ja, ein Baumeister", nickte ich wichtig.

„Soll etwa hier etwas gebaut werden?"

„Ja. Ein Gefängnis."

„Ein Gefängnis? Für wen?"

„Für den Hauptmann, für den Mülasim und seine Soldaten und für die Dawuhdijehs, die sich im Kulluk befinden."

„Das wären ja zusammen gegen fünfzig Personen!"

„Allerdings. Du siehst, welch eine Menge von Steinen es hier gibt, große und kleine. Es wird genügen, wenn sie recht fest und passend aufeinandergelegt werden; auf Mörtel müssen wir verzichten. Das Gefängnis muß fünfzig Personen fassen und bis morgen vormittag, womöglich aber schon heut abend fertig sein. Die Männer hier werden dir alle helfen. Den Plan zu diesem Gebäude mußt du selber entwerfen; ich habe leider keine Zeit dazu."

Da fiel er schnell ein:

„Und wenn du Zeit hättest, Sihdi, so würde ich es nicht dulden, daß du mir ins Handwerk pfuschst. Ich sage dir, daß du meine Begabung für die Kunst des Gefängnisbaues richtig erkannt hast. Ich werde ein Gebäude errichten, über dessen Vortrefflichkeit du staunen wirst. Soll es auch geheizt werden?"

„Ja."

„Das erhöht zwar die Schwierigkeit bedeutend, doch sollst du mit mir zufrieden sein. Ich werde einen Feuerherd errichten und eine Esse darüber bauen. Woraus aber soll das Dach dieses großen Gefängnispalastes bestehn?"

„Das zu bestimmen, überlasse ich dir, denn du bist der Baumeister, dem ich keine Vorschriften machen darf."

„Da hast du recht, sehr recht, Sihdi. Ich werde mir von keinem Menschen in dieser hochwichtigen Angelegenheit dreinreden lassen, sondern nur die Vorzüge meines eignen Geistes in Bewegung setzen. Hast du sonst noch einen Wunsch?"

„Nur den einen, daß alles so leise wie möglich vor sich gehn soll. Die Bewohner des Kulluk, der ganz in der Nähe liegt, dürfen nicht das geringste Geräusch hören!"

„Das ist ja selbstverständlich. Wir werden so leise machen, daß wir selber nichts davon hören. Verlaß dich nur ganz auf mich! Du wirst wohl inzwischen abwesend sein?"

„Ja, denn ich reite nach dem Turm, denke aber, daß du mich nicht brauchen wirst. Du ersiehst hieraus, lieber Halef, was für ein großes Vertrauen ich in dich setze!"

„Das kannst du auch; jawohl, das kannst du auch! Du ahnst gar nicht, was für bedeutende und erhabene Gedanken diese Aufgabe schon jetzt in meinem Kopf geboren hat! Ich muß mich mit ihnen beschäftigen, muß sie in Ordnung bringen. Erlaube also, daß ich die Einsamkeit aufsuche, denn nur in der Abgeschiedenheit von der gewöhnlichen Weltbevölkerung können die erhabenen Werke der Kunst und Meisterschaft entstehn!"

Er ging fort und wandelte dann rastlos unter fernen Bäumen hin und her, völlig ahnungslos, daß ich ihn nur, um ihn unschädlich zu machen, in einen Baumeister verwandelt hatte: er sollte sich gar nicht um den Turm bekümmern können. Da ich mich nun seiner entledigt hatte, suchte ich den Hauptmann auf.

„Ich verlange, losgemacht zu werden!" fuhr er mich an. „Ihr werdet es bereuen, euch an mir vergriffen zu haben!"

„Sei bescheiden!" warnte ich ihn. „Mit Drohungen hast du bei uns keinen Erfolg! Denkst du denn, wir durchschauen dich nicht? Du bist gar nicht der, für den du dich ausgibst. Ein Offizier, der vom Pascha zu den Dawuhdijehs gesandt wird, ist nicht so dumm, sie ins Gesicht hinein Räuber zu nennen."

„Ich bin kein Offizier? Was fällt dir ein! Greif in meine linke Brusttasche so wirst du den schriftlichen Befehl des Kaimakam mit meinem Namen und einer Rangstufe finden!"

Ich tat natürlich, was er wollte, denn das hatte ich eben beabsichtigt. Der Befehl war offen; ich konnte ihn lesen, ohne ihn aufbrechen zu müssen. Er hätte für mein Vorhaben gar nicht besser abgefaßt sein können. Weiter mochte ich mit dem Mann nun persönlich nichts mehr zu tun haben; ich sagte dem Raïs, was ich plante. Der Offizier wurde abseits geschafft, wo er sich entkleiden mußte; dann mußte er sich mit seinem Mantel begnügen. Er machte einen Heidenlärm, warum ich mich aber nicht kümmerte. Seinem Namen nach war er ein Arnaute; ich brauchte also in Rücksicht auf sein Ehrgefühl als Offizier nicht allzu zart mit ihm zu verfahren. Die Arnauten, besonders die nach dem Irak versetzten, sind stets rohe, gewalttätige Menschen, und daß er zu dieser Sorte gehörte, hatte er ja bewiesen.

Als ich dann in seinem Anzug steckte, erklärte mir der Raïs, daß kein Mensch, dem ich unbekannt war, an eine Verkleidung denken werde. Halef rief mir von weitem zu:

„Sihdi, es wird dich jedermann für den halten, für den er dich halten soll. Mehr kann ich dir nicht sagen, denn ich habe keine Zeit dazu. Habe also die Güte und entschuldige mich! Das Gefängnis geht mir mit seinen Mauern, dem Dach und auch der hohen Feueresse im Kopf herum!"

Da ich die Waffen des Arnauten tragen mußte, übergab ich die meinigen dem Raïs zur Aufbewahrung; nur einen Revolver steckte ich in die Tasche. Nach Verhaltensmaßregeln befragt, erklärte ich, daß ich keine besondern für nötig hielte. Es durfte bis zu meiner Rückkehr niemand das Versteck verlassen, und jedes laute, weitschallende Geräusch war zu vermeiden; weiter hatte ich für jetzt keinen Wunsch.

Ich mußte die steile Höhe hinan, die wir heruntergekommen waren; dann führte ich den Arnautengaul nach rechts in die Schlucht hinab, durch die ich mit dem Raïs nach dem Tal des Kulluk geschlichen war. Ich will aufrichtig gestehn, daß es mir nicht ganz geheuer zumut war, als ich den Turm vor mir ragen sah. Hinauf würde ich ganz gut gelangen; wie aber wieder herab? Vielleicht gar nicht! Mein Vorhaben war viel gefährlicher, als ich mir hatte merken lassen!

Allzugroß schien die Wachsamkeit der Dawuhdijehs nicht zu sein, denn ich kam fast ganz hinauf, ohne einen von ihnen zu treffen. Zuletzt ging es unter einigen Rieseneichen hin, und als ich diese hinter mir hatte, lag das Tor in kurzer Entfernung vor mir. Zur Seite hockten fünf Kurden, die bei meinem Anblick aufsprangen. Sie betrachteten mich kurz; dann kamen mir vier einige Schritte entgegen; der fünfte verschwand im Innern, jedenfalls um mein Erscheinen drin zu melden. In diesem Augenblick war alle Bangigkeit verschwunden. Die Furcht vor der Gefahr pflegt ja meist größer als die Gefahr selber zu sein.

„Ihr seid Kurden des Stamms Dawuhdijeh?" fragte ich kurz, während ich vom Pferd sprang und einem von ihnen den Zügel hinwarf.

„Ja, Agha", antwortete er.

„Ihr habt einen besondern Anführer?"

„Ja, Rebat ist es."

„Wo befindet er sich?"

„Drin in der Wachtstube."

„Und der Mülasim?"

„Er hält den Kef[1]. Dürfen wir ihn stören?"

„Ich werde das selber tun. Führt mich zu ihm!"

[1] Mittagsschlummer

Da kam ein baumlanger, dürrer, mit allen möglichen Waffen behängter Kerl heraus, stellte sich dicht vor mich hin und sagte in achtungsvollem Ton:

„Gegrüßt seist du, o Jüzbaschi[1]! Ich bin Rebat, dem die Krieger hier zu gehorchen haben."

„Das weiß ich schon. Dir ist doch bekannt, wo sich Ismael Beg, euer Scheik, jetzt befindet?"

„Ja. Er wartet auf — auf —"

Er zögerte, weiterzusprechen. Wahrscheinlich war er im unklaren, ob er mir die nötigen Mitteilungen machen dürfe oder nicht. Darum ergänzte ich seine Rede:

„Er wartet auf die dreihundert Hamawands, meinst du. Da hat er sich freilich verrechnet; eure Kundschafter hätten besser aufpassen sollen. Ich habe euch eine wichtige Nachricht zu bringen; sie ist sehr eilig; aber ich kann sie nicht eher aussprechen, als bis ich mich überzeugt habe, daß hier alles in Ordnung ist. Führe mich zum Mülasim!"

„Sofort, o Jüzbaschi. Erlaube, daß ich vorangehe!"

Wir kamen durchs Tor in das Innere des würfelartigen Mauerwerks. Es bildete einen viereckigen Hof, der ringsum in etwas über Mannshöhe mit schadhaften Dächern versehn war. Rechts und links standen die Pferde. Zu beiden Seiten des Tors und auch gegenüber zu Seiten des Turmeingangs hockten die Kurden und fünf Soldaten in allen möglichen Stellungen. Sie standen auf, als ich erschien. Diese Achtung, die sie meinem Waffenrock erwiesen, war geeignet, beruhigend auf mich zu wirken; ich durfte hoffen, daß man mir gehorchen würde.

Rebat stieg einige Stufen zu der in den Turm führenden Tür hinauf; ich folgte ihm. Rechts gab es zunächst eine Treppe mit sehr zerfallenen Stufen, weiter hinten einen Eingang, der mit einer alten Decke verhängt war. Die vordere Hälfte der linken Seite wurde von Lehmboden gebildet, auf dem einige lange Baststricke lagen; wozu sie dienten, das erfuhr ich nachher. Dann gähnte ein großes tiefes, viereckiges Loch, über dem ein widerlicher Duft von Moder und Fäulnis schwebte. Der Kurde deutete nach dem Vorhang.

„Dort ist der Mülasim. Soll ich mit zu ihm gehn?"

„Nein. Warte draußen im Hof, bis wir hinauskommen. Ich bin gesandt, ihn abzulösen; er wird euch das dann sagen. Die Paschas von Kerkuk und von Suleimania sind zornig darüber, daß ihr den Mund der alten Hexe nicht zu öffnen versteht. Das muß nun anders werden! Habt ihr denn kein Geschick, mit einem alten Weib umzuspringen?"

Der lange Kerl knickte unter diesen Worten verlegen zusammen und brachte stotternd die Entschuldigung hervor:

„Bedenke, o Jüzbaschi, daß sie eben eine Zauberin ist! Sie kann sich für jede Beleidigung fürchterlich rächen."

„Unsinn!"

„Ja, das kann sie! Wir wissen es. Glaub es mir! Sehn es ja an den Leuten, die kommen, um ihr ihre Anliegen auszusprechen. Es geht da

---
[1] Hauptmann

alles in Erfüllung, was die Alte sagte. Zwar darf der Pascha davon nichts —"

Er hielt erschrocken inne und senkte den Kopf noch tiefer als vorher; da war es für mich nicht schwer zu erraten, weshalb er mitten in der Rede innegehalten hatte. Ich benützte das sofort, indem ich im strengsten Ton sagte:

„Was höre ich da! Es kommen Leute, die zu der Frau gelassen werden?"

„Ja, Herr. Wir baten den Mülasim, und er hat es uns erlaubt. Wir hoffen, daß auch du uns diese Erlaubnis nicht verweigerst, denn du wirst dafür ebenso wie er einen Teil der Geschenke erhalten, die wir bekommen."

Da ertönte eine scheltende Stimme von oben herab:

„Wer spricht so laut da unten? Wißt ihr nicht, daß jetzt für mich die Zeit der Ruhe ist!"

„Das ist der Mülasim", erklärte mir der Kurde leise. „Er befindet sich also nicht dort in seiner Stube, sondern oben auf der Treppe, wo er bessere Luft hat, wie er sagt."

„Warte draußen auf mich! Ich gehe zu ihm hinauf."

Er entfernte sich, und ich stieg langsam die Stufen empor. Der Mülasim schien nur gehört zu haben, daß überhaupt gesprochen wurde. Verstanden hatte er wahrscheinlich nichts, weil sonst sein Verhalten ganz anders gewesen wäre. Nichts hätte mir für meinen Plan besser passen können als das, was ich von dem langen Kurden erfahren hatte. Die Wundertätigkeit Marah Durimehs bestand nur in der Einbildung der Kurden, die die betreffenden Märchen erzählten, um Geschenke einzuheimsen. Mein Selbstvertrauen war abermals ganz bedeutend gewachsen.

Ich hatte eben erst wenige Stufen erstiegen, so höre ich oben zornig rufen:

„Wer wagt es, da heraufzukommen? Ihr wißt doch, daß ich jetzt meine Ruhe haben will!"

Ich ging trotzdem weiter. Als ich dann die Krümmung der Wendeltreppe hinter mir hatte, sah ich den Mülasim mit den Händen unter dem Kopf lang ausgestreckt auf dem schmutzigen Boden liegen. Er hob den Kopf, um zornig loszudonnern; das sah ich ihm an; als er aber mich anstatt eines Dawuhdijeh erblickte, sprang er erschrocken auf und blieb stehn, ohne ein Wort zu sagen. Solche Augen, so ein Gesicht und solch einen Schnurrbart konnte nur ein Arnaute haben. Er war nicht mehr jung, hatte also jedenfalls von unten auf gedient und wurde nun zu ähnlichen Zwecken, wie dem gegenwärtigen, verwendet, die mit dem Frontdienst und dem Ehrgefühl nichts zu tun haben.

„Du mußt schon erlauben, daß ich dich in deiner Ruhe belästige", sagte ich. „Die Störung wird länger sein, als du denkst!"

Nun hielt ich vor ihm und betrachtete ihn genau. Wie ich ihn abschätzte, stand zu erwarten, daß ich kein schweres Spiel mit ihm haben würde.

„Verzeihung!" stieß er hervor. „Ich — — ich dachte, daß — — — daß es ein Kurde wäre!"

„Da hast du dich geirrt. Hier, schau, wer ich bin!"

Ich zog das Papier aus der Tasche und gab es ihm. Er brauchte sehr lange Zeit, bevor er mit dem Lesen fertig wurde. Dann ließ er die Hand mit den Zeilen fallen und fragte:

„Ich soll fort von hier? Du kommst an meine Stelle? Das ist mir recht! Ich will lieber unter Geistern als in der Nähe einer solchen Frau sein, vor der man sich wie vor den Gerippen des Todes fürchten muß."

„Dein Mut scheint beispiellos zu sein", bemerkte ich.

„Das redest du jetzt, in einigen Tagen aber nicht mehr! Ich habe meine Pflicht getan und sie ausforschen wollen; aber sie hat das Aussehn einer Leiche und ist stumm wie das Grab. Auch du wirst nichts von ihr erfahren!"

Wie gern hätte ich gewußt, worauf sich dieses Ausforschen bezog; aber eine Bemerkung oder Frage meinerseits hätte mich sehr leicht in die Gefahr gebracht, meine vollständige Unkenntnis zu verraten. Darum schwieg ich lieber und zog es vor, den Untersuchungsrichter zu spielen.

„Du hast fremde Leute mit ihr sprechen lassen?"

Er schwieg.

„Und Geschenke dafür angenommen?"

Er sagte auch jetzt noch nichts.

„Sprich! Du hörst, daß ich dich frage!"

„Ja, ich habe es getan", gestand er. „Du wirst es auch tun, wenn auch nicht gleich in den ersten Tagen. Die fürchterliche Langeweile wird dich packen, so wie sie mir die Seele dehnte, und dann wirst du froh sein, wenn einmal eine Unterbrechung kommt. Ich bin unendlich glücklich, aus dieser Einsamkeit und von diesem Umgang mit der wandelnden Leiche erlöst zu sein! Wirst du mich anzeigen?"

„Nein, ich lasse keinen Kameraden bestrafen."

„Ich danke dir! Wann darf ich fort?"

„Wann du willst."

„Nun, dann sobald wie möglich!"

„Vorher aber mußt du mir den Posten übergeben, so, wie du ihn übernommen hast."

„Das werde ich sofort und sehr gern tun. Übernommen habe ich nur die Frau. Die Hamawandi-Kurden, die der Scheik schickte, gehn uns eigentlich nichts an; ich werde aber auch sie dir zeigen."

„Wie verhalten sie sich?"

„Stolz und still. Es fällt ihnen nicht ein, die Forderung des Scheiks zu erfüllen und, nur weil sie ohne sein Wissen sein Gebiet betreten haben, ihm ihre Freiheit mit zweihundert Gewehren zu bezahlen. Sie würden sich dadurch teilweise entwaffnen und also den Dawuhdijehs gegenüber schwächen. Sie sind überzeugt, daß ihre Leute kommen, um sie herauszuholen. Ich bedaure sie wegen des Lochs, in dem sie mitten im Kot und Unrat so lange stecken müssen."

„Du weißt auch, wer sie sind?"

„So gut wie du. Der Scheik konnte es mir doch nicht verheimlichen. Daß Jamir unter einem falschen Namen hierhergekommen ist, war eine unverzeihliche Unvorsichtigkeit von ihm. Ein so berühmter Anführer muß stets gewärtig sein, erkannt zu werden."

„Du tadelst ihn und hast ihn doch selber auch auf dem Gewissen!"

„Ich? Inwiefern?"

„Hättet ihr nicht das Gerücht ausgestreut, daß die Alte Wunder tut, so wären nicht so viele Leute und so wäre auch er nicht gekommen!"

„Das haben die Dawuhdijehs auf ihre eigne Rechnung getan; ich habe es ihnen nicht geraten."

„Aber geduldet hast du es?"

„Weil der Anteil an den Geschenken, die ich erhielt, die einzige Einnahme war, die ich hier hatte. Du weißt ja selber, wie es mit unserm Sold steht. Wir bekommen ihn so selten. Und da man doch leben muß, ist man gezwungen, sich auf irgendeine Weise eine Einnahme zu schaffen."

„Die Frau hat aber, wie ich vermute, gar nicht gewußt, daß sie für eine Krankenheilerin und Wundertäterin gehalten wird?"

„Nein. Davon erfuhr sie nichts."

„Wie hat sie da mit den Leuten verkehren können, ohne es zu erfahren?"

„Wir ließen sie im Glauben, diese Leute wünschten, sie solle für sie beten. Sie durfte zu ihnen ans Tor, doch nicht mit ihnen sprechen. Da legte sie ihnen die Hände auf und betete. Das war alles, was geschah. Ist es dir recht, daß ich sie dir jetzt zeige?"

„Ja. Kennst du ihren wirklichen Namen?"

„Nein. Es ist mir verboten, danach zu fragen. Du?"

„Ja, ich kenne ihn."

„So bist du tiefer eingeweiht als ich; du bist aber auch nicht vom Kaimakam, sondern vom Pascha selber gesandt. Darf ich den Namen von dir erfahren?"

„Nein. Da du ihn nicht weißt, darf ich ihn dir nicht sagen."

„So komm! Sie ist hier oben."

Jetzt hatte ich den Wunsch, daß Marah Durimeh mich nicht erkennen oder, falls es doch geschehn sollte, das durch nichts verraten möchte. Er führte mich noch eine Treppe höher. Da war eine aus Bohlen zusammengesetzte, starke Tür, die durch zwei Querbalken festgehalten wurde. Er entfernte diese und öffnete. Es gab einen großen, sehr schmutzigen Raum, der durch zwei schmale Schießscharten Luft und Licht bekam. Da saß sie auf einer alten, zerfetzten Decke an der Wand. Sie hatte die Hände gefaltet und schien gebetet zu haben.

Ja, es war Marah Durimeh! Sie war wie früher eingehüllt in einen weiten dunklen Mantel, aus dem mir ihr hageres Gesicht wie das eines Totenkopfs entgegenblickte. Auch heut hingen ihr die dicken, schneeweißen Haarzöpfe bis fast auf die Erde herab, als sie sich bei unserm Anblick langsam aufgerichtet hatte.

Beim Geräusch unseres Kommens hatte sie wohl nur den Mülasim erwartet. Nun sah sie außer ihm noch einen zweiten eintreten, weshalb sie die Augen forschend auf mich richtete. Keine Wimper, keine Falte ihres Gesichts zuckte. Ihr Blick schien wie aus einer weiten, weiten Ferne, für die es kein Erkennen gibt, zu mir herzukommen, und ihre Lippen bewegten sich zu keinem einzigen Wort; es schien ganz so, als ob sie gar nicht atmete. Der Eindruck, den sie machte, war nicht der einer Leiche, wie der Mülasim gesagt hatte, sondern ein überirdischer, ein — — — es gibt eben kein Wort dafür. Ich fühlte eine tiefe Verehrung anstatt Grauen.

„Dieser Jüzbaschi ist gekommen, mich abzulösen und dich an meiner Stelle zu bewachen", sagte der Mülasim. „Ich hoffe, daß du ihm so wenig Sorge bereitest wie mir!"

Seine Stimme schwankte; er fürchtete sich vor ihr.

„Sein Eingang ist gesegnet!" sprach sie langsam und in tiefem, überzeugtem Ton, woraus ich wohl schließen durfte, daß sie mich erkannt hatte.

„Hast du einen Wunsch?" fragte ich.

Sie senkte leis den Kopf zur Seite und horchte zu mir her. Wie wenn ein lang entbehrter Ton an ein lauschendes Ohr dringt, so glitt ein glückliches Lächeln über ihr Gesicht. Dann antwortete sie:

„Mein einziger Wunsch ist Gott. Wer in ihm und in seiner Liebe lebt, braucht keine andern Wünsche."

„Du hast die Wahrheit gesprochen! Er kennt den rechten Augenblick für alles, was zu unserm Heil dient."

Nach diesen Worten drehte ich mich um und ging hinaus. Der Mülasim folgte mir und verschloß die Tür wieder. Dann führte er mich hinunter ans Verlies. Dort sagte er:

„Da unten stecken die Hamawands. Du siehst und hörst nichts von ihnen, denn es ist tief und dunkel, und sie sind so stolz, kein lautes Wort hören zu lassen. Nur manchmal hört man die klagende Stimme des Knaben für einen Augenblick."

„Sie sind mit Hilfe dieser Stricke hinabgelassen worden?" erkundigte ich mich.

„Ja."

„Wie steht es mit dem Essen und Trinken?"

„Wir lassen ihnen täglich einmal Wasser in einem Kürbiskrug und auch Brot hinab, das einer der Kurden aus Mehl und Wasser beim offnen Feuer bäckt. Kann ich dir noch eine Auskunft erteilen?"

„Nein; es ist gut. Ich weiß nun alles."

„So bist du also bereit, diesen Posten zu übernehmen?"

„Ja."

„Und ich kann aufbrechen?"

„Sofort, wenn du willst."

„So bitte ich dich, mir alles zu bescheinigen!"

„Ich werde dir die Bescheinigung auf das Schreiben des Kaimakam setzen."

„Ja, tu das! Ich bitte dich, mit hereinzukommen!"

Er schob die vorhin erwähnte, als Tür gebrauchte Decke zur Seite, und wir traten in den dahinterliegenden kleinen Raum, der nichts als ein altes Kissen enthielt, das des Tags als Sitz und bei Nacht als Bett zu dienen schien. Der Mantel war die einzige Zudecke. Eine Wachtstube für einen Offizier in Kurdistan!

„Du siehst, in einem Palast wirst du nicht wohnen", lachte der Mülasim bitter. „Ich bin froh, gehn zu dürfen, und werde, sobald du geschrieben hast, keinen Augenblick warten!"

„Hast du Tinte?"

„Nein. So etwas Kostbares gibt es hier nicht!"

Ich hatte mein Notizbuch eingesteckt, nicht etwa weil ich geglaubt hatte, es zu brauchen, sondern weil ich es nicht in der offnen Jackentasche lassen wollte. Da gab es einen Bleistift, mit dem ich die paar Zeilen schrieb, die ich in einer für den Mülasim freundlichen Weise verfaßte. Er las sie, steckte das Papier ein und reichte mir die Hand.

„Das sind kameradschaftliche Worte; ich danke dir! Nun hält mich aber nichts mehr hier zurück!"

Wir traten hinaus in den Hof, wo er die Soldaten antreten ließ und Befehl gab, sein Pferd zu satteln. Während das geschah, winkte er Rebat herbei und erklärte ihm mit lauter Stimme, so daß alle es hörten:

„Dieser tapfere Jüzbaschi ist vom Pascha gesandt worden, an meine Stelle zu treten. Er besitzt das Vertrauen und die Zuneigung eures Scheiks und wird euch ein nachsichtiger Gebieter sein. Ich aber nehme gern Abschied von diesem Ort. Allah behüte euch!"

Diese Empfehlung war die Folge meiner freundlichen Zeilen. Nach einigen Minuten gab er mir die Hand und ritt fort. Ich ging, die Pferde betrachtend, im Hof hin und her und sah gar wohl die beobachtenden Blicke der Kurden. Sie wollten aus meinem Aussehn und Benehmen erraten, was für ein Verhalten sie von mir zu erwarten hätten.

Rebat hielt sich an meiner Seite, um meine gelegentlichen Fragen zu beantworten. Er schien etwas auf dem Herzen zu haben, getraute sich aber nicht damit heraus, bis er durch meine absichtliche Freundlichkeit veranlaßt wurde, es zu sagen:

„Sprachst du nicht von einer wichtigen Nachricht für uns, die sehr eilig wäre, o Jüzbaschi?"

„Ja", antwortete ich. „Euer Scheik hat sie mir aufgetragen; aber ich habe mich anders besonnen, weil ihr hier nötig seid und ich euch unmöglich entbehren kann."

„Wir sollten fort von hier?"

„Ja; ich kann euch aber nicht fortlassen."

„Warum sollten wir fort?" fragte er dringlich.

„Weil er erfahren hat, daß eure Kundschafter sich geirrt haben. Es kommen nämlich nicht bloß dreihundert Hamawandi-Kurden, sondern das Weib Jamirs, das ihr wohl kennt, ist an der Spitze eines viel größern Haufens aufgebrochen. Der Scheik erwartet sie heut nachmittag."

„Ja Allah! Da hat er doch zu wenig Leute bei sich!"

„Das dachte er allerdings auch", nickte ich.

„Hat er keine Boten ausgeschickt?"

„Das hat er freilich getan; aber ob die Hilfe zur rechten Zeit bei ihm eintrifft, das ist sehr fraglich."

„Er scheint auch von uns gesprochen zu haben?"

Rebat war Feuer und Flamme; auch die andern Dawuhdijehs drängten sich aufgeregt herbei.

„Natürlich hat er auch von euch gesprochen", erwiderte ich lässig. „Er wollte euch schnell einen Boten senden; da ich aber zu euch ritt und er bei der Übermacht der Feinde nicht gern einen einzigen Mann entbehrt, nahm er die Gelegenheit wahr, mich mit dieser Botschaft zu beauftragen."

„Was befahl er? Was sollen wir tun? Sprich schnell, sprich schnell!"

„Ihr sollt sofort zu ihm kommen, denn eine so starke Truppe, wie ihr seid, könnte er nicht untätig hier im Kulluk lassen, während die andern mit einem doppelt starken Feind zu ringen hätten."

Da schrie er mich zornig an:

„Das — — das solltest du uns ausrichten und sagst es uns erst jetzt, wo wir schon seit einer Stunde dort sein könnten!"

„Fort? Was fällt euch ein! Ihr werdet hier gebraucht. Ich kann keinen einzigen von euch fortlassen! Der Pascha —"

„Schweig vom Pascha! Was geht uns der Pascha an, wenn unsre Krieger von einem übermächtigen Feind überfallen werden? Wir müssen fort! — — — Das Weib Jamirs! Diese Teufelin! Wir können keinen Augenblick länger bleiben. Auf, ihr Leute, sattelt schnell!"

Ich wehrte mich scheinbar dagegen, bekam aber dafür nichts als Grobheiten zu hören, und als ich es schließlich wagte, den Säbel zu ziehn und einen strengen Befehl loszudonnern, schrie mich Rebat wieder an:

„Schweig! Denkst du, daß wir uns vor deiner Klinge fürchten? Wir sind freie, unabhängige Dawuhdijehs, denen kein Jüzbaschi etwas zu befehlen hat! Die Gefangenen stecken hier sicher; sie können nicht heraus, und bis wir wiederkommen, hast du ja deine fünf Soldaten; das ist mehr als genug. Mit ihnen könntest du den Kulluk monatelang verteidigen. Also schweig, denn es ist jedes Wort vergeblich!"

Das war es ja, was ich wollte! Ich stellte mich zwar auch weiterhin ungebärdig, aber kein Mensch achtete mehr auf mich, ich konnte sagen, was ich wollte. In kurzem ritten sie den Berg hinab, und ich blieb nur mit meinen fünf treuen Soldaten zurück.

Welch ein Erfolg! Der Mülasim mitsamt der Bescheinigung fort und die Dawuhdijehs auch über alle Berge! Nun blieben nur noch die Asaker, denen anzusehn war, daß sie sich am liebsten ebenfalls unsichtbar gemacht hätten. Sie standen am Tor und schauten sehnsüchtig hinter den Kurden drein. Es war keiner unter ihnen, dem ich die für mein Vorhaben hinderlichen Geistesgaben hätte zutrauen dürfen. Sie sahen ganz so tatenunfähig aus wie ihre magern Gäule, die mit dem meinen nun allein im Hof standen; sie unschädlich zu machen war nicht schwer.

Zunächst ging ich wieder in den Turm und stieg zu Marah Durimeh hinauf. Ich entfernte die Riegelpfosten, öffnete die Tür und trat bei ihr ein. Da stand sie hoch aufgerichtet mitten im Raum und streckte mir die Hände entgegen.

„Ich wußte, daß du wiederkommen würdest. Sei gesegnet, Effendi! Gott sendet dich zur rechten Zeit, denn ich weiß, daß ich bald in weite Ferne geschafft werden sollte, wo ich nur Haß und Ungerechtigkeit, nicht Liebe und Gerechtigkeit gefunden hätte. Ich habe einst Abschied fürs ganze Leben von dir genommen, und siehe da, mein Auge darf dich wiederschauen! Welch eine Wonne! Du bist mein Sohn, mein Kind, nicht körperlich, sondern im Streben meiner und deiner Seele, im geistigen Wandel, der uns zu gleichem Ziel nach oben führt. Darum begegnen sich auch unsre irdischen Pfade wieder, und darum bist du gesandt, mich zu denen zurückzuführen, in deren Liebe ich noch hier auf Erden lebe. Ich frage nicht, woher und wie du gekommen bist; ich frage auch nicht, wie und wohin du mich führen wirst; du bist da, und ich folge dir. Hier, nimm mich bei der Hand!"

Ich drückte ihre Hände an meine Lippen und führte sie schweigend hinaus und dann hinunter in den Hof, wo ich den Asakern befahl, ihre Mäntel, die aber längst keine Mäntel mehr waren, zu einem Kissen zusammenzulegen, auf das sie sich setzte. Dann mußten mir die fünf armen Teufel hinauffolgen, wo Marah Durimeh gesteckt hatte. Sie hatten nur die Seitengewehre bei sich. Als sie eingetreten waren und mich nun erwartungsvoll anschauten, nahm ich den Revolver heraus, richtete seinen Lauf auf sie, zog mich bis hinaus vor die Tür zurück und erklärte ihnen:

„Ich mache jetzt die Tür hier zu und gehe mit den Gefangnen fort. Ihr verhaltet euch bis heut abend vollständig ruhig; dann könnt ihr beginnen, die einzelnen Bohlen der Tür herauszutrennen, was mit Hilfe eurer Klingen leicht möglich ist. Ist euch das geglückt, so könnt ihr tun, was euch beliebt!"

Keiner von ihnen rührte sich. Mein Verhalten war ihnen unbegreiflich. Ich schob die Tür zu, ohne daran gehindert zu werden, legte die Pfosten quer vor und stieg dann die zwei Treppen wieder hinab. Da lagen die Stricke. Sie waren zum Heraufturnen mit Knoten und an den Enden mit festen Schlingen versehn.

„Jamir!" rief ich hinab. „Antworte! Hörst du mich?"

Es blieb still unten. Da fuhr ich fort:

„Dein Weib ist mit uns gekommen. Ich weiß von ihr, daß du von mir gehört hast. Ich heiße Kara Ben Nemsi und bin herbeigeeilt, euch zu befreien. Ich habe den Mülasim und die Dawuhdijehs durch eine List von hier fortgeschickt und lasse euch jetzt das Seil hinab. Bindet zunächst den Knaben daran fest, daß ich ihn heraufziehe!"

„Nein", rief da eine Stimme. „Bevor ich ihn dir anvertraue, muß ich dich erst anschauen. Ich komme selber. Halte fest!"

Ich ließ das Seil hinab und schlang das obere Ende um einen vorstehenden Stein des Türrahmens. Nach wenigen Augenblicken stand ein Kurde vor mir, dem jeder sofort den bedeutenden Krieger ansehn mußte. Er bohrte seine Augen forschend in mein Gesicht.

„Du hast dich Schevin genannt, bist aber Jamir selber?" fragte ich ihn, seinem Blick standhaltend.

„Ja", antwortete er. „Und du willst Kara Ben Nemsi sein? Beweise es!"

„Wie kann ich das beweisen? Schau dich um! Du wirst finden, daß alle Wächter fort sind."

„Ich weiß, daß Kara Ben Nemsi am Hals die Narbe eines tiefen Messerstichs hat. Zeig her!"

Ich drehte mich so, daß er sie sah.

„Du bist es wirklich! Hamdulillah! Und du sagst, mein Weib sei auch hier?"

„Ja."

„Ich wußte, daß sie kommen würde! Wo ist sie?"

„Einstweilen in einem Versteck hier in der Nähe."

„Wie und wo hat sie dich getroffen, und warum bist du allein hier und —"

„Ich bitte dich, jetzt nicht zu fragen", unterbrach ich ihn. „Ich werde das, was du erfahren willst, auch andern erzählen müssen und möchte das nicht zweimal tun. Wir wollen uns lieber beeilen, von hier zu verschwinden. Hier, nimm das Seil; wir wollen den übrigen helfen!"

Einige hinabgesprochene Worte genügten, seine Leute davon zu unterrichten, daß er sich von der Wahrheit meiner Erklärung überzeugt habe. Sie schickten erst Khudyr herauf und kamen dann nach. Ihr Aussehn war schlecht; sie hatten mehr noch vom Unrat und der pestigen Luft gelitten als durch Hunger und Durst.

Nun wurde eine Menge von Fragen ausgesprochen, die ich alle beantworten sollte; ich bat, sich bis nachher zu gedulden und jetzt vor allen Dingen den Kulluk mit mir zu verlassen. Sie wußten nichts von der Anwesenheit Marah Durimehs und waren, als sie in den Hof kamen, von dem Anblick der Greisin überrascht.

„Wer ist diese Frau?" fragte mich Jamir.

„Auch eine Gefangne", entgegnete ich. „Ihre Heimat ist die Gegend am obern Zab."

„Etwa Lizan, Raola, Schohrd und die andern dort in jener Richtung liegenden Orte?"

„Ja."

Da trat er vor sie hin, kniete nieder und bat:

„Du bist keine andre als Marah Durimeh, der Liebling des Himmels und der Engel aller Menschen. Segne mich!"

Da schien sie wie aus einer tiefen Versunkenheit zu erwachen; ein wunderbares, unirdisches Lächeln ging über ihr Gesicht; sie legte ihm die Hände aufs Haupt.

„Wer Gottes Segen wünscht, der ist durch diesen Wunsch schon gesegnet. Der Herr sei mit dir jetzt und immerdar; die Flügel seiner Boten mögen dich umwehn, und niemals nähere sich dein Pfad dem Abgrund derer, die Gott widerstreben. Das wünscht dir Marah Durimeh!"

Das Niederknien des stolzen Mannes war so ungesucht und selbstverständlich erfolgt, und die Worte der Greisin klangen so feierlich und ergreifend, daß es einen tiefen Eindruck auf mich machte. Es war, als käme dieser Segen aus einer andern Welt hernieder.

In der Nähe der Tür lehnten die Gewehre der Soldaten. Die Kurden nahmen sie an sich. Sich aber auch an den alten abgetriebnen Gäulen zu vergreifen, dazu hatten sie keine Lust; sie blieben also im unbestrittnen Besitz des Padischah. Wir hoben Marah Durimeh auf mein Pferd, das von zwei Hamawands sorgfältig geführt wurde, und stiegen dann den Berg hinab. Ich hatte, als ich kam, gehofft, daß mein Werk gelingen würde; aber daß es so schnell und so leicht zu ermöglichen wäre, das hatte ich freilich nicht gedacht.

Unten bogen wir in den Wald und dann in die kurze Schlucht hinein. Da ich Marah Durimeh das beschwerliche Bergsteigen ersparen wollte, hielt ich an der Stelle an, wo sich der dichtverwachsene einstige Abfluß des Sees befand. Da hoben wir sie vom Pferd. Ich wollte mir den Anblick einer großen, frohen Überraschung gönnen und bat deshalb meine Begleiter, hier an diesem Ort zu warten, bis ich sie holen würde. Dann drängte ich mich zwischen den Felsen und durch die Farne zu unserm Versteck hinein.

Als ich den Platz vor mir liegen sah, mußte ich herzlich lachen. Gab das ein reges Leben und Bewegen hier! Alle Anwesenden, allein den Hauptmann ausgenommen, der an einen Baum gebunden war, schleppten im Schweiß ihres Angesichts Steine herbei, um sie nach dem Plan des Hadschi zusammen- und aufeinanderzufügen. Es war ein so gewaltiges Viereck vorgezeichnet, als sollte ein ganzer Kurdenstamm da hineingesteckt werden. Die Bezeichnung „im Schweiß ihres Angesichts" ist ganz wörtlich zu nehmen. Am erheiterndsten wirkte die tiefe Stille und Schweigsamkeit, mit der man sich plagte. Selbst Halef sprach kein Wort; er ordnete nur mit Gesten an, die allerdings mehr als sprechend waren. Er sprang von einer Stelle zur andern und nahm sich der Sache mit einer Begeisterung an, als ob das Heil seiner Seele davon abhinge. Da hörte er mein Lachen und drehte sich um. Als er mich erblickte, ließ er einen großen, schweren Stein, den er eben nach dem Ort seiner Bestimmung schleppen wollte, fallen und rief mir zu:

„Du bist wieder da, Sihdi? Du lachst, und so laut? Hast du nicht selber befohlen, daß wir uns still verhalten sollen?"

„Ihr könnt laut sprechen, ja, ihr könnt sogar rufen", erwiderte ich. „Ich habe mich überzeugt, daß die Dawuhdijehs euch nicht hören."

„Da sei Allah Lob und Dank gesagt! Bei so schwerer Arbeit kein lautes Wort äußern zu dürfen, das ist von einem Menschen, der nicht stumm ist, doch zu viel verlangt. Sieh mein Werk an! Erstaunst du nicht? Ist nicht jeder einzelne Stein ein Zeuge meiner Geistesgaben? Wird dieses Gefängnis nicht ein Denkmal meines Verstandes in seiner ganzen Breite? Kann die Länge des deinigen jemals einen solchen Bau erfinden? Ich bitte dich, beantworte meine Frage!"

„Ja, ich lerne dich jetzt in deiner ganzen Größe kennen, mein lieber Halef. Du hättest unbedingt Baumeister werden sollen!"

„Ich danke dir! Als Scheik der Haddedihn fühle ich mich wohler. Das Zusammenschleppen der schweren Steine stört das Gleichgewicht des Herzens und belästigt die Überzeugung des gesundheitlichen Wohlbefindens. Es genügt, daß du meine verschiednen Gaben alle anerkennst. Wie aber steht es mit dir? Du wolltest nach dem Kulluk. Bist du oben gewesen?"

„Ja."

„Und schon wieder herunter? Sie scheinen sich geweigert zu haben, dich als Hauptmann zu empfangen. Das hast du aber nur dir selber zuzuschreiben. Du willst alles allein machen. Hättest du mich mitgenommen, so hätten meine Worte und meine Peitsche dir Achtung verschafft. So aber wirst du uns die Möglichkeit des Gelingens verdorben haben!"

„Nicht ganz!"

„So? Nicht ganz? Also ist sie noch vorhanden?"

„Ja."

„Darf ich auch dabeisein?"

„Natürlich!"

„Schön! Was habe ich zu tun?"

„Zunächst hast du mit einigen Männern nach der Stelle zu gehn, wo ich jetzt hereingekommen bin, und mit Hilfe der Messer das Gestrüpp zu beseitigen, daß der Eingang frei wird. Aber sofort! Es hat Eile!"

„Gut. Kommt, ihr tapferen Krieger der Hamawands! Laßt jetzt die Steine liegen; es muß ein Weg geschaffen werden, auf dem wir unsre gefangenen Dawuhdijehs herein ins Gefängnis schaffen können!"

Er trieb die Hamawands eifrig vor sich her; sie gehorchten ihm; nur Adsy blieb stehn, um mich besorgt zu fragen:

„Effendi, hast du etwas über meinen Bruder Schevin und seinen Knaben Khudyr erfahren können?"

„Einen Mann namens Schevin kennt man da oben nicht", antwortete ich.

„So befinden sich die Personen, die wir suchen, also nicht im Turm! Wir müssen weiterforschen."

„Wie kann man Erfolg haben beim Forschen nach Leuten, über die man die Wahrheit nicht erfährt?"

„Nicht die Wahrheit? Wie meinst du diese Worte?"

„Heißt dein Bruder wirklich Schevin?"

„Nein."

„Er ist wirklich dein Bruder?"

„Ja."

„Und dein Name ist Adsy?"

„Ja."

„So bedaure ich, dir nicht beistehn zu können. Gefangne waren im Kulluk, ja; aber das sind nicht die Personen, die du suchst. Es war ein berühmter Kurdenheld mit seinem kleinen Sohn und mehreren Kriegern."

„Allah! Kennst du seinen Namen?" fragte sie schnell und in großer Spannung.

„Jamir ist's."

„Jamir — — Jamir! Er war im Kulluk? Also jetzt nicht mehr? Wo ist er nun? Sag es mir schnell!"

„Such selber nach ihm! Wenn du so wenig Vertrauen zu Kara Ben Nemsi hast, daß du zwar seine Hilfe verlangst, aber deinen wahren Stand und Namen vor ihm verbirgst, so darfst du dich nicht wundern, wenn er seine Hand von dir abzieht. Hältst du mein Auge für so wenig scharf, daß ich ein Weib nicht von einem Mann zu unterscheiden weiß? Ich bitte dich, von jetzt an zu machen, was dir gefällt; ich aber habe nichts mehr mit Schevin zu tun!"

Ich ließ sie in ihrer Verlegenheit stehn und ging zu Ingdscha, die mit Madana bei den eifrig arbeitenden Männern stand und ihnen zusah.

„Ich habe eine Bitte", sagte ich zu ihr. „Darf ich hoffen, daß du sie mir erfüllst?"

„Effendi, gern, wenn ich kann!" antwortete sie.

„Du vermagst es. Dräng dich an diesen Männern vorüber und zwischen die Felsen hinaus; da wirst du eine frohe Überraschung finden, die ich dir bereitet habe."

Nun schritt ich nach der hinter Steinen und Sträuchern liegenden Stelle, wo ich meinen Anzug gelassen hatte, und kleidete mich wieder um. Noch war ich nicht ganz fertig damit, so hörte ich lautes Frohlocken; der Augenblick des Wiedersehns war da. Ich nahm mir Zeit, denn dem Herzen ist das erste, höchste Recht zu gönnen. Aber schon nach kurzer Zeit kam Halef in einer Weise durch die Büsche gesaust, daß er mich beinah umrannte, und schrie mich an, hochrot vor Aufregung:

„Schlechter Kerl, der du bist, Sihdi! So einen Betrug hätte ich dir niemals zugetraut!"

„Welchen Betrug?"

„Ohne mir ein Wort davon zu sagen, hast du mir den ganzen Ruhm grad vor der Nase weggeschnappt!"

„Hattest du ihn denn schon vor der Nase?"

„Ja! Oder lag der Kulluk nicht ebenso vor meiner Nase wie vor der deinigen? Mußtest du diese Leute befreien, ohne mich mitzunehmen?"

„Paßte dir denn die Uniform?"

„Nein. Aber das ist doch kein Grund, solch eine Tat in meiner persönlichen Abwesenheit auszuführen. Du hättest mich unbedingt holen müssen!"

„Und die Gelegenheit unbenützt vorübergehn lassen! Dann konnten die armen Menschen bis an ihr Ende im Turm steckenbleiben; Halef, was bist du doch für ein — — schlechter Kerl!"

„Ich?"

„Ja. Du hast mich so genannt, bist es aber selber! Wer eines verwerflichen Eigenlobs wegen seine Nebenmenschen, die sogleich gerettet werden können, im Elend steckenlassen will, bis es ihm später einmal passen wird, ihnen zu helfen, der ist ein selbstsüchtiger Mensch, der ist — — — ein schlechter Kerl! So, nun weißt du, wer diese Bezeichnung verdient, du oder ich!"

Ich ließ ihn stehen und entfernte mich. Ich wußte ja, daß er sich schon nach kurzer Zeit freundlich zu mir wiederfinden würde.

Als ich aus meinem „Ankleidezimmer" hinaustrat, kam Ingdscha strahlenden Augs auf mich zugeeilt und drückte mir die Hand:

„Das war eine große, eine unendliche Freude, Effendi! Durch deine Güte wurde ich die erste, die Marah Durimeh und die andern Geretteten begrüßen konnte. Ich danke dir!"

Madana, die holde Petersilie, war auch gleich da. Ihr Entzücken war so groß, daß sie es nicht zu bewältigen vermochte. Sie bat, mich umarmen zu dürfen, und da die Petersilie keine fleischfressende, sondern eine sehr nützliche und würzige Pflanze ist, erlaubte ich es ihr.

Dann drang Adsy, die ich nun nicht mehr mit dem männlichen „er" bezeichnen darf, stürmisch auf mich ein und machte mir das freiwillige Geständnis:

„Effendi, ich habe sehr unrecht gegen dich gehandelt! Ich sehe ein, daß mein Verhalten dich beleidigen mußte. Du meintest es gut mit mir und wagtest alles, um meinen Mann und mein Kind zu retten, und ich gab dir Mißtrauen und Unwahrheit dafür. Ich danke dir von ganzem Herzen, indem ich dich um Verzeihung bitte!"

Ich sagte ihr, daß ich mich nicht beleidigt gefühlt hätte und daß der Verweis, den ich zuletzt gegen sie aussprach, in einem ganz andern Sinn zu nehmen sei. Es drängten alle auf mich ein; ich ging, sozusagen, aus einer Hand in die andre. Man wollte wissen, wie ich es angefangen hatte, in so kurzer Zeit diesen Erfolg zu erzielen. Ich erzählte es in knappen Worten. Die Einzelheiten der Ereignisse hatten so günstig ineinander eingegriffen, daß nur ein tatkräftiges Ausstrecken der Hand nötig gewesen war, die Früchte dieser Tatsachen wegzunehmen. Das wollten sie aber nicht zugeben. Jamir gestand seine Fehler ein, die ich wieder gutgemacht hätte, und versicherte mich seiner unwandelbaren Freundschaft und Dankbarkeit. Am lautesten war Halef. Er war mir nachgekommen, hatte meinen Bericht angehört und benutzte nun die erste Pause, mit weithin schallender Stimme zu rufen:

„Hört, ihr unüberwindlichen Männer und ihr holden Frauen, was ich euch zu verkünden habe! Der Löwe der Feindschaft war ausgegangen mit hungrigem Gebrüll und hatte große Beute in seinem Lager zusammengetragen. Es war ein großes Weinen auf den Bergen und ein lautes Klagen in den Tälern Kurdistans, denn man suchte nach den Verschwundenen, ohne sie entdecken zu können. Man zog aus, sie zu finden, doch einige gingen nicht den richtigen Weg, und die andern lagen in der Nähe der Höhle des Löwen, ohne den Eingang erzwingen zu können. Da kamen zwei Männer, die sich vor keinem Löwen, vor keinem Panther, überhaupt vor keinem Tier und auch vor keinem Menschen fürchten, nämlich der unvergleichliche Kara Ben Nemsi Effendi mit dem unüberwindlichen Hadschi Halef Omar, der der oberste Scheik der Haddedihn ist vom großen Stamm der Schammar. Diese beiden Helden hörten von den Sünden, die dieser Löwe der Feindschaft begangen hatte, und machten sich auf, ihn dafür zu bestrafen und ihm die Beute zu entreißen. Kara Ben Nemsi ging, von den Ermahnungen und guten Lehren seines Hadschi Halef begleitet, nach der Höhle des Löwen, trieb ihn mit List zur Flucht und holte die Opfer heraus, die in ihrem Innern steckten. Hadschi Halef Omar, dessen Eingebungen dieser große Erfolg zu verdanken ist, aber baute ein gewaltiges steinernes Zyndan, das zwar noch nicht ganz vollendet ist und einstweilen noch leer stehn wird, aber dennoch ein herrliches Denkmal großer Taten bildet! Preis sei den beiden Männern, die das vollbrachten! Ihr Ruhm wird über alle Lande fliegen, und noch die Enkelsöhne eurer Urnachkommenkinder werden, wenn sie hier an dieser Stelle weilen, mit ehrfurchtsvollem Staunen die Mauern bewundern, die von meiner unendlichen Erfindungsgabe und von dem Arbeitsfleiß eurer Hände zeugen! Ich habe gesprochen, und nun sind die Dawuhdijeh-Kurden abgetan!"

Nachdem er in dieser Weise seinem Herzen Luft gemacht hatte, drehte er sich um und schritt in der stolzen Haltung eines spanischen Granden von dannen.

Nun galt es, den Notwendigkeiten des Augenblicks Genüge zu tun. Es war nicht geraten, noch lange hierzubleiben, zumal Jamir mit seinen Leuten versuchen mußte, möglichst bald die „Stelle der Eidechsen" zu erreichen, wo seine dreihundert Hamawands warteten. Der Raïs von Schohrd wurde durch nichts mehr hier gehalten und bat mich, ihn und Marah Durimeh nach seiner Heimat zu begleiten. So gern ich das getan hätte, mußte ich doch für jetzt darauf verzichten, versprach aber mit meinem Wort, daß wir am Schluß unsrer persischen Reise, die uns ja voraussichtlich wieder nach Kurdistan brachte, ihn ganz bestimmt aufsuchen würden. Jetzt wollten wir einen Teil des Rückwegs mit den Hamawands machen und dann am Abend einen sichern Ort zum Lagern aufsuchen, um die Trennung bis auf morgen früh hinauszuschieben.

Der Hauptmann wurde losgebunden und durfte seinen Waffenrock wieder anlegen. Er sagte dabei kein Wort, wohl teils aus Grimm und teils aus Scham. Als ich ihm dann seine Waffen wiedergegeben hatte, belehrte ich ihn:

„Jetzt hast du mich, den ‚Räuber', kennengelernt; aber erzähl es ja niemand, denn du würdest ausgelacht. Ich denke, daß du nach dem Kulluk reiten wirst. Steig da im Turm zwei Treppen hinauf und öffne die Tür, um die dort eingeschlossenen Asaker herauszulassen, damit sie nun auch den wirklichen Besitzer deines Anzugs kennenlernen! Das ist die einzige Heldentat, von der du dann berichten kannst. Solltest du es wagen, heut hierher zurückzukehren, so würdest du eine Kugel erhalten. Jetzt bin ich mit dir fertig. Allah gebe deinem Kopf das, was ihm bisher vollständig gefehlt zu haben scheint — — — den nötigen Verstand!"

Er ließ trotz dieser Beleidigung keine einzige Silbe hören. Als er fortritt, beobachtete ich ihn und sah, daß er sein Pferd wirklich nach dem Kulluk lenkte. Dann brachen auch wir auf. Der Raïs hatte für Marah Durimeh ein sanftgehendes Maultier mitgebracht. Die Hamawands konnten nicht alle reiten, da nicht genug Pferde vorhanden waren. Sie wollten sich später die Tiere der zwölf Kundschafter der Dawuhdijehs aneignen, die an uns vorübergekommen und wahrscheinlich festgenommen worden waren. Als ich fragte, was nun wohl zwischen diesen beiden Stämmen geschehn würde, meinte Jamir, da kein Blut geflossen sei, würde der Schluß beiderseits eine friedliche Heimkehr sein. Freilich bedauerte er lebhaft, daß er diesen Ritt zur Heilung seines Knaben vergeblich unternommen hätte.

Aber da fiel der Mutter das Mittel ein, von dem ich gesprochen hatte. Ich teilte ihnen mit, in welcher Weise die Sukutan-, Dabahh- und Kuratpflanzen zu behandeln und anzuwenden seien, und die Vorschrift hat auch den gewünschten Erfolg gehabt: Wer in jene Gegend kommt und sich erkundigt, der wird erfahren, was für ein kräftiger Bursche der Knabe Khudyr geworden ist.

Von Jamir, seinem Vater, muß ich leider bemerken, daß der Segen Marah Durimehs an ihm vergeblich gewesen ist. Seine Schicksale sind allbekannt, und so will ich nur kurz sagen, daß er nach ruhmvoller Laufbahn — das Wort Ruhm im kurdischen Sinn gemeint — im Zelt des persischen Prinzen Sill-i-Sultan hinterrücks ermordet und dann von seinem Weib, das sich an die Spitze der Hamawandi-Kurden stellte, blutig gerächt worden ist. Doch das gehört nicht hierher.

Wir ritten einen Teil desselben Wegs, den wir gekommen waren, wieder zurück und nahmen dann von Jamir und seinen Leuten Abschied, worauf wir uns nördlich wandten und kurz vor Abend auf einer hochgelegnen Waldblöße lagerten.

Dieser Abend und fast auch die ganze Nacht waren dem Gespräch mit Marah Durimeh gewidmet. Sie ließ mich noch tiefer in ihr Herz und in ihr Leben schauen als früher. Sie nahm mich mit empor auf die Zinne ihres Glaubens und ihrer Zuversicht; sie richtete mein Auge noch höher hinauf zum Ziel ihres Seelenstrebens; es waren wichtige, ja es waren heilige Stunden, die ich nie im Leben vergessen werde. Nur über das eine schwieg sie, was ich doch so gern erfahren hätte. Warum hatte man sie festgenommen und nach dem Kulluk geschafft? Warum hatte sie jetzt noch weitergebracht werden sollen, „in eine Ferne, wo der Tod und nicht das Leben ist"? Ich wollte nicht zudringlich sein und fragte also nicht unmittelbar; aber sooft ich meinen Wunsch auch nur von weitem andeutete, brach sie in einer Weise ab, die mir deutlich sagte, daß sie über diesen Punkt nicht sprechen wollte. Endlich aber, als es so spät geworden war, daß die Sterne zu erbleichen begannen, deutete sie zu ihnen hinauf.

„So wie die da oben schwinden, so schwindet auch unser Leben dahin, doch nur, um in das Jenseits aufzugehn. Ich sterbe bald, doch jetzt noch nicht, denn bevor ich von hinnen scheide, muß der Zweck meines Daseins erreicht sein. Du wirst ihn kennenlernen, wenn du wieder zu mir kommst. Heut nehme ich nicht wie damals Abschied von dir fürs ganze Leben, denn du mußt und du wirst zu mir zurückkehren, weil du mein Sohn, mein Schüler bist, der mich versteht und mich dann sterben

sehn soll. Ich weiß gar wohl, was du zu wissen begehrst; aber es hat
sich gut gefügt, daß du nichts darüber hörtest, denn es frommt dir
nicht, es schon jetzt zu erfahren. Dann aber, wenn du wieder bei mir
bist, wird dir klarwerden, was dir heut noch verborgen bleibt. — Und
nun noch eins! Ich schenkte dir schon einmal einen Talisman. Er enthielt
rein irdisches Gut. Heut möchte ich dir wieder ein solches Schutz-
andenken geben, aber andrer Art und wirksamer noch als das erste.
Du gehst nach Persien, gehst Gefahren entgegen. Gib mir dein Notizbuch.
Ich will dir einige Zeilen hineinschreiben. Wenn du dich in Not befindest, zeig sie deinen Bedrängern! Die Worte werden dir helfen, denn
sie enthalten das Geheimnis meines Lebens und Wirkens. — — Jetzt
aber sage ich dir ‚gute Nacht!‘ Es kommt die Ermüdung, der ich
gehorchen muß, solange ich noch hier walle; das Jenseits aber kennt
weder Müdigkeit noch Schlaf!" —

Unser Abschied war kurz.

Die Sonne stand schon hoch, als wir uns die Hände reichten; dann
zogen sie fort, dem Norden zu. Wir hatten die entgegengesetzte Richtung,
eine für uns gefährliche und beschwerliche, weil wir die entlegensten
Gegenden wählen mußten, um nicht etwa mit Dawuhdijehs zusammenzutreffen. Doch erreichten wir glücklich unser Ziel.

Karl May wurde am 25. Februar 1842 in Hohenstein-Ernstthal geboren und ist in ärmlichsten Verhältnissen aufgewachsen. Nach trauriger Kindheit und Jugend wandte er sich ursprünglich dem Lehrerberuf zu. Als Redakteur verschiedener Zeitschriften begann er ungefähr ab 1875 die Schriftstellerlaufbahn, und zwar zunächst mit kleineren Humoresken und Kurzgeschichten. Bald jedoch kam sein einzigartiges Talent zur vollen Entfaltung, als er mit den „Reiseerzählungen" seinen späteren Weltruhm begründete und sich eine nach Millionen zählende Lesergemeinde schuf. Seit Ende des vorigen Jahrhunderts gilt er als der wohl bedeutendste deutsche Volksschriftsteller. Die spannungsreiche Form seiner Erzählkunst, ein hohes Maß an fachlichem Wissen und eine überzeugend vertretene Weltanschauung verbanden sich überaus glücklich in seinen Schriften. Auch heute begeistern die blühende Phantasie und der liebenswürdige Humor des Schriftstellers in unverändertem Maß seine jungen und alten Leser. Karl May starb am 30. März 1912 in Radebeul bei Dresden. Seine Werke wurden in mehr als fünf-undzwanzig Kultursprachen übersetzt. Allein von der deutschen Originalausgabe sind bis 1983, also 70 Jahre nach Gründung des Karl-May-Verlags, über 65 Millionen Bände gedruckt worden.

KARL MAYS GESAMMELTE WERKE

Jeder Band in grünem Ganzleinen mit Goldprägung und farbigem Deckelbild

KARL - MAY - VERLAG · BAMBERG